**BIGGI RIST /**
**LILIANE SKALECKI**

# Schwanensterben

**DIE TOTE IM WASSER** Als an einem Novembermorgen die Leiche einer jungen Frau aus Russland im Wassergraben einer Reitanlage am Rande Bremens gefunden wird, scheint es zunächst ein reiner Routinefall zu sein. Kriminalhauptkommissar Heiner Hölzle, ursprünglich aus Schwaben stammend und seit kurzem in Bremen tätig, findet schnell einen Verdächtigen – ein Pferdepfleger, mit dem die Russin Sonja eine Affäre hatte. Doch bald muss Hölzle erkennen, dass nichts so ist, wie es zunächst scheint: Die Tote trägt teure Designerkleidung, obwohl sie »nur« als Reinigungskraft beschäftigt war. Zudem erweist sich ein Pack Notizen, dem er anfangs keine große Bedeutung zugemessen hat, als heiße Spur. Die Suche nach dem Täter führt Hölzle zurück in die letzten Kriegsjahre der Stadt Bremen. Zusammen mit seinem Team gelingt es ihm nach und nach, das komplexe Geflecht aus Vergangenheit und Gegenwart zu entwirren, nicht zuletzt mit Hilfe seiner Freundin Christiane, einer jungen Historikerin, und dank der Spürnase ihrer Großtante Marthe.

*Dr. Liliane Skalecki, geboren 1958 in Saarlouis, lebt seit 2001 mit ihrer Familie in Bremen. Sie veröffentlichte bisher Sachbücher und Fachartikel sowie Chroniken und Unternehmensdarstellungen.*

*Biggi Rist wurde 1964 in Reutlingen geboren und arbeitete lange Zeit in der Labordiagnostik. Nach einem zweijährigen Aufenthalt in Australien, lebt und arbeitet sie heute in Lilienthal bei Bremen.*

**BIGGI RIST / LILIANE SKALECKI**

# Schwanensterben

*Kriminalroman*

GMEINER *Original*

Denjenigen, die sich in diesem Buch wieder erkennen, sei herzlich gedankt, denn durch sie wurden wir zu dieser Geschichte inspiriert.

Besuchen Sie uns im Internet:
www.gmeiner-verlag.de


Im Ehnried 5, 88605 Meßkirch
Telefon 07575/2095-0
info@gmeiner-verlag.de

1. Auflage 2012

Lektorat: Claudia Senghaas, Kirchardt
Herstellung: Christoph Neubert
Umschlaggestaltung: U.O.R.G. Lutz Eberle, Stuttgart,
unter Verwendung des Fotos von: © misterQM / photocase.com
Druck: Bercker Graphischer Betrieb GmbH & Co. KG, Kevelaer
Printed in Germany
ISBN 978-3-8392-1230-1

*Für meine Familie. Liliane*
*Für Ralf. Biggi*

Da sah ich einen Schwan, der seiner Haft entwichen,
Mit seinem Flossenfuß reibt er den trockenen Sand.
Sein weißer Flügel schleift am Weg, dem kümmerlichen,
Er bleibt am Bache steh'n, daraus das Wasser schwand.
Und zitternd badet er im Staub sein zart Gefieder
Und ruft, das Herz erfüllt vom blauen Heimatteich:
»Wolke, wann regnest du? Wann fährst du Blitz hernieder?«
Ich sah dieses fremde Bild, uralten Mythen gleich.

*Charles Baudelaire: Der Schwan – Aus Blumen des Bösen*

# Olga. Sommer 1943

Schwatzend finden sich die ersten Mädchen am Dorfbrunnen ein. Ihnen ist es egal, dass die alten Frauen missbilligend herüberschauen. Sie sind jung und heute Abend wollen sie fröhlich sein, wollen tanzen und vergessen, dass nicht eben rosige Zeiten herrschen. Die meisten jungen Männer sind zwar im Krieg, aber die Alten sind noch da und Viktor, der Dorfälteste, hat sich bereit erklärt, für die Mädchen am Abend einige Lieder auf seiner Balalaika zu zupfen. Die Mädchen würden sich schön machen, ein Festgewand anlegen und – allen Umständen zum Trotz – von besseren Zeiten träumen.

»Schaut euch die alte Ziege an, wie sie zu uns herüber glotzt. Die alte Ludmilla hat ja bereits einen kleinen grauen Bart, mäh, mäh – und wenn sie mit ihrem Oleg meckert, ist sie kaum noch von ihrer Geiß zu unterscheiden«, kichert eines der Mädchen.

Wie ihre Freundinnen steht sie barfuß auf dem staubigen Dorfplatz. Träge beugt sich Olga über den Rand des Brunnens, um ein wenig ihr Gesicht zu benetzen. Es ist kurz vor Mittag und die Sommersonne brennt. Die meisten Mädchen sind bereits seit Sonnenaufgang auf den Beinen, um die kleine Wiese, die normalerweise dem Vieh, das ihnen noch geblieben ist, als Weide dient, so festlich wie möglich herzurichten. Die Gluthitze dieses vorletzten Junitages hat den kärglichen Überbleibseln der einst so reichlich in den Gärten blühenden Rosen den Rest gegeben. So haben sich die Mädchen mit bunten Tüchern beholfen, die sie an die Zweige der umstehenden Birken geknotet haben. Sie haben ein paar Bänke auf die Wiese geschleppt und farbenfrohe Kissen darauf verteilt – die

Alten sitzen gerne bequem. Auf einem zwischen den beiden größten Birken platzierten Tisch würden ein paar Speisen serviert werden, die die Mädchen ihren Müttern abgeschwatzt haben: sauer eingelegtes Gemüse, ein paar gefüllte Teigtaschen, herzhaft und süß, frisch gebackenes Brot.

Abgesehen von dem Gelächter der Mädchen herrscht eine drückende Stille im Dorf. Die wenigen Männer, die geblieben sind, arbeiten noch auf den Feldern, in der Hoffnung, dass die karge Ernte sie alle über den bevorstehenden Winter bringen wird.

»Du meine Güte, was ist denn mit dem Onkelchen los«, wundert sich Polja, Olgas Cousine. Kostja, der Onkel der beiden Mädchen, rudert wild mit seinem linken, noch verbliebenen Arm. Seinen rechten hatte er verloren, als er im Alter von drei Jahren vom Fuhrwerk gefallen und überrollt worden war.

»Sie kommen, sie kommen«, schreit er mit vom Rennen heiserer Stimme. »Die Deutschen, sie sind auf dem Weg ins Dorf! Versteckt euch, ihr habt nur wenige Minuten Zeit!«, keucht Kostja. Die übrigen Männer, die ihm von den Feldern gefolgt sind, erreichen nun auch schwitzend und schweratmend das Dorf. Auch sie sind außer sich vor Sorge. Doch noch ehe die allgemeine Aufregung sich auch nur annähernd gelegt hat, kündigen Staubwolken an, dass es bereits zu spät ist. Drei Pritschenwagen rollen auf den Platz, darauf zwölf Soldaten. Zwei Soldaten steigen ab, die anderen bleiben im Wagen oder auf der Ladefläche sitzen. Keiner der Dorfbewohner rührt sich, alle scheinen in ihrer Bewegung erstarrt zu sein.

»Wer hat hier das Sagen?«, will ein Soldat in gebrochenem Russisch wissen. In der Hand hält er ein Schreiben, mit dem er sich Luft zufächelt. Olga rennt los, um Viktor zu holen, der sein Mittagsschläfchen hält und von allem noch nichts mitbekommen hat. Sie kehrt mit dem Alten zurück, der in der Eile sein Hemd verkehrt zugeknöpft hat und dessen Füße in bequemen Pantoffeln stecken. Der Soldat hält Viktor das Schreiben hin. Trotz seiner dreiundsiebzig Jahre kann Viktor noch immer ohne Brille lesen. Olga späht ihm über die Schulter. Entsetzt schlägt sie die Hand vor den Mund. Es ist eine offizielle Aufforderung, den Deutschen arbeitsfähige Frauen für den Dienst im Reich mitzugeben. Olga versteht überhaupt nichts. Wollen diese Männer sie etwa mitnehmen? Wohin? Wie lange?

Viktor bleibt nichts anderes übrig als zu nicken und den Frauen die Situation zu erklären. Aus dem Dorf sollen mindestens zehn Frauen mitgegeben werden, vor allem die jungen, kräftigen, arbeitsfähigen. Die Soldaten machen nicht viel Federlesen. Schnell sind die Frauen, die in Frage kommen, auf dem Dorfplatz zusammengetrieben. Elf Frauen zwischen fünfzehn und zweiunddreißig Jahren stehen schluchzend und fassungslos inmitten der Soldaten, deren Stiefel den Staub aufwirbeln. Die Männer brüllen unverständliche Befehle, die Gewehre im Anschlag. Niemand versteht, was sie meinen, aber eines ist klar, es bedeutet nichts Gutes. Drei Männer durchsuchen sämtliche Häuser, aber bis auf ein paar frisch gebackene Brote nehmen sie nichts mit. Der Soldat mit dem Schreiben gibt den Befehl zur Abfahrt. Schiebend und zerrend treiben fünf der Soldaten die Frauen zu einem der Pritschenwagen, die Übrigen halten mit den Gewehren die Männer des Dorfes in Schach.

»Aufsteigen, aufsteigen, dawai, dawai«, schreien sie. Die Worte verstehen die Frauen nur zur Hälfte, doch die wild gestikulierenden Männer versetzen ihnen Schläge auf Beine und Rücken, treiben sie an wie Vieh, bis auch die letzte den Wagen erklommen hat. Machtlos müssen die Männer des Dorfes zusehen wie ihre Frauen, Töchter und Schwestern weggebracht werden. Einzig Onkel Kostja hat es gewagt, dazwischen zu gehen, als Olga und Polja auf den Wagen klettern. Ein Kolbenschlag streckt ihn nieder.

Die Pritschenwagen setzen sich holpernd in Bewegung. Eng aneinander geklammert sitzen Olga und Polja direkt hinter dem Fahrer. Als Olga endlich aufhören kann zu weinen und ihre Tränen von der heißen Luft getrocknet sind, registriert sie, dass sie bereits am Rapsacker vorbei sind, an der Gabelung geht es nach links. Der Weg nach rechts führt zu einer kleinen Kapelle, die vor langen Jahren von den Dorfbewohnern errichtet worden war zum Dank für die Errettung vor dem sicheren Tod: eine Dürrekatastrophe hatte gedroht und, dank der Gebete aller, kam der ersehnte Regen gerade noch rechtzeitig. Doch für die Frauen führt der Weg nicht an der Kapelle des verehrten Abraham von Smolensk vorbei, an Rettung ist nicht zu denken. Plötzlich wird Olga klar, wo man sie hinbringt. Sie sind auf dem Weg in die Stadt. Olga ist in den fünfzehn Jahren ihres Lebens nur zwei Mal dort gewesen, jeweils zum Fest Allerheiligen*. In diesem Jahr würde ihr Geburtstag in vier Tagen mit dem Kirchenfest zusammen fallen. Olga würde sechzehn Jahre alt werden …

---

* Allerheiligen wird in der orthodoxen Kirche am 1. Sonntag nach Pfingsten begangen.

# November 2008

Heute ließ einen das Wetter das trübe Grau der vergangenen Woche vergessen. Die Sonne strahlte von einem klaren, hellblauen Himmel und ein leichtes Lüftchen ließ die letzten an den Bäumen verbliebenen braunen Blätter schaukeln. Bereits zu Boden gefallenes Herbstlaub sammelte sich dort, wo der Wind es zusammengetrieben hatte. Wie jeden Tag herrschte reges Treiben auf dem Markt. Die Händler boten ihre Waren feil: Blumen auf dem Liebfrauenkirchhof, Blumen, Obst und Gemüse, Käse und Wurstwaren. Süßigkeiten, Gewürze und Tees, geflochtene Einkaufskörbe, sogar handgestrickte Socken und andere Kleidungsstücke auf dem Domshof. Um den Neptunbrunnen hatte sich eine Reihe Jugendlicher geschart, die zum Leidwesen der Marktbesucher lautstark einen aktuellen Hit mitgröhlten, der aus einer mitgebrachten Musikanlage erschallte.

Manche der Cafés entlang der Einkaufsmeile hatten nochmals Tische und Stühle ins Freie gestellt und die Gäste genossen die wohl letzte Gelegenheit in diesem Jahr draußen sitzen zu können. Auch rund um den schönen Marktplatz, der guten Stube Bremens, mit seinem herrlichen Rathaus saßen Einheimische und Touristen und gönnten sich einen dampfenden Cappuccino oder eine leckere, heiße Schokolade. Wer die Nähe zum Wasser suchte, schlenderte vom Marktplatz aus durch die Böttcherstraße mit ihren kleinen Geschäften, die Kunsthandwerk und Maritimes anboten, vorbei, um sich dann in einem der zahlreichen Biergärten entlang der Weserpromenade, der ›schlachte‹ ein Beck's im Sonnenschein zu gönnen.

›*Wie schön kann das Leben sein. Bei diesem Wetter macht Einkaufen doppelt so viel Spaß*‹, dachte sie und marschierte frohen Mutes durch die lichtdurchflutete Domshofpassage mit ihren edlen Geschäften. Bereits nach knapp drei Stunden trug sie mehrere bunte Tüten, gefüllt mit neuen Kleidern, Blusen, Schuhen und Hosen, sowie ein paar hübschen Dessous. Eine neue Handtasche befand sich natürlich auch unter ihren Einkäufen und hing lässig über ihrer rechten Schulter. Sicher darin verwahrt hatte sie neben ihrem Portemonnaie sogar ein kleines Schmuckkästchen; an dem wunderbar gearbeiteten Miniaturfabergéei, das an einer filigranen Goldkette schaukelte, war sie einfach nicht vorbeigekommen.

In der Mitte des Eis zog sich rund herum ein Goldband mit kleinen eingearbeiteten Blättchen aus grüner Emaille. Auf der oberen Hälfte tummelten sich zwei winzige Delphine aus Lapislazuli auf der opalisierenden Auster-Emaille, und in der unteren Hälfte waren kleine ineinander verschlungene Rosenzweige aus Mehrfarbgold zu sehen. Ihre russische Seele hatte gejauchzt als sie dieses besondere Schmuckstück entdeckt hatte. Heute konnte sie nach Herzenslust shoppen, ohne ständig Preise vergleichen zu müssen und sich zu überlegen, ob sie sich das eine oder andere Stück leisten konnte. Kein Suchen an Wühltischen, kein Gedränge wie bei den einschlägigen Billigketten. Herrlich! Vor einem herbstlich dekorierten Schaufenster blieb sie stehen. Kastanien und künstliches Laub, das in poppigen Farben leuchtete, boten den Rahmen für vier Schaufensterpuppen, die in kostbare Pelze gehüllt waren. Pelz-Gravenhorst verzichtete auf die Preisauszeichnung, wer hier einkaufte, hatte Geld genug im Portemonnaie.

Eine Pelzjacke in einer der Auslagen fiel ihr ins Auge. Das war genau das was sie noch brauchte! Einen echten Pelz für den bevorstehenden Winter! Beim Betreten des Ladens klingelte eine sanfte Glocke, und die Verkäuferin hatte sie bereits im Visier, wie die hübsche, blonde, junge Frau bemerkte.

»Guten Tag, darf ich Ihnen behilflich sein?«, fragte die Verkäuferin, die schon auf sie zusteuerte.

»Danke, aber ich möchte mich zuerst kurz umsehen.«

»Aber sicher. Wenn Sie Hilfe brauchen, stehe ich Ihnen gerne zur Verfügung«, gab die Verkäuferin, deren Namensschild sie als Frau Knecht auswies, dienstbeflissen zurück.

›*Der Name scheint Programm zu sein*‹, grinste die Blonde in sich hinein. Sie wandte sich den Kleiderstangen zu, an denen eine Vielzahl von verschiedenen Pelzjacken hing. Nach kurzem Durchsehen griff sie zielstrebig nach einer schneeweißen Kurzjacke aus Nerz, deren Reißverschluss mit Swarowskisteinchen besetzt war. Sie stellte ihre Tüten ab, schlüpfte aus ihrem Mantel und zog die Pelzjacke über. Ein Blick in den Spiegel genügte, um ihr zu bestätigen, dass diese Jacke wie für sie gemacht war. Sie sah fantastisch aus. Und sie konnte auch im Spiegel die Blicke Frau Knechts sehen. Offensichtlich dachte diese, sie könne sich die Jacke nicht leisten, so wie die Verkäuferin ihr zugegebenermaßen preiswertes Outfit verstohlen musterte. Die junge Frau drehte sich zu Frau Knecht um.

»Die nehm' ich. Sie ist einfach himmlisch.«

»Ja, ein sehr schönes Modell. Kam erst Anfang der Woche in den Laden.« Frau Knecht machte eine kurze Pause und fuhr dann etwas verzagt fort, »ich könnte Ihnen aber auch noch ein paar andere Modelle zeigen, die, äh, preislich, äh, etwas günstiger sind …«

»Nicht nötig. Wo sind Ihre Umkleidekabinen, bitte?«

Fragend blickte Frau Knecht die blonde Frau an. Wozu brauchte die jetzt eine Kabine? Sie hatte die Jacke doch bereits an und in diesem Geschäft gab es nur Mäntel und Jacken, also bestand kein Grund Umkleidekabinen einzurichten. So ganz wohl war Frau Knecht nicht bei der ganzen Geschichte. Auch der russische Akzent der Kundin war ihr aufgefallen. Und man hörte ja allerhand von der russischen Mafia. Instinktiv zog sich Frau Knecht etwas hinter einen hohen Spiegel zurück. Die junge Frau konnte offenbar Gedanken lesen und schenkte ihr ein bittendes Lächeln.

»Na ja, ich würde gerne jetzt gleich meine neuen Sachen anziehen, die ich heute erstanden habe«, sie deutete auf die Einkaufstaschen, »und mich der Kleidung, die ich trage, entledigen. Bitte!« Die großen, stahlblauen Augen hatten etwas Unwiderstehliches an sich.

Frau Knecht warf ihre Mafiatheorie über den Haufen! So ein nettes und charmantes junges Ding konnte nichts Böses im Schilde führen. Sie lächelte verständnisvoll und nickte mit dem Kopf. »Ja, das kann ich verstehen. Kommen Sie, wir haben im hinteren Teil des Ladens einen kleinen Aufenthaltsraum, dort können Sie sich umziehen. Es ist eigentlich privat, aber ich will mal nicht so sein.«

»Sie sind ein Schatz«, strahlte die Blonde sie an.

Innerhalb kurzer Zeit war sie umgezogen, hatte ihre alten Sachen in zwei der mittlerweile leeren Tüten gestopft und begab sich zur Kasse.

»Das macht dann dreitausendfünfhundertneunundfünfzig Euro, bitte«, sagte Frau Knecht als sie den Betrag in die Kasse getippt hatte. So ganz sicher war sie sich immer noch nicht, ob die junge Frau das bezahlen konnte, obwohl sie sah, dass die Kleider, die die Frau nun trug, nicht in irgendwelchen Billigläden gekauft worden waren. Aber, sie hatte sich getäuscht. Zwar hatte sie durchaus bereits beim Eintreten der jungen Frau die Tüten der Nobelboutiquen registriert, jedoch wusste sie aus Erfahrung, dass in den edlen Tüten oftmals Kleidung von C&A oder H&M transportiert wurde. Lächelnd zog die Blonde ein prall gefülltes Portemonnaie aus ihrer Handtasche, die auch brandneu aussah wie Frau Knecht bemerkte, und blätterte dreitausendfünfhundertsechzig Euro hin.

»Den einen Euro können Sie behalten. Für's Umziehen!« Die Russin zwinkerte ihr zu.

Frau Knecht war sprachlos, scannte aber die Scheine über ein spezielles Lesegerät, das falsche Scheine erkennen konnte. Alle waren alle echt.

»Vielen Dank, und viel Vergnügen mit der Jacke«, wünschte Frau Knecht und sah der jungen Frau versonnen nach. Komisch war das ja schon. ›*Die sah nicht nach Geld aus als sie reinkam. Aber was kümmert's mich. Sie hat ja bezahlt*‹, dachte die Verkäuferin bei sich.

Die junge Frau fühlte sich wie neugeboren als sie aus dem Laden trat. Sie setzte sich ihre Dolce & Gabbana Sonnenbrille auf und genoss vergnügt, wie einige der Männer, die vorübergingen, sich nach ihr umsahen. Dann verließ sie die Passage und warf die Tüten, die ihre alten Sachen enthielten, in die nächstbeste Mülltonne. Es war wie eine Befreiung. Nun fehlte nur noch der letzte Schritt und ihre Zukunft war endgültig gesichert und ihr altes Leben vorbei.

Beschwingt überquerte sie den Domshof und wäre dabei fast mit einem jungen Mann kollidiert, der mit eiligen Schritten Richtung Bischofsnadel unterwegs war. Wie bei einem Touristen hing um seinen Hals eine Kamera mit riesigem Objektiv. Er rempelte leicht gegen ihre Einkaufstüten und setzte seinen Weg ohne ein Wort der Entschuldigung fort. Die junge Frau schmunzelte. Er hatte sie nicht erkannt. Es war einer ihrer Schüler aus dem Russischkurs, eine, wenn auch im negativen Sinne, auffallende Erscheinung mit dem ewig fettigen Haar und dem von Pickeln übersäten Gesicht. Nichtsdestotrotz hielt er sich für umwerfend, nannte sich hochtrabend Journalist einer führenden Bremer Tageszeitung und hatte sie unzählige Male, natürlich erfolglos, zu einer Verabredung drängen wollen. Als sie ihm ihre letzte Abfuhr erteilt hatte, hatte er ihr mit hasserfülltem Blick ›Du eingebildete Russenschlampe!‹ an den Kopf geworfen. Und nun, obwohl er nach wie vor keinen Blick von ihr lassen konnte, war er heute an ihr vorbeigerannt, als wäre sie eine gänzlich Fremde. Genau das hatte sie gewollt. Aus dem unbedeutenden Entlein war bewunderungswürdiger Schwan geworden.

Am Fußgängerüberweg Richtung Bischofsnadel musste der junge Mann anhalten, die Linie 4 durchfuhr eben die Straße mit lautem Gerumpel und die Fußgängerampel zeigte das rote Stehmännchen. Ungläubig drehte er sich um. Im ersten Moment war er unachtsam weiter geeilt, hatte sie nicht gleich erkannt, jetzt aber war er sich sicher. Unglaublich, sie hatte ja schon immer gut ausgesehen, aber das hier war große Klasse. Der Stachel ihrer letzten Begegnung beim Russischkurs saß noch tief und Thorben Schmink überlegte, ob er ihr nachlaufen sollte, da schaltete die Ampel bereits wieder auf grün. Seine Entscheidung war gefallen.

Selbstsicher betrat die Blonde die große Bank, die in einem imposanten Gebäude im Stil der Weser-Renaissance untergebracht war. Ihre Schritte wurden geschluckt durch den dunkelgrünen flauschigen Teppichläufer, der von der Eingangshalle zum Schalterraum führte und den kostbaren Marmorboden schützte. Zielsicher steuerte sie auf einen der Schalter zu, hinter dem eine mollige Frau mit dunklem Kurzhaarschnitt saß.

»Ich möchte gerne ein Konto eröffnen und brauche auch noch ein Schließfach«, sagte sie zu der geschäftsmäßig lächelnden Bankangestellten, die soeben dabei war, einen Stapel schmaler Hochglanzprospekte aus einer Banderole zu befreien, um sie anschließend in einem Metallständer zu platzieren.

»Einen Augenblick bitte.« Sie drehte den Ständer ihrer Kundin zu und öffnete eine Schublade, der sie zwei Formulare entnahm und sie der Kundin reichte. »Hier. Bitte füllen Sie diese aus. Name, Adresse und so weiter und unterschreiben Sie da und da.« Die Angestellte deutete auf zwei Unterschriftenlinien. »Ich benötige dann noch Ihren Personalausweis oder Pass. Die Jahresgebühr für das Schließfach beträgt sechzig Euro«, fügte sie hinzu.

Das Ausfüllen dauerte nicht lange, die junge Frau legte ihren Pass vor und zahlte gleich bar fünftausend Euro auf das neue Konto ein. Als alle Formalitäten erledigt waren, bat die Bankangestellte sie, sich einen kurzen Augenblick zu gedulden. Einer der Mitarbeiter würde sie gleich in den Tresorraum begleiten. Die Blonde nahm in einem dunkelroten Clubsessel Platz, schlug ihre schlanken Beine übereinander und wippte ungeduldig mit dem Fuß. Nach ein paar Minuten erschien ein junger Mann, der ihren Antrag auf ein Schließfach in der Hand hielt.

»Frau Achmatova, wenn Sie mir bitte folgen würden.« Der Angestellte geleitete sie zu einem Fahrstuhl und die beiden fuhren ein Stockwerk hinunter. Auch hier schluckte ein dicker Teppichboden das Geräusch der Schritte. Der eigentliche Tresorraum lag hinter einer mächtigen Wand mit dunkelbraunen Holzpaneelen und war zusätzlich durch ein engmaschiges Stahlgitter gesichert. Der junge Mann gab einen Code in ein schwarzes Kästchen ein, das sich seitlich neben der gesicherten Tür befand. Zwei Schlüssel führte er an der Seite des Kästchens ein und die Gittertür schwang leise summend auf.

»So, Frau Achmatova, hier ist das Schließfach Nummer neunundzwanzig. Ich warte draußen vor der Tür auf Sie.«

Sonja Achmatova nickte. Sie öffnete das Fach und zog die Kassette heraus. Zwei Schriftstücke, die in ihrer Handtasche verstaut gewesen waren, legte sie hinein, ebenso ein kleines Plastiktütchen. Anschließend schob sie den Metallbehälter zurück in das Schließfach, schloss ab und ließ den Schlüssel in ihre Handtasche gleiten. Sie blickte sich noch einmal in dem Tresorraum um, der sicherlich mehr als nur ihr Geheimnis barg, und trat wieder in den Vorraum.

»Fertig«, sagte Sonja zu dem Bankangestellten. Mit dem Fahrstuhl ging es wieder nach oben und die junge Frau begab sich nochmals zum Schalter.

»Würden Sie mir bitte noch etwas Informationsmaterial mitgeben wegen der Öffnungszeiten der Bank und so?«

»Gerne. Ich hoffe, unser Service war zu Ihrer Zufriedenheit und ich wünsche Ihnen noch einen schönen Tag, Frau Achmatova«, verabschiedete sich die Mitarbeiterin von der blonden Frau und drückte ihr einen Hochglanzprospekt »Die Bremer Bank – Ihr Partner in Finanzfragen« – und ihre Visitenkarte in die Hand.

»Vielen Dank. Den wünsche ich Ihnen auch.«

Hoch erhobenen Hauptes verließ Sonja Achmatova die Bank, blieb einen Augenblick in der Sonne stehen und seufzte zufrieden auf. Nur ein paar Schritte entfernt gab es ein modernes Café, von dessen Dach aus man einen wunderbaren Blick auf den Domshof hatte. Dort würde sie sich erst einmal ein feines, etwas verspätetes, Mittagessen gönnen, dazu ein Glas Weißwein und sich selbst feiern. Danach war es Zeit, sich mit dem Makler von Nobel-Immo zu treffen, der ihr eine exklusive Wohnung in Schwachhausen präsentieren wollte. Dann käme sie endlich aus dieser miesen, kleinen Einzimmerwohnung in Gröpelingen heraus.

*›Jetzt fängt endgültig ein neues Leben an!‹*

Doch sie sollte sich bitter täuschen, denn sie wurde beobachtet …

## Sonja. Frühling 2006

Ein letztes Mal schaut sich Sonja in dem kleinen Zimmer um, das die Großmutter bis zu ihrem Tod bewohnt hat. Vielleicht knapp fünfzehn Quadratmeter, schätzt Sonja. Der Raum wirkt auf Sonja kleiner, als sie ihn in Erinnerung hat. Er ist in einem Anbau untergebracht, der das Bauernhaus des Onkels, eigentlich ist es der Sohn des Cousins der Großmutter, mit der Scheune verbindet. Ursprünglich beherbergte der Raum die Holzvorräte für den Winter, doch als die Großmutter nicht mehr alleine in ihrem winzigen Häuschen leben konnte, richtete man für sie der Einfachheit halber dieses Zimmer ein.

*Das muss jetzt mindestens zehn Jahre her sein*, überlegt Sonja.

In der Ecke steht der kleine Eisenofen, der noch aus der Zeit vor dem Krieg stammen muss, davor ein zerschlissener Sessel, dessen samtiger roter Bezug mit den Jahren komplett verblichen ist. Unter das Fenster hat man den runden Tisch auf drei Beinen gerückt, an dem die Großmutter schon die letzten zwei Jahre nicht mehr sitzen konnte. Der einzige Stuhl steht neben dem Bett. Wie klein Olga gewesen sein muss – das Bett erscheint Sonja kaum größer als ein Kinderbett und trotzdem ist Großmutter zuletzt darin beinahe versunken. An der Wand hängt ein uraltes vergilbtes Foto der ermordeten Zarenfamilie. Zwischen Glas, Bilderrahmen und Fotografie zerdrückt, findet sich in der unteren linken Ecke eine vor langer Zeit gepresste verblichene Blume, die wahrscheinlich zu Staub zerfallen würde, öffnete man den Rahmen.

Eine uralte Kommode mit drei Schubladen vervollständigt das Mobiliar. Ein fast blinder Spiegel zwischen zwei zierlichen, gedrechselten Säulchen identifiziert das alte Ding als ehemalige Frisierkommode. Ein billiger Druck auf Holz aufgezogen und in einem Metallgestell gegen das Umfallen gesichert, zeigt die Nachbildung der Ikone der Heiligen Mutter vom Don. Ihre Großmutter ist eine fromme Frau gewesen.

Die Geschichten der Heiligen hat sie Sonja immer erzählt und die Märchen von Baba Jaga und der schönen Wasilisa. Wie klug war die listige Prinzessin doch gewesen und am Ende der Geschichte besaß sie nicht nur den Feuervogel mit den goldenen Federn, sondern heiratete noch einen stattlichen Mann. Doch für Wehmut ist heute keine Zeit. Die Großmutter ist nun beerdigt und Sonja wird bewusst, dass sie eine Frau zu Grabe getragen hat, deren Vergangenheit ihr wahrscheinlich immer verschlossen bleiben wird. Die Güte und die Liebe, die sie von Olga erfahren durfte, hatten der jungen Sonja genügt. Nie wäre sie auf die Idee gekommen, Olga Fragen über ihre Vergangenheit zu stellen, hatte sie doch gespürt, dass die Großmutter über die schrecklichen Kriegszeiten nicht reden wollte.

Olga war nach dem Krieg in ihr Dorf zurückgekehrt, hatte dort ihre Tochter, Sonjas Mutter Anna, geboren, und der Enkelin oft die fehlende Mutter ersetzt, die in einem der großen staatlichen landwirtschaftlichen Betriebe ihren Unterhalt verdiente. Anna war kurz nach der Trauerfeier wieder abgereist, was Sonja nicht weiter verwundert hatte, wusste sie doch um das kühle Verhältnis zwischen Mutter und Großmutter.

Sonja, die im Moment von dem lebt was sich gerade an Jobs ergibt, hatte noch etwas Zeit gehabt, sich im Dorf umzusehen. Seit einigen Monaten arbeitet sie hinter der Bar des Hotels »International«, was ihr jeden Abend zusätzlich noch ein fettes Trinkgeld einbringt. Auch für ihre Sprachkenntnisse ist dieser Job nicht schlecht. Sie lernt jede Menge Leute aus unterschiedlichen Ländern kennen, hauptsächlich Deutsche und Amerikaner. Großmutter ist immer traurig gewesen, dass sie aus ihren guten Schulnoten bisher nicht mehr gemacht hat. Sie hätte es gerne gesehen, dass Sonja auch studiert hätte.

Die meisten der Kinder, mit denen Sonja früher gespielt hat, leben nicht mehr hier. Stanislaus hat es sogar bis zum Ingenieur gebracht und arbeitet heute in einem Atomkraftwerk an der Wolga, hat ihr dessen stolzer Vater erzählt. ›*Stanislaus mit der dicken Brille – wenn von einem solch blinden Maulwurf die Zukunft unserer Energie abhängt, na danke …*‹ hat sie da gedacht. Aufmerksam ist Sonja durch das Dorf geschlendert. Nichts hat sich wirklich verändert. Überall unsäglicher Staub, windschiefe Häuschen, die wettergegerbten Gesichter der Älteren sind heute verwittert und die Jungen haben bereits die Züge der Alten angenommen. Seitdem Sonja vor zwei Jahren in die Stadt gezogen ist, scheint die Welt in ihrem Dorf zum Stillstand gekommen zu sein. Hier hat sie beim besten Willen nichts mehr gehalten. Sonja erwartet mehr vom Leben, als einen kleinen Angestellten zu heiraten, der sich wahrscheinlich über kurz oder lang dem Suff ergeben wird und einem solchen Versager auch noch ein paar Kinder zu schenken … unvorstellbar!

Nun steht Sonja mit dem kleinen Pappkarton, den sie in der unteren Kommodenschublade ganz hinten gefunden hat, noch immer unschlüssig im Zimmer.

›*Schau dich um und nimm, was du gebrauchen kannst, viel wird es nicht sein*‹, hat der Onkel ihr nach der Beerdigung gesagt.

Ein paar Wäschestücke, das zerfledderte Märchenbuch, eine uralte Brille, eine Brosche mit einer kleinen stilisierten Blüte und der Pappkarton mit ein paar Fotos, die Sonja noch nie gesehen hat.

Sie setzt sich auf den verschlissenen Sessel und schaut die Bilder genau an. Auf einem Foto glaubt sie, die Großmutter als junge Frau zu erkennen. Sie steht an einem Brunnen, den Rücken zum Betrachter, den Kopf über die Schulter gewandt, zum Fotografen blickend. Ein weiteres Foto zeigt Sonjas Mutter Anna, mit ihr als Baby auf dem Arm. Der Fotograf scheint kein großer Künstler gewesen zu sein, gegen das Sonnenlicht fotografiert bleiben die Gesichter von Mutter und Kind so dunkel, dass man sie kaum erkennen kann.

Unter den Fotos liegt ein Bündel Papiere, zusammengeschnürt mit einem wohl ehemals gelben Band, das mit den Jahren zerfasert ist. Sonja erkennt die Handschrift ihrer Großmutter, winzig kleine, akkurat geschriebene Buchstaben, zwischen den einzelnen Zeichen gleichmäßige breite Lücken. Briefe können es ja wohl kaum sein, es sei denn, Großmutter hätte ihre eigenen Briefe von jemandem zurückbekommen. Sonjas Neugier ist geweckt. Sie steht auf, packt den Karton und das Märchenbuch in eine Tüte und steckt die Brosche in ihre Handtasche. Sie muss sich beeilen, wenn sie noch den Bus in die Stadt erreichen will. Kurz schaut sie noch beim Onkel vorbei, der bereits vor dem Fernseher sitzt und sich eine Nachrichtensendung anschaut.

»Technische Probleme im russischen Atomkraftwerk Balakowskaja«, informiert die dunkelhaarige Nachrichtensprecherin.

›*Da hat Stani, der Maulwurf ja ganze Arbeit geleistet*‹, denkt sie sarkastisch. Dabei kreisen Sonjas Gedanken eigentlich eher um eine mögliche Karriere als Fernsehmoderatorin, als um den Störfall im Kraftwerk. ›*Mit solchen Zwischenfällen muss man in diesem beschissenen Land einfach leben.*‹

»Pass auf dich auf Kind«, verabschiedet sie der Onkel und wendet sich dann wieder den Nachrichten zu.

Die Bushaltestelle liegt etwas außerhalb des Dorfes. Sonja sputet sich, sie hat keine Lust nun noch länger als nötig zu bleiben. Zu Hause erwartet sie ihre kleine Wohnung, direkt gegenüber dem Puschkin-Park mit seinem heruntergekommenen Orchester-Pavillon und seinen ungepflegten Wegen. Trotzdem, besser ein Blick auf den Park, als auf die immer staubgrauen Wege und die noch graueren Menschen, die sie bevölkern. Sonja freut sich bereits auf eine warme Dusche. Auf alles in der Wohnung hätte sie verzichten können, nicht aber auf diesen kleinen Luxus einer Dusche, die, zugegebenermaßen, ihr Nass eher tröpfelnd und selten wirklich heiß, von sich gibt.

An der Haltestelle wartet bereits Katja. Sie kennen sich aus Kindertagen. Katja ist nur wenig älter als Sonja und arbeitet in der Stadt als Krankenschwester. Heute hat sie Nachtdienst.

»Warum ziehst du nicht zurück ins Dorf, du könntest doch das Zimmer oder das Häuschen deiner Großmutter übernehmen. Du sparst die Miete und könntest mit dem Bus in die Stadt fahren«, meint sie.

Sonja runzelt die Stirn. »Du hast sie ja wohl nicht alle! Hier vermodert man ja bei lebendigem Leib. Schau dich doch mal um! Nie im Leben werde ich hier wieder herziehen!«, fährt Sonja ihre Jugendfreundin an.

Katja tritt beleidigt einen Schritt zurück und betrachtet sie empört. »Wer hat dir denn ins Hirn gespuckt? Du bist dir wohl zu fein für unsereins. Was hast du denn in der Stadt erreicht? Nichts, aber auch gar nichts, soweit ich weiß! Was fällt dir also ein, so auf uns herabzuschauen?«

Versöhnlich zupft Sonja Katja am Arm. »Komm schon, es war ja nicht so gemeint. Aber du weißt doch, dass mich dieses Kaff erstickt. Du wirst sehen, irgendwann, werde ich berühmt sein und das ganze Dorf wird mir zujubeln. Wir können uns ja, wenn du Zeit hast, in der Stadt treffen. Ich zeige dir ein paar nette Lokale und mache dich mit interessanten Leuten bekannt.«

»Phh, interessante Leute … Ich kann mir schon vorstellen, was du an denen interessant findest. Aber träum' du nur weiter, du verrücktes Huhn.« Katja ist nicht nachtragend. Sie kennt Sonja und ihren Traum von einem Leben in Saus und Braus.

Eine Staubwolke kündet den nahenden Bus an. Einträchtig plaudernd steigen die beiden jungen Frauen ein, lassen die Geschichten aus Kindertagen wieder aufleben. Doch trotz der Unterhaltung kehren Sonjas Gedanken immer wieder zum Inhalt des Pappkartons zurück.

## November 2008

Gegen neun Uhr dreißig sattelte Dörte Köster Rigoletto, einen großen braunen Wallach, und hoffte, dass das schöne Wetter noch ein paar Tage anhielt. Ihre warme graue Winterjacke ließ die Erzieherin, die heute ihren freien Tag hatte, im Stall an einem Haken hängen, denn die würde sie heute wohl nicht brauchen. Die hellbraunen langen Haare hatte sie zu einem dicken Zopf geflochten, den ein dunkelgrünes Band zusammenhielt, das farblich zu ihrer Reithose passte. Für Anfang November war es noch ungewöhnlich mild.

›*Da kann ich ja noch einmal auf dem Springplatz reiten, die Hallensaison wird lange genug dauern, wenn erst mal das Schmuddelwetter kommt*‹, dachte sie.

Sie schob Rigoletto die Trense ins Maul, zog den Sattelgurt nach und führte das Pferd aus der Stallgasse nach draußen. Die Hofhunde schienen die Sonne auch zu genießen und lagen faul auf der Seite. Dörte stieg auf und ritt den Sandweg entlang, der zum Springplatz führte. Die Maisfelder, die den Weg säumten, waren längst abgeerntet und die letzten Körnchen, die aus den Kolben gefallen waren, von den Krähen aufgepickt worden. Tief sog sie die frische herbstliche Luft ein und genoss das bisschen Wärme der Sonnenstrahlen in ihrem Gesicht und das Alleinsein mit ihrem Pferd. Um diese Zeit herrschte meist noch Ruhe auf dem Brandsteinhof.

Die Anlage am Rande der Stadt war ein echtes Schmuckstück hier in der Gegend. Eine breite, von Bäumen gesäumte Auffahrt, führte von der kleinen Landstraße hierher. Rechts und links davon erstreckten sich die Weiden und das rote Dach der Reithalle sah man schon von der Straße aus leuchten. Die Pferdebesitzer genossen hier viele Annehmlichkeiten, und sie waren gerne bereit für diesen Luxus etwas mehr zu bezahlen. So gab es neben der großen hellen Reithalle eine zweite, kleinere die man zum Longieren oder zum Freilaufen der Pferde nutzen konnte. Daneben gab es eine Führanlage, zwei Außenplätze mit Flutlicht standen den Reitern zur Verfügung und sogar eine Galoppbahn führte über einen etwa sechshundert Meter langen Rundkurs. Zudem gab es zwei

Laufbänder und Solarien für die Pferde, sowie eine Aquatrainingsanlage. Für den kommenden Sommer war auch geplant, zwei steile Kletterhügel aufzuschütten, um die Pferde noch besser trainieren zu können.

Im Sommer konnte man sich draußen vor der Reithalle an grobe Holztische setzen, im Winter lud die gemütliche Reiterstube zum Verweilen ein und so wurde schon manches Fest draußen wie drinnen gefeiert.

Auch Rigoletto schien es zu genießen, dass er nicht in die Reithalle musste. Ruhigen Schrittes trug er seine Reiterin wohin sie wollte. Auf dem Springplatz angekommen, zog Dörte ihre Reitweste aus, die ihr jetzt schon zu warm war. Ein seltsames Novemberwetter, es schien wohl doch etwas am Klimawandel dran zu sein. Sie schob eine Haarsträhne, die sich aus dem Zopf gelöst hatte, hinter ihr rechtes Ohr und nahm die Decke vom Rücken ihres Pferdes, um sie dann über den Zaun, der den Platz einrahmte, zu hängen. Als sie erneut den Sattelgurt nachgezogen hatte, nahm sie die Zügel auf und begann zu reiten. Die Anweisungen ihres Reitlehrers gingen ihr durch den Kopf und sie versuchte nachzureiten, was sie gestern im Unterricht geübt hatte. Der Rasenspringplatz war riesig und Dörte ritt zunächst nur auf dem oberen Zirkel, ihr Pferd biegend in groß angelegten Volten und Schlangenlinien um die Hindernisse herum. *›Reite ihn im Galopp immer schön nach vorne und an der langen Seite stellst du Rigoletto nach innen, wie wenn du Schulterherein reiten wolltest‹*, klang die Stimme des Reitlehrers in ihrem Kopf nach, als sie angaloppierte und sich dem anderen Ende des Platzes näherte. Rigoletto begann plötzlich ängstlich zu schnauben, blieb ruckartig stehen und versuchte umzudrehen. Dörte kippte im Sattel nach vorne und verlor einen der Steigbügel. Beinahe wäre sie heruntergefallen.

»Was ist denn los? Du kennst das doch alles«, versuchte

Dörte das aufgeregte Pferd zu beruhigen und tätschelte es am Hals. Der Wassergraben schien dem Wallach heute nicht geheuer zu sein, dabei sah alles wie immer aus.

*›Pferde! Manchmal würde ich schon gern wissen, was in deren Köpfen vorgeht!‹*

Dörte zwang Rigoletto weiterzugehen, doch je näher sie dem Wassergraben kamen, desto widersetzlicher wurde der Wallach. Dann war auf einmal Schluss mit Rigolettos Nerven. Blitzartig machte er auf der Hinterhand kehrt und versuchte davon zu rennen. Dörte konnte sich keinen Reim darauf machen. Ihr Pferd schien tatsächlich panische Angst zu haben. Das waren jedenfalls nicht seine üblichen Sperenzchen! Dass er in der Reithalle schon mal erschreckt zur Seite sprang, wenn plötzlich jemand in der Tür auftauchte oder einer der Stallhelfer mit dem Fensterputzzeug herumhantierte, das war sie schon seit Jahren gewohnt. Aber das hier!

Dörte Köster parierte durch und stieg ab. Sie nahm das Pferd am Zügel und ging zurück zum Wassergraben. An der Hand beruhigte sich Rigoletto etwas und war eher bereit sich dem Wasserhindernis zu nähern. Der Graben war extra ausgehoben worden, damit er natürlich aussah, und war nicht, wie in vielen Ställen üblich, nur eine blaue Plastikwanne, die man mit Wasser befüllen konnte.

Dann sah auch Dörte Köster, was ihr Pferd zu Tode erschreckt hatte. Ihr selbst ging es nicht anders. Im Wasser lag eine Frau. Die langen blonden Haare umflossen ihr Gesicht wie ein Kranz aus Sonnenstrahlen. Geistesgegenwärtig schlang Dörte die Zügel um eine Stange des dicht beim Graben stehenden Hindernisses, damit sich ihr Pferd nicht durch herabhängende Zügel verletzen konnte und sprang ins Wasser, um die Frau herauszuziehen. Der Graben war knapp knietief und sie schaffte es, die Frau, die sie unter den Achseln gepackt hatte, an den Rand zu ziehen. Schwer atmend ließ die Erzieherin den Körper auf den Rasen gleiten. Sanft strich sie der Frau die nassen Haare aus dem Gesicht, um eventuell Wiederbelebungsversuche einleiten zu können. Erst neulich hatte sie im Rahmen einer Fortbildung einen Erste-Hilfe-Kurs belegt. Sie legte zwei Finger an die Halsschlagader um den Puls zu erfühlen. Erschrocken zog Dörte ihre Hand zurück. Es war zu spät, die Frau war bereits tot.

Nun erst fiel Dörte auf, dass es sich um die junge Frau handelte, die regelmäßig das gemütliche Reiterstübchen und die Toiletten saubermachte.

*›Mein Gott, das ist Sonja!‹*

Schlagartig kam ihr das Frühstück hoch und sie musste sich übergeben. Gerade schaffte sie es noch, die Mischung aus Bircher Müsli und grünem Tee nicht direkt auf dem leblosen Körper zu platzieren. Einen erneuten Brechreiz unterdrückend, wandte sie sich heftig atmend ab, band Rigoletto los, der seltsamerweise nun ganz unbeteiligt wirkte und stieg auf. Dann gab Dörte ihm die Sporen und galoppierte den Sandweg zurück zum Stall.

Petra von Bokeloh und Anne-Marie Kleinhempel waren gleichzeitig auf dem Hof angekommen und gönnten sich vor dem Reiten noch eine Zigarette, den neuesten Klatsch austauschend. Petra wies Anne-Marie auf ihr neues Auto hin.

»Und was sagst du zu meinem Porsche? Ist der nicht schön? Also, dieses Knallrot ist schon eine tolle Farbe. Passt genau zu meiner Brille.«

Anne-Marie schüttelte amüsiert den Kopf.

»Kommst du da überhaupt rein und raus ohne Hilfe eines Zivis? Du bist ja auch nicht mehr die Jüngste«, war ihr kurzer Kommentar. Anne-Marie Kleinhempel war eine echte Frohnatur. Man konnte ihr eigentlich nie die Laune verderben und sie war für jeden Spaß zu haben. Ihr trockener Humor war allgemein im Reitstall beliebt. Ihre Freundin Petra von Bokeloh hingegen war eher kapriziöser Natur und sie genoss es, ihre Freundinnen mit Geschichten über ihre große Familie zu unterhalten. Sie besaß eine einmalig unterhaltsame Erzählweise.

Petra wollte ihrem Gegenüber eine verbale Retourkutsche geben, doch dann rief sie: »Sag' mal, siehst du das, Anne-Marie? Das ist doch Dörte, die da wie verrückt galoppiert!«

»Die hat sie doch nicht mehr alle«, gab Anne-Marie zurück, »sag ich ja schon lange«, fügte sie grinsend hinzu, doch dann wurde sie schlagartig ernst. »He, da stimmt was nicht. Irgendwas ist passiert. Lass uns ihr entgegenlaufen.«

Petra nickte nur und die beiden Frauen machten sich im Laufschritt auf den Weg.

Die beiden Frauen gehörten, wie auch Dörte Köster und noch einige andere Reiterinnen, zum sogenannten Proseccoclub. Es war eine nette Runde, die sich regelmäßig zu einem gemeinsamen Frühstück im Reiterstübchen traf, und die Damen dabei dann eben mal mehr, mal weniger Prosecco tranken. Natürlich gab es wie überall, wenn viele Menschen zusammen kommen, um das gleiche Hobby zu pflegen, auch auf dem Brandsteinhof Leute, die über diese trinkfreudige Runde nur verständnislos den Kopf schüttelten. Doch die Frauen nahmen es gelassen hin.

Sie waren eine bunt gemischte Truppe: die Erzieherin Dörte Köster, die jeden Euro zusammensparte, um sich Rigoletto leisten zu können, was aber nur dadurch gewährleistet war, dass ihre Reitbeteiligung Katja das Pferd mitfinanzierte und Petra von Bokeloh, die sich niemals Sorgen um Geld machen musste, da ihr Mann ein gut situierter Fabrikant war. Sie selbst verdiente auch nicht schlecht als Harfenistin bei den Bremer Philharmonikern. Komplettiert wurde die Runde durch Christiane Johannsmann, die an der Bremer Universität in Geschichte zum Thema »Das deutsch-russische Verhältnis unter Reichskanzler Otto-von-Bismarck« promovierte, die Sonnenstudiobesitzerin Pauline Öllrich, selbst immer braun gebrannt, sowie durch Michaela Nölle und Jasmin-Denise Moosgruber. Michaela war leitende Ärztin des Hanse-Schlaflabors, welches sich in Gröpelingen im vierten Stock des Ärztehauses beim Diakonissenkrankenhaus angesiedelt hatte. Die lästerlichen Zungen ihrer Freundinnen zogen sie regelmäßig mit ihrem Beruf auf, denn Michaela tat sich immer schwer damit, früh aufzustehen, und ständig klagte sie über Müdigkeit. Die Tierärztin Jasmin-Denise war vor gut fünf Jahren von Augsburg der Liebe wegen nach Bremen gezogen. Sie schimpfte stets über ihren Namen beziehungsweise über ihre Eltern und deren seltsamen Geschmack, zumindest, wenn es sich um die Namensfindung für ein unschuldiges Kind handelte, das sich nicht dagegen hatte wehren können. Vor Jasmin-Denises Geburt hatten ihre Eltern einige Jahre in Frankreich gelebt und dort, wie sie sagten, die schönste Zeit ihres Lebens verbracht. Ihre Mutter hatte sich, als Jasmin das Licht der Welt erblickt hatte, mit dem Vornamen durchgesetzt. Wäre es allerdings nach ihrem Vater gegangen, dann hätte sie Madeleine Amelie geheißen, was bei diesem Nachnamen auch nicht besser gewesen wäre. Ironie des Schicksals – ihre Mutter stellte nach Jahren fest, dass der Name Jasmin in Frankreich dem männlichen Geschlecht vorbehalten war. Die Tierärztin konnte sich darüber immer wieder köstlich amüsieren, und sie zog ihre Mutter damit regelmäßig gnadenlos auf. Zu guter Letzt war Anne-Marie Kleinhempel die Siebte im Bunde. Sie zählte zu den renommiertesten Innenarchitekten der Stadt und ihr loses Mundwerk war hinlänglich bekannt. Es herrschte ein rauer, aber herzlicher, Umgangston zwischen den Frauen, der manchen Außenstehenden wenigstens zu hoch gezogenen Augenbrauen veranlasst hätte.

»Dörte«, rief Anne-Marie der Freundin schon von weitem zu, »was ist denn passiert?« Anne-Marie verfluchte ihre schlechte Kondition, denn die wenigen Meter im Laufschritt hatten sie bereits außer Puste gebracht. Sie hatte ein, zwei Kilos zu viel auf den Rippen, was ihr aber nicht schlecht zu Gesichte stand. Ihre roten Haare trug sie in einem frechen Kurzhaarschnitt, der ihre grünen Augen, die meist vor Vergnügen blitzten, noch größer erscheinen ließ. Das unerwartet milde Wetter tat sein Übriges, um sie außer Atem kommen zu lassen. Anne-Marie liebte die Kälte und konnte das warme Wetter nur schlecht ertragen.

Dörte Köster parierte durch zum Schritt und ritt den Frauen entgegen. Kreideweiß im Gesicht und schweißgebadet brachte sie Rigoletto neben den Freundinnen zum Stehen und stammelte: »Da, dr… außen … auuuff dem Sppringppplatz lliegt Sssonja. Imm Wwwassergraben.« Dörte zitterte am ganzen Körper und ihr Atem flog.

Anne-Marie dachte wie immer praktisch. »Steig erst einmal ab bevor du noch vom Pferd fällst«, sagte sie zu Dörte. Ein leicht saurer Geruch nach Erbrochenem schlug Anne-Marie entgegen als sie Dörte beim Absteigen half, denn diese erweckte den Anschein als wollte sie gleich aus den Reitstiefeln kippen.

›*Oh Gott, mir wird auch gleich schlecht*‹, fuhr es Anne-Marie durch Kopf und Magen.

Petra wandte sich um, als sie den Motor eines Autos hörte und erkannte den dunkelgrünen Mercedes-Geländewagen von Jasmin. Sie zückte ihr Mobiltelefon und wählte Jasmins Nummer.

»Hallo Jasmin, komm bitte ganz schnell hinter die Reithalle, ich glaube Dörte hat einen Schock.« Die Antwort nicht abwartend half sie Anne-Marie Dörte auf eine nahestehende hölzerne Trittleiter zu setzen, die sonst als Aufstiegshilfe diente.

Jetzt erst schienen Dörtes Worte zu Petra durchgedrungen zu sein. »Wie, Sonja, die Putzfrau?«

»Ja, natürlich die Putzfrau, sonst heißt doch hier niemand so«, warf Anne-Marie ein. Petra ignorierte den Kommentar und wandte sich erneut an Dörte.

»Ja und weiter? Ist sie verletzt oder was?«

Ein Blick in Dörtes verstörtes, leichenblasses Gesicht hätte eigentlich ausreichen müssen, aber wer rechnete schon mit so etwas an einem solch schönen Tag.

»Nein«, flüsterte Dörte, »sie ist tot.«

Erschrocken sahen sich die anderen beiden Frauen an.

»Oh Gott«, hauchte Petra von Bokeloh.

Jasmin-Denise Moosgruber fuhr rasant um die Ecke und sprang aus dem Auto. Die Tierärztin hatte ihre strohblonden Haare zu einem kleinen, straffen Pferdeschwanz zusammengebunden. Ihre Füße steckten in bequemen braunen Ledermokassins. Dazu trug sie Jeans, eine weiße Bluse und darüber einen dunkelblauen Pullover, der auf der Vorderseite das Logo ihrer Praxis präsentierte.

»Was ist denn passiert um Himmels Willen? Bist du runtergefallen, Dörte?« Eine Antwort bekam sie zunächst nicht, aber das war nun auch nicht wichtig.

»Los, legt sie hin«, wies sie Petra und Anne-Marie an, »ich nehme ihre Beine hoch. Und Petra, besorge dann bitte eine Decke. Schnell.«

Petra nickte und rannte zum Stall zurück, was in ihren dunkelbraunen Lederreitstiefeln etwas ungelenk aussah.

Anne-Marie konnte es sich trotz des Ernstes der Situation nicht verkneifen zu murmeln: »Frauen über fünfzig sollten einfach nicht mehr rennen.«

Jasmin warf ihr einen unwilligen Blick zu. »Spar dir deinen Kommentar und erzähl mir lieber, was passiert ist.«

»Ich bringe jetzt erst einmal dieses Pferd hier weg, dem wird es sonst zu kalt. Petra kann dich ja auch aufklären. Da kommt sie schon mit einer Decke.« Anne-Marie nahm Rigoletto am Zügel, der bisher brav gewartet hatte, und führte ihn zu den Stallungen.

Jasmin-Denise hielt weiterhin Dörtes Beine nach oben und wies Petra an, die Freundin in die Decke zu hüllen. »Geht's besser, Dörte? Versuch ganz ruhig und tief durchzuatmen. Alles ist gut. Wir sind ja da.«

So ganz allmählich schien Dörte Köster sich wieder zu fangen, die Atmung wurde tiefer und das Zittern ließ nach. Sanft ließ Jasmin Dörtes Beine wieder zu Boden gleiten und half Dörte sich aufzusetzen. »Besser?«

Dörte schluckte. »Ja, danke, ich glaube es geht wieder. Mann, das war aber auch ein Anblick …«

»Klärt mich hier mal jetzt einer auf?«, forderte Jasmin.

Petra wartete erst gar nicht bis Dörte wieder das Wort ergriff, sondern platzte heraus: »Dörte hat eine Leiche gefunden. Auf dem Springplatz. Im Wassergraben. Und weißt du wer da liegt? Sonja, die Putzfrau!«

Jasmin-Denise Moosgruber war sprachlos. Nach geraumer Zeit fand sie ihre Stimme wieder. »Ich weiß gar nicht, was ich sagen soll? Mensch, das gibt es doch gar nicht. Dörte, kannst du aufstehen? Ja? Gut, dann lass uns mal am besten in die Reiterstube gehen und uns dort hinsetzen.«

»Wir müssen sofort Hinnerk Bescheid sagen und die Polizei verständigen«, meinte Anne-Marie, die gerade wieder zu den Frauen stieß.

»Ja, natürlich. Ich versuche Hinnerk zu erreichen und du rufst die Polizei«, sagte Petra und wandte sich zum Gehen. Sie hoffte, Hinnerk Brandstein, den Hofbesitzer, im Wohnhaus nebenan zu finden.

»Gut, ich gehe dann schon mal mit Dörte voraus«, erbot sich Jasmin-Denise an und legte Dörte den Arm um die Schultern.

Anne-Marie Kleinhempel nickte, zückte ihr Mobiltelefon und wählte die Nummer der Polizei. Um genau zehn Uhr drei erreichte der Notruf den Leiter des Kriminaldauerdienstes, Jean-Marie Muller.

Hinnerk Brandstein wartete schon ungeduldig auf die Polizisten, auch er war weiß im Gesicht. Er hatte es nicht lassen können, sich die Tote anzuschauen, nachdem Petra von Bokeloh ihn benachrichtigt hatte. Das war unfassbar. Auf seinem Hof. Und wieso Sonja Achmatova?

An einen Unfall hatte er keine Sekunde geglaubt, vor allem nicht, nachdem selbst er als Laie die dunklen Würgemale am Hals der jungen Frau gesehen hatte. Grauenhaft hatte sie ausgesehen. Dieses Bild würde ihn auf ewig verfolgen. Die aufgerissenen Augen, der geöffnete Mund, umrahmt von violetten Lippen, der dunkel verfärbte Hals, das übrige Gesicht wächsern und durchscheinend. Seltsam anmutend war die weiße Federboa, die neben der toten Russin im Wassergraben dümpelte. Ein ziemlich gruseliges Stillleben.

Nur gut, dass um diese Zeit noch nicht so viele Personen auf dem Reiterhof waren. Jasmin, Petra und Anne-Marie saßen nun in der Reiterstube und warteten gemeinsam mit Dörte auf die Polizei.

Hinnerk Brandstein war ein Mann in den Sechzigern und hatte sein halbes Leben mit Pferden und ihren Besitzern, die oft nicht einfach waren, verbracht. Aber so etwas hätte er sich nie träumen lassen. Nach diesem Schock hätte ein

Schluck Korn sicherlich gut getan und die Nerven beruhigt. Doch er konnte wohl kaum den Polizisten mit einer Fahne entgegen treten.

»Ich glaube, ich mache uns am besten mal einen Kaffee«, bot sich Anne-Marie an. »Wobei ein Schnaps jetzt besser wäre.«

»Ja mach' mal. Gute Idee mit dem Schnaps, aber da sieht's wohl eher schlecht aus«, meinte Petra. »Vertragen könnten wir alle einen auf den Schreck hin.« Sie zog ihre schwarze Reitjacke, die mit braunen Nähten abgesetzt war, aus und hängte sie über eine Stuhllehne. Schwer ließ sie sich dann auf den Stuhl fallen, strich die Ärmel ihrer cremefarbenen Bluse zurück und kramte in ihrer dunkelbraunen Weste nach ihren Zigaretten.

»Also, ich bräuchte wahrscheinlich 'ne halbe Flasche für mich alleine. Gott, es war so schrecklich, sie so da liegen zu sehen.« Dörte Köster war immer noch grau im Gesicht, von den sonst rosigen Wangen fehlte jede Spur.

»Sag mal, Dörte, wieso hast du eigentlich eine klatschnasse Reithose? Du bist doch nicht etwa in den Wassergraben gesprungen oder?« Jasmin-Denise sah an Dörtes dunkelgrüner Reithose hinunter, die durch die Nässe fast schwarz erschien.

»Was sollte ich denn machen, ich dachte ja nicht, dass sie tot ist! Ich wollte nur helfen!«

»Bist du bescheuert? Jetzt hast du die ganzen Spuren verwischt«, ereiferte sich Petra von Bokeloh. In Dörtes Augen glitzerten die Tränen und ihre Unterlippe begann gefährlich zu zittern.

»Mensch Petra«, versuchte Anne-Marie ihre Freundin zu besänftigen, »jetzt lass sie doch. Schau doch mal wie fertig sie ist. Außerdem möchte ich nicht wissen, wie wir reagiert hätten. Du liest eh' zu viele Krimis«, fügte sie dann noch hinzu.

»Ja, gut. Das stimmt, muss ich zugeben. Entschuldige bitte, Dörte. Ich hätte mich wahrscheinlich vor Schreck gleich daneben gelegt, hätte ich sie gefunden.«

Petra klopfte Dörte entschuldigend auf die Schulter.

»Schon gut, Petra. Ich hab' einfach nicht nachgedacht. Konnte ich gar nicht. Hab' einfach nur reagiert. Klar war das blöde von mir.«

Schweigend tranken die vier Frauen ihren Kaffee und jede stellte in Gedanken ihre eigenen Mutmaßungen über das Geschehen an.

»He, guten Morgen ihr Luschen! Wieso sitzt ihr nicht auf'm Pferd? Wollt ihr schon wieder faulenzen?«

Gut gelaunt platzte Pauline Öllrich herein. Offensichtlich kam sie direkt von ihrem Sonnenstudio, denn sie trug keine Reitsachen, sondern eine verwaschene, hautenge Jeans, einen hellrosa Pullover, dessen V-Ausschnitt den Blick auf ein weißes T-Shirt mit feinem Lochmuster freigab. Ihre kastanienbraunen Locken fielen weich bis knapp über die Schultern und die hellblauen Augen strahlten wie kleine Aquamarine. Ein Blick in die Gesichter der anderen brachte sie ins Stocken.

»Scheiße. Ist was passiert? Ist was mit 'nem Pferd nicht in Ordnung?« Unbewusst knabberte sie ein Stückchen Haut an ihrem rechten Zeigefinger ab, um anschließend Hautfetzchen an jedem einzelnen Finger rund um die Nägel abzuzupfen. Diese schlechte Angewohnheit würde sie wohl nie ablegen und so passten ihre malträtierten Finger nicht zu ihrem ansonsten schicken Erscheinungsbild.

»Nee, die Pferde sind ok. Aber die Putzfrau ist tot«, klärte Anne-Marie Pauline auf.

»Wie Petras Putzfrau? Musst du jetzt etwa selber mal ran? Gott, wie schrecklich«, versuchte Pauline zu scherzen.

»Blöde Kuh«, gab Petra trocken zurück. »Nein, die Putzfrau vom Stall. Du weißt doch, die kleine Blonde aus Russland.«

»Wie jetzt? Echt? Macht keinen Quatsch! Wie das denn?«

Also erzählte Dörte Pauline haarklein von ihrem Erlebnis auf dem Springplatz.

»Und jetzt warten wir auf die Polizei«, beendete sie ihre Erzählung.

Pauline war schockiert. Sie griff nach dem nächsten Stuhl. »Mensch, das gibt's doch nicht. Wer bringt die denn um? Und wieso?«, fragte sie dann niemand Bestimmten. Sie bekam keine Antwort. Jetzt hatte Pauline ausgesprochen, was eigentlich längst allen klar gewesen war.

Mord. Hier. Auf dem Hof. Auf solch einem netten Fleckchen Erde war das undenkbar. Unfassbar. Konnte nicht sein. Durfte nicht sein. Die ganze Idylle war zerstört.

In die Stille hinein, die sich wieder ausgebreitet hatte, vernahmen die Frauen das schrille Geräusch von Martinshörnern. Sie drängten sich ans Fenster der Reiterstube und sahen wie mehrere Polizeiwagen und ein Notarztwagen die Auffahrt entlang fuhren.

Hinnerk Brandstein begrüßte die Polizisten und begleitete sie auf dem Weg zum Springplatz. Als sie den Platz erreichten, ließ er die Polizisten allein, froh darüber, nicht noch einmal in die unmittelbare Nähe der Leiche zu müssen. Unschlüssig stand er noch einen Moment herum, bis ihn einer der Polizisten aufforderte nicht im Weg herumzustehen, sondern am Rande des Platzes zu warten, da man vielleicht noch ein paar Fragen an ihn hätte. Das geübte Auge des leitenden Beamten des Kriminaldauerdienstes, Jean-Marie Muller, erkannte sofort, dass es sich nicht um einen Unfall, sondern um ein

Verbrechen handelte, und er rief den zuständigen Kollegen von der Mordkommission an.

»Hallo Heiner, ruf' deinen Trupp zusammen und fahr hierher. Warte, ich sage dir gleich die Adresse.« Er gab den Straßennamen durch. »Henri und den Adlerblick informiere ich sofort. Bis gleich.« Er wählte erneut zwei Nummern und beorderte die Staatsanwältin Henriette Deuter und Frau Dr. Adler-Petersen, die Gerichtsmedizinerin, zum Tatort. Muller zog den Kragen seiner Jacke hoch und wandte sich an Brandstein, der noch immer kreidebleich die umherwuselnden Polizisten beobachtete. Der Hofbesitzer hatte seine Kappe respektvoll vom Kopf gezogen und knetete sie in seinen kräftigen Fingern.

»Wir werden jetzt erst einmal das Gelände absperren sowie den Weg zum Tatort«, klärte der Kriminalbeamte den Hofbesitzer auf. »Ich nehme an, dass in den nächsten Stunden hier noch einige Reiter aufkreuzen werden. Die müssen dann eben in der Halle reiten. Hier draußen ist erst einmal alles gesperrt bis die Kollegen von der Spurensicherung fertig sind«, erklärte er weiter.

Kaum zehn Minuten später fuhr ein weiterer Wagen auf den Hof und wenige Augenblicke später stieß ein großer, stattlicher Mann mit kurz geschorenen dunklen Haaren zu Muller und Brandstein.

»Guten Tag, mein Name ist Hölzle«, stellte er sich Brandstein vor. Er nickte seinem Kollegen vom Dauerdienst kurz zu. »Tag, Jean-Marie, du hast ja schon wieder alles perfekt organisiert, vielen Dank. Sind die Damen schon da?«

Muller grinste und zuckte mit den Achseln. »Ist mein Job, oder? Die zwei Grazien sind noch nicht erschienen, schätze aber, dass es nicht mehr allzu lange dauert. Ich mach' mich dann mal wieder vom Acker. Wir sehen uns später im Präsidium.«

»Meine Freundin reitet hier übrigens auch«, ließ Hölzle Brandstein wissen, als Muller gegangen war.

»Ihre Freundin?« Hinnerk Brandstein hatte keine Ahnung von wem der Mann redete.

»Christiane Johannsmann«, gab Hölzle zurück.

»Ach was! Christiane! Das ist ja 'ne Überraschung! Sie habe ich aber hier noch nie gesehen«, bemerkte er dann mit einem Seitenblick auf den Ermittler.

»Na ja«, meinte Kriminalhauptkommissar Hölzle leicht verlegen, »ich hab's nicht so mit Pferden.«

Hinnerk grinste. Das kannte er. Die meisten Männer der Pferdebesitzerinnen zeigten kein großes Interesse an den Pferden beziehungsweise an diesem Sport. Im besten Fall freuten sie sich für ihre Frauen, dass sie in diesem Hobby ihre Erfüllung fanden und gönnten es ihnen. Im schlimmsten Fall waren sie froh, dass ihre Frauen ihnen aus den Füßen waren.

»Herr Brandstein, bitte veranlassen Sie, dass keiner uns hier dazwischen funkt aus lauter Neugier«, wurde Hölzle nun wieder ernst. Brandstein nickte und ging zurück, um die Sandwege zu den Außenplätzen und zur Rennbahn abzusperren, damit die Polizisten und Kriminaltechniker in Ruhe ihre Arbeit machen konnten. Er war froh, dass er nicht mit ihnen tauschen musste.

Ein schwarzes Mini-Cabriolet fuhr auf den Hof. Hinter dem Steuer saß eine hübsche Brünette.

›Das ist doch Heiners Dienstwagen. Was will der denn hier?‹, dachte Christiane Johannsmann als sie auf den Parkplatz fuhr und runzelte die Stirn. Sie parkte ihren Wagen neben dem knallroten Porsche Cabrio von Petra von Bokeloh, stellte den Motor ab und stieg aus. Durch die Fenster der Reiterstube konnte sie sehen, dass ihre Freundinnen drinnen saßen. Ihre Verwunderung wurde noch größer, als sie die übrigen Polizeiwagen bemerkte, die seitlich der Halle geparkt waren. Eine böse Vorahnung ergriff Besitz von ihr.

Christiane ging nicht, wie gewohnt, zuerst zu ihrem Pferd Cassino, einem Fuchswallach, sondern marschierte schnurstracks in die Reiterstube.

»Was ist denn hier los?«, fragte sie bereits in der Tür und verzichtete auf ein ›Hallo‹.

Pauline, Dörte, Anne-Marie, Jasmin und Petra begannen wie auf Knopfdruck durcheinander zu reden.

»Stopp!«, rief Christiane. »Eine nach der anderen. Ich versteh' gar nichts!«

Anne-Marie ergriff das Wort und schilderte Christiane in ein paar Sätzen, nur unterbrochen von Petras Dauereinwurf ›stimmt, so war's!‹, was vorgefallen war. Christiane plumpste auf den freien Stuhl neben Pauline.

»Mann, das ist doch nicht wahr.« Besorgt blickte sie Dörte an. »Wie geht es dir denn damit? Du hast sie schließlich gefunden.«

Dörte Köster zuckte mit den Achseln. »Im Moment geht es. Mein Magen ist noch etwas flau, aber ansonsten … Schätze, ich muss irgendwie versuchen diesen Anblick aus meinem Kopf zu bekommen. Das entwickelt sich gerade zu einer Art Standbild.«

Christiane nickte mitfühlend. »Vergessen wirst du das vermutlich nie.« Sie blickte durch die Fenster auf den Parkplatz und einen Teil der Weiden. »Jetzt ist mir auch klar, warum Heiners Wagen draußen steht.«

»Ach, das ist dein Freund? Jetzt werden wir endlich erfahren, wie er aussieht«, sagte Petra.

»Genau!«, rief Pauline dazwischen. »Du hast ihn ja noch nie mitgebracht«, fügte sie leicht vorwurfsvoll hinzu.

»Ja, mein Gott. Er hat eben kein Interesse am Reiten und an Pferden schon gar nicht.« Christiane Johannsmann verzog das Gesicht. »Die stinken, sagt er.«

»Ach mach' dir nichts draus. Mein Mann findet auch, dass Reiten kein Sport ist. Das Geschwätz bin ich schon seit Jahren gewohnt«, warf Anne-Marie ein.

Nun redeten alle Frauen durcheinander, das war das Thema. Die eigenen Männer und deren Eigenheiten. Nur Dörte saß schweigend daneben.

»Also, ich finde, wir könnten 'ne Flasche Prosecco aufmachen. Ich hab' noch eine in meinem Spind«, sagte Anne-Marie spontan und zupfte ihre roten kurzen Haare zurecht.

Bevor die anderen ›Ja‹ sagen konnten, bemerkte Dörte leise: »Ich glaube nicht, dass dies der geeignete Zeitpunkt für eine Spontanparty ist.«

Betreten blickten die anderen zu Boden.

»Entschuldige bitte, das war völlig daneben von uns«, meinte Pauline mitfühlend.

Just in diesem Augenblick öffnete sich die Tür und Kriminalhauptkommissar Heiner Hölzle trat ein.

»Guten Tag, mein Name ist Hölzle, ich bin von der Kripo Bremen«, stellte er sich vor. »Ich würde gerne mit Frau Köster sprechen.«

Dann erst bemerkte Hölzle, dass auch seine Freundin Christiane anwesend war.

»Hi!«, nickte er ihr mit einem knappen Lächeln zu.

»Hallo Heiner«, sagte Christiane, »lass mich dir schnell die anderen vorstellen, bevor du Dörte befragst. Dem Namen nach kennst du sie ja alle, aber nun lernst du auch die passenden Gesichter kennen. Also, das hier ist Petra von Bokeloh, Anne-Marie Kleinhempel, Pauline Öllrich, Jasmin-Denise Moosgruber und Dörte Köster.« Bei jeder Namensnennung nickte sie mit dem Kopf in die entsprechende Richtung.

»Hallo meine Damen«, sagte Heiner Hölzle, »ist leider nicht der beste Anlass, um sich kennen zu lernen und Smalltalk zu halten.« Es entstand eine kleine unangenehme Pause. Hölzle zog sich einen Stuhl von dem benachbarten Tisch heran und setzte sich zu den Frauen.

»Also, Frau Köster, jetzt schildern Sie mal, wie das heute morgen war.« Hölzle zückte sein Notizbuch und war ganz Ohr.

Dörte erzählte ihm lang und breit, wie sie heute morgen auf den Hof geradelt war, wie sie fröhlich Rigoletto geputzt und sich auf einen schönen Ritt draußen auf dem Springplatz gefreut hatte. Es sprudelte nur so aus ihr heraus.

Heiner Hölzle unterdrückte den Impuls ihr zu sagen, sie solle zum Punkt kommen. Aber er kannte das. Die meisten Leute hatten Schwierigkeiten, ein solches Erlebnis zu beschreiben. Meist schweiften sie ab und verloren sich in unwichtigen Details. Schließlich kam Dörte in ihrer Erzählung beim Wassergraben und seinem grausigen Inhalt an.

»Frau Köster«, unterbrach der Kommissar, »haben Sie die Leiche berührt oder gar bewegt?«

Dörtes Augen füllten sich mit Tränen. »Ja«, gab sie schniefend zu. »Aber, ich dachte, sie lebt noch und wollte ihr helfen.« Ihre Stimme zitterte nun verdächtig. Dass sie auch noch neben die Leiche gekotzt hatte, verschwieg sie. Es war ihr einfach peinlich, vor allem vor den anderen.

»Schon gut. Ist leider nicht zu ändern. Aber damit dürften einige der Spuren zum Teufel sein.«

›*Herrgott, wie ka mr denn so bleed sei!*‹, dachte Hölzle bei sich. Meist bemühte er sich wenigstens beim Reden nicht allzu sehr in seinen schwäbischen Dialekt zu fallen. Aber denken durfte man ja noch Gott sei Dank so, wie einem der Schnabel gewachsen war.

Hölzle war nun seit etwa einem Jahr bei der Kripo Bremen und im Grunde fühlte er sich ganz wohl. Natürlich vermisste er Brezeln und Laugenbrötchen (die, die es hier in den Bäckereien zu kaufen gab, konnte man als Schwabe definitiv nicht für gut befinden), Maultaschen, selbstgemachte Spätzle und schwäbischen Kartoffelsalat. Wie konnte man einen Kartoffelsalat mit Mayonnaise machen? Das grenzte für Hölzle schon an ein Verbrechen. Und hiesige Gerichte wie Labskaus oder Bremer Knipp gehörten seiner Meinung nach schon fast verboten. Versucht hatte er die landestypischen Gerichte, aber überzeugt hatten sie ihn nicht. Bis auf die Bratkartoffeln. Die waren hier einsame Spitze, das musste man den Norddeutschen schon lassen.

Zwar musste er in Bremen auf manchen Gaumenschmaus verzichten, ebenso wie auf den lieblichen Anblick der schwäbischen Alb, aber dafür hatte er Christiane Johannsmann kennen gelernt, was ihn für diese Verluste mehr als alles andere entschädigte.

Seit knapp acht Monaten waren sie nun ein Paar und vor gut acht Wochen waren sie zusammengezogen. Christianes Großtante, Marthe Johannsmann, besaß ein wunderschönes Altbremer Haus im Ostertorviertel und genügend Platz um das junge Glück aufzunehmen. Da sie kinderlos geblieben und ihr Mann früh verstorben war, war es gerade recht gekommen, dass der Kommissar und ihre Großnichte eine Wohnung gesucht hatten. Spontan hatte sie angeboten einen Teil ihres Hauses an die beiden zu vermieten und die hatten sich nicht lange bitten lassen.

»Kannte eine von Ihnen Sonja Achmatova näher?«, fragte Hölzle in die Runde. Schweigen.

»Anders gefragt: wissen Sie sonst noch irgendwas über sie, außer, dass sie hier geputzt hat? Hatte sie noch andere Jobs? Oder hatte sie nähere Kontakte zu jemandem hier im Stall?«

Zunächst schüttelten alle den Kopf. Doch plötzlich platzte Petra von Bokeloh heraus: »Hatte die nicht mal was mit dem Pfleger? Pjotr?«

»Echt? Davon weiß ich gar nichts«, empörte sich Pauline, die meist als Letzte irgendwelche Neuigkeiten, die es im Stall gab, erfuhr.

»Na klar. Das ist noch gar nicht so lange her. Wer hatte das denn noch erzählt?«, überlegte Anne-Marie. »Egal. Jedenfalls ist da wohl was gelaufen.«

Und plötzlich schnatterten die Damen alle durcheinander.

Hölzle verdrehte innerlich die Augen und fluchte in sich hinein. *›Oh du liabs Herrgöttle von Biberach, wia hent au di d'Mugga verschissa.‹*

»Ruhe!«, brüllte er dann. Schlagartig waren alle still.

Hölzle sammelte sich und sagte: »So, jetzt noch einmal. Erzählen *Sie* bitte, was Sie über die Tote und den Pfleger wissen«, wandte er sich an Petra.

Petra räusperte sich kurz und antwortete: »Na ja, es gingen eine Zeitlang Gerüchte im Stall um, dass Sonja ein Verhältnis mit Pjotr hatte. Ich selbst habe nichts mitbekommen, außer vielleicht …« Petra brach ab.

»Ja, bitte, fahren Sie fort«, ermunterte Heiner Hölzle sie.

»Es ist schon ein paar Monate her und ich hab' mir nichts dabei gedacht. Aber jetzt …« Sie machte eine kleine Pause und fuhr dann fort. »Ich kam hier in die Küche und wollte mir einen Kaffee aufbrühen und Sonja und Pjotr waren auch da. Sie fuhren auseinander als ich herein kam, wie wenn sie bei irgendwas Verbotenem ertappt worden wären. Damals dachte ich, ich hätte sie vielleicht erschreckt, weil sie mich nicht hatten reinkommen hören. Das war alles.«

Hölzle atmete tief durch. »Viel ist das ja nicht. Aber wir werden der Sache nachgehen. Kann sonst noch eine von Ihnen was dazu beitragen?«

Betreten schüttelten alle den Kopf. Nur Jasmin sagte: »Sonja hat bis vor einigen Monaten auch bei mir in der Praxis geputzt, deswegen kannte ich sie vielleicht etwas besser als der Rest hier.«

»Stimmt! Das hatte ich ganz vergessen«, rief Petra dazwischen. »Gab es da …«

Hölzle warf ihr einen finsteren Blick zu, woraufhin Petra verstummte. »Bis vor ein paar Monaten?« Hölzle schaute Jasmin mit hochgezogenen Augenbrauen an.

Jasmin-Denise Moosgruber nestelte an ihrem kurzen blonden Pferdeschwanz herum und zündete sich dann eine Zigarette an.

»Ja, ich habe sie rausgeschmissen. Wissen Sie, in einer Praxis muss es tipp topp sauber sein, das ist was anderes als in einem Stall. Schließlich habe ich auch einen Operationsraum. Nach mehrfacher Ermahnung ist es nicht besser geworden mit der Putzerei. Und dann hatte sie auch noch die Frechheit besessen, für ihre miese Arbeitsleistung mehr Geld zu verlangen! Also habe ich mich von ihr getrennt.«

»Verstehe. Gab es Streit deswegen?« Hölzle schaute sie aufmerksam an.

»Na ja, begeistert war sie nicht, denn sie war ja auch auf das Geld angewiesen. An ihrem letzten Arbeitstag hat sie mir dann vor allen Leuten, und der Warteraum der Praxis war voll gewesen, den nassen Wischlappen vor die Füße geschmissen, den Eimer ausgekippt und mich eine Sklaventreiberin genannt.«

Hölzle schürzte die Lippen und stieß die Luft aus. »Und? Wie haben Sie reagiert?«

»Wie soll man da schon reagieren? Zuerst war ich wie vom Donner gerührt und bin dann natürlich wütend geworden. Aber vor den Kunden muss man sich ja zusammennehmen. Schließlich habe ich ihr nur die Tür aufgehalten und gesagt, sie soll sich zum Teufel scheren.«

»Und wie war das Verhalten danach, wenn Sie beide hier aufeinander trafen?«

Jasmin-Denise drückte ihre Zigarette im Aschenbecher aus und wandte den Blick ab. »Ich habe sie hier höchstens noch drei oder vier Mal gesehen, da ich fast immer erst später am Abend hier bin, wenn die Praxis geschlossen hat. Geputzt hat sie ja tagsüber.«

Hölzle wedelte demonstrativ mit der Hand den Zigarettenrauch weg, denn Jasmin war nicht die Einzige die rauchte, und er konnte Rauch nur schwer ertragen. »Das beantwortet nicht meine Frage.«

Die Tierärztin verzog den Mund. »Ich hab' sie links liegen gelassen, was sonst.«

»Und wie kommt es, dass Sie heute um diese Zeit hier sind?«, fragte Hölzle weiter.

Nun mischte sich Christiane empört ein. »Also, ehrlich Heiner, ich weiß du machst nur deinen Job. Aber das hört sich ja an, als wenn du Jasmin verdächtigst!«

Jasmin grinste schief. »Lass nur, Christiane, ist schon ok.« Zu Hölzle gewandt erklärte sie: »Ich muss hier nach einem Pferd schauen, das sich gestern verletzt hat. Im Übrigen ist dies jetzt gerade meine Mittagspause.«

Der Kriminalhauptkommissar erhob sich. »Tja, das war

dann wohl alles, meine Damen.« Christiane sah er nicht an. Er war sauer. ›*Was war denn des für a saubleede Aktion. Schtellt mi na wia an Schulerbua vor ihre Freindinna.*‹

»Frau Köster«, wandte er sich an Dörte, »ich muss Sie bitten heute noch zu mir auf's Präsidium zu kommen, damit Sie ihre Aussage dort noch einmal zu Protokoll geben.« Dörte nickte und nahm die Visitenkarte, die Hölzle ihr reichte, entgegen.

Kriminalhauptkommissar Hölzle stand vor dem Wohnhaus Hinnerk Brandsteins. Er hatte kaum den Klingelknopf gedrückt, da öffnete Brandstein die Tür, als wenn er schon dahinter gewartet hätte.

»Kommen Sie rein, Herr Kriminalhauptkommissar. Darf ich Ihnen einen Kaffee anbieten?« Brandstein ging voraus in die Küche.

»Nein, danke. Aber ein Glas Wasser wäre nett«, bat Hölzle. Sein Hals kratzte vom Rauch in der Reiterstube.

Hinnerk nahm ein Glas aus dem Küchenschrank, öffnete eine Flasche Mineralwasser, goss ein und ließ sich auf der Eckbank am Küchentisch nieder. Wie in vielen Haushalten dieser Art bildete auch bei Brandsteins die Küche den Mittelpunkt des täglichen Lebens. Gemütlich wirkte sie mit ihren dunkelbraunen Holzfronten und der Bank und den Stühlen mit den rotkarierten Kissen. An den Wänden hingen hauptsächlich Fotos von Pferden beim Reitturnier oder von Fohlen bei irgendwelchen Ausstellungen. Hölzle hatte schon auf einem der rustikalen Stühle Platz genommen und schaute aus dem Küchenfenster in den Garten. Hohe Sträucher schirmten das Wohnhaus von der Reitanlage ab, und den Rasen zwischen Haus und Hecke bevölkerte ein Sammelsurium von fast lebensgroßen Kälbern aus Kunststoff. Zu diesen hatte sich ein liegendes Reh gesellt und drei Gartenzwerge, die ihre Angeln in einen kleinen, echten Teich hielten, standen fröhlich daneben.

»Danke«, er nahm das Glas und trank einen Schluck. »Schöne Anlage haben Sie hier. Christiane hat mir ja schon immer davon vorgeschwärmt.«

»Ja, ich bin auch ganz stolz darauf. War ein Haufen Arbeit und es ist jede Menge Geld reingeflossen, aber es hat sich gelohnt.«

Hölzle zückte erneut sein Notizbuch und schlug es auf. Bevor Brandstein ihm noch seine Lebensgeschichte unterbreiten würde, unterbrach er ihn.

»Herr Brandstein, seit wann war Sonja Achmatova hier beschäftigt?«

»Genau weiß ich das nicht mehr. Muss letztes Jahr im Sommer gewesen sein.«

»Und wie kam sie auf Ihren Hof? Durch Empfehlung?«, fragte Hölzle.

»Empfehlung wäre übertrieben. Unser Pfleger, Pjotr, hat sie vorgeschlagen. Die beiden kannten sich wohl aus einem Café, oder so. Diese Russen halten ganz gut zusammen, zumindest macht es den Anschein.«

Hölzle nickte. »Gut. Wissen Sie sonst noch irgendwas über sie? Hatte sie weitere Putzstellen oder andere Jobs? Hatte sie näheren Kontakt zu irgend jemandem hier auf dem Hof? Abgesehen von der Tierärztin Frau Moosberger, nee … Moosgruber.«

Brandstein überlegte. »Stimmt, da hat Sonja auch mal gearbeitet. Vielleicht hat sie noch irgendwo anders geputzt, weil von einmal in der Woche hier Durchfeudeln konnte sie ja nicht leben. Aber wo sie noch gearbeitet hat, weiß ich nicht. Mit unserem Pfleger Pjotr hat sie sich ganz gut verstanden und auch mit den anderen Pflegern. Lag wohl daran, dass sie alle aus Russland kommen. Ansonsten weiß ich nicht, wen sie sonst noch näher hier kannte.« Er machte eine kleine Pause.

»'Ne Hübsche war sie ja schon, die Sonja. Die wenigen Männer, die hier im Stall sind, haben sich schon nach ihr umgedreht.« Er grinste.

»Wollen Sie damit andeuten, dass es durchaus möglich sein könnte, dass die Tote mit einem der Männer hier ein Verhältnis hatte?«

Brandstein ruderte zurück. »Nein, das weiß ich nicht. Glaube ich auch nicht. Die sind doch alle verheiratet.«

Kriminalhauptkommissar Hölzle lächelte schief. »Na ja, das ist ein Grund, aber doch für viele kein Hindernis. Ich brauche die Namen aller männlichen Personen, die regelmäßig hierher kommen.«

Brandstein runzelte die Stirn. »Hören Sie, Herr Kriminalhauptkommissar, ich will hier keinen Ärger mit meinen Reitern. Nicht, dass die denken, ich hab' denen ein Verhältnis angehängt.«

»Keine Sorge, Herr Brandstein. Das ist reine Routine. Aber, da Sie nun mal hier der Chef sind, ist es einfacher für mich, wenn Sie mir eine Liste mit den Namen geben. Ich muss alle befragen«, beruhigte Hölzle den Hofbesitzer.

»Na gut. Ich stelle Ihnen eine Liste zusammen«, meinte Brandstein achselzuckend.

»Danke. Schicken Sie diese bitte zu meinen Händen ins Polizeipräsidium. Hier ist meine Karte.« Hölzle zückte eine Visitenkarte, legte sie auf den Tisch und erhob sich.

»Dann sind wir erst einmal hier fertig. Die Leute von der Spurensicherung werden noch einige Zeit benötigen, daher müssen der Springplatz und das angrenzende Gelände, sowie der Weg dorthin, noch gesperrt bleiben. Schönen Tag noch.« Er wandte sich zur Tür. »Ach und wenn Ihnen noch was einfällt oder Sie was hören, was Sonja Achmatova sonst so gemacht hat, wenn sie nicht hier war, dann lassen Sie es mich wissen. Wie war eigentlich Ihr Verhältnis zu der Toten?«

»Also, im Grunde kannte ich die ja gar nicht. Nettes Mädel, sah gut aus. Mehr kann ich dazu nicht sagen.« Hinnerk Brandstein brachte den Kriminalhauptkommissar zur Tür und verabschiedete sich. Er wischte sich den Schweiß von der Stirn. Fassen konnte er das Ganze immer noch nicht. Wie gut, dass seine Frau mit seiner Tochter für zwei Wochen weggefahren war. Sie würden noch früh genug erfahren, was passiert war.

Heiner Hölzle hatte die Reitanlage gerade verlassen und fuhr an einem abgeernteten Feld vorbei in Richtung Hauptstraße nach Bremen. Von weitem konnte er den Springplatz erspähen und die flatternden Absperrbänder. Ein mintgrüner Wagen parkte auf einem angrenzenden Wirtschaftsweg nicht weit davon weg. Das war definitiv kein Polizeifahrzeug. Hölzle runzelte missbilligend die Stirn. Er konnte einen Mann erkennen, der ein Fernglas vor die Augen hielt und an der Kühlerhaube des Wagens lehnte. Den würde er sich mal genauer anschauen! Hölzle bremste und bog in den Weg ein. Als er näher kam, war ihm klar, wer da aufmerksam durch seinen Feldstecher starrte.

›Ach du grüne Neune, der Presseheini!‹ Einer von der übelsten Sorte. Schmierig, immer auf der Jagd nach Sensationen, scherte er sich einen Dreck darum, ob er Fakten oder Märchen schrieb. *›Woher woiß der jetzt scho wieder, dass ebbes bassiert isch?‹*

Der Mann, der interessiert das Geschehen auf dem Brandsteinhof beobachtete, war Thorben Schmink, seines Zeichens selbst ernannter Skandaljournalist beim Weser-Blitz. Hölzle konnte nur müde grinsen über dessen allgemein bekannten

Slogan ›Schmink schminkt ab‹. Der Reporter ließ das Fernglas sinken als Hölzle neben ihm stoppte.

»Moin, na wenn das nicht Telepathie ist. Grade eben habe ich noch an den Kriminalhauptkommissar meines Herzens gedacht.«

Hölzle stöhnte leise auf. Wo immer dieser Schmierfink auftauchte, war Ärger vorprogrammiert. Einerseits besaß der Journalist das Gespür eines Jagdhundes, wenn etwas passierte, andererseits scheute er sich nicht Unwahrheiten beziehungsweise Erfundenes zu schreiben. Hauptsache, die Schlagzeile stimmte. Was dazu führte, dass er der Polizei gewaltig auf die Nerven ging, aber machen konnte man da nicht viel. Seine Berichterstattung war oft mit einem Fragezeichen am Ende versehen, so dass man ihm nicht wirklich an den Karren fahren konnte. Wie kürzlich, als es um einen Pizzabäcker ging, der angeblich vergammelten Schinken auf seinen Pizzen servierte. Schminks Schlagzeile hatte gelautet: ›Schimmelschinken auf der Vierjahreszeiten?‹. Herausgestellt hatte sich lediglich, das der Pizzabäcker keinen echten Schinken verwendet hatte, sondern gepressten. Trotzdem hatte die Pizzeria diese Schlagzeile nicht lange überlebt.

Die Natur hatte es nicht sonderlich gut gemeint mit Schminks Aussehen, prangten doch unzählige Aknenarben in seinem Gesicht. Im Augenblick erhoben sich rechts der Nase und links am Kinn neue größere Pickel, die kleinen Vulkanen, kurz vor der Eruption, ähnelten. Seine strähnigen, straßenköterbraunen Haare trugen auch nicht gerade dazu bei, ihn attraktiver aussehen zu lassen.

»Na, Herr Schmink, wollen Sie heute Rotwild beobachten? Und steht dann morgen im Blitz, ›Rehbock beim Diebstahl erwischt?‹« Hölzles bissiger Tonfall war nicht zu überhören.

»Aber, aber, wer wird denn so schlechte Laune haben? Ich dachte eher an ›Der Tod ritt mit – Mord im Reitstall‹ oder so ähnlich.« Sein schiefes Grinsen entblößte die etwas schiefen und nikotingelben Zähne.

*›Au Mann, natürlich hat der Pickelfritze schon wieder den Polizeifunk abgehört.‹* Hölzle ärgerte sich und versuchte abzulenken. »Wie kommen Sie darauf, dass jemand ermordet wurde? Wir ermitteln, wie Ihnen sicherlich bekannt sein dürfte, gegen eine Bande Satteldiebe …«

»Ja, klar doch«, unterbrach Schmink höhnisch »und die Sättel wurden im Wassergraben versenkt bis zum Abtransport. Geschichten erzählen ist eher mein Steckenpferd, also lassen Sie es lieber. Wie wär's dafür mit ein paar exklusiven Informationen zu diesem Fall?«

Heiner Hölzle unterdrückte seinen Zorn ob so viel Frechheit, wusste er doch, dass man sich von den Presseleuten besser nicht provozieren ließ. »Richtig, hier kam jemand ums Leben. Ein Fremdverschulden ist nicht auszuschließen. Mehr werde ich dazu nicht sagen. Eine Pressekonferenz wird gegen Abend stattfinden. Und jetzt machen Sie, dass Sie wegkommen!«

Schmink schüttelte langsam den Kopf und grinste. »Wer wird denn so unfreundlich sein? Im Übrigen können Sie mir nicht verbieten, dass ich mich hier aufhalte.«

Hölzle wusste, dass der Reporter recht hatte. Er stieg in seinen Wagen, setzte zurück und drehte um. Auf dem kurzen Stück Weg zur Straße zurück kam ihm eine Idee. Er zückte sein Handy.

»Meint ihr, Pjotr hat sie umgebracht?«, fragte Christiane in die Runde, als Hölzle den Raum verlassen hatte.

»Keine Ahnung.« »Weiß nicht.« »Kann ich mir nicht vorstellen.« Das waren zunächst die Kommentare der

Frauen. Doch dann meinte Petra: »Na ja, immerhin hat Pjotr Frau und Kind. Vielleicht hat Sonja ja verlangt, dass er sich trennt.«

»Ach hör doch auf«, empörte sich Anne-Marie, »das ist ja wie in einem schlechten ›Tatort‹. Eigentlich weiß ja sowieso keiner, ob die wirklich was miteinander hatten oder nicht.«

»Da bin ich mir aber sicher«, schnappte Petra.

»Das hat sich aber gerade noch ganz anders angehört, als der Kommissar da war«, erinnerte Dörte die Freundin und zu Christiane meinte sie: »Ich glaube, dein Freund war nicht so begeistert, als du dich vorhin eingemischt hast.«

Christiane Johannsmann nickte zerknirscht. »Ja, das stimmt wohl. Aber ich konnte einfach nicht anders. Ich habe schon bemerkt, dass er echt sauer war, aber der kriegt sich schon wieder ein.«

»Scheint aber ein netter Kerl zu sein, so auf den ersten Blick«, befand Pauline. »Und er sieht auch noch gut aus.« Christiane lächelte und zuckte mit den Achseln. »Stimmt, er ist ein netter Kerl, und er sieht wirklich verdammt gut aus.«

Anne-Marie Kleinhempel konnte es nicht lassen zu sticheln. »Wie kommt überhaupt so jemand wie du an so einen gutaussehenden Typen?«

»Was soll das denn heißen? So jemand wie ich? Seh ich aus wie Quasimodo, oder was?«, feuerte Christiane zurück. »Bei mir kann im Gegensatz zu dir das Licht ruhig anbleiben.« Damit stand es 1:1 im fröhlichen Schlagabtausch.

»Apropos ›gut aussehend‹«, Pauline reckte den Hals und starrte neugierig aus dem Fenster. »Wer steigt denn da aus dem blauen Golf? Habt ihr eine Ahnung, ob Hinnerk schon eine neue Einstellerin für die Box von Saskia gefunden hat?« Noch bevor Pauline eine Antwort bekam, zischte Christiane:

»Die doofe Gans hat mir hier gerade noch gefehlt. Das ist Heiners geliebte Pathologin, Frau Dr. Adler-Petersen.« Ihre Stimme vibrierte vor Eifersucht.

Die Gerichtsmedizinerin bog um die Ecke und Anne-Marie konnte gerade noch so einen Blick auf sie erhaschen.

»Also, in das Lederhöschen würde ich auch gerne reinpassen, die Dame hat ja eine Figur wie ein Top-Model«, grinste sie Christiane an. Puterrot wollte Christiane gerade Luft ablassen, als ihr Handy bimmelte.

»Ja, was gibt's denn noch?«, fragte sie aggressiver als beabsichtigt. Am anderen Ende war der Mann über den sie gerade alle gesprochen hatte. Heiner.

»Tu mir einen Gefallen und stopp den Manta, der wahrscheinlich gleich bei euch auf dem Hof aufkreuzen wird. Da kommt ein Pressefuzzi der übelsten Sorte. Wie du das machst, ist mir egal. Muss jetzt weiter ins Präsidium. Danke. Bis später.« Heiner Hölzle hatte aufgelegt.

Verblüfft starrte sie ihr Handy an. Da sah sie auch schon das beschriebene Fahrzeug heranfahren. »Los, Mädels. Das ist ein Presseheini. Wir sollen ihn aufhalten.«

Die anderen ließen sich nicht lange bitten. Anne-Marie rief die Hofhunde, die wie meist gemütlich in der Sattelkammer lagen, herbei. Raptor und T-Rex – irgend jemand musste bei der Namensgebung der Hunde ein Fan von Jurassic Park gewesen sein – waren Geschwister und ein Mix aus Mastino und Riesenschnauzer. Ihre unheimliche Größe, ummantelt von dunkelgrauem Fell, wirkte auf jeden Fremden mehr als einschüchternd.

Der Manta parkte und ein selten hässliches Individuum stieg aus.

»Moin, die Damen«, grinste er – wie er glaubte, schräg wie Bruce Willis – die Frauengruppe an. Sein Blick fiel auf Christiane und mit einem deutlich hörbaren Schnalzen der

Zunge und einem anzüglichen Blick ließ er seine Augen an ihrem Körper entlang gleiten.

»Oh, hallo, wenn das mal nicht meine alte Schulkameradin Fräulein Johannsmann ist. Lange nicht gesehen. Muss sagen, du bist immer noch so ein scharfer Feger. Genau wie damals«, er zwinkerte ihr zu. Christiane drehte sich beinahe der Magen um. Ach, du großer Gott. Thorben Schmink, der Albtraum der Schulklasse. Schmierfink hatten sie ihn damals schon genannt und genauso schrieb er auch seine haarsträubenden Artikel.

»Hallo«, sagte sie kurz angebunden, die entsetzten Blicke der anderen auf sich spürend. »Was willst du hier? Das ist Privatgelände!«

Schmink verzog den Mund. »Aber, aber, was ist das denn für eine Begrüßung. Komm schon, ich weiß, dass hier irgendwas passiert ist, und möchte das der Öffentlichkeit nicht vorenthalten. Also, erzähl schon. Was ist hier los? Ich sehe doch dahinten die Absperrbänder der Polizei flattern.«

Christiane schüttelte den Kopf. »Verschwinde. Hier gibt es keine Informationen für dich und dein Revolverblatt.« Gott sei Dank wusste Schmink nicht, dass sie mit Heiner Hölzle liiert war.

»Du wirst doch einen alten Freund nicht hängen lassen wollen. Ist doch nichts dabei, wenn ich mich hier ein wenig umsehe, oder hat jemand was dagegen?« Das war weniger eine Frage als eine Feststellung und Schmink wollte schon den Weg zum Springplatz einschlagen.

»Raptor, T-Rex!«, rief Anne-Marie, die sich bisher mit den Hunden im Hintergrund gehalten hatte, so dass der Journalist die Tiere gar nicht bemerkt hatte. Nun bauten sich die Rüden furchterregend mit gesträubten Nackenhaaren vor dem Mann auf, der abrupt stehen blieb.

»Hey, hey. Nun aber mal langsam. Nehmen Sie die Hunde

weg.« In seiner Stimme schwang ein leichtes Zittern mit, Thorben hatte die Hosen voll.

»Kein Problem, Herr – wie auch immer Sie heißen –, Sie steigen jetzt schön in Ihren Schraubenhaufen und verlassen das Gelände. Dann gibt es auch keinen Ärger mit den Jungs hier«, raunzte Anne-Marie ihn an und nickte in Richtung der Hunde. Schmink schien kurz zu überlegen, ob er sich widersetzen sollte, besann sich dann aber eines Besseren, warf den Frauen einen düsteren Blick zu und stieg unverrichteter Dinge in sein Auto. Als er die Auffahrt entlang brauste, prusteten alle wie auf Kommando los. Anne-Marie strich den Hunden über die Köpfe. »Fein gemacht, ihr zwei!«

»Sag mal, ist der echt mit dir in die Schule gegangen?«, fragte Dörte. »Der ist ja widerlich.«

Christiane seufzte. »Das kannst du laut sagen. Jeder Schullandheimaufenthalt und jede Klassenparty waren der Albtraum. Thorben hat alle Mädchen angegraben und begrapscht, die nicht bei drei auf den Bäumen waren. Von der fünften Klasse an musste ich den bis zum Abitur ertragen. Und jetzt schreibt er für den Weser-Blitz. Das passt zu ihm. Schmierig, verlogen, aufreißerisch.«

Pjotr Solotov wusste nicht was los war, aber irgendetwas Schreckliches war passiert. Überall Polizeiwagen, Absperrbänder, die im Novemberwind flatterten und obwohl einige der Reiterinnen auf dem Hof waren, ritt keine von ihnen. Es herrschte eine seltsame Stimmung. Er war gerade mit dem Traktor auf den Hof gefahren, im Schlepptau einen langen Anhänger, voll beladen mit Heu- und Strohballen. Hinnerk Brandstein bedeutete ihm mit Handzeichen zu ihm zu kommen.

Er lenkte den Trecker neben Brandstein, hielt an und beugte sich aus dem Führerhaus hinunter, um seinen Chef besser verstehen zu können.

»Pjotr, warte mal. Sag mal, du kanntest doch unsere Putzfrau, die Sonja, ganz gut. Weißt du, was sie sonst noch so gemacht hat, außer hier zu putzen?«

Pjotr Solotov stutzte. Wieso fragte ihn der Chef nach Sonja? Sein deutsch war bei weitem nicht so gut wie Sonjas und er hatte immer noch große Mühe zu sprechen. Verstehen war eine Sache, reden eine andere.

»Sonja, auch bei andere Leute putzen und helfen Leute bei lernen russische Sprache«, sagte er dann.

»Bei wem?«, hakte Brandstein nach.

»Weiß nicht«, antwortete er wahrheitsgemäß. Dann meinte er scheu: »Warum fragen?«

Brandstein schluckte. »Du hast ja sicher die Polizei gesehen. Also, wie sag ich das jetzt …äh, es tut mir leid …Sonja ist tot.«

Pjotr Solotov erbleichte. Das konnte nicht sein. Vor ein paar Tagen hatte sie noch in seinen Armen gelegen und wie immer hatte er es genossen, mit ihr zu schlafen. Trotz schlechten Gewissens, da er in Russland Frau und Tochter hatte. Aber Sonja war einfach eine Wucht. Sie war schön, intelligent und unglaublich kreativ im Bett. Mit seiner Frau war es eher eine Pflichtübung, mit Sonja war es der pure Spaß.

Er stellte den Motor des Treckers ab. »Warum? Unfall?«, fragte er dann mit trockenem Mund.

»Nee, mein Junge, das war kein Unfall«, gab Brandstein zurück und klopfte ihm auf die Schulter. »Das arme Ding wurde umgebracht.«

Pjotr schluckte und senkte den Blick zu Boden.

»Die Polizei wird sicher mit dir reden wollen. Ihr habt euch ja ganz gut verstanden, du und die Sonja«, meinte Brandstein.

Der Pfleger nickte und merkte, wie ihm die Knie zitterten. Sonja und er hatten schon lange ein Verhältnis miteinander. Einmal hatte er laut überlegt, ob er sich nicht von seiner Frau trennen und Sonja heiraten sollte. Sonjas Reaktion war eindeutig gewesen. Sie mochte ihn gerne leiden, aber leben wollte sie auf gar keinen Fall mit ihm. Sie wollte mehr. Nicht nur einen Pferdepfleger. Sondern jemanden mit Geld. Viel Geld. Und sie hatte seltsame Andeutungen gemacht, dass sie das große Geld in nicht allzu ferner Zukunft haben würde. Ihre Abweisung hatte ihn sehr verletzt, aber die Finger hatte er trotzdem nicht von ihr lassen können.

## Sonja. Frühling 2006

Sonja steigt aus dem Bus und kramt in ihrer schwarzen Kunstlederhandtasche mit Schlangenprägung. Wo verdammt hat sie ihren Haustürschlüssel gelassen?

›*Hoffentlich liegt er nicht noch in Großmutters Zimmerchen.*‹

Der Weg von der Bushaltestelle zur ihrer Wohnung ist zwar nicht sehr weit, der kalte Ostwind lässt Sonja, die nur einen dünnen Wollmantel trägt, jedoch bis auf die Knochen frieren. Als sie zur Beerdigung ihrer Großmutter aufgebrochen war, hatte die Sonne die Stadt mit ihren ersten warmen Frühlingsstrahlen erfreut. Doch trügerisch wie nur das russische Wetter sein kann, ist es den nächsten Tag bereits wieder winterlich kalt.

Sonja sucht mit klammen Fingern in dem Durcheinander ihrer Tasche herum. Da! Die Schlüssel sind zwischen eine Packung Papiertaschentücher und eine Haarbürste gerutscht.

Noch bevor Sonja den Schlüssel in das Schloss stecken kann, wird die Haustür von innen geöffnet. Sergej, der die Wohnung, die der ihren gegenüber liegt, bewohnt, steht mit seinem Einkaufskorb auf der Schwelle.

»Hallo Sonja, ich muss gleich weiter, sonst macht der Laden dicht. Aber hast du nicht Lust heute Abend mit mir ins »Quadrat« zu kommen? Ein paar Franzosen wollen dort ein wenig jazzen. Da ist bestimmt gute Stimmung und es wird dich etwas ablenken!« Sergej schaut sie erwartungsvoll an.

›*Franzosen, warum nicht.*‹ Eigentlich fehlt ein Franzose noch in Sonjas Sammlung. Und wenn er sie dann noch nach Hause begleiten würde, vielleicht mit einer Flasche Rotwein … wer weiß, was der Abend noch bringen könnte.

»Abgemacht. Ich habe heute Abend sowieso nichts besseres vor.« Sergej strahlt sie an und ist schon aus der Tür und ein Stück die Straße lang gegangen als Sonja ihm hinterher ruft: »Klopf kurz bei mir, wenn du soweit bist!« Sergej schwenkt seinen Korb als Zeichen, dass er verstanden hat.

In ihrer Wohnung schleudert Sonja ihre Schuhe von den Füßen. Für den Ausflug ins Dorf und in Anbetracht der kühlen Temperaturen mögen die Dinger ja angehen, aber unter Schick versteht die junge Frau etwas ganz anderes. Mantel und Tüte landen auf dem Sofa, das Sonja sich im vergangenen Sommer geleistet hat. Sie kann es aufklappen und so als Doppelbett nutzen, falls Bedarf bestehen sollte. Mit Vorhangstoff, der mit winzigen Röschen bedruckt ist, hat Sonja das braune Cordsofa in ein romantisches Nest verwandelt. Sie ist mit der Wohnung ganz zufrieden. Die kleine Kochecke nutzt sie zwar fast nie, aber auf der Herdplatte steht allzeit bereit der Espressokocher, der nach einer kurzen Liaison mit einem italienischen Ingenieur seinen Weg von Turin in ihre Küche gefunden hat. Mit im Paket liebenswürdigerweise acht Päckchen Kaffeepulver, zwei Dosen Gebäck und ein heißer Liebesschwur, der jedoch das Verfallsdatum auf den Kaffeepackungen nicht überdauert hat.

Sonja springt flink unter die Dusche und genießt die warmen Tropfen auf ihrer Haut. Ihren langen blonden Haaren gönnt sie eine Honig-Essig-Spülung. Eigentlich hätte sie lieber dunkles Haar, wie ihr großes Idol, die Sängerin Ruslana. Sonja muss allerdings zugeben, dass viele Frauen sie um ihre blonde Mähne beneiden und vor allem natürlich Männer ihr mehr als einen Blick zuwerfen.

In einen riesigen weißen Bademantel gehüllt – das edle Emblem eines in einem E verschlungenen H erinnert Sonja an ein bezauberndes Wochenende im Grand Hotel Europe in St. Petersburg mit einem deutschen Reiseleiter – setzt sich Sonja auf das Sofa, um ihren Zehennägeln mit einem zarten Rosaton den letzten Schliff zu geben. Fast verschüttet Sonja den Lack als sie aufspringt, um das Radio lauter zu drehen. Eben unter der Dusche noch hat sie an den russischen Popstar gedacht und schon ertönt die Stimme Ruslanas im Raum und besingt den Frühling. Verträumt tänzelt Sonja durch das Zimmer.

Wenn sie doch nur endlich Geld genug beisammen hätte, um ihre eigene Karriere zu starten. Worin diese bestehen soll, ist Sonja noch nicht so ganz klar. Bis auf einen zweiten Platz in einem Miss-Bikini-Wettbewerb am Baggersee vor zwei Jahren und einem undankbaren vierten Platz bei der Wahl zur Miss-Schmollmund in einer der vielen Diskotheken, hat es noch keine Präsentationen gegeben, bei denen man auf die zierliche Blondine aufmerksam geworden wäre. Für diesen lächerlichen Wettbewerb hat sich Sonja fast noch in Lebensgefahr gebracht. Um ihre Lippen voller erscheinen zu lassen, hatte sie mindestens ein Pfund grüne Trauben mit Kernen verspeist, da eine allergische Reaktion ihre Lippen grundsätzlich nach Traubengenuss schmerzhaft anschwellen lässt. Doch das hatte sie in Kauf genommen. Leider ging das Anschwellen der Lippen einher mit einer vergleichbaren Reaktion ihres Halses und statt sich mit sexy-rauchiger Stimme vorzustellen, kam ihr Ego-Bericht wegen der zugeschnürten Kehle kaum hörbar von der Bühne. Von einer ausgeprägten Singstimme kann ebenfalls nicht die Rede sein.

Aber fotogen ist sie – das haben ihr schon etliche Bekanntschaften und spätere Übernachtungsgäste bestätigt. Warum soll sie auch mit ihren Reizen geizen? Trotz ihres zierlichen Körperbaus besitzt sie volle Brüste, an denen damals auch die Blicke der Juroren des Bikini-Wettbewerbs hängen geblieben sind.

Ein Poltern an der Tür reißt Sonja aus ihren Träumereien. »In zehn Minuten geht's los«, brüllt Sergej draußen auf dem Flur.

›*Warum dieser Typ immer nur so plärren muss*‹, denkt sie nicht zum ersten Mal. Sergej studiert im vierten Semester Zahnmedizin und Gnade den Patienten, die seine Stimme direkt an ihren Ohren ertragen müssen. Aber vielleicht erspart er sich so die Narkose. Ein makelloses Gebiss hat er Sonja bestätigt, »gesund wie bei einem jungen Gaul«, hat er gesagt und lediglich ein bald durchbrechender Weisheitszahn würde ihr in absehbarer Zukunft Probleme bereiten. ›*Na, wenn es keine größeren Schwierigkeiten im Leben gibt*‹, hat sie damals gedacht. Sonja öffnet ihren Kleiderschrank, mit Abstand das größte Möbelstück in ihrer Wohnung. Hinter vier verspiegelten Schiebeelementen verbirgt sich Sonjas – nach ihrem makellosen Körper – wichtigstes Kapital. Für jeden Zweck das passende Kleidungsstück: elegant, sportlich, feminin, frivol – Sonja hat das natürliche Talent, ihren Körper perfekt in Szene zu setzen mit dem Ziel, ein möglichst großes Kapital herauszuschlagen. Und das schafft sie mühelos auch ohne teure Designerklamotten, denn dafür reicht das Geld nicht. Wie hat es einmal der Filmschauspieler Yves Montand auf den Punkt gebracht? »Zu einer wirklich eleganten Frau passt modisch alles – nur kein armer Mann.«

Nun, ein französischer Jazzmusiker wird ihr wohl kaum zum Status einer reichen Frau verhelfen, aber ein Hunderter oder zwei – natürlich Dollar oder Euro – am nächsten Morgen auf dem elfenbeinfarbenen Nachttisch wären nicht schlecht. Sonja schlüpft in ein knappes rotes Etuikleid aus Viskose und Leinen, dann in die dazu passenden Schuhe mit versilberter Schnalle. Noch ein wenig Lippenstift im gleichen Farbton und Wimperntusche, mehr braucht Sonja nicht, um für jeden Mann begehrenswert zu erscheinen.

Sergej steht bereits wartend vor ihrer Tür als sie öffnet.

»Teufel, du siehst zum anbeißen aus«, sagt er hingerissen. Sonja weiß das Kompliment zu schätzen und haucht ihm einen Kuss auf die rechte Wange. Sergej ist sicherlich kein Typ, den man von der Bettkante schubst, aber eine Investition in die Zukunft sieht anders aus.

## November 2008

Hölzle saß in seinem Büro und wartete auf den Leiter der Spurensicherung, um schon mal die ersten Ergebnisse zu erfahren. Eine erste kurze Besprechung mit allen beteiligten Kollegen hatte bereits stattgefunden und nun ging es ans Berichte schreiben. Auf seinem Schreibtisch herrschte noch genau dieselbe Unordnung wie früher in Stuttgart. Fünf graue Ordner lagen übereinander gestapelt, darauf thronte ein schwerer grüner Locher, der bei der geringsten Bewegung des Schreibtisches herunter zu rutschen drohte. In einer Schale, die eigentlich Büroklammern aufnehmen sollte, lagen zwei Kabel mit Steckern, von denen Hölzle nicht mehr wusste, wo sie eigentlich hingehörten. Dafür vermischten sich die Büroklammern mit Heftzwecken, Kugelschreibern und ein paar Zahnstochern in einer alten Kaffeedose mit Jacobs-Emblem. Das hatte er nun letztendlich doch nicht ändern können, obwohl er sich damals beim Umzug von Stuttgart fest vorgenommen hatte, nie wieder das Chaos einkehren zu lassen.

Aber, egal. Außer seiner Unordentlichkeit war sonst nichts mit nach Bremen gezogen. Heiner Hölzle hatte alles zurückgelassen und das war gut so.

Seine damalige Freundin hatte er in flagranti mit seinem Lieblingskollegen erwischt und die halbe Belegschaft hatte Bescheid gewusst, dass Schmitz mit Simone schon seit Monaten ins Bett stieg. Klasse, wenn man der Letzte war, der dies erfuhr. Soviel zu »echten« Freunden. Da kam die Stellenausschreibung aus Bremen gerade richtig. Mit siebenunddreißig Jahren schon Kriminalhauptkommissar zu werden, war keine schlechte Option gewesen.

Hölzle hatte nicht lange gefackelt, sich beworben, den Job bekommen, seine Wohnung gekündigt und eine Umzugsfirma bestellt. Die ersten Wochen hatte er in einem Hotel gewohnt und dann im Ostertorviertel eine hübsche kleine Altbauwohnung gefunden. Eines Abends war er alleine auf ein Bier losgezogen und in Gedanken auf dem Fahrradweg statt auf dem Gehweg gegangen, wo er prompt mit Christiane kollidiert war, die rasant auf ihrem Rad um die Ecke gefahren kam. Beide waren sie zu Boden gegangen und als er ihr beim Aufstehen hatte helfen wollen, hatte sie ihn wütend angefaucht, ob er eigentlich keine Augen im Kopf hätte und überhaupt könne er froh sein, dass ihr nichts passiert wäre, sonst würde sie die Polizei holen. Er hatte die Schimpftirade über sich ergehen lassen, dann gegrinst und nur gesagt: »Das ist nicht nötig, ich bin die Polizei.« Daraufhin hatte Christiane sich ein Schmunzeln nicht verkneifen können, und er hatte sie auf ein Bier eingeladen.

So hatten sie sich kennen – und lieben gelernt. Die junge Frau mit den haselnussbraunen Augen und den mittellangen dunkelbraunen Haaren hatte Hölzles Herz im Sturm erobert. Schlank und fast so groß wie Heiner Hölzle, bildeten sie gemeinsam ein attraktives Paar. Christiane war zwar immer mal wieder mit sich am Hadern, denn das ein oder andere Pölsterchen an ihrem Körper störte sie, was Heiner nie verstand, sah sie doch für ihn perfekt aus. Das war wohl definitiv ein Frauenproblem, immer unzufrieden mit dem eigenen Aussehen, auch wenn alles völlig in Ordnung war. Welcher Mann wollte schon ein Magermilchmodel als Frau an seiner Seite?

Hölzle betrachtete versonnen die alte Musikbox, die in einer Ecke seines Büros stand. Sie war ein echter Blickfang mit ihrem rot-gelben Bogen, dem glänzenden schwarzen Sockel, die Front zum Teil in Holzoptik und in der Mitte ein chromglitzerndes Rautenmuster, das einem leuchtend orange-rotgelben Stern den passenden Rahmen gab. Er dachte an seinen Vater Siegfried. Auch er war Polizist gewesen und hatte seinen Sohn letztendlich dazu bewogen, dieselbe Laufbahn einzuschlagen. Vor zwei Jahren war Siegfried an Bauchspeicheldrüsenkrebs erkrankt und wenige Monate später hatte die aggressive Krankheit dann gesiegt. Die Musikbox, Siegfrieds Hobby, gefüllt mit Singles der Flippers, hatte Heiner übernommen, und er versuchte nun, die noch fehlenden Platten der mehr als 130 Schallplatten umfassenden Sammlung zu ergattern. Sein Vater hätte sich darüber gefreut. Eigentlich fehlten ihm nur noch einige Singles von den drei Alben, ›Marlena‹ von 1977, ›Ich halt zu dir‹ von 1983 und ›Komm auf meine

Insel‹ aus dem Jahr 1973. Es war natürlich kein Problem, die Musik auf CD zu bekommen, aber die Jagd auf die Single-Schallplatten gestaltete sich als äußerst schwierig. Denn echte Liebhaber gaben ihre alten Singles nicht her. Heiners Schwester Barbara, Babsi genannt, hatte kein Interesse an dem, wie sie fand, seltsamen Hobby ihres Vaters gehabt und seine Mutter Beate hatte Siegfrieds Sammelwut auch nie wirklich verstanden. Obwohl sie es eigentlich hätte verstehen müssen, denn seine Eltern hatten sich 1964 in Pforzheim bei einem Auftritt der damaligen »Dancing Band«, den späteren Flippers, kennen gelernt und zwei Jahre später geheiratet.

Hölzles Gedanken wanderten zurück zu seiner Schwester. Babsi arbeitete am Europäischen Gerichtshof für Menschenrechte und lebte mit ihrem Mann Alain und den dreizehnjährigen Zwillingen, Alexander und Jerome im schönen Städtchen Straßburg. Ihre Mutter war nach dem Tod des Vaters und Heiners Umzug nach Bremen auch dorthin gezogen, weil sie näher bei ihren Enkeln sein wollte, was Heiner nicht wirklich nachvollziehen konnte. Die beiden Bengel waren rotzfrech und ungezogen und brachten ihn regelmäßig bei seinen seltenen Besuchen zur Weißglut. Eigentlich sollte er sich unbedingt mal wieder telefonisch bei seiner Familie melden oder besser noch hinfahren. Seit er in Bremen wohnte, hatte er nur vier, fünf Mal kurz mit seiner Mutter telefoniert.

»Hallo Heiner«, riss Markus Rotenboom, der plötzlich in der Tür stand, ihn aus seinen Gedanken.

»Ah, Tag Markus, hast du schon was für mich?« Hölzle atmete tief durch und lehnte sich erwartungsvoll in seinem Stuhl nach vorne.

Markus Rotenboom, ein kleiner drahtiger Kerl mit schon deutlich gelichtetem Haar, war der Leiter der kriminaltechnischen Abteilung. Schon nach kurzer Zeit waren Hölzle und er gute Freunde geworden, und nicht selten trafen sie sich nach Feierabend noch auf ein Bier, meist an der Schlachte, der Restaurantmeile direkt am Weserufer.

»Viel hab' ich noch nicht, aber kann ja auch nicht sein. Du weißt ja, das dauert. Aber eines kann ich dir schon mal sagen. Da wir Reifenspuren auf dem Feldweg zwischen dem Springplatz und der Weide des benachbarten Grundstücks gefunden haben, gehen wir im Moment davon aus, dass die Frau an einem anderen Ort umgebracht wurde und der Täter sie dort nur abgelegt hat. Alles weitere wird die Pathologie klären. Wir sind noch dabei die Reifenspuren mit den auf dem Markt befindlichen Modellen abzugleichen. Der Größe nach zu urteilen, handelt es sich aber mit an Sicherheit grenzender Wahrscheinlichkeit um einen Geländewagen.«

Hölzle atmete tief durch.

»Na ja, viel ist das nun wirklich nicht, aber besser als gar nix. Wenn wir dann mal die Reifenmarke haben und eingrenzen können, welche Fahrzeuge in Frage kommen, sind wir immerhin schon einen kleinen Schritt weiter.«

»Das ist aber noch nicht alles. Es gibt noch weitere Reifenspuren, die aber vom Springplatz in Richtung Stall führen.«

Markus Rotenboom musterte seinen Freund aufmerksam.

»Du siehst leicht genervt aus. Geht dir der Fall jetzt schon an die Nieren?«

Hölzle verdrehte die Augen.

»Nee, auch nicht mehr als andere Morde. Ich befürchte nur, dass Christiane mich bei diesem Fall mit Fragen löchern wird, obwohl sie weiß, dass ich ihr nix sagen darf. Und dann hat sie mich vor ihren Reiterfreundinnen saublöde dastehen lassen.«

Der Kriminaltechniker hob fragend die Augenbrauen.

»Ja, Mensch, auf dem Brandsteinhof hat Christiane ihren Gaul stehen, sprich, sie kennt die Tote. Wenn ich nur an diese Clique denke mit der sie dort immer rumhängt, kann ich mir ausmalen, was da abgeht. Das ist vielleicht ein schräger Weiberhaufen, mein lieber Mann.«

Rotenboom schmunzelte.

»Tja, mein Freund, scheint, da kommen harte Zeiten auf dich zu. Das war's soweit, mehr kann ich dir noch nicht liefern. Ach so, eins noch: neben der Leiche haben wir Erbrochenes gefunden. Schätzungsweise von der Frau, die das Opfer gefunden hat. Allerdings bräuchten wir dafür einen Wangenschleimhautabstrich zum DNA-Vergleich.«

Hölzle nickte. »Ja, das kann ich in die Wege leiten. Frau Köster kommt sowieso noch vorbei um ihre Aussage zu Protokoll zu geben.«

»Gut. Dann ist ja alles klar«, antwortete Markus, »und viel Spaß dann noch mit den Reiterdamen. Ich muss los, hab' noch jede Menge zu tun.«

Er war schon halb aus Hölzles Büro als er noch dessen Murren hörte, aber nicht verstand. ›*Ist vielleicht auch besser so*‹, dachte er verschmitzt.

»Danke, du mi au. Scheener Freind. Ond i kann mir des bleede Gschwätz von denne Weiber aheera«, schimpfte Hölzle vor sich hin. Nach einem Blick auf seine Armbanduhr stand er auf und streckte sich. Hölzle schlüpfte in sein Sakko, das an seinem Schreibtischstuhl hing, fuhr sich mit der Hand durch die kurzen Haare, schnappte sich seine Notizen und machte sich auf den Weg zur Pressemeute.

Reporter der lokalen und überregionalen Presse hatten sich zur Pressekonferenz im Präsidium eingefunden und scharten sich um das Stehpult hinter dem Hölzle stand. Er hasste diese Rede- und Antwort-Veranstaltungen, vor allem dann, wenn sich solche Leute wie Thorben Schmink unter den Reportern befanden. Aber solch unseriöse Berichterstatter würde es immer geben. Hauptsache, sie bekamen eine fette Schlagzeile. Unter den Gesichtern konnte er das Pickelgesicht ausmachen und Hölzle seufzte innerlich tief auf, räusperte sich und trat ans Mikrofon.

»Guten Tag meine Damen und Herren, heute morgen gegen zehn Uhr wurde eine weibliche Leiche auf einem Reiterhof am Rande Bremens gefunden. Es handelt es sich um eine dreiundzwanzigjährige Russin.«

»Wurde sie ermordet?«, hörte er Schmink dazwischenfragen, bevor er weitersprechen konnte.

Hölzle nickte. »Im Moment gehen wir davon aus, dass die Frau erwürgt wurde, alles weitere wird die Obduktion ergeben.«

»Ist die Identität des Opfers bekannt?«, fragte ein anderer Reporter.

»Ja. Es handelt sich um Sonja Achmatova, die seit etwa zwei Jahren in Deutschland lebte.« Hölzle ließ seine Augen über die Schar der Reporter schweifen und sein Blick blieb zufällig bei Schmink hängen, der mit bleichem Gesicht auf der vorderen Kante seines Stuhls hin- und her rutschte und etwas nervös zu sein schien.

»Wo genau, wurde die Frau gefunden?«, drang die Stimme eines weiteren Journalisten an sein Ohr.

»Im Wassergraben des Springplatzes auf dem Brandsteinhof in Bremen-Borgfeld«, gab Hölzle Auskunft.

»Gibt es schon einen Verdächtigen?« Schminks Gesicht hatte bereits wieder etwas Farbe gewonnen und seine Augen schienen vor Sensationsgier zu leuchten.

»Nein. Die Spurensicherung hat Reifenspuren am Tatort gefunden, deren Herkunft erst noch geklärt werden muss. Mehr Informationen liegen derzeit nicht vor. Das war's,

Leute. Wenn es neue Erkenntnisse gibt, werden wir Sie informieren.« Hölzle trat vom Mikro zurück.

»Eine Frage noch!«, rief Schmink. »Ist es möglich, dass die Frau Verbindungen zur Russen-Mafia hatte?«

Hölzle traute seinen Ohren nicht. »Wie bereits gesagt, Herr Schmink, es gibt keine weiteren Informationen. Wir werden in alle Richtungen ermitteln.«

Thorben Schmink grinste. Das war jedenfalls kein ›nein‹ gewesen.

Erleichtert, dass er die Pressekonferenz nicht nur überstanden hatte, sondern sie auch kurz halten konnte, kehrte Hölzle in sein Büro zurück. Sein Blick fiel wieder auf seinen chaotischen Schreibtisch. Eigentlich könnte er auch endlich Feierabend machen. Heute würde er sowieso keine weiteren Ergebnisse mehr bekommen und Überstunden hatte er zur Genüge angesammelt. Die nächsten standen mit Sicherheit schon auf dem Programm. Er warf sich seine dicke Jacke über die Schulter, knipste das Licht aus und verließ sein Büro.

Auf dem Nachhauseweg kündigten sich auch noch Kopfschmerzen an. Das war das Letzte was er nun noch gebrauchen konnte. Hölzle beschloss, sich in die Wohnung zu schleichen ohne dass Tante Marthe etwas mitbekam, und ein heißes Bad zu nehmen.

Die Lage des Hauses war einmalig. Nur ein paar Minuten zu Fuß vom Ostertorsteinweg und der Sielwallkreuzung gelegen, war es trotz der nahen Straßenbahn und den vielen Geschäften ruhig. Zudem besaß das Haus einen zauberhaften, kleinen Garten. War man einmal durch die große blaue Haustür des stilvollen Altbremer Hauses getreten, die zu einem gläsernen Windfang führte, von dem man in die großzügigen Wohnräume gelangte, empfingen einen die typischen hohen Räume mit ihren Stuckdecken.

In allen Zimmern gab es alte, aber immer auf Hochglanz polierte Dielenböden und der gemütliche Kamin in Marthes Wohnbereich machte es einem im Winter schwer, das Haus zu verlassen. Hübsche Tischsets lagen auf dem großen, schweren Kirschholztisch, deren Farben und Muster immer der Jahreszeit oder einem speziellen Anlass angepasst waren. In der Mitte prangte ein fünfarmiger silberner Kerzenleuchter, dessen schlanke Kerzen farblich selbstverständlich wiederum zu den Sets passten. Das Esszimmer war durch eine Schiebetür mit dem Wohnzimmer verbunden, dessen behagliche Sofas zum Verweilen einluden. Sowohl auf den Sofas, als auch auf den beiden Sesseln, die um den niedrigen Tisch gruppiert waren, fanden sich mehr als genug Kissen in allen Formen und Farben.

Die Bilder an der Wand waren meist Kohle- oder Bleistiftzeichnungen und Radierungen mit bremischen Motiven aus dem neunzehnten Jahrhundert und Tante Marthe hatte geschmackvolle Rahmen dafür ausgewählt.

Ansonsten war die gesamte Einrichtung des Hauses nicht das was man typischerweise von über Siebzigjährigen erwartete. Marthe Johannsmann hatte nicht nur einen guten Geschmack, sondern war im Herzen immer jung geblieben. Mit den meisten ihrer Altersgenossen konnte sie nichts anfangen. Die jammerten nur über Gelenkschmerzen und schlecht erzogene Enkelkinder. Dafür hatte sie nicht viel übrig. So verbrachte sie viel Zeit mit Lesen, Theaterbesuchen und Spaziergängen mit ihrem Hund Theo, einem kunterbunten Straßenmischling. Sie kam prima alleine klar.

Nichtsdestotrotz hatte sie sich wahnsinnig gefreut, dass ihre Großnichte mitsamt Freund bei ihr eingezogen war und die beiden nun den obersten Stock ihr Reich nannten. Gemeinsam hatten sie die Wohnung eingerichtet, nur die Musikbox hatte Christiane auf keinen Fall in ihren vier Wänden geduldet. Vor die Wahl gestellt, ›entweder ich oder dieser Schmalzliederkasten‹, war Heiner die Entscheidung leicht gefallen.

Wie ein Dieb in der Nacht steckte Hölzle nun den Schlüssel in das Haustürschloss, öffnete fast geräuschlos die blaue Tür und schlüpfte ins Haus. Vorsichtig drückte er die Tür hinter sich zu und entledigte sich seiner Schuhe, indem er jeweils mit den Zehen des einen Fußes, den Schuh an der Ferse des anderen, hinuntertrat. Christiane würde ihn steinigen, könnte sie das sehen. Schließlich hatten die Schuhe Schnürsenkel und er hätte einfach nur aufschnüren müssen. Aber selbst dies war ihm im Moment zu viel. Auf Zehenspitzen schlich er den Hausflur entlang. Er hatte die Treppe ins obere Stockwerk schon zur Hälfte erklommen, doch dann bremste ihn Theo, Marthes Hund, aus.

»Wäff, wäff«, schwanzwedelnd und hüpfend kam Theo auf ihn zu. *›Verräter‹*, beschimpfte Hölzle den Hund in Gedanken.

»Heiner? Bist du das?«

Hölzle seufzte ergeben auf.

»Ja, Marthe, ich bin's.«

»Junge, wieso schleichst du denn hier rum? Du kannst eine arme, alte herzkranke Frau doch nicht so erschrecken!«

Christianes Großtante erschien am Ende der Treppe und sah ihn lächelnd an. Marthe hatte eine Vornehmheit an sich, die so typisch für die älteren Damen der gehobenen Bremer Gesellschaft war. Schlank und aufrecht, wirkte sie immer gepflegt und sogar am Abend, wenn Hölzle am liebsten in eine bequeme Hose schlüpfte, war Marthe wie aus dem Ei gepellt, als würde sie gleich zu einem Theaterbesuch aufbrechen. Auch heute trug sie einen eleganten karierten Rock, einen dunkelgrünen Rollkragenpullover, und die obligatorische Perlenkette hatte sie um ihren Hals geschlungen. Ihr üppiges graues Haar hatte sie zu einer duftigen Frisur aufgesteckt.

›*Arm bisch du gwies et ond herzkrank scho glei gar et*‹, dachte der Kriminalhauptkommissar.

»Sorry, Marthe, ich wollte einfach nur schnell ein heißes Bad nehmen und mich dann etwas hinlegen. Bin heute ziemlich fertig.«

»Ja, mach nur. Aber zum Abendessen musst du wieder unten sein. Heute gibt's Grünkohl und Pinkel!« In freudiger Erwartungshaltung strahlte die alte Dame ihn an.

›*Au des no! Heit isch ächt et mein Dag!*‹, dachte Hölzle und sagte dann laut: »Sag' bitte Christiane sie soll mich holen, wenn es Essen gibt. Aber jetzt möchte ich wirklich gerne meine Ruhe haben.«

Marthe Johannsmann nickte verständnisvoll und verschwand in ihre Küche.

Das heiße Wasser tat gut und Heiner Hölzle entspannte sich. Ein zusammengerolltes Handtuch klemmte hinter seinem Nacken und neben der Wanne stand auf einem kleinen Beistelltischchen ein Glas Rotwein. Wie gut, dass vom gestrigen Abend noch eine halbe Flasche übrig geblieben war. Das war jetzt genau das richtige Entspannungsprogramm. Die Badewanne war der absolute Blickfang in dem kleinen Badezimmer. Sie stand fast frei im Raum auf geschwungenen Löwentatzen und war um einiges größer als jede Standardbadewanne. Als Marthe vorgeschlagen hatte, das Bad komplett renovieren zu lassen, hatte sie nicht mit dem Protest von Christiane und Heiner gerechnet. Alles könne sie erneuern lassen, aber das Bad mit dieser unglaublichen Wanne müsste bleiben wie es war.

Mit geschlossenen Augen genoss er die Wärme, und so allmählich verschwanden auch die Kopfschmerzen. Er war schon halb eingedöst, als sich plötzlich sein Magen beschwerte. Hölzle stöhnte leise auf. Jetzt hatte er richtig Kohldampf, zumal er den ganzen Tag über nichts gegessen hatte. Und nun gab es noch zu allem Überfluss Grünkohl. Er überlegte, wie er diesem ungeliebten Essen entkommen konnte, ohne Marthe zu verletzen. Die alte Dame ahnte nicht, dass er mit diesem beliebten Traditionsessen wenig anfing. Und die Grünkohlsaison hatte gerade mal begonnen! Da kamen noch harte Wochen auf ihn zu, denn die Grünkohlsaison dauerte …

Sein Magen sehnte sich nach Linsen, Spätzle und Saitenwürstchen. Allein der Gedanke daran ließ ihm das Wasser im Munde zusammenlaufen. Träge öffnete er die Augen, warf einen Blick auf die digitale Uhr des Badezimmerradios und beschloss, dass jetzt oder nie der richtige Zeitpunkt gekommen war, aus der Wanne zu steigen und sich aus dem Haus zu stehlen.

Gleich zwei Sträßchen weiter um die Ecke gab es einen hervorragenden Dönerladen, der zwar kein Ersatz für die schwäbische Küche war, aber besser als Grünkohl war Döner Kebab allemal!

In kürzester Zeit war Heiner Hölzle in seine Freizeitkleidung, Jeans, Fleecepulli und Turnschuhe, gestiegen. Er nahm seine Jacke, die noch vom Wochenende achtlos auf einem der Stühle im Essbereich lag, und schlich sich hinaus. Diesmal hatte Tante Marthe nichts mitbekommen!

Schon von weitem stieg ihm der Duft von gebratenem Fleisch in die Nase und sein Magen begann schon mal in Vorfreude auf das zu erwartende Essen Magensäure zu produzieren und die Speicheldrüsen in seinem Mund arbeiteten im Akkord. Hölzle schloss sich der kleinen Schlange Wartender an, die bereits ihren Döner bestellt hatten. Er schob die Hände in seine Hosentaschen und ein Schrecken durchfuhr ihn.

›I ben jo so ein Depp! Jetzt han i mei Geld vergessa! Himmelherrgottsakrament!‹

Nun musste er wohl oder übel zurückgehen. Die Chancen, erneut an Tante Marthe ungesehen vorbeizukommen, standen mehr als schlecht. Na prima.

Er war nicht mehr als zehn Meter vom Dönerladen entfernt als ihn plötzlich jemand ansprach.

»Na, wen haben wir denn da? Wieder mal Schwierigkeiten mit der norddeutschen Küche?«

Heiner fühlte sich ertappt. Eigentlich war er ja noch sauer auf Christiane, aber wenn sie ihn so ansah wie jetzt …

»Hallo mein Schatz«, begrüßte er seine Freundin und gab ihr einen Kuss. »Wie war's denn noch bei den Reitern?«, versuchte er abzulenken.

»Hör doch auf, da fall' ich nicht drauf rein. Ich weiß genau, was du hier suchst. Mal abgesehen davon, dass ich weiß, dass meine Tante heute Grünkohl kocht.« Sie lachte.

Hölzle liebte diese kleinen Grübchen, die sich bildeten, wenn Christiane Johannsmann lachte und jedes Mal konnte er sein Glück kaum fassen, dass sich diese hübsche junge Frau in ihn verliebt hatte.

»Ja, ich geb's ja zu«, antwortete er zerknirscht. »Ich hab' mich rausgeschlichen um einen Döner zu holen. Und was ist jetzt? Ich Vollidiot hab' mein Geld zu Hause gelassen.«

Christiane grinste. Sie tätschelte seine Wange und spöttelte: »Na, soll ›Mama‹ dir nen Döner spendieren?«

Hölzles Gesicht leuchtete auf. »Das würdest du tun? Oh ich liebe dich!«

»Ich weiß. Aber keine ganze Portion! Du bekommst eine halbe und dafür probierst du Tante Marthes Grünkohl. Abgemacht?«

Heiner verzog das Gesicht, aber er wusste, dass er keine andere Wahl hatte.

»Ok«, brummte er, schnappte sich den Zehneuroschein, den Christiane aus ihrem Portemonnaie gekramt hatte und machte auf dem Absatz kehrt, um sich wieder in die Schlange zu stellen.

»Bis gleich, mein Held«, flötete Christiane und ging schon mal voraus.

Der Besitzer der türkischen Imbissbude hatte gleich neben dem Eingang drei kleine Stehtischchen unter einen Schirm gezwängt und dort stand nun Hölzle und vertilgte genüsslich seine halbe Portion Döner.

›*Wunderbar, i bin scho ganz schee satt. Klasse, dann muss i scho nemme so viel von dem Kohl essa.*‹ Er wischte sich den Mund mit der Papierserviette, knüllte sie zusammen und warf sie dann in den bereitstehenden Mülleimer. Seufzend machte er sich auf den Heimweg.

Kaum hatte er die Haustür geöffnet, da schallte ihm Tante Marthes Stimme schon entgegen. »Wird auch Zeit, das Essen steht schon auf dem Tisch, wir warten nur noch auf dich!«

Er räusperte sich und rief zurück: »Esst ruhig, ich muss mir erst die Hände waschen und eigentlich hab' ich auch gar keinen Hunger.« Seine Jacke hängte er gerade an einen der Garderobenhaken, als seine Freundin auch schon in die Diele stürmte.

»Das hast du dir ja fein ausgedacht, mein Lieber. Aber daraus wird nichts. Wasch dir deine Dönerfettfinger und komm' zu Tisch. Du hast es versprochen.«

»Ach, komm. Ich bin echt satt und müde und der Tag heute war megaanstrengend. Am besten ich leg' mich gleich hin.« Hölzle setzte seinen Blick der Marke ›Bettelnder Hund‹ auf. Funktionierte eigentlich immer bei Christiane. Heute hatte er allerdings Pech.

»Nix da, wir hatten eine Abmachung! Und meine Tante wäre sehr gekränkt, wenn du nicht mitisst. Also, mach' hin jetzt. Wir warten.« Ihre feste Stimme ließ keinen Widerspruch zu, doch Hölzle startete einen weiteren Versuch, um dem Grünkohl zu entkommen.

»Nee, echt nicht. Bitte. Ein anderes Mal, ok?« ›Bettelnder Hund‹ Teil zwei war angesagt. Christianes Augen wurden schmal. Das war meist kein gutes Zeichen.

»Nein. Nicht ein anderes Mal. Jetzt!« Sie war eindeutig sauer. Hölzle ergab sich in sein Schicksal, seufzte und verschwand in der Gästetoilette, um sich die Hände zu waschen.

»So, mein Junge, nun greif' aber tüchtig zu«, strahlte Marthe Johannsmann Hölzle an, als er am Tisch Platz genommen hatte.

Heiner warf seiner Freundin einen letzten bittenden Blick zu, aber sie ließ sich nicht erweichen. Gottergeben packte er eine winzige Portion Grünkohl und ein Stückchen Pinkel auf seinen Teller und schob die erste Gabel mit Todesverachtung in den Mund.

*›Erstmal mit einem Schluck Bier runterspülen, dann geht's besser‹*, dachte er und schenkte sich ein. Herrlich, wie das kühle Bier die Kehle hinunter rann, und so schaffte er Gabel für Gabel und am Ende hatte er tatsächlich den Teller leer gegessen, dafür aber zwei Flaschen Bier gebraucht.

»Nimm doch noch ein bisschen, Heiner, es ist noch genug übrig.« Tante Marthe winkte auffordernd mit dem großen Gemüselöffel.

»Ja, mein Schatz, nimm doch noch was. Sonst gibt's morgen nochmal Grünkohl«, stichelte Christiane.

Heiner warf ihr einen finsteren Blick zu. *›Steig mir doch en Dasch! Morgen gang i mit Markus Schnitzel essa, dann könnt ihr ruhig eiern Kohl vertilga.‹*

»Nein danke, Marthe. Ich bin satt«, sagte er dann zu Christianes Großtante.

Christiane begann die Teller zusammenzustellen und räumte den Tisch ab. Hölzle, der normalerweise immer half, blieb heute demonstrativ sitzen und öffnete eine weitere Flasche Bier.

»Du bist heute aber seltsam. Ist irgendwas Schlimmes passiert?« Marthe Johannsmann blickte ihn erwartungsvoll an. Eigentlich fand sie seine Arbeit schon gruselig, aber dennoch konnte sie ihre Neugier nie bezwingen.

»Ja, kann man sagen. Auf dem Brandsteinhof ist eine junge Frau tot aufgefunden worden.«

Christianes Tante wurde blass. »Aber, ist das nicht der Stall in dem Cassino steht? Das ist ja schrecklich! Eine der Reiterinnen? Und was ist da passiert? Hoffentlich nur ein Unfall!«

Hölzle rollte die Augen.

»Ja, genau *der* Stall. Und nein, keine der Reiterinnen. Und wir wissen noch nicht, was genau passiert ist. Im Übrigen wäre ich dir dankbar, wenn du keine weiteren Fragen mehr stellst. Morgen wird es sowieso in der Presse stehen.«

»Aber …«, setzte Marthe Johannsmann an.

»Nein, kein ›aber‹«, unterbrach er sie. »Keine Fragen mehr, ich hab' auch mal Feierabend.«

Tante Marthe wirkte beleidigt.

Hölzle seufzte. »Hör zu. Es tut mir leid, dass ich dich gerade etwas angefahren habe. Aber das war heute kein schöner Anblick und ich bin ziemlich müde.«

»Schon gut«, lenkte Marthe leise wieder ein. »Du hast ja recht.«

Christiane, die mit einer großen Portion Mandelnusscreme aus der Küche kam, baute sich damit vor Hölzle auf und sagte mit einem süffisanten Grinsen: »Ich nehme an, du willst keinen Nachtisch mehr, wenn du sooo satt bist. Schade für dich, die Creme ist absolut lecker.« Sie brachte noch zwei Schälchen und Löffel für sich und ihre Großtante und begann, genussvoll Creme in die Schälchen zu häufen.

»Ach, so ein bisschen Creme findet immer noch Platz zwischen Grünkohl und Pinkel. Die rutscht dazwischen«, gab er zurück und stand auf, um sich ebenfalls eine Schale aus der Küche zu holen.

»Heiner hat mir gerade erzählt, was heute bei euch auf dem Hof passiert ist. Möchtest du nicht lieber woanders zum Reiten gehen?«, wandte sich Marthe an ihre Großnichte.

»Ach, Tantchen, ich kann doch deswegen nicht einfach einen anderen Stall suchen. Ich meine, das ist wirklich schrecklich, was da passiert ist. Aber das hat ja nichts mit mir zu tun.«

»War es denn nun ein Unfall? Heiner wollte mir nichts erzählen«, hakte Marthe nach.

Christiane lehnte sich über den Tisch und flüsterte: »Nein, ich glaube nicht, dass das ein Unfall war und …« Sie brach ab, denn ihr Freund betrat soeben wieder das Esszimmer.

»Was habt ihr denn da zu flüstern?«, fragte Hölzle misstrauisch.

»Ach, gar nichts«, flötete Christiane. »Ich hab' Marthe lediglich verraten, was ich dir zu Weihnachten schenken werde.«

Hölzle lächelte. »Ok, dann möchte ich auch nichts weiter darüber wissen. Ich lass' mich ja gerne überraschen.«

Christiane selbst schöpfte ihm Mandelcreme in seine Schale und der Frieden schien wieder hergestellt. Zufrieden löffelte Hölzle die Kalorien in sich hinein und schob jeden Gedanken an den Mord erst mal beiseite.

Am folgenden Tag prangte als Schlagzeile in großen Lettern auf der ersten Seite des Weser-Blitz:

Mafia-Mord in noblem Reitclub?

Das Foto zum Artikel war leicht verschwommen und zeigte die Anlage des Brandsteinhofs. Zu lesen war:

*Wurde die schöne ›Ophelia‹ Opfer der russischen Mafia? Die junge, aus Russland stammende, Sonja A. wurde tot auf dem Gelände der noblen Reitanlage Brandsteinhof in Borgfeld aufgefunden. Wie der ›Blitz‹ aus gut unterrichteter Quelle erfahren hat, scheint die junge Frau, die erst vor etwa zwei Jahren aus Russland nach Bremen gekommen war, im Prostituiertenmilieu keine Unbekannte gewesen zu sein. Außerdem werden ihr Verbindungen zu der von der Russen-Mafia beherrschten Drogenszene nachgesagt. Wurde sie zum Opfer, weil sie zu viel wusste? War möglicherweise Erpressung im Spiel? Noch steht die Polizei vor einem Rätsel.*

*Unter dem Deckmantel ihrer Tätigkeit als Russischlehrerin bei der Bremer Erwachsenenbildung scheint Sonja A. jede Menge kriminelle Energie entwickelt zu haben, die ihr letztendlich offenbar zum Verhängnis geworden zu sein scheint.*

*Der Polizeisprecher wollte dem ›Blitz‹ die Russen-Verbindung der Toten nicht bestätigen. Doch der ›Blitz‹ bleibt, wie es unsere Leserschaft gewohnt ist, wie immer am Ball. (Thorben Schmink)*

Hölzles Laune war nicht die allerbeste als er die Zeitung auf seinem Schreibtisch vorfand. Dieser Schmink war ein echter Idiot! Woher hatte der all diese Informationen? Hatte Schmink möglicherweise das Opfer gekannt? Den würde er sich mal vorknöpfen!

Am Wochenende war wie immer viel los auf dem Brandsteinhof und auch die sieben Freundinnen, Pauline, Dörte,

Petra, Anne-Marie, Christiane, Jasmin-Denise und Michaela trafen sich am späten Vormittag dort. Mittlerweile hatten die meisten der Reiterinnen und Reiter von dem Ereignis am Vortag gehört und somit war dies der Gesprächsstoff Nummer eins.

Die Frauen hatten bereits ihre Pferde bewegt und saßen nun im Reiterstübchen zusammen. Zwei Flaschen ihres Lieblingsgetränkes standen schon auf dem Tisch.

»Und, warst du gestern noch auf dem Präsidium um deine Aussage zu Protokoll zu geben?«, wollte Michaela Nölle wissen. Sie wickelte eine Strähne ihrer dichten dunkelblonden Haare, die in weichen Wellen ihr Gesicht umspielten, um ihren Zeigefinger.

»Ja, war ich. War schon komisch, ich hatte ja noch nie mit der Polizei zu tun. Von einem Strafzettel für Falschparken mal abgesehen. Man fühlt sich, als wenn man selbst was verbrochen hätte«, gab Dörte zurück.

Petra von Bokeloh wandte sich an Christiane.

»Du musst uns natürlich auf dem Laufenden halten, das ist ja wohl klar. Du sitzt ja an der Quelle.« Sie steckte sich eine Zigarette an und zog den Aschenbecher zu sich heran.

»Ja, logisch«, lachte Christiane, »du wirst doch nicht im Ernst glauben, dass Heiner mir irgendwas über laufende Ermittlungen erzählt, oder?«

»Na ja«, schmunzelte Petra, »man kann's ja mal versuchen. Ich finde übrigens auch, dass du mit deinem Polizisten einen guten Fang gemacht hast.«

»Er ist ja auch ein netter Kerl, außer es gibt irgendwelche landestypischen Gerichte zum Essen, so wie gestern.« Christiane Johannsmann gab belustigt die Grünkohl-Döner-Story des gestrigen Abends zum Besten.

»Jetzt aber mal im Ernst«, meldete sich Anne-Marie zu

Wort und kam wieder auf den Mord zu sprechen, »glaubt ihr wirklich, das war jemand hier vom Hof?«

»Na klar«, rief Petra, die schon zwei Gläschen Prosecco auf nüchternen Magen intus hatte »wahrscheinlich war's Michaela. Oder noch besser, ihr Mann. Der fand die Kleine ja auch ganz niedlich.«

Michaela, sonst eine Seele von Mensch, ereiferte sich: »Ich glaub', du hast sie nicht mehr alle. Ich kann ja über vieles lachen, aber nicht über so einen geschmacklosen Scherz.«

»Jetzt sei doch nicht so empfindlich. Natürlich glaub' ich nicht, dass es dein Mann war«, beschwichtigte Petra, »aber du musst zugeben, dass er sich schon nach ihr umgedreht hat.«

Bevor Michaela noch verärgert antworten konnte, warf Pauline beschwichtigend ein: »Also, das hat ja wohl jeder von den Männern. Auch deiner, Petra! Sonja sah ja echt super aus.«

Anne-Marie schenkte sich Prosecco nach und grölte: »Dann war's ein Gemeinschaftsverbrechen!«

Dörte, die zunächst still dabei gesessen hatte, meinte nun leise: »Also, ehrlich. Ich finde, das Ganze ist nicht lustig und ihr solltet euch mal zusammenreißen. Schließlich ist jemand ums Leben gekommen!«

Betreten blickten die anderen auf den Tisch und es herrschte einige Sekunden Schweigen. Nur der kleine Ventilator des Rauchabzugs war zu hören. Schließlich nahm Petra den Faden wieder auf.

»Aber wer soll das getan haben? Ich meine, schließlich ist es hier auf dem Hof passiert, also muss es ja jemand von hier gewesen sein.«

»Nee, das seh' ich aber anders«, gab Anne-Marie Kleinhempel ihre Theorie zum Besten. »Kann ja auch sein, sie hat sich hier mit ihrem Mörder, der ansonsten mit dem Hof überhaupt nichts zu tun hat, getroffen.«

»Du meinst zu einem Stelldichein?«, fragte Pauline.

»Ja, wäre doch 'ne Möglichkeit.« Die Architektin fuhr sich mit gespreizten Fingern durch die kurzen roten Haare.

»Ach nee, das glaub' ich nicht«, mischte sich nun auch Michaela wieder ins Gespräch. »Schäferstündchen auf dem Springplatz. Im November. Bei der Kälte. Ihr habt vielleicht Ideen.«

Petra von Bokeloh, die ihrerseits gedanklich den Faden weitergesponnen hatte, blickte fragend in die Runde: »Und wenn sie gar nicht hier umgebracht worden ist?«

»Wie meinst du das«, sah Dörte sie verwirrt an.

»Na, ist doch klar. Jemand bringt sie woanders um, packt sie ins Auto und legt sie hier ab«, gab Petra triumphierend zurück.

Die anderen waren verblüfft und dachten kurz darüber nach.

»Stimmt eigentlich«, sagte Jasmin dann, »so abwegig ist das gar nicht.«

»Eben.« Schließlich hielt sich Petra für *die* Krimiexpertin schlechthin. Stolz auf ihren Einfall hob sie ihr Glas und prostete den anderen zu.

»Mädels, lasst's gut sein. Heiner und seine Leute werden den Fall schon aufklären«, meinte Christiane, die sich bisher kaum zu Wort gemeldet hatte.

»Also, ich finde das megaspannend. Wenn ich so einen Freund hätte, wie du, würde ich ihn so lange löchern, bis er mir was über die Ermittlungen erzählt.« Petras grüne Augen leuchteten.

»Da würdest du aber bei Heiner auf Granit beißen. Ich hab's schon so oft versucht. Selbst *du* könntest ihn nicht so nerven, bis er kleinbeigibt«, meinte Christiane trocken.

Petra von Bokeloh schenkte jedem Prosecco nach und befand: »Also, ich werde mir weiter darüber den Kopf zerbrechen. Und ich werde rausfinden, wer's gewesen ist. Aus mir wäre bestimmt eine tolle Kommissarin geworden.«

»Ja, klar«, schnaubte Anne-Marie, »und die Erde ist 'ne Scheibe! Dich würde die Polizei gleich einsperren, weil du immer betrunken zum Dienst erscheinen würdest.«

Alle lachten. Die Vorstellung einer Kriminalkommissarin Petra von Bokeloh, im Schulterholster einen Piccolo steckend, war aber auch zu komisch.

# Sonja. Frühling 2006

Als Sonja am nächsten Morgen erwacht, ist der kleine Franzose bereits verschwunden. Michel hat ein wenig wie der Typ, der für das Präsidentenamt im Mai in Frankreich kandidiert, ausgesehen. Nur jünger und weniger zerknittert.

›*Dämlicher Hund*‹, Sonja flucht, als sie sieht, was der Saxophonist ihr hinterlassen hat. Eine einzelne rote Rose liegt auf dem Nachttisch. Gestern Nacht hat er noch einen ganzen Armvoll für sie im »Quadrat« erstanden. ›*So ein Scheißkerl.*‹ Sonja hätte es sich gleich denken können. Zuerst den großen Macker markieren und mit dem Geld für die dämlichen Blumen nur so um sich werfen, aber dann noch nicht einmal einen ordentlichen Champagner auftischen lassen. Ein paar Gläschen Wodka waren das Einzige, was Michels Budget offensichtlich noch zugelassen hatte. Die Nummer im Bett war auch nicht das, was Sonja erwartet hatte. Von wegen Franzosen sind die besten Liebhaber! Zuerst sich wie ein kleiner Napoleon aufspielen, und dann wegen ein paar Gläschen wie bei Waterloo die Segel streichen. Kein Wunder, dass die russischen Kosaken dem kleinen Korsen vor zweihundert Jahren den Garaus gemacht haben.

Dieser erste Märztag scheint zumindest besseres Wetter zu versprechen. Es ist bereits zwölf Uhr und die Mittagssonne hat genügend Kraft, Sonja aus den Federn zu locken. Sie räumt das Bettzeug zusammen, zu waschen gibt es ja nichts …, und zieht die Rosendecke über das zusammengeklappte Sofa. Der Espresso ist in Arbeit und das kochende Wasser rinnt zischend und stöhnend als Kaffee in den Porzellanbehälter. Sonja hat heute nichts Besonderes vor. Ein Blick aus dem Fenster bestätigt ihr Gefühl, dass auch im Puschkin-Park der Frühling in absehbarer Zeit Einzug halten wird. Die Beete, die von Jahr zu Jahr mickriger bepflanzt werden, strahlen in sattem Gelb, überzogen von einem Teppich aus Winterlingen, die sich – gut für die marode Finanzlage der Stadt – selbst vermehren und nun seit einer Woche ihre Köpfe aus dem Boden recken.

Eine junge Mutter, vielleicht so alt wie Sonja, schiebt einen Zwillingswagen durch die Anlage, an der Hand einen kleinen Wicht mit Eimerchen und Schaufel. Sonja kann sich nicht vorstellen, in nächster Zukunft mit einer solchen Rotznase an der Hand durch Parks zu schlendern. ›*Zuerst kommt das richtige Leben.*‹ Für Sonja bedeutet dies vor allem keine finanziellen Nöte mehr.

Trotz der ersten Frühlingsboten hat Sonja keine Lust, das Haus zu verlassen. Auf der Suche nach dem Glas Brombeermarmelade, das sie dem Onkel noch abgeschwatzt hat, fällt ihr ein, dass sie es zusammen mit den Unterlagen der Großmutter in die Tüte gesteckt hatte. Der Espresso ist fertig und sie schenkt sich gleich eine doppelte Portion in ein winziges

Tässchen. Vor der Tür liegen, wie jeden Tag, frische Bulki. Sergej ist wirklich rührend, er weiß, wie sehr sie diese gesüßten Hefebrötchen liebt. Sie greift sich die Tüte und macht sich dann daran, genüsslich die Brötchen mit der Brombeermarmelade zu bestreichen. Mit ihrem späten Frühstück kehrt sie zum Sofa zurück. Dort kuschelt Sonja sich zurecht, den molligen Bademantel um den Körper gewickelt, die nackten Füße unter ein dickes schwarzes Samtkissen mit roten Quasten geschoben. Zuerst nimmt sie sich die beiden Fotos vor. Ja, das ist eindeutig ihre Mutter als junge Frau mit ihr auf dem Arm. ›*Ich war schon als Baby ein hübsches Mädchen.*‹ Sie lächelt.

Im Hintergrund scheint eine Art Schulgebäude zu stehen. Was könnte ihre Mutter mit ihr dort gesucht haben? Wahrscheinlich waren sie zum Impfen dort. Sonja kann sich noch vage daran erinnern, mit welcher Panik sie mit sechs oder sieben Jahren in ihrer Schule den Besuch des Amtsarztes erwartet hat. ›*Wenn du die Muskeln zu hart anspannst, bricht die Spritze ab und bohrt sich für immer in deinen Arm.*‹ Ein älterer Junge hatte sie in solche Angst versetzt, dass sie sich zunächst geweigert hatte, den Ärmel ihres Pullovers hochzuschieben. Dank einer resoluten Schwester, konnte der Arzt Sonja dann doch den Impfstoff verabreichen, jedoch nur unter dem brüllenden Angst- und Protestgeschrei des Kindes.

Mit dem zweiten Foto kann Sonja überhaupt nichts anfangen. Sicher, es war die Großmutter in jungen Jahren. Aber der Ort an dem sie fotografiert worden war, ist Sonja unbekannt. Scheu blickt die Großmutter über ihre Schulter hinweg in die Kamera, so als wäre sie von dem Fotografen überrascht worden. ›*Sie war wirklich eine unglaubliche Schönheit gewesen.*‹ Trotzdem – die Ähnlichkeit zwischen ihr und der jungen Olga ist verblüffend, doch Sonja muss sich eingestehen, dass ihre Großmutter eine Klasse für sich gewesen ist. Unglaublich zierlich war sie gewesen. Sie bewundert die ebenmäßigen – fast perfekten – Gesichtszüge, aus denen große Rehaugen in die Kamera blicken. Das schwarze, volle, leicht wellige Haar trägt die Großmutter auf der Fotografie zu einem schweren Zopf geflochten, der ihr über die Schulter fällt. Sonja seufzt. Hätte sie das Haar ihrer Großmutter, wäre sie ihrem Idol Ruslana wohl ein Stückchen näher, zumindest was das Aussehen angeht. Sie kann sich allerdings nicht wirklich über ihre Haare beschweren, die einen natürlichen honigblonden Farbton besitzen – ein Erbe ihrer Mutter. ›*Eigenartig. Eigentlich besitzt die ganze Familie dunkles Haar. Keiner ist je blond gewesen, nur Mama und ich. Zumindest weiß ich von niemandem. Wie mein Großvater ausgesehen hat, scheint keiner zu wissen. Großmutter hat nie von ihm erzählt, geschweige denn, dass es Fotos gibt.*‹

Sonja beißt von ihrem Brötchen ab und ein kleiner Klecks der roten Marmelade tropft auf das alte Schwarzweißfoto. Wie ein winziger Blutstropfen liegt er auf dem Hals von Olga. Sonja wischt ihn vorsichtig weg. Sie steht auf, um sich eine weitere Tasse Kaffee einzugießen. Dann kehrt sie zu ihrer Kuschelecke zurück.

Das Bündel mit den Papieren liegt auf dem niedrigen Tisch, der vor dem Sofa steht. Vorsichtig öffnet Sonja die Schleife, mit der das Bündel zusammengehalten wird. Obenauf liegen Briefe, oder etwas in dieser Art, die eindeutig von der Hand der Großmutter stammen. Doch es sind keine Briefe – kein ›*mein lieber oder meine liebe Wer-auch-immer*‹, keine höfliche Anrede, keine Abschiedsworte, kein Gruß. Sonja ist erstaunt. Sollte ihre Großmutter etwa ein Tagebuch geführt haben? Bei einem ersten kurzen Überfliegen stellt Sonja fest, dass die einzelnen Blätter weder ein genaues Datum noch eine Jahreszahl besitzen. Auch von einer Ortsangabe ist auf den ersten Blick nichts zu sehen. Keine Briefe, kein Tagebuch. Olga war fasziniert gewesen von den großen russischen Romanciers. Sollte Olga selbst einen Versuch unternommen haben, hatte in ihr eine unentdeckte Schriftstellerin geschlummert? Sonja legt die Blätter einstweilen zur Seite. Dabei fällt ein Briefumschlag, der zwischen den Blättern gelegen hat, heraus. Er ist neueren Datums, das Papier nicht vergilbt, der Adressenaufkleber sauber gedruckt. Im Umschlag findet Sonja ein offizielles Schreiben an die Großmutter von einer Organisation, deren Namen sie noch nie gehört hat – »Stiftung Verständigung und Aussöhnung« –, datiert vom 5. Juli 2003. Was hatten die mit ihrer Großmutter zu schaffen? Ein zweites Schriftstück, das sich im Umschlag befindet, kann Sonja nicht entziffern. Keine kyrillischen Buchstaben, sondern arabische, die Sprache für sie zunächst unverständlich. Doch dann entziffert sie das Wort Berlin im Briefkopf, es handelt sich um ein Schreiben aus Deutschland. Sprachen haben Sonja von jeher fasziniert und sie hat eine unglaubliche Begabung, sowohl die Worte als auch die Grammatik, schnell zu begreifen. Ein Vorteil, wenn man Bekanntschaften aus aller Welt pflegt. Mit einem Wörterbuch wird sie dem Rätsel des Briefes bestimmt auf die Spur kommen.

Die Zahl eintausendfünfhundert Euro springt ihr ins Auge. Der Brief sieht nicht aus wie eine Rechnung. Sollte Olga diese Summe erhalten haben? Ein drittes Blatt im Umschlag scheint noch einmal anderen Ursprungs zu sein. Es ist die Fotokopie einer Liste, ebenfalls in deutscher Sprache und handschriftlich. ›*Die Auflistung könnte Namen beinhalten*‹, überlegt Sonja.

Kein Datum, keine Ortsangabe. Aber eine unleserliche Unterschrift und … Sonja hält den Atem an. Was sie da sieht, ist eindeutig ein Hakenkreuzsymbol. Unter der Unterschrift prangt ein Stempelabdruck mit einem Adler über einer Art

Kranz, darin das Hakenkreuz. Wenn Olga die unterschiedlichen Papiere zusammengebündelt hat, dann nur aus dem Grund, weil sie zusammen gehören.

Sonja fühlt eine innere Erregung. Auf was für ein Geheimnis im Leben ihrer Großmutter ist sie gestoßen? Wo ist das Geld abgeblieben? Ihre Mutter hat sicherlich nichts davon abbekommen. Das zerrüttete Verhältnis zwischen Olga und ihrer Tochter Anna hat eigentlich bis zum Tod der Großmutter angehalten. Der Espresso ist inzwischen kalt geworden, doch auch ohne ihre tägliche Koffeindosis ist Sonja plötzlich hellwach. Noch einmal nimmt sie sich die Blätter vor, die ihre Großmutter, wer weiß vor wie vielen Jahren, so akkurat beschrieben hat. Sonja beginnt zu lesen …

## Olga. Sommer 1943

Zusammengepfercht hocken die Frauen auf der Ladefläche des Wagens. Die Hitze ist unerträglich. Manche weinen leise vor sich hin, andere zeigen keine Regung, apathisch starren sie vor sich hin. Einmal wird von den Soldaten eine Feldflasche mit Wasser gereicht, doch die meisten nehmen keine Notiz davon.

»Polja, trink einen kleinen Schluck. Du weißt nicht, wie lange wir noch unterwegs sein werden, sei nicht dumm.«

Doch Polja schüttelt den Kopf. »Wenn ich jetzt trinke und ich dann mal muss … Wo soll ich denn dann hin? Du hast doch gesehen, sie halten nicht an und lassen niemanden in die Büsche. Und noch mehr verträgt meine Nase kaum noch.«

Olgas Cousine hat recht. Der Geruch nach Ausdünstungen und nach der zwangsweise auf dem Wagen verrichteten Notdurft, veranlasst die beiden Mädchen verstärkt durch den Mund zu atmen.

»Was glaubst du, was haben die mit uns vor?«, fragt Polja verängstigt und lehnt den Kopf an Olgas Schulter. Olga weiß es nicht, doch sie versucht die Cousine zu trösten.

»Vielleicht brauchen sie uns in Smolensk zum Arbeiten, dann hätten wir im Winter wenigstens ein wirklich warmes Dach über dem Kopf.«

»Pah, was soll es dort zu arbeiten geben, Steine wegräumen, oder was? Du weißt was Onkel Kostja erzählt hat. Von der Stadt ist ja so gut wie nichts mehr übrig – von was für einem warmen Dach faselst du da also!«

Die Mädchen schweigen. Nach einigen weiteren Kilometern verlässt der Wagen den kleinen Wald. Olga reckt den Kopf. Von hier aus ist bereits die Kathedrale hoch oben auf dem Berg zu sehen.

Vor einer ehemaligen Schule hält der Wagen. Sie ist – im Gegensatz zum größten Teil der Stadt – noch einigermaßen intakt und die Deutschen haben hier Quartier bezogen, um die zukünftigen Arbeitskräfte für Deutschland zusammenzusammeln. In einem großen Raum, der ehemaligen Aula der Schule, sind bereits fast zweihundert Mädchen und Frauen versammelt. Mit der letzten ›Lieferung‹ ist das Kontingent komplett. Die Frauen stehen meist stumm zusammen, drücken sich eng aneinander, wie um sich Trost zu spenden. Eine kleine Gruppe hockt in einer Ecke und singt ein Lied, das Olga sofort als eine Weise erkennt, die sie und ihre Freundinnen so oft gesungen haben *›nicht der Wind bewegt den Zweig, nicht die alte Eiche rauscht. Es ist mein armes Herz, das stöhnt und bebt wie ein Blatt im Herbst.‹* Unwillkürlich fängt sie an mitzusummen und bricht dabei in Tränen aus.

»Wie lange wollen die uns hier festhalten, wir haben doch nichts getan …«, presst sie zwischen den Schluchzern hervor.

Polja ist neben ihre Cousine getreten und legt den Arm um sie. Olga fasst sich wieder – nein, sie haben doch nichts verbrochen. Dies hier muss alles ein großes Missverständnis sein.

Mit lauter Stimme werden die Frauen in einen anderen Raum befohlen. Jede erhält hier eine Schüssel dünne Suppe und eine Ecke trockenes Brot, doch den wenigsten ist nach essen zumute. Olga behält wie meist einen klaren Kopf.

»Iss, Polja. Wir müssen bei Kräften bleiben.« Polja knabbert an ihrem Brot, doch es ist so hart, dass sie es in der Suppe einweichen muss, bevor sie ein ordentliches Stück abbeißen kann.

»Beeilt euch, wir haben nicht ewig Zeit«, ruft die gleiche laute Stimme in den Raum und schon müssen die Frauen die Schüsseln wieder abgeben. Es sind Frauen wie sie, Russinnen in jedem Alter, die die Näpfe wieder in Empfang nehmen. Olga hat bereits davon gehört, dass russische Männer und Frauen für die Deutschen arbeiten müssen. Sie versucht mit einer der Frauen, obwohl es ihnen strengstens verboten ist, zu sprechen. Doch diese schüttelt nur stumm den Kopf und weicht ihrem Blick aus.

Die Frauen kehren in die Aula zurück. Für jede liegen eine Decke und eine grobe Jacke bereit, auf der vorne ein blau-weißes Abzeichen mit den Buchstaben O S T aufgenäht ist. Olga weiß nicht, was es bedeutet. Eine Aufseherin erklärt den Frauen, dass sie sich die Jacken nehmen und mitkommen sollen.

»Zieht euch aus«, weist sie die Frauen an. »Wir wollen kein Ungeziefer in unseren Lagern, zumindest keines mit mehr als zwei Beinen. Und wenn ihr ordentlich sauber seid und nicht stinkt, bekommt ihr vielleicht eine Arbeit in einem guten deutschen Haushalt.«

Obwohl ihr Russisch korrekt ist, erkennt Olga, dass sie es hier mit einer Deutschen zu tun hat. Langsam entledigen sich die Frauen ihrer Kleider, scheu schauen sie sich an und sind froh, dass zumindest kein Mann sie beäugt. Säuberlich stapelt Olga ihr Kleid, die Weste und die Wäsche aufeinander, zuoberst die Jacke. In einem mit gelblichen Fliesen gekachelten großen Raum stellen sich die Frauen eng zusammen. Ein Zischen über ihren Köpfen lässt sie kurz aus ihrer starren Haltung erwachen, sie blicken nach oben. Aus winzigen Löchern sprüht ein feiner Nebel über ihre Körper.

»Ihr könnt euch wieder anziehen«, schallt es dann durch den Raum. Auch die wenigen Kleidungsstücke der Frauen sind mittlerweile entseucht worden, und liegen auf einem großen Haufen. Die Frauen klauben sich ihre Kleider zusammen, sind froh, ihre Blöße wieder bedecken zu können.

»Legt euch jetzt hin und schlaft. Morgen geht es weiter«, ertönt nun wieder die Stimme eines Bewachers. Noch stehen die Frauen einige Zeit unschlüssig herum, doch dann legen sich die ersten auf die Decken, die sie auf dem Holzboden ausgebreitet haben. Niemand wagt laut zu sprechen. Allmählich verebbt auch das letzte Gemurmel, nur von mancher Schlafstatt ist unterdrücktes Schluchzen zu hören.

In der Nacht kühlt es kaum ab und Olga erwacht verschwitzt und mit einem pelzigen Gefühl im Mund. Wie gerne würde sie einen frischen Schluck Wasser zu sich nehmen. Wie spät mag es sein? Auch Polja wälzt sich bereits unruhig auf ihrer Decke. Bevor die beiden Mädchen noch richtig wach sind, ertönt bereits die Stimme des Mannes.

»Steht auf, zieht die Jacken an, geht nach nebenan.«

Ein Becher Wasser, ein Stück Brot – das ist das ganze Frühstück, aber mehr als einen Schluck Wasser können die meisten

Frauen nicht zu sich nehmen. Es geht weiter, über den breiten Flur, hinaus auf den Hof, wo eine Toilette in einer kleinen Baracke eingerichtet ist. Und wieder der Befehl: »Beeilt euch, wir haben nicht viel Zeit.« Wer nicht schnell genug ist, bekommt einen Stoß mit einem Gewehrkolben in den Rücken.

Es ist noch früh. Olga schätzt, dass es noch nicht einmal sechs Uhr sein kann. Unerbittlich werden sie ermahnt, schneller zu machen.

»Ihr werdet nun registriert, nennt eure Namen, das Dorf aus dem ihr kommt und euer Alter.«

Die Frauen stellen sich auf dem Hof in einer Schlange auf. Vier Männer sitzen an Tischen, vor sich Formulare und Stifte. Name, Alter, woher, Name, Alter, woher … Von manchen Dörfern hat Olga noch nie etwas gehört.

»Los weiter, wer fertig ist stellt sich hier auf.« Der Mann zeigt auf eine Hofecke. Nun wagt Olga doch, ihn, der ihre Sprache versteht, zu fragen. »Wo bringt ihr uns hin? Was haben wir getan?« Doch der Mann zuckt nur mit den Achseln und schüttelt den Kopf.

Alle Frauen sind nun registriert. Sie setzen sich in Bewegung, werden angetrieben, schneller zu marschieren. Nach einer Viertelstunde haben sie ihr Ziel erreicht. Olga ist fassungslos. Es ist der Bahnhof. Sie wollen doch wohl die Frauen nicht von hier wegbringen? Polja beginnt laut zu schreien. Olga drückt ihr die Hand auf den Mund, denn ein Mann mit Schlagstock hat sich bereits in Bewegung gesetzt.

Die Lokomotive dampft schon und die Frauen werden in die offenen Waggons gedrängt, gestoßen, geprügelt. Die Türen werden zugezogen, Olga spürt, wie der Zug sich in Bewegung setzt.

Was Olga nicht weiß – der Zug, der sie und ihre Gefährtinnen aus Russland fortbringt, ist der letzte, der seine Fracht mit ›Arbeitsmaterial‹ nach Deutschland schafft. Am 24. September 1943 befreit die Rote Armee Smolensk von den deutschen Truppen.

# November 2008

Es war zwar Wochenende, aber bei einem Mordfall war das egal. Heiner Hölzle war ins Büro gefahren um später, wie es Vorschrift war, der Obduktion beizuwohnen, genau wie die Staatsanwältin und die anderen beteiligten Ermittler. Allerdings wäre er froh, wenn er die Ergebnisse bereits auf seinem Schreibtisch vorfinden würde, und nicht selbst den Gang zur forensischen Pathologie machen müsste. Leichenschauen störten ihn nicht besonders, damit konnte er umgehen, nur die Gerichtsmedizinerin, Frau Dr. Sabine Adler-Petersen, schüchterte ihn irgendwie ein.

Allerdings hatte Frau Dr. Adler-Petersen diese Wirkung auf jeden, den er kannte. Jeden Mann, wohlgemerkt. Die meisten Frauen waren lediglich eifersüchtig auf die blendend aussehende Medizinerin. Groß und schlank, kurze, dunkelblonde Haare mit hell gefärbten Spitzen, die niemals aus der Reihe tanzten. Dazu diese seltsamen bernsteinfarbenen Augen, die einen bis auf den letzten Knochen zu durchdringen schienen. Jeder Muskel durchtrainiert und kein Gramm zu viel auf den Rippen und einen Gang wie eine Raubkatze, die ihre Beute anschleicht. Dazu kam noch ihre absolute Perfektion, welche ihre Arbeit anbelangte und ein feines Gespür für jeden Fall, den sie zu bearbeiten hatte. Kurzum eine absolute Traumfrau zum anschauen und dabei noch helle im Kopf. Das war zu viel für die meisten Männer.

Kriminalhauptkommissar Hölzle fuhr sich mit der rechten Hand durch die kurzen dunkelbraunen Haare und schaute die neuen Akten durch, die auf seinem Schreibtisch lagen.

Ein Blick auf die Uhr, es war Zeit sich auf den Weg zur Pathologie zu machen. Hölzle zog die Bürotür hinter sich zu, schloss ab und begab sich zu seinem Auto. Vom Polizeipräsidium im Stadtteil Vahr war es nicht weit bis zum Klinikum Bremen Mitte, das die Rechtsmedizin in einem Nebengebäude beherbergte. Hölzle stellte seinen Wagen im Halteverbot ab, warf seine ›Polizei im Einsatz‹-Plakette hinter die Windschutzscheibe und betrat das Gebäude des Institutes für Rechts- und Verkehrsmedizin.

Er steuerte das Büro der Rechtsmedizinerin an, klopfte, drückte dann ohne abzuwarten die Türklinke und trat ein. Das Zimmer war leer und seufzend machte Hölzle kehrt, um sich in das untere Stockwerk zu begeben, wo die Leichenschauen durchgeführt wurden. Schon auf dem Gang umfing ihn der Geruch von Desinfektionsmitteln und Formalin. Er glaubte auch den süßlichen Duft von Blut und Verwesung wahrzunehmen und beglückwünschte sich, dass er ohne zu frühstücken aus dem Haus gegangen war.

Durch die Glasscheibe konnte er Frau Dr. Adler-Petersen sehen, die sich auf einem Klemmbrett Notizen machte. Die blank geputzten Edelstahltische, auf denen die Sektionen stattfanden, spiegelten das helle Neonlicht der Deckenbeleuchtung wieder. Der geflieste Fußboden wirkte frisch gewienert. Auf den Tischen, die entlang der Wände standen, befanden sich jede Menge leerer Probenröhrchen, fein säuberlich aufgereiht, um die nächsten Körperflüssigkeiten, Gewebeproben und Abstriche aufzunehmen. In dem breiten

Durchgang zu einem angrenzenden Raum reihten sich Kühlschränke aneinander, in denen die Proben bis zur Untersuchung in den Labors zwischengelagert wurden.

Das Institut für Rechts- und Verkehrsmedizin war mit den modernsten Geräten ausgestattet und beschäftigte sich nicht nur mit Toten, sondern führte auch gutachterliche Tätigkeiten an Lebenden durch. Dazu gehörten Missbrauchsfälle ebenso wie die Einschätzung des Gefahrenpotentials bei der Teilnahme am Straßenverkehr bei Personen, die schon mehrfach mit Drogen oder Alkohol am Steuer erwischt worden waren.

Hölzle klopfte zaghaft an die Scheibe. Die Ärztin sah auf und winkte ihn herein.

»Guten Morgen, Frau Dr. Adler-Petersen«, grüßte der Kriminalhauptkommissar beim Eintreten.

»Guten Morgen, Herr Hölzle, ich nehme an, dass Sie wegen der jungen Frau von gestern Vormittag hier sind.« Sie legte ihre Notizen zur Seite. Dann wandte sie sich um und schob eine Leiche zurück in ihr kühles Dunkel.

»Suizid«, sagte sie lapidar. »Henri und die anderen kommen auch gleich, dann kann es losgehen.«

Staatsanwältin Henriette Deuter, von allen wegen ihres eher männlichen Erscheinungsbildes nur Henri genannt, war einen Meter und fünfundachtzig groß, besaß einen kräftigen Körperbau und ein eher derbes Gesicht. Die mittelbraunen Haare trug sie in einem robusten Kurzhaarschnitt und glich somit mehr einem Diskuswerfer, vor allem dann, wenn sie im Sommer ärmellose Blusen trug.

Kurz darauf erschien sie, im Schlepptau Harry Schipper und Peter Dahnken, den anderen Ermittlern der Mordkommission, kurz MoKo. Nach allgemeiner Begrüßung, gruppierten sich alle in der Nähe des Sektionstisches und ließen die Rechtsmedizinerin ihre Arbeit tun. Nachdem Dr. Adler-

Petersen die Leiche äußerlich untersucht hatte, eröffnete sie den Thorax des Opfers. Mit Leichtigkeit glitt das Skalpell in ihrer Hand durch das Gewebe.

»Ja, Herrschaften, viel haben wir noch nicht, die meisten Untersuchungen müssen ja erst noch durchgeführt werden. Das wissen Sie ja. Was ich Ihnen aber schon sagen kann, ist, dass sie etwa zwischen einundzwanzig und dreiundzwanzig Uhr gestorben ist. Als man sie gefunden hat war sie also schon elf bis dreizehn Stunden tot.« Der Adlerblick ihrer Bernsteinaugen machte Hölzle schon wieder nervös als sich ihre Blicke trafen.

»Genaue Todesursache?«, fragte Hölzle.

»Ja, sie wurde zunächst gewürgt, vermutlich mit dieser Federboa, die am Tatort gefunden wurde und dann ist sie ertrunken. In der Lunge finden sich Wasseransammlungen. Und jetzt kommt's!« Dr. Adler-Petersen machte eine kleine bedeutsame Pause. »Das Wasser in ihrer Lunge stammt eher nicht aus diesem Wassergraben. Es handelt sich mit an Sicherheit grenzender Wahrscheinlichkeit um Badewasser, denn unter ihren Fingernägeln finden sich Seifenreste. Daher ist anzunehmen, dass sie in einer Badewanne umgebracht wurde. Weitere Tests werden das bestätigen. Es finden sich keine Abwehrverletzungen an den Händen. Die Hämatome, die Sie hier sehen«, sie deutete auf mehrere dunkelblaue Verfärbungen unterschiedlicher Lokalisation, »hat sich das Opfer wohl selbst beigebracht als es versucht hat, sich in der Wanne frei zu strampeln, während der Täter es unter Wasser drückte.«

Hölzle überlegte laut. »Das heißt im Klartext, sie wurde woanders umgebracht und dann auf dem Brandsteinhof abgelegt.«

»Mann, Sie sind ja ein schlaues Kerlchen, das hätte ich Ihnen gar nicht zugetraut«, spöttelte Dr. Adler-Petersen.

Hölzle wurde rot, was ihn ärgerte und ihn noch röter werden ließ. Die Rechtsmedizinerin tat so, als würde sie es nicht bemerken.

»Ja und weiter? Irgendwelche anderen Spuren?«, fragte er barscher als beabsichtigt.

»Wie gesagt, es müssen noch einige Tests durchgeführt werden. Fasern an der Kleidung der Toten, die ich gefunden habe, werden analysiert werden müssen. Das geht nicht so hopplahopp, wie Sie wissen.«

»Allerdings«, hob Dr. Adler-Petersen erneut an, »was ich seltsam finde, ist die Art der Kleidung der Toten.«

»Inwiefern?«, warf Schipper ein.

»Na ja, soweit ich weiß, hat sie als Putzfrau gearbeitet, und wenn sich Reinigungskräfte heutzutage solche Klamotten leisten können, dann kündige ich wohl besser und geh' selbst putzen. Alle ihre Sachen tragen Designerlabels und das sind keinesfalls Plagiate. Das ist alles echt. Eine Skijacke von Bogner, eine Jeans von Versace, einen Kaschmirrollkragenpullover von Jil Sander, Seidenstrümpfe, sowie Stiefelletten von Prada. Nur eine Handtasche war nicht am Tatort zu finden. Vermutlich hat der Täter sie weggeworfen.«

Hölzle schürzte die Lippen. »Also, ich kenn' mich da jetzt nicht so aus, aber Bogner sagt mir schon mal was.« Er runzelte die Stirn. »Ganz schee deiers Glomp«, verfiel er ins Schwäbische.

»Bitte? Können Sie das mal übersetzen?«, forderte Dr. Adler-Petersen mit einem spöttischen Lächeln.

»Sorry, ich meinte, diese Klamotten sind sündhaft teuer.« Er rieb sich mit dem Handrücken über die Stirn.

»Das stimmt wohl. Ach, das habe ich gerade noch vergessen. Last but not least, trug sie auch noch Dessous von Victorias Secret!« Sie betonte den Namen der Designerin mit einem Hauch von Neid.

»Nie gehört. Ist das so was Besonderes?« Aus dem Augenwinkel nahm er das verstohlene Grinsen seiner Kollegen war.

»Mann, Hölzle, Sie haben aber echt keine Ahnung, auf was Frauen stehen, oder? Wenn Sie noch nichts für Ihre Freundin zu Weihnachten haben, dann kaufen Sie Wäsche von dieser Firma«, warf Henriette Deuter ein. Hölzle sah sie verblüfft an und wollte schon etwas sagen, als Adlerblick anzüglich grinste und ihm einen bedeutsamen Blick schenkte.

»Mal abgesehen davon, dass Sie Ihrer Freundin bestimmt eine Freude damit machen, Ihnen wird's auch gefallen. Oder stehen Sie lieber auf biedere Hausmannskost?«

Hölzle konnte es nicht fassen. Was war denn mit der los? Ständig fühlte er sich wie ein kleiner Schuljunge, wenn er mit dieser Frau geschäftlich zu tun hatte. Und jetzt wurde sie auch noch persönlich.

»Ich glaube nicht, dass Sie das was angeht, Frau Dr. Adlerbli ...Petersen.« *›Gott, i mach mi hier zom Idiota.‹*

Kaum hatte er das gesagt, war ihm klar, dass das natürlich ein Fehler gewesen war, denn Dr. Sabine Adler-Petersen lachte laut auf.

»Ach, Hölzle, seien Sie doch kein Spießer. Ich habe lediglich über Wäsche gesprochen und Sie nicht nach ihrer bevorzugten Stellung gefragt.« Die anderen brachen in schallendes Gelächter aus, vor allem Harry Schipper.

Hölzle warf seinen Kollegen einen vernichtenden Blick zu. Mittlerweile war er bis zu den Haarspitzen dunkelrot angelaufen und kleine Schweißtröpfchen suchten ihren Weg durch die Poren seiner Haut. Er räusperte sich.

»Also, jetzt mal Klartext. Was ist an dieser Wäsche so besonders?«

»Mal abgesehen davon, dass sie unheimlich schön und aufwändig gemacht ist, kostet so ein Höschen mal eben gut fünfzig Euro, wenn es reicht. Kennen Sie eine Putzfrau, die sich so was leisten kann?«

»Keine Ahnung. Bei uns putzt meist Christianes Großtante, zumindest die gemeinschaftlich genutzten Räume. Und ich will mir Marthe nicht wirklich in Dessous vorstellen.«

»Hölzle, mein Guter«, Dr. Adler-Petersen tätschelte ihm tatsächlich den Arm, »Sie haben ja doch ein bisschen Humor.«

Die Berührung ließ Hölzles Körpertemperatur um gefühlte fünf Grad steigen und er spürte wie ihm die Schweißtropfen den Rücken hinunterrannen.

*›Herrgott nochmal, gleich muss ich nach einem Lappen fragen, damit ich den Schweiß vom Boden wischen kann.‹*

Die Rechtsmedizinerin grinste in sich hinein. Sie wusste ob ihrer Wirkung auf Männer und es gab ganz wenige Ausnahmen. Eigentlich fiel ihr niemand ein, dem es nicht so ging wie dem Kriminalhauptkommissar. Es machte ihr einen Heidenspaß, die sonst so harten Männer zu verunsichern.

»Gott versprich, Sonja Achmatova ist auf bisher ungeklärte Weise zu viel Geld gekommen. Das ist doch mal ein Hinweis, dem wir nachgehen können«, überlegte Heiner Hölzle laut.

»Und noch etwas ist seltsam. Der Mörder muss das Opfer, nachdem er es in einer Badewanne ertränkt hat, wieder angezogen haben, denn an der Kleidung waren keinerlei Seifenrückstände zu finden, im Gegensatz zu ihren Haaren und der Intimbehaarung. Warum auch immer, das werden Sie und Ihre Kollegen herausfinden müssen«, erklärte die Rechtsmedizinerin weiter. »Wenn Sie mich jetzt alle entschuldigen wollen, ich habe noch zu tun.«

Sie schenkte ihm noch einen tiefen Blick aus ihren Adleraugen und ließ alle mit einem Kopfnicken zum Abschied einfach stehen. Henriette Deuter und Hölzles Kollegen schlenderten, bereits angeregt plaudernd, durch den Flur dem Ausgang entgegen. »Heiner, kommst du?« Peter Dahnken drehte sich fragend nach Hölzle um, der noch einen Moment unschlüssig vor der Labortür verharrte. »Gleich, geht schon mal vor«, brummte er barsch, noch immer sauer auf die Kollegen. Hölzle ärgerte sich über sich selbst beziehungsweise über die Überreaktionen seines Körpers. Der machte einfach, was er wollte. Verdammt! Im Hinausgehen ertappte er sich wie er über den Vorschlag Adler-Petersens nachdachte, Christiane Dessous zu schenken.

›*Du alter Depp*‹, schalt er sich selbst, ›*Son'n Kram brauchet mir et. Bei ons stemmt alles.*‹

Ein Bild tauchte in seinem Kopf auf. Sabine Adler-Petersen in Lack und Leder, die endlos langen Beine in hochhackigen over-knee-Stiefeln. Irgendwie musste er bei dieser Vorstellung an die Schauspielerin Brigitte Nielsen denken. Dann durchfuhr es ihn wie ein Blitzschlag. ›*Mensch, die Nielsen als Killerin in Beverly Hills Cop, Teil 2. Eiskalt war die en dem Kinostroifa gwea. Gmordet hot die, ohne mit dr Wemper zom zucka.*‹

Was, wenn der Mörder eine Mörderin war? Er machte auf dem Absatz kehrt und ging zurück ins Labor.

»Na, Herr Hölzle, haben Sie was vergessen?«, fragte die Gerichtsmedizinerin mit einem schiefen Grinsen.

Hölzle riss sich zusammen und versuchte Lack-Leder-Sabine aus seinem Kopf zu verdrängen.

»Ja, eine Frage hätte ich noch. Wäre es möglich, dass eine Frau die Täterin gewesen sein könnte?«

Adlerblick zuckte mit den Schultern. »Na ja, das Opfer ist sehr zierlich und verhältnismäßig klein. Eine kräftige und durchtrainierte Frau, die auch noch größer ist, könnte durchaus eine Frau von Achmatovas Statur erwürgen beziehungsweise ertränken.« Sie schenkte ihm einen tiefen Blick mit leicht hochgezogenen, perfekt gezupften Augenbrauen. »Also, ich hätte mit an Sicherheit grenzender Wahrscheinlichkeit kein Problem so ein zierliches Geschöpf, wie unser Opfer hier, ohne Waffe ins Jenseits zu befördern. Wie kommen Sie darauf? Haben Sie einen konkreten Anhaltspunkt, dass der Täter eine Frau gewesen sein könnte?«

Hölzle schüttelte den Kopf. »Nein, bisher nicht. Aber man sollte immer alle Möglichkeiten in Betracht ziehen, nicht wahr?«

»Das stimmt wohl. Allerdings töten Frauen eher mit Gift oder einer Waffe. Es gehört nicht nur Körperkraft, sondern auch eine gehörige Portion Überwindung dazu, jemandem mit den Händen das Leben zu nehmen. Wie Sie wahrscheinlich wissen, töten Frauen meist anders als Männer. Wegen ihrer geringeren Körperkraft sind Frauen nicht selten darauf angewiesen, eine Gelegenheit abzuwarten. Zum Beispiel, dass das Opfer schläft, betrunken oder benommen ist. Oft machen Frauen ihr Opfer schon vor der Tat wehrlos und wie ich eben schon sagte, die typische Mörderin nimmt, dem althergebrachten Klischee entsprechend, am häufigsten Gift oder verwendet neuerdings Medikamente«, gab Adlerblick zu bedenken.

»War nur so ein Gedanke, aber trotzdem schönen Dank für die Auskunft.« Hölzle war froh, dass er hier fertig war und wischte sich im Hinausgehen verstohlen den Schweiß von der Stirn. Nachdenklich machte sich der Kriminalhauptkommissar auf den Weg zu seinem Auto. Er drehte den Knopf seines Autoradios nach rechts um die Lautstärke nach oben zu regeln, denn er wollte die Nachrichten um halb nicht verpassen. »Bremen vier, die Nachrichten. Heute mit Jessica Bloem.« Die angenehme Stimme der Sprecherin verkündete die Zusammenfassung der Entschlüsse der Tagung der zehnten Synode der evangelischen Kirche. Hölzle gähnte ausgiebig. Da! Nun lauschte er aufmerksam.

»Gestern wurde auf dem Privatgelände eines Reitstalles am Rande Bremens eine Frauenleiche gefunden. Es handelt sich um eine dreiundzwanzigjährige junge Frau aus Russland, die dort als Reinigungshilfe arbeitete. Nach Auskunft der Mordkommission wurde sie erwürgt. Weitere Klärung bringt das Obduktionsergebnis, das für morgen Vormittag angekündigt ist. Zu den laufenden Ermittlungen wollte der leitende Kriminalhauptkommissar keine weitere Aussage machen.«

Die Nachrichtensprecherin wandte sich einem neuen Thema zu und berichtete über den erneuten Ausbruch der Vogelgrippe irgendwo in Niedersachsen.

Das war eine objektive Berichterstattung. Hölzle grunzte zufrieden. Nicht so wie bei einem Thorben … verdammt, Hölzle fiel siedend heiß wieder ein, dass er sich mit Thorben Schmink unterhalten wollte. Zurück im Präsidium in der Vahr suchte er die Telefonnummer des Reporters heraus und rief umgehend an.

»Herr Schmink, hier ist Hölzle. Könnten wir uns treffen? Ja? Am besten gleich, wenn das geht. Ja? Gut, hier bei mir im Präsidium. Bis gleich.« Bis der Schmierfink kam, würde er einen neuen Versuch starten, etwas Ordnung auf seinem Schreibtisch zu schaffen. Hölzle schob den Aktenberg von der linken auf die rechte Seite, platzierte den Locher neben der Schreibtischlampe und sortierte die Stifte aus dem Kaffeeglas, um sie dann in eine schmale Blechschale zu legen. Zufrieden betrachtete er sein Werk. Dann riss er von einem mit Kaffeeflecken beschmierten karierten Block einen Zettel ab, um sich ein paar Punkte zu notieren, die ihm bei der Befragung Schminks relevant erschienen.

Eine halbe Stunde später erschien Thorben Schmink auf

der Bildfläche. Hölzle bot ihm einen Stuhl und eine Tasse Kaffee an, den er zwischenzeitlich aufgebrüht hatte.

»Ich nehme an, ich bekomme kein Exklusivinterview von Ihnen«, vermutete Schmink, nachdem er einen Schluck getrunken hatte. »Also, um was geht es also?« Lässig hatte er sich in dem Besucherstuhl zurückgelehnt, den rechten Knöchel auf dem linken Oberschenkel ruhend.

Hölzle räusperte sich. »Wissen Sie, bei der Pressekonferenz ist mir aufgefallen, dass Sie sehr nervös wurden, als die Identität des Opfers preisgegeben wurde. Das brachte mich auf den Gedanken, dass Sie das Opfer gekannt haben könnten. Auch ihr Zeitungsartikel im Blitz legt die Vermutung nahe. Und jetzt möchte ich natürlich wissen, ob ich mit meiner Vermutung richtig liege.«

Schmink schluckte. »Hm, ja, das stimmt. Ich habe sie flüchtig gekannt.«

»Woher?« Hölzle schenkte sich einen weiteren Kaffee ein und trank einen kleinen Schluck.

»Von der Bremer Erwachsenenbildung. Ich hatte letztes Jahr einen Russischkurs belegt und sie hat unterrichtet.«

Das war ja interessant. Vielleicht müsste man bei der Bremer Erwachsenenbildung mal nachfragen, mit wem Achmatova dort Kontakt gehabt hatte.

»Also, nur flüchtig. Oder war da doch mehr? Immerhin schien Sie die Nachricht, dass sie tot ist, mitzunehmen.«

Thorben Schmink setzte sich aufrechter hin. »Na ja, ich habe Sie ein paar Mal zu einem Kaffee eingeladen. Mehr war da nicht. War ja schon ein geiles Gerät, die Kleine.« Dass Sonja ihm jedes Mal einen Korb gegeben hatte, erzählte er nicht. Die Russenschlampe hatte ihn von oben bis unten angeschaut, mitleidig gegrinst und ihn abserviert. Er hatte angefangen, sie regelrecht zu hassen.

Hölzle runzelte unwillig die Stirn. Er mochte es nicht,

wenn Männer so über Frauen redeten. »Wissen Sie sonst noch etwas über sie? Freunde, Bekannte, Familie?«

Schmink überlegte. Er wusste eigentlich gar nichts. Aber jetzt musste er sich irgendetwas zusammenreimen. Etwas nervös pulte er an einem kleinen Pickel an seinem Kinn herum. »Die Familie ist in Russland. Und Freunde oder Bekannte hatte sie kaum. Sie war ja auch noch nicht so lange in Deutschland.«

»Und weiter?« Hölzle bemühte sich, nicht allzu konzentriert auf den Pickel zu schauen.

»Nichts weiter. Ich sagte Ihnen ja eben, ich habe sie nur flüchtig gekannt, sie hat unterrichtet und ist ohne Familie nach Bremen gekommen. Wissen Sie, Sie stehlen nur meine und auch Ihre Zeit, wenn Sie glauben, dass ich Ihnen darüber hinaus noch mit weiteren Informationen dienen kann.«

Insgeheim musste Hölze Schmink zustimmen. Im Moment konnte er offensichtlich aus dem Reporter nicht mehr herausbekommen, und er war froh, als der schleimige Kerl aus der Tür war. Hölzle öffnete ein Fenster und atmete tief durch. Seine Notizzettel knüllte er zusammen und beförderte sie in den nahe stehenden Papierkorb.

Der folgende Tag startete erneut mit milden Temperaturen und sogar die Sonne kam zum Vorschein. Die Vögel zwitscherten und der ansässige Fasan zeterte, weil wohl irgendwas seinem Nest zu nahe gekommen war. Fast konnte man glauben, der Winter wäre vorbei und der Frühling stünde vor der Tür.

Petra von Bokeloh beschloss, sich nicht in das Getümmel, das in der Reithalle herrschte, zu stürzen, sondern lenkte ihren Rappwallach Bellino auf die Rennbahn. Nach etwa fünfzehn Minuten Schritt zum Aufwärmen der Gelenke und der Muskulatur des Pferdes, trabte sie locker die Bahn entlang. Ihre Gedanken aber kreisten um den Mord an der Putzfrau. Petras Neugier und eine Art morbide Faszination trieben sie schließlich auf den Springplatz. In einem leichten Galopp näherte sie sich dem Wassergraben, den einige nun schon Totenteich nannten. Am Rande des Grabens parierte sie durch und hielt schließlich an.

Sie blickte sich um. Alles schien so friedlich und es war kaum zu glauben, dass vor wenigen Tagen hier ein Mensch ums Leben gekommen war. Petra versuchte ihr Pferd durchs Wasser zu treiben, aber ohne Erfolg. Der Wallach weigerte sich standhaft.

»Mensch, Bellino«, herrschte sie den Rappen an, »jetzt stell dich doch nicht so an.« Nach weiteren fünf erfolglosen Versuchen, stieg sie ab. Vielleicht folgte der Wallach ja an der Hand mit, wenn sie vorausging. Petra führte Bellino nahe an den Rand des Grabens und ließ den Wallach schnuppern. Dann wandte sie sich um und zerrte ihr Pferd ein Stück weg von dem Wasserhindernis, um dann unvermittelt umzudrehen und schnurstracks darauf zu zu marschieren. Widerstandslos ging der Wallach mit.

»Braver Junge«, lobte sie, »siehst du, so schlimm ist das gar nicht. Aber schau dir jetzt mal meine Stiefel an, die sind voller Schlamm!«, schimpfte sie gutmütig an sich herunterschauend und glaubte im nächsten Moment ihren Augen nicht zu trauen.

An ihrem linken Sporn hing eine Kette. Petra von Bokeloh bückte sich und befreite die Kette, die sich um den Sporn gewickelt hatte. Sie war voll mit Schlamm und Petra schwenkte sie ein paar Mal durch das Wasser des Grabens um den Dreck abzuspülen. Das wurde ja immer besser!

Was sie da in der Hand hielt war ein teures Schmuckstück. Petra kannte sich gut genug aus, um zu wissen, was sie da vor sich hatte. An der Kette befand sich ein winziges Fabergéei. Vorsichtig ließ sie die Kette in der Reißverschlusstasche ihrer Reitweste verschwinden, stieg auf und ritt zurück zum Stall.

Dort angekommen, versorgte sie ihr Pferd und räumte ihre Reitutensilien in den Spind. Petra warf einen Blick auf ihre Armbanduhr, sie würde sich sputen müssen. Eine ihrer Töchter hatte sich mit den Enkeln angesagt, die Petra, ganz die liebende Großmutter, versprochen hatte, zu hüten. Doch vorher musste sie noch ihren sensationellen Fund loswerden. Auf dem Weg zum Auto traf sie Christiane Johannsmann, die gerade einparkte. Das traf sich ja genau richtig.

»Hallo Christiane«, grüßte sie. »Gut, dass du kommst! Weißt du was ich gerade gefunden habe?«

»Hi, Petra. Nein, weiß ich nicht, aber du wirst es mir bestimmt gleich erzählen«, gab Christiane grinsend zurück. Sie wusste, wie sehr Petra es liebte, spannende Geschichten zu erzählen.

Petra von Bokeloh kramte die Kette aus ihrer Westentasche und hielt sie der Freundin vor das Gesicht. In der Novembersonne funkelte das Fabergéei wie tausend Sterne.

»Wow!«, hauchte Christiane voller Ehrfurcht. »Wo hast du das denn her?«

»Ich bin mit Bellino durch den Wassergraben gegangen. Zu Fuß, denn unterm Sattel wollte er nicht. Und auf einmal hing diese Kette an meinem Sporn. Kannst du dir das vorstellen?«

»Nicht wirklich. Was meinst du, wem die gehört? Das sieht richtig teuer aus.«

Petra von Bokeloh setzte eine leicht arrogante Miene auf.

»Das sieht nicht nur so aus, das ist es auch. Was du hier siehst, ist ein Fabergéei. Wenn dir das was sagt …«

Christiane war beleidigt.

»Ich kann mir so etwas vielleicht nicht leisten, im Gegensatz zu dir«, sagte sie spitz, »aber Fabergé sagt auch mir was. Selbst, wenn du das nicht für möglich hältst. Schließlich studiere ich Geschichte und promoviere über das deutsch-russische Verhältnis unter Bismarck. Da bekommt man eben mit, wer der Haus- und Hofjuwelier des Zaren gewesen ist. Auch wenn's nicht wirklich wichtig ist.«

»Mann, jetzt sei nicht gleich eingeschnappt. Ich überlege nur die ganze Zeit, wer hier mit so teurem Schmuck zum Reiten kommt. Ich meine, ich hab' ja selbst einige sehr teure Stücke, aber zum Reiten zieh' ich die nicht an.«

Christiane Johannsmann schwieg und dachte nach. Dann sagte sie langsam: »Also, ich finde es ja auch unwahrscheinlich, aber womöglich gehörte dieser Schmuck Sonja. Bestimmt war seit Freitag niemand mehr auf dem Springplatz.«

»Wie soll sich denn eine Putzfrau das leisten können?« Petra schüttelte den Kopf.

»Aber, schau doch mal«, führte Christiane ihre Überlegungen fort, »am Freitag wurde sie gefunden. Dann war erst einmal alles abgesperrt und gestern hat es gegossen, so dass niemand draußen geritten ist.«

»Das ist doch kein Beweis. Die Kette kann doch schon länger im Wassergraben gelegen haben«, erwiderte Petra dann.

»Ja, schon, aber dann hätte doch diejenige, die die Kette verloren hat, einen Aushang am Schwarzen Brett gemacht. Mal abgesehen davon, dass nicht allzu viele Leute in Frage kämen, die sich ein Fabergéei leisten können.«

»Na ja, da hast du nicht ganz unrecht. Außer Marie-Louise Freese und ihrer Tochter Fabienne und ihrer Nichte Freya fällt mir auch niemand ein und die reiten selten draußen.«

»Weil sie Schiss haben«, setzte Petra noch nach. Petra mochte die Familie nicht wirklich leiden. Bei den wenigen gesellschaftlichen Anlässen zu denen sie sich trafen, suchte Petra meist die Gesellschaft anderer Leute. »Mal abgesehen davon, wenn denen Schmuck abhanden gekommen wäre, hätten wir das sicherlich alle mitbekommen.«

»Am Besten, ich ruf' gleich mal Heiner auf dem Handy an«, erbot sich Christiane. Sie zückte ihr Mobiltelefon und wählte die Nummer ihres Freundes.

»Hölzle, wer stört?«, hörte sie Heiner ins Telefon brummen.

»Hallo mein Schatz«, flötete Christiane, »ich bin's. Wie du mit Sicherheit auf dem Display gesehen hast. Was bist du denn so schlecht drauf? Gestern warst du schon so komisch.«

Hölzle räusperte sich. »Ich bin nicht schlecht drauf, bin nur noch nicht ganz wach.«

Christiane hörte ihn gähnen.

»Wieso das denn? Du warst doch schon auf den Beinen als ich zum Stall gefahren bin!«

»Ja, war ich. Aber ich hab' mich nach einer Tasse Kaffee wieder hingelegt.« Dass er wahnsinnige Kopfschmerzen hatte, erwähnte er nicht.

Christiane war entrüstet.

»Ich dachte, du wolltest endlich mal wieder joggen gehen …«

Der Vorwurf in ihrer Stimme war unüberhörbar.

»Ja und? Ich hab's mir eben anders überlegt. Ist das jetzt ein Drama oder was?« So allmählich wurde er sauer.

»Nein, ist es nicht. Aber dauernd jammerst du, dass du drei Kilo zu viel auf den Rippen hast.«

»Erwischt«, gab der Kriminalhauptkommissar zerknirscht zu. »Aber du hast sicher nicht angerufen um zu kontrollieren, ob ich durch die Gegend renne oder nicht.«

»Nein. Petra hat im Wassergraben eine teure Kette gefunden. Und ich dachte, ich sag' dir Bescheid. Kann mir zwar nicht vorstellen, dass eine Putzfrau sich so was leisten kann, aber ...«

»Doch«, unterbrach Heiner, »in dem Fall passt das!« Jetzt war er hellwach, die Kopfschmerzen wie weggefegt.

»Ich komm' sofort raus. Hoffentlich hat nicht schon wieder irgendjemand alle Spuren versaut.«

»Nein. Petra hatte Reithandschuhe an und war supervorsichtig. Also, bis gleich.« Christiane Johannsmann beendete das Gespräch und schaute Petra nachdenklich an. Ihre Freundin stieß sie an.

»Was ist denn? Was hat er gesagt?« Aufgeregt zappelte Petra auf der Stelle.

»Er hat gesagt, dass der teure Schmuck zu Sonja passen würde«, gab Christiane langsam zur Antwort.

»Wie kommt er denn da drauf?« Petra zog fragend die Augenbrauen hoch.

Christiane schüttelte den Kopf. »Keine Ahnung. Aber irgendeinen Grund wird er schon haben. Hör mal, Heiner ist bestimmt innerhalb der nächsten halben Stunde hier. Ich putze schon mal Cassino und reite dann in der Halle bis Heiner auftaucht. Und erzähl mal niemandem von der Kette.«

»Geht klar«, sagte Petra. Wie kam eine arme, kleine, russische Putzfrau an so teuren Schmuck? Irgendwas war hier oberfaul. Da war sich Petra von Bokeloh sicher. Ihre Tochter würde wohl mit den Kindern noch ein wenig auf sie warten müssen. Jetzt hatte sie die Möglichkeit, voll in diese Kriminalgeschichte einzusteigen. Das würde sie sich doch nicht entgehen lassen.

Sie ging zurück auf die Stallgasse, um Bellino noch ein paar Möhren zukommen zu lassen, und glaubte eine Halluzination zu haben. Am Ende der Stallgasse sah sie ein Mädchen, das eben im Begriff war, eine der Boxen anzusteuern. In der linken Hand schwang sie einen blauen Plastikeimer. Ihr Gang und wie sie ihre langen blonden Haare in den Nacken schüttelte ließ Petra die Luft scharf einziehen. ›*Sonja?*‹, schoss es ihr durch den Kopf. ›*Blödsinn! Sie ist doch tot!*‹ Das Mädchen drehte sich um, um die Boxentür aufzuschieben und Petra erkannte Fabienne, die Tochter von Marie-Louise Freese. Die Ähnlichkeit war verblüffend.

›*Seltsam. Ist mir nie aufgefallen, wie sich Sonja und Fabienne ähneln.*‹

›*Ähnelten*‹, korrigierte sie sich. Gedankenverloren schob sie Bellino eine Möhre ins Maul, informierte per sms ihre Tochter, dass sie aufgehalten worden sei, und wartete mit Spannung auf den Kriminalhauptkommissar.

Kurze Zeit später tauchte Heiner Hölzle auf dem Brandsteinhof auf. Da in der Reiterstube niemand saß, ging er zum Stall und traf dort auf Petra von Bokeloh, die ihn erwartungsvoll ansah.

»Hallo. Tut mir leid, ich hab' den Namen vergessen, aber das waren vorgestern einfach zu viele neue Gesichter«, begrüßte Hölzle die Frau entschuldigend.

»Das macht doch nichts. Ich bin Petra von Bokeloh«, sagte sie gutmütig.

»Christiane hat mir erzählt, Sie hätten teuren Schmuck am Tatort gefunden?«, kam Hölzle gleich zur Sache.

Petra nickte und holte vorsichtig die Kette aus ihrer Westentasche. Sie ließ sie vor Hölzles Gesicht baumeln, der daraufhin leise durch die Zähne pfiff.

»Also, ich bin ja jetzt nicht vom Fach, was Juwelen anbelangt, aber das scheint mir was richtig Edles zu sein.«

»Darauf können Sie Gift nehmen. Das ist ein Fabergéei und vermutlich etwa fünftausend Euro wert.«

Kriminalhauptkommissar Hölzle äußerte sich erst einmal gar nicht. In seinem Kopf ging es drunter und drüber. Zuerst die Luxusklamotten, jetzt auch noch eine sündhaft teure Halskette. Wie zur Hölle passte dies zu einer Putzfrau aus Russland? Sollte Schmink mit seinem Mafia-Geschwätz doch eventuell richtig liegen?

»Und Sie haben die Kette am Wassergraben gefunden?«, fragte er Petra.

»Nicht *am* Wassergraben, sondern *im* Wassergraben. Ich bin durch das Wasser geritten, nein gegangen, weil mein Pferd nicht durch's Wasser wollte, und dann hatte sich die Kette an meinem Sporn verfangen.«

»Das würde bedeuten, dass die Kette am Grund des Grabens gelegen hat. Dann wurden Wasser und Schlamm beim Hindurchgehen aufgewirbelt und das Schmuckstück kam zum Vorschein«, überlegte Hölzle laut. »Deshalb hat die Spurensicherung die Kette auch nicht gefunden.«

»Sieht fast so aus«, sagte Petra locker. »Aber, erklären Sie mir mal, warum Sie glauben, dass der Schmuck der toten Sonja gehört hat. Ich meine, soviel Geld kann die ja nicht wirklich verdient haben.«

»Zumindest nicht auf ehrlichem Wege. Oder was meinen Sie?«, fügte Petra dann noch im Plauderton hinzu in der Hoffnung, Hölzle würde Informationen preisgeben. Doch den Gefallen tat ihr der Kriminalhauptkommissar nicht. Mittlerweile hatte er ein Beweismitteltütchen aus seiner Jackentasche gefummelt und ließ die Kette hinein gleiten.

»Zunächst werden wir überprüfen, ob diese Kette wirklich der Toten gehört hat oder zumindest von ihr getragen wurde, sofern noch irgendwelche Hautschüppchen zu finden sind und sie nicht durch das Wasser weggewaschen wurden. Da es sich um ein exklusives Schmuckstück handelt, wird es auch nicht allzu schwer fallen, die Herkunft der Kette zu klären. Das wird uns vielleicht ein Stück weiterbringen.«

Petra von Bokeloh war nicht entgangen, dass Hölzle einer direkten Antwort auf ihre Frage ausgewichen war. Sie startete einen erneuten Versuch.

»Christiane erzählte, dass Sie meinten, die teure Kette würde zu dem Fall passen. Haben Sie dafür eine Erklärung?«

Hölzle lachte. »Sie hätten zur Polizei gehen sollen! Sie sind ganz schön hartnäckig. Aber, ehrlich, ich werde Ihnen keine Auskunft zum bisherigen Ermittlungsstand geben.«

Petra atmete tief durch. »Schade, ich finde das einfach alles superspannend. Aber natürlich verstehe ich, dass Sie mir nichts sagen dürfen.«

»Dann ist's ja gut«, erwiderte Heiner Hölzle. »Dann brauch' ich auch nichts weiter zu erklären. Danke, dass Sie mich über den Fund informiert haben.«

»Dafür nicht«, gab Petra in der typischen Bremer Art zurück. »Informiert hat Sie ohnehin Ihre Freundin. Aber kommen Sie doch zur Weihnachtsfeier, dann lernen Sie die Leute hier mal kennen.«

»Ja, mal sehen«, gab Hölzle ausweichend zurück. »Jetzt schau' ich noch kurz nach Christiane und dann muss ich auch schon wieder los. Tschüss dann.«

Er wandte sich um und ging durch die Stallgasse in Richtung Reithalle. Doch dann hielt er kurz inne: »Ich möchte Sie bitten, niemandem etwas über Ihren Fund zu erzählen. Es ist immer besser, wenn so wenige Leute wie möglich über bestimmte Dinge Bescheid wissen.« Er zwinkerte ihr zu und Petra bestätigte ihre Zustimmung indem sie mit dem Daumen nach oben zeigte.

An der Reithallentür blieb er stehen. »Hallo Christiane«,

rief er in die Halle hinein, in der mehrere Reiterinnen waren. Seine Freundin winkte und trabte auf ihn zu.

›*Ein hübsches Paar, meine Süße und ihr Cassino*‹, dachte er bei sich.

Sie hielt den Dunkelfuchs vor ihm an und strahlte. »Oh, hi Heiner, ist er nicht süß? Er geht wieder so schön, seit die Osteopathin ihn behandelt hat und die Physiotherapeutin regelmäßig kommt!« Sie beugte sich nach vorne und tätschelte den muskulösen Hals des Pferdes. Cassino senkte den Kopf und schnupperte an Hölzles Jacke, der daraufhin erschrocken zurücktrat.

»Mensch, Heiner. Cassino wollte nur mal ›Hallo‹ sagen. Streck ihm deine Hand hin und lass ihn riechen.« Hölzle verzog das Gesicht. »Muss das sein?«

»Jetzt stell dich doch nicht so an«, spöttelte Christiane. »Er wird dich nicht beißen oder so was!«

Zögernd hielt er die Hand an die Nüstern des Pferdes und spürte den warmen Atem. Sanft ertastete Cassino die Hand des Mannes, befand dann die Begrüßung für ausreichend und schnaubte kräftig durch. Das Ergebnis sah man als weiße Flöckchen auf Hölzles Jacke, gespickt mit den letzten Krümeln der Möhren, die er vor dem Reiten von seiner Besitzerin erhalten hatte.

»Na, super.« Angeekelt wischte er mit der rechten Hand über die Möhrenreste auf seinem Ärmel. »Ich muss doch noch in die Rechtsmedizin fahren. Glaubst du Frau Dr. Adler-Petersen gefällt ein Kriminalhauptkommissar in einer nach Pferdekotze stinkenden Jacke?«

»Also, zum einen können Pferde nicht kotzen, und zum anderen stinken Pferde nicht. Was willst du denn überhaupt schon wieder bei Frau Dr. Adler-Petersen?« In Christianes Stimme schwang ein Hauch von Eifersucht mit. »Du warst doch erst gestern da!«

»Falls du es vergessen haben solltest, ich ermittle in einem Mordfall, der auch noch *hier* passiert ist. Und da ist es egal, ob es Sonntag oder Montag ist. Und Frau Dr. Adler-Petersen hat Gott sei Dank die gleiche Arbeitsauffassung wie ich.«

Hölzle war stinkesauer. Christiane war ja eine klasse Frau, aber diese Eifersucht machte ihn manchmal irre. Vor allem, wenn es um Frau Dr. Adler-Petersen ging. Er hatte Christiane zu zwei polizeiinternen Feiern mitgenommen und so hatten sich die Damen kennengelernt. Na ja, kennengelernt war übertrieben. Vielmehr hatten sie sich kritisch beäugt, Christiane mit kühlem Blick, Adler-Petersen mit spöttischem Lächeln. Seiner Freundin war nicht entgangen, welchen Eindruck Sabine bei den anwesenden Männern hinterließ. Seither war die Adler-Petersen ein rotes Tuch für sie. Wobei man schon erwähnen musste, dass jede Frau, die Heiner nur annähernd anflirtete, sie rasend machte. Christiane selbst wusste um ihre Macke, begründete diese aber mit den unzähligen Frauengeschichten ihres Vaters. Manfred Johannsmann betrog seine Frau Ruth, wo es nur ging, was Christiane wahnsinnig machte. Vor allem deswegen, weil ihre Eltern nach außen hin einen auf heile Welt machten.

Christiane Johannsmann wendete ihr Pferd, warf ihrem Lebensgefährten einen eisigen Blick zu und fragte: »Bist du wenigstens zum Essen da oder kriege ich dich heute nicht mehr zu Gesicht?«

»Was gibt's denn?«, war alles was Hölzle erwiderte.

»Hirschgulasch mit Spätzle und Salat. Petras Mann war mal wieder auf der Jagd und sie kann kein Wild mehr sehen. Letzte Woche hat sie mir ein schönes Stück Hirsch mitgebracht.«

»Ernsthaft? *Du* willst Spätzle machen?« Hölzle bezweifelte stark, dass Christiane es ernst gemeint hatte. Zwar hatte er ihr mal gezeigt, wie man einen ordentlichen Spätzleteig machte und mit dem Spätzlehobel umging, aber rangetraut hatte sie sich selbst bisher nicht. Jetzt musste Christiane gegen ihren Willen grinsen.

»Na ja, ich dachte du machst die Spätzle und ich mach' den Rest.« Sie klapperte mit den Lidern.

»Hab' ich mir doch gleich gedacht«, brummte er gutmütig. »Bin spätestens gegen sechs Uhr wieder da.« Er warf ihr ein Küsschen durch die Luft zu und verschwand.

Auf dem Weg zum rechtsmedizinischen Institut blieb Hölzle ruckartig stehen und schlug sich mit der flachen Hand vor die Stirn. Er hatte vollkommen versäumt, sich nach der Adresse des Opfers zu erkundigen. Wo hatte er nur manchmal seinen Kopf? Da würde er wohl noch einmal mit Brandstein reden müssen.

Hölzle parkte wie immer im Halteverbot. Er sprintete zum Eingangsbereich, drückte die schwere Tür des Instituts auf und eilte den Flur hinunter. Fast wäre er mit Markus Rotenboom zusammengeprallt, der gerade um die Ecke fegte.

»Tag, Markus!«, begrüßte er den Freund und fügte überflüssigerweise hinzu: »Hast du's eilig?«

Der Kriminaltechniker atmete tief durch. »Ja. Sandra hat Geburtstag und der Haussegen hing eh schon schief, als ich heute morgen das gemeinsame Frühstück ausfallen ließ, weil ich hier noch was zu arbeiten hatte. Und viel schlimmer ist, dass ich überhaupt kein Geschenk für sie habe.«

Hölzle lachte. »Haha, willst du damit sagen, du hast den Geburtstag deiner Frau vergessen? Au Mann, da möcht' ich aber nicht in deiner Haut stecken! Du weißt ja, wie die Frauen sind!«

Rotenboom grunzte. »Ja, danke für's Gespräch. Hast du nicht eine Idee auf die Schnelle, was ich ihr schenken könnte?«

»Kauf ihr doch ein paar hübsche Dessous!«, schlug Hölzle spontan vor.

Markus Rotenboom betrachtete seinen Freund verblüfft. »Wie kommst du denn darauf?«

Der Kriminalkommissar druckste etwas herum und antwortete zögernd: »Ehrlich gesagt, den Tipp hab' ich vom Adlerblick.«

Markus sah ihn zuerst konsterniert an und wollte sich dann ausschütten vor Lachen.

»Ach, ich dachte immer, ihr habt nur beruflich miteinander zu tun. Dass ihr so intim seid ist mir neu!«

»Mensch, du Depp«, stimmte Hölzle gutmütig in das Gelächter ein. »Wir unterhielten uns über Wäsche, weil die Tote vom Freitag wohl sehr teure Dessous trug. Und überhaupt, waren die ganzen Klamotten, die sie anhatte, schweineteuer. Und jetzt komm' ich grade vom Tatort mit einer Kette, die wohl soviel wert ist, wie ein Gebrauchtwagen. Hat eine von Christianes Freundinnen heute morgen am Tatort gefunden. War im Schlamm des Grabens versunken, deshalb ist sie euch wohl durch die Lappen gegangen.«

»Echt? Zeig mal her«, forderte Markus ihn auf.

Hölzle fingerte das Tütchen mit der Kette aus seiner Jackentasche und hielt es dem Kriminaltechniker hin.

»Wow, sieht nicht schlecht aus. Mal was anderes als ein Brilli oder ein Diamant. Sieht aus wie so ein russisches Ei. Wie nennt man die Dinger gleich nochmal?«

»Fabergéeier. Fabergé war Ende des 19. Jahrhunderts ein Goldschmied, der für die Zarenfamilie diese Eier hergestellt hat, allerdings nicht als Schmuckanhänger, sondern viel größer«, betete er herunter.

Markus pfiff anerkennend. »Ich bin beeindruckt. Soviel Wissen hätte ich dir gar nicht zugetraut«, fügte er dann spöttisch hinzu.

»Hier scheint mich jeder für einen Dorfdeppen zu halten. Also, so beschränkt ist mein Allgemeinwissen dann auch nicht. Mal abgesehen davon, hatte Christiane vor einiger Zeit davon erzählt. Sie kennt sich ja mit Geschichte aus.«

Markus nickte. »Woher die Tote das Geld hatte, wirst du schon noch rauskriegen. Jedenfalls passt das Ei prima zu ihrer Herkunft.« Er schaute auf die Uhr. »Au, Mann, jetzt muss ich aber echt los, sonst gibt das kein Geburtstagsfest mehr, sondern eher einen Amoklauf.«

»Viel Spaß. Ich bringe dann die Kette noch zum Adlerblick, sie kann sie dann bis Montag in Verwahrung nehmen und sie euch im Labor zukommen lassen.«

Der Kriminaltechniker eilte mit langen Schritten davon. Am Ende des Flurs drehte er sich noch einmal um: »Danke übrigens für den Geschenktipp! Allerdings ist heute Sonntag und die Läden haben zu, da muss ich wohl an die Tanke fahren und wenigstens ein paar Blumen besorgen. Wenn ich da nämlich nach Unterhosen frage, rufen die die Sitte. Tschüss!«

Markus war schon fast aus der Tür als Hölzle ihm hinterher rief: »Heute ist doch verkaufsoffener Sonntag!«

Rotenboom zeigte mit dem Daumen nach oben und weg war er.

Hölzle nahm sich nicht die Zeit ins Büro von Dr. Adler-Petersen zu schauen, er vermutete, dass sie sowieso in ihren heiligen Kühlhallen weilte. Und er irrte sich nicht.

»Ich bin schon wieder hier, Frau Dr. Adler«, begrüßte er die Medizinerin.

»Adler-Petersen, so viel Zeit muss sein«, bekam er sofort einen Rüffel.

Der Kriminalkommissar spürte wie ihm schon wieder die Röte ins Gesicht stieg. »Ja, entschuldigen Sie bitte. Ich bringe Ihnen hier ein Schmuckstück, das heute morgen am Tatort gefunden wurde. Und ich hoffe mal, dass sich vielleicht noch Hautschüppchen daran befinden, da ich vermute, dass die Kette der Toten gehört hat.«

»Oder zumindest von ihr getragen wurde«, präzisierte er.

Er fischte das Beweismitteltütchen erneut aus seiner Jacke und gab sie seinem Gegenüber. Frau Dr. Adler-Petersen nahm das Beutelchen und berührte wie zufällig Hölzles Hand. Ihm wurde schon wieder heiß und erneut traten kleine Schweißperlen auf seine Stirn. Sie lächelte wissend und es schien ihr einen Heidenspaß zu machen ihn in Verlegenheit zu bringen. Hölzle schob die Hand in die Hosentasche und senkte den Blick.

»Tja, mein lieber Herr Hölzle, das ist natürlich ein schönes Stück, was Sie da haben. Ich nehme die Kette in Verwahrung und gebe sie am Montagmorgen an Markus Rotenboom. Der soll sich beeilen mit den Untersuchungen, dann können Sie sie wiederhaben und versuchen den Juwelier zu finden, der sie verkauft hat.«

»Wenn das Opfer die Kette überhaupt hier in Bremen gekauft hat. Das scheint mir doch sehr exklusiv zu sein und auch nicht der Standardschmuck, den die Juweliere sonst so anbieten«, bemerkte Hölzle.

Frau Dr. Adler-Petersen betrachtete die Kette aufmerksam.

»Da könnten Sie allerdings Pech haben. Wenn Sie hier nicht fündig werden, hat sie den Schmuck eventuell auch in Hamburg erstanden. Sehen Sie mal her! Hier ist ein feines, blondes Haar im Verschluss der Kette hängen geblieben. Das ist doch schon mal nicht so schlecht.«

Hölzle schaute genau hin und tatsächlich, da war ein blondes Haar. *›Die hat echt Adleraugen, war mir doch schon immer klar‹*, dachte er.

»Ok, ich überlasse Ihnen das gute Stück. Sie halten mich auf dem Laufenden, was die anderen Untersuchungen angeht? Ich schätze, es gibt im Moment keine weiteren Ergebnisse.« Er wandte sich bereits zum Gehen.

»Die Toxikologie hat zumindest keinen Hinweis auf Drogenmissbrauch bei Achmatova gefunden. Mehr habe ich noch nicht. Wollen Sie schon los? Ich dachte, wir können noch eine Tasse Kaffee in meinem Büro trinken. Dann können wir gleich noch den letzten Fall abschließen.«

»Ja, gut. Von mir aus. Viel hab' ich heute nicht mehr vor.«

Kurze Zeit später saßen sie in Adler-Petersens Büro, wälzten die ganzen Akten des letzten Falles – die Untersuchung der Todesursache eines achtundfünfzigjährigen Mannes auf mögliches Fremdverschulden, die sich letztendlich als ein unglücklicher Unfall herausgestellt hatte – und tranken jede Menge Kaffee. Irgendwann sah Hölzle auf und merkte, dass es draußen schon dunkel war. Abrupt stand er auf.

»Himmel, jetzt isch scho wieder so schbät«, fluchte er, einen Moment ins Schwäbische verfallend. »Sorry, Frau Doktor, aber ich muss wirklich los. Was wir heute nicht geschafft haben, können wir ja im Laufe der nächsten Tage noch nachholen, wenn Zeit dafür ist.«

»Gehen Sie nur, bevor Sie zu Hause Ärger kriegen.« Sie zwinkerte ihm zu. »Den Rest schaffe ich auch alleine, da ist ja nicht mehr allzu viel zu tun.«

Hölzle schnappte seine Jacke, die er achtlos über einen Stuhl geworfen hatte, hob die rechte Hand zum Gruß und machte, dass er zu seinem Auto kam. Als er die Autotür öffnete, bemerkte er einen Mann, der auf ihn zukam und den er im Schein seines Wagenlichtes als Schmink identifizieren konnte. Der hatte ihm gerade noch gefehlt! Es machte fast den Eindruck, als ob Schmink ihn auf Schritt und Tritt verfolgen würde.

»Herr Hölzle«, sprach ihn Schmink an. »Für Sie immer noch Herr Kriminalhauptkommissar!«, fuhr ihm Heiner dazwischen.

»Entschuldigung. Also, Herr Kriminalhauptkommissar«, jede Silbe betonend fuhr Schmink fort, »Sie kommen gerade aus der Rechtsmedizin. Gibt es schon nähere Erkenntnisse zum Mordfall Achmatova? Wurde Sie vor ihrem Tod vergewaltigt?« Ein gieriges Glitzern glomm in seinen Augen.

»Nein, wurde Sie nicht. Es gibt keine Anzeichen dafür. Die Tote wurde vollständig bekleidet aufgefunden. Und jetzt lassen Sie mich in Frieden.« Hölzle stieg ein, startete den Motor und bemerkte Schminks enttäuschten Blick.

Christiane empfing ihn mit säuerlicher Miene.

»Sei nicht böse, Christiane. Tut mir echt leid, dass ich so spät bin.« Er gab ihr einen Kuss.

Christiane löste sich von ihm und fragte vorwurfsvoll: »Wo warst du denn so lange? Ich dachte, du wolltest diese Kette nur ins Institut bringen.«

»Ja, wollte ich auch. Aber dann habe ich Markus getroffen und mit dem gequatscht. Er hat heute Sandras Geburtstag vergessen! Kannst du dir das vorstellen? Er war ziemlich gestresst, weil er natürlich kein Geschenk für sie hatte. Der arme Kerl.«

Während er erzählte, schälte er sich aus seiner Jacke und zog seine Schuhe aus, um sie fein säuberlich neben die anderen Schuhpaare zu stellen. Dann schlüpfte er in seine warmen Filzpantoffel.

»Ja, und das hat so lange gedauert? Ihr Männer schnackt doch sonst nicht so viel.«

»Nein«, er räusperte sich. »Dann bin ich zu Frau Dr. Adler-Petersen und habe ihr die Kette gegeben.«

Christiane runzelte die Stirn. »Das dauert doch nicht den ganzen Nachmittag. Jetzt ist es schon fast sieben!« Sie war richtig wütend. »Von wegen ›bin spätestens um sechs Uhr wieder zu Hause‹«, äffte sie ihn nach.

»Also, wir haben erst noch kurz über den aktuellen Fall gesprochen beziehungsweise über diese Kette eben. Dann, es war ja noch früher Nachmittag, haben wir Kaffee getrunken und …«

»Ach, nee«, unterbrach sie ihn, »man macht jetzt schon ein gemeinsames Kaffeekränzchen. Ich dachte, du kannst den Adlerblick nicht leiden!« Christianes Stimme war schneidend, was wiederum ihn auf die Palme brachte.

»Jetzt mach' mal halblang! Wir sind die Akten des letzten Falles durchgegangen, damit der mal zum Abschluss kommt. Und dabei haben wir Kaffee getrunken. Das wird ja wohl noch erlaubt sein!« Musste er sich hier eigentlich rechtfertigen dafür, dass er seine Arbeit tat, oder was?

Mittlerweile waren sie streitend in die Küche gegangen und Hölzle begann Mehl in eine Schüssel zu geben und dann Eier aufzuschlagen.

»Das ist ja in Ordnung. Aber ausgerechnet am Sonntag? Hat die eigentlich nichts Besseres zu tun, oder wie ist das bei der?« Christiane gab keine Ruhe.

»Wo ist der Hartweizengrieß? Verdammt, der stand doch immer da im Küchenschrank.« Hölzle schob diverse Päckchen mit Nudeln im Schrank hin und her und warf dann frustriert die Schranktür zu.

»Ich habe ihn dir doch da schon hingestellt«, sie deutete auf die Packung direkt vor seiner Nase. »Krieg ich jetzt 'ne Antwort?«

»Worauf denn?«, brummte Hölzle und gab den Grieß zu

den anderen Zutaten. Er fügte noch etwas Wasser hinzu und begann den Spätzleteig zu schlagen.

Christiane stöhnte lauthals auf. »Ob – die – nichts – Besseres – zu – tun – hat?«, wiederholte sie dann, nach jedem Wort eine Pause machend.

»Was weiß ich. Hast du schon Salatsoße vorbereitet?« Er hatte genug von diesem Hin und Her.

Sie deutete auf die Glasschüssel, die auf dem Küchentisch stand. »Ja, da. Ist alles soweit fertig. Das Hirschgulasch ist auch soweit. Mach' du jetzt mal deine Spätzle. Ich hab' Hunger«, murrte sie. »Hat die eigentlich keinen Mann? Es muss ja wohl einen Herrn Petersen geben, oder nicht?« Christiane versuchte ihrer Stimme jetzt einen netteren und harmloseren Klang zu geben.

Hölzle fiel nicht darauf herein. Er wusste genau, was Christiane im Schilde führte. Das war Wasser auf ihrer Eifersuchtsmühle. Er kam zu spät, Adler-Petersen lebte schon länger getrennt und war solo, was man so hörte. Da würde Christiane sich hübsch was zusammen spinnen, wenn er sie ließ.

»Keine Ahnung. Interessiert mich auch nicht. Ich weiß nur, dass sie alleinstehend ist. Vielleicht hat sie ja einen Lover, von dem keiner weiß.«

»Wenn sie alleinstehend ist, warum hat sie dann einen Doppelnamen?«

»Was weiß ich? Vielleicht ist sie geschieden, lebt zur Zeit getrennt, weil ihr Mann ein bekannter Afrikaforscher ist und im Moment Affen im Kongo rettet. Ich kann es dir nicht saaagen! Herrgottnochmal!« Hölzle hatte mittlerweile einen großen Topf Wasser aufgesetzt und wartete an den Kühlschrank gelehnt, dass es kochte.

»Isst deine Tante mit?«, versuchte er nun das Thema zu wechseln.

»Nein, Marthe trifft sich irgendwo im Viertel mit ihren Freundinnen zum Essen«, gab sie zurück, um kurz darauf den Faden wiederaufzunehmen.

»Und was macht Frau *Doktor* sonst so? Ich meine, wenn sie soviel alleine ist? Sie kann doch nicht *nur* arbeiten. Jedenfalls scheint sie viele Verehrer zu haben, oder? Da wird sie sicher mit dem ein oder anderen mal ausgehen. Die erinnert mich an eine Gottesanbeterin, so ein Männer mordendes Geschöpf. Wer weiß, was da alles für Leichen bei ihr in den Kammern liegen.«

Hölzle verdrehte die Augen, dieses Gespräch ging ihm langsam auf die Nerven. Aber wenn Christiane Streit wollte, konnte sie den haben. Deshalb sagte er leichthin: »Sie läuft frühmorgens schon einen Halbmarathon bevor sie ins Institut fährt. Deshalb sieht sie wahrscheinlich auch so gut aus. Kein Gramm zu viel auf den Rippen und an den richtigen Stellen ist noch genug da ...«

Christiane sprang sofort darauf an, wie es sich Heiner gedacht hatte.

»Also, doch! Eigentlich war mir das schon lange klar. Ihr Männer schaut doch immer nur auf die Figur! Glaub' bloß nicht, dass ich mir deinetwegen die Seele aus dem Leib renne oder in einem Fitnessstudio rumturne und Hanteln stemme! Es gibt auch noch innere Werte, und die sind viel wichtiger als gutes Aussehen.«

Sie begann sich immer mehr reinzusteigern und zeterte in einem fort. Hölzle bereute es mittlerweile, ihr diesen Brocken hingeworfen zu haben.

›*Super, Hölzle, des war jetzt mal wieder kropfunnötig!*‹, schalt er sich selbst. Er nahm seine Freundin am Arm und zog sie zu sich heran.

»Hey, Süße, komm' mal wieder runter. Du siehst super aus und hast es doch gar nicht nötig, ins Fitnessstudio zu gehen.

Ich liebe dich so wie du bist, und jetzt lass uns Adlerblick vergessen und mich meine Spätzle schaben. Ok?« Er küsste sie auf's Haar und genoss den sanften Hauch ihres Parfüms, der ihm in die Nase stieg. Sie hob ihr Gesicht, küsste ihn auf die Nasenspitze, lächelte ihn an und nickte.

»Ich decke schon mal den Tisch und mach' uns eine Flasche Rotwein auf.«

Hölzle atmete tief durch. *›Uff, des han i jo grad nomol nagriagt. Sonscht wär der Sonndagobend em Arsch gwea.‹* Und grinsend machte er sich an seine Spätzle.

»Vorhin hat mich übrigens dieser ekelhafte Reporter noch abgepasst. Was für ein widerlicher Kerl. Ich hatte fast den Eindruck, dass er es gern gehört hätte, dass die Frau vor ihrem Tod noch vergewaltigt wurde.« Er schüttelte sich.

»Ja, das passt zu ihm. Er selbst kriegt bestimmt keine Frau ohne Gewalt oder er muss dafür bezahlen«, bemerkte Christiane gehässig.

»Kennst du den etwa?« Heiner sah sie leicht entsetzt an.

Christiane nickte. »Ja, leider. Ich hab' komplett vergessen, dir davon zu erzählen. Er ist ein ehemaliger Schulkamerad von mir. Der war schon immer so. Große Klappe und hat alles angegraben. Frag nicht, wie der mich angeschaut hat als die Mädels und ich ihn auf dem Hof ausgebremst haben.«

Hölzle konnte nur noch amüsiert grinsen, als Christiane ihm erzählte, wie die Frauentruppe den Schmierfink vom Hof gejagt hatte.

Am Montagmorgen rief Hölzle vom Büro aus zuerst bei Hinnerk Brandstein an.

»Guten Morgen, Herr Brandstein. Hier spricht Hölzle von der Kripo Bremen.«

»Ah, guten Morgen, Herr Kriminalhauptkommissar. Was kann ich für Sie tun?«

Im Hintergrund konnte Hölzle ein Pferd wiehern hören und vernahm den Motor eines Treckers. Offensichtlich war Brandstein draußen.

»Ich wollte Sie bitten, mir die Adresse von Sonja Achmatova zu geben.«

»Hmm, das weiß ich auswendig jetzt gar nicht. Da muss ich zuerst im Haus nachschauen. Kann ich Sie zurückrufen?«

»Ja, kein Problem. Wenn' s geht bitte in der nächsten halben Stunde. Ich wollte dort heute noch hinfahren«, bat er den Hofbesitzer.

»Ja. Ich bin schon auf dem Weg ins Haus. Dauert nicht lange.«

Der Kriminalhauptkommissar schaute seine Post durch und stellte erfreut fest, dass er schon die Liste mit den Namen der Reiter vorliegen hatte.

Brandstein hatte sich wohl gleich hingesetzt und die Namen und Adressen aufgeschrieben. Neunzehn Namen standen auf der Liste. Der Name Pjotr Solotov fiel ihm ins Auge. Ach ja, genau, das war der Pfleger. Den würde er auf jeden Fall selbst unter die Lupe nehmen. Die Befragung der anderen, die genannt waren, konnten seine Kollegen Peter Dahnken und Harry Schipper übernehmen. Hölzle trat zu seiner Musikbox und wählte blind die Taste F9 und schon erklangen die ersten Töne der Flippers. Leise vor sich hin summend setzte er sich an seinen Schreibtisch und widmete sich dem restlichen Posteingang.

Kurz darauf klopfte es an der Bürotür und Harry Schipper trat ein. Oberkommissar Harry Schipper stand einen Rang unter Hölzle. Groß und breitschultrig wie ein Bär und manchmal ebenso gemütlich. Dunkle, immer leicht zerzauste Haare und ein Vollbart verstärkten noch den Eindruck, man hätte es mit einem Bären zu tun. Schipper wirkte immer durchtrainiert und musste nicht einmal viel dafür tun, worum ihn Hölzle manchmal beneidete. Einigermaßen regelmäßiges Joggen war der einzige Sport, den er trieb, und essen konnte er alles was ihm schmeckte. Und ihm schmeckte verdammt viel. Die Portionen, die er vertilgte, würden meist für eine vierköpfige Familie reichen, behaupteten zumindest böse Zungen.

»Moin, Chef«, grüßte Harry, »was liegt an?« Innerlich stöhnte er über die Musik. Wie konnte sein Chef nur so einen Kram hören? Ihn schüttelte es immer bei Musik solcher Art.

»Morgen, Harry, hier ist eine Liste mit Namen und Adressen der Reiter. Klapper die mal mit Peter zusammen ab. Bis auf den hier.« Hölzle zeigte auf den Namen Pjotr Solotov.

»Mit dem spreche ich selbst. Der scheint mir …« Das Telefon klingelte und Hölzle hob ab.

»Kriminalpolizei Bremen, Hölzle, guten Tag … Aah, Herr Brandstein. Das ging ja fix. Gröpelinger Fährweg 23 B. Ok, habe ich mir notiert. Haben Sie zufällig auch eine Telefonnummer von Frau Achmatova? Die junge Frau besaß sicherlich ein Handy und so können wir über die getätigten Anrufe vielleicht mehr über ihre sonstigen Kontakte herausfinden. Haben Sie? Ja, ich warte … Vielen Dank Herr Brandstein. Schönen Tag noch.« Er legte auf und schaute seinen Kollegen an: »Wo war ich grade?«

»Du wolltest was zu diesem Pjotr Solotov sagen«, erinnerte ihn Harry.

»Ach so, ja. Das ist einer der Pfleger auf diesem Reiterhof. Der kommt auch aus Russland und ich schätze mal, dass der uns vielleicht einiges mehr über die Tote erzählen kann.«

Hölzle goss sich eine Tasse Kaffee ein. Wie jeden Morgen hatte seine Sekretärin schon frischen Kaffee aufgebrüht, wenn Hölzle im Büro erschien. Auf seinem Schreibtisch stand immer ein kleines Tablett mit drei Tassen, blau, grün und rot. Interessanterweise tranken weder er, noch Dahnken, noch Schipper ihren Kaffee mit Milch oder Zucker. Alle tranken ihn schwarz.

»Auch einen?«

»Ja, gerne. Danke.« Harry reichte seinem Chef die blaue Tasse, dieser goss ein und Harry nahm einen Schluck des dunklen Gebräus.

»Ach, übrigens das Alibi von Brandstein habe ich überprüft. Der saß bis in die frühen Morgenstunden mit zwei Vertretern des Pferdezuchtverbandes zusammen wegen einer Auktion. Hast du schon was Neues zum Fall?«, fragte er Hölzle.

Der Kriminalhauptkommissar nickte und nahm einen Schluck Kaffee.

»Gestern hat eine der Reiterinnen am Tatort eine sehr teure Kette gefunden, die wohl auch dem Opfer gehört hatte. Die hab' ich gleich noch ins Labor gebracht zur Analyse. Dr. Adlerauge hat ein blondes Haar dran gefunden und ich vermute mal, dass es von der Toten stammt.«

Harry Schipper überlegte laut. »Meinst du, die war nur zum Schein putzen und hat ihr Geld vielleicht noch mit ganz anderen Sachen verdient. Bei der Russen-Mafia vielleicht?«

Hölzle rollte die Augen. »Fang du jetzt auch nicht noch so an. Alles ist möglich. Wir werden's rausfinden. Wo zum Teufel steckt eigentlich Peter? Es ist schon nach neun Uhr!«

Harry schüttelte den Kopf und trank seine Tasse leer. »Steht wahrscheinlich mal wieder im Stau auf der A27. Wie so oft.«

»Ja, Himmelherrgottnochmal, dann soll er eben früher wegfahren.«

»Moin zusammen. Ist noch Kaffee da?«, rief Peter Dahnken gut gelaunt als er just in diesem Moment hereinkam. Mittelgroß, strohblond mit einem dunkelblonden Dreitagebart und einem komplett fettfreien und absolut muskulösen Körper, war Peter Dahnken der heimliche Traum vieler Mitarbeiterinnen im Präsidium.

»Für dich gibt's bald keinen Kaffee mehr, wenn du nicht endlich jeden Morgen pünktlich hier erscheinst.« Hölzle sah ihn grimmig an.

»Sorry, Chef. Nicht meine Schuld. Diese öde Baustelle wird wohl nie fertig werden.«

»Ja, dann fahr eben früher los. Das geht wirklich nicht, dass du jeden Morgen zu spät kommst. Kaffee kannst du jetzt vergessen. Mach' dich mit Harry und der Liste auf die Socken, damit wir mal ein Stück weiterkommen in diesem Fall.«

Peter Dahnken schaute sich Hilfe suchend nach seinem Kollegen um. »Was für 'ne Liste?«

Harry winkte ab. »Ich erkläre es dir unterwegs. Komm jetzt.«

Noch in der Tür rief Heiner ihnen zu: »Ach, schaut doch noch bei der Bremer Erwachsenenbildung vorbei. Dort hat Sonja Achmatova Kurse gegeben.« Und dann waren die beiden auch schon verschwunden.

Auch Hölzle schlüpfte in seine Jacke, schnappte den Zettel mit der Gröpelinger Adresse von seinem Schreibtisch und verließ den Raum.

# Sonja. Frühling 2006

Sonja verlässt den Bus zusammen mit ein paar Frauen, die offensichtlich in der Stadt zum Einkaufen gewesen sind. Alle schleppen mehrere Tüten mit sich und ihr fröhliches Schnattern deutet darauf hin, dass sie sich in einem der zahlreichen Lokale wohl noch ein kleines Abschiedsschlückchen gegönnt haben. Die meisten sind im Alter von Sonjas Mutter. Sonja hat die Fahrt über neben Irina gesessen, einer entfernten Verwandten – war es die Großcousine ihrer Mutter? Sie weiß es nicht.

»Sag mal Irina, du hast doch ab und zu bei Großmutter vorbeigeschaut. Ist dir aufgefallen, ob sie irgendwelche Sonderwünsche gehabt hat und auch dafür bezahlen konnte?«

»Sonderwünsche, was für Sonderwünsche?« Irina schüttelt verständnislos den Kopf.

»Na ja, vielleicht ein besonderes Buch, mal eine Flasche Wein, einen kleinen Fernseher, ein Radio, so etwas in der Art«, bohrt sie nach.

»Nein, Olga hat nichts dergleichen gewünscht, und wenn sie sich mal eine Flasche Wein hat besorgen lassen, so habe ich nichts davon mitbekommen«, überlegt Irina und wechselt ihre Tasche von einer Schulter auf die andere.

»War vor ein paar Jahren vielleicht einmal ein Besuch für sie da, der euch unbekannt war? Offizieller Besuch? Aus der Stadt?« Sonja lässt nicht locker.

»Außer deiner Mutter, und die war ja selten da, und dir hat Olga überhaupt keinen Besuch bekommen.« Irina versteht nicht, was die ganze Fragerei soll.

»Wenn du etwas wissen willst, geh zu deinem Onkel. Ich hänge ja nicht den ganzen Tag am Fenster und beobachte, was im Dorf los ist.« Sie hat genug von den seltsamen Fragen und versucht dem Gespräch eine andere Wendung zu geben.

»Was machen die Karrierepläne? Wann können wir dich am Bildschirm bewundern?«

Doch Sonja hat keine Lust auf diese Art von Unterhaltung.

»Nichts, frag nicht so blöd. Wenn es soweit ist, bist du die erste, die es erfährt«, schnappt sie zurück.

»Ach, geht wohl alles doch nicht so schnell, wie sich das unsere kleine Svetlana* vorgestellt hat«, Irina versucht erst gar nicht den höhnischen Unterton zu vertuschen. Svetlana, so hat Olga ihre Enkelin, als diese noch ein kleines Mädchen war, wegen ihrer damals noch helleren Haare häufig genannt. Sonja rollt nur mit den Augen. Irina ist schon immer eine dämliche Kuh gewesen. Den Rest der Fahrt verbringen die beiden Frauen schweigend.

Als Sonja das Haus des Onkels erreicht, ist es später Nachmittag und die Dunkelheit beginnt schon über das Dorf hereinzubrechen. Sie muss wohl oder übel die Nacht in Olgas Zimmer verbringen, aber andererseits kommt dies Sonja gerade recht, da sie sich in Ruhe noch einmal im Zimmer der Großmutter umschauen will.

Das Abendessen im Kreis der Familie lehnt Sonja dankend ab. Die Frau des Onkels, er ist bereits zum zweiten Mal verheiratet und erneut macht sich eine dicke Matrone in seinem Häuschen breit, bringt einfach nur fette Sachen auf den Tisch. Da vergeht Sonja der Appetit. Sie hat sich eine Flasche Wein eingepackt, drei Brötchen (eines für den nächsten Morgen), etwas Käse und, luxuriös für diese Jahreszeit, ein paar Trauben, natürlich kernlos. Im Gegensatz zu ihrer Verwandtschaft versteht es Sonja nämlich, stilvoll zu leben und

* Svetlana: Licht, die Helle, die Erleuchtete

zu speisen, soweit ihre Finanzen es zulassen. Ein altbackenes Brötchen zum Frühstück ist da eher eine Ausnahme. Sonja hat sich noch zwei Wolldecken ausgeliehen, und der Onkel ist ihr noch dabei behilflich, den Ofen anzufachen. Kurz darauf ist es in dem kleinen Raum wohlig warm und Sonja macht sich an die Arbeit. Der Onkel hat ihr auch nicht weiterhelfen können – keine Sonderwünsche von Großmutter – ›*Wieso auch? Sie hatte alles was sie brauchte*‹ – kein Besuch von außerhalb – ›*Wer denn auch? Sie hatte doch keine anderen Verwandten.*‹

Nach Geld, das Olga vielleicht erwähnt haben könnte, hat Sonja erst gar nicht gefragt. Viele Möglichkeiten, wo Olga Geld versteckt haben könnte, gibt es in dem kleinen Raum nicht. Zuerst nimmt Sonja sich die Kommode vor, in der sie bereits die Unterlagen gefunden hat. Die Kommode hat sie eigentlich schon nach dem Begräbnis ausgeräumt. Mühsam zieht sie die Schubladen heraus, denn in der Zeit, in der das Zimmer nicht geheizt worden ist, hat sich das Holz vollkommen verzogen. Sie erinnert sich an Kriminalgeschichten, die sie im Fernsehen gesehen hat. Papiere oder Sonstiges, was unentdeckt bleiben soll, wird im Film meist mit Klebestreifen unter dem Boden einer Schublade befestigt. Hier jedoch Fehlanzeige. Sonja nimmt den Korpus der Kommode und den Spiegel genauestens unter die Lupe. Nichts. Ebenso unter dem Stuhl oder dem Tisch.

Die Matratze ist abgezogen – auch unter der Matratze, außer einer vertrockneten, zerquetschten Spinne – nichts zu finden. Sonja nimmt sich die Bilder vor. Das würde eigentlich zu Großmutter passen, ihr Geld einer Heiligen anzuvertrauen. Die Heilige Maria lächelt nur milde, sie hat das Geld nicht in ihrer Obhut. Es bleibt nur noch die Zarenfamilie. Sonja hängt das Bild ab, und ein Kribbeln macht sich in ihrer Magengegend breit. Großmutter hatte oft vor dem Bild gestanden, erst ein leises Gebet gesprochen, das immer mit den letzten Worten des ermordeten Zaren endete *›Vergib' ihnen, denn sie wissen nicht was sie tun‹* und dann mit jammervoller Stimme erklärt, dass man den Armen alles genommen habe, dass sich die Bolschewiken schämen sollten, und dass sie besonders um ihre Namensgefährtin, Prinzessin Olga, trauere. Also, vielleicht hatte die Großmutter ja der Prinzessin etwas zurückgegeben? Vorsichtig öffnet Sonja den Rahmen, und, sie kann es kaum glauben, hinter dem Bild klebt ein Umschlag eindeutig neueren Datums.

Die getrocknete Blüte, die im Rahmen steckt, zerfällt vor Sonjas Augen buchstäblich zu Staub. *›Wie vorsichtig muss die Großmutter damit umgegangen sein.‹* Sonja zupft die Lasche aus dem Umschlag. Mehrere Einhunderteuro-Scheine leuchten ihr in auffälligem Grün entgegen. Sonja zieht die Geldscheine aus dem Umschlag und zählt sie. Es ist genau die Summe, die Olga erhalten hatte. Sonja steckt die Zarenfamilie wieder in ihren Rahmen, hängt die Fotographie an ihren Platz zurück. Den Umschlag mit dem Geld schiebt sie in das Seitenfach ihrer Handtasche und zieht den Reißverschluss zu.

Eigentlich hätte sie nicht übel Lust, irgendwie wieder nach Hause zu kommen, aber es ist bereits zu spät und ein Bus fährt vor dem nächsten Morgen nicht mehr zurück in die Stadt. Sie bereitet sich ihr kleines Abendessen und rollt sich auf dem kleinen Sessel vor dem Ofen zusammen. Die ganze Geschichte ist mehr als merkwürdig. Olga erhält zusammen mit einem offiziellen Schreiben aus Deutschland eintausendfünfhundert Euro als Wiedergutmachung. Warum? Nur eines ist ganz klar, irgendwie muss die ganze Geschichte in Zusammenhang mit der Zeit des Zweiten Weltkriegs stehen. Für diesen Zeitraum der Geschichte hat sich Sonja nie besonders begeistern können. Ihr reicht, dass Frieden herrscht und sie nichts zu befürchten hat. Vielleicht hilft ein Blick in die Unterlagen, die sie sich eingesteckt hat. Aus den beiden Schreiben geht für Sonja nichts hervor. Das russische Schreiben ist ein Formblatt mit dem Hinweis, dass Olga eintausendfünfhundert Euro erhält. Das Schreiben in deutscher Sprache sagt Sonja überhaupt nichts, lediglich die Zahlen kann Sonja natürlich entziffern. Abgesehen von der Zahl eintausendfünfhundert, wohl für die Euro, und dem Datum, an dem der Brief verfasst worden ist, springen Sonja zwei weitere Zahlen ins Auge: 1943 und 1945. So viel ist auch bei Sonja vom Geschichtsunterricht hängen geblieben. 1945 – Kriegsende.

Immer wenn Sonja Berichte im Fernsehen über diese Zeit sieht (nie sehr intensiv, beim Zappen durch die Kanäle stößt man auf Interessanteres) oder versehentlich in einer Zeitschrift über einen Artikel stolpert, der sich mit den Kriegsjahren beschäftigt, kommt es ihr fast unglaublich vor, dass ihre Mutter in einer solchen Zeit zur Welt gekommen sein soll: Anna, die sie, Sonja, erst im Alter von vierzig Jahren geboren hat und die ihr eigentlich, wenn sie darüber nachdenkt, zeitlebens ein großes Rätsel geblieben ist. Und nun scheint auch ihre Großmutter ein mehr als rätselhaftes Leben geführt zu haben.

Von ihrem Vater weiß Sonja nur sehr wenig. Anna hatte ihn bei einer landwirtschaftlichen Ausstellung – sie war Agraringenieurin – in Moskau kennen gelernt. Die beiden hatten bereits ein halbes Jahr später geheiratet. Ob es wirklich die große Liebe oder ob die Aussicht auf eine größere Wohnung in Stadtnähe ausschlaggebend gewesen war, diese Frage konnte Sonja nicht beantworten. Ihre Mutter hatte sich zu diesem Thema nie geäußert. Sei es wie es war, vier Jahre später war Sonja zur Welt gekommen. Den Vater sah sie nur am Wochenende, ihre Beziehung zu ihm konnte nicht unbedingt mit dem Begriff Liebe in Verbindung gebracht werden. Als Sonja fünf Jahre alt gewesen war, hatten sich ihre Eltern getrennt. Sonja wuchs dann praktisch bei ihrer Großmutter auf, denn Anna war den ganzen Tag arbeiten. Annas Interesse an ihrem Kind nahm in gleichem Maße ab, wie ihre Besuche bei Sonja seltener wurden. Von ihrem Vater hatte Sonja nie wieder gehört. Heute war ihre Mutter einundsechzig und immer noch eine attraktive Frau, die seit sechs Jahren ihre Pension in vollen Zügen genoss, soweit es ihr Budget erlaubte. Die durch die Welt reiste und bis auf die Geburtstagskarten, die sie immer mit demselben Text schickte, offensichtlich kaum wahrnahm, dass sie eine erwachsene Tochter hatte.

Vom Großvater mütterlicherseits wusste Sonja nichts und die Eltern ihres Vaters waren bereits gestorben, als Sonja das Licht der Welt erblickt hatte. Auf Nachfragen bei der Großmutter mit wem sie den nun verheiratet gewesen wäre, hatte sie grundsätzlich keine Antwort bekommen. Immer war Olga Fragen nach früheren Geschehnissen ausgewichen, und auch Anna konnte ihr bezüglich des unbekannten Großvaters auch nichts berichten.

Sonja lässt sich noch einmal die Jahreszahlen durch den Kopf gehen. Es muss einen Zusammenhang geben, zwischen dem Geburtsjahr ihrer Mutter Anna, dem Schreiben aus Deutschland und dem nie gekannten Vater, der Anna entweder nicht gewollt oder der sich noch vor deren Geburt von Olga getrennt hat. Aber warum? Die Lösung dieses Rätsels scheint in Deutschland zu liegen, in der Zeit nach 1943. Trotz der Flasche Weißwein, die sich Sonja zum Essen gegönnt hat, sind ihre Gedanken klar. Hier gibt es eine Geschichte, der sie auf den Grund gehen muss. Sonja fasst einen Plan …

# November 2008

Der Wohnblock im Gröpelinger Fährweg hatte schon bessere Zeiten gesehen. In der Nachkriegszeit hatte Gröpelingen einen gehörigen wirtschaftlichen Aufschwung erlebt, da die Werft AG Weser dank großer Aufträge floriert und zu den größten Schiffsbauwerften Deutschlands gehört hatte. Riesige Öltanker verließen die Werft. Doch die Ölkrise ab 1974 forderte ihren Tribut. Die Nachfrage nach Öltankern sank rapide und die Umstrukturierung der Werft zu einer mittleren Werft scheiterte. Am 31. Dezember 1983 schloss der Traditionsbetrieb endgültig seine Tore, 2.000 Mitarbeiter verloren ihren Job.

Nichtsdestotrotz existierten natürlich auch noch die stattlich anmutenden, traditionellen Bremer Reihenhäuser aus dem Beginn des 20. Jahrhunderts, als die Werft Fracht- und Passagierschiffe in Gröpelingen zu bauen begann. Nach und nach hatte sich dann seit den Sechziger Jahren, durch die aus allen möglichen Ländern stammenden Menschen, in Gröpelingen eine ganz eigene internationale Kultur entwickelt. So fand der libanesische Schnellimbiss als Gegenüber das italienische Eiscafé, das sich wiederum in unmittelbarer Nachbarschaft zu einem arabischen Gemüsehändler etabliert hatte.

Hölzle las die Namen der vielen Bewohner des Hauses 23 B auf der doppelten Klingelleiste links neben der Tür und entschied sich dann für den untersten rechten Klingelknopf. Margarete Meyerdiercks.

»Ja bitte?«, hörte der Kriminalhauptkommissar eine durch die Gegensprechanlage verzerrte Stimme.

»Guten Tag. Mein Name ist Hölzle, ich bin von der Kriminalpolizei Bremen. Ich würde gerne wissen, wer hier der Hausverwalter ist.«

»Einen Moment bitte.« Dann blieb die Gegensprechanlage stumm. Kurz darauf öffnete eine mollige Frau in den Fünfzigern die gläserne Haustür, allerdings erst nachdem Hölzle seinen Ausweis gegen die Scheibe gehalten hatte.

Frau Meyerdiercks machte einen freundlichen, aber resoluten Eindruck und Hölzle beglückwünschte sich zu seiner Klingelwahl.

»Helmut Frantzen ist der Hausverwalter. Der wohnt aber nicht hier«, informierte sie Hölzle.

»Wären Sie so nett und könnten mir seine Adresse oder eine Telefonnummer geben?«

Margarete Meyerdiercks nickte und bedeutete ihm mitzukommen. »Da muss ich erst in meinen Unterlagen nachsehen. Kommen Sie doch bitte einen Augenblick mit herein.«

»Danke.« Er folgte der Frau durch eine weitere Glastür, hinter der sich ein langer Flur erstreckte. Frau Meyerdiercks' Wohnung befand sich gleich hinter der ersten Tür links den Gang entlang. Die Frau machte eine einladende Handbewegung in Richtung des alten beigefarbenen Sofas.

»Setzen Sie sich doch. Es dauert auch nicht lange.«

Hölzle nahm Platz und sah sich um. Man konnte zwar sehen, dass bei Frau Meyerdiercks Geld nicht unbedingt üppig vorhanden war, aber die Wohnung war ordentlich und sauber. Kleine Nippesfiguren und künstliche Blumensträuße zierten den Fenstersims des kleinen Wohnzimmers und in dem Regal neben dem Fernseher standen einige Bücher. Auf dem niedrigen Couchtisch, um den sich zwei Sessel und das Sofa gruppierten, lag ein gehäkeltes Deckchen, darauf eine Vase mit einem Trockenblumenstrauß. In der Ecke stand eine alte Stehlampe, die ein kleines Sideboard beleuchtete, auf dem Frau Meyerdiercks einige Bilderrahmen mit Fotos aufgestellt hatte. Familie, vermutete Hölzle.

»Hier ist die Nummer.« Margarete Meyerdiercks hielt ihm einen Zettel hin. »Die Adresse habe ich auch gleich mit aufgeschrieben.«

»Vielen Dank, Frau Meyerdiercks.« Er steckte den Zettel in seine Hosentasche und erhob sich. »Dann werde ich mich mal verabschieden.«

Die Frau musterte ihn und fragte dann zögernd: »Darf ich fragen um was es geht? Ich meine, es klingelt ja nicht jeden Tag jemand von der Polizei an meiner Tür.«

»Ich bin wegen einer Hausbewohnerin hier und müsste mich in deren Wohnung umsehen. Und dazu brauche ich den Schlüssel des Hausverwalters.«

»Also, wenn Sie mir verraten, um wen es sich handelt, dann kann ich Ihnen vielleicht gleich aufschließen. Von drei Parteien habe ich je einen Wohnungsschlüssel. Und schließlich sind Sie ja von der Polizei, dann wird das schon in Ordnung sein.« Sie räusperte sich. »Na ja, eben zur Sicherheit, falls einer mal den Schlüssel vergisst oder ich Blumen gießen soll, wenn jemand verreist ist.«

Hölzle überlegte kurz. Natürlich war die Frau, wie wahrscheinlich die meisten Menschen, einfach neugierig, wenn die Nachbarschaft mit der Polizei zu tun hatte, aber er entschied sich trotzdem dafür, sie um den Schlüssel zu bitten, sofern sie in dessen Besitz war. »Sonja Achmatova. Kennen Sie die junge Frau?«

»Sonja? Klar. Ein nettes Mädchen und so hübsch. Da haben Sie Glück. Von ihrer Wohnung habe ich tatsächlich einen Schlüssel. Augenblick, ich hole ihn eben.«

Hervorragend. Ersparte ihm Frau Meyerdiercks doch einen Anruf und eine erneute Fahrt hierher. Natürlich würde er den Hausverwalter noch in Kenntnis setzen und er musste auch den Vermieter informieren.

»Kommen Sie, Sonja wohnt gleich zwei Türen weiter auf der anderen Seite des Flurs.« Sie gab ihm einen Ring an dem zwei Schlüssel hingen. »Der kleine Schlüssel ist für den Briefkasten«, erklärte die ältere Frau. Hölzle nickte dankend.

Dann öffnete sie ihre Wohnungstür, ließ Hölzle den Vortritt und zog die Tür hinter sich zu, um dem Beamten zu folgen. An den Wänden des mit hellgrüner Latexfarbe gestrichenen Flures blätterte zum Teil die Farbe ab, und auch die über die Jahre immer wieder an die Wand gelehnten Fahrräder hatten ihre Spuren hinterlassen. Neueren Datums waren offensichtlich die Graffitis. In Höhe von knapp einem Meter schlängelte sich ein gar nicht mal so schlecht gemalter Drache fast bis zur Wohnungstür der Toten. Hölzle steckte den Schlüssel ins Schloss der gezeigten Wohnung und öffnete die Tür.

»Ach, Frau Meyerdiercks«, wandte er sich zu ihr um, »ich muss Sie bitten draußen zu bleiben.«

»Ähm, na gut. Sagen Sie, es ist ihr doch nichts zugestoßen, oder? Ich habe Sonja schon einige Tage nicht gesehen und jetzt kommen Sie hierher. Hat das etwa mit dem Fall zu tun, der seit Tagen durch die Nachrichten geistert?« In ihren Augen standen bereits die Tränen, denn es war ihr auf einmal klar geworden, dass das alles nichts Gutes zu bedeuten hatte.

In diesen Situationen hasste Hölzle seinen Beruf. Es war immer schwer Menschen zu sagen, dass jemand ums Leben gekommen war. Und es wurde nie leichter. Er legte Frau Meyerdiercks die Hand auf die Schulter.

»Es tut mir leid, Frau Meyerdiercks. Aber Sonja Achmatova ist tot. Mehr darf ich Ihnen leider nicht sagen.«

»Oh Gott!« Sie begann zu weinen.

Hauptkommissar Hölzle tätschelte sie beruhigend und bat: »Am besten Sie gehen wieder in Ihre Wohnung. Ich gebe Ihnen Bescheid, wenn ich hier fertig bin.«

Sie nickte wortlos und schlurfte schweren Schrittes schluchzend und sich schnäuzend den Gang zurück.

Hölzle trat ein und zog eine kleine Digitalkamera aus der Jackentasche. Üblicherweise wurde alles abgelichtet und Gott sei Dank gab es heutzutage digitale Kameras, was vieles vereinfachte. Bei Fällen, die in einer Wohnung passiert waren, fotografierte die Polizei sogar beim Betreten und beim Verlassen des Tatortes die Räumlichkeiten, um gegebenenfalls Veränderungen durch die Durchsuchung zu dokumentieren.

In dem kleinen Flur stand ein Garderobenständer, an dem eine Jeansjacke und ein brauner Mantel hingen. Am Boden standen drei Paar Schuhe. Turnschuhe, sowie ein Paar hochhackige schwarze Stiefel mit seitlichen Schnallen und ein Paar bequeme rote Slipper. Vom Flur aus ging es direkt in einen kleinen Wohnraum. Sonja Achmatova hatte wohl nicht viel Sinn für Ordnung und so wie es aussah, auch von ihren Putzjobs genug vom Putzen gehabt.

Auf dem kleinen quadratischen Tisch, der ihr offenbar als Esstisch gedient hatte, stand noch ein schmutziger Teller. Vermutlich von ihrer letzten Mahlzeit hier. Daneben stand ein benutztes Trinkglas, die Mineralwasserflasche war unverschlossen. Ein trauriger Anblick. Auf einem Untersetzer stand ein verbeulter Topf und Hölzle verzog angewidert das Gesicht, als er den Deckel hob und hineinschaute. Was immer das mal gewesen war, jetzt jedenfalls roch es faulig und obendrauf sprossen munter schon die ersten kleinen Pilzkulturen. Die »Essecke« ergänzten zwei einfache Stühle mit abgewetzten grauen Polstern.

Am anderen Ende des kleinen Raums befand sich eine billige geblümte Couch, die offensichtlich zum Schlafen ausgeklappt werden konnte, denn auf dem dicht dabei stehenden blauen Sessel, lag Sonja Achmatovas Bettzeug. Die Rückwand nahm fast gänzlich ein dreitüriger Schrank ein, daneben hing ein großer Spiegel. Nichts in der Wohnung sagte wirklich etwas über die Mieterin aus.

Pflanzen gab es überhaupt keine und lediglich ein Bild und zwei Fotos schmückten das Zimmer, wenn man hier überhaupt von Schmuck reden konnte. Das Bild zeigte eine tief verschneite Landschaft. Russland vermutete er. Die Fotographien waren älter und einfach gerahmt. Eine Mutter mit Kind und eine hübsche junge Frau vor einem Brunnen. Vermutlich Familienmitglieder der Toten. In einem Regal einige Bücher mit deutlichen Gebrauchsspuren. Zwei Bremenführer in deutscher Sprache, drei stark zerlesene Bücher in russischer Sprache. Eines davon wohl ein Märchenbuch, denn auf dem Einband war eindeutig eine Prinzessin zu sehen, die gemeinsam mit einem Prinzen auf einem Schimmel ritt. Das zweite Buch schien ein Gedichtband zu sein, denn Heiner Hölzle konnte zwar die Sprache nicht lesen, aber die Versform erkennen. Mit dem dritten konnte er nichts anfangen, wahrscheinlich ebenso ein billiger Kitschroman, wie die drei deutschen Taschenbücher, die daneben standen.

Weiter in die kleine Küche. Ein Herd mit nur zwei Platten, ein kleiner separater Backofen, ein kleiner Kühlschrank, ein Regal mit ein paar Gläsern Marmelade, einem Pfeffer –und Salzstreuer. Im Spülbecken noch schmutziges Geschirr, in der Ecke ein Mülleimer, dessen Deckel Hölzle vorsichtshalber nicht anhob. Hölzle öffnete den Kühlschrank. Eine schrumpelige Zucchini, ein halbvoller Margarinebecher, drei Fruchtjoghurts und im Gefrierfach eine Pizza. Zurück im Wohnbereich öffnete er den Schrank. Zwischen den vielen Blusen, einem Regenmantel und zwei Kleiderbügeln, auf denen mehrere Röcke in ihren Aufhängeschlaufen baumelten, sprang ihm die strahlendweiße Nerzjacke quasi ins Gesicht.

›*Was isch denn hier bloß los? Oinerseits total ärmliche Verhältniss' ond andrerseits Nerzjäckla, Dessous ond anders deiers Glomp. Wie basst des bloß zamma?*‹

Die Nerzjacke würde er mitnehmen und versuchen herauszufinden aus welchem Laden sie stammte. Dann durchsuchte er die beiden Schubladen. Strümpfe, Socken, BHs, Höschen. In der nächsten lagen T-Shirts. Nichts Besonderes. Drei Handtaschen unterschiedlicher Größe. Hölzle durchforstete die Taschen, förderte aber außer verschiedenfarbigen Lippenstiften, zwei Päckchen Taschentüchern, einer Haarbürste und einer Puderdose nichts weiter zu Tage. In einer Ecke auf dem Schrankboden standen mehrere Tüten, die diverse Kleidungsstücke enthielten an denen noch die Preisschilder baumelten. Hölzle warf einen Blick darauf und wollte seinen Augen nicht trauen, als er einen einfach erscheinenden dünnen Wollpullover in der Hand hatte, dessen Preisschild ihn als teures Luxusteilchen auswies. Schlappe dreihundertneunundachtzig Euro! Heiner Hölzle grunzte missmutig.

›*Irgendwas mach' i wohl falsch. So was kann i mir et leischta.*‹

Oberhalb der Kleiderstange waren noch zwei Fächer. Im unteren Fach sah er Jeanshosen und Sweatshirts liegen und im oberen einen dicken weißen Wollpullover. Er holte sich einen der Stühle heran und stieg darauf, damit er besser in das oberste Fach sehen konnte. Er schob den Pullover beiseite und tastete nach hinten an die Rückwand des Schranks. Aha, da war etwas. Ein kleines Kästchen mit einem Ring und einer Perlenkette. Getrennt durch ein kleines, schwarzes Kisschen, fanden sich darunter zwei Paar Ohrringe. Modeschmuck. Er schloss den Deckel und stellte das Kästchen zurück.

Hölzle stieg vom Stuhl und schob ihn zurück an den Tisch. Erneut sah er sich noch einmal um. Hier war wohl nicht mehr zu finden als die Nerzjacke. Na ja, vielleicht würde die ihm ein weiteres Puzzleteil liefern.

›*Mischt, dia Scheißlederbendel ganget emmer wieder auf.*‹ So bequem diese Seglerschuhe waren, so nervig waren ihre ledernen Schnürsenkel. Er bückte sich um seinen rechten Schuh zuzubinden, dabei fiel ihm sein Kugelschreiber aus der Brusttasche seines Hemdes (Christiane hasste es, wenn er Kugelschreiber ans Hemd steckte, vor allem weil er deswegen regelmäßig blaue oder schwarze Striche an seinen Hemden hatte) und kullerte unter das Sofa.

Hölzle ließ sich auf Hände und Knie nieder, schaute unter das Sofa, um nach seinem Kugelschreiber zu angeln. Generationen von Wollmäusen hatten darunter ihr Domizil bezogen. Hölzle schob sich noch etwas weiter unter das Sofa. Was war denn das? Er erspähte neben seinem Kugelschreiber eine Mappe, fischte sie hervor, klopfte mit der Hand den Staub ab und ließ sich dann auf dem Sofa nieder. In der Mappe befanden sich einige lose handschriftlich beschriebene Seiten in kyrillischer Schrift. Na immerhin etwas, die Mappe würde er auch mitnehmen. Ein Festnetztelefon gab es nicht, wie er feststellte, offenbar hatte das Opfer sich nur eines Handys bedient, das aber nicht in der Wohnung zu finden war.

Ein letzter Blick, um das Zimmer der Ermordeten auf sich wirken zu lassen. Es war eigenartig. Zum ersten Mal war es ihm aufgefallen, als er kurz nach dem Tod seines Vaters dessen Arbeitszimmer betreten hatte. Obwohl in dem Raum nichts verändert worden war, hatte er das Gefühl gehabt, er gehe durch ein komplett leeres Zimmer. Seine Schritte hatten richtig hohl geklungen. Seither war Hölzle davon überzeugt, dass die Verstorbenen nicht nur ihren Körper aufgaben, sondern auch ihre Seelen schienen verschwunden. Nichts war mehr zu spüren gewesen von Siegfried. Sein Vater hatte offensichtlich alles mitgenommen, jegliche Schwingung schien verloren. Und immer wieder hatte er solche Gedanken, wenn er sich in Wohnungen von Verstorbenen aufhielt. Niemals hätte er diese Gedanken mit jemandem geteilt, denn er fürchtete, ausgelacht zu werden.

Auch hier in Sonja Achmatovas Wohnung herrschte eine spürbare Leere. Hölzle schüttelte sich und steckte die Mappe in seine Tasche. Im Präsidium gab es sicher Leute, die die Notizen übersetzen konnten. Nachdem er die Sachen im Auto verstaut hatte, ging er zurück zum Wohnblock und checkte noch den Briefkasten. Außer Werbeprospekten der einschlägigen Supermärkte war nichts darin zu finden, und Hölzle klingelte an Frau Meyerdiercks' Tür. Sie öffnete ihm mit geröteten Augen, wirkte aber etwas gefasster.

»Frau Meyerdiercks, dürfte ich Ihnen noch ein paar Fragen zu Sonja Achmatova stellen?«

»Ja …sicher«, sie schluckte und bat ihn herein. Im Wohnzimmer stand nun eine dampfende Kanne Tee. »Wollen Sie auch eine Tasse, Herr Kommissar?«

»Gerne. Das ist sehr nett.« Tee war zwar nicht sein Ding, aber er wollte nicht unhöflich erscheinen. Frau Meyerdiercks schien froh um Gesellschaft zu sein.

»Dann nehmen Sie doch bitte Platz«, sie deutete auf das Sofa und verschwand, um eine weitere Tasse zu holen. Kurz darauf erschien sie mit einer altmodischen Tasse nebst Untertasse und Löffel.

Sich zu ihm setzend, schenkte sie Tee in die geblümten Porzellantassen. »Zucker? Milch?«

»Weder noch. Vielen Dank.« Hölzle nahm ihr die volle Tasse ab, trank vorsichtig einen Schluck und stellte sie zurück auf den Unterteller.

»Frau Meyerdiercks, wie gut kannten Sie Sonja Achmatova?«

Sie zuckte mit den Schultern. »Wie gut? Wie man sich eben so kennt in einem Haus mit so vielen Parteien. Sie war immer nett und grüßte, wenn man sich getroffen hat. Und sie hat mir auch mal geholfen, meine Möbel umzustellen.« Sie nahm einen Schluck Tee.

»Wissen Sie, mein Mann, der Herbert, der lebt nicht mehr. Ist vor acht Jahren an Krebs gestorben und mein Sohn wohnt seit Anfang des Jahres in der Nähe von Stuttgart. Da habe ich sie gefragt, ob sie mir helfen kann, weil alleine schaffe ich das nicht. Die kann richtig zupacken, die Sonja. Das traut man ihr gar nicht zu, wenn man sie so sieht. Ist ja so ein zierliches Mädchen.« Frau Meyerdiercks wechselte von der Vergangenheitsform wieder zum Präsens.

»Wissen Sie, ob sie sonst zu irgendwem Kontakt hatte? Hatte Sie einen festen Freund? Oder kamen Leute zu Besuch?«

Sie überlegte. »Nein, einen festen Freund, glaube ich nicht. Einige Male kam ein junger Mann mit. Auch aus Russland.« Sie wechselte erneut in die Vergangenheit.

Hölzle horchte auf. »Woher wissen Sie das?«

»Ich habe gehört, wie sie sich im Flur unterhalten haben, daher weiß ich, dass er auch aus Russland kommt.«

»Wie sah er aus? Können Sie sich erinnern?«

»Puh, ist schon 'ne Weile her, dass ich ihn gesehen habe. Groß war er nicht, ging Ihnen vielleicht bis zum Kinn. Schlank, dunkelbraune, kurze Haare.«

Hölzle notierte sich die Information. »Sonst noch irgendwas, was Ihnen einfällt, Frau Meyerdiercks?«

Sie schüttelte den Kopf. »Doch, warten Sie mal. Hin und wieder wurde sie abends auch abgeholt. Von einem Mann. Wie der aussah, weiß ich nicht, der ist immer im Auto sitzen geblieben. So ein großer Wagen mit getönten Scheiben, wissen Sie, mit dem man auch durch Feld und Wiesen fahren kann.«

»Sie meinen einen Geländewagen?« Hölzle war nun ganz Ohr.

»Ja, genau. Schwarz war der.«

Hölzle schrieb in sein Notizbuch. »Die Marke wissen Sie nicht zufällig, oder?«

»Tut mir leid. Da kenne ich mich nicht aus. Jedenfalls ein Mercedes war es nicht. Mein Sohn fährt so einen. Wissen Sie, Michael arbeitet doch jetzt bei Daimler in Sindelfingen.« Stolz schwang in ihrer Stimme mit.

Hölzle lächelte. »Ich bin auch aus Stuttgart.«

»Ja, dass Sie nicht aus Bremen sind, habe ich schon bemerkt.«

»Das ist auch nicht schwer. Meinen Dialekt kann ich nicht verbergen«, lachte Hölzle.

Er wurde wieder ernst. »Woher wollen Sie wissen, dass ein Mann Sonja Achmatova abgeholt hat, wenn Sie den Fahrer nicht gesehen haben?«

Frau Meyerdiercks schwieg kurz. »Im Grunde kann es auch eine Frau gewesen sein. Ich habe einfach angenommen, dass ein Mann so einen Wagen fährt. Aber das ist natürlich Unsinn.«

Hölzle trank den letzten Schluck Tee und erhob sich. »Wenn man mal genauer hinschaut, dann sitzen in diesen Autos tatsächlich mehr Frauen als Männer.« Er schüttelte ihr die Hand und bedankte sich. »Und falls Ihnen noch was einfällt, melden Sie sich bei mir.« Hölzle gab ihr seine Visitenkarte.

Sie nickte und brachte ihn zur Tür. »Auf Wiedersehen Herr Kommissar«, verabschiedete sie sich und schloss die Tür, in ihren Augen schimmerten erneut die Tränen.

# Olga. Sommer 1943

Eine brütende Hitze herrscht im Waggon. Der Geruch erinnert Olga an den ehemals gut gefüllten Viehstall des Großvaters in den Wintermonaten, wenn die Tiere eng zusammen stehen mussten. Wenn Olga dem Großvater half, den Stall auszumisten, versuchte sie immer den Atem so lang wie möglich anzuhalten. Doch nach ein paar Sekunden ging ihr immer die Luft aus, und sie musste um so tiefer einatmen. Gott sei Dank sitzt sie mit Polja direkt an der Wand, und durch einen breiten Ritz zwischen den Bretterwänden erreicht die Mädchen ab und zu ein erfrischender Hauch. Am Bahnhof hat man ihnen klar gemacht, dass sie als Arbeitskräfte für das Reichsgebiet – wo sollte dieses Gebiet liegen? – gebraucht werden. Eine der Aufseherinnen meinte, wenn sie Glück hätten, kämen sie bei einer Familie als Dienstmädchen unter. Sie sollten also brav spuren, denn es gäbe im Reich auch anstrengendere Arbeit.

»Wie lange fährt man in dieses Reichsgebiet?« Polja fragt zum hundertsten Mal.

»Ich weiß es doch auch nicht, Polja. Ein paar Tage wird es wohl dauern.« Olga ist nicht zum Reden zumute. Anfangs hat sie die Cousine noch getröstet. »Sicher sind wir bald wieder zu Hause. Und wenn wir als Dienstmädchen Arbeit bekommen, gibt es zumindest genug zu essen.« Doch Olga glaubt selbst nicht an das, was sie Polja verspricht. Es macht keinen Sinn in die Zukunft blicken zu wollen. Es kommt wie es kommt. Olga kann sich ein kleines Lächeln nicht verkneifen. Jetzt denke ich schon wie Großmutter Valeria. Großmutter Valeria, eine streng gläubige Frau, hatte das Abendgebet, in dem für alle Gottes Segen erbeten wurde, immer beschlossen mit den Worten ›Dies erbitten wir uns, aber ich weiß ja, es kommt wie es kommt.‹

Der Zug fährt den ganzen Tag und die halbe Nacht. Brot und Wasser gibt es genügend, ein Eimer für die Notdurft steht in einer Ecke des Waggons. Die Frauen haben einige Schnüre gefunden auf die sie Decken gehängt haben, und so die Ecke abgeschirmt. So ist zumindest ein Hauch von Privatsphäre gewahrt. Warum der Zug mitten in der Nacht hält, erfahren die Frauen nicht. Aussteigen ist verboten.

»Ich glaube, es gibt ein ordentliches Gewitter, es donnert schon in der Ferne.« Wie Polja, vernimmt auch Olga das entfernte Grollen. Doch kein Tropfen fällt, kein Gewitter reinigt die Luft dieser schwülen Nacht. Kurz vor Morgengrauen fährt der Zug wieder ruckend an. Die Landschaft verändert sich jetzt. Endlose vertrocknete Felder wechseln sich ab mit Dörfern und mit Birkenwäldern. Bahnhöfe, an denen kein Zug mehr hält, rauschen vorbei. Olga schätzt, dass es schon fast früher Abend ist, als die Lokomotive wieder zum Stillstand kommt. Quietschend werden die Türen zur Seite geschoben. Zögernd stehen die Frauen auf, als ihnen bedeutet wird, auszusteigen. Mit ihren Habseligkeiten unter dem Arm, springen die Frauen mit vom Sitzen steif gewordenen Gliedern aus dem Waggon.

»Bleibt alle zusammen.« Der Bewacher aus der Schule taucht wie aus dem Nichts auf und Olga erkennt auch die Aufseherin wieder. Wie Hütehunde umkreisen sie den Inhalt des Waggons, doch keine der Frauen denkt daran, aus der Herde auszubrechen.

Hinter dem Bahnhofsgebäude steht eine riesige Halle. Unmengen an rostigem Eisen türmen sich davor. In für Olga unleserlichen Buchstaben hängt ein verwittertes Schild über dem Zugang zur Halle. Egal, was hier einmal produziert worden ist, es muss Jahre her sein. In der Halle liegen Strohsäcke bereit. Sogar Töpfe mit einer dünnen Suppe stehen auf einem breiten Tisch. Die Frauen legen ihre Bündel auf den Strohsäcken ab. In einer Reihe geht es zu den Blechnäpfen und Olga nimmt mit einem unwirklichen Gefühl der Dankbarkeit einen Napf mit der lauwarmen Brühe entgegen. Es gibt einen Raum mit mehreren Toiletteneimern, die durch eine dünne Pappwand voneinander getrennt sind. Zwei Zinkwannen mit Wasser und ein Stück Seife reichen zumindest, um den groben Schmutz von Gesicht und Händen zu waschen.

Nach den Nächten auf dem harten Boden der Schulaula und im Waggon erscheint es den Frauen geradezu erholsam, sich für die Nacht auf die Strohsäcke betten zu können. Doch kaum ist Olga in einen unruhigen Schlaf gefallen, schreckt sie auch schon wieder hoch. Helles Sonnenlicht durchbricht die schmutzigen Fenster der Glaskuppel, die die Halle von oben belichtet. Auch Polja ist inzwischen wach.

»Das ist ja wie in einer großen Kirche«, staunt sie. Olga betrachtet sich die Halle näher. Polja hat recht. Gusseiserne Säulen teilen die Halle in drei Schiffe, ein Teil der Fenster ist aus hellgrünem Glas. Zum ersten Mal seit ihrer Entführung und dem Abtransport aus dem Dorf kommt Olga ein stummes Gebet über die Lippen. *›Heiliger Christophorus**, *bring uns wieder heil zur Familie zurück.‹*

Zwei Jahre werden vergehen, bis Olgas Gebet Gehör findet.

---

* Schutzheiliger der Reisenden

# November 2008

Als Hölzle zurück ins Büro kam, merkte er erst wie sehr sein Magen knurrte. Es war bereits zwei Uhr nachmittags und sein Frühstück schien Lichtjahre zurückzuliegen. Er zog seine Schreibtischschublade auf und war froh, dass sein Schokoladenvorrat immer reichlich war. Selig schob er sich einen Schokoriegel zwischen die Zähne. Noch kauend griff er zum Telefon: »Hallo, Harry«, quetschte er zwischen den Bissen hervor, »wie sieht's aus bei euch?«

»Guten Appetit, Chef«, antwortete sein Kollege. »Zwei der Personen von Brandsteins Liste haben wir schon befragt. Das hat aber nichts gebracht. Der eine kannte die Tote gar nicht und der andere wusste zwar, dass eine Putzfrau auf dem Hof arbeitete, aber das war es auch schon. Bei der Bremer Erwachsenenbildung waren wir auch. Aber wesentliche Informationen konnten die Mitarbeiter dort auch nicht liefern. Scheint, dass sich das Opfer sehr zurückhaltend verhielt. Peter und ich sind auf dem Weg ins Präsidium, weil die anderen Reiter auf der Liste erst gegen Abend erreichbar sind.«

»Gut. Ich hätte da noch eine andere Aufgabe für euch. Bis gleich dann.« Er legte auf. Sehnsüchtig blickte er in seine Schublade und entschied dann, dass ein zweiter Schokoriegel nicht schaden konnte.

Sein Telefon klingelte. »Hölzle, was gibt's?« Auf dem Display hatte er schon die Nummer von Markus Rotenboom gesehen.

»Hallo Heiner, also pass auf. An der Kleidung der Toten haben wir dunkelrote Fasern gefunden, die von einem Teppich stammen. Vermutlich aus dem Kofferraum des Wagens mit dem sie zum Brandsteinhof transportiert worden ist.«

»Super. Wenn ihr wisst welches Modell in Frage kommt, dann sucht nach den Besitzern schwarzer Autos. Habe mit einer Bewohnerin des Hauses gesprochen, in dem das Opfer eine kleine Wohnung hatte. Die Frau hatte beobachtet, dass Sonja Achmatova einige Male von jemandem mit einem schwarzen Geländewagen abgeholt wurde.«

»Alles klar. Die Haaranalyse der Kette läuft noch. Und noch etwas: diese Federboa ist ziemlich außergewöhnlich. Normalerweise wird so eine Federboa aus Gänsefedern gemacht, aber die hier war aus Schwanenfedern. Höchst exklusiv würde ich sagen. Das war's soweit. Ich melde mich wieder bei dir. Ach so, wollen wir heute Abend was trinken gehen?«

Hölzle seufzte. »Sei mir nicht böse, aber ich sollte den Abend lieber mit Christiane verbringen und einen auf gemütlich machen. Wir hatten ziemlich Stress am Wochenende …«

Durchs Telefon konnte er Markus förmlich grinsen hören.

»Haha, das kann ich nachvollziehen. Aber, ich habe deinen Rat befolgt und Sandra Wäsche geschenkt. Sie war total begeistert und alles war vergessen.«

»Und gleich eingeweiht, nehme ich an«, sagte Heiner anzüglich.

»Das, mein lieber Freund, geht dich nichts an. Tschü-üs!«

Kriminalhauptkommissar Hölzle grinste als er auflegte. Er war froh, dass er in Markus schon kurze Zeit nach seinem Dienstantritt in Bremen einen echten Freund gefunden hatte. Seufzend schob er die Schublade zu, um nicht noch in Versuchung zu kommen, einen dritten Schokoriegel zu essen. Auf dem Flur vor seinem Büro hörte er seine beiden Mitarbeiter herumalbern. Die zwei benahmen sich oft wie die Kindergartenkinder. Aber für ein entspanntes Arbeitsklima gab es nichts Angenehmeres als Kollegen, die schon mal einen Spaß vertrugen oder auf kleine Hänseleien nicht tagelang beleidigt reagierten.

Die Tür wurde aufgerissen und knallte unsanft gegen die Wand.

»Hallo Chef, da sind wir wieder. Was wolltest du uns noch aufhalsen?« Genüsslich schob sich Harry den letzten Rest seines türkischen Fladenbrotes in den Mund, knüllte die Papiertüte zusammen und beförderte sie gezielt in den Papierkorb, der neben Hölzles Schreibtisch stand. Peter Dahnken hielt noch eine, wie es den Anschein machte, volle McDonald's-Tüte in der Hand.

»He Peter, ist das für mich? Das ist ja klasse. Wenigstens *ein* Kollege, der an den Magen seines Chefs denkt«, sagte Hölzle erfreut und warf Harry einen Seitenblick zu.

»Ähm, also eigentlich …«, begann Dahnken. Doch Hölzle hatte ihm bereits die Tüte aus der Hand genommen und machte sich über den Cheeseburger her. Harry wollte sich über das verdutzte Gesicht seines Kollegen kaputt lachen, der ihn wütend anblickte.

»Kann ich wenigstens die Pommes frites haben? Ich habe nämlich heute noch gar nichts gegessen!«

Schuldbewusst sah Hölzle auf und schob seinem Kollegen die Tüte zu. Den Cheeseburger hatte er praktisch schon verschlungen.

»Sorry, aber ich hatte solchen Hunger. Ich mach's wieder gut. Ok?«

Peter Dahnken winkte ab und schob sich in Sekundenschnelle ein Stäbchen nach dem nächsten in den Mund. Nachdem er den letzten Krümel aufgegessen hatte, wischte er sich die Hände an einer Papierserviette ab, die in der Tüte gelegen hatte. »Also, was ist jetzt. Du wolltest doch noch was von uns?«, wandte er, sich das Salz der Pommes frites von den Lippen leckend, an seinen Chef.

»Ja, einer von euch muss diese Handynummer überprüfen lassen. Welche Anrufe rausgingen und so weiter«, er reichte Peter einen Zettel mit der Mobilfunknummer des Opfers. Dann zeigte er auf die Nerzjacke, die auf einem Bügel an einem Kleiderhaken neben der Tür hing.

»Und findet heraus, wann und wo dieser Pelz gekauft worden ist. Die Jacke habe ich heute im Kleiderschrank des Opfers gefunden. Bei der sah's vielleicht aus in der Wohnung, das könnt ihr euch nicht vorstellen. Dass die als Putzfrau gearbeitet hat, also ich weiß nicht …«, Hölzle schüttelte sich.

Harry warf einen Blick auf die Pelzjacke und pfiff durch die Zähne. »Hübsches Tierchen und mit Sicherheit megateuer!«

»Schweinerei eigentlich, dass immer noch echte Pelze verkauft werden«, tat Peter kund. »Es gibt heute so viele gutgemachte Nachahmungen, da muss man sich doch keine echten Tiere mehr umhängen.«

»Es gibt eben immer noch einen großen Markt dafür. Das wird sich nie ändern«, seufzte Harry Schipper resigniert. Er ging zu der Jacke und strich mit den Fingern über den weißen Pelz. »Also, ich finde diese Echtpelztragerei ja auch nicht gut. Aber es fühlt sich toll an!«

»So jetzt genug Tierschutz für heute. Wir sind hier nicht bei Greenpeace. Kümmert euch lieber darum, wo man solche Pelze erstehen kann«, mahnte Hölzle. Harry Schipper stieß Peter Dahnken in die Rippen und machte eine Kopfbewegung in Richtung Tür. Sein Kollege nickte, nahm die Jacke vom Haken und die beiden verließen Hölzles Büro.

Hölzle griff erneut zum Telefon und wählte die Nummer von Frau Dr. Adler-Petersen.

»Hallo Frau Doktor«, begrüßte er die Rechtsmedizinerin. »Gibt es schon neue Erkenntnisse im Fall Achmatova?«

»Nein, die Tests laufen noch.« Sie war sehr kurz angebunden. »Ich rufe Sie an, wenn es etwas Neues gibt. Und bis dahin lassen Sie mich in Ruhe arbeiten. Ich habe alle Hände voll zu tun.« Hölzle blieb keine Zeit etwas zu erwidern, denn sie hatte bereits aufgelegt. ›*Zicke*‹, dachte er.

In den Gelben Seiten und dem örtlichen Telefonbuch suchte er die Nummern der Juweliere und Goldschmiede heraus. Die großen Ketten abzuklappern würde er sich sparen können, denn die hatten mit Sicherheit keinen solch ausgefallenen Schmuck, wie das Fabergéei. Er wählte die erste Nummer. Fehlanzeige. Nach dem fünften erfolglosen Anruf klingelte plötzlich sein Mobiltelefon.

»Hallo mein Schatz«, drang Christianes Stimme an sein Ohr. »Du denkst bitte daran, dass wir für heute Abend Theaterkarten haben. Also sei bitte rechtzeitig zu Hause.«

Mist. Das hatte er ja total vergessen. Und Lust hatte er sowieso keine.

»Natürlich weiß ich das. Kein Problem«, schwindelte er. »Schaffen wir es noch vorher was zu essen?«

»Also, ich war heute zum Mittagessen in der Uni-Mensa und mir reicht nachher ein Salat. Außer Salat und ein paar Tomaten ist auch quasi nichts im Kühlschrank. Und zum Einkaufen reicht mir die Zeit jetzt nicht mehr. Mein Gespräch mit meinem Doktorvater hat heute länger gedauert und dann musste ich ja noch zu Cassino.«

Das wurde ja immer besser. Der Cheeseburger hatte nicht lange vorgehalten und sein Magen forderte erneut sein Recht.

»Mit einem Salat komm ich nicht hin«, murrte er.

»Mein Gott, jetzt stell dich nicht so an. Du gehst ja auch mittags in die Kantine und abnehmen wolltest du ja auch.« Christiane wirkte leicht genervt.

»Von wegen Kantine. Ich war den halben Tag unterwegs und vorhin habe ich Peters Cheeseburger geklaut.«

»Na also. Dann hast du ja deine Kalorienzufuhr für heute schon. Bis später, ich muss noch einmal los, tschüss.«

Heiner Hölzle schaute auf die Uhr und beschloss etwas früher Feierabend zu machen, so konnte er wenigstens noch irgendwo ein paar belegte Brötchen organisieren.

Als er gerade sein Büro abschloss, schlenderten Peter Dahnken und Harry Schipper um die Ecke und steuerten, die weiße Nerzjacke wie eine Jagdtrophäe schwenkend, auf ihren Chef zu.

»Na, willst du dich schon davonschleichen?«, hörte er Harry sagen.

»Ja, ich muss. Christiane hat Theaterkarten besorgt. Und ich hätte das glatt vergessen, wenn sie mich nicht gerade daran erinnert hätte.« Er wischte sich den imaginären Schweiß von der Stirn und grinste. »Ihr seht aus, als ob ihr gute Nachrichten habt.«

Peter Dahnken nickte.

»Ja, haben wir. Ein Pelzgeschäft in der Innenstadt hat letzte Woche Dienstag diese Jacke verkauft. Und die Angestellte konnte sich noch gut daran erinnern. Die Personenbeschreibung passt zu der Toten.«

»Na das ist doch was.« Hölzle war erfreut. »Und weiter?«

»Sie konnte sich deshalb so gut an das Opfer erinnern, weil sie zunächst dachte, dass die junge Frau sich so eine Jacke gar nicht leisten könnte. Am Ende hat die Kundin, unsere Tote, sich komplett bei ihr umgezogen und ihre alten Sachen in eine Tüte gestopft. Sie sah wohl anschließend aus, als ob sie einem Modemagazin entsprungen wäre, meinte die Verkäuferin«, meldete sich Harry zu Wort. »Und … Achmatova hat alles bar bezahlt! Mehr als dreieinhalbtausend Euro!«, fuhr er fort.

Hölzle pfiff leise durch die Zähne. »Nicht schlecht. Da muss 'ne alte Frau lange für stricken! Gute Arbeit, Jungs. Ich muss los, sonst hängt der Haussegen schief. Bis morgen. Ach Harry, nimm die Jacke doch bitte mit in euer Büro und vergiss nicht abzuschließen.«

Im Auto beschloss er, dass er eigentlich noch genug Zeit hatte um in die Innenstadt zu fahren. Dort gab es eine bayrische Metzgerei mit einem Imbissstand, den er regelmäßig aufsuchte. Ofenfrischer Leberkäse in zwei knusprigen Brötchen, das war jetzt genau das Richtige. Sollte Christiane ruhig in ihrem Salat herumstochern.

Hölzle hatte Glück und fand noch einen Parkplatz in der Langenstraße, so dass er nur ein kurzes Stück Fußweg hatte. Sein Magen gab laute Geräusche freudiger Erwartung von sich und die Speichelproduktion lief auch schon auf Hochtouren. Er kämpfte sich durch eine Menschenmenge auf dem Marktplatz. Wie so oft war irgendeine Kundgebung, Demo oder sonst eine Veranstaltung im Gange. Pech für die Touristen, die auf ihren Fotos nun vor dem schönen, alten Rathaus, dem Dom und dem Roland viele Transparente sehen würden. Dann stand er endlich an dem Imbissstand.

»Hallo Uschi, wie geht's dir?«, begrüßte er die dunkelhaarige Mittvierzigerin. Uschi Kramer, die Inhaberin der Metzgerei stand häufig selbst am Imbissstand. Es machte ihr Spaß, die Leute zu bedienen und vor allem zu schnacken. Uschi wusste immer über alles und jeden Bescheid. Manchmal fragte man besser gleich Uschi und wartete nicht erst auf die nächste Zeitungsausgabe. Auch Hölzle war bei seinem ersten Besuch mit ihr sofort ins Gespräch gekommen und, wenn möglich, einmal die Woche einen »LKW«* bei Uschi zu essen, war seither eines seiner kulinarischen Highlights.

»Oh, der Herr Kriminalhauptkommissar persönlich, was für eine Ehre«, säuselte Uschi Kramer, »wird ja auch Zeit, dass du dich hier mal wieder blicken lässt, sonst kommst du ja meist am Freitag, wenn es bei euch in der Kantine nur Fisch und Vegetarisches gibt. Und letzten Freitag hast du mich im Stich gelassen.« Ihre schalkhaft blitzenden grauen Augen straften ihren beleidigten Tonfall Lügen.

»Sei so nett und mach' mir bitte zwei schöne Leberkäsbrötchen, Uschi. Ich hab's heute ein bisschen eilig. Muss nachher noch mit meiner Freundin ins Goethetheater.«

Uschi nahm zwei kross gebackene Brötchen aus einem Korb, schnitt sie auf und legte sie auf ein großes Brett. Mit einem riesigen, scharfen Messer säbelte sie zwei dicke Scheiben von dem dampfenden Leberkäse herunter, spießte diese mit einer Gabel auf und klemmte je eine Scheibe zwischen die Brötchenhälften. Sie zerrte eine Papierserviette aus dem Serviettenhalter, nahm damit eines der Brötchen, klappte es auf und ließ einen Schwall Senf aus der Pumpflasche hineinfließen. Genauso verfuhr sie mit dem anderen Brötchen und legte die fertigen Brötchen in ihrem Serviettenmantel auf die gläserne Ablage. »Vier Euro achtzig, bitte schön der Herr.«

Hölzle zog einen Fünfeuroschein aus seinem Geldbeutel und reichte ihn Uschi. »Lass stecken«, sagte er dann als sie nach dem Rückgeld kramte.

»Welches Stück wird denn gespielt?«, erkundigte sich Uschi, während sich Heiner genüsslich über das erste Brötchen hermachte. Mit vollen Backen versuchte er zu antworten: »Ucchh, hab kaine Ahnuggh.«

---

* LKW = Leberkäswecken. Gängiges Fastfood in Baden-Württemberg und Bayern

Uschi lachte. »Das überrascht mich nicht. Du siehst auch nicht wirklich aus, wie wenn du Lust hättest, ins Theater zu gehen, oder?«

Hölzle schluckte den letzten Bissen hinunter und schüttelte den Kopf. »Im Grunde gehe ich schon mal gerne ins Theater, aber ehrlich, heute würde ich am liebsten zu Hause auf dem Sofa abhängen und mich durch die Programme zappen.«

Uschi nickte verständnisvoll. »Ja, ja das kenne ich gut. Abends bin ich auch oft platt und möchte eigentlich dann meine Ruhe. Ich stehe ja wirklich gerne hier und unterhalte mich mit den Leuten, aber es ist schon anstrengend. Ich hab' doch immer Wasser in den Beinen vom Stehen. Und mein Rücken macht das auch nicht mehr so gut mit wie früher.«

›*Selber schuld, nötig hosch du's jo nemme. Dein Omsatz isch groß gnuag, dass du nix me schaffe musscht*‹, dachte er und begann sich seinem zweiten LKW zu widmen. »Ich bin nur froh, dass Christiane nicht gemerkt hat, dass ich das Theaterstück heute Abend total vergessen hatte. Puuh, das hätte richtig Ärger gegeben. Aber ich habe mich prima aus der Affäre gezogen und so getan, als wenn ich das natürlich voll auf dem Zettel hätte, haha.« Er machte eine kleine Pause. Was war denn nun auf einmal in Uschi gefahren? Sie hatte die Augen aufgerissen und formte mit den Lippen Worte, die er nicht verstand.

»Sag mal Uschi, was machst du denn für Grimassen und fuchtelst mit den Händen rum?«

Bevor Uschi ihm darauf eine Antwort geben konnte, tippte ihm jemand auf die Schulter.

»Na, schmeckt's?«

Er fuhr herum und hätte beinahe sein Brötchen fallen lassen. Christiane. Ausgerechnet!

»Hallo meine Süße. Was machst du denn hier?« Er küsste sie auf die Wange.

»Ich musste noch ein paar Bücher abholen, die ich bestellt hatte und dachte gerade, dass ich dir was von diesem bayrischen Stand mitbringe.« Sie grinste ihn an. »Aber das hat sich wohl erübrigt«, fügte sie spitz hinzu.

»Oh, du bist so gut zu mir. Ich habe dich gar nicht verdient.«

»Ich weiß. Ein bisschen Eigennutz steckt allerdings auch dahinter. Schließlich will ich nachher nicht deinen Magen knurren hören, sondern den Worten der Schauspieler lauschen.«

Hölzle verschlang den letzten Bissen, wischte sich den Mund mit einer Papierserviette ab und warf sie dann mitsamt der Servietten in den bereitstehenden Mülleimer. »Möchtest du hier noch schnell was essen? Dann brauchst du nicht noch zu Hause einen Salat anrichten.«

»Ja, gut. Ich hätte dann gerne eine Bratwurst«, bestellte Christiane bei Uschi Kramer.

»Kommt sofort!«

Nachdem Christiane die Bratwurst verspeist hatte, musste sie zugeben: »Also, ehrlich. Diese Bratwurst ist unübertroffen. Da kommen die anderen Imbissstände nicht mit.«

Uschi Kramer strahlte ob dieses Lobs über das ganze Gesicht.

»Können wir dann?«, fragte Hölzle seine Freundin. Er drehte sich zu Uschi um, zwinkerte ihr zu und formte mit den Lippen lautlos: »Bis bald!«

Uschi Kramer lächelte schief und zwinkerte, mit dem Kopf nickend, zurück.

Zu Hause bemerkte Hölzle, dass er die Mappe mit den Notizzetteln, die er in der Wohnung der Toten gefunden hatte, noch in seiner Aktentasche hatte. Na ja, war ja nicht dramatisch. Er stellte die Aktentasche auf den Boden neben seinen Schreibtisch. Morgen früh würde er die Mappe dann an einen Kollegen weitergeben, der der russischen Sprache einigermaßen mächtig war.

Die heiße Dusche tat gut und er quälte sich anschließend in ein roséfarbenes Hemd, eine passende Krawatte mit einem feinen Muster in dunkleren Tönen und seinen anthrazitfarbenen Anzug. Eigentlich musste man sich nicht so rausputzen, aber Christiane gefiel es gut, wenn er mal einen Anzug trug. Er ging in die Küche, um sich noch ein Glas Wasser einzuschenken und machte es sich dann kurz vor dem Fernseher im Wohnzimmer bequem, um auf Christiane zu warten. Wie immer kam fast auf jedem Kanal nur Mist und er schaltete hin und her.

Hölzle schaute auf, als seine Freundin das Zimmer betrat.

»Du siehst toll aus. Ist das Kleid neu?«

»Danke. Ja, das Kleid habe ich kürzlich in der Stadt gesehen und konnte nicht dran vorbeigehen.« Sie drehte sich einmal um ihre Achse.

»Steht dir wirklich gut dieses bordeauxrot.« Er stand auf, nahm sie in seine Arme und küsste sie. »Und riechen tust du auch gut.« Er küsste sie noch einmal.

»Komm lass uns gehen, sonst kriegen wir keinen Parkplatz mehr«, sagte sie und machte sich von ihm los.

»Wie, du willst das Auto nehmen? Aber bis zum Goethetheater sind es doch nur zehn Minuten zu Fuß«, protestierte Heiner.

»Aber nicht in solchen Schuhen mein Lieber. Und schon gar nicht auf diesem verdammten Pflaster!« Heiner gab sich geschlagen und nahm den Autoschlüssel vom Sideboard, das im Flur stand.

Hölzle langweilte sich. Das Stück schleppte sich so dahin, die Schauspieler spielten mit dem Enthusiasmus eines Regenwurms, der es bei dreißig Grad im Schatten nicht mehr rechtzeitig unter die Erde geschafft hatte und die Bühnenausstattung wirkte wie ein paar übrig gebliebene Möbelstücke, die selbst der Sperrmüll nicht mehr mitgenommen hätte. Außerdem tat ihm der Rücken weh und er rutschte unruhig auf seinem Stuhl herum, was ihm leicht giftige Blicke seiner Freundin eintrug.

Christiane schien das Stück zu gefallen, sie folgte mit leicht geöffnetem Mund aufmerksam der Handlung. Dann fiel der Vorhang und das Licht ging an. Pause.

›*Gott sei Dank*‹, dachte Hölzle. Er ging gleich in Richtung Bar und bestellte für sich ein kleines Pils und ein Glas Prosecco für Christiane. ›*Zwölf Euro fuffzich, die hent jo wohl an Vogl*‹, schimpfte er im Stillen vor sich hin und bugsierte die Gläser zu einem kleinen Stehtischchen. Christiane wartete dort schon auf ihn und nahm ihm ihr Glas ab.

»Prost, Heiner, mein Schatz«, sie stieß mit ihm an, »ist das nicht mal etwas ganz anderes? Also, ich bin ganz begeistert von diesem Stück!«

»Na ja«, begann er zögernd, da klingelte sein Mobiltelefon, das er vergessen hatte vor Beginn der Vorstellung auszuschalten, obwohl eine, in eine Art weißes Bettlaken gehüllte, Schauspielerin darauf aufmerksam gemacht und per Tonband ein Demonstrationsklingeln die meisten Theaterbesucher – nur nicht den Kriminalhauptkommissar – aufgeschreckt hatte.

»Ja, hier Hölzle.«

Christiane verdrehte die Augen und machte ihm Zeichen, die er als ziemlich gewalttätig einstufte.

»Ah, Frau Dr. Adler-Petersen, Sie sind's!« Zu Christianes Zeichensprache gesellten sich nun auch noch funkensprühende Blicke. Selbst ein ausgewachsener Drache hätte nicht furchterregender aussehen können. »Das ist ja wirklich sehr interessant. Dieses Ergebnis wird uns sicher weiterhelfen. Vielen Dank.« Hölzle klimperte mit den Lidern und warf seiner Freundin ein Luftküsschen zu. Sie schaute zur Seite.

»Ja, Ihnen auch noch einen schönen Abend. Bis dann.« Er legte auf, schaltete das Mobiltelefon aus und ließ es zurück in die Innentasche seines Jacketts gleiten. Hölzle grinste Christiane schelmisch mit hochgezogenen Brauen an. »Na, schon wieder eifersüchtig?«

»Eifersüchtig? Ach woher denn!«, fauchte sie leise. »Aber kannst du nicht mal für zwei Stunden dein Telefon ausmachen? Wenn das im Saal geklingelt hätte! Das wäre wieder oberpeinlich gewesen. Wie vor drei Monaten in der Kirche bei der Hochzeit meiner Cousine.«

Natürlich war sie eifersüchtig, das merkte er ganz deutlich. Das mit dem Telefon war nur eine Ausrede. Eigentlich fand er es ganz süß, wenn sie eifersüchtig war. Zumindest manchmal.

Erneut ertönte die Pausenglocke und die Menschen begaben sich wieder in Richtung Saal. »Was wollte denn Adlerblick von dir«, fragte Christiane beiläufig.

»Sorry, darf ich dir nicht sagen. Nur so viel, dass diese neuen Erkenntnisse uns schon bald den Mörder finden lassen werden.«

»Und das hatte jetzt nicht Zeit bis morgen? Musste die dich jetzt noch anrufen? Du kannst doch sowieso heute Abend nichts mehr erreichen.« Sie ärgerte sich immer noch.

»Wir hatten vereinbart, dass sie mich sofort informiert, wenn es etwas Neues gibt. Und das hat sie getan. Nicht mehr und nicht weniger.«

Das letzte Läuten ertönte und sie standen immer noch an ihrem Tischchen.

»Sag mal, wärst du sehr sauer, wenn du dir den zweiten Teil alleine anschauen müsstest? Ehrlich gesagt, kann ich nicht mehr sitzen.« Das war zwar nur die halbe Wahrheit, aber nachdem ihm Adlerblick diese Nachricht überbracht hatte, hatte er überhaupt keine Lust mehr auf Theater. Und schon gar nicht auf so etwas.

»Von wegen ›ich kann nicht mehr sitzen‹. Du hast nur keinen Bock mehr. Ich habe vorhin schon bemerkt, dass dir das Stück nicht gefällt.« Sie schmollte. »Und du hast vorhin geschwindelt, ich hab' genau gehört, dass du zu Uschi gesagt hast, ich zitiere, du hättest den Theaterbesuch nicht mehr auf dem Zettel.«

»Ja, ich gebe ja alles zu. Ich finde es stinklangweilig und das Bühnenbild gefällt mir auch nicht. Aber, weil du es bist, geh' ich eben wieder rein und werde es ertragen.« Mit einem mitleidserregenden Augenaufschlag blickte er sie an. Na endlich. Jetzt lächelte sie wieder. Christiane zog ihn hinter sich her. »Nun aber schnell, bevor sie die Saaltüren schließen.«

Christiane hatte schon den Frühstückstisch gedeckt und Kaffeeduft durchzog die Wohnung als Heiner Hölzle aus der Dusche kam.

»Guten Morgen, das sieht ja lecker aus«, sagte er mit Blick auf den Frühstückstisch. Er küsste sie auf ihr duftendes Haar.

»Ich dachte, nachdem du dich gestern so für mich aufgeopfert hast, muss ich dir etwas Gutes tun. Die Eier sind auch gleich soweit.« Sie ging zurück in die Küche und Hölzle setzte sich schon mal an den Tisch. Er griff sich den ersten Teil der Zeitung, nahm sich dann ein frisches Brötchen und schnitt es auf. Er hörte den Küchenwecker piepsen.

»Hier, dein Sechsminutenei«, sie stellte den Eierbecher neben seinen Teller.

»Du verwöhnst mich. Aber ich hab's ja auch verdient.« Er schenkte Christiane und sich selbst Kaffee ein und schnitt auch ihr ein Brötchen auf.

»Na, ob du das *verdient* hast, weiß ich nicht so genau. Aber ich hab' nun mal ein Herz für Tiere, mein kleiner Büffel.«

Hölzle schüttelte den Kopf. »Kannst du dich mal auf ein Tier festlegen? Gestern war ich noch dein Hase, heute bin ich schon wieder ein Büffel. So bekomme ich irgendwann eine Persönlichkeitsstörung.« Er biss herzhaft in seine mittlerweile mit Frischkäse bestrichene Brötchenhälfte.

Christiane schenkte ihm ein leicht boshaftes Lächeln. »Wie wär's mit Lemming?« Sie bestrich ihr Brötchen mit selbstgemachter Heidelbeermarmelade.

»Lemming? Wie kommst du denn jetzt da drauf?« Hölzle blätterte die Zeitung um. Nichts Interessantes. Immer die gleichen Schlagzeilen. Steuererhöhungen, Mord und Totschlag, steigende Benzinpreise.

»Weißt du, im Grunde sind alle Männer Lemminge. Sie würden sich auch ohne nachzudenken über eine Klippe stürzen, wenn sie unten am Strand eine nackte Frau sehen würden.«

Heiner schaute auf.

»Also, du hast vielleicht Ideen. Aber mal ehrlich. Findest du, ich bin wie andere Männer?« Mit einer übertriebenen Geste fuhr er sich durch die dichten dunkelbraunen Haare. Sie lachten beide gleichzeitig.

»Nein, du bist echt besonders. Vielleicht bist du dann doch kein Lemming, sondern ein Hornochse.«

Hölzle machte auf beleidigt. »Jetzt reicht's aber. Irgendwo muss ich jetzt meinen Frust auslassen.«

Mit dem Messer schlug er dem Ei die Spitze ab. »Ah, das entspannt. Es geht doch nichts über rohe Gewalt.« Genussvoll löffelte er sein Ei. Dann schaute er auf die Uhr.

»Au Mann, ich muss mal langsam los. Ich rufe dich später an, dann kann ich dir auch sagen, wann ich etwa heute Abend zu Hause bin.« Er schob den Stuhl zurück und trank den letzten Rest aus seiner Kaffeetasse.

»Ja, ist gut. Ich muss heute nicht zur Uni und werde mich mal hier um das Notwendigste kümmern und dann später zum Hof fahren. Heute habe ich sozusagen einen lockeren Tag und freu mich schon darauf.« Sie kam um den Tisch herum, schlang die Arme um ihn und gab ihm einen Kuss. Dann löste sie sich von ihm, griff in seinen Bauchansatz und hauchte: »Tschüss dann, mein kleines Hängebauchschweinchen.«

Hölzle hob spielerisch drohend den Zeigefinger: »Warte bloß, bis ich wieder zu Hause bin. Dann kannst du was erleben.«

Als Hölzle verschwunden war, machte sich Christiane ans Aufräumen. Zuerst ging sie ins Schlafzimmer um die Sachen des gestrigen Abends ordentlich auf Kleiderbügel zu hängen. Beide hatten sie ihre Kleidungsstücke nur achtlos über einen Stuhl geworfen, als sie vom Theater nach Hause gekommen waren. Dann überzog sie die Betten neu und begab sich ins Badezimmer. Nachdem sie auch dort sauber gemacht hatte, und man sich im Spiegel wieder sehen konnte – Heiner hatte die Angewohnheit den Badezimmerspiegel mit Zahnpastaspritzern zu übersäen – kramte sie den Staubsauger aus dem Schrank und sauste damit von einem Zimmer zum nächsten.

In Hölzles Büro schob sie den Schreibtischstuhl beiseite und stieß dabei Heiners Aktentasche um, die dieser in der Aufbruchseile vergessen hatte, und der Großteil des Inhalts fiel heraus. Christiane stellte den Staubsauger ab und kniete sich hin um die Sachen wieder einzusammeln.

Eine Mappe, aus der einzelne Zettel gerutscht waren, fiel ihr in die Hände. Wären ihr die russischen Buchstaben nicht gleich aufgefallen, hätte sie die Zettel unbeachtet zurück in die Mappe geschoben. Seltsam. Was wollte Heiner mit russischen Notizzetteln? Sie würde ihn heute Abend danach fragen. Doch dann siegte ihre Neugier. Durch ihre Doktorarbeit konnte sie etwas Russisch, nicht genug um Konversation zu betreiben, doch um Texte grob zu verstehen, reichte es aus.

Christiane nahm die Notizen, setzte sich auf den Bürostuhl und versuchte die krakelige Schrift zu entziffern. Was gar nicht so einfach war. Die stichwortartigen Sätze ergaben keinen rechten Sinn. Christiane sah auf die Uhr. Für Rätsel hatte sie eigentlich keine Zeit, wenn sie zur gleichen Zeit wie ihre Freundinnen im Stall sein wollte. Seufzend legte sie die Notizen zurück in die Mappe und ließ diese auf dem Schreibtisch liegen. Dann widmete sie sich wieder der lästigen Hausarbeit. Als sie das meiste geschafft hatte, zog sie ihre Reitsachen an, schlüpfte in ihre Lederstiefel und fuhr zum Stall. Die Notizen hatte sie im Auto schon wieder vergessen.

## Olga. Sommer 1943

Die Frauen haben kaum Zeit die dünne, fast geschmacklose Brühe zu löffeln, die man ihnen zum Frühstück anbietet. Hastig schlürft Olga den letzten Rest aus ihrem Napf.

Bereits als die Frauen zum weit geöffneten Hallentor gehen, werden sie von drei Männern in Uniform und zwei Männern in Anzügen begutachtet. Vor dem Tor ist wieder ein provisorischer Schreibtisch aufgestellt, darauf Mappen, gefüllt mit dem auf drei Zeilen reduzierten Dasein der Frauen. Ein Mann in Uniform händigt einem der Zivilisten die Mappen aus. Dieser überfliegt die Bögen und weist mit einer kurzen Handbewegung einen weiteren Uniformierten an, die Frauen mit Namen aufzurufen.

»Achten Sie darauf, dass die Frauen in den für sie vorgesehenen Gruppen verbleiben.«

Olga versteht die Worte nicht, aber sie registriert, dass der Mann in dem dunkelbraunen Anzug einmal nach rechts, dann nach links und dann auf ihre Gruppe weist. Einzeln treten sie vor: Name, Alter, Dorf. Der Mann nickt, macht einen Haken hinter die fremden Buchstaben auf dem Papier. Nach links, nach rechts – er weist mit der Hand, die den Stift hält mal in die eine, mal in die andere Richtung. Auf der linken Seite, unter den Blättern einer alten Linde, die fast den gesamten Hof vor der Halle in den Schatten taucht, stehen drei Frauen, rechts, vor den Eisenschrotthaufen, sind es bereits sieben, als Olga und Polja sich dem Mann nähern.

»Du links, du rechts.« Polja und Olga schreien wie mit einer Stimme auf.

»Nein, wir gehören zusammen, wir sind Cousinen, wir sind aus demselben Dorf!«, versucht Olga dem Mann zu erklären. Sie weiß, dass er sie nicht versteht. Aber er muss doch merken, dass er sie nicht trennen kann, nicht auseinander reißen darf. Flehend reißt sie die Arme nach oben und ringt die Hände. Doch der droht ihr nur mit seinem Schlagstock.

»Weiter, weiter.« Er hebt den Arm, bereit zuzuschlagen,

und schon bekommt Olga einen Stoß zwischen die Schulterblätter. Polja erhält einen Schlag in den Rücken, wird nach links gedrängt. Olga verstummt und mit gesenktem Kopf wankt sie zu den anderen Frauen auf der rechten Seite.

»Wein nicht Kindchen, deine Cousine hat Glück. Sie ist ein hübsches Mädchen, mit ihren dunklen Zöpfen. Sicher möchte man sie als Dienstmädchen. Sie kommt dann in ein vornehmes großes Haus, ihr wird es gut gehen.« Eine kräftige Frau schließt Olga kurz in die Arme. Die Frau weiß, dass sie lügt, aber sie meint es nur gut und versucht Olga so zu trösten.

Poljas lautes Schluchzen geht allmählich in ein leises Wimmern über. Doch Olga ist machtlos. Tatenlos muss sie zusehen, wie die fünf jungen Frauen unter der Linde wieder zurück in die Halle gebracht werden.

Ein Uniformierter deutet auf die Frauen und die im Hof liegenden Kleiderbündel. Olgas Augen brennen, als sie aufschaut und in die Sonne blinzelt. Die Hitze strahlt von den verrottenden Eisenresten ab und erwärmt Olgas Körper von außen. Es ist einer dieser Tage, an denen die Mädchen im Dorf freiwillig mit der Wäsche zum kleinen See gegangen sind, um sich in knietiefem Wasser beim Einweichen der Hemden und Laken zu erfrischen und Wäsche wie Dorfneuigkeiten tüchtig durchzuwalken.

Wieder einmal nehmen die Frauen Aufstellung und fügen sich in ihr zukünftiges Schicksal. Zwei Wagen mit einer großen Ladefläche fahren in den Hof. Aufsteigen! Hinsetzen! Die Frauen folgen stumm den Befehlen. Als Olga einem der Soldaten zeigt, dass sie durstig ist, schüttelt er den Kopf. Mit Daumen und Zeigefinger deutet er eine kurze Zeitspanne an. Die Fahrt wird nicht lange dauern, entnimmt Olga seiner Geste. Sie ist dankbar, dass man ihr überhaupt eine Antwort gibt. Die Wagen verlassen den Hof und rumpeln über eine Straße voller Schlaglöcher am Bahnhofsgelände vorbei. Nicht alle Schienen werden befahren. Vertrocknetes Unkraut überwuchert die Schwellen. Ausrangierte Güterwagen stehen auf den Abstellgleisen. Ob dies der Bahnhof einer größeren Stadt ist? Olga glaubt in der Ferne ein Paar Kirchtürme erspäht zu haben.

Die Kirchtürme, oder das, was Olga für solche hält, entfernen sich, werden unsichtbar wie ein Trugbild. Die Straße wird allmählich etwas besser. An einer Kreuzung biegt der vordere Wagen ab. Der Soldat der mit den Frauen auf der Pritsche sitzt, nickt Olga kurz zu. Es ist derselbe Mann, der ihr bereits vor der Abfahrt eine kleine menschliche Geste bedeutet hat. Er ist jung, kaum älter als Olga. Sein Kopf wendet sich wieder ab. Vielleicht hat auch ein Schlagloch das Nicken verursacht. Für Olga hat die Zeit ihre Bedeutung verloren. Doch es ist noch nicht Abend, als die Frauen ihr Ziel erreichen.

Schwerfällig steigen sie vom Wagen, sortieren sich, warten erneut auf den nächsten Befehl. Olga schaut sich um. Die Umgebung ist nicht viel anders als zu Hause. In einiger Entfernung ein Feld, das seit Jahren darauf wartet, goldenes Korn hervorzubringen. Ein paar vereinzelte Bäume, zu wenig, um sie Wald zu nennen. Weit und breit jedoch kein Dorf, keine Häuser, kein Gehöft. Vier Baracken, an einer fünften wird noch gezimmert, liegen in einem von Stacheldraht eingezäunten Areal. Ein großes Backsteingebäude drängt sich an den äußersten Bereich des Terrains, ein Schornstein lugt hinter ihm hervor. Eine der Baracken liegt etwas abseits. Zu ihr werden die Frauen gebracht. Olga ist erstaunt. Es sieht so aus, als hätte die Baracke bereits einige Bewohnerinnen. Dicht an dicht stehen die Feldbetten. Ein Soldat deutet auf die freien Betten, auf denen eine gefaltete graue Decke liegt. Unter einem Teil der Betten erkennt Olga diverse Kleidungsstücke, Habseligkeiten. Sie entscheidet sich für ein Bett im hinteren Bereich der Baracke unter einem Fenster. ›*Mein neues Zuhause*‹, denkt Olga bitter. ›*Für wie lange*?‹ Olga ahnt in diesem Moment nicht, dass einmal der Tag kommen wird, an dem sie sich wünscht, diese Baracke nie mehr verlassen zu müssen.

# November 2008

Auf dem Brandsteinhof herrschte schon reger Betrieb, alle ihre Freundinnen waren schon da und auch einige andere Reiterinnen. Christiane sah Marie-Louise Freeses BMW-Limousine auf dem Parkplatz stehen. Ihre Laune sank etwas. Sie mochte Marie-Louise nicht besonders leiden, ebenso wenig wie ihre Tochter Fabienne und deren Cousine Freya. Vor allem die achtzehnjährige Fabienne war ein kleines arrogantes Biest.

›*Ganz toll*‹, dachte Christiane, ›*wenn die in der Halle sind, dann werde ich entweder draußen reiten oder longieren.*‹ Als sie aus dem Wagen stieg kam ihr Petra entgegen.

»Hallo, Christiane. Reitest du oder willst du longieren?«

»Nicht, wenn Freeses und Konsorten drin sind. Da longiere ich lieber«, antwortete sie mit säuerlicher Miene.

»Ich weiß, was du meinst«, stimmte Petra ihr zu. »Die reiten doch immer ohne Rücksicht auf die anderen. Vor allem

Fabienne. Die bringt es fertig und reitet einen gnadenlos über den Haufen.«

Christiane nickte. »Ich finde, wir sollten mal was zu Hinnerk sagen. Das geht so echt nicht weiter. Und die kratzen auch nie die Hufe aus, wenn sie aus der Reithalle kommen, geschweige denn, dass sie die Pferdeäppel aus der Bahn entfernen.«

Petra von Bokeloh zuckte mit den Schultern und steckte sich eine Zigarette an. Nachdem sie den ersten Zug inhaliert hatte, meinte sie: »Das kannst du knicken. Die machen das trotzdem so. Außerdem haben die hier drei Pferde untergebracht. Das bringt jeden Monat richtig Geld. Freya hat mir neulich noch erzählt, dass Marie-Louises Mann, Konstantin, Fabienne noch ein zweites Dressurpferd gekauft hat, weil Favorit allmählich in die Jahre kommt. Es soll wohl in den nächsten ein zwei Wochen kommen.«

»Na klasse«, Christiane schnaubte durch die Nase. »Dann bekommt Freya sicher auch ein zweites Pferd, damit es keinen Stress in der Familie gibt.«

»Tja, das sind eben keine Armen. Der alte Freese hat sich schon immer dumm und dämlich verdient.« Petra drückte ihre Zigarette in einem kleinen Blecheimer aus.

Christiane musste leise lachen. »Du bist aber auch nicht gerade arm dran.«

»Das ist natürlich wahr. Allerdings hat mein Mann sein Geld nicht auf Kosten anderer angehäuft, jedenfalls nicht auf die Art und Weise wie der alte Freese.«

»Wie meinst du das?«

Petra verzog verächtlich ihre schmalen Lippen. »Der hatte doch damals was weiß ich wie viele Zwangsarbeiter aus Russland und Polen in seiner Firma. Und glaube mir, denen ging's bestimmt nicht gut bei Alfred. Den alten Sack konnte ich noch nie wirklich leiden. Genauso wenig wie den Rest der ganzen Sippe. Und dann wohnen die quasi bei uns auch noch um die Ecke. Aber jetzt genug gequasselt, lass uns die Pferde fertig machen, sonst wird es mit dem gemeinsamen Frühstück wieder so spät.«

Ein Auto fuhr auf den Hof und Christiane erkannte Heiners Wagen. Sie winkte ihm kurz zu und wandte sich dann ab, um Petra in den Stall zu folgen.

»Sag' mal, gibt es irgendetwas Neues zu dem Mordfall? In der Zeitung stand heute eigentlich gar nichts darüber«, hakte Petra bei Christiane neugierig nach.

»Nein, ich weiß auch nicht mehr als du. Heiner erzählt ja nichts. Das darf er ja auch gar nicht. Allerdings bekam er gestern einen Anruf von der Rechtsmedizin und war sehr erfreut darüber. Was die dort allerdings gefunden haben, hat er mir nicht verraten.« Sie drehte an dem Zahlenschloss, das ihren Sattelschrank sicherte und öffnete diesen. Christiane nahm ihre Putzkiste, einen Führstrick und ihre hellblauen Bandagen heraus. Dann holte sie Cassino aus seiner Box. Petra hatte inzwischen Bellino auf der Stallgasse angebunden und schon begonnen das Pferd mit Striegel und Kardätsche von Staub und Dreck zu befreien.

»Das würde mich verrückt machen. Wie kannst du da so gelassen bleiben? Das ist so spannend!« Sie fuhr mit der Bürste in langen Strichen über das glänzende Fell.

»Es bringt ja nichts Heiner zu löchern. Das endet nur im Streit«, gab Christiane zurück.

Petra bürstete den vollen Schweif durch und überlegte laut.

»Vielleicht wurden an Sonjas Leiche in der Pathologie Spermaspuren gefunden und dann hat dein Heiner bald den Mörder. Das ist ja heute ganz einfach mit dem DNA-Nachweis.«

Christiane bandagierte bereits und murmelte: »Dazu musst du erst mal einen Verdächtigen haben, sonst nützt dir der ganze Nachweis nichts.«

Petra legte Bellino den Sattel auf. »Was hast du gerade gesagt?«

»Ich sagte, dazu musst du erst einen Verdächtigen haben, um die DNA vergleichen zu können.«

»Also, ich glaube ja, dass Pjotr es war. Warum wohl ist dein Freund gerade auf den Hof gefahren?«

Christiane schüttelte den Kopf und lachte: »Du bist echt unmöglich. Gott sei Dank, bist du kein Polizist oder noch schlimmer, ein Richter. Du würdest die Leute auch ohne Beweise einfach in den Knast schicken. Warum sollte Pjotr so etwas tun?«

Petra hatte bereits Bellino die Trense aufgezogen und wartete auf ihre Freundin. »Was weiß ich. Verschmähte Liebe, Eifersucht. Keine Ahnung. Bestimmt nimmt ihn dein Freund mit auf's Präsidium und sie nehmen Fingerabdrücke und eine Speichelprobe. Und dann hat er den Mörder!« Ihre Augen leuchteten.

»Aber wir sind einen guten Pferdepfleger los«, gab Christiane trocken zurück. »Nein, nein. Ich kann mir nicht vorstellen, dass er es gewesen ist.«

»Wer soll es gewesen sein? Guten Morgen zusammen!«, krähte Anne-Marie durch die Stallgasse. »Los erzähl schon, Christiane, du sitzt doch an der Quelle.«

Christiane seufzte tief auf. »Ich geh' jetzt auf die Rennbahn, da habe ich meine Ruhe vor euch!« Sie nahm Cassino am Zügel und ging nach draußen.

»Jetzt sag' doch endlich, wer es gewesen ist«, forderte Anne-Marie Kleinhempel ihre Freundin Petra auf.

Petra verzog den Mund. »Weiß man noch nicht, aber anscheinend gibt es eine heiße Spur. Mehr konnte Christiane auch nicht dazu sagen.« Dann senkte sie verschwörerisch ihre Stimme. »Also, ich glaube ganz bestimmt, dass dieser Pfleger es gewesen ist. Der Kommissar ist nämlich schon wieder auf dem Hof.«

Anne-Marie klopfte ihr auf die Schulter. »Also, dass der Kommissar schon wieder hier ist, kann alles Mögliche bedeuten.«

Dann fügte sie warnend hinzu: »Setz' bloß keine Gerüchte in die Welt. Du weißt, wie schnell das geht.«

Heiner Hölzle hatte Hinnerk Brandstein zuvor angerufen und ihn gebeten den Pfleger Pjotr Solotov zu holen, damit er sich mit diesem irgendwo in Ruhe unterhalten konnte. Brandstein hatte sofort die Küche seines Wohnhauses angeboten. Kriminalhauptkommissar Hölzle konnte die Neugierde des Hofbesitzers spüren und nahm den enttäuschten Blick wohl wahr, als er Hinnerk Brandstein bat, ihn mit Solotov allein zu lassen.

Er beobachtete den Russen, wie er unruhig auf dem Küchenstuhl hin- und herrutschte und dabei nervös auf seine Finger sah, die er ineinander verschränkt hatte. Als Hölzle ihn ansprach blickte er in furchtsame dunkle Augen.

»Herr Solotov, wenn Sie etwas nicht verstehen, was ich Sie jetzt fragen werde, dann lassen Sie es mich wissen, ok?« Er legte sein Notizbuch auf den Tisch. Pjotr Solotov nickte nur.

»Gut. Wo waren Sie an dem Abend bevor Sonja Achmatova tot aufgefunden wurde?«

»Zimmer war ich«, gab der Pferdepfleger zur Antwort.

»Kann das jemand bezeugen?« Hölzle korrigierte sich augenblicklich, denn er konnte sehen, dass sein Gegenüber mit dem Wort ›bezeugen‹ nichts anfangen konnte.

»Ich meine, waren Sie alleine in Ihrem Zimmer oder war noch jemand bei Ihnen?«

Solotov schüttelte den Kopf. »Nein, allein. Niemand da.«

»Wo genau befindet sich Ihr Zimmer? Und haben Sie etwas Ungewöhnliches bemerkt? Ein Auto gehört vielleicht? Oder haben die Hunde gebellt?«

Pjotr stand auf, ging zum Küchenfenster und bedeutete dem Kriminalhauptkommissar ebenso aufzustehen. Hölzle trat zu ihm. Dann zeigte Pjotr Solotov mit dem Finger auf die Reithalle.

»Da oben ist Zimmer«, erklärte er dann. »Musik gehört, elf Uhr schlafen, Hunde nicht gehört«, fügte er noch hinzu.

»Gut, Sie haben also den ganzen Abend Musik gehört und Ihnen ist nichts aufgefallen«, Hölzle notierte sich in knappen Worten die Angaben. Sie kehrten zurück an den Tisch.

»Herr Solotov, wie gut kannten Sie Sonja Achmatova?«, stellte Hölzle seine nächste Frage.

»Was meinen ›wie gut‹?« Solotov sah ihn offen an. Trotzdem konnte sich Heiner nicht des Eindrucks erwehren, dass Solotov genau wusste, was er gemeint hatte.

»Waren Sie mit ihr befreundet? Sind Sie zusammen ausgegangen? Sie stammen ja beide aus Russland, da hat man doch Gemeinsamkeiten.«

»Nein, nichts Freund. Nur hier auf Hof reden. Ich Frau und Kind in Russland«, Pjotr hob abwehrend die Hände.

Nun war sich Hölzle mehr als sicher, dass der Mann ihn anlog. Die Antwort war wie aus der Pistole geschossen gekommen und der umherschweifende Blick des Pflegers bestätigte seine Theorie.

»Hat sie Ihnen mal erzählt, ob sie noch woanders geputzt hat? Oder einer anderen Arbeit nachging?«

Pjotr schien froh über den Themenwechsel. Verstohlen wischte er sich die kleinen Schweißperlen von der Oberlippe.

»Sonja putzen auch in andere Häuser. Und helfen Leute in Schule mit Lernen russische Sprache. Ich nicht wissen, wo. Aber, ich ihr letzten Jahr einmal gute Arbeit vermittelt. Gut bezahlt.« Er klang stolz.

Hölzle horchte auf. »Was war das für eine Arbeit? Und wo?«

Solotov schien sich zu entspannen und setzte sich nun seitlich auf die Sitzfläche des Stuhls, den rechten Arm locker über die Lehne hängend.

»Bei altem Mann, viel Geld, reicher Mann. Geburtstagsfest. Enkel und Tochter hier reiten. Sonja Arbeit in Küche und servieren.«

Kriminalhauptkommissar Hölzle war etwas enttäuscht, das hörte sich nicht so an, wie wenn der Job dauerhaft gewesen wäre. Schade, hätte vielleicht erklärt, wie Sonja an Geld gekommen war.

»Tja, Herr Solotov, das war zunächst alles, vielen Dank«, verabschiedete Hölzle den Pferdepfleger und erhob sich. Sobald er im Büro war, würde er den Russen schriftlich zur Zeugenaussage laden. Er war sicher, der Mann wusste mehr als er zugeben wollte und vermutlich würde die Atmosphäre auf dem Präsidium seine Zunge etwas lockern.

Die beiden Männer verließen das Haus der Brandsteins, dann trennten sich ihre Wege. In der Nähe von Hölzles Wagen kehrte Brandstein wie zufällig ein paar Strohhalme zusammen.

›*Wahrscheinlich kehrt der dia Strohhälmla scho die ganz' Zeit von lenks noch rechts, damit er nix verpasst*‹, dachte Hölzle leicht gehässig.

»Wiedersehen, Herr Brandstein«, rief er dem Hofbesitzer

zu, stieg ein und fuhr los. Als er die Auffahrt entlang fuhr, klingelte sein Mobiltelefon.

»Hallo Markus, was gibt's?« Durch die Freisprechanlage konnte er Papier rascheln hören und dann die Stimme Rotenbooms.

»Ja, Heiner, Hallo. Also, die einen Reifenspuren gehören definitiv zu einem Toyota Landcruiser und die anderen zu einem BMW X5, da es sich bei beiden Fahrzeugen um die Erstbereifung handelt. Haben wir ja Glück gehabt. Wir sind dabei, eine Liste der Besitzer in Bremen und in der Umgebung zusammenzustellen. Die wird wahrscheinlich relativ lange werden. Wir schicken jetzt eine Nachfrage ans Kraftfahrzeugbundesamt, die sollen sich beeilen.«

»Ja, danke«, dann stutzte er. »Wie jetzt? Es handelt sich um zwei verschiedene Wagen?«

»Blitzmerker.«

»Kannst du außer schwarzen Wagen die Suche auf dunkelblaue und dunkelgrüne erweitern? Nur um sicher zu gehen, dass Frau Meyerdiercks sich nicht geirrt hat. Wer kann schon dunkelblau von schwarz unterscheiden, wenn es draußen dunkel ist.«

»Na klar, habe ich bereits angeordnet. Wir sind ja auch nicht ganz blöde bei der Kriminaltechnik«, frotzelte Markus Rotenboom.

»Du jedenfalls nicht, mein Freund. Wir sehen uns.« Damit beendete er das Gespräch. Hölzle parkte seinen Wagen auf den für ihn bestimmten Parkplatz vor dem Präsidium und stieg aus. Flotten Schrittes betrat er das Gebäude und ging schnurstracks in sein Büro. Er tippte zwei Zahlen in die Gegensprechanlage und bat die Sekretärin zu sich, ein Luxus, den er sich mit dem Polizeipräsidenten teilte. Es dauerte keine Minute und eine flotte Mittfünfzigerin trat ein. Hilke Maier gehörte zum festen Inventar des Präsidiums. Seit über dreißig

Jahren arbeitete sie dort und sie liebte ihren Beruf über alles. Ihr blondes Haar hatte sie mit einem grün-weißen Band zu einem kurzen Zopf gebunden, ihre fast jungenhafte Figur – zu ihrem Leidwesen war sie über Körbchengröße A nie im wahrsten Sinne des Wortes hinausgewachsen – steckte in einer schicken Jeans und einer weißen Bluse.

»Was kann ich für Sie tun, Chef?«, fragte sie ohne Begrüßung, Notizblock und Kugelschreiber schon bereit haltend.

»Bitte laden Sie diesen Mann hier zur Zeugenaussage vor«, er reichte ihr einen Zettel mit Namen und Adresse von Pjotr Solotov.

Sie nahm das Papierstück entgegen. »Ja, klar wird sofort erledigt.« Sie warf einen Blick auf die Adresse. »Geht es hier um den Mordfall auf diesem Pferdehof?«

»Ganz genau. Haben Sie zufällig noch Kaffee?« Er warf einen Blick auf seine leere Dose. Meist brühte er sich nachmittags selbst Kaffee auf, aber nun war das Pulver alle und er hatte vergessen welches zu kaufen.

Sie lächelte. »Na klar. Ich bringe Ihnen gleich eine Tasse. Oder ein Tässle, wie man bei Ihnen im Süden sagt.«

Hölzle strahlte sie an. Frau Maier war eine echte Perle, immer gut gelaunt und erledigte alle Arbeiten im Eiltempo. Er erinnerte sich an den Tag als er seinen Arbeitsvertrag unterschrieben hatte. Er war skeptisch gewesen, was alteingesessene Mitarbeiter anbetraf. Meist war es schwierig mit Leuten auszukommen, die jahrelang mit dem gleichen Chef gearbeitet hatten und sich nun umstellen sollten. Das führte nicht selten zu Problemen. Aber gleich an seinem ersten Arbeitstag in Bremen war Frau Maier fröhlich auf ihn zugekommen und hatte sich vorgestellt.

»Herzlich willkommen Herr Kriminalhauptkommissar Hölzle, mein Name ist Hilke Maier und ich leite hier das

Sekretariat.« Mit einem Augenzwinkern hatte sie hinzugefügt: »Und Kaffee mache ich auch.«

Sie waren sich gleich sympathisch gewesen. Hilke Maier mochte Fußball und natürlich war sie als Bremerin absoluter Werder-Bremen-Fan. Jede Saison hatte sie eine Dauerkarte und verfolgte alle Spiele im Weserstadion, manchmal fuhr sie auch zu Auswärtsspielen, zumindest zu denen, die nicht so weit zu fahren waren. Wie beispielsweise nach Hamburg, Hannover oder Wolfsburg. Ihr Büro glich mehr einem Fanshop als einem Sekretariat, überall tummelten sich grün-weiße Utensilien mit dem schwungvollen Werder-W. Hölzle hatte schmunzeln müssen als er das erste Mal Hilke Maiers Reich betrat. 2004, hatten ihm die übrigen Kollegen lachend berichtet, hatte Frau Maier im Meisterschaftstaumel einen grün-weiß gestreiften Hosenanzug getragen. Mit der ihr eigenen Nonchalance hatte Hilke Maier jedoch jeden spöttischen Blick an sich abprallen lassen.

»Ach, bevor ich es vergesse. Frau Dr. Adler-Petersen hat vorhin angerufen und bittet Sie um Geduld, die Ergebnisse diesen Fall betreffend. Mehr als die Hälfte ihrer Mitarbeiter liegt flach mit Magen-Darm-Beschwerden oder fiebriger Erkältung«, riss ihn Frau Maier aus seinen Gedanken.

Hölzle runzelte die Stirn und zog die Augenbrauen zusammen.

»Mist. Aber da kann man wohl nichts machen. Immer das gleiche Lied um diese Jahreszeit.«

»In der Tat, leider. Aber hoffentlich erwischt es uns nicht auch.« Sie ging zur Tür. »Kaffee kommt sofort.«

Kurz darauf erschien sie wieder mit einem großen Becher Kaffee und einem kleinen Teller auf dem zwei kleine Rosinenschnecken lagen.

»Womit habe ich das verdient«, seufzte Hölzle glücklich und schob verstohlen seine Schokoschublade zu, in die er gerade hatte greifen wollen.

»Keine Ahnung Chef. Schätze, Sie haben einfach Glück gehabt, dass die Kollegen was übrig gelassen haben.« Ihm zuzwinkernd verließ sie sein Büro.

In der Reiterstube saßen Petra von Bokeloh und Anne-Marie Kleinhempel schon am gedeckten Frühstückstisch und warteten auf ihre Freundinnen. Jede hatte sich bereits ein Glas Prosecco eingeschenkt. Petra, die am Fenster saß, sah, wie Pjotr und Hölzle aus dem Wohnhaus der Brandsteins kamen. »Ha, ich hab's doch gewusst. Hast du das gesehen? Christianes Schatzi hat Pjotr vernommen! Also lag ich doch richtig!«, rief sie aufgeregt.

Anne-Marie verdrehte die Augen und winkte ab. »Woher willst du das denn jetzt wissen? Und überhaupt heißt das gar nichts.«

Doch Petra von Bokeloh ließ sich nicht abbringen. »Natürlich! Warum sollte die Polizei ihn denn sonst vernehmen? Ich sage dir, der war's! Zumindest ist er hochverdächtig!«

»Ach hör doch auf, Petra. Das hat überhaupt nichts zu bedeuten und ich glaube sowieso, Pjotr war's nicht.« Anne-Marie schüttelte den Kopf und fuhr sich mit gespreizten Fingern durch ihre roten kurzen Haare.

Petra schnaubte und griff nach ihrer Zigarettenschachtel.

»Du hast doch überhaupt kein Gespür für solche Dinge. Aber ich bin mir sicher, dass er's gewesen ist. Russen! Sind doch alle gleich. Bringen es zu nichts und dann lassen sie in unserem Land die Sau raus.«

Pauline, die gerade im Reiterstübchen eingetroffen war und die letzten Worte Petras mitbekommen hatte, versuchte wie immer, zu schlichten. »Mädels, jetzt haltet mal den Ball flach. Du solltest nicht polemisch werden, liebe Petra und überhaupt sollte man das Ganze getrost der Polizei überlassen.«

Anne-Marie Kleinhempel grinste. »Genau. Pauline, hast du was zu trinken dabei?«

Pauline Öllrich schüttelte den Kopf. »Manchmal werde ich das Gefühl nicht los, dass ihr mal zum Entzug solltet. Ihr habt doch schon was zu trinken.« Sie deutete auf die Gläser.

»Kommt jemand mit auf die Rennbahn oder seid ihr etwa schon geritten?«

»Was glaubst du denn? Natürlich sind wir schon geritten. Christiane ist auch da, aber sie dürfte mittlerweile auch mit dem Reiten fertig sein. Wir warten hier nur noch auf die anderen, damit wir endlich anfangen können zu frühstücken. Also los, beeil dich«, dröhnte Petra.

Pauline zuckte mit den Schultern. »Nee, heute echt nicht. Ich muss nachher wieder ins Studio und mein Mann hat doch heute Geburtstag und da habe ich noch einiges einzukaufen, weil wir heute Abend ein paar Freunde zu Besuch bekommen. Und die Kinder kommen auch gleich aus der Schule und die wollen natürlich Mittagessen.«

Anne-Marie verzog den Mund. »Ja, mein Gott. Wann lernst du endlich mal, dass deine Kinder alt genug sind, um zu wissen, wo der Kühlschrank steht. Du musst endlich mal entspannter werden. Du arbeitest fast Vollzeit im Sonnenstudio und dann machst du zu Hause auch noch den ganzen Kram. Peppina, deine Stute, würde sich auch freuen, wenn du mehr Zeit hättest. Und wir im Übrigen auch. Immer haust du gleich wieder ab.«

Pauline schüttelte ihre dichten kastanienbraunen Locken und gab zu: »Ja, ich weiß. Ich steh' mir selbst im Weg, aber irgendwie fühle ich mich eben verpflichtet. Weißt du, als die Kinder klein waren, habe ich nichts zum Unterhalt beigetragen und mich dafür um alles gekümmert. Das ist so in mir drin, ich kann echt nicht dagegen an.«

Anne-Marie nickte verständnisvoll. »Das ist ja schon in Ordnung, aber nun sind eure Kinder groß und du solltest mal mehr an dich denken.«

Pauline lächelte resignierend. »Ja, ja. Ich arbeite daran.« Dann warf sie einen Blick auf ihre Armbanduhr. »Au Mist, jetzt muss ich mich aber echt beeilen. Tschüss ihr beiden, wir sehen uns!«

Petra und Anne-Marie konnten sich kaum verabschieden, so schnell war Pauline aus der Tür. Anne-Marie schüttelte den Kopf: »Sie sollte sich wirklich mal mehr Freiraum verschaffen.«

»Sie ist schon eine gute Seele, unsere Pauline. Und ich bin trotzdem sicher, dass Pjotr was damit zu tun hat.« Petra wechselte unvermittelt zu ihrem momentanen Lieblingsthema. »Ich frage mich nur, woher der so viel Geld hatte, um ihr Geschenke zu machen.«

Anne-Marie sah ihre Freundin verwirrt an. »Wie so viel Geld? Wieso das denn? Wie kommst du denn da drauf?«

Nun befand sich Petra von Bokeloh in einem Zwiespalt. Einerseits hatte sie dem Kriminalhauptkommissar zugesichert, dass sie kein Wort über ihren Fund erzählen würde, andererseits liebte sie nichts mehr, als Dinge zu wissen, von denen andere eben nichts wussten und sie dann Geschichten erzählen konnte. Der innere Zweikampf währte nicht lange.

»Hör zu, das darfst du aber echt niemandem erzählen. Ich komme jetzt schon in Teufels Küche, weil ich es dir sage«, Petra senkte die Stimme verschwörerisch und lehnte sich nach rechts zu Anne-Marie hinüber. Die beiden Frauen steckten die Köpfe zusammen.

Christiane Johannsmann betrat just in dem Moment die

Reiterstube als Anne-Marie ausrief: »Echt? Ein Fabergéei? Das ist ja ein Ding!«

Christiane war sofort klar, was geschehen war und stellte Petra zur Rede.

»Sag mal, tickst du noch ganz richtig? Du erzählst hier herum, dass du diese Kette gefunden hast, obwohl dich Heiner um Stillschweigen gebeten hat? Wenn das die Runde macht! Ich sage dir, Heiner bringt dich um! Kannst du nicht einmal, nur ein einziges Mal den Mund halten?«

Christiane war außer sich. Nicht mal in der Presse war bisher bekannt geworden, dass die Tote teure Kleidungsstücke und Schmuck getragen hatte. Heiner hatte es ihr gegenüber kurz erwähnt, was eigentlich untypisch für ihn war. Er erzählte ihr im Grunde sehr selten etwas über aktuelle Fälle, eigentlich nie. Ihr Freund hatte nur wissen wollen, ob Christiane vielleicht eine Idee hatte, wie Sonja Achmatova an so viel Geld gekommen war. Sie nahm ein Brötchen aus dem Korb und schnitt es auf. An der Art, wie sie das Brötchen malträtierte, konnte man ausmachen, wie wütend sie war. Petra schmollte und schaute betreten auf den Tisch.

»Sooo schlimm ist das nun auch wieder nicht. Außerdem brauchst du mich nicht gleich so anzufahren. Und Anne-Marie erzählt ja nichts weiter. Stimmt doch, Anne, oder?« Auch sie begann nun, sich ein Brötchen zu belegen, und griff nach dem Lachs.

Anne-Marie zündete sich eine Zigarette an und blies nach dem ersten Zug den Rauch nach oben. Die leise rauschende Abzugsanlage saugte den blauen Dunst an.

»Nein, natürlich erzähl' ich nichts. Aber, mal ehrlich Petra, so ganz unrecht hat Christiane jetzt nicht. Ich meine, wenn der Kommissar dich gebeten hat, solche Informationen nicht weiterzugeben, dann solltest du dich auch daran halten.«

»Ja, klasse. Vielen Dank. Jetzt fängst du auch noch an!« Wild gestikulierend fuhr sie fort: »Du hast mich doch gelöchert? Was sollte ich denn tun?«

Jetzt wurde es selbst Anne-Marie, die sonst immer sehr gelassen war, zu bunt. »Also, jetzt hört's aber echt auf! Du hast doch von dir aus angefangen. Du brauchst jetzt gar nicht so unschuldig tun. Du hast dich doch gefragt, woher Pjotr so viel Geld hat. Oder etwa nicht?« Vehement drückte sie ihre Zigarette im Aschenbecher aus.

Michaela Nölle platzte mitten in das laute Gezeter herein. »Was ist denn hier schon wieder los? Habt ihr schon wieder Stress?«

Christiane winkte ab. »Ach, das Übliche. Petra kann ihren Mund nicht halten und ist jetzt beleidigt, weil ich ihr das mal deutlich gesagt habe.« Sie griff nach einem weiteren Brötchen, welches nun etwas besser wegkam als sein Vorgänger.

»Gut so!«, frotzelte Michaela. »Endlich mal jemand, der Petra sagt, wo's lang geht. Wurde aber auch Zeit.« Sie grinste ihre Freundinnen entwaffnend an. Nun musste Petra selbst wieder schmunzeln. »Blöde Kuh«, meinte sie dann gutmütig.

»Ach Mädels, mit euch ist doch immer was los.« Die Ärztin setzte sich an den Tisch, goss sich eine Tasse Kaffee ein, sowie ein Glas Prosecco, und begann ihr Brötchen mit Hackepeter zu bestreichen. »Um was ging's eigentlich jetzt konkret?« Michaela schaute eine nach der anderen auffordernd an.

Christiane warf Petra einen warnenden Blick zu. »Um die tote Putzfrau.«

»Ach, schon wieder. Also, mal ehrlich. Ich finde das Ganze auch superschrecklich, aber im Grunde geht uns das alle nichts an.«

Bevor Petra eine erneute Diskussion starten konnte, nahm

Christiane Michaela am Arm. »Komm mal bitte mit zu meinem Auto. Ich habe noch ein paar Bücher für dich dabei. Du wolltest dir doch mal was über Russland anlesen. Für euren St. Petersburg-Trip im Mai.«

Als die beiden hinaus gegangen waren, maulte Petra zwischen zwei Bissen leise: »Ich finde sehr wohl, dass uns das was angeht, wenn hier Mörder auf dem Hof rumlaufen«, was ihr sofort einen Rippenstoß seitens Anne-Marie einbrachte.

»Jetzt gib endlich Ruhe. Mal was anderes. Ich fand, dein Bellino ging heute sehr schön.«

Petra sprang sofort darauf an. »Ja, nicht wahr?«, strahlte sie und erging sich in Lobeshymnen über ihren Wallach.

Anne-Marie Kleinhempel grinste zufrieden. Das klappte immer. Wenn man Petra von etwas ablenken wollte, dann sprach man sie am besten auf ihr Pferd an.

## Sonja. Frühling 2007

»Sehr geehrte Passagiere, bitte legen Sie die Sicherheitsgurte an und bringen Sie Ihre Rückenlehne in eine aufrechte Position. Klappen Sie bitte die Tischchen wieder zurück und denken Sie daran Ihre Laptops auszuschalten. Wir landen in weniger als einer Viertelstunde auf dem Flughafen Hamburg«, tönt es durch den Bordlautssprecher.

Ein Jahr ist vergangen seit Sonja den Entschluss gefasst hat, nach Deutschland zu kommen. Die vergangenen Monate hat sie dazu genutzt, die deutsche Sprache zu erlernen und ihr Lehrer ist hoch zufrieden gewesen.

Sonja kann es kaum erwarten, wieder festen Boden unter ihren Füßen zu spüren. Das Flugzeug ist am Morgen um 10.25 Uhr von Moskau-Sheremetyevo gestartet. Die drei Stunden die sie, eingequetscht zwischen zwei gut genährten Fluggästen, in der Aeroflot-Maschine verbracht hat, gehören zu den Schlimmsten ihres bisherigen Lebens. Dass sie nicht die Papiertüte, auf die sie die Flugbegleiterin netterweise hingewiesen hatte, bis zum Rand gefüllt hat, ist ein wahres Wunder gewesen. Und, dass auch eine Landung bei stürmischem Wetter gefährlich werden kann, ist ihr mittlerweile fast egal. Hauptsache, sie kann in spätestens einer Viertelstunde hier raus. Sonja stellt gewissenhaft ihre Armbanduhr zwei Stunden zurück. Durch die Zeitdifferenz zwischen Moskau und Hamburg wird es gerade einmal 11.25 Uhr sein, wenn das verdammte Flugzeug auf dem Rollfeld von Fuhlsbüttel landen wird. Für die anschließende Zugfahrt nach Bremen hat Sonja sich genaue Notizen gemacht. Eigentlich könnte sie mit einem Bus bis zum Hauptbahnhof von Hamburg fahren. Aber Sonja hat Angst, eventuell die falsche Linie zu nehmen oder ihren Anschluss zu verpassen. Daher hat sie sich entschlossen, am Flughafen ein Taxi zum Hauptbahnhof zu nehmen. Von dort dauert die Zugfahrt nach Bremen eine knappe Stunde. Noch einmal geht ein Ruck durch das Flugzeug, aber es ist nicht eine Windböe, die die Maschine erneut durchschüttelt, sondern die Räder haben endlich auf dem Rollfeld aufgesetzt.

Sonja zerrt ihren Rucksack aus der oberen Ablage. Hoffentlich kommt ihr Koffer auch zügig. Im Flugzeug scheinen hauptsächlich Geschäftsleute gesessen zu haben. Auf die Annäherungsversuche einiger Herren ist Sonja erst gar nicht eingegangen. Sie haben sowieso aufgehört, als Sonja sich, grün im Gesicht, würgend über ihre Tüte gebeugt hat.

Sonja zieht den Reißverschluss ihrer Jacke hoch. Es ist kälter, als sie vermutet hat. Zwar sollten die Temperaturen in Hamburg milder sein als in Moskau, aber so richtig hat der Frühling doch noch nicht Einzug gehalten. Bei der Gepäckausgabe herrscht ein Riesengedränge. Sonja erspäht ihren cremefarbenen Koffer und zieht ihn vom Förderband. Jetzt nur noch die Ausweisformalitäten.

Sonja hätte es sich nie träumen lassen, wie kompliziert diese ganze Reise nach Deutschland werden würde. Gut, sie musste bei der deutschen Botschaft in Moskau ein Visum beantragen. Das hat dann doch länger gedauert als sie erwartet hat. Die Mitarbeiter sind allerdings sehr nett und zuvorkommend gewesen. ›*Was sie denn in Deutschland vorhätte?*‹

»Nun, ich möchte mich ein wenig umschauen, neue Menschen treffen, die deutsche Sprache besser erlernen«, hat sie geantwortet.

»Also, ein reiner Touristenaufenthalt, Frau Achmatova?«

»Nein, ich möchte auch in Deutschland arbeiten, mir etwas Geld verdienen.«

»Haben Sie schon eine Idee, wo Sie wohnen und arbeiten wollen?«

»Ja, in Bremen. Dort hat die Tante eines Freundes mir einen Job als Nachhilfelehrerin für Russisch besorgt. Ich kann auch die ersten Tage dort wohnen oder sie besorgt mir ein Hotel, bis ich eine kleine Wohnung gefunden habe.«

»Bremen, da haben Sie sich ein nettes Städtchen rausgesucht. Ich komme aus einem kleinen Ort zwischen Hannover und Bremen. Ich kann Ihnen sagen, Sie werden sich bestimmt sehr wohl fühlen bei den Bremern.«

Fast zehn Wochen hat der ganze Papierkram gedauert. Von der Anfrage bei der Ausländerbehörde in Bremen, über die Bestätigung von Sergejs Tante, dass sie in den Sommerferien in Deutschland mit ein paar Wochenstunden im Nachhilfeinstitut arbeiten kann, bis hin zur Flugbuchung ist fast ein halbes Jahr vergangen. Zumindest hat sie genügend Zeit gehabt, sich über Deutschland im Allgemeinen und insbesondere über Bremen zu informieren. Denn auf den Papieren ihrer Großmutter hat sie neben Berlin auch den Namen dieser Stadt gelesen. Diese erste Spur hat ihr keine Ruhe gelassen. Und so wie eins und eins zwei ergibt, ist Sonja klar geworden, dass die Vergangenheit ihrer Großmutter mit dieser Stadt zu tun hat. Bei aller Oberflächlichkeit ist Sonja nicht auf den Kopf gefallen. Das intensive Studium der beiden Fotos aus Olgas Nachlass hat in ihr den Keim eines Verdachtes gelegt. Die dunkelhaarige Olga, die blonde Mutter, sie selbst auch blond. Wie ihre Mutter fällt sie vollkommen aus dem ›Familienrahmen‹. Sollte ihr Großvater möglicherweise aus Bremen stammen? Ihre Mutter, Anna, hat den eigenen Vater nie kennengelernt und weiß gar nichts über ihn. Olga hat auch Anna nie eine Antwort auf ihre Fragen gegeben.

Sonja ahnt, dass die Aufgabe, dieser Spur nachzuforschen, nicht leicht werden wird. Was am Ende dabei wohl herauskommen mag?

Jetzt sitzt sie im Zug nach Bremen. Die Landschaft zieht an ihr vorbei. Alles flach, Kühe und Pferde auf großen Weiden, ab und zu ein Bauerngehöft, eine Ansiedlung. Sonja blättert in ihrem Touristenführer, den sie sich vor Wochen in einer Buchhandlung bestellt hat. ›*Bremen – Schlüssel zur Welt*‹.

Was sie bis jetzt gelesen und gesehen hat, gefällt ihr. Ein imposantes Rathaus vorne auf dem Einband, die Geschichte von den vier Bremer Stadtmusikanten auf Seite zwei, die wichtigsten Sehenswürdigkeiten, Tipps für Restaurants, Hotels und Discos, also alles was man so braucht, wenn man neu in einer Stadt ist. Zuerst einmal in Bremen Fuß fassen, ein paar Leute kennenlernen, mehr hat Sonja noch nicht geplant. Wie sie genau vorgehen will, wird sie entscheiden, wenn sie herausgefunden hat, wer der geheimnisvolle Mister X, also ihr Großvater, ist.

Die Fahrt verlangsamt sich erneut. In was für einen Zug ist sie hier nur geraten? Er macht Station an jeder Milchkanne und Sonja muss sich bei jedem Stopp darauf konzentrieren, was die quakende Stimme der Durchsage mitteilt. Sie hat keine Lust, versehentlich in irgendeinem Kuhdorf vor den Toren Bremens zu landen. Sonja wartet auf die nächste Durchsage. Über eine Stunde ist sie bereits unterwegs. Von wegen, es dauert nur knapp eine Stunde! Da endlich. Nächster Halt Bremen Hauptbahnhof. Sonja packt ihren Koffer und den Rucksack, stellt sich schon in den Gang. Nach fünf Minuten bremst der Zug ab, Sonja hat Bremen erreicht.

Als sie den Bahnhof verlässt scheint die Sonne, es ist hier freundlicher als in Hamburg. Sonja wertet dies als gutes Zeichen für ihr Vorhaben. Ganz in der Nähe gibt es eine kleine Pension, in der sie vorerst absteigen will, denn sie hat keine Lust bei Sergejs Tante unterzuschlüpfen. Sergej hat ihr zwar versichert, dass Tante Vera sie in Ruhe lässt, aber Sonja weiß, wie ältliche, alleinstehende Fräuleins plötzlich geschwätzig und aufdringlich werden können. Nein danke, sie möchte allein gelassen werden und niemandem Rechenschaft ablegen müssen. Am nächsten Tag wird sie sich mit Vera treffen, um den Arbeitsvertrag zu unterzeichnen, mit dem sie dann noch zur Ausländerbehörde muss.

Sonja lässt den Blick über den Bahnhofsvorplatz schweifen. Doch, der erste Eindruck von dieser Stadt gefällt ihr. Es ist sauber, ordentlich, da hinten scheint ein großes Kino zu sein. Vor ihr liegt das Stadtzentrum, das sie bequem zu Fuß oder mit der Bahn erreichen kann. Die Pension befindet sich nur ein paar hundert Meter entfernt und Sonja spaziert, den Stadtplan in der Hand, gemächlich zum Hotel Garni »Gräfin Emma«, wo sie bereits vor ein paar Tagen ein Zimmer für eine Woche reserviert hat.

Sonja hat schon befürchtet, dass die Pension eher eine Absteige sein könnte, denn der Wochenpreis mit Frühstück erschien ihr äußerst moderat für die zentrale Lage. Doch die »Gräfin Emma« präsentiert sich als schmuckes viergeschossiges Haus. Links und rechts vom Eingang steht je ein kleiner Baum mit einer blauen Schleife um den Stamm. Der Empfangsraum ist hell und einfach eingerichtet und ein junges Mädchen händigt Sonja den Zimmerschlüssel aus. Ein fotokopiertes Blatt informiert sie über Frühstückszeiten, die nächste Post, die nahe gelegenen Restaurants und Tanzschuppen.

Das Zimmer im dritten Stock enttäuscht nicht. Das Fenster geht zwar zur offensichtlich stark befahrenen Straße hinaus, besitzt aber eine Jalousie und das Bett ist groß und sieht bequem aus. Ein kleines Badezimmer verfügt über die von Sonja hochgeschätzte Dusche, die Handtücher hängen sauber und wohlriechend über dem Handtuchhalter. Sonja ist zufrieden. Nur kurz zur Toilette, sich ein wenig frisch machen und dann will sie los in die Stadt. Die Adresse des Staatsarchivs hat sie in der Handtasche, ebenso wie den geheimnisvollen Brief aus Berlin an die Großmutter. Morgen, nach dem Treffen mit Vera, wird sie dem Archiv einen ersten Besuch abstatten. Heute will sie sich nur noch einen kleinen Stadtbummel gönnen, irgendwo einen Espresso trinken und sich in einem der Einkaufshäuser eine feuerfeste, stabile, abschließbare Kassette besorgen.

Vor sich hin summend hüpft Sonja beschwingt die Treppen hinunter. Sie hat das Gefühl, dass die Zeit in Bremen noch so manche Überraschung für sie bereit hält …

# November 2008

Pjotr Solotov drehte den Brief in seinen Händen und betrachtete ihn von allen Seiten. Zögernd öffnete er den Umschlag und entfaltete das darin enthaltene Blatt Papier. Sein Deutsch reichte ja so einigermaßen, um sich verständlich zu machen, aber lesen war verdammt schwer. Im Grunde verstand er nichts von dem, was in dem Schreiben stand. Damit müsste er wohl zu Brandstein, damit dieser ihm erklärte, worum es eigentlich ging. Dass es sich um eine wichtige Sache handelte, war ihm allein schon wegen des offiziell aussehenden Stempels am Ende des Schreibens klar.

Pjotr schob den Brief zurück in den Umschlag und schaute auf die Uhr. Jetzt war Mittagspause und da störte man am besten nicht drüben im Wohnhaus. Er legte den Umschlag auf das mittlere Brett eines kleinen Holzregals, auf dem er ein paar Habseligkeiten gestapelt hatte. Das Foto seiner Frau Irina und seiner kleinen Tochter Nadja stand auf dem obersten Brett. Nur wenn Sonja gekommen war, hatte er es umgedreht. Sonja war es egal gewesen, wenn Irina auf das Bett gestarrt hatte. Aber, Pjotr hatte wenigstens soviel Schamgefühl besessen, dass er sich eingebildet hatte, Irina würde, nicht wie immer melancholisch, sondern vorwurfsvoll auf das Bett herabsehen. Ein paar Bücher in russischer Sprache und ein Langenscheidt-Wörterbuch Deutsch-Russisch – Russisch-Deutsch standen in der Mitte des Regals. Ganz unten hatten eine billige Kaffeemaschine und vier Becher ihren Platz gefunden.

Pjotr legte sich auf sein Bett und dachte an Sonja. Er vermisste sie. Doch dann fiel ihm wieder ein, wie herablassend sie bei ihrem letzten Stelldichein gewesen war. Das machte ihn zornig.

Einen armen Schlucker hatte sie ihn genannt. Einer, der es nie zu etwas bringen würde. Jemand, der immer den Dreck anderer Leute wegmachen musste. Ein Nichts wäre er. Na ja, im Bett wäre er ja ganz gut, das hatte sie noch eingeräumt. Aber einer Frau wie ihr könnte er nie den Lebensstil bieten, den sie verdienen würde. Und außerdem wären Männer sowieso alle gleich. Die wollten immer nur das eine, egal wie. Im gleichen Atemzug hatte sie dann aber auch über die Reichen gewettert. Reiche Männer wären noch schlimmer. Die glaubten, mit Geld alles kaufen zu können und Menschen, die für sie arbeiteten, sowieso nur als ihr Eigentum ansehen würden.

Sie hatte sich regelrecht in Rage geredet. Doch plötzlich war sie ganz ruhig gewesen, hatte gelacht und gesagt: »Aber nicht mit mir. Ich habe mir meine Zukunft ganz alleine gesichert. Und ich brauche niemanden. Hörst du? Niemanden! Ich kann bald tun und lassen was ich will. Ohne, dass mir jemand dreinredet!«

Pjotr hatte sie reden lassen. Eigentlich kannte er ihre Tiraden, nur war es dieses Mal besonders schlimm gewesen, weil sie auch ihn angegriffen hatte. Er hatte die Fäuste geballt und die Zähne zusammen gebissen. Am liebsten hätte er sie geohrfeigt und geschüttelt. Stattdessen hatte er abgewartet bis sie wieder in sein Bett zurückgekrochen kam. Ihre Rede hatte sie offensichtlich sehr erregt und es war eine wunderbare Nacht geworden. Es war aber auch die Letzte gewesen, die er mit Sonja verbracht hatte.

Als er Sonja zufällig im Sommer des vergangenen Jahres in einem Eiscafé kennengelernt hatte, war sie ihm ganz anders erschienen. Nicht so kalt. Wobei er sich eingestehen musste, dass sie immer davon geredet hatte, dass Geld für sie eine große Rolle spielte. Und dass sie es eines Tages schaffen würde, dem armseligen Dasein zu entfliehen. Für ihn waren das nur Spinnereien und Träume gewesen. Natürlich träumte auch er hin und wieder davon, wie es sein musste, reich zu sein. Aber im Grunde war er ganz zufrieden. Die Arbeit war zwar hart, aber er mochte den Umgang mit den Pferden und Brandstein zahlte nicht schlecht. Seiner Familie ging es jedenfalls besser als vielen anderen, die er in Russland kannte.

Seine Familie. Beim letzten Besuch hatte seine Frau sehr wohl gemerkt, dass er in Gedanken woanders gewesen war. In den drei Wochen, die er zu Hause verbracht hatte, war er sehr einsilbig gewesen und hatte nicht einmal mit ihr geschlafen. Ihre Blicke hatten ihm weh getan. Gesagt hatte sie nichts, aber ihm war klar geworden, dass sie wusste, dass er sie in Deutschland mit einer anderen Frau betrog. Er hasste sich dafür, dass er Irina so verletzte. Aber Irina war immer weit weg und Sonja war in der Nähe. Und so strahlend schön.

Gewesen, korrigierte er sich. Jetzt war sie tot.

Pjotr fuhr auf, er war glatt eingedämmert über seine Gedanken an Sonja. Ein Blick auf die Uhr beruhigte ihn, die Mittagspause war noch nicht ganz vorbei. Er fuhr sich mit den Händen durch die Haare und wusch sich schnell das Gesicht an dem kleinen Waschbecken, das neben dem Schrank angebracht war. Dann schlüpfte er in seine Jacke, schnappte den Brief und verließ das kleine Zimmer, um hinüber zum Wohnhaus zu gehen.

*›Nur noch ein paar Tage, dann kommt endlich Alexej zurück‹*, dachte er. Alexej war einer der beiden anderen Pfleger, die auf dem Brandsteinhof arbeiteten und hatte Sonderurlaub bekommen, weil seine Frau einen Sohn zur Welt gebracht hatte. Pjotr war am längsten bei Brandstein und hatte nach und nach die anderen beiden eingearbeitet. Nun waren immer zwei der Männer für ein paar Monate auf dem

Brandsteinhof und einer zu Hause in Russland. Dann wurde getauscht. Dieses Arrangement funktionierte großartig. Die Jungs konnten kräftig zupacken, waren geschickt im Umgang mit sämtlichen Landmaschinen und mochten Pferde gerne leiden. Nicolai, der jüngste und dritte im Bunde, würde erst kurz vor Weihnachten wieder kommen. Und dann durfte Pjotr wieder nach Hause. Dieses Mal konnte keine rechte Freude in ihm aufkommen, wusste er doch, dass er unbedingt mit seiner Frau offen reden sollte. Das würde schwer werden, aber er wollte Irina und Nadja auf gar keinen Fall verlieren.

Pjotr drückte auf den kleinen Klingelknopf rechts neben der Haustür. Er konnte Hinnerk Brandsteins Stimme hören, vermutlich telefonierte er. Dann öffnete sich die Tür und sein Chef, das Mobiltelefon am Ohr, bedeutete ihm mit einem kurzen Kopfnicken herein zu kommen. Pjotr streifte seine Stallschuhe ab und ging in die Küche um auf den Hofbesitzer zu warten. Brandstein beendete kurz darauf sein Telefongespräch und gesellte sich zu ihm.

»Pjotr, was gibt es denn?«

Es war ungewöhnlich, dass die Jungs zum Wohnhaus kamen, meist besprachen sie die Dinge direkt bei der Arbeit. Der Pferdepfleger zog den Brief aus seiner Jackentasche und reichte ihn weiter.

»Versteh nicht, was ist. Kann mir erklären?«

Hinnerk Brandstein fischte seine Lesebrille aus seiner Brusttasche, schob sie auf die Nase und entfaltete den Brief. Nachdem er ihn zweimal gründlich durchgelesen hatte, blickte er ernst auf.

»Pjotr, das ist eine schriftliche Anordnung, dass du zur Zeugenaussage kommen musst.«

Verständnislos schüttelte dieser den Kopf. »Aber, ich schon alles gesagt, was weiß …«

»Tja, mein Junge, anscheinend ist die Polizei da anderer Ansicht.«

Als er sah wie sein Gegenüber die Gesichtsfarbe wechselte und gleichzeitig kleine Schweißperlen auf dessen Stirn erschienen, meinte er beruhigend: »Das ist sicher nur das übliche Vorgehen. Hör zu, wenn du nichts verbrochen hast, dann brauchst du auch keine Angst haben. Verstanden?«

Pjotr Solotov nickte nur angedeutet.

»Du hast doch nicht wirklich was mit der Sache zu tun, oder?«, fragte Brandstein dann misstrauisch.

Die Reaktion kam prompt und unmissverständlich. Pjotr riss die Hände hoch, die Handflächen seinem Chef zugewandt. »Nein, nein. Ich nicht schuld«, rief er aus.

Brandstein brummte. »Das will ich aber auch hoffen.«

Dann nahm er den Brief wieder in die Hände und zeigte mit dem Finger auf eine Zeile. »Hier steht, dass du morgen um zehn Uhr dort sein sollst. Am besten, ich bringe dich hin. Ich muss sowieso noch ein paar Dinge in der Stadt erledigen.«

Pjotr Solotov atmete tief durch. »Danke, Chef, vielen Dank.«

»Schon gut, Pjotr. Aber jetzt an die Arbeit, wir haben heute noch viel zu tun.«

Hinnerk Brandstein hielt am Straßenrand und ließ seinen Mitarbeiter aussteigen.

»So, hier sind wir. Siehst du die Pforte da drüben? Ja? Gut, dort gehst du hin und zeigst deinen Brief vor. Man wird dir dann schon sagen, wie es weitergeht. Und gib' mir Bescheid, wenn du fertig bist oder wenn du Hilfe brauchst. Meine Handynummer hast du ja.«

Hinnerk klopfte Pjotr kurz auf die Schulter. »Nun, mach' schon, du brauchst dich nicht zu fürchten.«

Solotov machte ein skeptisches Gesicht und öffnete die Wagentür. »Danke, Chef«, murmelte er beim Aussteigen. Dann warf er die Tür zu und ging zu der Pforte, die Brandstein ihm gezeigt hatte. Er war nervös und konnte den kalten Schweiß auf seinem Rücken spüren. Hinter der Pforte befand sich ein Schalter, an dem eine grauhaarige Dame saß.

»Guten Tag, kann ich Ihnen helfen?«

Er reichte ihr den Brief, den sie kurz überflog und ihm dann erklärte, dass er kurz warten sollte. Es würde jemand kommen und ihn begleiten. Sie griff zum Telefon und informierte den Bringdienst. Kurz darauf erschien ein junger Mann, der Pjotr in das gegenüberliegende Gebäude führte. Sie gingen die Treppe hoch in den zweiten Stock und der junge Mann klopfte an eine der vielen Türen auf dem Flur. Eine Frauenstimme rief: »Herein!«

Der junge Mann öffnete die Tür und bedeutete Pjotr einzutreten. Zögernd steckte er den Kopf durch die Tür. Belustigt sah ihn die Frau an. »Ja, bitte? Sie können ruhig ganz hereinkommen, ich beiße schon nicht.« Der junge Mann, der ihn begleitet hatte, drehte sich um und verschwand.

Pjotr schlüpfte hinein. »Guten Tag, ich hier um zehn Uhr sein soll.« Er reichte der Frau den Brief über den Schreibtisch.

»Ach ja, Sie sind der Herr Solotov, ich weiß Bescheid. Einen Augenblick bitte.«

Sie drückte den Knopf der Gegensprechanlage, die neben ihrem Telefon auf dem Tisch stand und ein Lämpchen leuchtete auf.

»Chef? Herr Solotov ist da.«

»Bringen Sie ihn bitte in den Vernehmungsraum, Harry und ich kommen sofort dazu«, hörte man eine brummige Stimme.

Die Sekretärin drückte erneut auf einen Knopf und das

Lämpchen erlosch. Frau Maier stand auf und führte Solotov bis zum Ende des Flurs und öffnete eine Tür. Dahinter verbarg sich ein kärglich eingerichteter Raum. Lediglich drei Stühle und ein Schreibtisch befanden sich darin. Unschlüssig verharrte Solotov in der Tür bis die Sekretärin ihm bedeutete, Platz zu nehmen. Er zog einen Stuhl vom Schreibtisch weg und setzte sich steif darauf.

»Möchten Sie etwas zu trinken?«, bot sie ihm an. Solotov schüttelte wortlos den Kopf. Gemeinsam betraten Hölzle und Schipper den Vernehmungsraum, Hilke Maier schloss die Tür, setzte sich etwas abseits vom Tisch um das folgende Gespräch mitzuschreiben.

Der Pferdepfleger saß wie ein kleines Häufchen Elend zusammengesunken auf dem Stuhl.

»Guten Tag Herr Solotov, das ist Oberkommissar Schipper«, stellte Hölzle seinen Kollegen vor. Solotov sah die beiden Beamten mit furchtsamen Augen an.

»Harry, Herr Solotov ist Pferdepfleger auf dem Brandsteinhof und kannte das Opfer.« Dann warf er seinem Kollegen einen Seitenblick zu und murmelte: »Wahrscheinlich besser als er zugeben will.«

»Benötigen Sie einen Dolmetscher Herr Solotov?«, wandte er sich erneut an den Pfleger. Dieser schüttelte den Kopf und sagte leise: »Nein.«

Hölzle drehte sich zu Hilke Maier um.

»Frau Maier, bitte nehmen Sie ins Protokoll auf, dass Herr Solotov auf einen Dolmetscher verzichtet. Herr Solotov, ich belehre Sie jetzt über Ihre Rechte.« Nachdem Hölzle ihn aufgeklärt hatte legte er ihm ein Blatt vor. »Was ich Ihnen gerade vorgelesen habe, steht hier noch einmal. Bitte unterschreiben Sie hier.«

Auf dem Blatt stand: Erklärung des Betroffenen (Zeuge). Mir ist eröffnet worden, welche Tat mir zur Last gelegt wird.

Dabei wird mir Gelegenheit gegeben, die gegen mich vorliegenden Verdachtsgründe zu beseitigen und zu meinen Gunsten sprechende Tatsachen geltend zu machen. Ferner habe ich zur Kenntnis genommen, dass es mir nach dem Gesetz freisteht, mich zu der Beschuldigung zu äußern oder nicht auszusagen. Die Belehrung habe ich verstanden. Ich möchte eine Aussage machen.

Solotov unterschrieb und Harry nahm das Blatt an sich, um in der Zeile Beginn der Vernehmung die Uhrzeit einzutragen. Dann schaute er auf und erklärte dem Pferdepfleger: »Sie sind hier als Zeuge geladen und müssen die Wahrheit sagen.«

Wieder nur ein Nicken.

»Bitte beantworten Sie meine Frage, ein Nicken reicht nicht aus.«

»Ja«, sagte Solotov laut und deutlich.

Harry Schipper fuhr mit den Fingern seinen Rollkragen entlang.

»Ganz schön warm hier drin«, murmelte er. »Wir werden Sie nun zu Ihrem Verhältnis zu Sonja Achmatova befragen.«

Pjotr Solotov setzte sich aufmerksam hin, jeder Muskel seines Körpers angespannt. »Ich schon alles gesagt, was weiß über Sonja.«

Schipper machte ein fragendes Gesicht. »Es ist Ihnen nicht bewusst, dass Sie im Fall Sonja Achmatova ein wichtiger Zeuge sind?«

Solotov sprang auf. »Nein«, rief er, »ich nicht schuldig.«

Hölzle meinte trocken: »Ja, das sehen wir dann schon noch. Hören Sie, Herr Solotov, ich werde Ihnen jetzt einige Fragen stellen, auch, wenn Sie diese schon vor einigen Tagen beantwortet haben. Sie sind heute hier, um eine Zeugenaussage zu machen, es wird Ihnen nicht der Mord zur Last gelegt.

Das sind zwei unterschiedliche Dinge. Also, Sie kannten Sonja Achmatova?«

»Ja.«

Hölzle zog unter dem Schreibtisch die Schuhe aus und spielte genüsslich mit seinen befreiten Füßen.

»Wie gut kannten Sie das Opfer? Waren Sie befreundet?«

Solotov schien sich wieder zu fassen.

»Kennen Sonja seit letztes Jahr auf Hof gekommen. Nicht Freund, nur ein wenig gekannt.«

»Hatte Frau Achmatova noch andere Arbeitsstellen?«

»Ja, putzen auch bei andere Leute und helfen Leuten bei Sprache lernen. Nicht wissen wo.«

»Wo waren Sie am Donnerstagabend, dem vierten November?«

»In Zimmer, Musik hören, dann schlafen um elf Uhr. Muss morgens früh raus, Pferde füttern.«

Harry Schipper räusperte sich. »Herr Solotov, kann jemand bestätigen, dass Sie den ganzen Abend und die ganze Nacht in Ihrem Zimmer waren?«

»Nein.« Das war wenig mehr als ein Flüstern.

»Bitte sprechen Sie lauter, sonst ist das nicht zu hören«, forderte Schipper ihn auf. »Kann jemand bestätigen, dass Sie in Ihrem Zimmer waren?«, fragte er erneut.

»Nein«, antwortete der Pferdepfleger nun deutlicher und wurde noch kleiner auf seinem Stuhl.

Hölzle goss sich einen Plastikbecher mit Mineralwasser voll und trank einen Schluck. Im Hintergrund konnte man das eifrige Schreiben der Sekretärin hören. »Herr Solotov, Sie haben mir gegenüber erwähnt, dass Sie Sonja Achmatova einmal eine gut bezahlte Arbeit verschafft haben. Wann war das und bei wem?«

»Letztes Jahr. Weiß nicht mehr genau. War kalt. Arbeit

bei Vater von Frau Frezee. Kann Namen nicht gut sagen.« Es klang wie eine Entschuldigung.

Harry Schipper stand auf und schenkte sich ebenfalls einen Plastikbecher Wasser ein.

»Möchten Sie auch?«

Diesmal nickte der Russe. Harry griff nach einem weiteren Becher, goss ein und reichte ihn weiter an den Mann, der diesen dankbar entgegen nahm.

»Was war das für eine Arbeit, Herr Solotov und wie kamen Sie dazu das Opfer dafür zu empfehlen?«, fragte Schipper. Dank Hilke Maier, konnten er und Hölzle Fragen stellen und auf das Verhalten des Mannes achten, ohne, dass wie sonst üblich, einer fragte und der andere schrieb. Vielerorts leistete sich die Polizei nicht den Luxus einer Sekretärin für solche Dinge und die Kriminalbeamten mussten selbst mitschreiben. Es gab aber auch die Möglichkeit, die Vernehmung auf Video aufzuzeichnen.

Der Pfleger nahm sich Zeit einen Schluck zu trinken und stellte dann vorsichtig den Becher auf dem Schreibtisch ab. Die beiden Kriminalbeamten registrierten sehr wohl, dass sich der Mann mit seiner Antwort Zeit ließ.

»Vater Geburtstag. Großes Fest. Frau Frezee mir erzählt, dass suchen Mädchen für Küche und Leute bedienen. Da ich Sonja vorgeschlagen.«

»Und Sie sagten, es wäre gut bezahlt worden. Wissen Sie wie viel Geld Sonja Achmatova dafür bekam?« Hölzle rieb Zeigefinger und Daumen seiner rechten Hand vielsagend aneinander.

Pjotr trank erneut einen Schluck. Vor sich sah er Sonja, wie sie ihm die Scheine unter die Nase gehalten hatte.

»Dreihundert Euro bekommen.«

Hölzle zog die Augenbrauen hoch und Schipper pfiff leise durch die Zähne.

»Das ist viel Geld für einen Tag.«

Solotov schüttelte den Kopf. »Nicht ein Tag, Sonja drei Tage dort war.« Dann fügte er hinzu: »Sie sehr froh gewesen und mich einladen zum Essen.«

Er lächelte, als er sich an den schönen Abend erinnerte. Sie waren in einem kleinen, nett eingerichteten, italienischen Lokal gewesen und anschließend waren sie in die Stadt gefahren, um noch in einer Diskothek zu tanzen. Sonja hatte so hübsch ausgesehen in ihren neuen Klamotten. Ein schwarzer Minirock, dazu eine auffällig gemusterte Strumpfhose und schwarze hohe Stiefel. Das Top, das sie getragen hatte, ebenfalls schwarz und ausgeschnitten und am Rand mit kleinen Pailletten bestickt, hatte tief blicken lassen. Nur ihr brauner Mantel hatte nicht so richtig dazu gepasst. Pjotr war das nicht aufgefallen, aber Sonja hatte sich beschwert, dass sie keinen schwarzen Mantel hatte. Dafür hatte das Geld, das sie verdient hatte, dann doch nicht mehr ganz gereicht.

Im Anschluss an den Diskobesuch waren sie dann zu Sonja gefahren und er hatte die Nacht dort verbracht. Es war ihre erste gemeinsame Nacht gewesen, der noch viele gefolgt waren.

»Herr Solotov, haben Sie gehört, was ich Sie gefragt habe?« Kriminalhauptkommissar Hölzle riss Pjotr aus seinen Erinnerungen.

»Nnnein, Entschuldigung«, murmelte er leise. Er setzte sich kerzengerade hin.

»Sie hatten mir erzählt, dass Sie keinerlei privaten Umgang mit Frau Achmatova hatten. Und nun erzählen Sie uns, dass Sie zusammen aus waren. Wie passt das zusammen?« Hölzles Stimme klang schneidend.

»Nur essen. Sonja war dankbar wegen Arbeit«, gab Pjotr zurück, jeglichen Blickkontakt vermeidend. Harry Schipper und Hölzle glaubten ihm kein Wort. Schipper verständigte sich mit einem Blick mit seinem Kollegen. Vielleicht wäre es an der Zeit Solotov nicht nur als Zeugen zu vernehmen, sondern eher als Verdächtigen einzustufen.

»Ach, Sie waren also *nur* essen? Kommen Sie, da war doch noch mehr. Sonja war doch ein schönes Mädchen, oder? Und Sie, so ganz alleine, weit weg von zu Hause ... da kann man doch mal schwach werden.« Schipper tätschelte Pjotr Solotov das Knie. »Mensch, das ist doch ganz normal. Zu so einer Frau sagt doch kein Mann ›nein‹.« Harry warf dem Russen einen verschwörerischen Blick zu.

Hölzle lehnte sich bequem in seinem Schreibtischstuhl zurück und spielte den Unbeteiligten. Er würde zunächst einmal Harry das Feld überlassen. Sein Kollege besaß die Gabe, innerhalb kurzer Zeit mit fast jedem Verdächtigen eine kumpelhafte Basis zu finden. Dies schien auch hier zu funktionieren.

»Kommen Sie, Pjotr, ich darf Sie doch Pjotr nennen, wir sind doch auch alle nur Männer«, raunte Harry dem Mann zu. »Ich weiß auch, wie das ist. Meine Frau und ich haben berufsbedingt einige Zeit getrennt gelebt. Und dann kommt es einfach mal vor, dass man sich etwas menschliche Nähe woanders sucht, wenn Sie verstehen was ich meine.« Er machte eine kleine bedeutsame Pause. »Und was der Partner nicht weiß, beunruhigt ihn auch nicht.«

Hölzle war immer wieder fasziniert. Harry konnte das Blaue vom Himmel herunter lügen ohne rot zu werden. *›Meine Frau und ich ... Mensch, der isch doch seit Jahren solo!‹*

Solotov atmete tief durch, änderte seine Sitzposition, indem er nun lässig den rechten Knöchel auf seinem linken Oberschenkel ruhen ließ.

»Ja«, meinte er dann, »Sonja tolle Frau.« Er strahlte, als hätte er den Hauptgewinn im Lotto gezogen.

Harry Schippers Lippen kräuselten sich zu einem boshaften Grinsen. ›*Na also, da haben wir dich doch schon.*‹ »Klasse lange Beine, wie ich gesehen habe.« Er rückte mit seinem Stuhl näher zu Solotov und sagte anzüglich: »Ich wette, sie hat genau gewusst, wie man einen Mann damit umschlingen kann, oder?«

Pjotr Solotov fühlte sich sehr verstanden von diesem Polizisten. Den anderen mochte er nicht. Der jagte ihm Angst ein. Aber dieser hier schien sehr verständnisvoll zu sein. Und es stimmte, was er sagte. Es war schwer, monatelang ohne Frau zu sein und dann kam die Versuchung in Form einer langbeinigen Blondine daher. Welcher Mann konnte da wirklich schon nein sagen. Und seine Frau war weit weg.

»Ja, Sonja und ich uns geliebt«, gab er dann zu.

Oberkommissar Schipper lehnte sich zurück und im gleichen Augenblick ließ Hölzle seinen Stuhl nach vorne kippen und fauchte über den Tisch: »Herr Solotov, ich belehre Sie jetzt erneut. Ich verdächtige Sie des Mordes an Sonja Achmatova.« Hölzle nahm ein weiteres Blatt zur Hand und las vor.

»Erklärung des Beschuldigten. Mir ist eröffnet worden, welche Tat mir zur Last gelegt wird. Ich wurde darüber unterrichtet, dass mir das Recht zusteht, bei der Polizei zu der Beschuldigung Stellung zu nehmen. Dabei wird mir Gelegenheit gegeben, die gegen mich vorliegenden Verdachtsgründe zu beseitigen und zu meinen Gunsten sprechende Tatsachen geltend zu machen. Ich wurde darauf hingewiesen, dass ich zu meiner Entlastung Beweiserhebung beantragen kann. Ferner habe ich zur Kenntnis genommen, dass es mir nach dem Gesetz freisteht, mich zu der Beschuldigung zu äußern oder nicht auszusagen und dass ich jederzeit, auch schon vor meiner Vernehmung, einen von mir zu wählenden

Verteidiger befragen kann. Die Belehrung habe ich verstanden. Ich möchte eine Aussage machen.«

»Sie haben jetzt das Recht zu schweigen und sich einen Anwalt zu nehmen.« Hölzle legte ihm das Blatt zur Unterschrift vor. Solotov bekam Augen so groß wie Untertassen. Wieso denn Anwalt? Er hatte doch nichts getan! Und wenn man nichts gemacht hatte, dann brauchte er auch keinen Anwalt, den er sich sowieso nicht leisten konnte. Er griff nach dem Kugelschreiber und unterschrieb. »Ich nicht Sonja umgebracht, ich kein Anwalt brauche«, sagte er dann zuversichtlich.

Hölzle beugte sich weit über seinen Schreibtisch und blieb gefährlich ruhig. »Und warum haben Sie nicht gleich gesagt, dass Sie ein Verhältnis mit der Toten hatten? Sie besorgen ihr einen Job, Sie gehen mit ihr aus, schlafen mit ihr und dann hat sie Sie wahrscheinlich zurückgewiesen, als Sie mehr wollten. Und dann sind Sie ausgeflippt.« Hölzle wurde mit jedem Wort lauter und schlug mit der Faust auf den Tisch.

»War es nicht so, Herr Solotov? Sie wollten Sonja Achmatova ganz für sich alleine haben!«

Er kam um den Schreibtisch herum, beugte sich zu dem Mann hinab und brachte sein Gesicht dem Russen näher. »War es nicht so?«, wiederholte er dann laut.

Pjotr Solotov zitterte und wich zurück. Was redete dieser Mann denn da? Natürlich war er gekränkt gewesen als sie ihn zurückgewiesen hatte. Aber er hätte Sonja nie etwas angetan!

»Ja, nein …« begann er.

Hölzle schlug erneut auf den Tisch. »Was denn jetzt? Ja? Nein?«

Harry Schipper übernahm nun wieder. Er stand auf und stellte sich neben Solotov. Beruhigend klopfte er dem Pferdepfleger auf die Schulter. Hölzle ging derweil zurück zu seinem Stuhl. Dass er auf Strümpfen durchs Büro lief war Gott sei Dank keinem aufgefallen.

»Herr Solotov, wie lange währte das Verhältnis zwischen Ihnen und Sonja Achmatova?«, fragte Harry.

Pjotr sah ihn mit großen Augen an.

»Seit wann waren Sie mit ihr zusammen. Also, im Klartext: wann haben Sie das erste Mal mit ihr geschlafen?«

Pjotr wurde rot. »Letztes Jahr. Nach Essen gehen.«

»Und wie lange dauerte Ihr Verhältnis? Hat sie mit Ihnen Schluss gemacht?«

Pjotr hob abwehrend die Hände. »Nein, Sonja mich auch geliebt. Nicht Schluss machen.«

In diesem Moment wurde ihm klar, dass diese Beziehung sehr einseitig gewesen war. Sonja hatte ihn nie wirklich geliebt. Sie hatte nur einen Zeitvertreib in ihm gesehen. Die ganze Zeit über hatte er sich eingeredet, dass sie ihn auch liebte. Selbst dann als sie ihm gesagt hatte, dass sie mehr wollte. Mehr vom Leben. Ein Haus. Ein eigenes Auto. Geld. Viel Geld.

Damals hatte er geglaubt, dass er sie mit der Zeit umstimmen könnte. Dass Geld nicht alles war auf dieser Welt. Dass man mit Geld nicht alles kaufen konnte. Liebe. Freundschaft.

Sie hatte nur gelacht. Einen romantischen Trottel hatte sie ihn genannt. Am liebsten hätte er ihr weh getan. So wie sie ihm weh getan hatte mit ihrem Lachen. Aber er war bei ihr geblieben. Wenn sie traurig gewesen war, war sie immer zu ihm gekommen. Hatte sich in seine Arme gekuschelt, geweint und sich trösten lassen. Wie ein kleines verlorenes Kätzchen war sie dann gewesen. Und er hatte sich stark gefühlt. Er wollte sie beschützen. Immer. Für alle Zeit. Und wenn sie genug geweint hatte, hatte sich das kleine Kätzchen in eine Raubkatze verwandelt und sie war regelrecht über ihn hergefallen. Hatte ihm das Hemd aufgerissen und gelacht. Einmal hatte sie gesagt, während sie nackt rittlings auf ihm saß: »Siehst du, wenn du genug Geld hättest, müsste ich dir nicht ständig danach die Knöpfe wieder annähen. Dann könntest du jeden Tag ein neues Hemd anziehen.«

Auch er hatte gelacht, sie dann an den Hüften gepackt und sich mit ihr umgedreht, so dass sie unter ihm lag. »Ich werde dir jetzt zeigen, was du nicht für alles Geld der Welt haben kannst.« Am Ende dieser langen Nacht hatte sie dann beinahe um Gnade gefleht.

Die Erinnerung jagte ihm einen wohligen Schauer über den Rücken. Wie durch einen Nebel drang die Stimme des Hauptkommissars zu ihm durch.

»Herr Solotov, Sonja Achmatova hatte sehr teure Kleidungsstücke getragen als sie ermordet wurde. Auch teurer auffälliger Schmuck wurde gefunden. Haben Sie eine Erklärung dafür?«

Diese Neuigkeit riss ihn zurück in die Realität. Teure Kleidung? Schmuck?

»Nein. Vielleicht sparen?«, sagte er zögerlich und schien auf seinem Stuhl kleiner zu werden.

Hölzle schnaubte leise durch die Nase. »Glauben Sie mir, sooo viel kann eine einfache Putzfrau nicht zusammensparen. Das Zeugs kostet bestimmt zweitausend Euro, wenn's überhaupt reicht für die Klamotten. Vom Schmuck und der Nerzjacke reden wir erst gar nicht. Ist es möglich Herr Solotov, dass die Tote einen neuen Freund hatte? Jemand mit viel Geld?«

Solotov schüttelte den Kopf. »Nein. Sonja mich nicht verlassen«, behauptete er, obwohl er wusste, dass er sich selbst belog.

»Kommen Sie, Pjotr. Glauben Sie im Ernst, dass Sonja Sie einem Mann mit Geld vorgezogen hätte? Ich weiß, es ist schwer, sich so etwas einzugestehen. Aber die Frauen sind nun mal so. Schenk ihnen teuren Schmuck, ein hübsches Haus und sie gehören dir. Kommt einer vorbei, der mehr Geld hat, gehen sie mit dem und lassen dich sitzen.« Harry fuhr sich mit der linken Hand über seinen Dreitagebart, zuckte leicht mit den Schultern und setzte eine mitfühlende Miene auf.

Der Pferdepfleger griff nach seinem Becher und trank durstig. Als er leer war, behielt er den Becher in den Händen und drehte ihn in seinem Schoß hin und her. Mit gesenktem Blick sagte er leise: »Ich wollen Frau verlassen und mit Sonja zusammen sein. Ich ihr gesagt. Sonja gesagt, will Mann mit Geld. Nicht mehr arm sein. War wichtig für sie.«

Die beiden Kommissare wechselten einen Blick. Dann stützte Hölzle beide Ellbogen auf den Tisch, rieb sich mit den Ringfingern die Augen und massierte mit leichtem Druck die inneren Augenwinkel, um die aufkeimenden Kopfschmerzen zu ersticken.

»Hatte Sonja Achmatova einen solchen Mann kennengelernt, Herr Solotov?«

Pjotr schaute traurig von dem Becher in seinen Händen auf. »Weiß nicht. Mir nichts erzählt.« Dann senkte er den Blick erneut auf seine Hände.

Harry kam eine andere Idee.

»Hören Sie, das ist jetzt etwas hart für Sie, aber könnten Sie sich vorstellen, dass Sonja die Nase voll hatte vom Putzen und ihren Körper zum Geld verdienen benutzt hat?«

Solotov schwieg.

»Mein Kollege meint, ob sie sich prostituiert hat«, warf Hölzle ein.

Erneutes Schweigen.

»Verdammt, Solotov«, sagte er lauter, »hat sich Ihre Blondine in der letzten Zeit für Geld poppen lassen?«

Nun bekam er die gewünschte Reaktion. Solotov sprang

von seinem Stuhl auf, der nach hinten überfiel, der Becher fiel zu Boden, und krallte die Hände in die Schreibtischplatte.

»Nie! Sonja nie so etwas tun! Anständiges Mädchen!«

Hölzle lächelte verächtlich. »Ach, regen Sie sich doch nicht künstlich auf. Das ist die einfachste Art und Weise um zu Geld zu kommen. Ein paar Freier pro Tag, hier und da mal ein paar Extrawünsche erfüllen und schon hat man sich eine neue Garderobe samt Schmuck zusammengevögelt.«

Das brachte bei Solotov das Fass zum Überlaufen. Den rechten Arm erhoben, ballte er die Faust. Dann brüllte er los: »Sie Schwein! Sie nicht kannten Sonja. Ich nie zulassen solche Dinge. Wenn andere Männer zu Sonja kommen, dann ich sie umbringen würde.«

Harry Schipper fiel dem aufgebrachten Mann in den Arm, bevor er auf Hölzle losgehen konnte. Er stellte den umgefallenen Stuhl wieder auf und drückte Solotov auf die Sitzfläche.

»Na also. War doch nicht so schwer. Sie würden sie also umbringen. Und wer sagt uns, dass es nicht genau so passiert ist?« Solotov war fassungslos. Die drehten einem das Wort im Munde um. Er hatte doch die Männer gemeint und nicht seine süße Sonja!

Hölzle hob seine rechte Hand und zählte mit den Fingern die Fakten auf. »Sonja Achmatova ist offensichtlich zu Geld gekommen, wie auch immer. Sie wollte nicht mit Ihnen zusammenbleiben. Sie waren eifersüchtig und Sie haben kein Alibi. Und jetzt ist Sonja Achmatova tot. Ermordet. Nicht irgendwo? Nein, auf dem Hof, auf dem Sie arbeiten. Glauben Sie nicht, dass Sie das ziemlich verdächtig macht?«

Pjotr Solotov sackte auf seinem Stuhl zusammen. Er war bleich und seine dunklen Haare hingen ihm schweißnass ins Gesicht. Dann begann er ununterbrochen den Kopf zu schütteln.

»Und wissen Sie was, Herr Solotov? Sonja Achmatova war in der sechsten Woche schwanger. War das Kind von Ihnen? Und bekamen Sie es dann nicht mit der Angst zu tun? Frau und Kind in Russland zu versorgen, ist sicher schon schwer genug. Aber noch für ein weiteres Kind zu bezahlen, das wird schwer bei einem Pferdepflegergehalt!«

Pjotr verstand die Welt nicht mehr. Sonja war schwanger gewesen? Warum hatte sie nichts gesagt?

Harry Schipper warf seinem Chef einen bewundernden Blick zu. Diese Information war auch für ihn völlig neu. Und Hölzle hatte genau den richtigen Augenblick abgepasst, um diesen Trumpf auszuspielen.

In die Stille, die sich jetzt im Raum ausgebreitet hatte, schrillte Hölzles Mobiltelefon.

»Ah, gut. Das ist ja interessant. Diese Neuigkeit kommt wie gerufen. Danke, Markus.« Er legte auf.

Dann wandte er sich erneut an den Verdächtigen. »Sagen Sie Herr Solotov, fahren Sie auch das Auto von Hinnerk Brandstein?«

In Pjotr Solotovs Kopf ging es drunter und drüber. Er konnte kaum mehr einen klaren Gedanken fassen. Was passierte hier gerade? Er saß in einem Büro, wurde von der Polizei vernommen, die ihn des Mordes an Sonja verdächtigte, Sonja war schwanger gewesen und womöglich war das Kind von ihm. Bestimmt war es sein Kind. Den Gedanken, dass Sonja noch mit anderen Männern geschlafen hatte, wies er weit von sich. Dass sie immer Kondome benutzt hatten, kam ihm nicht in den Sinn.

»Herr Solotov, bitte beantworten Sie meine Frage. Fahren auch Sie das Auto von Hinnerk Brandstein?«, hörte er den Kriminalhauptkommissar erneut fragen. Die Stimme drang wie durch einen dicken Wattebausch an sein Ohr.

»Ja, fahren«, brachte er dann mühsam hervor.

Hölzle nickte wissend. »Das habe ich mir gedacht. Haben Sie dieses Auto am Donnerstag, dem vierten November auch benutzt? Spät abends zum Beispiel? Um die Leiche Sonja Achmatovas auf dem Springplatz abzulegen?«

Pjotr Solotov war speiübel. Ja, er hatte das Auto an diesem Tag gefahren, weil ein Zaun kaputt gewesen war und er diesen reparieren wollte. Aber das war am späten Nachmittag gewesen. Nur würde ihm das keiner glauben, denn er war alleine auf dem Brandsteinhof gewesen. Brandstein selbst war mit dem Auto seiner Frau zu einer Auktion gefahren und war ihm so keine Hilfe.

Hölzle wurde laut. »Herr Solotov, ich frage Sie noch einmal. Haben Sie den Wagen am Donnerstagabend gefahren?«

Nun begann Pjotr Solotov leise zu schluchzen. »Nichts mehr sagen, ich nichts mehr sagen.«

Und dann war kein Wort mehr aus ihm herauszubekommen.

Harry Schipper notierte die Uhrzeit auf der dafür vorgesehenen Zeile – Ende der Vernehmung – und sagte nach einer Weile des Schweigens ganz ruhig:

»Herr Solotov, wir werden Sie bis auf weiteres in Untersuchungshaft nehmen. Sie werden schon morgen dem Haftrichter vorgeführt, der dann entscheiden wird, ob Sie weiterhin in Haft bleiben werden. Sie haben selbstverständlich das Recht auf einen Anwalt. Wenn Sie keinen haben, wird der Staat einen stellen. Verstehen Sie das?«

Der Pferdepfleger nickte leicht mit dem Kopf. Harry nahm ihn am Arm und bedeutete ihm aufzustehen.

Dann verließen sie den Vernehmungsraum. Hilke Maier folgte den Männern und ging dann in ihr grünweißes Reich, um das Vernehmungsprotokoll zu tippen, das Solotov anschließend vorgelegt werden würde. Der Pfleger würde alles noch einmal lesen und jede Seite mit seiner Unterschrift versehen müssen.

Heiner Hölzle angelte einen angeschmolzenen Schokoriegel aus seiner Jackentasche. Scheiße. Angewidert betrachtete er ihn und mit Todesverachtung schob er ihn in den Mund. Hölzle rief die Staatsanwältin auf den Plan, doch Henriette Deuter war auf einer Tagung und so wandte er sich an deren Vertretung. Thomas Spielvogel war noch relativ jung, aber er stimmte mit Hölzle überein, dass ein Haftgrund vorlag und Solotov erst mal in Gewahrsam der Polizei bleiben würde.

Zurück in seinem Büro wartete bereits Harry Schipper auf ihn.

»Sag mal, seit wann weißt du denn, dass die Tote schwanger war? Und was hat Markus dir vorhin erzählt? Und überhaupt, wäre es nett gewesen, diese Information weiterzugeben.« Er war nun doch ein wenig beleidigt.

»Au, Mann, Harry. Jetzt mach' nicht gleich ein Gesicht wie drei Tage Regenwetter. Adlerblick hat mich vor ein paar Tagen angerufen und mir mitgeteilt, dass die Achmatova in der elften Woche gewesen ist. Da hat das alles noch keinen Sinn gemacht, aber jetzt … Ich meine, das passt doch alles wunderbar zusammen. Wenn wir jetzt noch einen DNA-Abgleich machen und herauskommt, dass dieser Pjotr der Vater ist …«

»Ja, und wenn? Das heißt ja noch nicht, dass der sie umgebracht hat. Wir haben nach wie vor keine stichhaltigen Beweise gegen ihn«, maulte Schipper.

»Das weiß ich selbst, Harry, du brauchst mich nicht zu belehren, aber Spielvogel scheint es zu reichen um ihn festzuhalten«, Hölzle wurde nun seinerseits garstig. »Und die Reifenspuren stammen mit Sicherheit von Brandsteins BMW. Rotenboom hat das bereits überprüft.«

Harry muffelte weiter: »Ja, ja, das wird schon alles so sein und es spricht ja auch einiges gegen Solotov. Er hat kein Alibi, er fährt das Auto, er hatte ein Verhältnis … Aber es gab doch noch Spuren von einem zweiten Wagen, oder habe ich da was falsch verstanden?«

Hölzle winkte ab. »Ja, das stimmt wohl. Von einem Toyota Landcruiser. Markus lässt auch die natürlich durch den Rechner laufen. Aber ehrlich, im Moment glaube ich, dass wir den Richtigen schon haben. Du hast ja gesehen wie schnell der aggressiv wurde. Und Eifersucht war schon immer ein gutes Motiv, jemanden zu töten.«

Harry Schipper schwieg und kratzte sich an seinem Dreitagebart.

»Trotzdem würde mich interessieren, woher die Achmatova auf einmal so viel Geld hatte.«

Hölze griff in seine Schublade und brachte zwei Schokoladenriegel, die noch ihrer herkömmlichen Form entsprachen, hervor. »Auch einen?« Grinsend hielt er Harry versöhnlich einen der Riegel hin, der gespielt widerwillig annahm.

»Ja, interessieren würde mich das auch, woher das Geld stammte. Wobei das ja nichts mit dem Mord zu tun haben muss. Wie weit ist eigentlich Peter mit den Recherchen? Hat er den Juwelier gefunden?«

Harry kaute genüsslich den gehaltvollen Riegel. Hölzle beobachtete ihn mit einem Anflug von Neid. Die zusätzlichen Kalorien (244 um genau zu sein), konnten seinem Kollegen nichts anhaben. Noch besser trainiert war allerdings Peter Dahnken. Wie der neben der Arbeit noch Zeit für all den Sport fand, war Hölzle ein Rätsel. Der Kriminalhauptkommissar warf einen verstohlenen Blick auf seinen kleinen Bauchansatz und zog diesen ein. Als er aufschaute, bemerkte er Harrys amüsierten Blick. ›*Dem entgoaht au gar nix*‹, ärgerte sich Hölzle im Stillen.

Doch bevor sein Kollege eine unverschämte Bemerkung machen konnte, kam glücklicherweise Peter Dahnken herein.

»Hallo zusammen, ich habe gute Nachrichten. Der Juwelier konnte sich auch sehr gut erinnern. Sonja Achmatova hat am gleichen Tag bei ihm die Kette gekauft, an dem sie auch die Nerzjacke erstanden hat. Und bar bezahlt hat sie auch bei ihm. Viertausenddreihundert Euro.«

Peter Dahnken blickte erwartungsvoll zu seinem Vorgesetzten und dann zu seinem Kollegen.

»Gut, Peter. Aber …«, Heiner Hölzle machte eine bedeutsame Pause, »wir waren besser. Denn wir haben schon einen Hauptverdächtigen, den Pferdepfleger. Der sitzt schon in U-Haft. Was sagst du nun?«

Dahnken schürzte die Lippen. »Nicht schlecht. Gratuliere.«

»Ich glaube, ich fahre noch einmal in die Wohnung der Toten. Irgendwo muss es ja Hinweise geben, woher sie das Geld hatte. Zumindest gibt es sicherlich Kontoauszüge. Ich glaube nicht, dass sie zum Beispiel ihre Miete bar bezahlt hat.« Hölzle schaute auf die Uhr. »Am besten ich fahre gleich. Harry, kommst du mit? Und Peter, kannst du bei Markus Rotenboom nachhaken wie weit seine Liste mit den Fahrzeugbesitzern ist? Ach ja, und du kannst auch gleich mit Brandstein telefonieren, weil wir sein Auto natürlich jetzt auf Spuren untersuchen müssen.«

»Geht klar, Chef.« Peter war schon in der Tür.

# Sonja. Sommer 2007

Sonja kann ihr Glück kaum fassen. Sie hat sich in kürzester Zeit in Bremen eingelebt. Die Stadt ist überschaubar und durchaus attraktiv, wenn man, wie Sonja, Einkaufsbummel und Tanzen zu seinen Hobbies zählen darf. Vor einer Woche hat sie durch die Eltern einer Nachhilfeschülerin eine Adresse in Gröpelingen bekommen. Dort ist eine Einzimmerwohnung zu vermieten gewesen, und das zu unglaublich günstigen Konditionen. Gröpelingen ist nicht gerade Sonjas Traumlage. Schwachhausen oder Oberneuland sind in Bremen erste Wahl, wenn man vornehm wohnen will. Angesagt ist auch das Ostertorviertel, kurz Viertel genannt, ein Multi-Kulti-Stadtteil, *die* Ecke der Stadt, in der das pralle Leben tobt. Aber, die Wohnung in Gröpelingen ist wenigstens möbliert, wenn auch spärlich, und sogar etwas Geschirr steht in den Schränken und die Miete ist für Sonjas Budget passend. Direkt gegenüber ihrer Haustür ist die Haltestelle der Straßenbahn, die sie in kurzer Zeit in die Stadt bringt.

Ein paar neue Klamotten hat sie sich gegönnt, denn seit sie in Bremen ist, hat der Sommer Einzug gehalten, die Tage sind mollig warm. Zwei leichte Hosen und drei Oberteile haben in ihr Portemonnaie nicht wirklich ein Loch gerissen. Wie gut, dass sie einiges ansparen konnte in Russland. Die Arbeit hinter den Tresen diverser Bars und die großzügigen Trinkgelder der reichen Geschäftsleute haben mit der Zeit ein erkleckliches Sümmchen ergeben. Und nebenbei hat sie auch noch viele englische Brocken aufgeschnappt und konnte ihre Aussprache des Deutschen verbessern.

Sonja schlüpft in ihre weiße Jeans und ein bauchfreies rosa Top. Sie will heute den ganzen Tag im Archiv verbringen.

Im Lesesaal wird zwar – wie immer – angenehme Ruhe, aber auch eine brütende Hitze herrschen.

Eine freundliche Mitarbeiterin ist so nett gewesen, ihr bei den Recherchen im Katalog behilflich zu sein, wobei Sonja sich bereits mit ihren neu erworbenen Deutschkenntnissen verständigen konnte. Und wo diese fehlten, halfen den beiden Frauen ein paar Wörter Englisch weiter. Sonja hat sich die Nummern, unter denen die für sie interessanten Akten gelagert sind, notiert, und eine Bestellung für Donnerstag abgegeben, da an diesem Tag das Archiv ganztägig geöffnet ist. Ein dickes Wörterbuch steckt in ihrem im Leopardenlook gemusterten Umhängebeutel. Ein Notizblock ist bereit, ihre Erkenntnisse zu bannen.

Sonja fährt mit der Bahn bis zum Dom, schlendert über den Wochenmarkt – ein paar Äpfel von dort werden ihr über den Mittagshunger hinweghelfen – und gelangt über die Bischofsnadel zum Wall. Eiligen Fahrradfahrern muss sie ausweichen, gemächlich schleichende Spaziergänger überholt Sonja. Für sie ist hier eine der schönsten Ecken Bremens. Die Bänke mit Blick auf das Wasser sind fast alle belegt und von mehr aufdringlich als hungrig schnatternden Enten umringt. Sonja verlässt die Wallanlage und eilt über den Präsident-Kennedy-Platz zu ihrem Ziel, dem Staatsarchiv.

»Frau Achmatova, wir haben Ihnen zunächst etwa die Hälfte der Akten bereitgelegt«, verkündet die Mitarbeiterin.

Zwei Stapel mit Material, beide je fast einen halben Meter hoch, warten auf Sichtung.

›*Meine Güte, wie soll ich das denn schaffen. Und alles in Deutsch.*‹ Sonja verlässt fast der Mut. Aber da muss sie durch.

Sie packt sich die ersten Akten unter den Arm und schleppt sie in den Leseraum. Eigentlich muss das, was sie sucht, doch eindeutig zu identifizieren sein. Keine Briefe, keine Entwürfe, keine Aktenvermerke, sondern nur Listen mit Namen. So etwas springt doch ins Auge.

Nach zwei Stunden hat Sonja die Hälfte der ersten Akte durchgeblättert. Sie hat sich einen Notizzettel bereitgelegt. Worte, auf die sie bei der Durchsicht besonders achten muss, stehen darauf. Einige hat sie identifizieren können, aber sie finden sich nie in dem Zusammenhang, den Sonja erwartet. Gemeinsam war allen Schreiben jedoch der Gruß »Heil Hitler« und ein Stempel mit Hakenkreuz, ähnlich dem, den sie auf der Fotokopie in den Unterlagen ihrer Großmutter gesehen hat. Sonja entschließt sich, flinker durchzublättern. Eine Liste ist eine Liste und als solche zu erkennen, was soll sie sich also mit diesem ganzen bürokratischen Schriftverkehr abgeben.

Als am Nachmittag das Archiv schließt, ist Sonja noch keinen Schritt weiter. Sie hat gerade mit dem zweiten Berg begonnen, als man sie darauf hinweist, in den nächsten fünfzehn Minuten zum Ende zu kommen. Was hat sie sich eigentlich erhofft? Dass ihr der gesuchte Name direkt vor die Füße fällt und ruft, hier bin ich, mach' mich fertig? Sonja ist froh für die Unterbrechung. Ihre Augen brennen und sie hat das ungute Gefühl, dass sie jetzt schon einiges übersehen hat, was ihr weiterhelfen könnte. Vielleicht hat sie ja morgen Glück, und die erwartete Aufstellung ist bereits in der nächsten Akte.

Sonja verlässt das Archiv. Im ersten Moment ist sie wie geblendet, ihre Augen müssen sich zuerst an das grelle Tageslicht gewöhnen. Jetzt etwas kühles Erfrischendes. Am besten zuerst eine schöne Dusche. Der Aktenstaub, so scheint es Sonja, hat sich wie ein feiner Film über ihr Gesicht und ihre Arme gelegt. Sie spaziert wieder am Wall entlang zurück zur Innenstadt.

Vorne am Marktplatz, gegenüber ihrer Haltestelle, gibt es ein nettes Lokal, von dem aus man einen schönen Blick auf den Markt und den Dom hat. Sonja entschließt sich, hier noch ein Eis zu essen, bevor sie endgültig den Weg nach Gröpelingen antritt.

»Bitte einmal Vanilleeis mit Sahne und Erdbeeren«, liest sie von der Karte ab. Ihre Deutschkenntnisse sind schon besser geworden, auch Dank des Nachhilfeunterrichts, den sie Montags und Freitags erteilt. Ihren harten Akzent, der sie zweifelsfrei als Kind aus dem Osten identifiziert, wird sie aber wohl nicht so schnell ablegen können. Drei junge Leute – zwei Männer, eine Frau – die am Nachbartisch bei einem Glas Cola sitzen, werden auf sie aufmerksam. Der Kleinere der Männer spricht sie direkt an.

»Na Hübsche, du kommst wohl auch aus Russland?« Er grinst sie etwas schief an, was ihr aber gefällt. Nicht groß, aber drahtig und muskulös, braungebrannt und mit einem spitzbübischen Lächeln auf dem Gesicht, wirkt er sofort sympathisch. Frech scheint er zu sein, aber ein wenig Frechheit mag Sonja bei einem Mann. Die Drei laden sie ein, sich an ihren Tisch zu setzen und sie kommen schnell in ein munteres Gespräch. Der Freche heißt Pjotr Solotov und hat heute einen seiner seltenen freien Nachmittage. Die beiden anderen, ein Pärchen aus der Nähe von St. Petersburg, hat er bei einer russischen Diskonacht kennengelernt. Pjotr gefällt Sonja auf Anhieb. In ein paar Minuten hat er den Großteil seines Lebens vor ihr ausgebreitet. Er will ihr offensichtlich imponieren. Nicht so einfach für einen Pferdepfleger, als solcher hat er sich jedenfalls entpuppt.

»Hey, Sonja, hast du nicht Lust, mich am Wochenende auf dem Hof zu besuchen?«, fragt Pjotr.

Sonja überlegt kurz. Pferde interessieren sie eigentlich nicht, aber Pjotr passt in ihr Beuteschema. Wenn auch nur körperlich, denn Geld hat der sicher nicht. Aber sich mit einem Landsmann zu treffen ist sehr angenehm. Wie sie heute feststellen konnte, verstehen die Einheimischen sie zwar immer besser, aber es ist trotzdem sehr anstrengend für sie ein Gespräch zu führen. »Ja, klar. Warum nicht?« Sie tauschen die Handynummern aus.

»Du fährst am besten mit der Linie 4 nach Borgfeld. An der Endhaltestelle hole ich dich dann ab«, empfiehlt Pjotr.

Am Sonntag steigt sie in Borgfeld aus der Straßenbahn und hat Pjotr schon entdeckt, der auf sie wartet. Gemeinsam überqueren sie die Straße und gehen zum nahen Park&Ride-Parkplatz. Der junge Russe fährt einen alten, klapprigen VW Polo, aber immer noch besser als gar kein fahrbarer Untersatz. Galant hält er ihr die Beifahrertür auf.

Die kurze Fahrt durch Borgfeld gefällt Sonja. Auch hier stehen hübsche Häuser und es scheint eine angenehme ruhige Ecke Bremens zu sein. Sie überqueren ein kleines Flüsschen. »Das ist die Wümme«, erklärt ihr Pjotr. Rechts und links des Flüsschens erstrecken sich scheinbar endlose, grüne Flächen. »Und die Wümmewiesen. Im Winter steht hier alles unter Wasser«, erzählt Pjotr weiter. »Wenn es friert, ist hier die Hölle los. Alles voller Schlittschuhläufer. Die Pferdeweiden, die du angrenzend siehst, gehören meinem Chef.«

Dann sind sie auch schon da. Pjotr hat nicht übertrieben. Die Reitanlage sieht wirklich beeindruckend aus. Er parkt neben einem roten Porsche Cabrio und sie steigen aus. An einem groben Holztisch sitzen mehrere Frauen, die zusammen herzhaft lachen. Sonja spürt jedoch die neugierigen Blicke, die die eine oder andere ihr zuwirft. Sie lächelt schüchtern.

Es ist tatsächlich ein netter Nachmittag, den sie mit Pjotr verbringt, besser als sie angenommen hat. Und es ist ihr nicht entgangen, dass es unter den Reitern viele recht wohlhabende

Leute geben muss. Allein die Autos, die sie gesehen hat, deuten darauf hin. Den Kontakt zu Pjotr wird sie schon allein aus diesem Grund aufrecht erhalten, denn wer weiß, wen sie hier kennen lernen kann.

## November 2008

Hölzle und Schipper parkten direkt vor dem Wohnblock im Gröpelinger Fährweg. Schipper blickte sich um und musterte das etwas heruntergekommene Haus. »Weiße Nerzjäckchen und russische Schmuckeier passen hier aber nicht her. Sehr befremdlich«, war Harrys lapidare Zusammenfassung.

»Ja schon, aber du wirst sehen, das ist ein recht ordentliches Haus.« Hölzle klingelte bei Meyerdiercks.

»Ja, bitte?«, tönte es durch die Gegensprechanlage.

»Guten Tag, Frau Meyerdiercks, ich bin's wieder, Hölzle von der Kripo, könnten Sie mich und meinen Kollegen nochmals in die Wohnung von Frau Achmatova lassen?«

Heiner Hölzle konnte das Lächeln von Frau Meyerdiercks beinahe sehen. »Aber selbstverständlich, nur einen Augenblick bitte, ich bin gleich bei Ihnen.« Der Türsummer brummte und Hölzle drückte die Eingangstür auf. Schipper und er waren kaum durch die Tür, als Frau Meyerdiercks schon mit dem Schlüssel in der Hand auf sie zukam.

»Das ist mein Kollege Oberkommissar Schipper«, stellte Hölzle Harry vor.

»Guten Tag, junge Frau«, Harrys Plauderton verfehlte nicht seine Wirkung. Frau Meyerdiercks strahlte. »Freut mich. Hier ist der Schlüssel zur Wohnung.« Sie drückte Schipper den Schlüssel in die Hand. »Und wenn Sie fertig sind, dann bringen Sie ihn doch bitte wieder zu mir zurück. Ich habe noch einen Apfelkuchen im Ofen, der dürfte in fünfzehn Minuten fertig sein. Also, wenn Sie Lust haben …«

Harry schenkte ihr sein schiefes Lächeln auf das irgendwie alle Frauen abzufahren schienen, wie Hölzle missmutig bemerkte, und nahm den Schlüssel an sich.

Heiner stieß Harry in die Rippen und brummte: »Gleich hier den Gang entlang, die übernächste Tür rechts.«

»Puh, hier sieht's aber nicht gerade aus wie bei einer Putzfrau. Und es stinkt.« Harry rümpfte angewidert die Nase als sie die Wohnung betraten. »Ich mache erst mal ein Fenster auf, das hält man ja nicht aus.« Er trat zum Fenster und riss es auf. Frische, kalte Luft strömte herein und Hölzle fröstelte. »Verschtonka isch no koiner, aber verfrora scho«, murmelte er in sich hinein. Aber es muffelte wirklich ziemlich in dieser Wohnung, schlimmer als bei seinem ersten Besuch.

Schipper hatte bereits die erste Schublade an dem Kleiderschrank aufgezogen und durchwühlte sie.

»Hast du eigentlich irgendwas von Interesse gefunden, als du das erste Mal hier warst?«, erkundigte er sich.

Hölzle überlegte. »Hm, eigentlich nicht. Nur diese teure Pelzjacke und eine Tüte mit teuren Klamotten, an denen noch die Preisschilder hingen.« Dann fiel es ihm wieder ein. »Doch, da war noch eine Mappe mit handgeschriebenen Notizen unter dem Sofa. Allerdings waren die in russischer Sprache. Ob man damit was anfangen kann, weiß ich nicht.« Das war ihm vollkommen entfallen.

Harry wühlte systematisch die Schubladen durch. »Ja und? Hast du die mal übersetzen lassen?«

Hölzles Wangen zeigten ein frisches Rot, was nicht am kalten Luftzug lag, und er gab kleinlaut zu. »Das ist mir jetzt echt unangenehm, aber die müssen noch zu Hause rumliegen. Ich hab' sie schlicht und einfach vergessen.«

»Ja, ja«, spöttelte Harry, »so fängt es an. Weißt du eigentlich wie Alzheimer mit Vornamen hieß?«

»Was soll das denn jetzt? Nee, weiß ich nicht«, kommentierte Hölzle unwirsch.

Schipper lachte. »Siehst du? Ich wusste doch, dass du alles vergisst. Alois hieß er, der Alzheimer.«

Hölzle schnitt ihm eine Grimasse. Leise in sich hinein kichernd, machte Harry sich weiter am Kleiderschrank zu schaffen.

»Depp«, brummelte Hölzle und ging in die kleine Küche. Dort begann er die wenigen Schränkchen zu durchsuchen. Schließlich wurde er in der Besteckschublade fündig.

»Harry, hier sind Kontoauszüge von der Sparkasse«, er blätterte in dem kleinen Schnellhefter herum. Er hätte wohl bei seinem ersten Besuch etwas sorgfältiger suchen können. Schipper kam herein und lehnte sich lässig an den Türrahmen.

»Und? Was Auffälliges?«

Hölzle blätterte den gesamten Packen durch. »Nein, sieht nicht so aus. Jedenfalls keine Summen, die solche Ausgaben wie diese Kette rechtfertigen.« Er klang enttäuscht.

»Schade. Ich suche drüben mal weiter.«

Hölzle kramte noch in den Küchenschränken zwischen Tellern und Tassen herum als er Harry rufen hörte.

»Chef, das ist seltsam.«

Hölzle verließ die Küche und begab sich zurück in das kleine Zimmer.

»Was ist seltsam?«

»Na, das hier.« Harry hielt ihm eine Ausgabe des Weser Kuriers hin.

Ein Blick auf das Datum der Ausgabe sagte ihm, dass die Zeitung ein Jahr alt war. Es war auch nicht die komplette Ausgabe, sondern lediglich der Lokalteil, der über Nachrichten direkt aus Bremen berichtete. Das Foto eines alten Mannes hinter seinem Schreibtisch war zu sehen und darunter prangte die Schlagzeile:

Alfred Freese, Bremer Unternehmer, feiert seinen 85. Geburtstag

Hölzle überflog den Artikel, der über das Leben des Fabrikanten berichtete.

›*Das übliche Gewäsch, immer nur wie toll die Leute sind, was sie alles erreicht haben und so weiter. Aber ob der vielleicht ein Arschloch gegenüber seinen Angestellten war, darüber schreibt natürlich wieder keiner. Außerdem hat der seine Fabrik im Krieg hochgepuscht, da möchte ich nicht wissen, wie viele Leute bei dem auf der Strecke geblieben sind.*‹ Hölzle konnte sich noch gut erinnern. Damals, kurz vor seinem Abitur, hatten die Schüler seiner Klasse heiß diskutiert, in welcher Höhe Daimler Benz Wiedergutmachung leisten sollte. ›*Oh Gott, lang isch's her.*‹ Zwanzig Millionen waren an die ehemaligen Zwangsarbeiter, zumindest an die, die noch lebten, geflossen. Vierhundert Euro pro Person – fünfzigtausend Leute hatten für den Konzern geschuftet. Alle hatten sich damals tierisch aufgeregt über diese lächerliche Summe – bis auf Stefan Semmler, Vorsitzender der Jungen Union und Arschloch. Hölzles Gedanken kehrten zu seinem Fall zurück.

Jemand, sehr wahrscheinlich Sonja Achmatova, hatte den Artikel schwarz ummalt. Harry beobachtete seinen Vorgesetzten und bemerkte dessen Stirnrunzeln.

»Du fragst dich auch, warum jemand wie diese Putzfrau einen solchen Artikel aufbewahrt und zudem noch mit dickem schwarzen Filzstift umrandet, nicht wahr?«

Hölzle nickte langsam. »Na ja, das muss dieser Freese sein für den sie doch laut Solotov letztes Jahr drei Tage gearbeitet hat. Vielleicht hat sie den Artikel nur der Erinnerung wegen aufgehoben. Allerdings …«

Er brach ab und betrachtete aufmerksam die Linien die der Filzschreiber hinterlassen hatte.

»Was?« Harry schaute Hölzle über die Schulter.

»Siehst du das hier? Und da?« Hölzle deutete auf mehrere Stellen der schwarzen Linien. Sein Kollege blickte ihn verständnislos an.

»Na da, immer wenn der Filzstift erneut aufgesetzt wurde. Das scheint mit einiger Vehemenz erfolgt zu sein. Wie bei jemand, der wütend ist.«

»Echt, so was siehst du?« Harry pfiff anerkennend durch die Zähne.

»Vor zwei Jahren hat in Stuttgart ein Graphologe einen Gastvortrag im Rahmen einer Fortbildungsveranstaltung gehalten und das war hochinteressant. Ich habe mich danach noch ziemlich lange mit dem Mann unterhalten. Erstaunlich was man aus Handschriften oder Strichführungen alles herauslesen kann.«

»Klingt spannend. Komisch finde ich auch, dass die Tote den Artikel zwischen ihren Pullovern aufbewahrt hat. Eigentlich legt man doch solche Dinge eher zu Fotoalben oder anderen persönlichen Sachen, wenn man sie der Erinnerung wegen aufbewahren möchte.«

Hölzle zuckte mit den Achseln. »Also, wenn ich mich hier so umschaue, hat Sonja Achmatova wenig wirklich persönliche Dinge rumstehen. Bis auf die Fotos da an der Wand kann ich hier nichts sehen. Bist du hier fertig? In der Küche war außer den Kontoauszügen nichts weiter von Belang.«

»Nur ein Prospekt der Bremer Bank lag noch am Boden des Kleiderschranks, das war alles.« Harry nahm Hölzle den Zeitungsartikel ab und schob ihn in seine Tasche. »Ich nehme das mal mit, wer weiß für was es gut ist. Ach ja, und eine Handtasche habe ich auch gefunden, allerdings war da nichts Bemerkenswertes drin. Lippenstift, Deo, Puderdose. Weiberkram eben. Und ein Portemonnaie, allerdings war da nicht viel drin.«

Hölzle nickte abwesend und rieb sich das Kinn. »Ich habe so ein komisches Gefühl, dass hinter all dem mehr steckt als wir ahnen. Bremer Landesbank, so, so. Vielleicht sollte Peter da einmal nachfragen …« murmelte er.

»Was meinst du, Chef?«

»Nichts. Alles ok. Mach' das Fenster zu und bring' den Schlüssel zurück zu deinem neuen Fan, ich warte im Auto auf dich.« Damit ließ er Harry stehen und verschwand, ganz in Gedanken versunken. Vielleicht tat er Solotov unrecht.

# Sonja. Sommer 2007

Sonja trifft sich zum zweiten Mal mit Pjotr, doch heute wartet er nicht an der Haltestelle auf sie.

Unschlüssig steht sie da. ›*Ich warte jetzt noch ein paar Minuten, dann nehme ich die nächste Bahn zurück*‹, denkt sie ärgerlich.

Gestern hat sie den ganzen Tag im Archiv verbracht, ohne der Lösung des Rätsels auch nur ein Stück näher gekommen zu sein. Keine einzige brauchbare Liste. Die wenigen Listen, die sie identifizieren konnte, dienten der Nahrungsmittelbeschaffung. Bestelllisten für Mehl, Kartoffeln, Kohl. Nichts, was ihr wirklich nützlich erschienen ist.

Sonja marschiert ein paar Meter auf und ab. Es ist Samstagnachmittag, und wie die Tage zuvor, scheint die Sonne. Sie genießt die wärmenden Strahlen und ist froh, sich für eine leichte blaue Leinenhose und eine ärmellose karierte Bluse entschieden zu haben.

Dann endlich taucht Pjotr auf. »Es tut mir leid, zwei Pferde haben sich aus dem Staub machen wollen«, entschuldigt er sich bei ihr und fährt ärgerlich fort: »und diese hysterischen Zicken sind noch nicht einmal in der Lage, ihre Gäule wieder einzufangen. Da ist das Geschrei nach mir natürlich groß. Ach Pjotr, bitte, kannst du mal, würdest du, blablabla ...« An Selbstbewusstsein, scheint es dem jungen Pferdebändiger nicht zu mangeln.

Sonja ist gnädig. »Ist schon in Ordnung. Können wir jetzt mal los? Ich bekomme gleich einen Sonnenstich.«

Nur noch ein paar Geschäfte haben geöffnet. Hier ist es schon fast wie in einem Dorf, da hat man Samstagnachmittag keine Einkäufe mehr zu erledigen. Nur der Supermarkt hat lange Öffnungszeiten. Außerdem stinkt es nach Mist, ein Geruch, den Sonja von ihrem Heimatdorf nur allzu gut kennt. Als sie auf der Reitanlage eintreffen sieht sie die gleichen Frauen am Tisch sitzen wie neulich.

Sonja stupst Pjotr mit dem Ellbogen in die Rippen. »Sag mal, was sind das denn für welche? Die habe ich schon letztes Mal gesehen.« Sonja findet die Frauen doof.

»Ach, die sind ganz nett. Treffen sich hier regelmäßig zum Reiten, aber hinterher ... Im Sommer Prosecco, im Winter

Glühwein. Die Mädels haben hier echt ihren Spaß.« Pjotr grinst den Frauen zu, die ihm zuwinken und seine Begleiterin neugierig betrachten.

›*Dämliche Ziegen. Reich und haben den ganzen Tag nichts zu tun.*‹ Sonja verspürt einen Stich Eifersucht auf die fröhlich schnatternde Schar. Irgendwann wird sie auch einmal so leben können. Ein Pferd kann ihr zwar gestohlen bleiben, aber ein schnittiger Sportwagen mit ein paar Pferdestärken unter der Haube, das würde sie sich als Erstes gönnen. Die Blicke der Frauen ruhen plötzlich wieder aufmerksam auf Sonja. Sie fühlt sich unwohl in ihrer Haut. ›*Vielleicht unterziehen sie mich einer Prüfung, ob ich auch zu ihrem Pjotr-Bübchen passe.*‹ Die Frauen stecken die Köpfe zusammen, das Gespräch wird leiser.

Pjotr zieht Sonja an der Hand in das Innere des Gebäudes. Im Vorraum zur Reithalle ist eine junge Reiterin eben dabei, ihrem Pferd die Hufe auszukratzen.

»Vorsicht, stell dich nicht so dicht hinter ihn«, warnt Pjotr sie, »der kleine Teufel tritt manchmal aus.«

Ängstlich quetscht sich Sonja hinter Pjotr. Das Mädchen, vielleicht etwa achtzehn Jahre alt, hebt den Kopf mit arrogantem Blick. ›*Hallo zu sagen, hat die wohl nicht nötig,*‹ denkt Sonja. Schick sieht sie aus mit ihrer cremefarbenen Reithose und dem blauen Poloshirt. Die blonden Haare hat sie aus dem Gesicht gekämmt und mit einer breiten Spange aus Holz zu einem Pferdeschwanz gebunden. Auch Sonja hat der Hitze wegen ihre Haare mit einem Tuch zusammengebunden.

Sie wirft einen Blick in die Reithalle. Eine junge Frau auf einem dunkelbraunen Pferd kommt ihr irgendwie bekannt vor. Aber woher? Sonja war vorher noch nie in Bremen gewesen und es fiel ihr auch keine Gelegenheit ein, woher sie das Mädchen kennen könnte. Pjotr merkt nichts von dem unbehaglichen Gefühl, das von seiner Begleiterin Besitz ergriffen hat und geht weiter, Sonja an die Hand nehmend, die sich widerstandslos führen lässt.

»Nun komm schon, ich will dir ein Fohlen zeigen.« Fast so etwas wie Besitzerstolz klingt in der Stimme des Stallburschen.

Sonja runzelt die Stirn und schüttelt fast unmerklich den Kopf. »Pjotr, wer war das gerade in der Reithalle?«

»Du meinst Fabi? Fabienne Frezee.« Pjotr grinst. »Ihre Cousine Freya reitet auch, ebenso wie ihre Mutter, Marie-Louise Frezee ...«, plaudert Pjotr munter weiter, den Namen kann er nicht richtig aussprechen. Doch Sonja hört kaum hin. Sie forscht tief in ihrem Gedächtnis nach diesem Namen. Freese. Den hat Sonja noch nie gehört. Sie hat sich wohl geirrt. Wahrscheinlich erinnert sie das Mädchen an irgendeine Bekannte zu Hause. Aber an wen? Und doch, ein seltsames Gefühl bleibt.

Pjotr schleppt sie zu einem der Stallgebäude und bleibt vor einer Box stehen.

»Schau mal, ist das nicht niedlich?« Ein warmes Lächeln liegt auf seinem Gesicht. Sonja schaut durch die Gitterstäbe in die Box und muss zugeben, dass dieses kleine Wesen sie doch etwas anrührt. Ein kleines Rappfohlen mit einer schmalen Blesse steht an seine Mutter gedrängt und schaut die Besucher neugierig an.

»Ja, das ist echt süß«, sagt sie.

Plötzlich hat Sonja keine Lust mehr, mit Pjotr den Rest des Tages zu verbringen. Sie fühlt sich auf einmal müde und niedergeschlagen. Sie will nur noch weg hier.

»Ich befürchte, ich hab' mir wirklich einen Sonnenstich eingefangen. Mir ist irgendwie komisch. Würdest du mich bitte wieder zum Bus bringen?«

»Du kannst dich doch erst einmal bei mir ausruhen. Vielleicht geht es dir ja bald besser. Wäre doch schade um den schönen Tag.«

»Sei mir nicht böse, Pjotr. Besser, ich leg mich zu Hause ins Bett.« Ihr Gesicht hat einen leidenden Ausdruck.

Pjotr ist enttäuscht, akzeptiert jedoch ihren Wunsch. Er hat sich vorgestellt den Tag und – warum auch nicht – die Nacht mit Sonja zu verbringen.

»Komm, jetzt mach' nicht so ein Gesicht. Wir treffen uns ja wieder, versprochen. Aber ich fühle mich wirklich elend.« Pjotr weiß, dass er sie nicht zum Bleiben überreden kann und er bringt sie zurück zu seinem Auto. Sonja nickt den Frauen kurz zu, die ihr freundlich zum Abschied winken. *›Vielleicht sind die ja doch ganz nett, so wie Pjotr gesagt hat.‹*

Kurz darauf sitzt sie wieder im Bus. Sie sieht ein Gesicht vor sich. Fabienne. Das Mädchen auf dem Pferd geht ihr einfach nicht aus dem Kopf.

## November 2008

Nach dem Abendessen zog sich Hölzle in sein Büro zurück, um in Ruhe nachzudenken. Im Moment sprach eigentlich alles gegen Pjotr Solotov, aber Harry hatte recht. Sie hatten keine wirklichen Beweise. Alles beruhte nur auf Indizien.

Komisch, dieser Zeitungsartikel ließ ihn nicht mehr los. Bildete er sich etwa doch nur ein, dass er glaubte, Wut und Zorn hinter den Filzstiftstrichen zu spüren? Dann fielen ihm die Notizzettel wieder ein, die er bei seinem ersten Besuch in der Wohnung des Opfers gefunden hatte.

Heiner Hölzle beugte sich von seinem Schreibtischstuhl hinunter, um nach seiner Aktentasche zu angeln. Fast wäre er dabei vornüber gekippt. Er zog den Reißverschluss auf und ... Mist, die Mappe war nicht mehr da. Er hatte sie nicht rausgenommen, da war er sicher.

»Christiane?«, rief er. »Christiane!« Lauter dieses Mal.

Seine Freundin steckte den Kopf zur Tür herein. »Was schreist du denn so?«

»Ja, wenn du nichts hörst ...« er breitete die Arme in einer scheinbar hilflosen Geste aus.

»Also, was jetzt? Ich möchte heute noch ein Kapitel meiner Doktorarbeit zu Ende bringen.« Ihre Stimme klang etwas ungeduldig.

»Ich hatte in dieser Tasche eine Mappe mit Notizzetteln und ich bin sicher, dass ich sie nicht rausgenommen habe. Und jetzt ist sie weg. Hast du vielleicht eine Erklärung dafür?«

Christiane wollte schon verneinen, doch dann fiel es ihr wieder ein. »Ach ja, mir ist die Tasche beim Staubsaugen umgefallen, und da ist die Mappe rausgerutscht. Ich habe die Papiere auf deinen Schreibtisch gelegt.« Eigentlich hatte sie die Zettel mit den russischen Notizen selbst noch einmal anschauen wollen, erinnerte sie sich.

»Hm. Aber hier ist nix«, maulte Hölzle.

»Du hast aber auch ein Chaos beieinander. Würdest du öfter aufräumen, dann müsstest du nicht immer nach allem suchen«, stichelte sie, »und Staubsaugen könntest *du* auch mal wieder. Oder das Badezimmer putzen. Immer bleibt alles an mir hängen.«

Heiner schaute sie treuherzig an.

»Aber du machst das doch sooo toll«, er griff sie am Handgelenk und zog sie auf seinen Schoß. Christiane schlang die Arme um seinen Hals und murmelte, den Kopf an seine Schulter gelehnt, »ich versteh' es nicht. Immer wieder kommst du damit durch. Muss wohl daran liegen, dass ich dich echt lieb habe.« Sie drückte ihm einen Kuss auf die Wange. Seufzend befreite sie sich aus seinen Armen und stand auf.

»Ich muss weiterschreiben. Wie gesagt, ich habe die Mappe auf deinen Schreibtisch gelegt und da muss sie auch sein.« Dann fiel ihr Blick auf einen Stapel Zeitschriften zwischen dem eine rote Mappe hervorlugte. »Nimm doch die.«

Sie zog die Mappe hervor und reichte sie Hölzle. »Du kannst doch sowieso nichts davon lesen, ist doch alles russisch.«

»So? Du hast also darin herum gestöbert? Das ist Material in einem Kriminalfall. Dafür lasse ich dich einsperren!«, flunkerte er.

»Oh, Heiner«, hauchte sie völlig übertrieben, »legst du mir dann auch Handschellen an? Bitte!«

»Keine schlechte Idee eigentlich«, er warf ihr einen süffisanten Blick zu. Sie küsste ihre Fingerspitzen und blies den Kuss in seine Richtung, dann war sie verschwunden. Hölzle nahm die Mappe und schaute sorgfältig Zettel für Zettel durch, aber nicht ein einziges deutsches Wort war darauf zu erkennen. *›Mischt. I will jetzt et bis morga warta. Vielleicht frag i doch oifach die Chrischtiane, ob sie was übersetza kann.‹*

Er stand auf und ging zu Christiane, die angestrengt tippend an ihrem Laptop saß. Hölzle trat hinter sie und kraulte ihren Nacken.

»Heiner, bitte, ich muss noch arbeiten.« Sie schüttelte seine Hand ab.

»Aber, kann das nicht bis morgen warten? Ich dachte, du könntest mir vielleicht helfen mit diesen Notizen.«

Christiane drehte sich erstaunt zu ihm um. »Ach, ist das überhaupt erlaubt?«

»Eigentlich ist es ja nicht ganz korrekt. Aber wer soll das mitkriegen? Und wahrscheinlich ist sowieso unwichtig, was da draufsteht.«

Christiane fuhr den Laptop herunter und klappte ihn zu.

»Toll, das macht sicher mehr Spaß als das hier. Du bist ein Schatz.« Sie stellte sich auf die Zehenspitzen und küsste ihn.

»Ich mache uns noch eine Flasche Rotwein auf und dann setzen wir uns zusammen hin«, rief sie enthusiastisch.

»Lass mal, ich hole den Wein und die Gläser und du holst die Notizen und dein Wörterbuch. Ok?«

## Olga. Sommer 1943

Sechzig Betten. Achtunddreißig Frauen. Olga fragt sich, ob sie sich jemals daran gewöhnen wird, mit diesen Frauen, die zumeist nicht ihre Sprache sprechen, auf engstem Raum zusammenzuleben. Noch sind nicht alle Betten belegt. Sie ist dankbar, dass meist ein Bett frei bleibt, so bleibt wenigstens ein klein wenig Intimsphäre gewahrt. Als am ersten Abend die Frauen zurückkehren, die bereits ihren Arbeitseinsatz für das Reich angetreten haben, blickt Olga erschrocken in gerötete, ausgemergelte Gesichter. Die Haare sind unter grauen Kopftüchern versteckt, die Körper umhüllen grobe Kittel, aus deren Ärmel Hände hervorschauen, die der alten Ludmilla alle Ehre gemacht hätten. An den Füßen tragen die Frauen klobige Stiefel. Viele Augenpaare blicken stumpf. Mit zurückhaltender Freundlichkeit werden die Neuankömmlinge begrüßt. Vier der Frauen sind ebenfalls Russinnen.

Feodora, eine dreißigjährige untersetzte Person, klärt die Neuen kurz und knapp auf.

*»Wir sind hier, um für Hunderte von Menschen, mir kommt es jedoch vor, als wären es Tausende, zu kochen. Und wir haben noch Glück. Die Arbeit ist anstrengend, aber wir bekommen einigermaßen genug zu essen. Das ist die Hauptsache. Wir werden nicht verhungern und daher werden wir in die Heimat zurückkehren. Ich habe schlimme Dinge gehört. Es heißt, dass hier täglich viele Menschen sterben. Sie arbeiten alle auf einer riesigen Baustelle. Allerdings weiß ich nicht, was gebaut wird, aber es wird wohl mit dem Krieg zusammenhängen. Ich weiß auch, dass es noch andere Lager gibt, und denen die dort leben müssen, geht es nicht so gut wie uns. Also, macht eure Arbeit, seid gehorsam und haltet euren Mund. Es ist eure einzige Chance.«*

Feodora, die in ihrem früheren Leben Lehrerin gewesen ist, gilt als die ›Chefin‹ der Baracke und Olga ist froh, in ihr eine Ansprechpartnerin zu haben, die nicht nur mit beiden Beinen auf dem Boden der Tatsachen steht, sondern gleichzeitig einen gesunden Menschenverstand und einen enormen Überlebenswillen hat Zudem spricht sie auch noch Olgas Sprache. Vom ersten Tag an fasst Olga eine große Zuneigung zu Feodora. Wenn sie überleben will, muss sie sich den Instinkten dieser Frau anvertrauen.

*›Feodora hat recht.‹* Olga denkt an die Worte der Freundin, die sie vor einer Woche an die Gruppe gerichtet hat. Die viele Arbeit geht Olga eher leicht von der Hand. Sie ist es gewohnt, für eine große Schar Esser die Mahlzeiten vorzubereiten. Wehmütig denkt sie an die Zeiten, wenn das ganze Dorf gemeinsam die Ernte eingebracht hat und die Frauen abwechselnd die kräftigen Eintöpfe gekocht haben. *›Eigent-*

*lich geht es mir hier gut.‹* Diesen Satz muss sich Olga täglich immer wieder auf's Neue laut vorsagen. Hoffentlich hat auch Polja genug zu essen. Olga hat es aufgegeben, nach ihrer Cousine zu fragen. Sie kann nur hoffen und beten, dass Polja es gut getroffen hat. Man hört im Lager so merkwürdige Geschichten …

Allmählich hat sich Olga an den Rhythmus des Lagerlebens gewöhnt. Das frühe Aufstehen hat ihr noch nie große Probleme bereitet und im Sommer fällt es ihr noch leichter. Meist arbeitet sie mit Feodora zusammen und leise erzählen sie sich von ihren Familien, dem Dorf und den großen und kleinen Kümmernissen und Freuden, die das Dorfleben so abwechslungsreich machten. Feodora, Olgas Ersatz für Mutter und Freundin, ist auch gleichzeitig die Lehrerin, die Olga im Dorf nie hatte. Anatol Wassilew, ein uraltes dürres Männchen, war Lehrer für alle Kinder der umliegenden Dörfer gewesen und hatte im Nachbardorf in drei Klassen unterrichtet. Jeweils drei Jahrgänge lernten gemeinsam die Grundzüge von Rechnen und Schreiben. Die letzte Klasse besuchten allerdings nur noch wenige Kinder, da die meisten zu Hause oder auf dem Hof helfen mussten oder ein Handwerk erlernten.

Feodora erzählt Olga mit ihrer leisen, singenden Stimme von der Geschichte Russlands, von Schriftstellern und Büchern, von denen Olga noch nie zuvor gehört hat. Täglich entführt die Freundin Olga in eine neue Welt.

*›Zu Hause, werde ich mir all diese Bücher beschaffen‹*, schwört sie sich. Zu Hause besitzt sie nur ein einziges Buch. Ein zerfleddertes Büchlein mit Geschichten von Alexander Puschkin. Wie oft hat sie die Märchen und Gedichte gelesen. Ein Gedicht aus diesem Büchlein fällt Olga ein. *›Wenn das Leben dich betrügt, sei nicht traurig, nicht beklommen! Bleib auch beim Schicksalsschlag ver-*

*gnügt, ein bess'rer Tag, glaub mir, wird kommen. Das Herz, im Zukünftigen lebt, die Gegenwart kennt nur Beschwerden, doch schon im Nu ist sie verweht und was vergeht, wird wieder werden.‹*

›*Anna Karenina, Krieg und Frieden, die Brüder Karamasow – wenn ich wieder zu Hause bin, werde ich sie alle lesen.‹* Bei diesem Gedanken wird es Olga etwas leichter.

»Du musst mir versprechen, dass wir uns in Russland wiedersehen werden, ich möchte mit dir über diese Bücher sprechen, dich fragen, was ich nicht verstehe«, bittet sie Feodora. Die Frauen umarmen einander kurz, versprechen sich, sich nicht aus den Augen zu verlieren, sollten sie je die Heimat wiedersehen.

Olgas Gesicht ist von der Arbeit in der Sonne gerötet. Sie hebt den Kopf und schaut zur Baracke am Eingang des Lagers. Sie hat es gespürt. Jemand beobachtet sie. Vier Männer stehen zusammen, sind in ein Gespräch vertieft. Einer von ihnen wirkt jung, jünger als die anderen, kaum älter als Olga. Immer wieder wandert sein Blick zu den Frauen, die dort sitzen und Berge von Kartoffeln schälen. Er ist schlank, fast mager. Sein dunkelgrauer Anzug hängt an den Schultern, die Hose scheint zu groß. Das braune Haar ist kurz, akkurat geschnitten, der Scheitel wie mit einem Lineal gezogen. Trotz der unvorteilhaften Kleidung sieht man ihm an, dass er zu denen gehört, die etwas zu sagen haben, Macht besitzen.

›*Er beobachtet uns, nein, er beobachtet mich.‹* Olga wendet den Blick ab. Nur keine Aufmerksamkeit erregen, keine Blicke auf sich ziehen.

›*Du musst dich benehmen, als wärst du unsichtbar‹* – die warnenden Worte Feodoras klingen in Olgas Ohr. ›*Wahrscheinlich bilde ich es mir ein. Was sollte das Interesse des Herrn*, als solchen schätzt Olga den jungen Mann, im Gegensatz zu den Soldaten und Arbeitern, ein, *an uns geweckt haben. Vielleicht sucht er ein Dienstmädchen?‹* Noch vor ein paar Wochen hätte Olga diesen Gedanken verlockend gefunden. Doch sich von Feodora trennen müssen? Nein. Olga rückt mit ihrem Schemel etwas zurück und nimmt sich die nächste Kartoffel vor. Nur keine Aufmerksamkeit erregen …

# November 2008

Beide saßen mit untergeschlagenen Beinen auf dem bequemen Sofa, Christiane die Notizen in den Händen und Hölzle mit Schreibblock und Kugelschreiber, um sich das Übersetzte zu notieren.

»Puh, diese Handschrift ist aber auch nicht ohne, schau dir nur dieses Gekritzel an«, klagte Christiane. »Also, einfach wird das nicht, das kann ich dir gleich sagen. Bin froh, wenn ich überhaupt etwas entziffern kann.«

Sie vertiefte sich in die Schrift, griff ohne hinzuschauen nach ihrem Weinglas und trank einen Schluck.

»Du könntest wenigstens mit mir anstoßen«, nörgelte Heiner.

»Sorry, natürlich.« Etwas schuldbewusst hob sie ihr Glas und stieß mit ihrem Freund an. Mit einem sanften, reinen Ton klangen die Gläser aneinander.

»Der Wein ist echt lecker. Wo hast du den her?«, erkundigte sich Christiane, den Kopf gesenkt und in die Notizen schauend.

›*Au, des gibt jetzt glei Ärger, aber i kann ja au nix dafür*‹, dachte Heiner und verdrehte die Augen. »Vom Adlerblick«, sagte er in beiläufigem Ton.

»Kannst du schon was entziffern?«, versuchte er gleich darauf seine Freundin abzulenken.

Doch Christianes Reaktion kam wie erwartet. Sie sah von den Notizzetteln auf, in der Mitte ihrer Stirn bildete sich schon die Zornesfalte.

»Wie kommt die denn dazu, dir so einen Wein zu schenken?«

»Och, Mäuschen, sei doch nicht immer gleich so eifersüchtig. Den hat sie mir damals quasi als Begrüßungsgeschenk gegeben, als wir das erste Mal zusammen gearbeitet haben. Und seither liegt er im Weinregal.«

»Ich bin nicht eifersüchtig, aber ich kann diese Frau einfach nicht ausstehen. Ich weiß nicht, was ihr Männer an der findet!«, ereiferte sich Christiane.

Heiner hätte sich kaputtlachen können über ihren Gesichtsausdruck. Die Zornesfalte auf der Stirn nun in voller Blüte, die Wangen gerötet, die Augen blitzten und die Nasenflügel leicht gebläht. ›*Besser i sag jetzt nix dazu, sonst ischt der Obend kabutt.*‹

Er fasste Christiane am Handgelenk und zog sie zu sich heran und küsste die Zornesfalte weg. »Süße, reg dich nicht auf. Adlerblick ist nicht mein Typ. Und schließlich trinke ich diesen guten Tropfen mit dir und nicht mit ihr. Können wir jetzt weitermachen?«

Sie entspannte sich und ein zaghaftes Lächeln stahl sich in ihr Gesicht.

»Da bin ich ja beruhigt«, murmelte sie und wandte ihre Aufmerksamkeit nun wieder den Papieren zu. »Guck mal hier, das heißt Baracke. Schreib mal auf«, forderte sie Heiner auf, sich Notizen zu machen.

Stück für Stück konnte Christiane Wörter entziffern wie Dorf, Männer, kochen, schlagen, Fabrik, Angst, humpeln, reich und einen Namen. Valentin. Dieser tauchte mehrfach auf.

»Ahh, ich bin müde. Lass uns zu Bett gehen«, Heiner gähnte und streckte sich. »Das ergibt für mich alles sowieso keinen Sinn.«

Christiane trank den letzten Schluck Rotwein. »Aber, es macht Spaß. Ich kann zwar auch noch keinen Zusammenhang erkennen, scheint aber eine traurige Geschichte zu sein. Wenn ich Zeit habe, werde ich weiter übersetzen. So ganz allmählich gewöhne ich mich an diese Schrift.«

»Traurige Liebesgeschichte wahrscheinlich«, meinte Heiner, müde sich die Augen reibend.

»Wieso Liebesgeschichte?«

»Na, wegen diesem Valentin. Dieser Name taucht ja wohl öfter auf.«

Christiane nickte. »Ich räume noch die Gläser weg, du kannst ja schon mal ins Bad gehen. Ich komm' dann auch gleich.«

»Sag mal, Heiner«, Tante Marthe bestrich ihr Frühstücksbrötchen mit Butter, »hier in der Zeitung stand, dass bei der Leiche auf dem Reiterhof auch eine Federboa gefunden wurde. Hast du dir schon einen Reim darauf machen können?« Sie schob ihm den Weser-Kurier und auch den Weser-Blitz über den Tisch. Marthe hielt nichts vom Weser-Blitz, aber heute morgen beim Bäcker hatte die Schlagzeile sie angesprungen und sie hatte ausnahmsweise auch dieses Revolverblättchen gekauft.

Ab und zu frühstückten Christiane und Heiner sonntags zusammen mit Tante Marthe. Christianes Tante verwöhnte die beiden dann regelrecht. Das begann damit, dass Christiane und Heiner schön ausschlafen konnten und sich meist gegen zehn Uhr dann an den hübsch gedeckten Tisch setzten. Und Marthe ließ sich nicht lumpen. Es gab frische Brötchen, geräucherten Lachs mit Sahnemeerrettich, italienische Edelsalami, zweierlei Käsesorten, geräucherten Schinken aus Meran, frischen Obstsalat, verschiedene Marmeladen und zur Perfektion gekochte Frühstückseier.

»Hm, entschuldige, hast du was gesagt?« Hölzle war bereits tief in den Sportteil der Sonntagsausgabe des Weser-Kuriers versunken. Er war dem VfB Stuttgart untreu geworden und hielt nun Werder Bremen die Daumen. Doch leider hatte die Mannschaft gestern schon wieder verloren. Im Moment war da wirklich der Wurm drin. Arme Frau Maier. Die Sekretärin würde morgen schlechte Laune haben, vermutete er.

Christiane stupste ihn an. »Ja, Marthe hat nach der Federboa gefragt.« Sie deutete mit dem Zeigefinger auf die dicken schwarzen Buchstaben.

Er faltete den Sportteil zusammen und legte ihn links neben sich auf den freien Platz am Tisch. Dann warf er einen Blick auf den Weser-Blitz.

›Ungewöhnliches Mordwerkzeug – Reiterhofopfer offenbar vorher mit Federboa stranguliert! Ging Sexspiel daneben?‹

Heiner schnaubte. Dieser Schmink war wirklich unglaublich mit seinen Theorien.

»Ach so ja, die Federboa. Wir haben uns noch nicht weiter damit beschäftigt, nur die Leute von der Kriminaltechnik natürlich. Faserspuren suchen, Hautschüppchen, das ganze Procedere eben. Zum restlichen Outfit der Toten passt die Federboa ja eigentlich nicht, aber wer weiß das schon. Ich meine, heutzutage wird ja alles miteinander kombiniert. Wieso fragst du?«

Marthe nahm einen Schluck Cappuccino und behielt einen kleinen Milchbart an ihrer Oberlippe zurück, den sie mit der Zunge entfernte.

»Weiß nicht genau. Es hat mich an irgendwas erinnert, aber ich komme nicht darauf. Und das ärgert mich.«

»Tja, Tantchen, du wirst eben auch nicht jünger«, neckte Christiane sie.

»Werd' bloß nicht frech! Heiner, mein Junge, wie kannst du es zulassen, dass sie in solch einem Ton mit mir spricht?«, klagte sie mit gespielter Leidensmiene.

»Ich kann nichts machen. Aber sei froh, mich behandelt sie noch schlechter«, stieg er gut gelaunt darauf ein.

Christiane prustete vor Lachen. »Oh, ihr beiden seid unmöglich. Was habe ich nur verbrochen, dass ihr immer gegen mich zusammenhaltet?«

Heiner und Tante Marthe zwinkerten sich verschmitzt zu. Christiane löffelte ihr Frühstücksei aus und nahm sich ein zweites Brötchen.

»Aber zurück zur Federboa. Wahrscheinlich hat dich dieses Ding an früher erinnert. Oder an eine Show aus dem Fernsehen.« Sie belegte eine Brötchenhälfte mit Lachs und strich sich eine dicke Schicht Sahnemeerrettich darauf. Tante Marthe winkte ab.

»Nein«, widersprach sie und nahm sich ein Schälchen Obstsalat. »Es war etwas ganz anderes. Und ich habe das Gefühl, dass es wichtig ist. Oh, es ist zum verrückt werden, wenn einem Dinge nicht einfallen.«

»Irgendwann fällt's dir wieder ein. Wahrscheinlich nachts. So geht es mir meistens. Aber komm bloß nicht auf die Idee uns dann zu wecken. Schreib's dir lieber auf, bevor du es wieder vergisst. Kannst du mir bitte die Butter reichen?« Hölzle streckte die Hand aus. Marthe gab ihm die Butterdose und widmete sich wieder ihrem Obst.

»Es fällt einem immer dann ein, wenn man gar nicht bewusst darüber nachdenkt.« Sie stocherte in ihrem Obstsalat herum.

Christiane schob ihren Teller von sich und ließ die anderen wissen: »Also, ich gehe jetzt zu Cassino und ihr könnt ja weiter rätseln, wann Tantchens Gehirn das schwarze Loch überwindet. Viel Spaß!«

Sie beugte sich hinunter zu Heiner und gab ihm einen Kuss, dann ging sie zur anderen Seite des Tischs und hauchte auch ihrer Tante ein Küsschen auf die Wange. Marthe gab ihr einen Klaps auf den Po. »Freche Göre, mach' dass du raus kommst.«

Im Reitstall war noch nicht so viel los als Christiane ankam, das war eher selten am späten Sonntagvormittag.

Auf der Stallgasse traf sie Petra und Anne-Marie. »Seid ihr etwa schon fertig mit Reiten?«, fragte sie leicht enttäuscht.

»Ja, sieh zu, dass du fertig wirst. Wir trinken solange einen Glühwein im Stübchen«, drängelte Petra.

»Und die anderen? Jasmin, Michaela, Dörte und Pauline? Sind die etwa auch schon geritten?«

»Was kommst du auch so spät heute? Jasmin und Dörte sind noch in der Halle, Pauline kommt nicht, weil sie Besuch hat und Michaela ist noch gar nicht da«, gab Anne-Marie Auskunft.

»Vermutlich macht sie schon wieder einen Schlafselbstversuch«, lästerte Petra.

Christiane schüttelte lachend den Kopf. »Ok, ich beeile mich. Bis nachher.« Sie ließ die beiden stehen und ging zu ihrem Spind, um Halfter und Strick zu holen.

Später saßen sie dann im Reiterstübchen bei Glühwein und Kaffee zusammen und Petra von Bokeloh schwärmte, wie fast immer, von ihrem Bellino.

»Mädels, habe ich euch schon erzählt, wie schön mein Bellinchen heute gegangen ist? Die Traversalen klappen immer besser. Was habe ich doch für ein tolles Pferd.«

»Petra, leg mal 'ne andere Platte auf«, forderte Jasmin.

»Och, ihr seid doch alle nur neidisch, weil ihr nicht so toll reiten könnt«, gab Petra großspurig zurück.

»Wir wissen wenigstens wie unsere Pferde aussehen und holen nicht das falsche Pferd aus der Box«, stichelte Dörte, auf eine alte Geschichte anspielend. Alle lachten.

»Na gut, wenn ihr nichts mehr von Bellinchen hören wollt ... Samstag hatten wir in der Glocke ausverkauftes Haus. Poschner hat dirigiert als würde es um sein Leben gehen. Ich kann euch aber auch sagen, Mozarts Konzert für Flöte, Harfe und Orchester verlangt mir auch das Letzte ab. Nach der Vorstellung hatte ich den Eindruck, an meinen Fingerspitzen würden sich blutige Blasen bilden. Also, die Leute haben richtiggehend getobt wie bei einem Rockkonzert. Stellt euch vor! Fünf Zugaben!« Petra kam aus dem Schwärmen nicht mehr heraus.

»Und wisst ihr wem sie am meisten zugejubelt haben ...?«

Noch bevor Petra in weitere Details gehen konnte und das Geheimnis, das eigentlich keines war, lüften konnte, krähte Anne-Marie: »Ach, schaut mal, wer aus dem Bett gefallen ist!« Alle Köpfe drehten sich zur Tür.

»Ich glaube, ich gehe gleich wieder, wenn ihr schon wieder so garstig seid.« Michaela Nölle setzte eine Leidensmiene auf.

»Quatsch, setz dich her und hol dir eine Tasse«, rief Jasmin-Denise. Michaela ließ sich nicht lange bitten, ging in die Küche und kam mit einem großen Becher zurück. Petra goss ihr Glühwein ein.

»Sag mal, Christiane, warum bist du eigentlich heute so

spät gekommen?«, wandte sich Dörte mit vorwurfsvollem Unterton an ihre Sitznachbarin.

Christiane strich sich eine Strähne aus dem Gesicht, die sich aus ihrem Pferdeschwanz gelöst hatte. Manchmal war sie echt genervt von Dörtes Tonfall, der einen denken ließ, man müsse sich für alles rechtfertigen. »Ab und zu frühstücken wir sonntags mit meiner Tante und da wird es dann meist später, bis ich wegkomme. Das hab' ich doch schon öfter mal erwähnt. Heute morgen hat es länger gedauert, weil Marthe sich nicht einkriegen konnte wegen dieser Federboa.«

Alle blickten sie verwirrt an. »Wegen welcher Federboa?«, fragte Michaela neugierig.

»Na die, die bei der Leiche gefunden worden ist. Lest ihr keine Zeitung?« Christiane blickte in die Runde.

»Stimmt. Jetzt erinnere ich mich auch daran. Das sah ganz komisch aus, die Federboa schaukelte fast fröhlich neben Sonja im Wasser.« Dörte schauderte bei der Erinnerung an den grausigen Anblick. Die anderen sahen betreten auf den Tisch und verstummten für einen Augenblick.

»Aber hört mal, habt ihr das mitbekommen? Hinnerk hat mir verraten, dass Pjotr in Untersuchungshaft sitzt«, begann Petra erneut das Gespräch. »Hat dir dein Heiner das nicht erzählt?«

Christiane hob hilflos die Hände. »Petra, wie oft denn noch? Heiner erzählt mir nichts und das darf er auch gar nicht.«

»Schon gut, schon gut.« Petra hob abwehrend die Hände. »Aber, das heißt doch, dass Pjotr verdächtig ist, oder? Sonst würde der doch nicht in U-Haft kommen!«

»Moment mal«, blökte Anne-Marie dazwischen, »Pjotr steht unter Verdacht? Nie im Leben glaube ich, dass der was damit zu tun hat. Und jetzt noch einmal zu dieser Federboa. Wer rennt denn mit einer Federboa durch die Gegend? Das ist doch nicht normal. Das ist doch eher was für Fasching, oder so. So was zieht doch keiner einfach so an. Du hast doch gesagt, dass deine Tante sich auch darüber Gedanken machte.«

Christiane zuckte mit den Achseln. »Was heißt Gedanken machen? Ja, schon, sie sagte, das würde sie an irgendetwas erinnern und es wäre wichtig. Aber es fällt ihr nicht ein.« Sie trank einen Schluck von dem heißen Glühwein. »Wahrscheinlich bildet sie sich das alles nur ein. Was soll da dran schon wichtig sein.«

Nun entbrannte eine Diskussion über die Federboa und jede hatte irgendeine absurdere Idee als die andere. Schließlich stand Michaela auf. »Leute, ich muss mein Pferd noch bewegen. Wir sehen uns.«

»Ach komm schon, Michaela, stell' Savannah doch in die Führanlage und bleib noch eine Weile«, schlug Jasmin vor.

Michaela schüttelte ihre dunkelblonden Locken. »Nee, hab' ich gestern schon gemacht. Heute muss ich richtig mit ihr arbeiten. Also, bis dann!«

Die anderen winkten ihr nach und wandten sich einem anderen Thema zu. Marie-Louise Freese war nun in der Reithalle zu sehen, zusammen mit Fabienne und Freya. Petra beobachtete Fabienne, die auf ihrem dunkelbraunen Wallach Favorit saß.

»Sagt mal, ist euch eigentlich schon mal aufgefallen, dass Fabienne Ähnlichkeit mit Sonja hat?«, fragte sie die anderen am Tisch. »Das habe ich kürzlich schon gedacht und jetzt wieder.«

Alle schauten auf Fabienne, die ihrem Wallach eine schwere Lektion nach der anderen abverlangte.

»Also, mir fällt da nichts auf«, sagte Jasmin.

»Doch, ich finde schon …«, wandte Anne-Marie ein und wurde von Jasmin unterbrochen. »Du siehst doch ohne Brille sowieso nichts auf diese Entfernung«, was ihr seitens Anne-Marie einen Klaps auf die Schulter einbrachte.

»Also, so blind bin ich dann auch nicht. Ich finde, Petra hat gar nicht so unrecht. Schaut euch doch nur mal den Mund an und diese gerade Nase. Da ist schon Ähnlichkeit vorhanden«, verteidigte Anne-Marie ihre Aussage.

Auch Dörte bekräftigte: »Doch, das ist schon auffallend, wenn man genauer hinsieht.«

Petra freute sich, dass zumindest zwei ihrer Freundinnen der gleichen Ansicht waren.

»Ich habe sie letzte Woche von weitem auf der Stallgasse gehen sehen und dachte wirklich für einen Moment, es wäre die Putzfrau. Aber, das war ja Quatsch, denn da war die ja schon tot. Wisst ihr, auch die Art zu gehen und wie sie die Haare in den Nacken geschüttelt hat, das war schon auffallend.«

»Willst du jetzt damit sagen, Fabienne wäre mit Sonja verwandt? Nimm mal deine Medikamente.« Jasmin-Denise warf ihr einen zweifelnden Blick zu.

»Das ist gut. Auf diese Idee bin ich noch gar nicht gekommen«, Petras Augen blitzten, die spöttische Bemerkung Jasmins ignorierte sie.

Michaela wandte genervt ein: »Sagt mal, ihr habt sie doch nicht alle. Mein Gott, es gibt so viele Menschen, die sich ähnlich sehen, ohne dass sie gleich miteinander verwandt sind. Und wie soll das denn gehen? Fabienne ist durch und durch Deutsche und die Putzfrau kam aus Russland.«

Anne-Marie, die schon kräftig dem Glühwein zugesprochen hatte, rief laut: »Das ist das Motiv! Sonja wurde umgebracht, weil sie versucht hat, sich als Fabienne auszugeben, um so an das Freese-Geld zu kommen.«

»Du trinkst jetzt besser nichts mehr«, sagte Christiane trocken. »Sonst kommt echt nur noch Stuss aus deinem Mund. Können wir uns nicht mal ein anderes Thema suchen?«

»Das finde ich auch!« Dörte nickte bekräftigend. »Ich bin froh, wenn ich nicht ständig daran denken muss, was passiert ist. Jasmin, was macht eigentlich deine Stute Tosca? Sie hatte doch kürzlich ein dickes Bein?«

So wandte sich das Gespräch wieder den Pferden zu, nur Petra blieb merkwürdig still.

Marthe Johannsmann hatte sich mit zwei alten Freundinnen, Heidelinde und Therese, in der Stadt in einem Kaffeehaus getroffen. Das Café war das traditionsreichste in Bremen und berühmt für seine herrlichen Torten. Auch hauseigene Pralinen wurden dort angeboten und es gab natürlich Bremer Klaben und Bremer Kluten, ebenso aus eigener Herstellung. Das Café selbst besaß noch immer den Charme der späten Fünfziger Jahre, was es gerade für die älteren Gäste besonders attraktiv machte. Die Wände zierte keine einfache Tapete, sondern ein dunkelroter Stoff mit einem Goldbrokatmuster. An den kleinen runden Tischen standen Stühle mit geschwungenen Lehnen, deren Sitze mit rotem Samt bezogen waren. Jeden Tisch schmückten ein Kerzenleuchter und eine kleine weiße Porzellanvase mit einer rosa Nelke. Obwohl das Café seit seinem Bestehen schon mehrfach renoviert worden war, hielten die Besitzer an der Ausstattung fest, die für ihre Besucher die gute alte Zeit symbolisierte. Auch Marthe und ihre Freundinnen schätzten das altmodische und gediegene Ambiente.

Nun saßen die älteren Damen munter bei Cappuccino und Johannisbeerbaisertorte, die war heute im Angebot gewesen, und unterhielten sich blendend. Sie kannten sich seit fast sechzig Jahren und wurden einander nicht müde.

Heidelinde warf einen Blick auf die Zeitung, die ein Mann am Nebentisch in den Händen hielt.

»Es ist doch immer das Gleiche, was in den Zeitungen

steht oder in den Nachrichten kommt. Nur Mord und Totschlag, Betrug und Diebstahl. Können die nicht mal über etwas Positives berichten?«

»Na ja, ganz so ist es ja nicht. Ab und zu ist zumindest die Wettervorhersage positiv«, lachte Therese. Heidelinde und Marthe stimmten mit ein.

»Aber, wisst ihr, was mir da gerade einfällt?«, fragte Marthe ihre Freundinnen.

»Nein, aber du wirst es uns sicher gleich sagen.« Therese kicherte über ihren eigenen Witz.

Marthe ließ sich nicht beirren und fuhr fort. »Heute morgen habe ich mit meiner Nichte und ihrem Freund gefrühstückt und wir sind auf diesen Mord zu sprechen gekommen. Ihr wisst schon, der auf dem Reiterhof, dort wo Christiane ihr Pferd untergebracht hat.«

»Ja klar. Und was ist damit? Ist der Freund deiner Nichte nicht der Kommissar, der den Mord untersucht?«

»Kriminalhauptkommissar«, berichtigte Marthe Heidelinde nicht ohne Stolz. »In der Zeitung stand, dass bei der Leiche eine Federboa gefunden wurde, und ich überlege nun schon die ganze Zeit, an was mich das erinnert. Und ich komme einfach nicht drauf!«

Therese runzelte die Stirn. »Ja, ist das denn so wichtig?« Nachdenklich löffelte sie den Schaum von ihrem Cappuccino.

Marthe schob sich die letzte Portion ihrer Torte in den Mund und genoss den süßen Schmelz auf ihrer Zunge.

»Ja, ist es. Frag mich nicht warum, aber ich habe so ein seltsames Gefühl, dass da was ganz Wichtiges übersehen wird.«

Heidelinde winkte dem Ober und bestellte sich ein Glas Wasser, Therese und Marthe gönnten sich ein Gläschen Sekt. »Lasst uns doch gemeinsam überlegen, vielleicht kommen wir ja dann darauf, was dir so wichtig erscheint.«

»Gut. Also, Federboas findet man im Varieté und früher waren sie ein schmuckes Accessoire, das jede Frau, die etwas auf sich hielt, haben musste«, steuerte Therese bei.

Der Kellner brachte die Getränke und räumte die leeren Teller und Tassen weg.

»Danke«, sagten alle drei Damen artig.

»Und was fällt euch sonst noch ein?« Marthe rieb sich die Schläfen. »Ich bin wie vernebelt. Vielleicht hat es doch mit dem Alter zu tun.«

»Sei nicht albern, Marthe. Wir drei werden niemals alt, höchstens auf dem Papier«, behauptete Heidelinde. »Federboas findet man doch auch bei Edelhuren, oder nicht? Denkt doch nur mal an die Bilder von Ernst Ludwig Kirchner. Da haben doch all die Berliner Prostituierten eine Federboa um den Hals geschlungen.«

Die letzten Worte flüsterte sie nur, damit die Nachbartische nichts mitbekamen. Das wäre ihr peinlich gewesen.

Marthe, die gerade ihr Sektglas zum Mund führte, setzte es so abrupt ab, dass es überschwappte. »Du bist ein Genie, Heidelinde!«

Ihre Freundinnen sahen sie verständnislos an.

»Mensch! Erinnert ihr euch nicht mehr? Damals vor etwa dreißig Jahren, gab es doch zwei Prostituiertenmorde hier in Bremen. Und die wurden nie aufgeklärt!«

Heidelindes und Thereses Verständnislosigkeit nahm zu, was Marthe ihren Gesichtern deutlich ansehen konnte.

»Na und beide wurden mit Federboas erdrosselt!«, verkündete sie triumphierend.

Ganz langsam dämmerte es bei Marthes Freundinnen. »Mensch, Marthe! Das stimmt! Ich kann mich noch gut daran erinnern. Das war schon skandalös, weil doch so viele hohe

Tiere aus Politik und Wirtschaft auch kurz ins Visier der Polizei geraten sind.« Heidelinde war begeistert.

»Ja, ich erinnere mich auch daran. Vor allem, weil nämlich auch der Senator für Soziales dabei war. Ausgerechnet der! Der tat doch immer so gottesfürchtig. Seine Frau hat ihn damals verlassen als sie mitbekam, dass er regelmäßig zu dieser Edelhure ging. Richtig so, ich wäre auch weg gewesen!« Therese bekräftigte ihre Aussage mit einem leichten Fausthieb auf den Tisch, worauf die Gäste an den Nachbartischen irritiert zu ihnen herübersahen.

Marthe hob ihr Glas und brachte einen Trinkspruch aus. »Ein Hoch auf euch zwei! Ohne euch wäre ich da wahrscheinlich nicht drauf gekommen. Vielen Dank!« Die Gläser klirrten unter dem fröhlichen Gekicher der alten Damen.

»Ich weiß sogar noch wie die eine hieß, zu der der Herr Sozialminister immer hingegangen ist. Natascha hieß sie, das arme Ding«, erinnerte sich Therese weiter.

»Sag mal, das hört sich aber auch russisch an, oder nicht?«, meinte Marthe.

Heidelinde schenkte den Rest aus ihrer kleinen Flasche Mineralwasser ins Glas und sagte nachdenklich: »Ja, die war auch aus Russland und ich bin mir ziemlich sicher, dass die andere, die auch umgebracht wurde, ebenso eine Russin gewesen ist. An den Namen kann ich mich aber nicht mehr erinnern, das ist viel zu lange her.«

»Seltsam, wie sich die Geschichte wiederholt. Wie findet ihr das?«, stellte Marthe ihre Frage in den Raum.

»Na ja, zugegeben, es gibt Parallelen. Alle drei stammen aus Russland und bei jedem Fall war eine Federboa im Spiel. Aber, mal ehrlich, das ist ja schon ewig her. Muss Anfang der Siebziger gewesen sein, wenn ich mich nicht irre«, überlegte Therese.

»Also, der frühere Mörder kann unmöglich der gleiche

sein, der nun dieses Mädchen auf dem Gewissen hat. Der ist doch bestimmt selber schon gestorben oder zumindest ziemlich alt. Und davon hat man ja noch nie gehört, dass ein Mörder eine Pause von über dreißig Jahren einlegt, bevor er wieder zuschlägt«, meinte auch Heidelinde.

Marthe seufzte. »Ja, das stimmt wohl. Vielleicht gab es ja auch irgendeinen Auslöser, dass er wieder morden musste oder es ist einfach doch nur ein Zufall. Aber seltsam ist es schon. Ich meine, wenn ich jetzt jemanden erwürge, dann nehme ich doch keine Federboa. Die hat ja auch jeder zu Hause«, sagte sie sarkastisch. »Nein, viel einfacher ist es mit einem Gürtel, oder Strick oder gar einer Feinstrumpfhose. Aber mit einer Federboa …«

Therese grinste sie an. »Du besitzt ganz schön viel kriminelle Energie, liebe Marthe. Dir möchte ich auch lieber nicht in die Quere kommen!«

Alle drei lachten, stießen ein letztes Mal an und bestellten dann die Rechnung.

# Olga. Herbst 1943

Seit drei Tagen regnet es in Strömen, der Boden vor der Baracke ist aufgeweicht. Bei jedem Schritt bleibt der klebrige Boden an den derben Schuhen hängen. Es ist etwas kühler geworden, trotzdem lastet eine unangenehme Schwüle über dem Lager. Es scheinen mittlerweile mehr Menschen auf der großen Baustelle zu arbeiten. Die Kartoffelberge sind gewachsen und auch die Pritschen sind nun alle belegt.

›*Wo nehmen sie nur die Menschen und die Kartoffeln her?*‹ Olga hat das Gefühl, als hätte sie bereits mehr Kartoffeln geschält, als ihr Dorf in einer Erntesaison eingebracht hat. Vor der Baracke ist eine große Plane aufgespannt, unter der die Frauen sitzen und arbeiten. Die Feuchtigkeit kriecht Olga, trotz der immer noch milden Temperaturen, in die schwere Kleidung und lässt sie frösteln. Seit Tagen hat ein beklemmendes Gefühl von ihr Besitz ergriffen.

›*Ich werde doch hoffentlich nicht krank werden!*‹ Olga hat davon gehört, dass manche Frauen, die krank wurden, nicht mehr in das Lager zurückgekehrt sind, und sie glaubt kaum, dass man sie hat nach Hause zurückkehren lassen.

Vor zwei Tagen ist der junge Mann wieder vor der großen Baracke gestanden. Allerdings hat er nur einen kurzen Blick auf die Frauen geworfen, und ist dann mit eingezogenem Kopf vor dem Regen ins Trockene geflüchtet. Olga fällt sein eigenartiger Gang auf.

›*Ähnlich wie Onkel Kostja*‹, denkt Olga, der wegen seines fehlenden Arms immer wieder mit Gleichgewichtsproblemen zu kämpfen hat. Doch dieser Mann hat zwei gesunde Arme. Olga hat ihn beobachtet, wie er mit einer Hand die Tür öffnet und mit der anderen den Mantelkragen herunterschlägt. Bei ihm scheint ein Bein irgendwie steif zu sein.

Die Witterung drückt auch auf Feodoras Gemüt und sie fühlt sich fiebrig. ›*Jetzt wenigstens nur eine Stunde ausruhen.*‹ Aber daran ist nicht zu denken. Als Olga ihr eine Frage stellt, reagiert sie gereizt und ablehnend. »Lass mich zufrieden.«

»Was ist los mit dir?« Olga macht sich Sorgen um die Freundin. Feodora ist sonst immer so nett zu ihr. Bereits gestern ist Feodora verdrossen und abwesend über ihrer Arbeit gesessen. Olga erhält keine Antwort, denn Feodora wird mit einem Mal kreidebleich und kippt seitlich vom Schemel.

»Schnell, sie ist ohnmächtig geworden, helft ihr!«, ruft Olga den anderen zu. Die Frauen springen auf und schleppen Feodora auf ihr Feldbett in der Baracke. Zuzanna, Olga glaubt, dass sie aus Polen kommt, beherrscht ein paar Brocken Russisch und wenige Worte der deutschen Sprache. Sie rennt zur großen Baracke und kehrt mit einem der Lagerbewacher zurück. Feodora ist noch immer bewusstlos und hilflos stehen die Frauen um sie herum. Der Wachmann schüttelt sie an den Schultern, will sie zum Aufstehen bewegen. Zwecklos. Er geht eher gemächlich zurück, was Olga beinahe wahnsinnig macht, und kommt kurze Zeit später in Begleitung eines zweiten Mannes wieder. Die beiden greifen Feodora unter den Achseln und zerren sie aus dem Raum. Olga will die Freundin begleiten, doch man gibt ihr zu verstehen, dass sie bei den anderen zu bleiben hat. Ein dritter Mann winkt Zuzanna zu sich heran. Mit bekümmerter Miene versucht sie den Frauen klar zu machen, dass die Deutschen Feodora auf eine Krankenstation bringen wollen. Olga ist fassungslos. Feodora hat ihr doch erklärt, was dies bedeuten kann.

»Keine Angst Kindchen, Feodora wird wiederkommen. Sie ist für die Leute hier zu wichtig, ohne sie bricht doch hier alles zusammen«, wollen die Frauen Olga trösten. Sie wissen, mit welcher Zuneigung Olga an der Freundin hängt.

Es fällt Olga schwer, in dieser Nacht einzuschlafen. Immer wieder schweifen ihre Gedanken zu Feodora.

›*Gott, ich bitte dich, lass sie zurückkehren, lass sie nicht sterben.*‹ Immer wieder flüstert sie den Satz vor sich hin, bevor sie dann doch in einen unruhigen Schlaf fällt. Plötzlich rüttelt sie jemand an der Schulter. ›*Feodora!*‹ fährt es ihr durch den Kopf. Doch nicht Feodoras Hand hat sie wachgerüttelt. Es ist einer der Wachmänner, der ihr bedeutet, sich etwas überzuziehen und mitzukommen. Olga glaubt, dass man sie zur Freundin bringt und ihr Herz rast vor Angst, dass es ihr womöglich noch schlechter geht. Nur eine einzige Laterne beleuchtet um diese Stunde das Lager. Der Wachmann führt Olga an der großen Baracke vorbei zum Schuppen, in dem ein Teil der Lebensmittel und die Decken für die Neuankömmlinge gelagert werden. Das ist jedenfalls nicht die Krankenstation. Olga bekommt Angst.

»Hinsetzen!« Grob stößt der Wachmann Olga auf einen Stapel nach Moder und Erde riechender Decken. Olga hat bereits davon gehört, dass die Männer sich von Zeit zu Zeit eine der Frauen mitnehmen. Die Frauen, die wieder zurückkommen, weinen meist, kaum eine spricht über das Vorgefallene und doch wissen alle, was hinter den verschlossenen Türen vor sich geht. Olga hat keine Erfahrung mit Männern, doch sie ist auf dem Land groß geworden. Sie weiß, wie man Kuh und Stier zusammenführt, so dass nach fast zehn Monaten ein Kälbchen zu Welt kommt. Und wie haben die Freundinnen getuschelt und gekichert, wenn sie sich über die jungen Männer des Dorfes unterhalten haben und was wohl die Hochzeitsnacht für sie bereithalten würde. Es ist klar, dass der Wachmann sie nicht zu einem Schwätzchen in den Schuppen gebracht hat. Ängstlich zieht sie sich eine der Decken über die Schultern und kauert sich in eine Ecke. Doch ohne sie noch einmal zu berühren, verlässt der Mann den Schuppen. Angestrengt horcht sie in die Stille hinein.

# November 2008

Christiane saß über dem, nach wie vor nicht fertigen, Kapitel ihrer Doktorarbeit, aber es fiel ihr schwer sich zu konzentrieren. Immer wieder schweiften ihre Gedanken ab. Schließlich klappte sie ihren Laptop zu, ging in Heiners Arbeitszimmer und nahm sich erneut die Notizen von Sonja Achmatova vor.

*›Wahrscheinlich bringt Heiner das bei diesem Fall nicht weiter, aber ich finde es superspannend.‹*

Sie nahm die Blätter, den Schreibblock und ihr Wörterbuch mit ins Wohnzimmer und legte alles auf den niedrigen Kirschholztisch, der vor dem dunkelroten Sofa stand. Jetzt würde sie es sich so richtig gemütlich machen. In die Küche wandernd, um heißes Wasser für eine Kanne Tee aufzusetzen, stolperte sie über Heiners Hausschuhe, die warum auch immer, herumlagen, und fluchte leise vor sich hin. Sie beförderte die Pantoffeln mit einem Fußtritt aus dem Weg. Jetzt hatte sie keine Lust seine Sachen aufzuräumen.

Zusammen mit der Teekanne, einem großen Becher und einer kleinen Schale Kekse kehrte sie zurück ins Wohnzimmer. Christiane stellte das Tablett ab und goss sich die bunte Tasse voll. Einen Schokokeks in den Mund stopfend und die Fingerspitzen aneinander reibend, um die lästigen Krümel loszuwerden, setzte sie sich mit untergeschlagenen Beinen auf das Sofa. Sie nahm die Notizen vom Tisch und vertiefte sich erneut in die schwer leserliche Handschrift.

Mühsam erkannte sie weitere Worte, die sie alle notierte. Deutschland, große Stadt, Bau, Arbeiter, Krieg und immer wieder den Namen Valentin. Von Liebe war nicht die Rede. Abwesend langte sie nach ihrer Teetasse, trank aus und goss wieder voll. Ein weiterer Schokokeks wanderte in ihren Mund. Nächste Worte füllten das Blatt Papier: nach Hause, Entschädigung, Großmutter. Hinken. Dann stieß sie auf das Wort ›Großvater‹, das mit einem Fragezeichen versehen war.

Christianes Tee wurde kalt. Plötzlich fing das Ganze an, einen Sinn zu ergeben. Wie es schien, hatte Sonja über ihre Großmutter geschrieben. Diese musste während des Zweiten Weltkrieges in Deutschland gewesen sein, vermutlich als Zwangsarbeiterin. Aber warum war das für Sonja so wichtig gewesen, dass sie sich darüber Notizen gemacht hatte? Und wer zum Teufel war Valentin? Und war Valentin derjenige, der hinkte? Und war dieser Mann Sonjas Großvater und war Sonja auf der Suche nach ihm deshalb hier in Bremen gewesen?

Christiane freute sich, dass sie einen Teil dieses Rätsels wohl gelöst hatte und gelobte sich, den Rest auch noch zu lösen. Aber das musste nun warten. Jetzt musste sie sich wieder um ihre Zukunft kümmern. Sie zwang sich aufzustehen, ging seufzend zu ihrem Laptop und ließ alles stehen und liegen. Aufräumen konnte sie später.

Marthe Johannsmann ging in den Wallanlagen mit ihrem Hund Theo spazieren und ließ ihren Gedanken freien Lauf. Sie hatte eine rege Fantasie und überlegte, wie denn die Morde aus den vergangenen Jahren mit dem aktuellen Fall zusammenhängen könnten. Die Ähnlichkeit der Geschehnisse war in ihren Augen viel zu frappierend, als dass sie das als Zufall abgetan hätte. Wie Heidelinde und Therese. Sie musste die alten Zeitungsartikel heraussuchen lassen, vielleicht fand sie dann einen Hinweis.

Marthe pfiff nach ihrem Hund, den sie verbotenerweise ohne Leine laufen ließ. Aber heute war es regnerisch und nur wenige Spaziergänger hatten den Weg in die Wallanlagen gefunden, so dass sich auch kaum jemand über den freilaufenden Hund aufregen konnte. Die Enten hatten sich in die Uferböschungen verzogen, da niemand da war, der ihnen altes Brot fütterte. Nachdem Theo festgestellt hatte, dass die Enten für ihn unerreichbar waren, hatte er seine Aufmerksamkeit einem Hundehäufchen geschenkt, das direkt neben einer Parkbank platziert worden war. So etwas käme Marthe nicht in den Sinn. Stets hatte sie einen Plastikbeutel dabei, um Theos Hinterlassenschaften in den nächsten Mülleimer zu befördern. Fröhlich kam Theo auf sie zugerannt, die Ohren bei jedem Sprung flatternd.

»Brav, Theo«, lobte sie und streichelte ihm den Kopf. »Jetzt muss ich dich leider doch an die Leine nehmen, wir gehen nämlich nach Hause.« Sie klickte die Leine an dem Lederhalsband fest. »Ich weiß, der Spaziergang war etwas kurz, aber ich verspreche dir, dass wir später noch eine Runde drehen.«

Theo himmelte seine Besitzerin an und wedelte mit dem Schwanz. Zurück in ihrem Haus im Viertel gab sie ihrem Hund eine kleine Portion Futter. Nicht, dass es Futterzeit gewesen wäre. Eher aus schlechtem Gewissen füllte sie seinen Napf.

»So, mein Kleiner, ich muss noch einmal los und dich alleine lassen. Sei schön artig.« Sie schlüpfte wieder in ihren dicken anthrazitfarbenen Wintermantel und schlang sich einen bordeauxroten Schal um den Hals. Theo winselte kurz, dann aber entschied er sich doch dafür, weiter zu fressen. Frauchen ging öfters ohne ihn weg und kam ja immer wieder. Extrafutter dagegen gab es eher selten, also war die Entscheidung einfach.

Marthe Johannsmann machte sich erneut auf den Weg und ging zügigen Schrittes durch die Straßen. Sie war zwar über siebzig, aber das war ihr kaum anzusehen. Schon immer hatte sie alles zu Fuß erledigt. Das hielt fit. Nur wenn das Wetter allzu gruselig war, nahm sie die Straßenbahn.

Schnell hatte sie die Wallanlagen wieder erreicht und nahm den Weg durch die Bischofsnadel, um direkt in die Altstadt zu kommen. Am Dom vorbei, über den Marktplatz und von dort in die Langenstraße zum Hauptsitz des Weser-Kuriers, der hiesigen Tageszeitung.

Entschlossen betrat sie das Gebäude. Hinter einem hohen Tresen stand eine junge dunkelhaarige Frau, die sie freundlich begrüßte.

»Guten Tag, was kann ich für Sie tun?«

Marthe, der vom Gehen warm geworden war, nahm ihren Schal ab und öffnete ihren Mantel.

»Moin, ich bin auf der Suche nach alten Zeitungsartikeln und hoffe, Sie können mir weiterhelfen.« Mit einem Stofftaschentuch tupfte sie den feinen Schweißfilm von ihrer Stirn.

»Aber selbstverständlich, dazu sind alle Zeitungsausgaben auf Mikrofilm im Staatsarchiv gespeichert. Wissen Sie ungefähr den Zeitraum, in welchem die Artikel erschienen sind? Und die Rubrik? Also, Sport, Politik, Weltgeschehen, Regionalteil … Das macht die Suche dann einfacher.«

Marthe Johannsmann runzelte die Stirn und zuckte mit den Achseln.

»Also, genau kann ich das nicht sagen. Muss so Anfang der Siebziger Jahre gewesen sein. Vielleicht auch etwas früher. Die Zeitungsartikel berichteten über zwei Morde, die damals passiert sind.«

Die junge Frau zog fragend die Augenbrauen hoch.

»Morde … Ich nehme an, dass die Morde hier in Bremen oder in der näheren Umgebung passiert sind, oder?«

»Ja, genau. Meinen Sie, da ist etwas zu finden, bei solch ungenauen Angaben?« Marthe war skeptisch.

Die Dunkelhaarige nickte. »Selbstverständlich. Aber, da müssen Sie leider selbst ins Archiv, die Mitarbeiter dort sind Ihnen sicher behilflich.«

Das Telefon klingelte und die junge Dame nahm das Gespräch entgegen. Währenddessen beobachtete Marthe durch die Glasscheiben die Leute, die draußen vorbei gingen. Es war immer wieder faszinierend Menschen zu beobachten.

Die einen gingen gemächlich, die anderen hetzten vorbei. Manche hatten riesige Einkaufstüten zu schleppen, andere trugen einen kleinen Aktenkoffer, hielten das Mobiltelefon am Ohr und sprachen hektisch hinein. Auch das Temperaturempfinden schien völlig unterschiedlich zu sein. Tief vermummte Gestalten, den Kragen hochgeschlagen und die Schultern hochgezogen gingen vorbei, gefolgt von einigen, die mit offener Jacke und ohne Schal herum liefen. Sogar einen jungen Mann sah Marthe, der nur ein T-Shirt anhatte und seine Jacke lässig über der rechten Schulter trug.

»Ähem«, räusperte sich die junge Frau hinter dem Tresen als sie auflegte, »kann ich sonst noch etwas für Sie tun?« Marthe beendete ihre ›Studien‹ und wandte sich ihr zu.

»Nein, danke. Ach doch, kennen Sie zufällig die Öffnungszeiten des Staatsarchivs? Ist dort jetzt noch geöffnet?«, fragte sie eifrig.

»Ja, aber nicht mehr lange«, sagte die Dunkelhaarige mit Blick auf ihre Armbanduhr. »Aber morgen ab neun Uhr ist wieder jemand da. Viel Glück!«, wünschte sie der alten Dame.

Marthe Johannsmann bedankte sich und knöpfte ihren Mantel zu, drapierte ihren Schal um den Hals, nickte der jungen Dame noch einmal zu und verschwand. Das würde ein hartes Stück Arbeit werden, aber sie hatte ja Zeit. Und Spaß machen würde die Sucherei auf jeden Fall.

Zu Hause rief Marthe Johannsmann ihre Freundin Heidelinde an und fragte nach, ob sie sich noch an den ungefähren Zeitraum erinnern konnte, damit ihre Suche wenigstens etwas erleichtert würde.

»Ja, ich bin mir ziemlich sicher, dass das im Herbst oder Winter gewesen ist, mit hoher Wahrscheinlichkeit im Jahr 1972. Da war doch damals die Kirchner-Ausstellung in der Bremer Kunsthalle. Natürlich waren dort auch Bilder mit Federboas dabei gewesen und ich habe mich erinnert, dass ich es als seltsamen Zufall ansah, als kurz darauf diese Federboa-Morde passiert sind. Also, wenn du willst helfe ich dir gerne beim Suchen«, bot Heidelinde an. Marthe war begeistert und beschloss, gleich auch noch Therese anzurufen und sie ebenfalls um ihre Mithilfe bei der Suche nach den alten Fällen zu bitten. Therese war wie erwartet Feuer und Flamme und so verbrachten die drei älteren Frauen den nächsten Tag im Staatsarchiv. Eine Mitarbeiterin des Archivs hatte ihnen drei Rollen Mikrofilm gebracht, die den Zeitraum der Weser-Kurier-Ausgaben vom ersten September 1972 bis zum Ende desselben Jahres beinhalteten. Nachdem die nette junge Frau den drei Damen die Handhabung des Lesegerätes veranschaulicht hatte, drängten sich die drei Spürnasen vor den Bildschirm.

Seite für Seite gingen sie gemeinsam durch und wurden dabei an den Tod einer gemeinsamen Freundin erinnert, die beim schwersten Orkan der Nordseeküste ums Leben gekommen war. Ein Großteil des Forstbestandes war damals vernichtet worden und Therese erinnerte sich, dass zwei große alte Eichen in ihrem Garten umgestürzt waren. Schließlich wurden sie fündig.

Insgesamt fünf Artikel berichteten über zwei Morde, die an Frauen aus dem Rotlichtmilieu verübt worden waren. Auffällig waren Ähnlichkeiten zwischen den beiden Fällen gewesen, die nahe gelegt hatten, dass es sich um denselben Täter gehandelt haben musste. Beide Frauen waren Edelhuren gewesen, hatten ohne Zuhälter gearbeitet und sich nur mit Männern mit Geld abgegeben. Beide Opfer waren mit einer Federboa aus Schwanenfedern um den Hals in der Badewanne gefunden worden, vor ihrer Ermordung brutal vergewaltigt. Und in beiden Fällen handelte es sich um Frauen russischer Herkunft. Natascha B., 23 Jahre alt und Katharina F., 25 Jahre alt. Russisch. Jung. Schön. Tot.

›*Das muss ich unbedingt Heiner erzählen, wenn er nach Hause kommt*‹, freute sich Marthe über das positive Ergebnis ihrer Recherche.

Kriminalhauptkommissar Heiner Hölzle saß in seinem Büro und mümmelte ein belegtes Brötchen, als das Telefon klingelte.

»Hölzle«, nuschelte er, den Mund voll mit einer Mischung aus Gurke, Tomate, Salami und Kürbiskernbrötchen.

»Hallo, Herr Hölzle, hier spricht Dr. Adler-Petersen«, hörte er die samtene Stimme der Gerichtsmedizinerin, »guten Appetit.« Hölzle konnte das süffisante Grinsen der Ärztin beinahe sehen. Zu allem Übel verschluckte er sich noch und brachte nicht mehr als ein Husten und Röcheln hervor. ›*Au, Mann, wie peinlich isch des?*‹

»Ähem«, räusperte er sich, »Frau Doktor, was gibt es Neues?«

»Schlucken Sie erst einmal, mein Lieber, nicht dass Sie noch auf meinem Tisch landen«, spöttelte der Adlerblick. »Also, ich habe einige Neuigkeiten für Sie. Das Opfer hat offenbar kurz vor ihrem Tod exklusiv gegessen. Wir haben den Mageninhalt untersucht und fanden Reste von Sushi, Kaviar und Rinderfiletcarpacchio. Hinuntergespült hat sie alles mit Champagner. Und der DNA-Abgleich mit Ihrem

Verdächtigen, diesem Pferdepfleger ist fertig.« Sie machte eine bedeutsame Pause.

Hölzle wusste, dass er nun nachfragen sollte, aber den Gefallen tat er ihr nicht. Also sagte er gar nichts.

»Herr Hölzle, interessiert Sie das Ergebnis nicht?«, klang es leicht beleidigt durch den Hörer.

»Doch, klar«, gab er kurz angebunden zurück und wischte ein paar Krümel von seinem Schreibtisch.

»Und warum sagen Sie dann nichts?« Dr. Adler-Petersen war pikiert.

»Wieso sollte ich, Sie werden mir das Ergebnis ohnehin gleich mitteilen.« Er fühlte sich cool.

»Spielverderber«, hörte er die Gerichtsmedizinerin ins Telefon nuscheln. »Also gut, der DNA-Abgleich war negativ. Sprich, der Pfleger war nicht der Vater des Kindes, das Sonja Achmatova in sich trug.«

Hölzle kratzte sich am Kopf. »Hm, wieder eine Spur, die erst einmal ins Nichts führt und uns nicht weiterbringt. Es ist zum verrückt werden!«

»Tja, Herr Kriminalhauptkommissar, so ist das nun mal. Die Hautschuppen und die Haare an der Kette, sowie an der Federboa, stammen ausschließlich vom Opfer. Ergo finden sich daran auch keine weiteren Hinweise auf den Täter.«

»Ja, dann vielen Dank für Ihren Anruf«, seufzte Hölzle ins Telefon.

»Dafür nicht.« Dr. Adler-Petersen hatte bereits aufgelegt.

Hölzle kaute lustlos den Rest seines Brötchens, als sein Telefon erneut läutete. »Hölzle, was steht an?«

»Hallo, hier ist Markus. Was bist du denn so muffig?«, meldete sich der Kriminaltechniker.

»Ach, der Adlerblick hat mich gerade angerufen und die Ergebnisse aus der Gerichtsmedizin bringen uns kein Stück weiter in diesem Fall«, beschwerte er sich.

»Wir haben zumindest die Reifenspuren vom Wagen des Hofbesitzers mit denen am Tatort verglichen. Es sind die gleichen Spuren, die vom Springplatz zum Hof führen. Allerdings hat Brandsteins Wagen keinen Teppich im Kofferraum und der Innenraum des Autos ist mit anthrazitfarbenen Stoffbezügen ausgestattet«, gab Markus durch.

»Es spricht immer mehr dagegen, dass dieser Solotov mit dem Mord etwas zu tun hat. Schade, hätte alles gut gepasst. Na ja, ganz raus ist er damit natürlich noch nicht, schließlich hatte er ein Verhältnis mit der Toten und kein Alibi. Und er hat durchblicken lassen, dass er mehr von ihr wollte als eine bloße Affäre. Und sie hat ihn zurückgewiesen«, resümierte Hölzle. »Hast du die Liste mit den anderen Autobesitzern fertig?«

»Ja, habe ich vorhin an Harry Schipper gefaxt.«

Heiner Hölzle bedankte sich und legte auf. Er knüllte die leere Brötchentüte zusammen und zielte auf den Abfalleimer. Daneben.

»Na, Hölzle, an Ihnen ist aber kein Dirk Nowitzki verloren gegangen.« Hölzle zuckte zusammen. Der Chef höchstpersönlich stand in der Tür. Schnell hatte er sich wieder gefasst. Er stand auf, beförderte die Tüte in den Müll und reichte dem Mann, der sein Büro mit federndem Gang betrat, die Hand.

»Hallo Dr. Wiegand, wieder zurück aus dem Urlaub? Gut sehen Sie aus, da kann man richtig neidisch werden.«

Dr. Gregor Wiegand, der Bremer Polizeipräsident, hatte heute wieder seinen ersten Arbeitstag. Nach zwei Wochen Urlaub auf den Malediven kam der Typ braungebrannt und strahlend hereinspaziert.

»Ich wollte mich nur eben schnell erkundigen, was es bei Ihnen Neues auf dem Tisch gibt. Frau Maier hat mir zwar bereits einen kleinen Bericht zukommen lassen, aber ich höre die Neuigkeiten lieber aus dem Munde meiner Mitarbeiter persönlich. Am meisten brennt Ihnen wahrscheinlich der Mordfall Achmatova unter den Nägeln!«

»Das können Sie laut sagen«, seufzte Hölzle. Er schätzte seinen Chef sehr. Wiegand war vor einigen Jahren im Alter von nur einundvierzig Jahren der jüngste Polizeipräsident Deutschlands geworden. Durch und durch Hanseat und vor allem Bremer. Als Tagebarer (dank Tante Marthes Aufklärung wusste Hölzle, dass die Familie Wiegand mehr als drei Generationen in Bremen lebte und damit zu den Tagebaren gehörte) kannte er in der Stadt Gott und die Welt.

»Also, Herr Hölzle, wie schätzen Sie die Lage ein?« Dr. Wiegand hatte sich auf dem Besucherstuhl niedergelassen und der Kriminalhauptkommissar erstattete seinem Chef Bericht.

Es gab Knipp, Bratkartoffeln, saure Gurken und Spiegelei zum Abendessen. Heiner Hölzle stöhnte innerlich auf. Das war zwar besser als Grünkohl und Pinkel oder Labskaus, aber vom Hocker riss ihn dieses Gericht dann auch nicht. Was würde er für einen Zwiebelrostbraten oder Schupfnudeln geben! Wie kam man nur dazu Grütze, Schwarten und Schweinebauch zu einer dicken Wurst zu verarbeiten? Gruselig. Mürrisch und in sich gekehrt stocherte er auf seinem Teller herum.

»Schmeckt es dir nicht, Heiner?« erkundigte sich Marthe.

»Doch, doch. Besser als nix«, würgte er trocken hervor. Dafür erntete er von Christiane einen vorwurfsvollen Blick, den er aber ignorierte. Er nahm von den Bratkartoffeln nach, die wirklich hervorragend waren.

»Wenn du brav isst, habe ich noch eine Überraschung für dich!«, versprach Marthe gut gelaunt.

Heiner sah auf. »Oh, gibt es Mousse au Chocolat zum Nachtisch?« Ein kulinarischer Hoffnungsschimmer glomm in ihm auf.

»Nein, es ist nichts Essbares«, gab sich die alte Dame geheimnisvoll.

»Jetzt mach' es nicht so spannend, Tante Marthe«, mischte sich nun Christiane ein. Sie konnte an Marthes Miene schon erkennen, dass es sich um etwas ganz Besonderes handeln musste und war neugierig.

»Nichts da, erst wird gegessen und aufgeräumt, dann zeige ich euch, was ich mit Hilfe von Therese und Heidelinde herausgefunden habe!« Marthe war in Hochstimmung und schenkte sich den Rest Bier aus ihrer Flasche in eine schlanke Pilstulpe. Kurze Zeit später war der Tisch abgeräumt, das schmutzige Geschirr in der Spülmaschine verstaut, und Heiner und Christiane saßen erwartungsvoll da.

Marthe Johannsmann genoss den Augenblick und freute sich schon auf die Gesichter der beiden. Aus einer Hülle nahm sie die Kopien der alten Zeitungsartikel und präsentierte sie mit den Worten:

»So, meine Lieben, ich bin zwar alt, aber noch nicht verkalkt. Ihr erinnert euch, dass mir das mit der Federboa keine Ruhe gelassen hat. Und ich war auf der richtigen Spur. Hier, lest euch das mal durch!«

Christiane kam um den Tisch herum, zog einen der freien Stühle heran und setzte sich neben ihren Freund. Sie steckten ihre Köpfe zusammen und lasen die Artikel. Beide bekamen immer größere Augen und schließlich sagten sie zeitgleich: »Das ist ja echt unglaublich!«

Alle mussten darüber lachen. Dann verstummten sie gleich wieder, zu schrecklich muteten die alten Fälle an. Heiner schaute von einer zur anderen.

»Also, ich meine, das ist alles sehr lange her. Aber diese Parallelen sind wirklich mehr als auffällig. Bis auf die Tatsache, dass Sonja Achmatova nicht vergewaltigt wurde.«

»Aber, Heiner, wie soll das möglich sein? Schau dir mal das Datum an! Diese Morde hier liegen mehr als dreißig Jahre zurück!«, rief Christiane. »Ich finde ja auch, dass das unheimlich ist, aber ich kann mir nicht vorstellen, dass es sich um denselben Mörder handeln soll.«

Heiner Hölzle fuhr sich mit der Zunge über die Lippen, dann rieb er sich mit Zeigefinger und Daumen die Nase.

»Wisst ihr was? Ich werde mit dem Kripobeamten sprechen, der damals diese Fälle bearbeitet hat. Sofern er noch lebt … Danke, Marthe, das ist wirklich sehr interessant! Wie bist du denn dahinter gekommen?«

»Ja, das würde mich aber auch interessieren! Ich mache uns einen Espresso und dann erzählst du, wie du an die Artikel gekommen bist.« Christiane stand auf und ging in die Küche, um den Kaffeeautomaten anzustellen. Schon bald erklang das laute, aber wohltuende Geräusch der Maschine, als diese die frischen Bohnen mahlte und ein Espresso nach dem anderen aufgebrüht wurde. Christiane öffnete noch eine kleine Packung mit Keksen und brachte die dampfenden Espressotassen, die Zuckerdose und die Kekse auf einem Holztablett ins Esszimmer.

»So«, sagte sie während sie Tassen verteilte, »nun erzähl mal.«

Marthe ließ sich Zeit mit ihrer Geschichte. Bedächtig gab sie einen kleinen Löffel Zucker in ihr dunkelblaues Tässchen und rührte seelenruhig um. Heiner verdrehte ungeduldig die Augen und Christiane warf ihm einen bösen Blick zu.

»Tja, Kinder, ich war doch kürzlich Kaffeetrinken mit Heidelinde und Therese. Und ich habe den beiden erzählt, dass mich diese Federboageschichte an früher erinnert …«

Marthe Johannsmann schmückte ihre Erzählung üppig aus, was Heiner mit einem ungeduldigen Fingertrommeln quittierte und dafür von Christiane einen Tritt unter dem Tisch bekam.

Als Marthe geendet hatte, blickte sie ihre Nichte und deren Freund freudestrahlend an.

»Phänomenal, Tante Marthe! Das hast du gut gemacht!«, lobte Christiane.

»Ja, für einen kriminalistischen Laien, eine durchaus beachtenswerte Leistung.« Heiner grinste. »Nein, im Ernst. Das ist wirklich sehr interessant. Vielen Dank für deine Mühe. Und natürlich für deine Verbissenheit, dich erinnern zu wollen. Andere hätten einfach gesagt: ›Na ja, wenn es mir nicht mehr einfällt, dann ist es auch nicht wichtig.‹ Echt prima!«

Marthe war stolz wie Oskar und genehmigte sich zur Feier des Tages noch einen kleinen Himbeergeist. Christiane und Heiner lehnten dankend ab.

Später, als Marthe sich zurückgezogen hatte, siedelten Christiane und Heiner in ihr Reich im oberen Stockwerk um und machten es sich auf dem Sofa gemütlich.

»Deine Tante überrascht einen immer wieder«, lachte Heiner leise.

Christiane nickte. »Ja, das stimmt. Sie ist so anders im Vergleich zu den meisten ihrer Altersgenossen. Jung geblieben und fit. Hoffentlich werde ich auch mal so, wenn ich alt bin.«

Heiner zog sie zu sich heran und vergrub sein Gesicht in ihrem duftenden, dunklen Haar. »Bestimmt«, flüsterte er, »aber jetzt sind wir ja noch beide jung und fit. Und wenn ich es mir richtig überlege, wäre so ein bisschen Gymnastik jetzt nicht schlecht.« Er spielte mit der Zunge an ihrem Ohrläppchen.

»Sorry, mein Schatz, aber ich muss dich vertrösten. Zum

einen habe ich Marthe versprochen, noch mit Theo rauszugehen, zum anderen bin ich leider unpässlich. Du weißt schon …« Sie küsste ihn auf die Nasenspitze und stand seufzend auf. »Dann gehe ich mal mit Theo um den Block. Nicht traurig sein.«

Heiner machte sein grimmigstes Gesicht und brummte mit verstellter Stimme: »Aber nächste Woche bist du dran, Süße!« Beide lachten.

»Geh schon«, sagte Heiner dann, »ich werde mir noch die Spätnachrichten anschauen.«

Auf dem späten Spaziergang mit Theo, den sie von der Leine ließ, hing Christiane ihren Gedanken nach. Mehr und mehr kam sie zu dem Schluss, dass hinter dem Mord an Sonja Achmatova viel mehr steckte als nur eine verschmähte Liebe, wie es oft der Fall war, wenn Frauen umgebracht wurden. Der teure Schmuck fiel ihr ein, den Petra im Wassergraben gefunden hatte. Genauso wie Heiners Aussage, dass dieser zu Sonja passen würde. Warum auch immer. Fragen brauchte sie ihn nicht, er würde ihr sowieso nichts erzählen. Und nun diese alten Zeitungsartikel, die so viel Ähnlichkeit mit dem Verbrechen aufwiesen. Auch die Beobachtung Petras, dass sich Sonja Achmatova und Fabienne Freese so ähnlich sähen. Und es stimmte. Christiane fand die Gesichtszüge auch auffallend ähnlich. Trotzdem sah sie keinen Zusammenhang. Schließlich pfiff sie nach Theo, der auch prompt angesprungen kam und nahm ihn wieder an die Leine.

»Brav, Theo, für heute reicht es aber. Lass uns nach Hause gehen.« Der Hund wedelte mit dem Schwanz, als würde er verstehen, was sie sagte.

Zurück in der Wohnung warf sie einen Blick ins Wohnzimmer, doch dort war es dunkel. Heiner war bereits zu Bett gegangen. Sie ging hinüber ins Schlafzimmer.

»Leg doch dein Buch weg. Du kannst ja kaum noch die Augen offen halten«, tadelte sie Heiner sanft.

»Nein, das ist gerade so spannend.« Krampfhaft bemühte er sich, die Augen offenzuhalten und hellwach zu erscheinen.

»Wenn du meinst. Ich bin noch gar nicht müde, schätze das war der Espresso. Schlaf schön, ich werde mich noch eine Weile am Schreibtisch vergnügen.« Sie drückte ihm einen Kuss auf die Wange und ging hinaus, die Tür hinter sich schließend.

Christiane setzte sich in ihren ergonomischen Bürostuhl, lehnte sich zurück und legte die Beine auf den Schreibtisch, was die rückenschonende Haltung, die der Stuhl hergab, wieder zunichte machte. Dann nahm sie die Notizen Sonja Achmatovas und ihren eigenen Aufschrieb von dem kleinen Rollcontainer, der genau neben ihr stand und las sich alles noch einmal durch, was sie bereits übersetzt hatte.

Es musste etwas zu bedeuten haben, dass Sonja sich diese Notizen gemacht hatte. Und Christiane war immer mehr davon überzeugt, dass diese Dinge in Zusammenhang mit Sonjas Tod standen. Warum waren diese alten Geschichten aus dem Krieg für Sonja so wichtig gewesen? Dass es sich um Ereignisse aus der Zeit des Zweiten Weltkrieges handelte war offensichtlich. Zwangsarbeit, Hunger, Schläge und so weiter. Allein diese Worte sprachen Bände. Doch wer dieser Valentin gewesen war, wusste sie immer noch nicht. Sie warf einen Blick auf die Uhr. Kurz vor zwölf. Eigentlich sollte sie auch zu Bett gehen, aber egal. Sie schaltete den Laptop an und wählte sich in das Internet ein. Tausende von Seiten über den Zweiten Weltkrieg, Zwangsarbeiter aus Russland, Gräueltaten der Nationalsozialisten. Aber nichts, was sie wirklich weiterbrachte.

Sie fügte ihren bisherigen Schlagwörtern ›Bremen‹ hinzu

und startete wieder die Suchmaschine. Ein erneuter Blick auf die Uhr. Halb zwei. Sie rieb sich die Augen, die nun nicht nur vor Müdigkeit brannten, sondern auch von der angestrengten Suche nach interessanten Websites. Gähnend beschloss sie, ihre Recherchen zu stoppen und zu Bett zu gehen. Dann fiel ihr ein Name ins Auge.

Valentin. Schlagartig war sie hellwach. Wie hatte ausgerechnet *sie* so blind sein können?

Harry Schipper kam in Hölzles Büro und fläzte sich in einen der Stühle vor dem Schreibtisch.

»Guten Morgen, lieber Chef«, sagte Hölzle sarkastisch.

»Ja, sorry, guten Morgen, ich bin noch nicht ganz wach. Habe die halbe Nacht mit Zahnschmerzen verbracht. Und jetzt bin ich so mit Schmerztabletten zugedröhnt, dass mein Kopf noch nicht richtig arbeitet«, entschuldigte sich sein Kollege. »Aber, hier ist die Liste mit den Fahrzeughaltern, die Markus mir gestern morgen rübergefaxt hatte.«

Er reichte Hölzle die Liste und stand auf, um sich die grüne Tasse vom Tablett zu nehmen. Dann schenkte er sich, ohne zu fragen, aus der Thermoskanne, die auf dem Schreibtisch stand, ein. Hölzle runzelte missbilligend die Stirn.

»Also, fragen könntest du ja auch mal. Und wenn du hier schon meinen Kaffee wegsäufst, dann schenk' mir wenigstens auch eine Tasse ein.« Dann vertiefte er sich wieder in die Liste.

Schipper tat wie ihm geheißen und goss den dampfenden Kaffee in die blaue Tasse, die er seinem Chef hinstellte.

»Wie viele Fahrzeuge habt ihr schon überprüft?«, erkundigte sich Hölzle und nahm einen Schluck des schwarzen Gebräus. ›*Ein Schokoriegel dazu wär' jetzt genau's Richtige. Aber der Harry frisst mir sonscht no mei Schublad leer.*‹ Er seufzte.

»Fünfzehn Stück. Aber da war kein Wagen dabei, der auch nur ansatzweise mit dunkelrotem Teppich ausgestattet war. Peter ist schon wieder unterwegs und sucht weitere Fahrzeughalter auf. Er hat eine Kopie der Liste dabei. Schätze, vor heute Abend sehen wir ihn nicht mehr.«

»Und was machst du? Willst du ihm nicht helfen?«, fragte Hölzle ungehalten.

»Doch, natürlich. Ich fahre auch gleich los. Wollte dich nur informieren.« Harry war leicht beleidigt.

»Und meinen Kaffee austrinken«, stichelte Hölzle.

»Genau, Chef. Ich geh' dann mal.« Harry kippte den letzten Schluck Kaffee hinunter und ließ frech, wie er nun einmal war, die Tasse einfach stehen und verließ Hölzles Büro.

Hölzle zog seine Schokoschublade auf und genehmigte sich erst einmal einen Riegel. Er knabberte genüsslich daran und ließ seine Augen wieder über die Namen der Liste schweifen.

Plötzlich hielt er inne. Da war schon wieder dieser Name. Freese. Allerdings ein Stefan Freese.

›*Gibt's hier a Nescht?*‹ fragte er sich.

Er erinnerte sich, dass der Zeitungsartikel, den sie in der Wohnung des Opfers gefunden hatten, über Alfred Freese berichtet hatte. Und, dass Pjotr Solotov den Namen Freese erwähnt hatte.

Er klickte das Internet an und suchte im online-Telefonbuch nach dem Namen Freese in Bremen. Der Name schien doch häufiger vorzukommen, als er gedacht hatte. Aber diese Familie würde er sich doch mal näher anschauen. Doch zunächst würde er sich mit seinem Vorvorgänger unterhalten, der diese alten Fälle vor mehr als dreißig Jahren bearbeitet hatte. Die alten Ermittlungsakten hatten ihn nicht wirklich weiter gebracht und so erhoffte er sich durch ein persönliches Gespräch, doch noch die ein oder andere Information.

Frau Maier, seine Sekretärin, hatte ihm schon netterweise die Adresse herausgesucht und in seine Unterschriftenmappe gelegt. Er hatte sie gleich darum gebeten, als er heute morgen sehr früh ins Büro gekommen war. Christiane hatte noch selig geschlafen, als er ging. Sie war irgendwann spät in der Nacht ins Bett gekrochen gekommen. Und Hölzle hatte es nicht über sich gebracht, sie zu wecken.

Kriminalhauptkommissar a. D. Rolf Krusche, Am Hollerfleet 3, Bremen, stand auf dem Zettel, der in der Unterschriftenmappe lag. Hölzle trank seinen letzten Schluck Kaffee, zog seine Jacke an, steckte die Adresse ein, und machte sich auf den Weg nach Oberneuland.

Es herrschte nicht viel Verkehr um diese Uhrzeit und Hölzle kam gut durch. Oberneuland war einer der Stadtteile, der von Leuten mit einem größeren Geldbeutel bevorzugt wurde. Gepflegte, große Häuser standen hier, zwischendurch auch zum Teil riesige Villen mit parkähnlichen Gärten. Die Straßen gesäumt von uraltem Baumbestand, der vor allem im Frühjahr, wenn sich das frische junge Grün an den Bäumen zeigte, ein wahre Augenweide war. Im Sommer bildeten dann die dunkelgrünen Blätter ein schattiges Dach.

Hölzle parkte am Straßenrand und ging durch den hübsch angelegten Vorgarten zu der grün gestrichenen Haustür. Hier schien jemand mit einem Händchen für Gartengestaltung am Werk gewesen zu sein. Links und rechts des Kiesweges waren runde Rabatten angelegt, in denen noch die letzten Rosen blühten. Die Rabatten selbst waren mit niedrigen, dichten Buchsbaumbüschen eingefasst. Die für Bremen typischen großen Rhododendren bildeten zu den Nachbargrundstücken eine undurchdringliche Hecke. Zwischen den Rosenbeeten und der Hecke bedeckte ein, wie mit der Nagelschere geschnittener Rasen den Boden. Das weiße Haus war nett anzusehen, mit seinen ebenfalls grünen Holzläden. An der

Haustür hing ein geflochtener Kranz aus Korkenzieherhaselnusszweigen auf den kleine künstliche gelbrote Äpfel und orangefarbene Minikürbisse gesteckt waren. Links neben der Tür waren Zierkürbisse aller möglichen Formen und Farben zu einem bunten Allerlei auf einer dunkelgrünen Schale angeordnet.

Er klingelte. Es dauerte eine ganze Weile bis sich jemand an der Gegensprechanlage meldete.

»Ja, bitte«, hörte er eine zarte Stimme.

»Guten Tag, mein Name ist Hölzle. Ich bin von der Kripo Bremen und würde mich gerne mit Herrn Krusche unterhalten, wenn es möglich ist.«

Eine Kette rasselte und die Tür öffnete sich einen Spalt weit. Eine kleine, zierliche alte Dame lugte misstrauisch hervor.

»Würden Sie mir bitte Ihren Ausweis zeigen«, verlangte sie höflich.

»Aber, selbstverständlich.« Umständlich fingerte er in der Innentasche seiner linken Jackenseite nach seinem Ausweis.

Die alte Dame warf einen ausgiebigen Blick darauf. »Moment bitte.« Die Tür schloss sich kurz, erneut hörte man die Kette rasseln, dann öffnete die Frau die Tür und bat ihn herein.

Sie geleitete ihn durch eine holzgetäfelte Diele in ein kleines Zimmer, das offensichtlich als Esszimmer diente. Mittelpunkt war der aus Nussbaumholz gefertigte rechteckige Esstisch, um den vier passende Stühle angeordnet waren. In der Mitte des Tisches thronte eine viereckige Glasvase, die drei Strelizien Halt gab. An einer Wand stand ein Regal, ebenso aus Nussbaum, in dem viele gebundene Bücher ordentlich in Reih und Glied standen. Hölzle nahm wahr, dass es sich meist um Kunstbände handelte. Alles in allem war der Raum gemütlich und geschmackvoll eingerichtet.

»Möchten Sie eine Tasse Tee oder Kaffee?« Die alte Dame bedeutete ihm Platz zu nehmen. Hölzle zögerte kurz, denn Kaffee hatte er heute schon zur Genüge getrunken, entschied sich dann aber doch dafür. Tee war etwas, das er meist nur trank, wenn er krank war. Frau Krusche nickte kurz, entschuldigte sich und kehrte kurz darauf mit einem Tablett zurück, auf dem zwei Tassen mit einem filigranen hellblauen Muster, samt passenden Untertellern standen, sowie eine Kanne Kaffee. Neben den Tassen befanden sich ein Milchkännchen und eine Zuckerdose, offensichtlich aus der gleichen Porzellanserie. *›Indisch Blau‹*, schoss es Hölzle durch den Kopf. Ein ähnliches Service hatte schon seine Großmutter besessen und nun stand es bei seiner Mutter im Schrank. Frau Krusche goss ein und reichte Hölzle eine Tasse.

»Vielen Dank für Ihre Mühe«, sagte er, ihr die Tasse abnehmend.

»Zucker? Milch?«

»Nein, danke. Ich trinke immer schwarz.«

»Nun, Herr Hölzle, was möchten Sie von meinem Mann?« Frau Krusche sah ihn aufmerksam an.

»Wie Sie vielleicht den Nachrichten oder Zeitungen entnehmen konnten, gab es jüngst einen Mordfall. Die junge Frau wurde erwürgt und wir fanden am Tatort eine weiße Federboa. Dieser Fall hat sehr viel Ähnlichkeit mit zwei Fällen, die seinerzeit Ihr Mann bearbeitet hat. Darüber wollte ich mich mit ihm unterhalten.«

Frau Krusche machte ein trauriges Gesicht. »Wissen Sie, mein Mann ist ziemlich dement. Ich glaube nicht, dass er Ihnen noch eine große Hilfe sein wird. Ungern möchte ich ihn in ein Pflegeheim geben, solange ich so noch zurecht komme. Aber lange wird das nicht mehr gehen. Er baut von Tag zu Tag mehr ab.«

»Das tut mir sehr leid«, war alles was Hölzle einfiel.

»Das ist schon in Ordnung, ich habe eine Hilfe eingestellt. Traurig ist nur, dass man so hilflos zusehen muss, wie ein geliebter Mensch Stück für Stück verfällt. Wissen Sie, Rolf war immer auf Draht. Nichts war ihm zu viel und je komplizierter die Fälle waren, desto engagierter war er in seinem Beruf. Doch daran hat er fast keine Erinnerung mehr. Ab und zu erzählt er noch von uralten Fällen, die mindestens vierzig Jahre zurückliegen. Aber das war's auch schon. Unsere Tochter, die vor zwei Wochen zu Besuch gewesen ist, hat er nicht mehr erkannt. Das war sehr traurig.« Frau Krusches Blick war auf den Tisch geheftet, versunken in ihrem Schmerz.

Hölzle tat sich schwer mit dieser Situation und sagte gar nichts. Still nippte er an seinem Kaffee und naschte einen der kleinen Kekse, die die alte Dame auf einem goldumrandeten Glasteller drapiert hatte.

Nach einer Weile hob sie den Kopf. »Sie sprachen von dem Mord auf dem Reiterhof, nicht wahr?«

»Ganz genau«, nickte Hölzle. »Dann habe ich erfahren, wie bereits erwähnt, dass vor zig Jahren zwei ähnliche Morde passiert sind, die nie aufgeklärt wurden. Deshalb wollte ich mit Ihrem Mann sprechen.«

»Ja, die Federboa-Morde. So hat sie mein Mann genannt. Ich erinnere mich noch gut daran. Zwei junge Frauen sind damals umgebracht worden. Aus dem Rotlichtmilieu waren die. Aus Russland. Rolf hat das sehr mitgenommen, denn er sagte, es hat lange gedauert bis sie tot gewesen sind. Erwürgen ist grauenhaft, hat er immer gesagt. Lieber eine Kugel abbekommen, das geht wenigstens schnell, meinte er. Zeit seines Lebens haben ihn diese Fälle verfolgt, weil nie herausgekommen ist, wer die Mädchen umgebracht hat.« Sie nahm einen Schluck aus ihrer Tasse. »Es gab keine Fingerabdrücke und die heute verwendeten Technologien gab es seinerzeit nicht. Sie wissen, was ich meine. Faserspuren, DNA-Nachweise und so.« Sie fuhr sich durch die ergrauten Haare und schlug die Beine übereinander.

»Die Mädchen hatten offensichtlich Kunden aus den höheren Kreisen«, fuhr sie fort. »Hohe Tiere aus Politik und Wirtschaft. Ich kann mich erinnern, dass der damalige Senator für Soziales seinen Hut nahm.« Frau Krusche lächelte geringschätzig. »Das war aber auch überfällig. Dieser scheinheilige Hurenbock! Entschuldigen Sie bitte den Ausdruck. Aber dieser Mann hat Predigten von sich gegeben, das können Sie sich nicht vorstellen. Man hätte meinen können, er wäre der Papst. Und das hier bei uns in Bremen!«

Hölzle rutschte unruhig auf seinem Stuhl hin und her. Das war ja alles ganz nett, aber weiter brachten die alten Erinnerungen ihn auch nicht.

»Können Sie sich noch an Namen erinnern, die damals in Verbindung mit den Morden genannt wurden?«

»Ja, zum Teil. Also, wie gesagt, der damalige Senator für Soziales, Anton Seemüller. Dann war da noch Roland Tischler, der war Vorsitzender einer Stiftung, die misshandelte Mädchen und Frauen, die von zu Hause geflohen waren, unterstützte. Den Bock zum Gärtner machen, das ist doch der pure Sarkasmus nicht wahr? Und einige Leute aus der Wirtschaft. Bernhard Seidel, der Jungchef der Firma Elektro-Wolfers. Und Leopold Schwartz. Der war Abgeordneter in der Bürgerschaft.« Sie nahm einen Schluck Kaffee und überlegte.

»Mehr fallen mir nicht mehr ein. Doch warten Sie mal. Alfred Freese. Der hatte beziehungsweise hat heute noch ein großes Bauunternehmen.«

Hölzle verschluckte sich beinahe an seinem Keks. Da war dieser Name schon wieder. So allmählich wurde das unheimlich.

»Dieser Alfred Freese stand auch unter Verdacht?«

»Ja, denn Freese war, wie die übrigen Männer, in der Kundenkartei des Bordells zu finden. Aber, wie allen anderen, konnte mein Mann auch ihm nichts nachweisen.«

»Kennen Sie Freese persönlich?«, wollte Hölzle wissen.

Sie schüttelte den Kopf. »Nein, das nicht. Aber die Familie ist ein Begriff hier in Bremen und die Freeses wohnen ja auch hier in Oberneuland. Altes Geld. Schon Alfred Freeses Vater war Bauunternehmer, und heute ist sein Sohn Konstantin der Geschäftsführer. Auch während des Krieges haben die ihr Geld verdient, das dürfen Sie glauben!«

Hölzle glaubte, dass er hier keine weiteren Informationen erhalten würde, die mehr Licht ins Dunkel bringen würden. Daher verabschiedete er sich höflich von der alten Dame, doch an der Tür hielt sie ihn zurück.

»Einen Augenblick noch, Herr Hölzle. Eigenartig, dass Sie gerade wegen dieses Falls meinen Mann sprechen wollten.« Hölzle stutzte. »Wieso?«

Frau Krusche zupfte die Schleife, die den Kranz an der Tür hielt, zurecht. »Ein Journalist war vor etwa zwei Monaten hier und hat genau nach diesen Fällen gefragt. Mehr als ich Ihnen erzählt habe, hat er aber auch nicht erfahren.«

Hölzle war ganz Ohr. »Erinnern Sie sich an den Namen des Journalisten?«

»Hm, lassen Sie mich mal kurz überlegen. Ich glaube, Thorsten Schmidt, oder so ähnlich. Genauer weiß ich das nicht mehr.« Hölzle runzelte ungläubig die Stirn. ›*Wenn das mal nicht dieser Schmink gewesen ist.*‹ »Können Sie den Mann beschreiben?«

Die alte Dame rümpfte die Nase. »Ehrlich gesagt, der

wurde von Mutter Natur nicht wirklich begünstigt und etwas ungepflegt war er auch. Aber warten Sie mal, ich habe irgendwo noch eine Visitenkarte, die er mir dagelassen hat.« Sie verschwand im Haus und kam kurz danach wieder mit einer abgegriffenen Visitenkarte wieder.

Hölzle warf einen Blick darauf und seufzte. »Den kenne ich. Thorben Schmink. Vielen Dank nochmal Frau Krusche, Sie haben mir sehr geholfen.«

Auf dem Weg ins Präsidium gingen ihm seltsame Gedanken durch den Kopf. Schmink, vielleicht zurückgewiesen von der Blondine, dessen Nachforschungen nach alten Fällen zwei Monate vor dem Mord … War Schmink etwa ein Trittbrettfahrer und hatte die Nerven verloren, als die junge Frau ihm klar gemacht hatte, dass er nicht ihr Typ gewesen war? Er würde sich wohl mit dem ›Starreporter‹ erneut unterhalten müssen.

Im Büro angekommen, nahm er die Liste mit den Fahrzeughaltern zur Hand. Den Namen Stefan Freese hatte er sich schon vorhin mit einem gelben Leuchtstift markiert. Hölzle hangelte nach einer Flasche Mineralwasser, die unter seinem Tisch stand und nahm einen Schluck. Dann wählte er Peter Dahnkens Handynummer.

»Dahnken, Kripo Bremen.« Die Verbindung war schlecht, ein stetiges Rauschen klang durch den Hörer.

»Peter, hier ist Heiner. Du musst unbedingt einen Fahrzeughalter überprüfen«, brüllte Hölzle unsinnigerweise in sein Telefon, denn Peter würde ihn deswegen auch nicht besser verstehen.

»Was? Ich verstehe dich nicht. Sag noch …« Dann brach die Verbindung ab.

Verdammte Technik! Hölzle knallte den Hörer auf die Tischplatte. Zwei Minuten später klingelte es.

»So, jetzt ist die Verbindung besser. Was wolltest du gerade?«

»Gut. Hör zu, Peter. Du musst unbedingt einen Fahrzeughalter überprüfen. Schau mal auf deine Liste. Der Mann heißt Stefan Freese. Den bitte als Nächsten aufsuchen, sofern der erreichbar ist«, drängte der Kriminalhauptkommissar.

»Ja, kann ich machen. Ich melde mich bei dir, sobald ich was weiß. Tschüss.«

Hölzle legte auf und klickte sich ins Internet und versuchte sich über die Firma Freese und die Familie zu informieren. Natürlich konnte das alles nur ein Zufall sein, dass dieser Name ständig irgendwo auftauchte. Aber Hölzle glaubte nun mal nicht an Zufälle.

Petra von Bokeloh sattelte ihren Wallach Bellino ab, warf ihm eine Abschwitzdecke über, öffnete die Boxentür und ließ das Pferd hineingehen. Sofort steckte es den Kopf in die Futterkrippe. Leer. Bellino schaute seine Besitzerin an und brummelte leise, als wenn er sagen wollte: ›He, wo ist meine Belohnung für heute?‹

Petra lächelte und holte das vorbereitete Futter. Jeden Tag bekam Bellino eine Extraportion, angereichert mit Leinöl, Magnesiumsulfat und frischen Äpfeln und Möhren. Sie kippte den Eimer in den Trog und ihr Pferd machte sich glücklich darüber her.

»Hallo Petra«, erklang es hinter ihr.

Sie drehte sich um. Marianne Fricke kam auf sie zu. Was wollte die denn? Marianne war, wie immer, wie aus dem Ei gepellt. Die blondierten Haare trug sie elegant hochgesteckt, in den Ohrläppchen blinkten kleine Goldkreolen mit winzigen Brillanten. Sie trug einen dunkelblauen Hosenanzug und darunter einen hellgrauen Seidenrolli. Ihre Füße steckten in eleganten schwarzen Stiefeln. *›Genau die richtige Garderobe für einen Stallbesuch‹*, dachte Petra spöttisch.

»Hallo Marianne«, sagte sie abwartend.

»Meine Tochter hat gestern ihre dunkelrote Longierpeitsche stehen lassen. Jetzt ist sie natürlich völlig aufgelöst, weil sie glaubt, dass sie weg ist. Die Peitsche hatte sie doch von der Grand-Prix-Reiterin, deren Namen auf dem Griff eingraviert ist, beim letzten Lehrgang für sehr gute Leistungen bekommen. Du hast die Peitsche nicht zufällig gesehen?«

Marianne bemühte sich um einen freundlichen Gesichtsausdruck, der aber misslang. Sie war eine miesepetrige Person und Anne-Marie hatte einmal bemerkt: ›Die geht doch zum Lachen in den Keller‹, und alle hatten ihr zugestimmt.

Petra schüttelte den Kopf. *›Diese Angeberei geht mir echt auf den Geist.‹*

»Nein, tut mir leid«, antwortete sie, »man kann hier aber auch nichts stehen lassen. Mir kam vor zwei Wochen meine teure Gerte abhanden. Und die ist so einmalig, dass die hier sowieso keiner benutzen kann ohne dass es auffällt.«

Marianne Fricke schnippte ein unsichtbares Stäubchen von ihrer tadellos sitzenden Jacke.

»Ja, es ist schon schlimm. Die Leute leisten sich Pferde und sind dann zu geizig, sich bestimmte Dinge selbst anzuschaffen. Da wird dann doch lieber geklaut. Unverfroren ist das!«

*›Mein Gott, die ist ja richtig gesprächig heute!‹* Diesen Umstand wollte sich Petra zunutze machen.

»Sag mal, ist das nicht schrecklich mit der toten Putzfrau?«, fragte sie in beiläufigem Ton.

Marianne zuckte nur mit den Achseln. Petra war etwas schockiert, aber zugleich erwachte ihre Neugier. »Hat sie nicht auf dem Geburtstagsfest deines Vaters geholfen?«, bohrte sie weiter.

»Ja, hat sie. Und ehrlich gesagt, ich hätte sie am liebsten gleich rausgeschmissen. Unverschämtes Ding!« Marianne stieg die Zornesröte ins Gesicht.

»Ach ja? Warum das denn? Also, mein Mann und ich fanden, dass sie das sehr gut gemacht hat. Besser als manche andere, die schon länger im Service arbeitet. Sonja war aufmerksam und trotzdem fast nicht zu bemerken, wenn sie die Teller abgeräumt hat«, nahm Petra die Tote in Schutz.

Marianne runzelte ärgerlich die Stirn.

»Ja, mag sein. Aber ich bin mir sicher, dass sie in unserem Haus rumgeschnüffelt hat!«

Jetzt wurde es interessant. Petra wollte unbedingt weitere Informationen sammeln.

»Wie kommst du denn darauf?«

Ihr Gegenüber schnaubte ärgerlich durch die Nase.

»Wir hatten die Helfer wegen des Geburtstagsfestes ja schon drei Tage vorher im Haus, damit sie sich mit den Gegebenheiten vertraut machen können und natürlich zur Vorbereitung. Diese russische Putze hatte unter anderem die Aufgabe die Bibliothek gründlichst sauber zu machen und auch das Büro meines Vaters. Als ich in Vaters Büro kam, hat sie so getan, als ob sie peinlichst genau die Schubladen abwischen würde. Aber ich gehe jede Wette ein, dass sie in den Schubladen rumgekramt hat. Keine Ahnung, was sie da zu finden glaubte. Wertsachen und Geld sind immer im Tresor.«

Petra von Bokeloh nickte und tat verständnisvoll, um Mariannes Redefluss nicht zu unterbrechen.

»Ich habe sie zur Rede gestellt, aber sie hat alles abgestritten und zwar ziemlich laut. Mein Bruder hat uns gehört«, fuhr Marianne fort, »und sie dann auch noch in Schutz genommen. Ich stand da wie blöde. Womöglich hat er auch diese Putzfrau angegraben, mein Bruder lässt ja nicht so schnell was anbrennen. Und die Blicke, die die beiden getauscht haben, waren für mich ziemlich eindeutig. Marie-Louise tut mir echt leid. Mein Bruder ist so ein gottverdammter Idiot!«

»Warum trennt sie sich nicht, wenn dein Bruder sie so schlecht behandelt?«, wollte Petra wissen.

Marianne hob die Arme in hilfloser Geste.

»Ach, Petra, du weißt doch wie das ist. Mit drei Kindern. Und natürlich haben die beiden damals einen Ehevertrag geschlossen. Marie-Louise würde ziemlich dumm dastehen, wenn sie sich trennen würde. Im Grunde besteht diese Ehe schon seit Jahren nur noch auf dem Papier.«

Petra hob die Augenbrauen. »Na ja, das muss jeder für sich selbst entscheiden. Aber Geld ist auch nicht alles. Und so klein sind Marie-Louises Kinder auch nicht mehr.«

»Ja, gut. Stefan ist erwachsen, Fabienne ist achtzehn und du weißt, was das für ein schwieriges Alter ist. Auf dem Papier sind sie erwachsen, aber im Grunde sind sie noch nicht wirklich selbstständig. Und Benjamin ist ja erst zwölf. Der braucht seine Eltern noch eine Zeit lang.«

Marianne schaute auf die Uhr. Eine Cap cod tonneau von Hermes wie Petra mit Kennerblick feststellte.

»Oh, ich muss los, Freya vom Klavierunterricht abholen. Tschüss dann«, sagte sie und wandte sich ab. Als sie schon ein paar Schritte von Petra entfernt war, drehte sie sich noch einmal um.

»War nett mit dir zu reden, Petra. Aber, bitte behalte was ich erzählt habe für dich«, bat sie dann.

Petra lächelte sie an. »Ich fand's auch nett«, und das tat sie wirklich. So offen hatte sie mit Marianne noch nie geredet. Vielleicht war die ja doch etwas normaler als der Rest der Freesesippe.

»Und natürlich sage ich nichts weiter. Kannst dich darauf verlassen.«

Petra nahm ihrem Pferd die Abschwitzdecke ab und legte ihm die Stalldecke über. Während sie die Bauchgurte über Kreuz festmachte, überlegte sie, wie sie am besten mit Marie-Louise, Mariannes Schwägerin, ins Gespräch käme. Die schien ja allen Grund zu haben, Sonja zu hassen.

›*Wobei, wenn Konstantin schon mehr Affären hatte, warum sollte Marie-Louise dann ausgerechnet jetzt eine der Frauen umbringen? Andererseits, vielleicht war das Maß einfach voll gewesen*‹, sinnierte sie.

Auf jeden Fall würde sie bei nächster Gelegenheit Marie-Louise mal auf den Zahn fühlen. Was hatte Sonja nur im Haus der Freeses gesucht? Nur ein schnelles Abenteuer? Eher nicht.

›*Hoch –und Tiefbauunternehmen Alois Freese und Sohn*‹, stand da in einfachen Blocklettern geschrieben, dunkelblaue Buchstaben auf hellgrauem Hintergrund.

Kriminalhauptkommissar Hölzle klickte sich durch die verschiedenen Seiten der Homepage, aber das brachte ihm auch keine neuen Erkenntnisse. Das Logo der Firma war ihm tatsächlich schon oft aufgefallen. In einem Dreieck bildete das H für Hoch und das T für Tief eine gemeinsame Basis auf der das F für Freese thronte. Freese schien gut im Geschäft zu sein. Sein Logo prangte an so mancher Baustelle in Bremen. Geschäftsführer war Konstantin Freese, der Enkel von Firmenbegründer Alois Freese und Sohn von Alfred. Hölzle betrachtete die Fotos von Konstantin und Alfred Freese. Alfreds Augen waren kalt und machtgierig und er besaß ein hartes kantiges Gesicht. Konstantin dagegen wirkte mit seinem leicht teigigen Gesicht und dem etwas fliehenden Kinn ziemlich schwach, allerdings jedoch nicht unattraktiv. ›*Wenig Durchsetzungsvermögen*‹, dachte Hölzle.

Auch die Rubrik zur Firmengeschichte bot nichts Besonderes. ›*Wie so mancher, hot au die Firma sich em Kriag a goldene Nas verdient. Kann mr net drauf schtolz sei ond mr goaht au net damit hausiera. Scho gar net em Internet*‹, dachte er. Aber das war nun einmal so, es gab immer Leute, die sich durch das Leid anderer Menschen bereicherten. Hölzle beendete seine Internetsession just in dem Moment, in dem Peter Dahnken ihn anrief.

»Hallo Chef, das Opfer hat ein Prepaidhandy benutzt, da kann man leider nicht nachvollziehen, wen Sonja Achmatova angerufen hat. Dann habe ich diesen Stefan Freese überprüft beziehungsweise es versucht. Freese hält sich seit gut eineinhalb Jahren überwiegend in den USA auf und kommt nur alle paar Monate nach Deutschland. Zuletzt war er Ende Oktober hier, genauer gesagt vom dreißigsten Oktober bis zum zweiten November«, berichtete Dahnken. »Und er ist auch definitiv am zweiten November an Bord gegangen. Ich habe die Passagierlisten checken lassen.«

Im Hintergrund konnte der Kriminalhauptkommissar etwas rascheln hören. »Gut. Fährt außer ihm sonst noch jemand den Wagen?«

Peter Dahnken hustete. Dann krächzte er: »Ja, seine Schwester nimmt hin und wieder das Auto, aber meist steht der Wagen wohl nur rum. Mit ihr habe ich auch gesprochen.«

»Bist du krank, oder was?«, raunzte Hölzle ins Telefon. »Das käme jetzt aber ziemlich ungelegen.«

»Nein, ich habe gerade nur ein Stück Brötchen in den falschen Hals bekommen, jetzt geht es schon wieder.«

»Ich hätte auch keinen gelben Schein angenommen«, behauptete Hölzle. »Sieht so aus, als wenn dieser Wagen dann nicht in Frage kommt. Oder hast du den Eindruck, dass die Schwester vielleicht was damit zu tun hat?«

Peter Dahnken lachte. »Nein, das halte ich für unwahrscheinlich. Das ist so ein kleines zierliches Persönchen. Die hat wahrscheinlich schon Schwierigkeiten damit, eine Kiste Wasser ins Auto zu heben, geschweige denn eine Tote.«

»Hmm«, machte Hölzle. »Eine Frage noch. Sind die verwandt mit diesem Bauunternehmer Freese?«

»Keine Ahnung. Habe ich nicht nach gefragt.«

»Au, Mann, wieso nicht?«, ärgerte er sich.

Peter Dahnken schnaubte. »Wieso sollte ich? Du hast nichts davon gesagt, dass das von Interesse für dich ist.«

»Ja, Menschenskind! Dieser Name taucht dauernd irgendwo auf! Da war das doch klar, dass man danach fragt! Könnt ihr nicht mal selbst mitdenken? Was glaubst du, warum mir das so wichtig war, dass du den Mann als Nächsten überprüfst? Himmelherrgottsakrament!«

Am anderen Ende herrschte Stille.

»Peter?«

»Ja, ich bin noch dran. Also, ehrlich, das ist nicht ganz fair. Du musst mich schon auf dem Laufenden halten. Mir sagt nämlich der Name Freese nicht wirklich etwas in Zusammenhang mit diesem Mordfall.« Peter Dahnken war gekränkt.

Hölzle räusperte sich. Er musste zugeben, dass eigentlich der Fehler bei ihm lag. Nur er hörte den Namen permanent von verschiedenen Leuten. Und er hatte versäumt seine Leute zu informieren. Schlechter Stil.

»Ja, tut mir leid. Mein Fehler. Das kannst du ja gar nicht wissen. Aber vielleicht kannst du das ja noch rauskriegen. Morgen um neun ist Lagebesprechung, das kannst du Harry auch mitteilen. Und bitte pünktlich.«

Er beendete das Telefonat und sah frustriert auf das Whiteboard, das an der Wand hing. Irgendwie schienen sie mit diesem Fall kein Stück weiter zu kommen. Musik hören würde vielleicht helfen und er hatte den Finger schon auf eine Taste der Musikbox gelegt, um einen Titel auszuwählen, als Markus Rotenboom mit finsterer Miene eintrat.

»Tag Heiner, da ist was schief gelaufen. Passiert ja eigentlich nie, aber ich kann's mir auch nicht erklären, wie das vorkommen konnte. So eine verfluchte Scheiße«, wetterte er.

»Um was geht's? Was ist schief gelaufen?« Hölzle sah seinen Freund irritiert an.

»Na, das mit den Fasern. Das sind überhaupt keine Teppichfasern aus einem Kofferraum, die Fasern stammen von einer billigen Decke, wie du sie in jedem Schrottladen kaufen kannst. Gibt's mindestens zigtausendmal allein hier in Deutschland.«

Hölzle war baff. »Na super. Was macht ihr denn da in euren Labors?«

Schwer ließ sich der Leiter der Spurensicherung in einen der Bürostühle fallen.

»Frag mich nicht. Vermutlich hat einer meiner Leute was verkehrt in den Rechner eingegeben. Nun hat der Kollege Sundermann mal bei Toyota und BMW nachgehakt und die statten ihre Geländewagen überhaupt gar nicht mit roten Teppichen aus. So ist das Ganze aufgefallen. Es tut mir leid.«

Hölzle seufzte. »Ist ja nicht deine Schuld. Wir sind alle nur Menschen und machen eben Fehler.«

»Schön, dass du das so sehen kannst, ich kann's nicht. So etwas darf einfach nicht passieren, verdammt!«

Hölzle wusste darauf keine Antwort und schob seinem Freund einen Schokoriegel zu. Vielleicht würde das ja dessen Laune heben. Schokolade hatte zumindest bei ihm selbst diese Wirkung.

Christiane konnte es kaum erwarten, dass Heiner nach Hause kam. Der würde Augen machen, wenn sie ihm erzählte, was sie heraus bekommen hatte. Ihre Tante war mit Therese und Heidelinde ins Theater gegangen. Genauer gesagt, auf das Theaterschiff. Es handelte sich um ein festvertäutes Schiff auf der Weser und dort wurden immer verschiedene Stücke gespielt, meist aus dem Bereich der Comedy, aber auch Politsatire. An diesem Abend würden sie sich Loriot's gesammelte Werke zu Gemüte führen und im Anschluss in den Ratskeller auf einen Schoppen Wein gehen.

So hatten Christiane und Hölzle den Abend für sich und Christiane hatte ein Drei-Gänge-Menü vorbereitet. Den Auftakt würde eine Kürbiscremesuppe mit Ingwer und Chili machen, gefolgt von Rinderfilet und gebackenen Honigbananen mit Vanilleeis. Das Rinderfilet plante sie im Wok zu garen nach thailändischer Art mit Kokosmilch und rotem Curry. Dazu würde es natürlich Reis geben. Einen fruchtig-trockenen Rotwein hatte sie bereits geöffnet und sich ein kleines Glas genehmigt. Das Aroma und der Geschmack waren wunderbar. Sie hörte, wie sich der Schlüssel im Haustürschloss drehte, und lief in den Flur um Heiner zu begrüßen.

»Hallo, mein Schatz! Wie war dein Tag?« Christiane schlang die Arme um Heiners Hals und küsste ihn.

»Hallo Süße, hast du was angestellt oder warum werde ich so überschwänglich empfangen?« Umständlich befreite er sich von seiner Jacke und hängte sie auf einen Bügel an die Garderobe.

»Ich freue mich einfach, dass du da bist.« Sie strahlte ihn an. »Und ich habe eine Überraschung für dich!«

Er schlüpfte aus seinen Schuhen und schob sie mit dem rechten Fuß auf die Seite.

»Oh, hast du etwa versucht Maultaschen zu machen?«, neckte er sie.

»Nein, aber ich habe gekocht. Es gibt Kürbissuppe, Rinderfilet in Red Curry und gebackene Bananen.«

Hölzle leckte sich die Lippen. »Das ist ein adäquater Ersatz. Womit habe ich das verdient?« Er war bereits auf dem Weg ins Esszimmer, Christiane im Schlepptau.

»Weil du so toll bist und ich dich liebe.« Mit schmachtendem Blick sah sie zu ihm auf. »Aber, das ist noch gar nicht die Überraschung. Die gibt es später!«

Hölzle ließ sich am Tisch nieder, den Christiane festlich eingedeckt hatte. Sogar silberne Platzteller, die sie sich von Marthe ausgeliehen hatte, funkelten im Schein der Kerzen, die in einem dreiarmigen Leuchter bereits brannten. Stoffservietten – ebenfalls von Marthe, wie das geschnörkelte Monogramm MJ verriet – hatte sie zu einer Art Blüte gefaltet und auf die weißen Porzellanteller gelegt. Nur auf das Familiensilberbesteck hatte sie verzichtet. Man konnte es auch ein wenig übertreiben und zum Putzen der angelaufenen Teile hatte sie sowieso keine Lust gehabt. Die Tischdekoration bestand aus einer Glasschale in der pinkfarbene Rosenblüten schwammen.

»Hey, das sieht aber toll aus«, lobte er, was ihm ein wunderschönes Lächeln seiner Freundin einbrachte. »Aber, jetzt sag mal, was ist das für eine Überraschung? Du machst mich echt neugierig. Schön gedeckter Tisch, Blumen, Kerzen, Drei-Gänge-Menü ...Hab' ich was verpasst? Du bist ja total aufgeregt!«

Sie wedelte mit ihrem rechten ausgestreckten Zeigefinger.

»Nein, verpasst hast du nichts. Also, nicht so wie du denkst, ich meine ... Ach egal, du musst einfach warten bis wir mit dem Essen fertig sind. Jetzt stoßen wir erst einmal an.«

Christiane nahm die Rotweinflasche, füllte die Gläser und setzte sich.

»Auf uns!« Die Gläser gaben einen sanften Klang von sich, als Christiane und Heiner anstießen.

»Hmm, lecker. Wo hast du den denn her?« Hölzle gab ein anerkennendes Schmatzgeräusch von sich.

»Der ist von dem kleinen Weinladen beim Dobben, weißt du. Nicht weit weg von der Straßenbahnhaltestelle. La Cave des anges, die führen hauptsächlich französische Weine, aber auch einige Spitzenaustralier. Das weiß ich von Pauline.«

Er überlegte kurz. »Ach ja, genau. Stimmt, da ist so ein kleiner Laden, den man beinahe übersieht. Ich meine, auf dem Schild ist ein Fass mit zwei Flügeln drauf.« Er gönnte sich einen weiteren Schluck. Christiane schob ihren Stuhl zurück und stand auf. »Ich hole jetzt die Suppe und dann können wir anfangen zu essen.«

Während sie einen Gang nach dem nächsten aßen, erzählte ihr Heiner von seinem Besuch bei Frau Krusche. Nachdem auch die gebackenen Bananen mit Vanilleeis verschlungen worden waren, lehnten sich beide in ihren Stühlen zurück.

»Das kannst du öfter machen. Es war wirklich superlecker. Aber jetzt bin ich echt pappsatt. Was hältst du von einem Espresso?«

»Gute Idee«, stimmte Christiane zu. »Freut mich, dass es dir so geschmeckt hat. Dann machst du Espresso und ich räume hier schnell auf. Und dann …«, sie machte eine bedeutsame Pause, »erzähle ich dir was ich herausgefunden habe.«

Kurze Zeit später saßen sie bei Espresso und einem Grappa, den Hölzle noch in der kleinen Bar gefunden hatte, beisammen. Heiner schaute seine Freundin erwartungsvoll an.

»So, jetzt raus mit der Sprache. Was willst du mir erzählen?«

Es war ihr anzusehen, wie viel Spaß es ihr bereitete, ihn neugierig zu machen. Aber sie sollte ihn nicht länger auf die Folter spannen.

»Also, hör zu. Du erinnerst dich an die russischen Notizen, die du in Sonjas Wohnung gefunden hattest?«

»Ja, natürlich. Ich bin ja noch nicht dement.« Er nahm den letzten Schluck aus seiner Espressotasse.

»Und da kam doch immer wieder der Name Valentin vor …«

»Ja und? Wer ist der Kerl? Eine Liebschaft ihrer Oma?«

Sie schüttelte langsam den Kopf und sagte bedeutungsvoll: »Das ist kein Mann. Es handelt sich um etwas ganz anderes!«

Dann erzählte sie Heiner, der immer größere Augen bekam, von ihrem Fund im Internet.

Am Ende sagte er nur: »Das ist ja ein Ding! Ich glaube, ich brauche noch einen Schluck Wein!«

So ganz allmählich nahm die Sache Gestalt an.

# Sonja. Herbst 2007

›*Na was treibst du so in Bremen? Meinst du nicht es wäre wieder an der Zeit nach Hause zukommen? Ich vermisse dich. Sergej!* Sonja hat den Brief auf den Tisch geworfen.

›*Was ich hier treibe? Das frage ich mich allmählich auch.*‹ Sonja denkt mit Unmut an den Aktenberg, der sie im Archiv erwartet. Noch immer ist sie dem vermeintlichen Geheimnis der Großmutter nicht auf die Schliche gekommen. In diesen

Akten muss doch irgendetwas zu finden sein, was ihr weiterhelfen kann. Sonja beeilt sich. Vor dem Archivbesuch muss sie noch in den Reitstall nach Borgfeld. Vor zwei Wochen hat sich Frau Binder, die Putzhilfe, das Bein gebrochen. Die alte Schachtel hat das Putzwasser wieder einmal knöchelhoch stehen lassen und ist beim Feudeln prompt in der Brühe ausgerutscht. Pjotr hat Sonja schadenfroh davon berichtet, denn die alte Hexe meckert permanent mit ihm herum, wenn er mit dreckigen Stiefeln die von ihr frisch geputzte Toilette heimsucht.

»Das könntest du doch übernehmen, bis die alte Binder wieder auf den Beinen ist. Die Putzerei ist hier keine große Sache, soweit ich das beurteilen kann. Und schlecht bezahlt wird auch nicht.« Sonja hatte nicht lange überlegt und Pjotrs Chef war direkt einverstanden gewesen. Zwar ist eine weitere Putzstelle nicht eben das, was sich Sonja unter einem für sie angemessenen Job vorstellt, aber eine Zeitlang wird sie das sicherlich durchhalten. Für das Putzgeld will sie sich vor ihrer Heimkehr nach Russland noch etwas Besonderes gönnen: die weiße Bogner-Jacke in der Boutique in der Sögestraße steckt ihr schon seit einiger Zeit in der Nase. Dafür wird sie aber allerdings schon ganz ordentlich sparen müssen.

Als sie im Stall ankommt, drehen bereits fünf Reiterinnen mit ihren Pferden Runden in der Reithalle. ›*Was man daran nur finden kann.*‹ Sonja bleibt einen Moment an der offenen Tür stehen und betrachtet sich das ganze Spektakel. Christiane und Petra, Sonja kennt einige der Damen mittlerweile mit Namen, reiten eben entspannt mit langen Zügeln an Sonja vorbei.

»Ich weiß überhaupt nicht, was ich anziehen soll. Immerhin ist das *die* Geburtstagsfeier des Jahres. Eigentlich kann mir diese ganze Sippschaft gestohlen bleiben, aber alles was in Bremen wirklich Rang und Namen hat, ist eingeladen.

Außerdem ist es für Dieters Geschäftsbeziehungen wichtig, dass wir uns dort blicken lassen. Ich habe da einen Wahnsinns-Hosenanzug in Hamburg gesehen. Und immerhin, im November ist es empfindlich kalt. Vielleicht wäre das das Richtige, was meinst du? Oder kann ich das nicht tragen? Muss ich noch abnehmen oder meinst du …«

Mehr kann Sonja schon nicht mehr hören, die beiden Reiterinnen haben sich bereits wieder entfernt. Sonja beneidet Petra, die ohne Frage im Geld schwimmt. Schickes rotes Cabrio, teure Reitsachen tragend und offensichtlich den höheren Kreisen Bremens angehörig. Immerhin ist sie auf dem Geburtstagsfest des Jahres eingeladen, wer immer auch dieses begehen mag.

Sonja wischt schnell durch die beiden Toilettenräume und begibt sich in die kleine Küche, die mit der Reiterstube verbunden ist. Aha, hier steht schon alles für ein gehaltvolles Frühstück bereit. Sonja gönnt sich noch flink eine Tasse Kaffee, bevor die Frauenmeute in die Reiterstube einfällt. Hier wird regelmäßig am Dienstag nach dem Reiten gemeinsam gefrühstückt und – so viel hat Sonja bereits mitbekommen – ausgiebig Prosecco geschlürft. Sie beneidet die Frauen um ihr freundschaftliches und ausgelassenes Miteinander. Ein Blick auf die Uhr sagt ihr, dass sie sich beeilen muss, will sie noch für ein paar Stunden im Archiv weiter recherchieren. In der Bahn in Richtung Bremen fasst sie einen Entschluss. Sie bleibt höchstens noch bis Anfang Dezember in Deutschland. Doswidanje Bremen, dann ist endgültig Schluss. Entweder sie ist bis dahin dem Geheimnis ihrer Großmutter näher gekommen oder nicht. Irgendwie hat sie doch Heimweh und in Russland gibt es auch genügend reiche Männer …

Als sie das Archiv betritt, lächelt ihr die Mitarbeiterin am Empfang freundlich zu.

»Hallo Frau Achmatova, haben Sie noch immer nicht gefunden was Sie suchen?«, erkundigt sie sich bei ihr. Sonja schüttelt den Kopf.

»Vielleicht heute«, lächelt sie achselzuckend zurück ›*Vielleicht habe ich heute wirklich Glück.*‹ Sonja packt sich zwei dicke Ordner unter den Arm und bringt sie zu ihrem Arbeitsplatz. Es ist ein düsterer Tag und sie knipst die Leselampe an. Konzentriert macht sie sich daran, irgendeinen Hinweis zu finden, der ihr weiterhelfen kann. Aber es hat den Anschein, dass ihr auch heute kein Erfolg beschieden ist. Sonja gönnt ihren Augen nach knapp zwei Stunden eine kleine Pause und knabbert an einem Apfel, den sie sich mitgebracht hat. Ihr Blick fällt auf ein Blatt Papier, das aus dem Stapel hervorragt. Da! Die Überschrift lässt sie den Apfel zur Seite legen und das Blatt Papier herausziehen.

›*Liste der beteiligten Firmen – U-Boot-Bunker Valentin – Anfrage Wiedergutmachung – Stand 15. März 1991*‹

Endlich, eine Liste. WIEDERGUTMACHUNG – dieses Wort erkennt Sonja sofort. Ihr Herz schlägt schneller vor Aufregung, ein kleiner Schweißfilm bildet sich auf ihrer Oberlippe. Noch weiß sie nicht, ob sie etwas mit der Aufstellung anfangen kann, aber trotzdem hat sie das Gefühl, dass sie auf etwas Wichtiges gestoßen ist. Mit Hilfe ihres Wörterbuches versucht sie, der Liste ihr Geheimnis zu entlocken. Nach zwanzig Minuten hat sie für sich eine eigene, ins russische übersetzte, Liste erstellt:

Planung und statisch-konstruktive Bearbeitung: Arbeitsgemeinschaft Agatz & Bock,Berlin und Köln

Bauausführung Arbeitsgemeinschaft ARGE-NORD: d.h. Firmen Wittlich und Schrader, Hochtiefbau, Weber-Bau (technische Leitung) und Reiter (kaufmännische Leitung)

Arbeitsgemeinschaft ARGE-SÜD: d.h. Firmen Hagen Koch, Eduard Dreyse und Wilbur Schenk

Weitere beteiligte Firmen: Vogt-Maschinenbau (Maschinen), Ulrich-Detemple (Stahlbauträger), Freese (Schalungen), Karge (Werkstatteinrichtungen), Gebr. Köster, Nölle und Widekind, Terab-AG u.a.

Eine Menge Namen, die Sonja nichts sagen. Klar, einige Namen scheinen hier in Bremen weit verbreitet zu sein. Allein im Reitstall gibt es die Damen Freese, Köster und Nölle. Sonja betrachtet es als Fügung des Schicksals. Warum nicht einfach mit diesen drei Namen anfangen? Zufrieden klappt sie die Akte zu. Endlich hat sich etwas getan, haben sich ihre Mühen vorerst gelohnt. Beschwingt verlässt sie das Archiv. Ein Telefonbuch wäre jetzt nicht schlecht, einfach um nachzuschauen, wie viele Freeses, Nölles und Kösters aktuell noch in Bremen wohnen. Draußen ist es kühl, Sonja zittert – doch nicht vor Kälte, sondern vor Aufregung. *›So muss sich ein Jagdhund fühlen, der eine Witterung aufgenommen hat.‹*

# November 2008

Punkt neun Uhr versammelten sich Peter Dahnken, Harry Schipper und Heiner Hölzle im Büro des Kriminalhauptkommissars.

Harry schenkte zuerst jedem Kaffee ein, dann ergriff Hölzle das Wort.

»So, ich fasse jetzt einmal zusammen, was wir bisher an Fakten haben. Sonja Achmatova hat nicht nur geputzt, sondern ihr Geld auch mit Unterrichtsstunden bei der BEB verdient. Dieses Einkommen reicht jedoch nicht aus, um sich teure Kleidung und Schmuck zu leisten. Und sie war zum Zeitpunkt ihrer Ermordung in der sechsten Woche schwanger. Den Vater des Kindes kennen wir noch nicht. Solotov, der Pferdepfleger, hat kein Alibi, hatte ein Verhältnis mit der Toten, verfügt aber kaum über die Mittel, ihr teure Geschenke zu machen. Die Reifenspuren am Tatort stammen vom BMW des Hofbesitzers, Hinnerk Brandstein, und den hat Solotov am Tag der Ermordung gefahren. Allerdings sind dies die Spuren die vom Springplatz zum Stall führen. Die Reifenspuren vom Springplatz über die Weiden zur Straße und zurück stammen von einem anderen Geländewagen. Einem Toyota Landcruiser. Dies ist vermutlich auch der Wagen, den die Nachbarin des Opfers ab und an vor dem Haus gesehen hat. Bisher haben aber alle überprüften Fahrzeughalter ein Alibi. Viel ist das bisher nicht.«

Harry grinste. »Na, das Opfer scheint wohl kein Kind von Traurigkeit gewesen zu sein. Sieht so aus, als wenn sie nicht nur mit Solotov was hatte. Und irgendwie muss sie ja an das Geld gekommen sein. Bestimmt hat sie irgendeinen reichen Sack aufgetan.«

»Und, wenn ihr mich fragt …«, warf Peter ein. »Dich fragt aber keiner«, unterbrach Harry scherzhaft seinen Kollegen. Doch der ignorierte ihn einfach und redete weiter.

»Wenn wir herausfinden, wer der Vater ist, dann haben wir auch den Täter. Oder was meinst du, Chef?«

Hölzle nickte nachdenklich.

»Ja, das sehe ich auch so. Nur, wer kommt da in Frage? Viel Auswahl haben wir ja nicht.«

Peter Dahnken lehnte sich auf seinem Stuhl nach vorne und angelte mit seiner rechten Hand nach seiner Kaffeetasse, die auf Hölzles Schreibtisch stand.

»Auswahl? Dieser Pfleger war es nicht und einen weiteren potentiellen Liebhaber haben wir noch nicht gefunden«, sagte Peter, sich mit den Fingern seiner linken Hand die Augen reibend. Er war extra eine halbe Stunde früher als gewöhnlich aufgestanden, um ja pünktlich zu sein, und nicht schon wieder einen Rüffel von seinem Vorgesetzten kassieren zu müssen.

»Aber ein abgewiesener potentieller Liebhaber ist vorstellbar. Wie wär's denn mit diesem Reporter, Thorben Schmink? Der Typ war offensichtlich sehr angetan von Achmatova. Und die hat ihn womöglich abblitzen lassen. Zudem hat sich dieser Schmierenheini etwa vor zwei Monaten nach alten Fällen aus den Siebzigern erkundigt, die große Parallelen zu unserem Fall aufweisen.« Heiner schilderte den Kollegen, was er durch die Zeitungsartikel und das Gespräch mit Frau Krusche an Neuigkeiten zu bieten hatte. Er schenkte sich eine zweite Tasse Kaffee ein, zog seine Schublade auf und griff hinein.

»Jemand einen Schokoriegel?«, bot er an.

Harry und Peter wechselten amüsierte Blicke. »Gerne.« Peter nahm einen der Riegel entgegen.

»Aber immer Chef. Wie kommen wir denn zu dieser Ehre?«, stichelte Harry und wollte den Riegel nehmen.

Aber Hölzle ließ nicht los. »Sei nicht so frech, sonst kriegst du gar nichts!«

»Du kannst aber auch gerade gar keinen Spaß vertragen«, maulte Harry und ließ den Riegel los.

»Sei jetzt nicht kindisch und nimm schon. Peter, hast du eigentlich gestern noch in Erfahrung bringen können, ob dieser Stefan Freese mit diesem Bauunternehmer verwandt ist?«

Dahnken leckte sich einen kleinen Schokoladenrest von den Lippen.

»Ja, Alfred Freese, also dieser Bauunternehmer, ist Stefans Großvater. Warum ist das eigentlich so wichtig?«

»Sag mal, von dem haben wir doch diesen Zeitungsartikel in der Wohnung des Opfers gefunden, oder?«, mischte sich Harry, Schokolade kauend, ein.

Hölzles Augen wurden schmal. »Genau der. Und Sonja Achmatova hat bei dessen Geburtstagsfeier gearbeitet …«

»Ja, aber die Feier ist doch letztes Jahr gewesen«, unterbrach ihn Harry.

»Und? Vorstellbar ist, dass das Opfer Stefan Freese auf dieser Feier kennengelernt hat und daraus eine Beziehung geworden ist. Und mich würde es nicht wundern, wenn das Kind von ihm stammt. Nein, je länger ich überlege, desto besser passt das alles zusammen. Der junge Freese hätte auch genügend Geld, um ihr teure Klamotten zu kaufen. Und er fährt einen Toyota Landcruiser.«

Peter Dahnken schüttelte den Kopf. »Sorry, Chef. Aber ganz so einfach ist es dann doch nicht. Du vergisst, dass Stefan Freese sich überwiegend in den USA aufhält.«

Hölzle kratzte sich am Kopf. »Tja, das stimmt wohl. Trotzdem könnte das Kind von ihm stammen. Sonja Achmatova war zum Zeitpunkt ihrer Ermordung in der sechsten Schwangerschaftswoche. Ergo, könnte sie von ihrer Schwangerschaft bei Stefan Freeses letztem Deutschlandbesuch gerade erfahren haben. Vielleicht hat sie ihn damit erpresst und er hat die Nerven verloren.«

»Ja, möglicherweise hat sie das. Daher auch das Geld für Kleider und Schmuck. Aber, wer hat sie dann umgebracht? Stefan Freese kann es nicht gewesen sein, denn er war ja zu diesem Zeitpunkt bereits wieder in den USA. Ich habe dir doch erzählt, dass Freese am zweiten November wieder in die USA geflogen ist.« Peter Dahnken stand auf, streckte den Rücken und gähnte.

»Ich mach' mal das Fenster auf, mit frischer Luft denkt es sich besser.«

»Ja, aber nur kurz, es ist viel zu kalt«, jammerte Harry.

»Weichei«, murmelte Peter.

»Das habe ich gehört, Superman«, giftete Harry. »Ich glaube, ich rede nochmals mit diesem Schmink.«

»Keine schlechte Idee, Harry. Du kümmerst dich um Schmink, und Peter und ich überlegen, wie wir an DNA-Material von Stefan Freese kommen!«

Abrupt drehte sich Dahnken plötzlich vom Fenster weg und schlug sich mit der flachen Hand vor die Stirn.

»Mann, bin ich bescheuert! Dieser Freese, also Stefan Freese, der trainiert im gleichen Kendo-Club wie ich. Nur ist der so selten da, dass ich gar nicht gleich drauf gekommen bin, dass ich den Namen mit dem Fall in Zusammenhang gebracht habe. Als ich mit Kendo angefangen habe, war der schon in den USA und tauchte nur sporadisch mal im Club zum Training auf. Bisher habe ich mich mit dem noch nicht einmal persönlich unterhalten können. Wenn es sich tatsächlich um den Stefan Freese handelt, diesen Namen scheint es aber sicher öfter zu geben, könnte ich einfach mal den Kote mitnehmen, da ist so viel Schweiß drin, dass es für eine DNA-Analyse reichen müsste. Ist zwar nicht rechtmäßig so eine Aktion, aber so kommen wir an seine DNA.«

Hölzle warf Schipper einen fragenden Blick zu. Harry zuckte mit den Schultern und der Ausdruck auf seinem Gesicht glich einem Fragezeichen. Die Mundwinkel nach unten und die Augenbrauen nach oben gezogen, schüttelte er stumm den Kopf.

»Hm«, räusperte sich Hölzle, »ähm, ehrlich Peter, was zur Hölle ist Kendo und du willst von dort Kot mitnehmen? Also, ich versteh' nur Bahnhof.«

»Geht mir genauso«, gab Harry zu. Peter Dahnken grinste.

»Also, Kendo ist ein japanischer Schwertkampf und es hat nichts mit Kot zu tun. Es heißt Kote.«

»Ja, und? Was ist das jetzt für ein Sch..Kot..e?«, fragte Harry leicht mürrisch nach, dem Peter manchmal auf die Nerven ging. Der machte doch wirklich jeden neumodischen Kram mit. *›Hauptsache trendy!‹*

»Der Kote ist der Kampfhandschuh, den man dabei trägt. Und der ist wunderbar mit Baumwolle gefüttert. Ein ideales Material, um den Schweiß aufzufangen.«

Hölzle schenkte sich ein Glas Mineralwasser ein und nahm einen Schluck.

»Sag mal, wann machst du das denn noch? Du gehst doch schon dreimal die Woche laufen und zweimal zum Schwimmen. Schläfst du nie?«

»Natürlich schläft er«, stichelte Harry gutmütig, »eben immer erst morgens um acht, deshalb schafft er es auch nicht pünktlich im Büro zu sein.«

Peter schnitt seinem Kollegen eine Grimasse.

»Ich trainiere Mittwochabends und am Sonntagnachmittag. Und laufen gehe ich gleich nach dem Dienst, meistens zumindest. Zum Schwimmen komme ich, seitdem ich Kendo angefangen habe, nicht mehr so oft. Leider. Aber ich schätze im Sommer wird das auch wieder drin sein, wenn man einfach noch schnell ins Freibad fährt oder an den Unisee.«

Harry lehnte sich in seinem Stuhl zurück, streckte die Arme über seinen Kopf und gähnte herzhaft.

»Ah, und jetzt willst du also Freeses Spind aufbrechen, ich nehme an das gibt es dort, und diesen Handschuh mitgehen lassen?« Harry wedelte mit der Hand vor seiner Stirn, um anzudeuten, was er davon hielt.

»Ja, warum nicht«, meinte Dahnken achselzuckend. »Irgendeine bessere Idee?«

Hölzle kratzte sich mit der rechten Hand am Kopf. Dann gähnte auch er, allerdings hinter vorgehaltener Hand, wie es sich gehörte.

»Also, ich sag's ja nicht gern, aber im Moment scheint es tatsächlich so auszusehen, als wenn wir dich echt zum Klauen schicken müssen.«

Peter tat entrüstet. »Das ist doch nicht klauen, Chef. Nur ausleihen.«

»Kann ich wieder zumachen? Das ist saukalt«, jammerte Harry, der dem geöffneten Fenster am nächsten saß. Hölzle nickte nur und Schipper stand dankbar auf und schloss das Fenster.

»Sag ich doch, der ist und bleibt ein Weichei«, murmelte Peter leise und zwinkerte seinem Chef zu. Der schüttelte nur seufzend den Kopf. ›*Wia d'Kender, send die zwoi. Miteinander geht's net ond ohne anander geht's au net.*‹

## Sonja. Herbst 2007

Etwas müde schlendert Sonja durch die Einkaufspassage. Ein dunkler Himmel hängt wieder über Bremen und es nieselt. Die letzten Tage hat die Sonne noch vom Himmel geschienen. Das Tiefdruckgebiet über der Nordsee, Ottmar, hat eine stürmische Nacht beschert und jetzt scheint der Sommer endgültig in weite Ferne gerückt. Es ist kühl geworden. Eigentlich ist die Stadt gar nicht so übel. Man kann bummeln und die Auslagen anschauen, ohne wirklich nasse Füße zu bekommen. An den Geschäften in der Obernstraße ist Sonja schon entlang spaziert. Nun, gerade als die ersten Tropfen fallen, zieht sie sich in eine der zahlreichen Einkaufspassagen zurück. Es ist wenig los in der Stadt – Montagnachmittag eben, was zumindest den Vorteil hat, dass es in den Geschäften nicht nur von Menschen wimmelt und man gemütlich durchschlendern kann.

Sonja ist mit der Bahn in die Stadt gekommen und hat ihre Linie an der Domsheide verlassen. Am Dom entlang – sie hatte sich die alte, riesige Kirche einmal von innen angeschaut, jedoch für alte Steine hat Sonja nicht all zu viel übrig – genießt sie den Gang über den Markt. Eine Gruppe Touristen schart sich eben um den Roland und wird von einer Schirm schwingenden Stadtführerin mit geschultem Lächeln begrüßt. Sonja glaubt, russische Stimmen zu vernehmen, aber sie ist zu weit von der Schar entfernt und der aufkommende Wind trägt die Wortfetzen über die Dächer der umliegenden Häuser.

Sonja hat ihre festen Wege – ihr Bummel führt immer zunächst über den Domvorplatz in die Obernstraße, dann bis zum Brill und auf der anderen Straßenseite wieder zurück. Dann hinein in die Sögestraße bis zu einem Juwelier an der Ecke. Hier könnte Sonja Stunden verbringen, doch die argwöhnischen Augen eines Wachmannes lassen sie nach ein paar Minuten wieder umkehren, um in die erste Passage einzubiegen. Ein paar schicke Stiefel springen ihr sofort ins Auge, gefolgt von einem dezenten kleinen Preisschild. Sechshundertachtundneunzig Euro! Für Sonjas knappes Budget sicherlich nicht die richtige Wahl. In den exklusiven Läden, Sonja hat diese bereits bei ihrer allerersten Erkundung Bremens ausgemacht, lässt sie sich sündhaft teure Jacken zeigen. Es wird bald kälter werden und das knappe Kunstlederjäckchen kann dann eigentlich getrost in den Müll wandern, wenn ..., ja wenn sie das Geld hätte, sich eine dieser wunderbar kuscheligen und eleganten Kreationen zuzulegen. Sonja entgeht es nicht, dass die Verkäuferinnen skeptisch ihr Äußeres begutachten. Aber sie verhalten sich höflich, bringen Sonja das Gewünschte und lächeln verständnisvoll, wenn Sonja das Geschäft, wie immer, ohne etwas zu kaufen, verlässt. Für Sonja sind diese Stadtbummel Hobby und Entspannung und nichts gibt ihr ein angenehmeres Gefühl, als in ein paar sündhafte teure Dessous oder Kleider zu schlüpfen.

Ob es heute am tristen Wetter liegt oder daran, dass Sonja bis in die Morgenstunden in einem Bremer Club ausgiebig getanzt hat, es überkommt sie eine plötzliche Lust auf Kaffee. So viel gibt ihr Portemonnaie noch her, dass sie sich einen doppelten Espresso gönnen kann. Sie steuert das kleine Eiscafé kurz vor dem Ende der Passage an.

»Hallo schöne Frau, Interesse an einem kostenlosen Exemplar des Weser-Kuriers?« Der junge Mann steht an einem kleinen blauen Stand, auf dem ein Stapel Zeitungen liegt, und hält ihr bereits ein Exemplar unter die Nase. Sonja greift automatisch zu.

›*Gratis? Warum nicht?*‹, denkt sie. »Danke«, murmelt sie dann. Noch bevor der Student, als solchen schätzt Sonja ihn ein, noch mehr Worte an sie richten kann, ist Sonja bereits weiter geeilt. Sie will sich das Blatt bei ihrer heißersehnten Tasse Kaffee zu Gemüte führen und dabei gleichzeitig an ihren Deutschkenntnissen arbeiten. Einen Beitrag lesen, am besten mit Foto, damit sie sich vergewissern kann, dass sie den Artikel auch richtig verstanden hat – besser als jeder Deutschkurs inmitten ihrer bornierten Landsleute.

Sonja entgeht nicht der bewundernde Blick des dunkelhaarigen Kellners, der ihr mit einem galanten Armschwung und einem gehauchten »Prego, Signorina« ihren Espresso auf das Bistrotischchen stellt. Doch Sonja hat sich bereits in die Tagespresse vertieft und meidet so den direkten Blickkontakt. Am liebsten ist ihr der ›Blick in die Welt‹ – kurze Informationen zum Leben und Lieben der Prominenten verlangen ihrem Deutsch keine allzu großen Erfordernisse ab. Dagegen sind der Politik- und Wirtschaftsteil ganz schön schwierig. Nein danke. Darauf würde sie aber auch verzichten, wenn sie die Sprache korrekt beherrschen würde.

Doch heute bleibt Sonjas Blick zumindest auf der lokalen Wirtschaftsseite hängen. Ein Name springt ihr ins Auge, den sie kennt. Freese. Auf der Reitanlage, deren Räumlichkeiten sie gezwungenermaßen im Moment wöchentlich putzt, reiten auch Marie-Louise Freese, samt Tochter Fabienne und Nichte Freya. Sonja putzt am Vormittag und Familie Freese reitet meistens erst am Abend. Sicher ein Zufall, aber neugierig geworden, beginnt Sonja den Beitrag zu lesen.

*Alfred Freese – ein Bremer Unternehmer feiert seinen 85. Geburtstag*

*Im Kreise seiner großen Familie und mit vielen geladenen Gästen aus Politik und Wirtschaft, Kunst und Kultur, feiert der Bremer Unternehmer Alfred Freese Ende der nächsten Woche seinen 85. Geburtstag. Zwar hat er offiziell mittlerweile die Zügel aus der Hand gegeben und sein Sohn Konstantin leitet das Familienunternehmen, doch noch immer ist Alfred Freese die graue Eminenz im Hintergrund.*

*Als der Unternehmer vor knapp fünfzig Jahren die Firma seines Vaters Alois Freese übernommen hat, war diese bereits ein florierendes Unternehmen in der Baubranche. Die Freese-Bauunternehmung gehört heute noch, trotz aller Konjunkturprobleme, die die Bauwirtschaft zu bewältigen hat, zu den Branchenriesen in Norddeutschland.*

*Auch persönliche Schicksalsschläge – die Gattin Freeses, Helene, wählte vor fünfzehn Jahren unter mysteriösen Umständen den Freitod – zwangen den Unternehmer nicht in die Knie. Bereits unmittelbar nach der Wende, expandierte Freese in den Osten. Die Unterstützung der Menschen in den Neuen Bundesländern durch die Schaffung einer Niederlassung in Rostock, war dem rührigen Unternehmer, wie er selbst sagt, ein großes Bedürfnis.*

*Doch auch um Bremen hat sich der Unternehmer immer wieder verdient gemacht. Seit nunmehr siebzehn Jahren verleiht die Freese-Stiftung alljährlich den mit zweitausend Euro dotierten Preis für die beste Diplomarbeit im Bereich des Studiums der Produktionstechnik an der Universität Bremen. Auch der Umbau der Kunsthalle wird von Alfred Freese mit einer namhaften Summe unterstützt.*

*Noch bis vor wenigen Jahren fehlte Alfred Freese bei keinem Renntag auf der Galopprennbahn in der Vahr oder bei den Treffen seiner Jägergesellschaft ›Goldener Blattschuss Bremen‹. Trotz eines Beinleidens war Freese ein leidenschaftlicher Jäger, der noch im Alter von neunundsiebzig Jahren mit sicherer Hand in seinem Jagdrevier so manchen kapitalen Bock schoss.*

*Wir wünschen ihm an dieser Stelle noch viele erfolgreiche und gesunde Jahre inmitten seiner Familie, so dass er den Führungswechsel im Unternehmen an die vierte Generation noch miterleben kann.*

Nachdenklich faltet Sonja die Zeitung so zusammen, dass nur noch der Artikel sichtbar ist. Aufmerksam betrachtet sie noch einmal das Foto Alfred Freeses. Trotz seines hohen Alters ein noch stattlicher Mann, der an einem schweren, dunklen Schreibtisch sitzt, dessen sichtbare Ecke mit einem fein geschnitzten Löwenköpfchen verziert ist. Im Hintergrund an der Wand des Arbeits- oder auch Herrenzimmers hängt ein Gemälde, sicherlich seinen Vater darstellend, der auf den Stufen einer Villa mit Säulenportikus posiert. In der rechten Hand hält Alfred Freese einen Stift, wie um gleich einen wichtigen Vertrag zu unterzeichnen. Seine Linke liegt leicht auf einem Buch, das halb hinter einem üppigen Blumenstrauß in einer prächtigen Kristallvase verborgen ist. Aufmerksam, fast lauernd, dabei allerdings durchaus charmant und gewinnend lächelnd, blickt Freese in die Kamera – ein Mann voller Stolz auf das Geleistete.

›*Das muss das Geburtstagsfest sein von dem die Frauen im Stall gesprochen haben!*‹ Sonja bestellt sich einen weiteren Espresso. Geistesabwesend bezahlt sie später die Rechnung, die der Kellner ihr mit einem schmachtenden Blick vorlegt. Sonja bemerkt davon nichts. Sie gibt ein, für ihre Verhältnisse, viel zu hohes Trinkgeld, doch auch das fällt ihr nicht weiter auf, denn ihre Gedanken sind im Moment ganz woanders.

Am nächsten Tag muss sie auf dem Hof arbeiten. Sie steht in der kleinen Küche des Reiterstübchens und wienert das Spülbecken. Dabei lauscht sie der Unterhaltung zwischen Petra von Bokeloh und Anne-Marie Kleinhempel, die sich an einem der Tische niedergelassen haben.

»Meine Güte, was Marie-Louise sich wieder anstellt. Soll sie eben noch Aushilfen für das Fest per Annonce suchen. Es wird doch wohl junge Mädchen geben, die sich noch etwas dazu verdienen wollen. Wenn die Grippewelle ihren Catering-Service, den sie bestellt hat, heimsucht, ist das doch nicht das Ende der Welt«, echauffiert sich Petra.

Anne-Marie sieht das im Grunde genauso.

»Ja, aber du kennst doch unsere Miss Hundertprozent. Die überlässt doch nichts dem Zufall. Jemand wie sie, der sein Pferd kurz vor der Prüfung noch einmal vom Trainer abreiten lässt, damit alles glatt geht, akzeptiert mit Sicherheit keine Pannen bei der Ausrichtung einer solchen Veranstaltung.«

Sonja weiß, dass die Familie Freese die große Feier anlässlich des Geburtstages von Alfred Freese plant. Blitzschnell hat sie einen Plan gefasst. Wenn sie dort als Servicekraft arbeiten könnte, würde sie die Möglichkeit haben, eine der Familien, die für sie in die engere Wahl ihrer Recherchen kommt, unter die Lupe zu nehmen. Sie geht in den Pferdestall und sucht die Box von Partout, Marie-Louise Freeses Wallach. Die Namenstafel an der Boxentür gibt auch Auskunft über die Telefonnummer der Besitzerin. Schnell ist die Nummer ins Handy getippt und Sonja lauscht dem Freizeichen. Doch leider meldet sich nur die Mailbox. Sie hinterlässt keine Nachricht und legt auf. Da kommt ihr Pjotr mit einem Pferd, das er aus der Führmaschine geholt hat, entgegen.

»Hey, Pjotr, kann ich dich um etwas bitten?« Ein gezielter Augenaufschlag unterstreicht ihre Frage. »Ich kann Frau Freese nicht erreichen und es ist dringend. Die Freeses planen doch ein großes Fest und haben wohl zu wenig Servierhilfen, wie ich gehört habe. Und ich dachte, vielleicht könnte ich dort aushelfen und mir noch einige Rubelchen dazu verdienen. Meinst du, du könntest sie für mich fragen, wenn sie heute noch zum Reiten kommt?«

Pjotr strahlt sie an, freut er sich doch, wenn er ihr einen Gefallen tun kann. Er verspricht mit Frau Freese zu sprechen. Sonja ist sicher, dass Pjotr sich mit positiver Nachricht melden wird. Und ebenso sicher ist sie, dass dieser Job um ein vielfaches besser ist als der, den er ihr vor einiger Zeit beschafft hat. Damals hat er ihr eine zusätzliche Putzstelle noch bei dieser Tierärztin beschafft. Eigentlich ein lockerer Job, hatte sie gedacht. Ein bisschen wischen hier, ein bisschen fegen dort. Doch da war sie falsch gelegen. Hier auf dem

Hof kippt sie meist zu viel von dem Toilettenreiniger in die Becken, und hofft auf die Selbstreinigungskraft der chemischen Zusätze. Genau so oberflächlich hatte sie in dieser Tierarztpraxis geputzt, doch diese dämliche Kuh von Tierärztin hatte sie ständig kontrolliert und immer etwas zu meckern gehabt. Mein Gott, da ging es doch nur um Tiere! Die stellte sich an, wie wenn sie eine Intensivstation im Krankenhaus betreiben würde. Einmal hatte ein Hund mitten in den Warteraum gepinkelt und Sonja hatte eine halbe Rolle Küchenpapier verwendet um die kleine Pfütze aufzuwischen. Widerlich war das gewesen. Und dann war ausgerechnet noch die Tierärztin mit ihrem albernen Namen Jasmin-Denise – wie konnte man nur so heißen?! – dazu gekommen und hatte sie wegen Verschwendung von Küchenpapier angemacht. Sonja hatte zurückgeblökt und kurze Zeit später hatte die Moosgruber sie rausgeschmissen. Aber jetzt bot sich eine bessere Gelegenheit, um an etwas mehr Geld zu kommen. Und, vielleicht auch noch auf dem Fest, den ein oder anderen reichen Mann kennen zu lernen.

Abends ruft Pjotr an. Den letzten Bissen ihrer Tiefkühlpizza kauend, nimmt sie ab.

»Hey Sonja«, sagt er aufgeregt, »du hast den Job! Frau Freese wird sich mit dir in Verbindung setzen und dir alles weitere sagen.« Sonja bedankt sich und verspricht als Gegenleistung für seine Mühe mit ihm Essen zu gehen, wenn die Feier vorbei ist. Angewidert trinkt sie den letzten Schluck Rotwein. Der Wein schmeckt leicht korkig und sauer. Aber wer weiß, vielleicht wird sie bald schon nur noch edle Tropfen kaufen können.

# November 2008

Petra von Bokeloh hatte beschlossen, ausnahmsweise einmal am späten Nachmittag ihren Wallach zu bewegen. Sonst ritt sie immer, wie ihre Freundinnen, am Vormittag, aber sie wollte unbedingt auf Marie-Louise treffen.

Gedankenverloren bürstete sie das glänzende Fell von Bellino. Dann legte sie die Bürste zurück in ihre Putzkiste und strich sanft mit der Hand über den Rücken des Pferdes. Was war das? Unter ihren Fingern spürte sie dicke, kleine Knubbel im Fell des Pferdes. Sie schienen das Pferd nicht zu stören, auch als Petra fester auf die Knötchen drückte, zeigte der Wallach keine Reaktion.

»Oh nein, ich will nicht schon wieder den Tierarzt holen müssen«, schimpfte sie leise. Petra neigte zu leichten Panikattacken, wenn es um ihre Tiere ging. Aber man konnte es ihr nachsehen, hatte sie doch erst vor einigen Jahren einen Hund und den Vorgänger von Bellino verloren.

»Was hat er denn?«, hörte sie jemanden fragen.

Petra reckte den Kopf um über Bellinos Rücken zu sehen. Marie-Louise Freese kam die Stallgasse entlang. Groß und von kräftigem Körperbau. Nicht dick, sondern ein Muskelpaket, das, schaute man ihren Mann an, so gar nicht zu Konstantin Freese passen wollte. Die dunklen Haare trug sie zu einem kurzen Pferdeschwanz zusammengebunden, was ihren relativ großen Kopf noch mehr betonte. Sie trug eine teure dunkelbraune Reitjacke, darunter eine farblich passende Daunenweste und eine cremefarbene Reithose mit braunem Vollederbesatz. Die Füße steckten in maßgeschneiderten dunkelbraunen Lederreitstiefeln, die blank poliert waren. Marie-Louise Freese sah aus wie aus einem Katalog für Reitsportbekleidung, stellte Petra leicht neidisch fest. Nicht dass sie, Petra, sich solche Klamotten nicht auch kaufen könnte, Geld spielte ja keine Rolle, aber irgendwie sah sie es nicht ein, sich für den Stall die superteuren Shirts und Westen zu kaufen. Nur bei ihren Reitstiefeln hatte sie eine Ausnahme gemacht. Die waren ebenfalls maßgefertigt von einem italienischen Reitsportausstatter.

»Oh hallo, Marie-Louise! Dich habe ich ja seit Ewigkeiten nicht gesehen.« Das traf sich ja gut. Jetzt hatte sie gleich einen Aufhänger für ein Gespräch mit Marie-Louise.

»Schau mal, hast du so was auch schon mal an euren Pferden gesehen?« Petra deutete auf die Knötchen.

Marie-Louise strich mit der rechten Hand darüber und meinte: »Ja, das kenne ich. Mein Partout und Frickes Boy von Freya hatten das auch schon. Das kommt meist vom Sattel. Wenn die Kissen nicht gleichmäßig befüllt sind, kommt es zu verstopften Schweißdrüsen, vor allem dann, wenn auch noch Staub und Schmutz dazukommen.«

»Das heißt, ich muss den Sattler kommen lassen, damit er sich die Kissen vornimmt. Na toll, dann kann ich wieder ein paar Tage nicht reiten. Dabei geht Bellino gerade so schön.«

Marie-Louise blickte sie mitfühlend an. »Ja, das kenne ich. Immer, wenn es gerade besonders gut läuft, passiert irgendetwas. Aber, so schlimm ist das jetzt auch nicht.«

Petra nickte zustimmend. »Sag mal, wie geht's dir denn sonst so, wir haben uns ja lange nicht gesehen?« *›Gott, ich muss dieses Gespräch in Gang halten, sonst ist sie weg‹*, ging ihr der Gedanke durch den Kopf.

Marie-Louise zuckte mit den Achseln. »Ach, eigentlich ganz gut. Im Grunde kann ich mich nicht beklagen. Es ist nur …«, sie stockte.

Petra sah sie fragend an und meinte aufmunternd: »Was denn? Ist jemand krank bei euch?«

Marie-Louise Freese blickte zu Boden. »Ach, mein Mann. Der hat für nichts mehr Zeit, schon gar nicht für die Familie. Dauernd ist er unterwegs.« Es klang fadenscheinig.

Petra wagte einen Schuss ins Blaue. »Hat er eine andere? Entschuldige, das geht mich zwar nichts an, aber du siehst aus, als wenn du jemand zum Reden brauchst.«

Marie-Louise schnaubte leise durch die Nase und sagte verächtlich: »Eine? Ich will gar nicht wissen, wie viele das in den letzten zehn Jahren gewesen sind. Er hat es ja auch einfach. Die jungen Frauen sind leicht zu beeindrucken mit den Autos, die er fährt, und natürlich mit seinem vielen Geld.«

Sie streichelte Petras Pferd sanft über die Nüstern. »Wie gut, dass ich die Pferde habe. Das macht jeden Tag auf's neue Freude.«

»Da hast du recht. Ohne Pferde, könnte ich mir mein Leben nicht vorstellen.« Einen Moment waren die Frauen still, dann fasste Petra einen Entschluss und hob an: »Sag mal, diese Sonja, die hier ermordet wurde, die war doch auf Alfreds Geburtstagsfest …«

»Hör mir bloß auf«, unterbrach ihr Gegenüber vehement. »Diese kleine Schlampe … und das in meinem Haus … ich war so wütend …«, Marie-Louises Stimme brach und Tränen der Wut schimmerten in ihren Augen. Dann hatte sie sich gleich wieder unter Kontrolle und warf einen Blick auf ihre teure Armbanduhr.

»Oh, jetzt muss ich mich aber sputen. Ich habe für heute Abend noch Tickets für das Musicaltheater. ›Joseph and the amazing technicolor dreamcoat‹ – was für ein Titel. Soll aber ganz gut sein. Und reiten muss ich auch noch. Bis dann.« Marie-Louise schien froh zu sein, fort zu kommen.

*›Dieses neugierige Weib‹*, dachte Marie-Louise. *›Hält die mich für dämlich? Ich habe doch gleich bemerkt worauf sie hinaus wollte.‹* Hatte sie doch tatsächlich für einen Augen-

blick die Fassung verloren und zugegeben, dass ihr Gatte keinen Rock ausließ. Aber, sie hätte sich lieber die Zunge abgebissen, als Details dieser unseligen Affäre ausgerechnet Petra von Bokeloh, dieser Ziege, preiszugeben. Es reichte ihr sowieso schon, dass Fabi ihr permanent in den Ohren lag, damit sie endlich der Geschichte ein Ende bereitete und einen Schlussstrich unter ihre Ehe mit Konstantin zog. Sie hatte keine Kraft mehr, und wollte nur noch ihre Ruhe. Die Affäre mit dieser Putze war wirklich die Krönung all seiner Liebschaften gewesen. Eine Putzfrau, die er auch noch zu Hause aufgerissen hatte. Und dann war diese Schlampe, Gott sei Dank nur selten, auch noch im Stall anzutreffen gewesen. Es hatte sich entsetzlich angefühlt und sie hatte ihn erneut zur Rede gestellt, wie schon an jenem Abend der Geburtstagsfeier ihres Schwiegervaters. Hatte ihm gesagt, er könne so viele Weiber haben, wie er wolle, aber er sollte doch wenigstens so viel Anstand besitzen und nicht auch noch das Personal begrapschen. Konstantin hatte nur müde lächelnd abgewinkt und sie eine hysterische, frigide Kuh genannt.

Umso überraschter war sie kürzlich gewesen, dass er sie zu einer Vernissage in die kleine Galerie ›Im Fedelhören‹ hatte begleiten wollen. Ihre alte Freundin Susann führte die Galerie und sich in dieser dunklen Jahreszeit dem ›Licht der Provence‹- so hatte es auf der Einladungskarte gestanden – hinzugeben, war ihr verführerischer erschienen, als mal wieder ein einsamer Abend vor dem Fernseher. Das Fernsehprogramm hatte so oder so nicht viel zu bieten gehabt und an jenem Abend war ein Fußballländerspiel der Nationalmannschaft noch das Interessanteste gewesen. Eigentlich hatte sie Susann absagen wollen, weil ihr Wallach Partout eine Kolik gehabt hatte, doch Fabi hatte sich erboten, in den Stall zu fahren, um nach dem Pferd zu schauen und auf den Tierarzt zu warten.

Die dunkelgraue Pelzjacke hatte sie bereits um die Schultern gelegt gehabt, als Konstantin in der Eingangshalle erschienen war. ›Lou, ich komme mit. Susann habe ich seit Ewigkeiten nicht mehr gesehen, und ich muss mich doch davon überzeugen, dass ihre Galerie auch gut ankommt.‹ Sie hatte nur die Augenbrauen hochgezogen, mit den Schultern gezuckt und gesagt: ›Ist mir egal.‹

Konstantin hatte vorgeschlagen getrennt zu fahren, da er sich anschließend noch mit ein paar Golffreunden treffen wollte, um das Länderspiel in einem Lokal namens ›Dynamo‹ anzuschauen. Es war ihr nur recht gewesen. Ihr Mann hatte den Wagen ihres Sohnes genommen, da sein Mercedes in der Werkstatt war. Sie hatte Glück gehabt und einen Parkplatz ganz in der Nähe der Galerie gefunden. Proppenvoll war es in der kleinen schmucken Galerie gewesen, denn jeder, der in Bremen glaubte, Ahnung von Kunst zu haben, hatte sich mit einem Glas Sekt in den beiden Ausstellungsräumen eingefunden. Und jeder der Anwesenden hatte seine Einschätzung der ausgestellten Bilder abgegeben, was einen enormen Geräuschpegel verursacht hatte. Selbst als Susann sich Gehör verschafft hatte und mit einer Laudatio die Künstlerin Elvira Ahlmann vorgestellt hatte, waren die Gespräche der Besucher kaum verebbt. Marie-Louise war gelangweilt an den Werken vorbei geschlendert. Elvira Ahlmann hatte ebenso wie einst van Gogh das Flirren des Südens einfangen wollen, nur mit dem Unterschied, dass die Künstlerin zwar noch ihre Ohren hatte, dafür aber absolut talentfrei war. Was man von van Gogh nun nicht behaupten konnte. Marie-Louise hatte in den Besuchermassen Konstantin entdeckt, der sich mit einem jungen Mann, ganz avantgardistisch mit Pferdeschwanz und in Jogginghosen, unterhalten hatte. Sie hatte schon in seine Richtung steuern wollen, als ihr Susann den Weg abgeschnitten hatte. Ihre Freundin hatte gerne wissen wollen, was Marie-Louise von ihrer Neuentdeckung Ahlmann hielt und sie hatte nur lapidar gesagt: *›Na ja Susann, ich würde mal sagen, im Süden nichts Neues.‹* Susann war sehr pikiert gewesen, und hatte sich dann in einem Schwall von Lobeshymnen ergangen, während Marie-Louise versucht hatte, ihren Mann im Auge zu behalten. Sie hatte gehofft, dass er sie nicht auch noch in der Öffentlichkeit brüskierte. Dann war er plötzlich in Richtung Garderobe gegangen und sie hatte auf die Uhr gesehen. Um sich das Länderspiel anzusehen war es noch viel zu früh gewesen und sie hatte sich gefragt, wo er denn hin wollte. So war sie ihm gefolgt, nachdem sie sich schnell von der Galeristin verabschiedet hatte, denn ihr Gefühl hatte ihr gesagt, dass er sie einmal mehr belogen hatte. Susann war sauer gewesen, dass sie schon ging, doch Marie-Louise hatte ihr Pferd vorgeschoben, um eine gute Entschuldigung zu haben. Als sie aus ihrem Parkplatz ausgeschert hatte, war ein dunkler Geländewagen vorbeigebraust. Sie war nicht sicher gewesen, ob es sich um Stefans Wagen gehandelt hatte, doch sie hatte versucht ihm zu folgen. Ihr Entschluss war gefasst gewesen. Sollte es sich tatsächlich um diesen Wagen handeln, dann würde sie ein für alle Mal reinen Tisch machen …

Petra schaute Marie-Louise nachdenklich hinterher. *›Mist, es gab keine Gelegenheit, mehr aus ihr herauszukriegen. Aber dass sie Sonja gehasst hat, ist jetzt wohl sonnenklar. Und die Kraft und die Statur hätte sie auch, um Sonja umzubringen …‹*, sinnierte Petra vor sich hin.

Auf dem Nachhauseweg stoppte sie bei einer Bäckerei. Auf der Ladentheke lagen verschiedene Tageszeitungen und während sie wartete bis sie an der Reihe war, warf sie einen Blick darauf. Die Schlagzeile auf der ersten Seite des

›Weser-Blitz‹ sprang ihr förmlich ins Gesicht. In großen Lettern prangten dort die Worte: ›Tote auf dem Reiterhof war schwanger! Steckt ein Frauenhändlerring hinter dem grausamen Mord?‹

Der kleine Verdachtskeimling in ihrem Hinterkopf begann zu sprießen.

Peter Dahnken hatte Glück gehabt. Als er die Umkleideräume des Kendo-Clubs betrat, war niemand da gewesen. Sekundenschnell hatte er den Schrank Stefan Freeses geöffnet und den Kote an sich genommen. Nun war er auf dem Weg zu Markus Rotenboom.

»Hi, Markus, ich hab' hier was für dich.« Er hielt dem Kriminaltechniker den Kampfhandschuh unter die Nase.

Rotenboom nahm ihm den Handschuh ab und drehte diesen hin und her.

»Ok. Und was soll ich damit?«

Peter nahm Markus beiseite und erklärte ihm leise, um was es ging. »Hör zu, das ist inoffiziell. Dieser Handschuh ist mit Baumwolle gefüttert und hat eine Menge Schweiß aufgesogen. Ich möchte, dass du eine DNA-Analyse machst und diese mit dem DNA-Profil des Feten von Sonja Achmatova abgleichst. Der Träger dieses Handschuhs ist möglicherweise der Vater gewesen.«

Markus Rotenboom schüttelte den Kopf. »Du hast den Handschuh geklaut, nicht wahr? Ihr habt ja Nerven! Das ist völlig unzulässig. Und die Probe des Feten liegt beim Adlerblick. Außerdem könnt ihr doch die Ergebnisse gar nicht verwenden.«

Peter stieß den Kriminaltechniker an. »Jetzt komm schon. Wenn der tatsächlich der Vater des Kindes ist, bringt uns das vielleicht einen Schritt weiter in diesem Fall.«

»Also, ehrlich. Korrekt ist das nicht. Sag mir wenigstens,

wem dieser Handschuh gehört«, forderte der Leiter des kriminaltechnischen Labors.

»Stefan Freese.«

»Freese, Freese«, überlegte Markus. »Ach, jetzt weiß ich, woher ich den Namen kenne. Der Name stand auf der Liste der Fahrzeughalter.« Dann seufzte er auf. »Also, gut. Ich werde sehen, was ich tun kann. Eine Garantie kann ich dir nicht geben, dass da was dabei rauskommt. Wer weiß, ob da drin genügend Material vorhanden ist, um DNA zu isolieren.«

Dahnken klopfte ihm auf die Schulter. »Danke dir.« Rotenboom nickte ergeben und Peter verließ frohgemut das Labor.

Harry Schipper war in die Redaktion des Weser-Blitz gefahren, um sich mit Thorben Schmink zu treffen. Wichtigtuerisch empfing ihn der Reporter, führte ihn in einen kleinen Besucherraum und bot ihm Kaffee an. Schipper lehnte dankend ab, irgendwie widerstrebte es ihm, eine Kaffeetasse von Schmink entgegen zu nehmen. Der war ihm einfach zu schmierig. Auch wenn die Tassen, die auf dem Tisch standen, der die Mitte des kleinen Raumes füllte, sauber aussahen.

»Was kann ich für Sie tun?« Schmink lehnte sich lässig in seinem Stuhl zurück, ein Bein auf dem anderen ruhend und die Arme hinter dem Kopf verschränkt.

»Wir haben erfahren, dass Sie vor rund zwei Monaten Frau Krusche einen Besuch abgestattet haben, und uns würde interessieren, warum.« Harry sah ihn durchdringend an.

»Frau, Krusche, Frau Krusche … Helfen Sie mir mal auf die Sprünge, wer das ist. Wissen Sie, ich treffe mich mit so vielen Leuten für diverse Reportagen, manchmal weiß ich nicht mehr, wo mir der Kopf steht.« Er kratzte sich an der rechten Schläfe und bereitete damit einem kleinen Eiterbächlein den Weg aus dem Inneren des kleinen Aknekegels. Schmink griff in seine Hosentasche und zog ein Papiertaschentuch hervor, um das Ergebnis seiner Kratzerei abzuwischen. Harry schauderte.

»Die Frau von Kriminalhauptkommissar Rolf Krusche a. D., wohnhaft in Oberneuland. Na klingelt's?« *›Als wenn der nicht wüsste, von wem ich hier rede.‹*

Schmink rutschte mit dem Stuhl näher zum Tisch. »Ach, ja genau, Frau Krusche. Eine nette alte Dame und so zuvorkommend. Nur schade, dass ihr Mann nicht mehr alles auf die Reihe bekommt. So ist das eben, wenn man …«

»Hören Sie Schmink, ich interessiere mich nicht für eine Analyse über's Älterwerden, sondern würde gerne wissen, was Sie dort zu suchen hatten«, unterbrach ihn Schipper. Der Journalist hob abwehrend die Hände. »Ist ja gut, nur nicht gleich so aggressiv. Im Übrigen wüsste ich nicht, was es die Polizei angeht, welche Reportagen ich mache und wen ich dafür interviewe. That's none of your business.«

Harry Schipper hatte sich so eine Antwort schon ausgemalt. Im Grunde hatte sein Gegenüber ja recht, natürlich ging es sie nichts an, aber in diesem Fall …!

»Wir wissen, dass Sie sich nach alten Fällen erkundigt haben. Und da diese Ähnlichkeiten mit dem aktuellen Mordfall Achmatova aufweisen, denke ich, dass uns das sehr wohl etwas angeht. Also, warum interessieren Sie sich für Dinge, die mehr als dreißig Jahre zurückliegen?«

»Schon gut, ich sag's Ihnen ja«, gab sich der Journalist lässig. »Ich arbeite an einer Story über cold cases aus früheren Jahren in Bremen und Bremerhaven. That's about it. Ist das etwa ein Verstoß gegen das Gesetz?« Er tupfte erneut Sekret an seiner rechten Schläfe ab. Schipper vermied es dorthin zu sehen und Schminks englisch-deutsches Kauderwelsch nervte ihn obendrein.

»Nein, natürlich nicht. Allerdings würden wir schon gerne wissen, wo Sie eigentlich am Abend des vierten Novembers gewesen sind?«

Thorben Schmink starrte ihn an. »Was soll das denn werden? Verdächtigen Sie mich etwas des Mordes an Sonja? You must be crazy!« Schipper zuckte mit den Achseln. »Wenn Sie es so sehen wollen …?«

»Wie soll ich das sonst interpretieren? Was hätte ich denn für einen Grund gehabt, diese Russin umzubringen?«, ereiferte sich der Reporter.

»Sagen Sie's mir. Vielleicht waren Sie gekränkt, dass Achmatova Sie mehrfach hat abblitzen lassen?«

Schmink grinste abfällig. »Abblitzen? Wohl eher nicht. Die konnte ja gar nicht genug kriegen, wenn Sie wissen was ich meine …« Sein schiefes Grinsen ließ sein Gesicht noch ungünstiger erscheinen, als es eh schon war. Jetzt grinste Harry Schipper auch. Allerdings glich sein Grinsen eher dem Zähnefletschen einer Raubkatze kurz vor dem Zuschnappen.

»Ach, dann war womöglich die Schwangerschaft der Grund für Sie, Sonja Achmatova umzubringen? Sie wussten ja schon wieder vor allen anderen Presseleuten darüber Bescheid. So was nennen wir Motiv.«

Bevor er zu Schmink in die Redaktion gefahren war, hatte er noch einen Abstecher bei Pjotr Solotov gemacht, der am Tag nach der Vernehmung bereits wieder aus der Untersuchungshaft entlassen worden war. Staatsanwältin Henriette Deuter und der zuständige Untersuchungsrichter hatten keinen Grund gesehen, den Mann weiter festzuhalten, dazu war die Beweislage zu dünn. Jedenfalls hatte Harry den Pfleger nach dem Reporter befragt und Glück gehabt. Solotov hatte sich an Gespräche mit Sonja erinnert, in denen sie ihm von Schmink erzählt hatte. Von dessen erfolglosen Versuchen, sie zum Kaffee oder zum Essen einzuladen und von seinen Anzüglichkeiten. Dasselbe hatten ihm Mitarbeiterinnen der Bremer Erwachsenenbildung bestätigt, die Schipper ebenfalls befragt hatte. Harry war sich somit sicher, dass der Reporter bestimmt nicht der Vater des ungeborenen Kindes war, aber das konnte sein Gegenüber ja nicht wissen.

Schmink war etwas blass geworden, was die kleinen roten Pusteln noch deutlicher hervortreten ließ.

»Also, gut. Ok. Sie hat mich abblitzen lassen und das Kind kann somit nicht von mir sein. Aber nur, weil sie mich abgewiesen hat, habe ich sie noch lange nicht umgebracht! No way.« Der Reporter fuhr sich mit gespreizten Fingern durch die Haare.

»Sagen Sie, haben Sie kürzlich einen Kurs ›Englisch für Loser‹ belegt? Das nervt.« Harry hatte die Nase voll von diesem großspurigen Getue. Schmink sah leicht beleidigt aus, sagte aber nichts.

Oberkommissar Schipper nahm den Faden wieder auf. »Dann können Sie mir sicher ein Alibi präsentieren. Also, nochmal. Wo waren Sie an diesem besagten Abend?« So allmählich fing er an, die Situation sichtlich zu genießen, denn sein Gegenüber war mit einem Mal nicht mehr ganz so gelassen.

Schmink zerrte einen zerfledderten Taschenkalender aus der Brusttasche seines gestreiften Hemdes. »Da muss ich erst nachsehen, ist ja auch schon etwas her. Kann mir ja nicht alles merken«, maulte er leise vor sich hin. Umständlich blätterte er in dem Büchlein herum. »Das kann ich Ihnen nicht sagen. Nur so viel: ich habe mich mit einer Quelle getroffen, deren Namen ich nicht nennen werde. Kein Journalist gibt seine Quellen preis.« Er schien wieder Selbstvertrauen zu gewinnen und das selbstgefällige Grinsen stahl sich zurück auf seine Lippen.

Schipper erhob sich leicht von seinem Stuhl, stützte sich mit den Händen auf der Tischplatte ab und beugte sich hinüber zu Schmink.

»Tja, wissen Sie was? Entweder Sie sagen mir genau, mit wem Sie sich wann und wo getroffen haben … oder ich lasse Sie festnehmen wegen Mordverdacht an Sonja Achmatova. Na, wie sieht's aus?«

Auf Thorben Schminks Stirn bildeten sich kleine Schweißtröpfchen.

»Sag mal, magst du nicht mit zu unserer Weihnachtsfeier kommen?«

Christiane häufte Hölzle Spaghetti auf den tiefen Teller. Heiner nickte dankend und gab Bolognesesauce und geriebenen Parmesan über die Spaghetti.

»Hm, weiß nicht. Deine Freundin Petra hatte auch schon gefragt. Also, ehrlich gesagt, große Lust habe ich nicht. Ich kenn' doch keinen und ihr Mädels redet nur über die Pferde.« Er begann die Nudeln mit Gabel und Löffel zu drehen.

»Nun, komm schon. Außerdem reden wir nicht nur über's Reiten, und die Männer der anderen sind auch ganz nett. Michaela's Mann hat übrigens früher beim VfB Stuttgart gespielt.«

Heiner sah auf. »Ach, echt? Wie heißt der denn? Au, Mist«, fluchte er dann und besah sich die kleinen roten Saucenspritzer auf seinem Hemd.

»Brauchst du einen Latz?«, spöttelte seine Freundin und erntete einen finsteren Blick. »Frank Nölle, heißt er. Sagt dir das was?«

»Ja, logisch! Der hat früher mal in der Nationalmannschaft gekickt. Also gut, wenn ich keine Pferde anfassen muss, komme ich mit. Zufrieden?«

Christiane genehmigte sich eine weitere kleine Portion

Spaghetti. »Ja, klar. Ich freu' mich. Auch, wenn du offensichtlich mehr wegen Frank mitkommst, als wegen mir. Aber du musst dir wenigstens die Reitvorführungen anschauen. Wir üben nämlich schon seit Wochen!«

»Ja, weiß ich doch. Kannst du mir mal bitte den restlichen Salat reichen? Danke.«

Christiane wischte sich mit einer Serviette den Mund ab und lehnte sich satt in ihrem Stuhl zurück. »Heute stand in der Zeitung, dass Sonja Achmatova schwanger gewesen ist. Stimmt das?«

»Ja, das stimmt. Und ich frage mich, woher die verdammte Presse das schon wieder weiß. Irgendjemand muss gequatscht haben. Aber das werde ich noch rauskriegen.« Ärgerlich piekte er mit der Gabel die letzten Salatblättchen auf. »Die Untersuchungen haben ergeben, dass sie in der sechsten Schwangerschaftswoche war, als sie ermordet wurde. Diese Info habe ich übrigens erhalten, als wir im Theater waren. Erinnerst du dich?«

»Ach, das hat dir also die Adler-Petersen gesagt?«

Heiner schmunzelte. »Genau. Und du warst beleidigt, weil ich ans Handy gegangen bin.«

Christiane begann die Teller zusammenzuräumen. »Ja, war ich. Zumindest ein bisschen. Aber, hör mal, ich weiß zwar, dass du mir nicht sagen darfst, wer der Vater des Kindes ist, aber du könntest mir zumindest sagen, ob ihr es bereits wisst.« Sie klimperte mit den Wimpern und als sie an Heiners Stuhl vorbeiging, hauchte sie ihm einen Kuss auf den Hinterkopf.

»Nein, bisher noch nicht«, rief er ihr in die Küche hinterher und begann seinerseits die Schüsseln mit den restlichen Spaghetti und der Sauce abzuräumen. »Und bevor du mich weiter löcherst: ja, wir haben einen Verdacht, aber die Untersuchungen dauern noch. Und nein, ich sage dir nicht, wen wir in Verdacht haben. Ok, soweit?«

Gemeinsam brachten sie die Küche in Ordnung und Christiane konnte sich die Frage nicht verkneifen. »Pjotr ist es nicht, oder?«

Heiner verdrehte die Augen. »Süße, ich habe gesagt, mehr Informationen gibt es nicht. Ist das jetzt in deinem hübschen Köpfchen angekommen?«

»Ja, ja«, maulte sie leise, »man kann's ja mal versuchen …«, woraufhin sie einen sanften Klaps auf den Hintern erhielt.

»Bist du eigentlich weitergekommen mit deinen Valentin-Recherchen?«

Sie schüttelte den Kopf. »Nee, ich hatte bisher auch nicht viel Zeit. Du weißt ja, mein Prof sitzt mir im Nacken wegen der Dissertation.«

»Schon gut«, er schlang die Arme um ihre Taille, »das ist ja auch wichtiger.«

»Das Einzige, was ich bisher rausbekommen habe, ist, welche Firmen damals beteiligt waren. Die Liste liegt drüben auf meinem Schreibtisch, wenn du nachschauen willst.«

Heiner gähnte. »Ja, später. Danke. Jetzt ist mir aber gerade mehr nach Beine hochlegen. Du hast zu gut gekocht und ich zu viel gegessen.«

»Dann komm' doch lieber noch mit um den Block. Frische Luft und Bewegung würden dir jetzt auch gut tun. Ich habe Marthe versprochen, dass ich mit Theo noch eine Runde drehe. Sie ist mit Heidelinde und Therese ins Kino gegangen.«

Hölzle schüttelte sich. »Brr, das ist mir zu kalt. Geh du mal. Schließlich hast du deiner Tante nur versprochen, dass *du* gehst. Von *mir* war nicht die Rede.«

»Du bist unmöglich«, lachte Christiane. »Ich geh' dann mal, du kannst ja vielleicht noch ein Weinchen aufmachen bis Theo und ich wieder zurück sind.«

»Schon fast erledigt, gnädige Frau. Und nun ab mit euch.« Er scheuchte sie aus dem Zimmer.

Hölzle nahm eine Flasche Rotwein und zwei Gläser mit ins Wohnzimmer. Der Korkenzieher lag noch auf dem Tisch und geschickt öffnete er die Flasche. Er steckte den Ausgießer auf den Flaschenhals und genehmigte sich schon mal einen Schluck. Dann fiel ihm ein, dass Christiane ihm von der Liste erzählt hatte. Er nahm das Glas mit und ging hinüber in Christianes Arbeitszimmer. Neben der Tastatur ihres Computers lag eine Liste, die sie offensichtlich im Internet gefunden hatte. Langsam las er die Namen, die teils bekannt klangen, teils hatte er sie noch nie gehört. Dann zog er auf einmal scharf die Luft ein und pfiff leise durch die Zähne. Da war er wieder, der Name. Freese. Alfred Freese.

Als Christiane von ihrem Abendspaziergang mit Theo zurückkam, fand sie Heiner tief in Gedanken versunken an ihrem Schreibtisch. Neben ihm lag ein Blatt Papier, auf dem mehrere Wörter und Namen standen und die untereinander mit Pfeilen verbunden waren.

»Was machst du denn da?«

Hölzle fuhr zusammen, er hatte sie überhaupt nicht kommen gehört. »Puh, hast du mich erschreckt! Ich versuche gerade all die Informationen, die wir zu diesem Fall haben, sinnvoll zueinander zu bringen. Interessanterweise stoße ich immer auf denselben Namen, egal in welche Richtung die Ermittlungen gehen. Allerdings kann ich mir nicht viel Reim darauf machen. Und die Beweislage ist denkbar schwach.« Er fasste sie an den Händen und zog sie auf seinen Schoß. Christiane schlang die linke Hand um seinen Nacken und nahm mit der rechten das Blatt Papier.

»Darf ich?«

»Ja, mach' nur, viel steht ja nicht drauf und schon gar nichts, was du im Grunde nicht schon weißt.«

»Was hast du denn mit diesem Freese? Gehört der zum Kreis der Verdächtigen?«

Hölzle sagte achselzuckend: »Frag mich was leichteres. Der alte Freese, also Alfred, der hat mit seiner Firma viel Geld im Krieg verdient. Die Firma war auch bei Valentin beteiligt. Jetzt ist das ein alter Mann und sein Sohn ist der Geschäftsführer. Und dessen Frau hat bei dir im Stall das Pferd stehen.«

»Ah, genau, Marie-Louise. Und die Mädchen Fabienne und Freya haben auch Pferde. Komische Leute sind das. Mit denen wird keiner so wirklich warm.« Sie runzelte missfallend die Stirn.

»So, und der Enkel vom alten Freese, der fährt zum Beispiel genau so ein Auto, wie wir suchen. Das heißt die Reifenspuren am Tatort sind von solch einem Wagen. Aber, …«

»Ja und warum nehmt ihr euch die Karre nicht vor?«, unterbrach Christiane.

»Ganz einfach. Der kleine Freese war zum Zeitpunkt des Mordes überhaupt gar nicht da. Der hält sich wohl überwiegend in den USA auf. Ergo, gibt es für uns keinen Grund, den Wagen mitzunehmen, zumal seine Schwester behauptet, der Wagen würde nur ganz selten benutzt, und wenn überhaupt, dann nur von ihr. Sie kommt aber als Verdächtige nicht in Frage. Das hat Peter schon abgeklärt.«

Christiane streichelte sanft über seine Wange. »Aber warum soll denn die Familie Freese überhaupt irgendwas damit zu tun haben?«

Er seufzte. »Glaub' mir, ich habe keine Ahnung, aber irgendwie stört es mich gewaltig, dass ich ständig diesen Namen höre.« Er verschwieg wohlweislich, dass Peter Dahnken den japanischen Kampfhandschuh entwendet hatte, um ihn zur DNA-Analyse zu nutzen.

Christiane stand auf und ging in Richtung Wohnzimmer. »Komm mit rüber, dann trinke ich auch noch einen Schluck

Wein.« Heiner nickte, schnappte sich sein leeres Glas und folgte ihr.

»Sag mal, vielleicht ist ja das Kind von einem Freese und Sonja hat die Familie erpresst?«, hörte er sie sagen.

»Schlaues Mädchen, da sind wir auch schon drauf gekommen. Aber, wie das beweisen ohne DNA-Nachweis? Du wirst ja wohl nicht glauben, dass uns irgendeiner freiwillig eine Speichelprobe gibt, oder?« Er setzte sich im Schneidersitz in einen der bequemen Sessel und hielt Christiane das Glas hin. Sie schenkte ein, nahm ihr eigenes Glas und kuschelte sich auf das Sofa.

»Ja, aber so kommt ihr ja nicht weiter. Ich könnte ja im Stall mal was mitgehen lassen. Bestimmt sind irgendwo Haare von Fabienne oder ihrer Cousine an den Reitjacken. Es gäbe zumindest Verwandtschaftsmerkmale, oder nicht?«

Heiner lachte herzhaft. »Du bist gut! Und kriminell obendrein! Mein Gott, was habe ich mir da nur geangelt?«

»Muss ja keiner wissen. Wenn es keinerlei Übereinstimmung gibt, dann …«

»Lass mal, mein Schatz. Wir lösen den Fall auch so. Kennst du die Freeses eigentlich näher?« Er angelte nach seinem Glas und genoss den fruchtig-samtigen Geschmack.

»Nee, nicht wirklich. Fabienne und Freya sind verzogene Rotzgören und Marie-Louise ist soweit ich weiß eigentlich ein armes Schwein. Ihr Mann betrügt sie angeblich, wo er nur kann. Das wird zumindest erzählt. Petra kennt die wohl ganz gut. Die verkehren ja in den gleichen Kreisen. Aber ich glaube, sie kann die ganze Sippschaft nicht richtig leiden. Jedenfalls war sie letztes Jahr auf diesem riesigen Geburtstagsfest und war wohl ziemlich genervt.«

Heiner horchte auf. »Ach, schau mal an. Vielleicht sollte ich mich mal mit deiner Freundin unterhalten. Mal was anderes, wann findet diese Weihnachtsparty eigentlich statt?«

Christiane fuhr sich mit gespreizten Fingern durch ihre braunen Haare. »In zwei Wochen. Freitags. Geht abends um sechs Uhr los mit den Reitervorführungen und danach sitzen wir noch in der Reiterstube zusammen. Ich muss mir noch überlegen, was ich zum Buffet mitbringe.«

»Am besten einen Lastwagen voll mit Proseccokisten«, sagte Hölzle trocken. Christiane streckte ihm die Zunge heraus und hob dann grinsend ihr Weinglas, um ihm zuzuprosten.

»In zwei Wochen hoffe ich doch, dass der Fall längst aufgeklärt ist.«

Später im Bett lag Hölzle wach, während Christiane neben ihm tief und fest schlief. Etwas nagte an ihm, er konnte nur nicht erkennen, was ihn so unruhig sein ließ. Er drehte sich hin und her, trank einen Schluck Mineralwasser aus der Flasche neben seinem Bett und wühlte sich wieder in sein Kopfkissen. Schließlich fiel er in einen unruhigen Schlaf. Er träumte von Federboas und Frauen, die ihm mit angstverzerrten Gesichtern etwas zuriefen, aber er konnte sie nicht hören. Irgendwann fuhr er hoch und war hellwach.

*›Ja logisch! Das ist es! Ich werde nachschauen lassen, ob es von den alten Fällen aus den Siebzigern noch Beweismaterial gibt, das man zur DNA-Analyse verwenden kann.‹* Nachdem ihm diese Erkenntnis gekommen war, kuschelte er sich an Christiane und schlief selig ein.

Gleich am nächsten Morgen fuhr er früh ins Büro und wählte direkt die Nummer des Archivs. Hölzle schilderte die Fälle von früher und bat den zuständigen Archivar nachzusehen, welche Beweismittel noch aus dieser Zeit vorlagen und fragte auch nach den alten Ermittlungsakten. Dieser versprach sich so schnell wie möglich darum zu kümmern. Gut gelaunt legte Hölzle den Hörer auf und goss sich eine Tasse Kaffee ein.

Das Telefon klingelte zehn Minuten später. *›Huch, der ist ja schneller als die Polizei erlaubt‹*, grinste er in sich hinein. Er hob ab. »Herr Stilfser, Sie sind ja superschnell!«

»Ähm, Entschuldigung, bin ich mit Kriminalhauptkommissar Hölzle verbunden?« Eine Frauenstimme ertönte am anderen Ende.

»Jawohl, das sind Sie. Mit wem spreche ich bitte?«

»Hier ist Frau Meyerdiercks, guten Tag Herr Hölzle«, gab die Frau zurück. »Sie hatten mir Ihre Karte dagelassen als Sie bei mir waren.«

Hölzle stand auf dem Schlauch. »Entschuldigung, Frau … äh … Meyer..diercks. Wann soll ich bei Ihnen gewesen sein?«

»Na na, Herr Kriminalhauptkommissar, erinnern Sie sich nicht mehr? Sie waren wegen Sonja da. Ich habe Ihnen den Wohnungsschlüssel gegeben.«

Hölzle schlug sich mit der Hand vor die Stirn. *›Ja, klar doch. Die nette ältere Dame.‹*

»Natürlich erinnere ich mich. Entschuldigen Sie bitte, ich war eben in Gedanken. Was kann ich für Sie tun?«

»Gestern Nacht ist in Sonjas Wohnung eingebrochen worden und ich dachte, ich rufe am besten bei Ihnen an.«

Hölzle runzelte die Stirn. »Da komme ich doch gleich persönlich vorbei. Ich nehme an, Sie haben bisher niemandem von dem Einbruch erzählt.«

»Nein, nein. Ich habe es ja selbst eben erst gerade bemerkt. Gegen zwei Uhr morgens hat mich ein seltsames Geräusch geweckt. Dann konnte ich aber nichts mehr hören und bin wieder eingeschlafen. Und heute morgen habe ich dann vom Garten aus gesehen, dass das Fenster zu Sonjas Wohnung kaputt war. Da wurde mir klar, dass mich das Geräusch der eingeschlagenen Scheibe geweckt haben muss. Die Wohnung darüber steht leer und es hat wohl auch sonst niemand vom Haus etwas bemerkt.«

»Gut, ich fahre jetzt sofort los. Bis gleich, Frau Meyerdiercks.« Ohne eine Antwort abzuwarten, legte er auf.

Hölzle trank noch einen Schluck Kaffee, schlüpfte in seine warme Winterjacke, zückte sein Mobiltelefon und rief im Hinausgehen Harry Schipper an.

»Hey Harry, fahr doch gleich direkt nach Gröpelingen in die Wohnung des Opfers. Fährweg 23 B, falls du die Adresse nicht mehr weißt. Dort ist eingebrochen worden. Wir treffen uns dort.«

Kurze Zeit später traf er zeitgleich mit seinem Kollegen am Tatort ein. Frau Meyerdiercks hatte offensichtlich schon am Fenster gestanden und auf sie gewartet, denn sie öffnete die Tür, bevor die Beamten überhaupt geklingelt hatten.

»Hallo Frau Meyerdiercks, jetzt zeigen Sie mir doch mal das Fenster vom Garten aus.« Sie nickte eifrig und Hölzle folgte ihr.

»Ruf mal Markus an, er soll mit einem Kollegen hierher kommen«, rief er Harry zu.

Dann stand er vor dem eingeschlagenen Fenster. Ein paar kleinere Scherben lagen in dem spärlichen Grün des Rasens. Der Großteil der Scherben würde im Zimmer liegen. Auf dem Fensterbrett konnte man schwarze Schlieren sehen, vermutlich verursacht durch die Schuhe des Einbrechers. Allerdings waren die Spuren so verwischt, dass man keinen Schuhabdruck erkennen konnte.

»Frau Meyerdiercks, würden Sie mir bitte den Schlüssel geben, damit ich in die Wohnung kann? Ich würde nur ungern die Tür aufbrechen. Der Vermieter hat schon Schaden genug.«

Sie zog den Schlüssel aus ihrer geblümten Kittelschürze und reichte ihn Hölzle.

»Danke, Sie können dann wieder ins Haus gehen, es ist eh

viel zu kalt hier draußen ohne Jacke.« Er zog die Schultern hoch, denn ein eisiger Wind fegte böig durch die Stadt. Einen Augenblick zögerte die Frau, denn die Neugierde war doch groß. Doch dann wandte sie sich um und ging zurück zum Hauseingang. Hölzle schloss die Tür auf und gemeinsam mit Harry betrat er die Wohnung von Sonja Achmatova.

»Oh, da hat jemand aber gründlich gesucht.« Harry warf einen Blick auf den geöffneten Schrank und die herausgezogenen Schubladen. Sämtliche Kleidungsstücke lagen wild im Zimmer verstreut, die Polster des Bettsofas waren umgedreht worden und in der Küche standen alle Schranktüren offen. In dem kleinen Badezimmer dasselbe Bild.

»Fragt sich nur, ob derjenige gefunden hat, was er wollte.« Hölzle massierte sich abwesend die Nasenwurzel. *›Was könnte Sonja hier versteckt gehabt haben, was ihren Mörder dazu veranlasst hatte, einzubrechen?‹*

»Vielleicht hat das gar nichts mit dem Mord zu tun«, überlegte Harry laut. »Ich meine, du weißt ja, wie oft in diesem Stadtteil eingebrochen wird.«

Hölzle schürzte die Lippen. »Da hast du natürlich nicht unrecht, Harry. Das liegt durchaus im Bereich des Möglichen. Aber irgendwie werde ich das Gefühl nicht los, dass der Einbrecher auch der Mörder ist … Ah, moin Markus, gut, dass ihr schon da seid«, begrüßte er die Kollegen der Spurensicherung.

»Moin, moin, wir machen uns gleich an die Arbeit. Wie ist der Einbrecher reingekommen? Ach, lass, ich seh' schon, das Fenster ist eingeschlagen worden.« Markus Rotenboom ging zu der zerbrochenen Scheibe und öffnete seinen Alukoffer, in dem er ein Sammelsurium von Beweismittelbeuteln, Pinseln, Tupfern, Pinzetten und diversen Chemikalien hatte. Er nahm eine Lupe heraus und betrachtete die scharfen Ränder der kaputten Scheibe.

»Na, was haben wir denn da«, freute er sich. Mit einem schiefen Grinsen auf dem Gesicht drehte er sich zu Hölzle und Harry um.

»Ein winziges Stückchen Stoff!« Mit einer Pinzette pflückte er das Stofffetzchen von der Scheibe und überführte es in ein Plastikröhrchen.

»Wenn wir Glück haben, finden wir noch irgendwo ein bisschen Blut. Ich vermute, dass der Einbrecher sich die Faust mit einem Tuch umwickelt hatte um die Scheibe einzuschlagen und vielleicht hat er sich dabei verletzt.«

»Na, dann sucht mal schön ihr zwei«, Harry grinste die Kollegen aufmunternd an, »machen wir dann den Abmarsch, Chef? Viel tun können wir ja eh nicht, wenn die Wühlmäuse zu Gange sind.« Dieser Spruch brachte ihm eine obszöne Geste seitens Sebastian Danneckers ein, einem Mitarbeiter Rotenbooms, der schon seine Kamera bereithielt um Aufnahmen vom Tatort zu machen.

»Ja, geh' du noch zu Frau Meyerdiercks und nehm' ihre Angaben auf. Ich fahr schon mal zurück ins Präsidium.«

Harry Schipper nickte und verließ die Wohnung. Ein starker Luftzug fuhr durch das zerbrochene Fenster herein und ließ die Küchentür mit einem heftigen Rums zuschlagen. Dann hörten die Männer ein feines ›Pling‹, als der im Schloss steckende Schlüssel auf den Boden schlug.

Sebastian Dannecker bückte sich und hob ihn auf. »Na, das ist ja mal interessant.« Er hielt den Schlüssel in seiner durch einen Latexhandschuh geschützten Hand.

»Das, meine Herren, ist ein Schlüssel zu einem Bankfach«, erklärte er, den Schlüssel Hölzle und Rotenboom präsentierend.

Hölzle pfiff leise durch die Zähne. »Na, dann wissen wir jetzt, wonach der Täter gesucht hat. Aber leider war es wohl gestern windstill.«

Markus Rotenboom lächelte verschmitzt. »Blöd war die wohl nicht, die Sonja. Das ist kein schlechtes Versteck für einen Safeschlüssel. Wirklich clever, wer hätte im Schlüsselloch der Küchentür den gesuchten Schlüssel vermutet?«

»Tja, da hast du recht. Jetzt müssen wir nur noch herausfinden zu welchem Safe der gehört«, gab Heiner zurück.

Zurück im Büro blinkte der Anrufbeantworter. Der Mitarbeiter aus dem Beweismittelarchiv meldete, dass er die Kleidungsstücke der früheren Opfer, die in den großen Tiefkühltruhen des Archivs aufbewahrt wurden, gefunden habe. Hölzle war wie elektrisiert. Er rief sofort im Archiv an. »Herr Stilfser, dafür haben Sie sich einen Orden verdient!«

Er holte die Beweisstücke persönlich ab und fuhr sofort los, um die Sachen ins kriminaltechnische Labor zu bringen. Auf dem Weg zu Rotenbooms Räumen traf er Frau Dr. Adler-Petersen, die wie immer mit dem Gang einer geschmeidigen Raubkatze auf ihn zukam. Sie war wohl auf dem Weg in ihr Büro.

»Herr Hölzle, so eilig heute?«, begrüßte sie ihn spöttisch. »Sie sind ja schon ganz rot im Gesicht.«

»Frau Doktor, stecken Sie doch die Nase vor die Tür bei dem eisigen Wind, dann haben Sie mal eine gesunde Gesichtsfarbe, und sehen nicht aus wie Ihre Kunden«, konterte er und wunderte sich über sich selbst. Für einen Moment wurden ihre Augen zu schmalen Schlitzen, doch dann musste sie lachen. »Respekt, Hölzle, Respekt. Solch eine Schlagfertigkeit hätte ich bei Ihnen gar nicht vermutet.«

»Tut mir leid, ich habe keine Zeit zum Plaudern, ich muss dringend ins Labor.« Er war schon ein paar Schritte weiter den Flur hinabgelaufen, als sie ihn kalt stoppte.

»Herr Hölzle, was läuft da eigentlich mit diesem seltsamen Handschuh?«

Der Kriminalhauptkommissar erstarrte zur Salzsäule. ›*Verdammt! Woher woiß die denn des jetzt? Des hätt doch unter der Hand laufa solla!*‹ Dann fiel es ihm ein. Er selbst hatte vergessen, sich die DNA-Analyse des Feten zu besorgen, um sie dann an Markus weiterzugeben. Wahrscheinlich hatte Markus sich dann an den Adlerblick gewandt.

»Ähm, das erkläre ich Ihnen ein andermal. Ich muss jetzt wirklich weiter.«

Die Gerichtsmedizinerin sah ihn prüfend an. »Ich verlass mich auf Sie, Hölzle. Drehen Sie mir hier keine krummen Sachen.«

Er rang sich ein Lächeln ab. »Nein, nein. Keine Sorge. Ich melde mich.« Und schon war er um die Ecke gebogen. Zwei Sekunden später klingelte sein Handy.

»Hier Dr. Adler-Petersen«, hörte er die angenehme Stimme der Rechtsmedizinerin. »Was ich Ihnen vorhin noch mitteilen wollte, als Sie mich einfach stehen ließen, war die Tatsache, dass das Wasser in Sonja Achmatovas Lunge ein Gemisch aus Badewasser und Wasser aus diesem Wassergraben war. Scheint, dass der Mörder versucht hat sie in der Badewanne zu ertränken und beim Ablegen in diesem Tümpel ist sie wohl zu sich gekommen. Da musste er sie wohl noch mal unter Wasser drücken.«

»Ja, danke für die Information.« Er wollte sie schon wegdrücken, da hörte er sie noch sagen: »Hölzle, lassen Sie mich nie wieder stehen«, und damit war das Gespräch beendet. Hölzle fühlte sich kurz wie ein getadelter Schuljunge, dann gewann sein Ärger die Oberhand. Er machte auf dem Absatz kehrt und ging zurück. Direkt steuerte er auf Adler-Petersens Büro zu. Ohne anzuklopfen, riss er die Tür auf.

»Und was ich Sie noch fragen wollte … Stammt die Information über die Schwangerschaft des Opfers aus Ihrem Haus?

Ich war stocksauer, dass die Presse schon wieder Bescheid wusste.«

Erstmals erlebte Hölzle, dass die Rechtsmedizinerin seinem Blick auswich.

»»Heute morgen kam eine meiner Mitarbeiterinnen reumütig an«, gab sie zerknirscht zu, »sie hatte wohl ein Techtelmechtel mit diesem Schmink vom Weser-Blitz und da ist ihr die Information offensichtlich nach ein paar Gläschen Wein rausgerutscht.«

»Mein Gott, das darf doch nicht wahr sein!« Hölzle fasste sich an die Stirn. »Gibt es solche verzweifelte Frauen, die sich mit dem abgeben? Nee, jetzt mal im Ernst, das hat hoffentlich Konsequenzen!«

Adler-Petersen nickte. »Die Abmahnung geht heute noch raus. Wäre sie nicht eine meiner besten Assistentinnen, hätte ich sie bereits fristlos gekündigt.«

Hölzle nickte zufrieden und rauschte weiter in die Labors der Forensik.

Rotenboom war noch nicht aus Gröpelingen zurück, aber Hölzle ließ die Sachen bei einer der technischen Assistentinnen mit der Bemerkung, dass der Chef selber die Analyse übernehmen sollte, und es sehr dringend wäre. Dann fuhr er zur Villa von Petra von Bokeloh, um sich mit ihr über die Familie Freese zu unterhalten. Vom Auto aus meldete er seinen Besuch kurzfristig an. Petra von Bokeloh schien hocherfreut zu sein, ihn zu empfangen.

»Kommen Sie rein, einfach hier durch die Halle und dann ins Wohnzimmer. Wollen Sie einen Kaffee?«, begrüßte ihn Christianes Freundin.

»Gerne, vielen Dank.« Solange er Petra in der Küche hantieren hörte, schaute sich Hölzle um. Die Bilder an den Wänden des Wohnzimmers schienen alle Originale zu sein und Heiner wollte sich gar nicht vorstellen, wie viel Geld da hing.

Er setzte sich in einen der bequemen Ledersessel vor dem Kamin und genoss die Wärme des flackernden Feuers.

»Nehmen Sie Zucker?«

»Nein, danke, nur schwarz bitte.« Zwei Minuten später kam Petra mit einem Tablett zurück, auf dem zwei Tassen mit Hunderwassermotiven und eine Schale mit Keksen standen. Sie reichte ihm eine Tasse und setzte sich Hölzle gegenüber.

»Christiane hat mir erzählt, dass Sie sich für die Familie Freese interessieren«, begann sie. »Ich weiß zwar nicht warum, aber, wenn ich Ihnen irgendwie weiterhelfen kann, mache ich das gerne.«

Hölzle nickte. »Danke.« Er trank einen Schluck von dem köstlichen Kaffee. »Was mich interessiert ist, ob Sie vielleicht etwas über die Familienverhältnisse wissen. Also, ob es zum Beispiel Probleme privaten Charakters gibt, oder so.«

Petra grinste. »Na ja, am besten ich schildere Ihnen mal die ganze Familie. Alfred Freese ist zwar steinalt, kann nicht mehr laufen, aber ist immer noch der knallharte Geschäftsmann und hält die Zügel in der Firma und innerhalb der Familie fest in der Hand. Wenn Alfred was sagt, wird das gemacht, ohne Widerrede. Seine Frau, Helene, hat sich vor vielen Jahren umgebracht. Helene war anscheinend depressiv. Kein Wunder bei so einem Mann.«

»Wieso?« Hölzle knabberte an einem Keks und versuchte nicht zu viele Krümel auf den makellosen Parkettfussboden fallen zu lassen.

Petra zuckte mit den Schultern. »Es gehen die Gerüchte, dass der Alte wohl nie etwas anbrennen ließ. Sie verstehen, was ich meine. Konstantin, sein Sohn, ist im Grunde ein Weichei und eigentlich Geschäftsführer der Firma, aber er tut nichts, was sein Vater nicht vorher abgesegnet hat. Marianne, Konstantins Schwester, ist für das Personal zuständig. Sie entscheidet über Einstellungen, Entlassungen und so weiter. Ihr Mann Dietrich ist der Leiter der EDV-Abteilung innerhalb der Firma.«

Hölzle nahm den letzten Schluck aus seiner Tasse. »Und die Kinder der Geschwister?«

»Marianne hat eine Tochter, Freya. Eine verzogene Teenagergöre, der alles mit dem Zuckerlöffel in den Arsch geblasen wird. Verzeihen Sie meine Ausdrucksweise, aber das bringt es auf den Punkt. Die geht noch zur Schule. Möchten Sie noch eine Tasse?«

»Gerne, der Kaffee ist wirklich lecker.«

Petra strahlte und stand auf. »Ja, nicht wahr? Ich lasse, die Bohnen immer aus der Schweiz kommen und Kekse und Schokolade gleich mit.« Sie nahm die Tasse und ging in die Küche. Hölzle hörte das Mahlwerk der Maschine rattern.

»So, bitte«, Petra stellte die dampfende Tasse vor ihn hin. Hölzle nickte dankend.

»Ok, wo war ich? Ach ja, die Kinder. Konstantin und seine Frau Marie-Louise haben drei Kinder. Stefan, Fabienne und wie heißt der Kleine noch gleich? Benjamin. Stefan studiert Betriebswirtschaft und ist seit gut eineinhalb Jahren oder so in den USA. Dort arbeitet er neben dem Studium bei einem Bauunternehmer. Wohl ein Freund der Familie. Er ist nur selten zu Hause. Fabienne macht demnächst das Abi und Benjamin geht auch auf's Gymnasium.«

»Gibt es Schwierigkeiten innerhalb dieser beiden Familien?«

Petra seufzte. »Was heißt schon Schwierigkeiten. Ich habe mich kürzlich mit Marianne unterhalten, und sie ärgerte sich über ihren Bruder. Konstantin betrügt seine Frau auch nach Strich und Faden, kommt wohl ganz nach seinem Vater. Marianne hat angedeutet, dass sie sicher ist, er hätte auch ein Verhältnis mit Sonja gehabt. Würde in sein Beuteschema passen, meinte sie.«

Hölzle hob die Augenbrauen.

»Marie-Louise, Konstantins Frau, ist unscheinbar wie eine Kirchenmaus und hat immer einen verkniffenen Zug um den Mund. Sie hat so gar nichts Weibliches oder Weiches an sich. Ich meine, sie hat es sicher nicht leicht mit ihrem Mann, aber wenn sie mal mehr aus sich machen würde, dann wäre er vielleicht nicht ständig hinter anderen Weibern her. Geld hätte sie ja genug für Schönheits-OP's und Typberatungen. Ich weiß gar nicht, wie die beiden überhaupt zueinander gefunden haben. Also, zusammengepasst haben die zwei nie.«

Hölzle räkelte sich in seinem Sessel zurecht. »Sie waren doch auch auf dieser Geburtstagsfeier, hat mir zumindest Christiane erzählt. Ist Ihnen denn etwas aufgefallen, also zwischen Sonja Achmatova und diesem Konstantin? Wurden Blicke getauscht, oder so? Frauen sind ja bei so etwas aufmerksamer als Männer.«

Petra schüttelte den Kopf. »Nicht direkt. Allerdings ist mir aufgefallen, dass Marie-Louise stocksteif wurde, als Sonja zusammen mit den anderen Servicekräften an den Tisch kam.« Sie verstummte kurz. »Ja, genau. Jetzt fällt's mir wieder ein! Dem alten Freese sind beinahe die Augen aus dem Kopf gefallen, als Sonja den Teller abräumen wollte. Der bekam kurzfristig einen Hustenanfall und hat sein Glas fallen lassen. Mag Zufall gewesen sein, aber nachdem Sonja verschwunden war, hat er sich wieder beruhigt. Also, seltsam war das schon irgendwie.«

Hölzle speicherte die Information in seinem Kopf. »Ist Ihnen sonst noch etwas aufgefallen?«

Petra überlegte kurz. »Nein, eigentlich nicht. Der Rest des Abends verlief ohne weitere Zwischenfälle. Mehr kann ich Ihnen nicht sagen. Allerdings habe ich erst gestern Marie-

Louise getroffen, die, als ich sie auf Sonja ansprach, sehr heftig reagierte. Ich vermute mal, dass Sonja eine der vielen Frauen war, mit denen sich Konstantin vergnügte. Aber Genaueres weiß ich nicht.«

»Und Stefan Freese? Der war doch sicher auch bei der Geburtstagsfeier seines Großvaters«, mutmaßte Hölzle.

»Richtig. Stefan kam etwas später, als die Feier schon im Gange war. Anscheinend hatte der Flug Verspätung. Sonst ist mir aber nichts weiter aufgefallen.«

Hölzle erhob sich. »Na dann vielen Dank, dass Sie sich Zeit genommen haben und natürlich für den Kaffee.«

Petra winkte ab. »Dafür nicht. Kommen Sie, ich bringe Sie noch zur Tür.«

An der Haustür fiel ihr dann doch noch etwas ein. »Ach, nur so am Rande, es mag ja nicht von Bedeutung sein. Aber mir ist aufgefallen wie ähnlich sich Fabienne, Marie-Louises Tochter, und Sonja sehen. Wobei die anderen Mädels vom Stall dazu unterschiedlicher Meinung sind.«

Hölzle verabschiedete sich und machte sich auf den Weg in die Vahr. Auf halber Strecke drehte er um und fuhr zurück nach Oberneuland. Jetzt wollte er sich doch einmal selbst ein Bild von Familie Freese machen. Er hatte einmal gehört, dass in Bremen die meisten Millionäre Deutschlands wohnen sollen, und als er vor der Villa stand, war ihm klar, dass die Freeses mit Sicherheit dazugehörten. Dieses Haus hatte eher das Ausmaß eines kleineren Schlosses und war architektonisch aufwändig gestaltet. Das hohe schmiedeeiserne Tor war verschlossen, ebenso wie das kleinere Tor mit dem Rundbogen, das wohl für das Fußvolk da war. Der Kriminalhauptkommissar drückte auf den goldfarbenen Klingelknopf neben der Gegensprechanlage. Es dauerte etwas, doch dann hörte er eine blecherne Stimme.

»Ja, bitte?«

»Hölzle von der Kripo Bremen. Ich würde gerne mit einem Mitglied der Familie Freese sprechen.« Er hielt seinen Dienstausweis vor die Linse der Kamera, die er mittlerweile entdeckt hatte.

»Einen Augenblick bitte, ich werde nachfragen, ob die gnädige Frau Sie empfangen kann.« *›Ob die gnädige Frau Sie empfangen kann‹*, äffte er die Blechstimme in Gedanken nach.

Nur wenige Minuten später schwang das Gittertor, wie von Geisterhand bewegt, geräuschlos auf. Hölzle folgte dem Kiesweg und betrachtete beeindruckt den peinlichst gepflegten Garten. Ein Gärtner in grünen Gummistiefeln war gerade dabei auch noch die letzten Blättchen vom Rasen zu rechen. Über die Freitreppe erreichte Hölzle die Eingangstür. In dem Eichenholz konnte er zwei ineinander verschlungene Schwanenhälse erkennen. Es blieb ihm keine Zeit, das Werk näher zu betrachten, denn die Tür wurde geöffnet und eine ältere Frau stand ihm gegenüber.

»Guten Tag, Herr Hölzle. Folgen Sie mir ins Damenzimmer, Frau Freese ist so freundlich, sie zu empfangen, auch wenn sie sich fragt, was die Polizei denn hier will.«

*›Ofreindlichs Weib! Ond ›Damazemmer‹, wo semmer denn hier? Die hent doch echt an Knall, dia Reiche!‹* Hölzle folgte der Matrone durch die Eingangshalle und betrachtete verstohlen die Gemälde, die überall an den Wänden hingen. Auch in den Gängen, durch die ihn die Haushälterin führte, fanden sich zahlreiche Kunstwerke. Er kam sich vor wie in einem Museum. Schließlich klopfte die Frau an eine schwere dunkle Tür und drückte, nachdem eine Stimme ›Herein‹ gerufen hatte, die Klinke nach unten. Sie ließ Hölzle eintreten und verschwand, die Tür hinter sich zuziehend.

Der Kriminalhauptkommissar war etwas enttäuscht. Irgendwie hatte er, gemessen an dem ganzen Ambiente, eine herrschaftlichere Frau, ja eine Art Gräfin – so wie er sich eben eine vorstellte – erwartet. Und nun stand eine eher durchschnittlich aussehende Frau vor ihm. Sie sah älter aus, als sie vermutlich war. Die Gesichtshaut etwas fahl und ungeschminkt, die Haare, in denen sich schon vereinzelt silberne Strähnen fanden, zurückgesteckt. Auch die Figur der Frau war nichts, nach dem Mann sich umdrehen würde. Groß und kräftig gebaut, der Oberkörper etwas zu lang im Verhältnis zu den Beinen. Frau Freese trug einen dunkelgrauen Hosenanzug, darunter eine roséfarbene Bluse und am Revers steckte eine schwere goldene Brosche. *›Der Anstecker koscht beschtimmt mehr, als i em a halba Johr verdien‹*, fuhr es ihm durch den Kopf.

»Herr Hölzle, nehmen Sie doch Platz«, forderte Frau Freese ihnauf und wies auf einen der filigranen Stühlchen mit Petit-Point-Muster. Mit skeptischem Blick auf die dünnen Beinchen, ließ sich Hölzle vorsichtig nieder. Überhaupt war das ganze Zimmer wie eine Puppenstube eingerichtet. Das wollte so gar nicht zu dieser Frau passen. An den Wänden Bücherregale mit schmalen, hauptsächlich in Leder gebundenen Büchern, meist Gedichtbändchen, links neben der Tür ein alter Sekretär mit winzigen Schublädchen. In der Mitte des Raumes ein Tischchen, das von den beiden kleinen Stühlen flankiert wurde. In Reichweite des Stuhls auf dem Frau Freese saß, ein silberner, filigraner Servierwagen, der aussah, als ob ihn ein Windhauch umblasen könnte, und der die Last der schweren Kristallkaraffe und ebensolcher Gläser kaum tragen zu können schien.

»Was kann ich für Sie tun?«, eröffnete die Dame des Hauses das Gespräch.

»Frau Freese, wie Sie sicherlich wissen, kam auf dem Brandsteinhof eine junge Frau ums Leben. Ich leite die Ermittlungen in diesem Mordfall. Bei unseren Nachforschungen sind wir darauf gestoßen, dass das Opfer auch einmal für Sie gearbeitet hat. Nun hätten wir auch einige Fragen dazu an Ihren Mann und Ihren Sohn Stefan.«

Marie-Louise Freese nahm eines der Kristallgläser und schenkte sich einen ordentlichen Schluck der goldfarbenen Flüssigkeit ein.

»Ich muss Sie leider enttäuschen. Stefan ist in den USA und mein Mann befindet sich noch in der Firma. Wann er nach Hause kommt, kann ich Ihnen nicht sagen, diese Aufsichtsratssitzungen dauern oft bis Mitternacht. Auch einen Calvados, Herr Hölzle?«

Heiner Hölzle schüttelte den Kopf. »Nein, danke, nicht im Dienst.« Er war kein Freund von Hochprozentigem und hätte auch außerhalb der Dienstzeit dieses Zeug nicht angerührt. Er bemerkte, wie sein Gegenüber mit einem kräftigen Zug das Glas zu gut der Hälfte leerte.

»Ich dachte, das ist nur eine Floskel aus dem Fernsehen. Aber, da habe ich mich wohl geirrt.« Sie machte ihm kein weiteres Angebot, weder eine Tasse Tee oder Kaffee, noch ein Glas Wasser.

»Na schön. Aber ich bin sicher, dass auch Sie meine Fragen beantworten können. Wie kam es, dass Sonja Achmatova bei Ihnen am Geburtstagsfest gearbeitet hat? Kannten Sie sie näher?«

Frau Freese schüttelte den Kopf. »Nein. Der Pferdepfleger hatte mich gebeten, dem Mädchen eine Chance zu geben, da der für die Feier engagierte Catering-Service einen Personalengpass hatte. Pjotr ist ein netter Kerl und ich wollte ihm die Bitte nicht abschlagen.«

»Ist Ihnen oder einem Ihrer Angehörigen irgendetwas Ungewöhnliches an Sonja Achmatova aufgefallen? Hatte sie vielleicht ängstlich gewirkt oder hatte sie etwas erzählt, das sie beunruhigte?«

Marie-Louise nahm einen letzten Schluck Calvados und lächelte herablassend.

»Herr Hölzle, wir beschäftigen unser Personal und bezahlen gut dafür. Wir kümmern uns nicht um private Belange unserer Angestellten, geschweige denn um die Gefühlslage von Aushilfskellnerinnen. Wenn Sie sonst keine weiteren Fragen haben, dann bitte ich Sie zu gehen, ich habe noch einen Massagetermin.«

*›Gott em Hemmel, du bisch vielleicht a arrogants Stück.‹* Hölzle erhob sich und wandte sich zum Gehen.

»Eine Frage hätte ich dann doch noch. Wo waren Sie und Ihr Mann eigentlich an jenem Abend als Sonja Achmatova umgebracht wurde?« Mit hochgezogenen Augenbrauen sah er in Marie-Louise Freeses verbittertes Gesicht.

»Was soll das werden Herr Hölzle? Verdächtigen Sie etwa uns des Mordes? Machen Sie sich doch nicht lächerlich.« Mit einem leichten Klirren stellte sie das Glas auf den Servierwagen zurück.

»Reine Routine. Wir befragen jeden, der in Kontakt zu Frau Achmatova gestanden hat. Also?« Die Frau ging ihm mit jeder Sekunde mehr auf die Nerven.

»Sagen Sie mir das Datum, ich schaue in meinem Terminkalender nach. Wie Sie sich vielleicht vorstellen können, haben Menschen, wie wir, sehr viele Verpflichtungen, denen sie nachkommen müssen. Und ich habe nicht jeden Termin im Kopf.«

Heiner Hölzle hätte ihr am liebsten die Meinung gegeigt, dieses arrogante Gewäsch widerte ihn an.

»Es geht um den Abend des vierten November«, sagte er dann leicht ungehalten.

Frau Freese ging zu dem Sekretär und nahm einen Kalender, der obenauf lag. Sie blätterte einige Seiten zurück.

»Ach ja, hier steht's. An diesem Abend hatte ich eine Einladung zu einer Vernissage in der Galerie Fedelhören, mein Mann hat mich begleitet. Das können Sie jederzeit überprüfen. Susann zu Heisenberg ist die Besitzerin der Galerie und eine alte Bekannte von mir. Wenn ich Sie dann bitten dürfte zu gehen? Mir wird die Zeit sonst zu knapp.«

Hölzle schrieb sich den Namen der Galeristin in sein abgegriffenes Notizbuch und steckte es zurück in die Innentasche seiner Jacke. Er hielt Marie-Louise Freese die Hand hin, um sich zu verabschieden, die diese jedoch geflissentlich übersah.

»Meine Hausdame, Frau Windenblom, wird Sie hinausbegleiten. Einen schönen Tag noch, Herr Hölzle.« Sie zog an einer grüngoldenen Kordel. Hölzle brummelte einen Abschiedsgruß und schon stand Frau Windenblom in der Tür und begleitete ihn zurück zum Eingang. Draußen atmete er tief durch und schlenderte den Kiesweg zurück zum Tor.

## Olga. Herbst 1943

Olga hat keine Ahnung, wie lange sie bereits in dem Schuppen sitzt. Es kommt ihr vor, als sind bereits Stunden vergangen, aber es können auch nur Minuten sein, in denen sie außer ihrer eigenen Atemzüge und dem Ächzen der Zweige der Eichen draußen nichts hört. Ihre Augen gewöhnen sich kaum an die Dunkelheit. Schwärze umgibt sie, Angst schnürt ihr die Kehle zu, und ihr Herz flattert wie eine gefangene Fliege, die sich im Netz einer Spinne verfangen hat. Olga weiß, schreien nützt hier überhaupt nichts. Ein zartes Kitzeln streift ihre rechte Hand. Sicherlich eine Spinne oder ein kleines Insekt. Olga würde ihnen nie etwas zu Leide tun.

Dann nimmt sie Schritte wahr. Nur eine einzige Person. Kommt der Wachmann etwa wieder zurück? Ist alles ein Versehen? Doch die Schritte sind anders. Olga horcht angestrengt. Die Schritte sind ungleichmäßig – ein Schritt, ein Schlurfen, ein Schritt, ein Schlurfen –, so, als würde jemand ein Bein etwas nachziehen. Der junge Mann, es muss der junge Mann sein, der sie von der Baracke aus beobachtet hat. Der junge Mann mit den kurzen Haaren, der magere junge Mann in dem zu großen Anzug. Eigenartigerweise hat dieser Anzug überhaupt nicht zu ihm gepasst. ›*Ich könnte ihn mir in einem eleganten Abendanzug vorstellen.*‹ Olga befürchtet, hysterisch zu werden. ›*Dass ich in einer solchen Situation überhaupt an so etwas denken kann!*‹

Die Schritte enden an der Tür, für einen kurzen Moment hofft Olga, dass sie den Mann wieder in die Richtung führen, aus der er gekommen ist. Die Tür öffnet sich einen Spalt, gerade breit genug, dass Olga für einen Moment sehen kann, wie eine schlanke Gestalt hindurch schlüpft. Olga kauert sich noch mehr zusammen und hält den Atem an. Sie weiß, es ist unsinnig, sich verstecken zu wollen. Angst kriecht in ihr hoch wie eine Würgeschlange, die weiß, dass ihr Opfer nicht entkommen kann. Sämtliche Härchen auf ihrer Haut richten sich auf, alle Sinne sind auf Flucht programmiert. Doch auch wenn ihr Körper in Alarmbereitschaft ist, wird es ihr nichts nützen. An Flucht ist nicht zu denken. Olga weiß plötzlich genau, was er mit ihr vor hat. Ihre Augen haben sich jetzt mehr an die Dunkelheit gewöhnt und trotzdem erschrickt sie, als der Mann plötzlich vor ihr steht. Bis jetzt hat sie den Geruch, der von ihm ausgeht, nicht wahrgenommen, aber plötzlich droht er ihr den Atem zu rauben. Der Geruch ist schwer und süß, nach Blumen, überreifen Früchten. Mit Worten, die Olga nicht versteht, die aber wohl beruhigend auf sie wirken sollen, beugt der Mann sich zu ihr. Er streichelt ihr über die Haare, über das Gesicht. Seine Hand wandert hinter ihr Ohr, zu ihrem Hals. Olga versucht erst gar nicht, ihn davon abzuhalten. Sie weiß, dass sie keine Chance hat. Sie versucht das Zittern zu unterdrücken, doch ihr Körper hat sich selbständig gemacht. Kalter Schweiß bricht aus jeder Pore ihrer Haut. Ihre Atemzüge sind schnell und flach, ihr Herz droht zu zerspringen. Die Hand verharrt kurz in ihrem Nacken, schiebt sich dann zwischen ihre Schulterblätter, von dort über die Schulter, zurück zum Hals. Während der Mann mit leichtem Druck über ihre Halsschlagader streichelt, verschwindet seine andere Hand in der Jackentasche.

Einen Moment befürchtet Olga, dass er gleich ein Messer zücken wird, um ihr die Kehle aufzuschneiden. Doch es ist kein Messer, das er aus seiner Tasche zieht. Es ist ein langer weißer Schal, den er um Olgas Hals legt. Nein, kein Schal. Es fühlt sich weich an, federleicht. Es sind tatsächlich Federn, eine Boa aus Federn. Der Mann zieht die Boa um ihren Hals leicht zusammen, nur ein leichter Druck, doch er reicht aus, um Olga leicht husten zu lassen. »Psch, Psch«, sagt der Mann leise. Er zieht die Boa nicht weiter um ihren Hals zusammen, seine Hände knöpfen den Arbeitskittel auf, legen sich auf ihre Brust. Olga versucht, nicht daran zu denken, was gleich noch kommen wird. Ihre Gedanken schweifen weg, raus aus der Baracke. Eigentlich ist eine Federboa ein Schmuck, er schmückt mich. In ihrem Kopf setzen sich Bilder zusammen. Sie sitzt mit den anderen jungen Mädchen, sie sind noch Kinder, am Dorfbrunnen. Katarina hat ein Bild dabei. Ihre Mutter hatte als junges Mädchen im Ballett getanzt. Auf dem vergilbten Foto sieht man sie mit anderen Tänzerinnen im Federkostüm. Sie umringen Anna Pawlowa, die im Mariinski-Theater in St. Petersburg in Schwanensee als Odette unglaubliche Triumphe gefeiert hatte. Auf dem Foto ist die Pawlowa von Kopf bis Fuß in Schwanenfedern gehüllt. Die Mädchen waren hingerissen von diesem Anblick. Einmal so aussehen, einmal so tanzen wie die Pawlowa. Olga kommt eine Melodie in den Sinn, eine Melodie die Katarinas Mutter unentwegt vor sich hin geträllert hat. Sie schließt die Augen, summt. Ein merkwürdiges Mädchen, denkt der Mann während er den Gürtel seiner Hose öffnet. Nur einmal hört Olga für einen Moment mit dem Summen auf, als ein heftiger Schmerz durch ihren Körper fährt und sich die Schlinge aus Federn mehr zusammenzieht.

Noch viele weitere schmerzhafte Nächte, gepaart mit grausiger Todesangst sollten folgen. Am schlimmsten sind jedoch die mitleidigen Blicke ihrer Mitgefangenen, denn die Blutergüsse an ihrem Körper und die roten Striemen an ihrem Hals sprechen Bände. Sie erinnern sie Tag und Nacht an die unsäglichen Grausamkeiten, denen sie ausgeliefert ist. Oft weint sie leise nachts an Feodoras Schulter, die ihr Trost spendet.

## November 2008

Die alten Ermittlungsakten durchgehend, saß Hölzle schon bei seiner dritten Tasse Kaffee am Schreibtisch. Heute war er deswegen schon um sechs Uhr morgens ins Präsidium gefahren, damit er in Ruhe lesen konnte. Sorgsam blätterte er

Seite für Seite um, las die Vernehmungsprotokolle, die auffallend zahlreich waren und dachte bei sich, dass die damaligen Ermittler offensichtlich genug Arbeit gehabt hatten. Teilweise fanden sich bekannte Namen aus Wirtschaft und Politik darunter, und Hölzle dachte mit einem Grinsen an die Männer, deren Frauen ihnen sicher die Hölle heiß gemacht hatten. Verdient hatten sie es. Auch das Protokoll Alfred Freeses fand sich darunter, doch wie es schien, hatte der Firmenchef ein einwandfreies Alibi gehabt. *›Oder s'hot jemand für den gloga‹*, dachte der Kriminalhauptkommissar. Allerdings durfte er sich nicht nur auf die Familie Freese konzentrieren, das war ihm wohl bewusst. Auffällig waren jedoch wirklich die Ähnlichkeiten, die die Fälle von damals mit seinem jetzigen Mordfall aufwiesen. Natascha B. war stranguliert aufgefunden worden, eine Federboa aus Schwanenfedern um den Hals geschlungen. Katharina F., das zweite Opfer, war auf die gleiche Weise ums Leben gekommen. Beide blond, jung, schön und aus Russland. Wobei das natürlich immer noch alles Zufall sein konnte. Schließlich war das alles lange her. Der damalige leitende Ermittler, Rolf Krusche, hatte letztendlich den Fall ungelöst zu den Akten gelegt. Vermutlich war man nach den erfolglosen Ermittlungen davon ausgegangen, dass der Mörder längst über alle Berge gewesen war. Und Alfred Freese saß heute überwiegend im Rollstuhl, den anderen Verdächtigen ging es vermutlich ähnlich oder sie waren bereits verstorben. Seufzend klappte Hölzle den letzten Aktenordner zu, stand auf und ging aus dem Raum um sich bei Hilke Maier die Morgenpost abzuholen.

»Guten Morgen, Frau Maier. Ich wollte meine Post holen.«

Die Sekretärin reichte ihm ein Bündel Briefe, Zeitungen und Fachjournale.

»Sie sind heute aber schon früh hier gewesen. Stress?«

Hölzle zuckte mit den Achseln. »Wie man's nimmt. Eigentlich wollte ich nur einige alte Akten durchforsten und dabei meine Ruhe haben.« Er zwinkerte ihr zu. »Gibt's was Besonderes?«

Hilke Maier schüttelte den Kopf. »So wie immer. Außer, dass das Fachblatt für Polizeiliche Ermittlungen, einen Artikel über den aktuellen Mordfall geschrieben hat.« Der Sarkasmus war unüberhörbar und sie deutete auf die Schlagzeile des Weser-Blitz, der vor ihr auf dem Schreibtisch lag. Hölzle nahm die Zeitung und drehte sie zu sich herum, damit er besser lesen konnte.

*Mörder aus den Siebzigern hat wieder zugeschlagen!*

*Die Polizei sucht in Verbindung mit dem Mordfall an der jungen Russin (wir berichteten) dringend nach einem Mann, der offensichtlich schon seit Jahrzehnten sein Unwesen treibt. Anfang der Siebziger Jahre wurden zwei junge Frauen aus dem Rotlichtmilieu auf sehr ähnliche Weise umgebracht, wie das jetzige Opfer Sonja A. Unser Journalist, Thorben Schmink, recherchiert schon länger über ungelöste Fälle, die lange zurück liegen und hat nun offensichtlich einen Treffer gelandet, den er der Mordkommission natürlich nicht vorenthalten hat. Kriminaloberkommissar Harry Schipper zeigte sich sichtlich interessiert und lenkt nun die Ermittlungen in diese Richtung.*

»Also, der schpennt doch ächt, der Pickelfritze!« Angewidert warf Hölzle die Zeitung hin.

»Das habe sogar ich verstanden«, lächelte Hilke Maier über Hölzles Ausbruch.

»Harry wird sich freuen, wenn er das liest«, grummelte Heiner Hölzle.

Harry kam just in diesem Moment herein. Hölzle hatte die

Tür offen stehen lassen und Schipper hatte die Stimme seines Chefs gehört. »Über was werde ich mich freuen? Moin, zusammen.«

Ohne den Gruß zu erwidern, deutete Hölzle auf die Zeitung. »Da! Lies selbst.«

Harry nahm die Zeitung und las die wenigen Zeilen. Kopfschüttelnd legte er das Blatt wieder hin.

»Also, am liebsten würde ich diesem Schmierfinken mal so richtig eine reinhauen. Es juckt mich geradezu in den Fingern.«

Hölzle nickte zustimmend. »Sag mir Bescheid, dann mach' ich mit.«

# Olga. Frühling 1945

Die Ereignisse haben sich in den letzten Tagen überschlagen. Zahlreiche Detonationen waren zu hören gewesen. Innerhalb von nur vier Tagen ist die große Baustelle von Flugzeugen angegriffen worden, die Bomben auf ihr entluden. Hektik ist im Lager ausgebrochen. Neue Gefangene kommen und werden nach ein paar Tagen bereits wieder weggeschafft. Sie sollen, wie es heißt, in andere Lager umgesiedelt werden. Olga und Feodora sitzen zusammen vor der Baracke. Es ist Anfang April und die Sonne sendet ihre ersten warmen Strahlen.

»Ich versuche so lange wie möglich bei dir zu bleiben«, verspricht Feodora. »Du wirst es in den nächsten Monaten nicht einfach haben.«

Die Frauen haben nichts zu tun. Bereits seit ein paar Tagen sind keine Nahrungsmittel mehr eingetroffen. Die restlichen Vorräte sind fast aufgebraucht. Aufgescheucht rennen die Wachleute über das Lagergelände. Es sind weniger Männer geworden. Ein Teil soll die Gefangenen begleiten, die sich zu Fuß auf den Weg in das andere Lager gemacht haben. Niemand widmet den beiden Frauen große Aufmerksamkeit. Wie fast jeden Morgen in den letzten Wochen überkommt Olga urplötzlich große Übelkeit. Nur mit Mühe kann sie den Würgereiz zurückdrängen.

»Atme tief ein, dann wird dir gleich besser«, rät Feodora. »Wenn ich das Schwein sehe, dass dir das angetan hat …«

Olga lächelt liebevoll und spöttisch zugleich. Beide Frauen wissen, dass sie machtlos sind. Sie können nur hoffen, dass der Spuk irgendwann vorüber sein wird.

Plötzlich hören sie, wie sich mehrere Fahrzeuge brummend dem Lager nähern. Vielleicht die neuen Vorräte? Es wäre langsam an der Zeit. Doch anstatt, dass die Wachleute zum Tor rennen und es für den Konvoi öffnen, werfen sie ihre Gewehre weg und rennen in heilloser Panik davon. Der vorderste LKW durchbricht das Tor. In Windeseile springen Soldaten von den Wagen, die Gewehre im Anschlag. Olga erkennt nur ein Wort.

»Stop, Stop!«, schreien die Soldaten und setzen hinter den Flüchtigen her. Olga und Feodora versuchen in der Baracke Schutz zu finden. Doch noch bevor sie die Tür öffnen können, drängen die Frauen, die in der Hütte waren, hinaus.

»Das sind Amerikaner oder Engländer«, schreit eine von ihnen, die offenbar verstanden hat, was die Soldaten rufen.

»Was ist los, was meinst du damit?« Feodora packt ihre Leidensgenossin am Arm.

»Was hat das alles zu bedeuten?« Olga ist panisch. Mit aufgerissenen Augen sieht sie sich um.

»Wir werden befreit, das sind Engländer!«, erklärt die andere Frau und Feodoras Augen leuchten hoffnungsvoll auf.

Die Stimme der Frau überschlägt sich, als sie einem herannahenden Soldaten in gebrochenem Englisch zuruft: »Wir sind Gefangene, tun Sie uns nichts!«

Die Frauen scharen sich hinter ihr zusammen wie eine Herde Schafe. Sie ducken sich und wagen kaum zu atmen. Erst als der Soldat beruhigend die Arme hebt und mit freundlicher Stimme auf sie einredet, ist der Bann gebrochen. Die Frauen brechen in Weinkrämpfe aus oder versuchen, sich in ihrer Sprache dem Soldaten mitzuteilen. Olga und Feodora klammern sich aneinander. Feodora muss Olga stützen, die jeden Moment zusammenzubrechen droht. Es ist der 29. April 1945.

## Olga und Sonja. Sommer 2006

Olga wacht schweißgebadet auf. Sie bekommt kaum Luft, befürchtet, dass ihr Herz im nächsten Moment stehen bleiben könnte. Sie nimmt einen Schluck Wasser. Seitdem es ihr immer schwerer fällt aufzustehen, hält sie immer ein Glas und eine Flasche Wasser neben ihrem Bett bereit. Vor mehr als sechzig Jahren ist sie in ihr Dorf zurückgekehrt und trotzdem haben die Albträume nie wirklich aufgehört. Sie sind seltener geworden, manchmal kommen wochenlang keine Träume, die sie aus dem Schlaf hochschrecken lassen. Doch in den letzten Monaten haben sich die panikartigen Anfälle in der Nacht gehäuft, die jedes Mal auf einen Traum folgen. Olga weiß, dass jede Aufregung ihr Herz zum letzten Mal schlagen lassen kann.

Natürlich sind die Träume früher intensiver gewesen. Sie hat Nächte durchwacht, nur um nicht einzuschlafen und ihnen immer wieder ausgesetzt zu sein. Ein Arzt hat ihr damals empfohlen, ihre Erlebnisse zu Papier zu bringen, das würde ihr Erleichterung verschaffen, hat er gesagt. Aber Olga hat es nicht geschafft, mehr als ein paar Seiten mit Notizen und Erinnerungsfetzen aufzuschreiben. Dennoch, nachdem sie sich so einiges, aber nie »das Schlimme« von der Seele geschrieben hatte, sind ihre Nächte ruhiger geworden.

Olga greift nach dem Buch, das auf dem kleinen Tisch neben dem Bett liegt. Es enthält die alten Märchenerzählungen. Gestern hat sie es mal wieder aus der Kommode gekramt. In der letzten Zeit liest sie nicht mehr viel, es strengt ihre Augen zu sehr an. Ihr Kopf fühlt sich manchmal zum Bersten an. Nun hofft sie, dass Sonja, ihre Enkelin, die morgen für zwei Tage zu Besuch kommt, ihr eines der wunderschönen Märchen vorliest. Auch Sonja hat dieses Buch immer geliebt.

Sonja. Die Gedanken der alten Frau schweifen in die Vergangenheit. Trotz all der Qualen, die sie erlitten hat, den Mühsalen, ohne einen Ehemann ein Kind aufzuziehen, der schweren körperlichen Arbeit in der Kolchose, ist ihr ihre Enkelin das alles wert gewesen. Als sie damals in das Dorf zurückgekehrt war, war ihre kleine Tochter drei Monate alt gewesen. Der Umwandlung in eine Kolchose waren die Bauern dank ihres entlegenen Fleckchens Erde und der Unbedeutendheit ihrer Ertragsproduktion entgangen. Bei Olgas Rückkehr hatte diese Entwicklung das Dorf ereilt. Mühsam waren die ersten Jahre gewesen und von der Angst geprägt, dass jederzeit wieder das Dorf überfallen werden könnte. Nur langsam hatte man sich wieder an die Normalität gewöhnt. Tanten und Cousinen und natürlich auch ihre treue Freundin Feodora, die sie nach Kriegsende nach Hause begleitet hatte, halfen ihr in der ersten Zeit mit der Kleinen. Das Kind hatte sich zu einem scheuen, in sich gekehrten Wesen entwickelt. Olga war immer bewusst gewesen, dass sie die Schuld an den Eigenheiten ihrer Tochter Anna trug. Auch wenn sie sich die größte Mühe gegeben hatte, sie konnte dieses Kind nicht aus tiefstem Herzen lieben. Anders bei Sonja … Mit den Gedanken bei ihrer Enkelin schläft Olga wieder ein.

Am Morgen wird sie von Stimmen vor ihrer Tür geweckt. Ein munteres Gespräch ist im Gange und eine der Stimmen gehört eindeutig Sonja.

›*Wie ist das nur möglich?*‹ Doch bevor sich Olga Gedanken darüber machen kann, wie ihre Enkelin so früh schon im Dorf eingetroffen ist, reißt Sonja bereits die Tür zu der Wohn- und Schlafstube auf.

»Großmutter, ich bin schon da, ein Freund hat mich mit dem Wagen mitgenommen und hier abgesetzt.«

Olga strahlt und versucht sich aus dem Bett zu quälen.

»Warte ich helfe dir aus dem Bett.« Sonja beugt sich über Olga und küsst sie zur Begrüßung auf die Wangen. Olga will die Begrüßung erwidern. Doch als Sonja sie umarmt, weicht Olga wie von einem Schwindel erfasst vor ihrer Enkelin zurück, greift sich an den Hals, die Augen voller Entsetzen weit aufgerissen. Die Hände abwehrend erhoben.

»Was ist los, geht es dir nicht gut?« Erschrocken zieht sich Sonja etwas zurück. Bis jetzt hat die Großmutter noch kein Wort gesagt. Zuerst hatte sie sich gefreut, als sie Sonja erblickte. Doch nun atmet sie schwer, ihr Gesicht wirkt wie durch einen Schlag verzerrt. Mühsam stammelt sie: »Kind, wie riechst du denn? Was ist das für ein eigenartiger Geruch?«

»Ach, Großmutter«, seufzt Sonja erleichtert. Kein Schlag hat die alte Frau getroffen, sondern sie benimmt sich offensichtlich wegen des Parfums, das noch an ihr haftet, so seltsam.

»Großmutter«, lacht sie, »ich hatte gestern Nacht Besuch von einem Freund, der sich mit dem Zeug förmlich eingenebelt hat. Ich kann dir sagen, das ist ein richtig teures Wässerchen.« Munter plaudert Sonja weiter. »Das war schon der Lieblingsduft vom englischen König Georg und Mussolini. Ein Duft der verbindet, behauptet die Werbung zumindest.«

Das Entsetzen will aus Olgas Gesicht nicht weichen. Sonja weiß, dass ihr Liebesleben von der Großmutter zwar nicht wirklich gebilligt wird, aber es wird doch neuerdings bei ihr nicht ein solches Schaudern hervorrufen. Widerstrebend lässt sich Olga dann doch von Sonja in die Arme nehmen. ›*Es ist nur ein Geruch*‹, sagt sie sich immer wieder. ›*Sonst nichts. Es ist meine geliebte Sonja, die vor mir steht.*‹ Allmählich beruhigen sich ihre Nerven.

»Freust du dich denn überhaupt nicht, dass ich da bin und überhaupt, hast du bemerkt wie früh ich schon bei dir sein kann? Wir wollen uns zwei gemütliche Tage machen. Ich koch' uns was Schönes und lese dir ein wenig vor. Vielleicht fühlst du dich auch bei Kräften und wir können gemeinsam zu deiner geliebten Kapelle spazieren. Was meinst du?«, bemüht sich Sonja, die Großmutter zu beruhigen. Olga setzt sich auf, schiebt sich das Kopfkissen in den Rücken.

»Es ist nichts Kind. Der Geruch hat mich an eine alte Geschichte erinnert. Nichts wirklich Wichtiges, nichts was in meinem Leben heute noch eine Rolle spielt.« Die alte Frau meidet den direkten Blickkontakt zu ihrer Enkelin. Sonja zweifelt an den Worten der Großmutter. Doch sie will sie nicht drängen, ihr mehr preiszugeben. Sie ist froh, dass sich der Zustand der alten Frau wieder einigermaßen normalisiert hat. ›*Ich werde sie bei meinem nächsten Besuch fragen, warum dieses Parfüm ihr so schwer zu schaffen macht*‹, nimmt sich Sonja vor …

Doch die Frage wird immer offen bleiben, denn der nächste Besuch bei der Großmutter, wird deren Beerdigung sein.

## Sonja. Herbst 2007

Tief beeindruckt steht Sonja vor der riesigen Villa. Eigentlich kann ihr nichts so schnell die Sprache verschlagen, aber dieses schlossähnliche Gebäude raubt ihr fast den Atem.

In Oberneuland hat sich so mancher Pfeffersack niedergelassen und ein Landgut oder eine Villa erbaut, aber dieses Haus ist mit Abstand das prächtigste in der ganzen Straße. Ein schmiedeeiserner Zaun umfängt das Grundstück, so weit das Auge blicken kann. Ein doppelflügeliges Tor erlaubt den Zutritt. Bevor Sonja klingelt, späht sie durch die Gitterstäbe, um das ganze Ensemble auf sich wirken zu lassen. Sonja tritt noch einmal auf die andere Straßenseite. Allein der Zaun muss damals schon ein Riesenvermögen verschlungen haben. Kunstvoll sind Blüten in die gedrehten Gitterstäbe eingesetzt, die sich in zugespitzter Form wieder als Bekrönung der einzelnen Stäbe finden. Hinter dem Tor führen links und rechts Kieswege zum Haus, die ein großes Rondell umfassen, dessen Mitte ein riesiger Brunnen ziert. Den Brunnen krönt eine Felsformation, auf der eine riesige Vase thront, die mit Blumen gefüllt ist, die denen auf dem Zaun ähnlich sehen. Aus diesen sprudelt in den warmen Jahreszeiten sicherlich das Wasser, stellt sich Sonja vor. Einen solch eigenartigen Brunnen hat sie noch nie gesehen.

Der Kiesweg endet an einer großzügigen Freitreppe. Fünf Stufen führen zu einem riesigen Portikus auf dorischen Säulen. Links und rechts reichen die Fenster bis auf den Boden und werden von grünen Läden gerahmt. Einzig ein viereckiger Turm, der sich an der rechten Seite der Villa anfügt, stört die Symmetrie dieses prachtvollen Hauses. Er wirkt auf Sonja älter als das übrige Gebäude. Er ist aus rötlichen Quadern gebaut, während die Villa in blendendem Weiß erstrahlt. In einigen Fenstern des Obergeschosses brennt Licht. Sonja nähert sich wieder dem Tor. Noch bevor sie ihren Finger auf den polierten Messingknopf setzen kann, schwingen die beiden Flügel wie von Geisterhand geöffnet, auf. Ein silberfarbener Mercedes der S-Klasse hat sich dem Anwesen genähert und biegt langsam in die Einfahrt ein. Der Fahrer stoppt, als er bemerkt, dass Sonja im Begriff ist, das Grundstück zu betreten und lässt das Fenster herunter.

»Kann ich Ihnen helfen?« Ein attraktiver Mann sitzt in dem teuren Wagen.

»Ich soll mich bei Frau Freese melden. Mein Name ist Sonja Achmatova. Ich werde bei der Geburtstagsfeier von Herrn Freese aushelfen.«

»Na, dann gehen Sie schon einmal vor. Auf der rechten Seite finden Sie den Dienstboteneingang.«

Der Fahrer bleibt stehen und schaut Sonja nach, die auf dem breiten Kiesweg langsam auf die Villa zugeht. Er schnalzt mit der Zunge. Ob sich das Mädchen darüber im Klaren ist, wie aufreizend ihr Gang auf Männer wirkt? Der selbstbewusste, nicht im Mindesten servile Blick der jungen Frau, ist ihm sofort aufgefallen. Konstantin Freese ist kein Kostverächter, und was er bis jetzt gesehen hat, macht ihm Appetit.

Langsam lässt er seinen Wagen zur ehemaligen Remise rollen, die zu einer Garage für fünf Autos umgebaut worden ist.

Sonja klingelt an der Seitentür und eine stämmige ältere Frau mit hochgesteckten rötlichen Haaren öffnet ihr.

»Frau Freese? Guten Tag, ich bin Sonja, die Aushilfe für das Geburtstagsfest Ihres Vaters«, sagt sie forsch.

Die Frau lacht. »Nein, ich bin Frau Windenblom, die Haushälterin. Kommen Sie herein, ich mache Sie mit allem vertraut.«

Eine Haushälterin! Sonja wird rot. Frau Windenblom führt sie durch eine riesige Küche, und über einen Gang gelangen sie in die große Eingangshalle.

»Hier werden die Gäste mit einem Glas Champagner empfangen. Dafür sind die jungen Herren vom Catering zuständig. Ich habe für Sie von der Firma wenigstens noch die passende Kleidung bekommen. Ich denke, sie wird Ihnen passen. Frau Freese hat mir gesagt, dass Sie sehr schlank sind. Sie und zwei weitere Kolleginnen sind dafür zuständig, dass die Herrschaften mit dem Fingerfood bei Laune gehalten werden. Achten Sie darauf, dass die Tabletts nie ganz leer sind und ordern Sie in der Küche rechtzeitig den Nachschub. Haben Sie verstanden?«

Sonja nickt.

»Frau Windenblom, würden Sie bitte einen Moment nach oben kommen?« Eine Frauenstimme ist von der Galerie, die die Halle in der oberen Etage umspannt, zu hören.

»Warten Sie hier auf mich, ich bin sofort wieder da. Aber fassen Sie bitte nichts an, hier stehen ausnahmslos kostbare Antiquitäten.« Die Haushälterin wirft ihr noch einen strengen Blick zu, dann eilt sie die Treppe hinauf.

*›Was glaubt diese Ziege denn? Dass sie eines der ›winzigen Bildchen‹ in ihrer Handtasche verschwinden lässt?‹* Sonja hat nicht wirklich Ahnung von Kunst, aber dass diese Riesen-

schinken von genialer Hand gemalt worden sind, erkennt sie sofort. Vor dem Treppenaufgang ziert eine blutige Jagdszene die Wand. Ein erlegter Hirsch glotzt sie mit aufgerissenen Augen an, während das letzte Blut aus seinem Maul tropft. Sonja wendet sich ab, um sich ein weiteres Bild anzuschauen.

Auf der gegenüberliegenden Seite nimmt ein Gemälde fast die ganze Wand ein, auf dem überlebensgroß ein Paar dargestellt ist. Der Mann steht neben einem Polstersessel, in dem eine Frau sitzt. Stolz, fast besitzergreifend, liegt seine Hand auf ihrer Schulter. Während er mit einem kleinen Lächeln auf die Frau hinunter blickt, scheint sie mit großen grauen Augen Sonja anzuschauen. Ihr Blick sagt nichts aus, er wirkt auf Sonja erschreckend leer. Das Haar der Frau ist zu einem Knoten im Nacken geschlungen. Sie trägt einen dunkelroten Rock mit einem dazu farblich abgestimmten Twinset. Einziger Schmuck ist eine schlichte Perlenkette um ihren Hals. Obwohl ihr Mann sie berührt, wirkt sie merkwürdig einsam. Auf dem Schoß liegt eine weiße, flauschige Katze. Bevor sich Sonja weitere Gedanken über das Paar machen kann, ist Frau Windenblom wieder aufgetaucht.

»Das ist der Hausherr, Alfred Freese, das Geburtstagskind«, erklärt sie. Sonja nickt.

»Und seine Frau, wo ist sie?« Die Frage entschlüpft Sonja ungewollt.

»Helene, sie ist tot. Schon lange. Und bevor Sie es von irgendwelchen schwatzhaften Leuten erfahren, Frau Freese hat sich umgebracht. Also lassen Sie bitte lieber dieses Thema.«

Sonja erinnert sich, etwas in der Art in dem Artikel über Freese gelesen zu haben.

»Sie hat wohl Tiere sehr geliebt«, kommentiert Sonja das Gemälde.

»Wieso Tiere, wie kommen Sie denn darauf?« Frau Windenblom schüttelt den Kopf.

»Na, die weiße Katze auf ihrem Schoß dort.«

Frau Windenblom lacht meckernd auf. »Katze, was für eine Katze? Frau Freese war allergisch gegen Katzen. Auf ihrem Schoß liegt eine Federboa. Ihr Mann hat sie vor Jahrzehnten für eine Riesensumme gekauft. Sie ist aus echten Schwanenfedern, und nicht nur das, diese stammen von einem der seltensten Schwäne der Welt, von einem Trompeten-Schwan. Der ist fast ausgestorben.« Frau Windenbloms Stimme überschlägt sich fast vor Eifer. Man könnte glauben, sie höchst persönlich hätte dem armen Schwan die Federn ausgerupft. Sonja schaut sich das Gemälde genauer an. Tatsächlich, das ist keine Katze, sondern eine zusammengeknüllte Federboa auf dem Schoß von Helene Freese. Sie ärgert sich selbst über ihre dumme Bemerkung.

»Übrigens, ich habe Ihnen die Servierkleidung in die Küche gelegt. Sie können sie nachher mit nach Hause nehmen. Aber achten Sie darauf, dass nichts schmutzig wird«, hört sie die Haushälterin sagen.

Sonja rollt mit den Augen, als sie hinter Frau Windenblom den Speisesaal betritt. Dann verschlägt es ihr fast den Atem. Wenn schon die Eingangshalle sie beeindruckt hat, so lässt der Anblick des Speisesaals sie in Ehrfurcht verstummen. Er ist komplett leergeräumt, um Platz für die Tische des Catering-Services, die bereits in einer Ecke bereitstehen, zu machen. Vergoldete Holzvertäfelungen schmücken die Wände. Ebensolche Halbsäulen, immer zwei an der Zahl, sind den Paneelen vorgelegt und bilden kleine Nischen aus. Die Decke ist ebenfalls vertäfelt und wie die Wände mit geschnörkelten Ornamenten verziert. Zwei riesige Kronleuchter aus Kristall hängen an der Decke. Zusätzlich wird der Speisesaal durch Wandlampen, ebenfalls aus Kristall, beleuchtet, jedoch sind diese mit echten Kerzen bestückt. Dunkles Parkett mit floralen Intarsien bedeckt den Boden.

»So Sonja, hier geht es dann weiter. Das ist der Speisesaal beziehungsweise unser Ballsaal. Aber seit dem Tod von Frau Freese hat hier kein Ball mehr statt gefunden. Die Geburtstagsgäste werden immer zu acht an den Tischen sitzen. Sie, Sonja, sind dann wieder für das Essen zuständig. Wir servieren ein klassisches Menu. Vorweg gibt es eine Hochzeitssuppe, dann Lammcarrée mit Kräuterkruste, grünen Bohnen und Rosmarinkartoffeln, und zum Dessert eine Birnentarte mit Vanilleeis. Die Speisen werden vom Service gebracht. Sie werden in der Küche auf den jeweiligen Tellern vorbereitet und von Ihnen und den anderen Mädchen hier serviert. Achten Sie darauf, dass Sie zügig servieren. Ich möchte kein lauwarmes Essen auf dem Tisch vorfinden. Ist das klar?«

Sonja nickt nur, obwohl sie der alten Schnepfe gerne eine freche Antwort gegeben hätte.

»So das war's für heute«, hebt Frau Windenblom erneut an. »Sie kennen nun die Vorgehensweise. Ich zeigen Ihnen jetzt noch die anderen Räume, dann können Sie gleich mit dem Saubermachen anfangen. Alles muss auf Hochglanz poliert werden und zwar in jedem Raum, denn es kommen auch Übernachtungsgäste.«

Das ist Sonja nur recht. Sie muss unbedingt die Zeit finden, sich noch etwas näher im Haus umzuschauen.

»Ach Herr Freese, das ist Sonja, sie wird uns am Geburtstag Ihres Herrn Vaters ebenfalls zur Hand gehen«, stellt die ältere Frau Sonja vor. Konstantin Freese hat unbemerkt den Speisesaal betreten. Er betrachtet Sonja von oben bis unten. Sonja erkennt in dem Mann den Fahrer des Mercedes von vorhin. Groß, schlank, sportliche Figur, dunkelblondes, volles Haar. Über der Schulter trägt er eine Golftasche, offensichtlich ist er gerade vom Golfplatz gekommen, als er vorhin mit dem sündhaft teuren Auto am Tor gestoppt hat. Sonja bemerkt seinen interessierten Blick und ihr Herz schlägt einen Tick schneller. Vielleicht ein etwas zu weiches Gesicht für einen Mann, aber durchaus nicht unattraktiv. Und vor allem stinkreich. Das sind doch keine schlechten Voraussetzungen für eine eventuelle Liaison.

»Das freut mich. Wir werden uns dann in den nächsten Tagen sicher näher kennen lernen. Frau Windenblom, sagen Sie bitte meiner Frau, dass ich noch mit den Hunden draußen bin und danach noch einmal kurz ins Büro muss.«

Mit langen Schritten hat Konstantin bereits wieder den Speisesaal verlassen. Sonja vernimmt das leise Tippeln von Hundepfoten.

*›Ja, wir werden uns näher kennen lernen, darauf können Sie sich verlassen Herr Freese …‹*

Kurz vor dreizehn Uhr trifft Sonja am Tag der Geburtstagsfeier in der Freesevilla ein. Ein weißer Transporter des Partyservice parkt bereits vor dem Dienstboteneingang.

*›Wahrscheinlich die Leute, die die Tische aufstellen und eindecken‹*, denkt sich Sonja.

Frau Windenblom rauscht bereits aufgeregt durch die Küche und ihre Stimme überschlägt sich beinahe.

»Da sind Sie ja endlich, Sonja. Sie müssen *dringend* die Blumen in die großen Kristallvasen sortieren und diese in der Halle auf die Kommoden stellen. Wissen Sie, wie man so etwas macht?« Sie wartet keine Antwort von Sonja ab, sondern redet wie ein Wasserfall weiter. »Los, los, die Blumen liegen in der Speisekammer in dem großen Wasserbottich. Die Vasen stehen dort auf dem untersten Regal. Sie sind schon abgewaschen, also passen Sie auf, dass sie keine Fingerabdrücke hinterlassen. Am besten ziehen Sie sich ein paar Handschuhe an.« Sie reicht Sonja eine Packung mit Latexhandschuhen, Größe S. Sonja entnimmt sich zwei und öffnet die Tür zur Speisekammer, einem Raum von mindestens vierzig Quadratmetern.

*›Gott, meine Wohnung ist ja kaum so groß wie diese Speisekammer!‹* Eine gigantische Duftwelle schlägt ihr entgegen. In einem altmodischen Zinkbottich liegen mindestens zweihundert weiße Freesien, die ihren außergewöhnlichen Geruch verströmen, der sie an irgendetwas anderes erinnert. Aber sie hat keine Zeit darüber nachzudenken und macht sich an die Arbeit. Sonja kürzt die Stängel und drapiert die Blumen in den schweren Vasen. Nacheinander schleppt sie die sechs Vasen in die Eingangshalle und stellt sie vorsichtig auf den Kommoden mit den geschwungenen Beinen ab.

»Ah, la belle Jardiniere«, hört sie hinter sich eine tiefe Stimme sagen. Sonja lässt vor Schreck beinahe die letzte Vase fallen. Wieder hat sich Konstantin Freese so leise angeschlichen. Schon gestern hat er sie überrascht und ist nach ein paar leicht anzüglichen Floskeln wieder abgerauscht. Er hat etwas von einem geschmeidigen Panther. Zwar ein Panther, der langsam ein paar graue Haare im Fell hat, aber immer noch ein attraktiver Panther.

»Sie haben mich erschreckt, Herr Freese, fast wäre mir die Vase entglitten. Frau Windenblom wäre sicher nicht begeistert gewesen.« Sie funkelt ihn an.

»Na, machen Sie sich um die mal keine Sorgen. Ich hätte die Schuld komplett auf mich genommen. Nun schauen Sie doch nicht so böse. Ich bekomme ja fast ein schlechtes Gewissen«, er lächelt sie an. *›Galant, galant, Herr Freese‹*, denkt Sonja. Bevor sie noch antworten kann, rauscht schon die Hausdame in die Halle. *›Wenn man vom Teufel spricht.‹*

Frau Windenblom begutachtet Sonjas Blumenarrangement. »Sehr schön, Sonja.« Sie kann es aber nicht lassen und zupft noch an ein paar Blüten herum. »Als nächstes begeben Sie sich bitte in das Herrenzimmer. Dort verteilen Sie die Aschenbecher und die Cognacschwenker. Ich habe Ihnen die Sachen bereits auf den Schreibtisch gestellt. Kontrollieren Sie auch bitte noch, ob die Cognac-Karaffe gefüllt ist. Dann melden Sie sich wieder bei mir in der Küche.« Sie wendet sich an Konstantin Freese. »Und Herr Freese, würden Sie sich bitte einschalten? Die beiden jungen Männer, die die Tische aufstellen, wollen einfach nicht einsehen, dass sie diese nicht so dicht an die Wandpaneele stellen sollen. Wenn ein Gast mit seinem Stuhl zurück rutscht, verkratzt er uns wohlmöglich das ganze Holz.«

Konstantin Freese zuckt gutmütig mit den Schultern. »Alles klar, Frau Windenblom, wird sofort erledigt«, er zwinkert Sonja noch kurz zu und lässt die beiden Frauen stehen.

Außer der Hausdame und Konstantin Freese hat Sonja bisher noch niemanden aus der Familie zu Gesicht bekommen. Frau Windenblom begleitet Sonja ins Herrenzimmer und wiederholt noch einmal ihre Anweisungen. »Und lassen Sie bitte die Handschuhe an, auch hier keine Fingerabdrücke auf den polierten Tischen!«

Staunend schaut sich Sonja im Herrenzimmer um. Ein riesiger Kamin dominiert den Raum, über dem ein gigantischer ausgestopfter Tierkopf prangt. Ein Elch mit ausladenden Schaufeln. Vor dem Kamin liegt wohl der Rest des Tieres, ein Fell auf dem einer der Hunde des Hauses – ein brauner Labrador – es sich gemütlich gemacht hat. Er nimmt von Sonja nur kurz Notiz und klopft ein paar Mal mit seinem Schwanz dumpf auf das Fell. Noch nie hat Sonja so viele Bücher auf einmal in einem einzigen Raum gesehen. Bis unter die Decke umlaufen Bücherregale die Wände, die mit dicken, kostbar aussehenden Bänden gefüllt sind. Sonja braucht für die wenigen Handgriffe nur ein paar Minuten.

Zeit genug, sich den mächtigen Holzschreibtisch einmal näher anzuschauen. Sie hat keine Ahnung, nach was sie eigentlich sucht, aber wer weiß, vielleicht gibt es Papiere oder Hinweise, die darauf hindeuten, dass Familie Freese mit dem Geheimnis ihrer Großmutter etwas zu tun hat. Keine der Schubladen ist abgesperrt. Sonja lauscht noch einmal, ob sich draußen vor der Tür etwas tut. Doch nur die ruhigen Schnarchgeräusche des etwas übergewichtigen Hundes sind zu hören.

Nichts Wichtiges in der obersten Schublade: ein Fernglas, ein Brieföffner mit Hirschhorngriff, ein Stempelkissen und ein Exlibris-Stempel. Sonja schaut sich den Stempel genauer an: der Name Freese mit einer feinen Blumenranke darunter. Die zweite Schublade erscheint schon interessanter. Eine Menge Papiere liegen in einer Klarsichthülle. Sonja blättert sie flink durch. Nichts, nur Rechnungen und eine Danksagung von einem Herbert Dibbers für den lieben Freund Freese zum Heimgang der geliebten Gattin Claire Dibbers. Die unterste und letzte Schublade klemmt etwas. Gerade als Sonja sie mit einem Ruck herausziehen will, öffnet sich die Tür zum Herrenzimmer.

»Was machen Sie denn da, schnüffeln Sie etwa hier herum?«, keift eine Frauenstimme plötzlich. Erschrocken springt Sonja auf.

»Nnnein, nein. In der Schublade, äh, hat sich etwas verklemmt, sie war nicht richtig geschlossen. Ich wollte, äh, dass es ordentlich aussieht und die Schublade richtig schließt«, stammelt sie. Ihr Herz schlägt bis zum Hals und ein feiner Schweißfilm bildet sich auf ihrer Stirn.

»Wer sind Sie überhaupt und wie kommen Sie hier rein?« Die Frau ist wütend und hat ein hochrotes Gesicht.

»Marianne, nur keine Aufregung. Das ist Sonja, sie geht uns heute hier wegen Vaters Geburtstagsfeier zur Hand.«

Auf einmal ist Konstantin da. Sonja atmet erleichtert auf. Misstrauisch betrachtet die Frau Sonja.

»Sonja, das ist meine Schwester Marianne Fricke. Sie brauchen keine Angst vor ihr zu haben. Sie wirkt zwar wie ein Rottweiler, ist aber handzahm.« Er grinst wie ein Schuljunge. Marianne wirft ihrem Bruder einen giftigen Blick zu. ›*Dass der sich mit dem einfachen Volk immer dermaßen gemein machen muss.*‹

»Na schön, dann will ich Sie mal nicht weiter von Ihrer Arbeit abhalten. Dafür werden Sie schließlich von uns bezahlt«, faucht sie und rauscht aus dem Zimmer, den braunen Hund im Schlepptau.

»Sonja, wo bleiben Sie denn? Es kann doch nicht so lange dauern, die Aschenbecher im Zimmer zu verteilen!« Die Hausdame ist schon wieder im Anmarsch. Über ihrem rechten Arm trägt sie die Servierkleidung, die Sonja zuvor in der Küche abgelegt hatte. Sie redet mit einem Tonfall, der zu einem General der Bundeswehr passen würde. »Hier, die lag in der Küche. Jetzt ziehen Sie sich schon einmal um. Und stecken Sie ihre Haare noch einmal ordentlich hoch. Alles muss heute Abend perfekt sein, nicht wahr Herr Freese?«

Der nickt nur leicht mit dem Kopf und schweigt.

»Sonja, Sie können sich im ehemaligen Köchinnenzimmer umziehen. Kommen Sie bitte mit, ich zeige Ihnen, wo's lang geht.«

»Lassen Sie mal, Frau Windenblom. Ich werde Sonja das Zimmer zeigen. Sie sind heute zu Höherem berufen und haben doch bestimmt noch jede Menge zu tun!« Geschmeichelt lächelt Frau Windenblom ihren Arbeitgeber an. »Da haben Sie allerdings recht, Herr Freese.«

Konstantin Freese nimmt Sonja am Arm und verlässt mit ihr das Herrenzimmer. Von der Küche aus führt eine Tür zu einem kleinen Raum, der heutzutage als Abstellraum für Putzeimer, Besen und dergleichen benutzt wird. Früher diente er der Köchin als Aufenthaltsraum. Von dort führt eine weitere Tür in einen angrenzenden Flur. Konstantin zieht Sonja hinein und schließt die Tür zur Küche hinter sich ab. Sonja kann ihre Erregung nicht verbergen, ihr ist klar, was jetzt passieren wird. Von Anfang an hat sie sich zu Konstantin hingezogen gefühlt. Ein Mann mit so viel Geld und Macht ist ihr allemal lieber als ein kleiner Pferdepfleger. Vielleicht bietet sich hier eine Chance um ihrem armseligen Dasein eine Wendung zu geben.

Konstantin umschlingt ihre schlanke Taille mit dem linken Arm und die rechte Hand beginnt bereits die Knöpfe seines Hemdes zu öffnen. Achtlos wirft er das Hemd auf den Boden, nachdem er sich dessen entledigt hat. ›*Eigentlich ist er noch ganz gut in Schuss*‹, lächelt Sonja in sich hinein und macht sich an Konstantins Gürtel zu schaffen. Konstantins flinke Finger streifen Sonja den dünnen Pullover über den Kopf und öffnen dann den Verschluss ihres BHs. Achtlos fallen die Kleidungsstücke zu Boden.

»Na, dann wollen wir mal schauen, wo du bei mir Hand anlegen kannst, ma belle Jardiniere …«, flüstert er ihr heiser vor Erregung ins Ohr.

Nach zwanzig Minuten schlüpfen Konstantin und Sonja aus dem Zimmer. Sonja ist umgezogen und niemand würde ihr ansehen, was sich eben zwischen ihr und dem Herrn des Hauses abgespielt hat. Nur Konstantin zeichnet sich durch eine sichtlich gerötete Gesichtsfarbe aus. Seine Ahnung hat ihn nicht betrogen. Sonja ist einfach unglaublich.

»Ich muss dich wiedersehen, Sonja. Wo können wir uns treffen und wann?«, raunt er ihr zu. Auch, wenn sie wegen ihrer eigentlichen Suche in diesem Hause vielleicht nicht zum Ziel kommen würde, den Fisch hat sie auf jeden Fall an der

Angel. Einen dicken Fisch, mit einem noch dickeren Geldbeutel.

»Ich schreibe dir nachher meine Adresse und meine Handynummer auf. Wenn du willst, sehen wir uns morgen«, sagt sie leise und schiebt eine Haarsträhne hinter ihr Ohr.

Ganz leise zieht Marie-Louise Freese sich aus der Küche zurück. Sie hat genug gehört. Konstantins Frau ist Kummer gewohnt. Dass er sie regelmäßig betrügt, weiß sie schon lange. Nur bisher hat er sich darauf beschränkt, es außer Haus zu tun. Jetzt allerdings treibt er es zu bunt. *›Du Schwein‹*, denkt sie, *›wie kannst du mir das nur antun? Hier im Haus, quasi vor meinen Augen und dazu noch mit dem Personal! Irgendwann zahle ich dir alles heim. Deine schmutzigen Seitensprünge, deine Demütigungen vor den anderen und all die Gemeinheiten, die du mir in den vielen Ehejahren an den Kopf geworfen hast.‹*

»Sonja, Sonja, die anderen Mädchen vom Service sind da. Wo stecken Sie denn so lange? Es gibt noch so viel zu tun!« Frau Windenblom scheint immer und überall zu sein. Die Haushälterin nimmt Sonja kritisch unter die Lupe.

»Gut, schön ordentlich sehen Sie aus, die Sachen passen Ihnen perfekt. Dann machen Sie sich bitte auf ins Speisezimmer. Die Blumenarrangements für die Tische sind soeben eingetroffen und die Tischkarten müssen noch nach diesem Plan hier verteilt werden.« Frau Windenblom reicht Sonja eine lange Liste mit den Namen der Gäste und einer Skizze, wo diese platziert werden sollen.

Sonja überfliegt die Namensliste. Petra von Bokeloh und Gatte gehören auch zu den geladenen Gratulanten und ein, zwei andere Namen kommen ihr ebenfalls bekannt vor. Uli Zimmer, der Bremer Senator für Inneres ist ebenso unter den Gästen, wie auch der Direktor der Kunsthalle, Dr. Friedhelm

Fischer. Noch hat niemand den Jubilar zu Gesicht bekommen und Sonja ist gespannt auf den alten Patriarchen.

Kurz vor dem Eintreffen der Gäste werden die ersten Champagnergläser gefüllt. Sonja stellt sie auf ein großes Tablett, gemeinsam mit Gläsern, die Saft oder Wasser enthalten.

»Stellen Sie sich nicht direkt an die Tür«, gibt Frau Windenblom weitere Anweisungen an das Personal. »Die Gäste legen zuerst die Mäntel ab, dann können Sie sich ihnen nähern und ein Glas Champagner anbieten. Aber achten Sie darauf, dass Ihnen kein Glas umkippt. Und stehen Sie nicht im Weg herum, bleiben Sie dezent im Hintergrund. Die beiden jungen Herren vom Partyservice werden dann die Gläser nachfüllen. Wenn die Gäste dann versorgt sind, gehen Sie bitte in die Küche, damit die Suppe angerichtet werden kann. Sie ziehen bitte alle die weißen Handschuhe an, die bereitliegen. Und die Suppe kommt heiß, ohne verkleckerten Tellerrand auf den Tisch. Also, reißen Sie sich alle zusammen! Wir erwarten absolute Perfektion.«

Sonja blickt zu Meike, mit der sie zusammen den Champagner serviert. Meike ist beim Partyservice fest angestellt und eine erfahrene Kraft. Sie verdreht nur die Augen, als Frau Windenblom die letzten Instruktionen erteilt.

Die ersten Autos rollen in die Einfahrt und Sonja nimmt ihre Position ein. Noch bevor die Tür zur Eingangshalle geöffnet wird, vernimmt sie hinter sich das leise Summen eines Motors. Der Chef des Hauses, Alfred Freese, kommt in einem Rollstuhl angefahren, im Schlepptau die gesamte Familie. Marie-Louise mit ihrer Tochter Fabienne und ihrem jüngsten Sohn Benjamin, und ihrem Mann Konstantin. Marianne mit Mann Dietrich und Tochter Freya. Konstantin hat die Hand auf die Schulter seines Vaters gelegt und flüstert ihm etwas ins Ohr. Der Alte nickt und die Familie drapiert sich zum Empfang der Gäste um ihn herum. Sonja erhascht einen ersten Blick auf Alfred Freese. Zusammengeschrumpft sitzt er in seinem Rollstuhl, hat nicht mehr sehr viel gemeinsam mit dem stattlichen Mann auf dem Foto in der Zeitung. Er trägt einen Smoking, an der linken Hand blitzt ein riesiger Siegelring mit einem blauen Stein. Sie hat keine Zeit, sich eingehender mit dem alten Freese zu beschäftigen. Auffallend ist jedoch sein üppiger weißer Haarschopf.

Die Tür wird geöffnet und ein eiskalter Schwall Novemberluft begleitet die ersten Gäste in die Empfangshalle, die sich innerhalb kurzer Zeit füllt. Alfred Freese lässt es sich nicht nehmen, seine Gäste stehend und mit einer Rede zu empfangen. Er winkt Konstantin kurz zu und dieser wuchtet den alten Mann aus seinem Rollstuhl. Unbeholfen macht Alfred Freese ein paar Schritte auf seine Gäste zu, gestützt von seinem Sohn. Fabienne schiebt den Stuhl zu Sicherheit dicht hinterher. Die Schritte des alten Patriarchen sind nicht nur mühsam, sondern auch ungelenk. Ein altes Leiden lässt ihn hinken, was Sonjas Aufmerksamkeit nicht entgeht. Die ersten Toasts auf den Jubilar werden ausgebracht und die Champagnergläser klingen. Sonja muss immer wieder neue Gläser zum Servieren bereithalten. Als um zwanzig Uhr die Gäste in den Speisesaal gebeten werden, atmet Sonja für einen kurzen Moment auf. Am liebsten würde sie sich selbst einen kleinen Schluck Champagner genehmigen, doch der auffordernde Blick des Hausdrachens, lässt sie schnellstens in die Küche eilen. Drei Köche haben bereits die dampfende Suppe auf dem riesigen Gasherd stehen und zwei weitere Küchenhilfen haben begonnen, die Teller zu füllen. Das Geschirr, so hatte es Frau Windenblom Meike und Sonja erklärt, war nach einem Entwurf von Herrn Freeses Mutter gestaltet worden. Dieses spezielle Design wurde dann ausschließlich für die Familie von der bekannten Firma Villeroy und Boch hergestellt. Elfenbeinfarben mit einem dezenten Blumenbouquet in der Mitte und einer Blütenranke am Rand. Als Sonja der Duft der Suppe in die Nase steigt, überkommt sie ein leichtes Schwindelgefühl. Seit dem Frühstück hat sie nichts mehr gegessen. Doch schon scheucht der Chef de la Cuisine, ein spindeldürrer Typ mit einer Art Serviette auf dem Kopf, sie auf. Meike und Sonja greifen sich die ersten Teller und eilen in den Speisesaal, der von angeregtem Geplauder gefüllt ist. Sie bedienen zuerst die Familie. Marie-Louise wirft ihr einen hasserfüllten Blick zu.

*›Oh, da hat wohl jemand etwas von unserem kleinen Techtelmechtel mitbekommen.‹* Sonja kann sich ein hämisches Grinsen nicht verkneifen und schaut frech zu Konstantins Frau hinüber. *›Bei dieser unscheinbaren Gans, kann man Konstantin aber auch keinen Vorwurf machen.‹*

Marie-Louise erstarrt zu Eis. *›Das ist doch nicht zu fassen, diese kleine Schlampe macht sich auch noch über mich lustig. Das wirst du mir büßen.‹*, mit versteinerter Miene legt sie sich die weiße Damastserviette mit dem eingestickten Freesewappen auf den Schoß.

Der erste Gang ist beendet. Meike und Sonja eilen zurück in das Speisezimmer. Beim Abräumen der Suppenteller stößt Sonja versehentlich an die Schulter des Familienoberhaupts, da dessen breiter Rollstuhl etwas hinderlich ist.

Freese blickt zu Sonja auf. Als ihre Augen sich treffen, erstarrt seine Miene und im selben Moment fällt ihm das Weinglas, das er eben zum Mund führen wollte, aus der Hand und landet mit einem Klirren auf dem Tisch. Der alte Mann ringt nach Luft, Konstantin springt auf. Sonja beeilt sich, den Teller abzuräumen und die Spuren der Weinspritzer zu entfernen. Auf einen Wink von Konstantin hin eilt sie hinaus. Sie ist verwirrt und das Schwindelgefühl, das schon in der

Küche von ihr Besitz ergriffen hatte, ist durch den Geruch den Alfred ausströmt noch intensiver geworden. Sonja hat ihn sofort erkannt. Der Duft ist unverkennbar. Jetzt weiß sie auch an was die Freesien, die sie zuvor in die Vasen arrangiert hatte, sie erinnern. Der alte Freese hat sich mit dem Duft »Bleu d'arche« von Cul de Fesse eingenebelt. Dasselbe Parfum, das dieser Franzose benutzte mit dem sie diese langweilige Nacht vor zwei Jahren verbracht hatte. Und der Duft, der ihre Großmutter in Panik versetzt hatte. Was für ein seltsamer Zufall.

Sonja reißt sich zusammen, sie hat noch einige Stunden Arbeit vor sich. Doch in ihrem Kopf setzt sich ein Gedanke fest, der ihr unglaublich erscheint. Sie muss Gewissheit haben und hofft, sich im Laufe des Abends für ein paar Minuten davonstehlen zu können.

»Sonja, schnell, legen Sie noch ein Gedeck am Familientisch auf.« Die hysterische Stimme von Frau Windenblom dringt an Sonjas Ohren. »Nun los, Stefan ist doch noch gekommen. Aus Amerika, der gute Junge.« Hinter Frau Windenblom betritt ein junger Mann die Küche.

»Nur keine Aufregung Windblümchen, mach' mir hier nicht die jungen Mädchen verrückt.« Stefan Freese ist eine jüngere und attraktivere Ausgabe seines Vaters Konstantin. Groß, schlank, dunkelblondes, leicht widerspenstiges Haar und einen Dreitagebart, was ihn sehr verwegen aussehen lässt.

»Geht es Ihnen nicht gut?« Er beugt sich zu Sonja, die immer noch wie benommen auf einem Stuhl sitzt. Eine der Küchenhilfen hat ihr ein Glas Wasser und eine Tablette gereicht.

»Jetzt lassen Sie sich mal nicht aus der Ruhe bringen, ich nehme mir meine Suppe einfach mit.« Der gutaussehende junge Mann schnappt sich einen gefüllten Teller und marschiert wieder aus der Küche. In der Tür dreht er sich noch einmal um und schenkt Sonja ein aufmunterndes Lächeln.

Sonja weiß, dass sie jetzt die Gelegenheit ergreifen muss und atmet tief durch.

»Frau Windenblom, ich muss nur einmal kurz ins Bad, mich etwas erfrischen, dann geht es gleich weiter.« Sogar Frau Windenblom ist beeindruckt von dem wachsbleichen Gesicht Sonjas. »Na, dann beeilen sie sich mal«, brummt sie, um gleich darauf Meike mit dem nächsten Auftrag durch die Küche zu scheuchen.

Sonja eilt an der Gästetoilette vorbei, hinauf in den zweiten Stock. ›*Hier muss doch irgendwo das Zimmer des Alten sein!*‹ Sie öffnet mehrere Türen, bis sie das Zimmer von Alfred gefunden hat. Über dem Bett ist eine Art Galgen angebracht, an dem sich der alte Mann hochziehen kann. Eine Tür führt vom Schlafzimmer weiter in ein geräumiges, behindertengerecht eingerichtetes Badezimmer. ›*Nur gut, dass der alte Mann noch einen so üppigen Haarwuchs hat*‹, denkt Sonja. Im Bad riecht es intensiv nach »Bleu d'arche«, fast als hätte Freese im Parfum gebadet. Sonja klaubt ein paar Haare aus der Bürste, die sie auf einer kleinen Kommode entdeckt und wickelt sie in vier Streifen Toilettenpapier ein. Das kleine Päckchen steckt sie in den winzigen Beutel, der unter ihrer Servierschürze angebracht ist und in dem sie zwei Papiertaschentücher und einen Lipgloss aufbewahrt.

Bevor noch irgend jemand sie vermissen kann, ist Sonja zurück in der Küche. Meike hat in der Zwischenzeit die Suppenteller abgeräumt und das Lamm ist bereits auf den großen runden Tellern angerichtet. Sonja vermeidet es, am Tisch der Familie zu servieren. Doch sie kann die Blicke der Familienmitglieder förmlich spüren. Der eifersüchtige Blick Marie-Louises, ein misstrauischer Blick von Marianne, ratlose Blicke des alten Freese, Aufmunterung bei Stefan, und heiße

Blicke von Konstantin, der wohl schon an das nächste Stelldichein denkt.

Gegen zwei Uhr nachts sind die letzten Gäste verabschiedet. Die Küche ist bereits verlassen, das Geschirr gestellt. Die Mitarbeiter des Catering-Service sind gerade weggefahren. Morgen werden sie das Geschirr und das Partymobiliar abholen.

Sonja sitzt mit der Haushälterin in der Küche und Frau Windenblom zahlt ihr die vereinbarte Summe aus. Der Hausdrachen ist mehr als zufrieden mit dem Verlauf des Abends, der kleine Vorfall mit dem umgekippten Wein ist längst vergessen. Gönnerhaft bietet sie Sonja ein Glas Wein an. Sonja kippt den Bordeaux in einem Zug hinunter.

»Langsam Mädchen, nach dem ganzen Stress steigt dir der Wein zu Kopf. Außerdem sollte man einen so edlen Tropfen genießen. Wer weiß, wann du noch einmal einen solchen Wein vorgesetzt bekommst.« Die Hausdame duzt sie ohne es zu bemerken.

›*Wahrscheinlich früher als du denkst.*‹ Sonja spricht ihre Gedanken nicht aus. Was soll sie sich jetzt mit dem Hausdrachen noch auseinandersetzen. ›*Vielleicht tanzt du ja auch bald nach meiner Pfeife!*‹ Sonja wäre froh, von Frau Windenblom loszukommen, aber das so edle Tröpfchen ist der Hausdame zu Kopf gestiegen und macht sie schwatzhaft.

»Hätte doch noch die gnädige Frau dieses wunderschöne Fest miterlebt«, seufzt sie, »aber wenigstens ist Stefan ja gekommen. Stell dir vor, der weite Weg aus Amerika. Der Junge muss ja total übermüdet sein.« Nach Frau Windenbloms Getue, scheint Stefan sich vor Wochen zu Fuß auf den Weg gemacht zu haben, um rechtzeitig zum Geburtstag seines Großvaters in Bremen zu sein.

»Na, hör ich da meinen Namen?« Stefan steckt den Kopf durch die Küchentür. »Ich glaube, ich genehmige mir mit den

Damen noch einen Absacker.« Er setzt sich zu den beiden Frauen und gießt sich ein Glas Wein ein. »Windblümchen, Sie gehen jetzt besser auch zu Bett. Die Familie schlummert bereits und für Sie wird es auch Zeit.« Mittlerweile ist es fast drei Uhr geworden.

»Na, dann bestell ich dir noch ein Taxi, Sonja«, meint Frau Windenblom großzügig.

»Ach was, ich nehm' schnell meinen Toyota und fahre Sonja nach Hause«, unterbricht Stefan aufgekratzt die Hausdame. »Vielleicht können wir zwei Hübschen ja noch irgendwo was trinken«, raunt er Sonja zu. Sonja nimmt das Angebot gerne an. Stefan ist genau ihr Typ. Die Warnung der alten Schachtel, Stefan hätte doch wohl zu viel getrunken, ignorieren die beiden. Draußen legt Stefan Sonja den Arm um die Schulter. Sonja erwidert den Druck und kuschelt sich eng an ihn. Erstens ist es empfindlich kalt und zweitens gefällt ihr Stefan nicht nur als Mann, sondern sie hat ihn auch bereits mit Haut und Haar in ihre Zukunftspläne verwoben. Der schwarze Toyota steht als einziges der Autos nicht in der Garage. Der Geländewagen wird kaum genutzt und ist fast neu. Er ist geräumig und übersichtlich. Höflich öffnet Stefan die Wagentür und lässt sie einsteigen. Nachdem er selbst auf dem Fahrersitz Platz genommen hat, schaltet er die Standheizung ein, legt Sonja den Arm um die Schulter, zieht sie eng an sich. Wie der Vater so der Sohn, denkt Sonja, als Stefan die Knöpfe ihrer Jacke öffnet …

# November 2008

»Sag mal Petra, du bist so still heute. Ist was passiert?«, erkundigte sich Michaela besorgt. Petra war allgemein nicht für ihre Schweigsamkeit bekannt. Gemeinsam mit Anne-Marie, Dörte, Christiane und Jasmin-Denise hatten sie sich nach dem Reiten noch ins Reiterstübchen gesetzt, und sie genossen, statt des üblichen Proseccos, heißen Glühwein, denn es war mittlerweile empfindlich kalt geworden. Der Winter schien sich endgültig anzukündigen.

»Hmm, hast du was gesagt?« Petra schaute ihre Freundin fragend an.

Michaela schüttelte den Kopf. »Ich wollte nur wissen, ob alles in Ordnung ist.«

Petra von Bokeloh nippte an ihrem Becher Glühwein und winkte ab. »Alles ok, danke. Ich bin nur in Gedanken.«

»Ach, du denkst auch zwischendurch mal?«, frotzelte Anne-Marie und lachte über ihren eigenen Scherz.

»Haha, du warst auch schon witziger. Nee, Leute, mal im Ernst, mich beschäftigt immer noch der Mord an der Putzfrau. Ich habe das Gefühl, dass es jemand war, der direkt mit dem Hof in Verbindung steht.« Sie runzelte die Stirn.

Jasmin-Denise steckte sich eine weitere Zigarette an und stieß den Rauch hörbar aus.

»Ach ja, und wer soll es dieses Mal sein? Pjotr ist ja wohl unschuldig. Zumindest ist er aus der U-Haft raus. Das ist doch Quatsch. Wer sollte denn einen Grund dafür gehabt haben? Ich glaube, die Leiche wurde einfach nur hier abgelegt, weit weg von dem Ort an dem sie umgebracht wurde. Das haben wir doch schon hundertmal durchgekaut.« Die Tierärztin war sichtlich genervt.

Petra haderte mit sich, ob sie ihren Freundinnen von ihrem Verdacht erzählen sollte, entschied sich dann aber dagegen.

»Ich werde den Gedanken einfach nicht los, tut mir leid. Lasst uns von was anderem reden«, sagte sie dann. »Was macht eigentlich deine Doktorarbeit?«, wandte sie sich an Christiane, die ihr gegenüber saß und eingehend ihre Fingernägel begutachtete.

Christiane drehte die Augen zur Decke und seufzte: »Frag lieber nicht, im Moment geht da gar nichts vorwärts. Mein Prof löchert mich auch schon. Aber mir geht's wie dir, ich beschäftige mich auch mehr mit dem Tod von Sonja als mit anderen Sachen.«

Petra war sofort wieder Feuer und Flamme. Sie lehnte sich über den Tisch und flüsterte Christiane verschwörerisch etwas zu. Jasmin, Michaela, Anne-Marie und Dörte schauten sich vielsagend an und standen gemeinsam auf.

»Was ist denn jetzt mit euch los?«, fragte Christiane entrüstet.

»Nichts für ungut, ihr beiden«, gab Anne-Marie zurück, »aber so allmählich nervt das. Ich finde das ja auch schlimm, was passiert ist, aber ihr könnt ja über nichts anderes mehr reden. Und deshalb gehen wir jetzt!« Die übrigen nickten zustimmend.

»Ach was soll denn jetzt das Rumgezicke. Mein Gott! Ich kann mich ja mal in Ruhe mit Christiane unterhalten, da müsst ihr nicht gleich ein Drama draus machen!«, empörte sich Petra.

Just in diesem Moment kam Pauline zur Tür herein. »Hey, Mädels, was ist denn bei euch schon wieder los. Man hört euch bis vor die Tür!«

Jasmin-Denise rollte die Augen. »Ach, es geht schon wieder um diesen Mord und …«

»Wieso? Gibt's neue Erkenntnisse?«, unterbrach Pauline, wie so oft die Haut an ihren Fingern knibbelnd.

»Gar nichts gibt es. Unser Sherlock Holmes hier«, Jasmin nickte in Petras Richtung, »kann seine Fantasie nicht in Zaum halten. Das ist alles.«

»Nur, weil ihr keine habt!«, giftete Petra. »Und kannst du mal aufhören, deine Finger zu traktieren?«, fuhr sie Pauline an.

Pauline fing an zu lachen. »Mensch, Mädels, jetzt kommt mal wieder runter. Es gibt doch keinen Grund, hier so einen Stress zu machen. Wenn es Petra Spaß macht, den Kommissar zu spielen, dann lasst sie doch. Ihr könnt doch trotzdem über andere Sachen quatschen. Jetzt setzt euch doch wieder hin und vertragt euch.« Sie ging in die Küche und holte sich eine Tasse Glühwein, den Dörte in einem großen Topf auf dem Herd warmgehalten hatte. Vorsichtig nippte Pauline daran, als sie sich einen Stuhl heranzog.

»Au verdammt, ist das heiß«, fluchte sie leise. »Aber das tut jetzt echt gut. Es ist so eisig kalt auf der Stallgasse und ich habe heute ordentlich geschwitzt beim Reiten. Jetzt bin ich richtig durchgefroren.«

Jasmin nickte. »Ging mir genauso. Ich finde, wir sollten auf jeden Fall noch mindestens zwei Mal unsere Quadrille für das Weihnachtsreiten üben. Sonst geht das schief. Am besten gleich noch einmal morgen und am Mittwoch.«

Sofort gingen lautstarke Proteste los. »Mindestens? Wie soll das denn gehen? Am Mittwoch kann ich sowieso schon nicht, da gehe ich mit meiner Tante ins Theater«, ereiferte sich Christiane.

»Ja, genau«, meldete sich auch Dörte, »ich habe allein diese Woche zwei Abende mit Elterngesprächen, das wird mir dann echt zu viel, wenn wir auch noch zwei Mal üben sollen.«

»Also, mir passt das auch nicht rein. Morgen haben wir Hochzeitstag, das geht schon mal gar nicht. Von mir aus am Mittwoch, aber wenn Christiane nicht kann …«, Michaela blickte fragend in die Runde.

Nachdem auch Anne-Marie und Petra dem Vorschlag von Jasmin eher ablehnend gegenüber standen, war für die Tierärztin das Maß voll. Nur Pauline hatte nichts einzuwenden gehabt.

»Wisst ihr was? Ihr könnt mich alle mal! Ich mach' mir die ganze Arbeit mit den Lektionen, der Musik und überlege, welche Pferde nebeneinander gehen sollen. Und ihr? Ihr lasst mich und Pauline einfach hängen! Tolle Nummer! Wie soll das denn werden an der Weihnachtsfeier! Michaela kann die Abfolge der Lektionen ja immer noch nicht auswendig, Petra genauso wenig und Anne-Marie hat schon wieder mal ihr Pferd in der oberen Hallenecke nicht im Griff …«

»Stop!«, fuhr Pauline dazwischen. »Ok, Jasmin, ich kann verstehen, dass du sauer bist, weil du dir immer so viel Mühe machst. Aber werde jetzt nicht ungerecht. Wenn die Mädels andere Verpflichtungen haben, musst du das akzeptieren. Und Anne-Maries Ghostbuster ist eben immer für eine Showeinlage gut und springt mal weg. Das hast du vorher gewusst, bevor du sie an die Tete gesetzt hast.«

Jasmin-Denise verzog das Gesicht und blickte beleidigt zu Boden. Tief Luft holend sagte sie dann widerstrebend: »Ja, ok, das mit Ghostbuster ist vielleicht keine so gute Idee gewesen, aber das stellen wir jetzt nicht mehr um. Der passt einfach so gut da vorne hin, weil er so groß ist. Dann lasst uns wenigstens versuchen noch *einen* Termin zu finden, an denen alle Zeit haben. Schließlich ist schon am kommenden Freitag die Feier und wir wollen ja nicht die Lachnummer des Abends werden, oder?«

Damit waren alle einverstanden und der Friede zunächst

wieder hergestellt. Letztlich einigten sie sich auf Donnerstag.

Als kurz darauf Christiane und Petra in der Küche den Abwasch machten, die anderen hatten sich mal wieder geschickt aus der Affäre gezogen, fragte Petra: »Sag mal, kommt dein Kommissar auch mit zur Weihnachtsfeier?«

Christiane trocknete einen der dunkelblauen Becher ab und meinte: »Na ja, versprochen hat er es zumindest. Ich gehe mal davon aus, dass er mitkommt. Sofern ihm nicht beruflich was dazwischen kommt.«

Petra plagte die Neugier. »Sag mal, erzählt er denn so gar nichts von dem Fall?«

Christiane schnappte den nächsten Becher, den Petra abgewaschen hatte. »Petra, du bist unmöglich. Nein, er erzählt nichts und selbst wenn, dann würde er mir nichts verraten, was ermittlungstechnisch relevant wäre. Du gibst aber auch nie auf, was?«

Ihre Freundin grinste achselzuckend. »Es ist einfach spannend und ich mache mir eben Gedanken. Mal ehrlich, ihr redet doch sicher auch über den Mord, irgendwas wird es doch geben, was du mir erzählen kannst.« Sie knuffte Christiane leicht in die Rippen. Diese gab sich geschlagen und sagte: »Ja, da gibt es was, was ich selbst herausgefunden habe und es könnte mit dem Fall zu tun haben.«

Petra bekam große Augen. »Echt? Erzähl! Komm wir trinken noch einen Becher Glühwein, es ist ja noch was übrig und du berichtest mir, was du herausgefunden hast.«

Sie gossen den letzten Rest des mittlerweile lauwarmen Glühweins in zwei Becher und setzten sich wieder in die Reiterstube. Christiane nahm einen Schluck, verfluchte sich innerlich, weil sie sich von Petra hatte überreden lassen und erzählte von ihren Recherchen über Valentin.

Hölzle saß über dem liegengebliebenen Bürokram und schwenkte gedankenverloren seine Kaffeetasse.

»Hast du Whiskey in deiner Tasse, oder was schwenkst du da?« Hölzle sah auf und erblickte die drahtige kleine Gestalt von Markus Rotenboom, der im Türrahmen lehnte und grinste.

»Hey, Markus, komm' rein. Willst 'nen Kaffee?« Hölzle freute sich, dass er nun die Gelegenheit bekam, die Büroarbeit mal wieder beiseite zu schieben.

»Gerne. Deiner schmeckt wenigstens. Den Kaffee vom Adlerblick kann man echt nur höflichkeitshalber trinken.« Er kam herein und schloss die Tür.

Hölzle blickte ihn mit hochgezogenen Brauen an. »Wieso?«

Der Kriminaltechniker zog sich einen Stuhl heran und setzte sich, die Beine locker übereinander geschlagen. »Hast du mit der echt noch nie einen Kaffee in ihren heiligen Leichenhallen getrunken? Puh, da entgeht dir aber echt was. Ich habe keine Ahnung was die damit anstellt, aber diese Brühe ist ungenießbar. Gut aussehen tut Sabine ja, und intelligent ist sie auch. Aber Kaffee kochen?« Dankbar nahm er die Tasse, die Hölzle ihm eingeschenkt hatte, entgegen.

Dieser lachte über die Grimassen, die Rotenboom zog und amüsierte sich köstlich. »Vielleicht macht sie ja Experimente mit ihren stummen Laborratten«, er versah das letzte Wort mit angedeuteten Häkchen in der Luft, »und versucht sie wieder zum Leben zu erwecken.«

»Ja, wer weiß. Hilfreich wäre das manchmal schon, wenn man die Toten wieder aufwecken könnte.«

»Aber der Kaffee in Adlerblicks Büro ist trinkbar, das muss ich zugeben.« Hölzle nahm einen Schluck. »Den Kühlhallenkaffee habe ich allerdings noch nicht probiert.«

Markus sagte trocken: »Lass es lieber, du versäumst

nichts.« Dann wurde er ernst. »Hör zu, ich hab' was für dich.« Gespannt lehnte sich Hölzle in seinem Bürostuhl nach vorne.

»Also, dieser komische Handschuh, Kotze, oder wie das Ding heißt ...«

»Kote«, verbesserte Hölzle.

»Ja, wie auch immer. Jedenfalls die DNA, die ich aus dem Schweiß, der sich darin befand, isoliert habe, zeigt einen hohen Verwandtschaftsgrad mit der DNA des Feten von Sonja Achmatova. Was sagst du jetzt?«

Mit einem zufriedenen Lächeln lehnte sich Markus in seinem Stuhl zurück.

»Hoher Verwandtschaftsgrad also. Wie hoch?«

Bedächtig nahm Markus einen Schluck Kaffee. »Wenn du mir einen deiner Schokoriegel vermachst, sag ich's dir.« Ohne Widerrede griff Hölzle in seine Schublade und nahm die ganze Packung heraus und legte sie auf den Tisch. »Bedien dich, du hast es verdient.« Rotenboom schälte einen der leckeren Schoko-Keks-Riegel aus seiner Verpackung und biss ab. »Ich würde mal sagen, der Verwandtschaftsgrad ist so wie bei Vater und Sohn.«

Hölzle saß mit heruntergeklappter Kinnlade da und war zuerst sprachlos. »Für diese Info kannst du die ganze Packung Schokoriegel haben.« Endlich mal eine gute Nachricht.

Jede Nacht wachte er auf, schweißgebadet und sein Herz schlug so heftig, dass er das Gefühl hatte, es würde jeden Moment zerspringen. Gott sei Dank hatten er und seine Frau schon seit Jahren getrennte Schlafzimmer, so dass sie nicht mitbekam, wie er mitten in der Nacht aufstand und durch das dunkle Haus wanderte. Seine Wanderung hatte schon beinahe Routine. Zuerst ging er in die Küche. Dort nahm er eine Flasche Mineralwasser aus dem Kühlschrank und verzichtete darauf sich ein Glas voll zu schenken. Durstig trank er direkt aus der Flasche.

Danach führte ihn sein Weg weiter in die Bibliothek, und er setzte sich in den großen braunen Ledersessel, regungslos vor sich hinstarrend. Immer wieder spulten sich die gleichen Bilder in seinem Kopf ab. ›Abwarten‹, sagte er sich, ›damals konntest du auch irgendwann wieder schlafen. Es hat zwar Monate gedauert, aber du hast das überstanden.‹

Auch dieses Mal war alles gut gegangen. Niemand hatte Verdacht geschöpft, seine dunklen Augenringe hatte er dem Stress in der Firma zugeschrieben und das hatte ihm jeder abgenommen.

Er hatte sich selbst verachtet für das was er getan hatte und er tat es noch. Noch mehr als sich selbst verabscheute er aber seinen Vater. Der hatte diesen ganzen Schlamassel verursacht.

Auch in dieser Nacht saß er wieder in der Bibliothek und dachte an damals. Fünfzehn Jahre war das jetzt her. Elchjagd in Schweden, nur er und sein Vater. Zur Feier seines vierzigsten Geburtstages. Die Jagd war das Einzige was sie beide gemeinsam hatten und wenn sie gemeinsam zur Jagd fuhren, hatten sie immer eine gute Zeit. Dann ließ ihn sein Vater nicht spüren, dass er seinen Sohn als Versager empfand. Zu Hause und in der Firma war das anders und sein Vater ließ keine Gelegenheit aus, ihn zu demütigen.

Doch das hatte sich an jenem Tag in Schweden, besser in jener Nacht, verändert. Seither riss sich sein Vater zusammen. Auch das Testament hatte sein Vater so abgeändert, dass ihm später die Firma gehören sollte, seine Schwester würde deutlich weniger erhalten. Und das würde immer noch genug sein, um ein luxuriöses Leben zu führen.

Sein Vater und er hatten je einen Elch erlegt und waren mit einem Taxi zum Feiern in ein Stripteaselokal gefahren.

Dort hatten sie gegessen und vor allem getrunken und sich an den blonden langbeinigen Mädchen ergötzt, die mal an der Stange tanzten oder sich auch von Tisch zu Tisch bewegten. Schlangengleich, schamlos, erregend. Eine der Tänzerinnen hatte es seinem Vater ganz besonders angetan. Und das hatte das Mädchen sofort bemerkt.

Natürlich war sie öfter an ihren Tisch gekommen, denn jedes Mal steckte sein Vater ihr einen Geldschein in das knappe Höschen oder den BH, der kaum das Nötigste bedeckte. Am Ende ihrer Show trug sie nur noch eine Federboa aus schwarzen Hahnenfedern. Noch nie hatte er seinen Vater so aufgekratzt erlebt.

Als die Stripperin das letzte Mal an ihren Tisch gekommen war, hatte sein Vater sie auf seinen Schoß gezogen und ihr etwas ins Ohr geflüstert. Er selbst hatte nur das Wort ›weiß‹ aufgeschnappt. Kurz darauf hatten sie bezahlt und sich zu ihrer Jagdhütte fahren lassen. Er war ziemlich betrunken und müde gewesen und gleich zu Bett gegangen. Allerdings hatte er schon noch mitbekommen, wie ein weiteres Auto kurz vor der Jagdhütte gehalten hatte. Durch das Fenster hatte er gesehen, dass es ein Taxi gewesen war. Der Fahrgast war die blonde Tänzerin gewesen, deren Pelzmantel beim Aussteigen aufgeklafft war. Viel hatte sie darunter nicht angehabt.

Er hatte in sich hineingegrinst und im Geiste vor seinem alten Herrn den Hut gezogen. Der hatte mindestens genauso viel getrunken wie er und schien trotz seiner einundsiebzig Jahre kein bisschen müde zu sein. Sollte er seinen Spaß doch haben!

Dann war er zu Bett gegangen. Etwa eine Stunde später hatte ein dumpfes Geräusch ihn geweckt. Zuerst hatte er geglaubt, es wäre eine Tür zugeschlagen worden, doch dann war dasselbe Geräusch immer wieder zu hören und ihm wurde klar, dass es das Bettgestell im Zimmer seines Vaters sein musste, das rhythmisch gegen die Wand rummste. Der alte Bock ist ja nicht totzukriegen, hatte er gedacht, und das Mädchen schon fast bemitleidet. Aber schließlich würde sie dafür ordentlich Geld bekommen, da war sein Vater nicht geizig.

Doch dann hatte er das Mädchen weinen gehört, dann betteln und dann folgte ein Schrei, der abrupt abbrach. Da hatte er Angst bekommen und war wie von der Tarantel gestochen aus dem Bett gesprungen und aus dem Zimmer gerannt.

Als er die Tür zum Zimmer seines Vaters aufgerissen hatte, war der Anblick der Schock seines Lebens gewesen. Auf dem Bett kniete sein nackter Vater, der Körper des Mädchens vor ihm seltsam schlaff. Um den Hals des Mädchens war eine weiße Federboa geschlungen und die Enden hielt sein Vater in den Händen wie ein Rodeoreiter, der versucht ein bockendes Pferd zu bezwingen. Der schweißbedeckte Körper seines Vaters flog in den Bemühungen sein Ziel zu erreichen. In den Augen glänzte der Wahnsinn. Er schien gar nicht zu bemerken, dass sein Sohn im Zimmer stand, geschweige denn, dass das Mädchen sich nicht mehr rührte.

»Vater!«, hatte er gebrüllt, »Vater, um Himmels Willen, hör auf!« Er hatte ihn von dem Mädchen gezerrt, ihn mit der Faust ins Gesicht geschlagen und zu Boden gestoßen. Dann hatte er sich um die Blondine gekümmert. Aber es war zu spät gewesen. Sie atmete nicht mehr. Im ersten Augenblick war er panisch gewesen, doch dann hatte ihn eine unheimliche Ruhe erfasst.

Der Stripperin war nicht mehr zu helfen, aber er hatte nun einen Trumpf in den Händen, der ihm alles ermöglichen würde. Natürlich würde er nie die Polizei einschalten, das würde der Firma und dem Ansehen der Familie schaden. Aber er hatte die Gunst der Stunde genutzt und seinem Vater alles abgerungen, was er haben wollte. Sein Vater hatte keine Wahl gehabt und alles schriftlich niedergelegt, nachdem ihn eine kalte Dusche und eine große Kanne Kaffee wieder nüchtern gemacht hatten.

Danach hatten sie gemeinsam die Leiche vergraben. Weit ab im Wald und tief genug, dass keine Tiere sie je wieder ausbuddeln würden. Es hatte in Strömen geregnet, was ihnen nur zum Vorteil gereicht hatte, denn jegliche Spuren waren verwischt worden. Niemand wusste, dass das Mädchen in der Jagdhütte gewesen war, nur der Taxifahrer. Und sie würden beide bezeugen, dass sie die Tänzerin am frühen Morgen mit in die Stadt genommen hatten, als sie mit dem Mietwagen in Richtung Flughafen gefahren waren. Falls jemand Fragen stellen sollte.

Es hatte nie jemand Fragen gestellt. Scheinbar waren verschwundene Stripperinnen nicht von großer Bedeutung.

Sein Vater und er hatten nie wieder über diese fürchterliche Nacht in Schweden gesprochen. Die einzige Frage, die er seinem Vater damals gestellt hatte, war die Frage gewesen, warum es unbedingt eine weiße Federboa hatte sein müssen. Die schwarze Federboa, die das Mädchen im Striplokal hatte, hätte es doch auch getan. Die Antwort hatte schlicht gelautet. »Weiß sieht so unschuldig aus.«

Nach Schweden waren sie nie wieder gemeinsam zur Jagd gefahren.

Und nun, so viele Jahre später, war er selbst derjenige, der einen Menschen umgebracht hatte. Doch sie war gefährlich geworden, wusste zu viel und stellte zu hohe Forderungen. Und sein Vater war ein alter Mann, der die Dinge nicht mehr selbst in die Hand nehmen konnte und so dieses Mal ihm die Drecksarbeit überlassen hatte.

Dann hatte er ihr ein Angebot gemacht, das sie nicht ausschlagen konnte, das besser als ihre Forderungen gewesen war. Er hatte sie in das kleine Landhaus seiner Familie in der Nähe von Fischerhude bestellt, in dem sie sich schon öfter getroffen hatten.

In dem gemütlichen Landhaus hatte er die Wanne eingelassen und sie hatte gebadet, während er die mitgebrachten Häppchen auf einem großen Teller anrichtete. Auf dem Wannenrand sitzend hatte er sie gefüttert. Kaviar, Sushi, Carpacchio und dazu eisgekühlten Champagner.

Verführerisch war sie auch in dieser Nacht gewesen, doch Spermaspuren zu hinterlassen, hatte er sich nicht leisten können. Es war schon schwierig genug gewesen überhaupt die Spuren zu verwischen. Sie hatte versucht ihn in die Wanne zu locken, und er hatte so getan, als wollte er nur noch eine weitere Flasche Champagner holen.

»Mach schnell, ich will dich jetzt«, hatte sie ihm hinterher gerufen. Sie schien so selbstbewusst und glücklich, offensichtlich spielte er seine Rolle sehr überzeugend.

Zurückgekommen war er mit Vinylhandschuhen. Bevor sie sich überhaupt darüber wundern konnte, war es zu spät gewesen. Er war überrascht gewesen, wie unberührt es ihn gelassen hatte, als sie versucht hatte, sich mit aller Kraft zu wehren. Heftig hatte sie gestrampelt und ein Teil des Badewassers war über den Wannenrand geschwappt. Mit einer Hand hatte sie die Seife zu fassen bekommen und ihre Nägel tief hineingegraben, aber genützt hatte es ihr nichts. Unerbittlich hatte er sie unter Wasser gedrückt.

Als es vorbei war, hatte er einen Einmal-Overall angezogen und die Leiche aus der Wanne gehoben und abgetrocknet. Dann hatte er sie komplett angezogen, irgendwie widerstrebte ihm auf einmal ihr nackter Körper. In eine dunkelrote Decke gehüllt, hatte er den Leichnam in den Kofferraum des Wagens gelegt. Er hatte den Overall noch einmal gegen einen weiteren ausgetauscht und sich dann auf den

Weg zum Reitstall gemacht. Die weiße Federboa, die bereits auf dem Beifahrersitz lag, war sein persönlicher Gag gewesen. Nachdem er die Leiche abgelegt hatte, hatte er sich der Overalls und der dunkelroten Decke entledigt und war ins Landhaus zurückgefahren, um sauber zu machen. Die kleine Handtasche Sonjas hatte er durchwühlt, das Handy zerstört und später alles in einen Mülleimer auf einem Parkplatz an der A7 geworfen.

Das alles ging ihm jetzt wieder jede Nacht durch den Kopf, aber es würde vorübergehen.

Was ihn allerdings etwas beunruhigte, war die Tatsache, dass er den Safeschlüssel noch nicht gefunden hatte. Weder in der kleinen Handtasche noch in ihrer Wohnung war er zu finden gewesen.

Markus hatte kaum Hölzles Büro verlassen, da meldete sich Harry Schipper, der gerade erst von Frau Meyerdiercks zurück kam. »Sag mal, was hast du denn so lange dort gemacht?«, wollte Hölzle wissen.

»Hör bloß auf. Also, die ist ja echt nett, die Frau Meyerdiercks, aber bevor ich nicht drei Stücke Apfelkuchen mit Sahne verdrückt hatte, ließ sie mich nicht gehen. Und dazu jede Menge grünen Tee. Pfui Teufel, das kann ich ja nicht trinken.«

»Warum? Soll doch gesund sein. Tut dir auch mal gut. Nur die drei Stücke Kuchen hättest du dir schenken können, du isst eh zu viel Süßes«, stichelte Peter Dahnken, der unbemerkt hereingekommen war. Harry fuhr herum, hob den Arm, bildete mit ausgestrecktem Daumen und Zeigefinger eine Pistole und zielte auf seinen Kollegen. »Irgendwann, Peter, irgendwann, hau ich dir mal eine in deine dämliche Visage.«

»Aber, aber. Gewalt ist doch keine Lösung. Das solltest

du doch bei deinem Beruf am besten wissen«, konterte Peter grinsend. Harry winkte einfach ab und setzte sich hin.

»Also, ihr zwei«, Hölzle schüttelte den Kopf über seine Kollegen, »jetzt mal Schluss mit den Kindereien. Es gibt fantastische Neuigkeiten.«

Sofort hatte er die Aufmerksamkeit der beiden Männer, wobei Harry es nicht lassen konnte zu sagen: »Gibt's ne Gehaltserhöhung?«

Hölzle wurde allmählich sauer. »Himmelarschundzwirn! Jetzt bleibt mal ernst ...« Er wurde durch das Klingeln von Harrys Handy unterbrochen.

»Schipper, Kripo Bremen, guten Tag.« Zunächst lauschte er angestrengt, doch dann breitete sich ein Grinsen auf seinem Gesicht aus, das von einem Ohr zum anderen zu reichen schien. Harry klappte das Handy zu und brüllte los vor Lachen. »Leute, das glaubt ihr nicht ...« Wieder wurde er von einem Lachanfall geschüttelt. »Das war dieser Schmink, dem habe ich doch die Hölle heiß gemacht, wenn er mir nicht sagt, mit wem er sich in der Mordnacht getroffen hat. Das hat ihn wohl dazu bewogen ›seine Quelle‹ preiszugeben.« Harry malte zwei Häkchen in die Luft.

»Diese Quelle ist eine vom Gewerbe, die ihn in seiner Wohnung besucht hat. Und zwar zwischen einundzwanzig und zweiundzwanzig Uhr. Also, der kann's nicht gewesen sein.« Auch Hölzle und Dahnken wollten sich ausschütten vor Lachen. Dann wurde Hölzle wieder ernst.

»Wir wissen jetzt, wer der Vater des Kindes von Sonja Achmatova ist!« Triumphierend blickte er in die staunenden Gesichter.

»Sag jetzt nicht, es ist tatsächlich dieser Stefan aus meinem Kendoclub«, sagte Peter.

»Doch, mein Lieber, ganz genau der. Das hast du gut gemacht«, lobte Hölzle seinen Mitarbeiter, »aber, das ist noch nicht alles für heute. Als du schon bei Tee und Kuchen gesessen bist, Harry, haben wir in der Wohnung noch einen Schlüssel gefunden. Und, jetzt kommt's: ta ta ta taaaa! Der Schlüssel gehört zu einem Safe, vermutlich einem Bankschließfach. Meinte Sebastian zumindest. Jetzt müssen wir nur noch rausfinden, bei welcher Bank das Opfer ein Schließfach hatte.« Hölzle strahlte über das ganze Gesicht. Endlich ging es vorwärts in diesem Fall.

»Ich hätte da schon mal einen Tipp«, meldete sich Harry, »die Bremer Bank. Achmatova hatte doch einen Prospekt in ihrem Schrank. Erinnerst du dich, Heiner?«

Hölzle tippte sich mit dem Zeigefinger an die Schläfe und nickte langsam. »Manchmal, Harry, manchmal, bist du gar nicht so dumm.«

## Sonja. Oktober 2008

»Pjotr, du musst jetzt gehen.« Sonja fährt ihm durch die Haare und küsst ihn leicht auf die Lippen. Pjotr ist zwar wirklich der Knaller im Bett und irgendwie fühlt sich Sonja bei ihm wohl. So etwa, wie sie sich als Kind gefühlt hatte, wenn sie unter den dicken Federkissen in Großmutter Olgas Bett den Märchenerzählungen gelauscht hatte.

»Ich kann ausschlafen, morgen ist Sonntag, da bringen die Einsteller ihre Pferde selbst auf die Weide«, beschwert er sich. Pjotr möchte mit Sonja zusammen frühstücken, endlich einmal einen ganzen Tag mit ihr zusammen sein.

»Pjotr, ich habe dir schon tausend Mal erklärt, dass du am

Morgen zu verschwinden hast. Wir sind doch kein altes Ehepaar. Ich habe über einige Dinge nachzudenken und brauche ehrlich meine Ruhe«, erwidert sie leicht genervt. Pjotr ist enttäuscht. Nie lässt Sonja es zu, dass er nach einer Nacht, auch den Tag gemeinsam mit ihr verbringt. »Außerdem bist du verheiratet, ich hätte da echt ein schlechtes Gewissen, wenn du dich hier auch noch wie mein Ehemann aufführen würdest«, fügt Sonja mit ruhiger Stimme hinzu.

Pjotr gibt sich geschlagen. Er krabbelt im Schneckentempo aus dem Bett, vielleicht überlegt es Sonja sich doch noch einmal?

»Gut, ich mach' mir dann eben noch schnell einen Kaffee, dann bin ich auch schon verschwunden. Möchtest du auch einen. Hm?«

Sonja ist mit ihren Gedanken bereits ganz woanders. Sie trifft sich heute mit Stefan, der unerwarteter Weise einen Kurzbesuch in Deutschland macht. Nur für drei Tage, hat er ihr erzählt, als er sie angerufen hat. Ein paar Fragen brennen ihr unter den Nägeln und außerdem sollte er auch allmählich das Neueste erfahren. Er würde nicht schlecht staunen, da war Sonja sich sicher.

»Hey, hallo aufwachen!«, dringt Pjotrs Stimme zu ihr durch. »Ob du auch einen Kaffee möchtest?« Pjotr schüttelt den Kopf, er betet Sonja zwar an, aber er wird einfach nicht schlau aus ihr. Entweder grübelt sie vor sich hin, oder sie versprüht gute Laune, die schon fast wieder etwas Hysterisches an sich hat. Woher diese überschwängliche Fröhlichkeit rührt, will sie Pjotr nicht verraten. Auf sein Drängen hat sie ihm nur zur Antwort gegeben: »Wart es ab, du erfährst es noch früh genug.« Mehr hat er nicht aus ihr herausbekommen.

»So, ich mach' mich dann mal auf den Weg«, sagt der Pferdepfleger und stellt die leere Tasse in das Spülbecken.

Zäh wie ein Kaugummi windet sich Pjotr in Richtung Wohnungstür, dann hält er noch einmal kurz inne. »Sehen wir uns noch die Woche?«

»Ja, vielleicht oder ... Ach Pjotr ich weiß es noch nicht.« Sonja streift sich einen Pullover über den Kopf. »Vielleicht auf ein Glas Wein, mal sehen. Ich ruf' dich an, ok?«

Pjotr zuckt mit den Achseln. Besser als nichts. »Na, dann hab' noch einen schönen Sonntag«, gibt er mit ätzender Stimme zurück und wirft mit einem lauten Rums die Tür hinter sich zu. Mit ihr herumstreiten ist nicht seine Art, aber sie soll ruhig merken, dass er sich verletzt fühlt.

Pjotrs Gefühle sind im Moment so ziemlich das Letzte, wofür sich Sonja interessiert. Sie öffnet ihre Nachttischschublade. Neben der Packung Kondome (grün, geschmacksneutral, ein Markenprodukt der Firma Spässle aus Ingelheim) liegen zwei Dinge, die ihr Leben in naher Zukunft nachhaltig beeinflussen werden. Den Schwangerschaftstest hat Sonja bereits durchgeführt. Sie hatte es doch geahnt. Positiv! Das Kind musste von Stefan sein. Sie trifft sich zwar in unregelmäßigen Abständen auch mit Konstantin, der an ihr einen Narren gefressen hat, aber rein rechnerisch ist es nicht dessen Spross, der in ihrem Bauch heranreift. Bei Pjotr wäre ihr nie etwas anderes in den Sinn gekommen, als zu verhüten. Nachdem sie an Freeses Geburtstag sowohl mit Konstantin, als auch mit Stefan geschlafen hatte, beide Male leichtsinnigerweise ungeschützt, hatte sie ihre Tage bekommen. Wann immer Stefan seit damals in Deutschland war, traf er sich mit Sonja. Das letzte Mal war dies Anfang Oktober gewesen. Stefan hatte nur sehr wenig Zeit für sie gehabt. Natürlich waren sie trotzdem im Bett gelandet. An diesem Nachmittag muss Herr Freese junior seinen Nachfolger gezeugt haben. Für Sonja gibt es überhaupt keinen Zweifel, dass sie dieses Kind unter allen Umständen haben will. Hoffentlich würde mit dem Baby alles in Ordnung sein. Man hörte ja doch so einiges von Schäden, mit denen ein Kind unter gewissen Umständen auf die Welt kommen konnte.

Dann lag noch dieses Schreiben aus Holland in der Schublade. Ihr zukünftiger Lebensunterhalt inklusive der Altersvorsorge schien gesichert, sollte Stefan sie hängenlassen.

*Sehr geehrte Frau Achmatova, wir teilen Ihnen mit, dass die bei uns eingereichte Haarprobe zu 98,9% mit der zweiten, von Ihnen stammenden Probe übereinstimmt.*

*Mit freundlichen Grüßen i.A. Jan van Duuren, Paternity Testing Laboratory, Utrecht.*

Sonja liest das Schreiben noch einmal durch, dann steckt sie es in seinen Umschlag zurück und diesen in einen zweiten großen Umschlag. Das Ergebnis muss endlich unbedingt an einem sicheren Platz aufbewahrt werden. Zu lange liegt es schon bei ihr in der Nachttischschublade. Sobald wie möglich will sie sich ein Schließfach in der Stadt mieten. Nichtsdestotrotz muss sie sich vergewissern. Ein minimaler Prozentsatz spricht gegen ihre Vermutung. Sonja hofft, dass ein Gespräch mit Stefan vielleicht die letzten Zweifel beseitigen kann.

Gegen elf ist Sonja fertig. Frisch geduscht und angenehm duftend. Sie trägt ein weißes Wollkleid mit einem goldenen Gürtel, die Haare hat sie hochgesteckt und mit einer silbrigen Schnalle befestigt. Die knöchelhohen, grauen Lederstiefeletten hat sie sich erst vor einigen Tagen gegönnt. Geschminkt ist sie kaum, nur ein wenig von dem blassrosafarbenen Lippenstift hat sie aufgetragen – Stefan mag es mehr natürlich. Da hört sie ihn auf der Straße schon hupen. Eigentlich empfindet Sonja diese Art, sie herbeizurufen als äußerst unhöflich. Aber Zeit, um dem jungen Mann Manieren beizubringen, hat sie ja hoffentlich in Zukunft genug. Stefan hat sie heute in ein neu eröffnetes spanisches Restaurant am Hafen eingeladen.

»Wow, du siehst phantastisch aus«, begrüßt er sie. Zumindest ist er ausgestiegen und hält ihr die Tür auf, registriert Sonja positiv.

Der Tisch ist für halb eins bestellt, es bleibt noch Zeit, sich auf dem ehemaligen Hafengelände noch etwas die Beine zu vertreten. Wo früher Säcke mit Kaffee und Baumwolle gelagert wurden, sind heute schicke Büros eingerichtet und Studenten der Hochschule haben hier ein neues Domizil gefunden.

Sonja holt tief Luft, atmet aus und fasst sich ein Herz. »Sag mal, Stefan, was ich schon immer einmal wissen wollte …«, sie hält kurz inne.

»Ja, was denn? Frag nur, ich hoffe, ich kann dir eine Antwort geben.« Aufmunternd sieht er sie an.

»Ja, äh, wie ist deine Familie eigentlich zu Geld gekommen? Ich meine, wie wird man so reich wie ihr? Ich habe zwar einen Artikel in der Zeitung über deinen Großvater gelesen, aber so richtig informativ war er ja nicht …« Sie bricht ab. Hoffentlich hat sie ihn jetzt nicht verärgert mit ihrer direkten Art.

Stefan überlegt einen Moment, dann antwortet er langsam: »Also, ehrlich gesagt, Geld hat bei uns tatsächlich, seitdem ich denken kann, noch nie eine Rolle gespielt. Mein Urgroßvater hatte die Firma gegründet, vor mehr als hundert Jahren oder so. Er hat aber ganz klein angefangen, mit einem Pferdekarren hat er noch die Baumaterialien transportiert. Das Geld für Pferde und Wagen hat er sich wohl geliehen. Frag mich aber nicht von wem und wie viel. Spielt ja auch keine Rolle mehr. Jedenfalls hat er dann einen größeren Auftrag im Bereich Straßenbau bekommen und so ging es dann los. Ich meine, seine Firma war ganz gut im Geschäft als der Krankenhauskomplex Bremen-Ost neu erbaut wurde.«

»Tja, und als mein Großvater die Firma übernahm hat sie schon floriert«, erzählt Stefan weiter. »Er war ja noch verdammt jung, als er in den Betrieb einsteigen musste. Weil er sein Bein nachzog, wurde er vom Kriegsdienst verschont. Während des Krieges hatte er dann einige Großaufträge, über die er jedoch nicht gerne spricht. Schätze, es ist ihm peinlich für die Nazis gearbeitet zu haben. Auf der anderen Seite hat es ihm nicht wenig Geld in die Kassen gespült. Ein paar Groschen davon hat er dann in die Wiedergutmachung gesteckt. Vor allem der Valentin, der hat ihn dann doch einiges gekostet …« Sonja bleibt ruckartig stehen und unterbricht ihn: »Was bedeutet der Valentin hat ihn viel gekostet?«

Stefan zuckt mit den Schultern. »Na ja, Großvater hat einen Haufen Geld mit den Bauarbeiten an einem U-Boot-Bunker verdient. Und der heißt eben Valentin. Leider Gottes sind dabei einige Zwangsarbeiter ums Leben gekommen und die, die lebendig da rauskamen, na für die mussten die beteiligten Firmen eben blechen. Ich bin nur froh, dass das alles vor meiner Zeit war. Man muss sich echt dafür schämen, was damals alles passiert ist.« Er runzelt die Stirn.

Sonja bleibt stehen. Vor Aufregung bringt sie den nächsten Satz nur mühsam über ihre Lippen.

»Kann ich dich noch etwas fragen?« Sie schaut ihn mit ihren großen blauen Augen an.

Stefan lacht. »Ja, nur zu.«

»Und seine Frau? Deine Großmutter Helene? Warum hat sich deine Großmutter umgebracht?«

Stefan räuspert sich. »Hör mal, du bist ja ganz schön vorwitzig. Das ist in der Familie ein absolutes Tabu-Thema. Sie hat wohl in den letzten Monaten vor ihrem Tod unter starken Depressionen gelitten. Aber woher die kamen, weiß der Geier. Ich kann dir nur so viel sagen, dass sie so ungefähr den einen Tag noch putzmunter war und den nächsten Tag war sie ein Wrack. Großvater hatte ihr von seinem Jagdurlaub in Schweden noch eine Federboa aus weißen Schwanenfedern mitgebracht, die sie uns am Abend stolz präsentierte. Und wenige Wochen später«, Stefan schnippte mit den Fingern, »wie ausgewechselt. Als hätte jemand einen Schalter umgelegt. Das Bild, das bei uns in der Villa hängt, zeigt sie mit der Federboa auf dem Schoß. Das hast du sicher gesehen, oder?«

Sonja nickt.

»Ihr Zustand wurde immer schlimmer«, fährt Stefan mit seiner Erzählung fort »und als Großvater sie vorsichtshalber in eine Klinik einweisen lassen wollte, ist sie wohl vollkommen durchgedreht. Sie hat sich im Turmzimmer aufgehängt. Die Federboa um den Hals geschlungen. Nachdem sie aus ihrem Bett verschwunden und nirgendwo zu finden war, sind die beiden Gärtner im Park ausgeschwärmt und stellten dabei fest, dass die Tür zum Turm offen stand. Du hast den alten Kasten sicherlich bemerkt. Er ist erheblich älter als die Villa und war wohl vor Urzeiten ein Taubenturm. Eigentlich durfte er wegen Bauschäden nicht betreten werden. Na ja, also da hing sie dann. Das war ein Riesenschock für die Familie. Und warum sie das getan hat, weiß keiner. Kein Abschiedsbrief, nichts. Ich war damals zwar erst acht Jahre alt, aber erinnern kann ich mich noch gut an jenen Tag.« Stefan verstummt kurz, dann sagt er: »Komm, lass uns von etwas Erfreulicherem reden.«

Er schaut auf seine Uhr, kurz vor halb eins. »Ah, hier sind wir schon und auch noch superpünktlich«, er deutet auf die Eingangstür des Restaurants »Cochinillo«. Im Restaurant duftet es nach Knoblauch, Kräutern und frischgebackenem Brot. Der Tisch ist freundlich in den spanischen Landesfarben eingedeckt. Für Sonjas Geschmack etwas zu viel Folklore, aber wenn die Speisen so köstlich sind, wie Stefan ihr vorgeschwärmt hat, was soll's. »Einen Aperitif vorweg?«, fragt der Kellner, der ihnen die Speisekarten bringt und schlägt einen trockenen Sherry vor. Stefan zögert, doch Sonja bestellt einen Amontillado und einen alkoholfreien Aperitif. Als der Kellner verschwindet meint sie gelassen: »Du wirst einen Drink gebrauchen können, Stefan. Ich bin schwanger.«

Der junge Freese wurde blass. »Aber, hast du nicht gesagt, du nimmst die Pille ...?«

Die Frau trägt ein weißes Kleid. Von weitem wirkt sie wie ein riesiger Vogel. Als die Frau sich Sonja nähert, erkennt sie, dass dieser Eindruck durch die Federn, die das Kleid komplett bedecken, hervorgerufen wird. Die seltsame Frau bedeutet Sonja, ihr zu folgen. Doch irgendetwas an der Frau macht Sonja Angst. Ob es der schwebende Gang einer Primaballerina ist oder die knochigen, hageren Hände, die sie zu sich winken? *›Sonja komm mit, du wirst das Geheimnis sonst nie lüften können‹*, flüstert die Frau. Sonja hat so lange auf diesen Augenblick gewartet, doch jetzt da die Wahrheit greifbar nahe ist, scheut sie sich, ihr ins Gesicht zu blicken. Die Frau hat die Tür zum Turm fast erreicht und öffnet sie mit einem riesigen Schlüssel.

*›Wenn du erfahren willst, was wirklich geschehen ist, musst du mit mir kommen!‹* Die Stimme der Frau hat einen drängenden Klang. Sonja bleibt nichts anderes übrig, als ihr zu folgen. Als sie die Tür erreicht, ist die Frau bereits im Turm verschwunden. Sonja hört ihre Schritte auf der steilen Holztreppe. So schwebend ihr Gang im Garten war, so schwer

hören sich ihre Tritte auf den ausgetretenen Stufen an. Als wenn die Person eine sehr schwere Last zu tragen hätte. Sonja folgt ihr und erreicht einen ersten Absatz, von dem eine niedrige Tür in eine Kammer führt. Das weiße Federkleid hat sie hier verschwinden sehen. Sonja schubst die Tür etwas weiter auf und schließt kurz die Augen. Der kleine Raum ist lichtdurchflutet. Die Sonne scheint durch eine bogenförmige Fensteröffnung in der gegenüberliegenden Wand. Als sich Sonjas Augen an das Licht gewöhnt haben, nimmt sie zwei Dinge wahr: am Dachbalken hängt, mit der Schlinge um den Hals, die Frau im weißen Federkleid. Und Sonja blickt mit Grauen in das Gesicht ihrer Großmutter.

Mit einem leisen Schrei des Entsetzens erwacht sie aus ihrem Traum. Entweder ist ihr das scharfe Essen im »Cochinillo« nicht bekommen oder die Reaktion Stefans ist ihr auf den Magen geschlagen. Wahrscheinlich beides. Stefan hat die Nachricht ihrer Schwangerschaft nach dem ersten Schock zwar gelassen aufgenommen, ist aber nicht gerade begeistert gewesen. Zumindest hat er ihr geglaubt, dass sie ihn nicht hatte hereinlegen wollen. Sonja hat die Pille nie genommen, denn eine gemeinsame Zukunft mit Stefan hat sie sich, seit dem ersten Treffen, vorstellen können. Er sieht gut aus, ist ein netter Kerl und obendrein noch vermögend. Die Möglichkeit einer Schwangerschaft hat sie daher gerne in Kauf genommen, auch, wenn sie eigentlich nicht so jung Mutter werden will.

Stefan hat gesagt, er wolle sich alles in Ruhe überlegen und seine Familie vorerst nicht informieren. Eine Abtreibung hat er, sehr zu Sonjas Erstaunen, nicht von ihr verlangt. Aber auch ein Bekenntnis zu ihr, oder seinem Nachwuchs, ist ihm nicht über die Lippen gekommen. Ein Heiratsantrag hätte eventuell Sonjas Pläne noch einmal in Frage gestellt. Aber so …

Noch am selben Abend hat sie ein Gespräch mit Konstantin geführt und ihn um ein Treffen am nächsten Tag gebeten. So hat sie Zeit, sich ihre Pläne noch einmal durch den Kopf gehen zu lassen. Ihre Entscheidung ist gefallen, sie muss nun alles auf eine Karte setzen.

# November 2008

Am Freitag wuselten alle teilnehmenden Reiterinnen und Reiter hektisch durch den Stall. Die Pferde wurden für das bevorstehende Weihnachtsreiten auf Hochglanz gebracht. Schweife wurden gebürstet, Mähnen hübsch eingeflochten, das Fell mit Glanzspray eingesprüht und Sättel und Trensen gründlich gesäubert und eingefettet. Weiße Bandagen wurden um die Beine gewickelt und auch die Schabracken unter den Sätteln erstrahlten in schneeweiß. Die Frauen des Proseccoclubs trugen schwarze Fräcke mit silbernen Knöpfen, weiße Reithosen und weiße Blusen, schwarze Fliegen und die Reitstiefel glänzten so, dass man sich fast darin spiegeln konnte. Auf den Köpfen saßen adrette kleine schwarze Zylinder und die Hände zierten weiße Handschuhe.

Hölzle saß gelangweilt in der Reiterstube und trank Kaffee. Täglich wartete er auf die Ergebnisse der archivierten Proben aus den Siebziger Jahren. Harry und Peter waren zur Bank gefahren und wollten in Erfahrung bringen, was es mit dem Bankfach auf sich hatte. Er schaute auf die Uhr. Es war kurz vor sechs Uhr abends, also würde es bald losgehen. Christiane hatte ihm erzählt, dass es vier Vorführungen geben würde und im Anschluss gab irgendjemand den Weihnachtsmann für die Kinder. Dann würde zum gemütlichen Teil übergegangen werden.

Jeder hatte irgendetwas zu essen oder trinken mitgebracht und im Vorraum der Reiterstube war so ein reichhaltiges Büffet aufgebaut worden. Hölzles Magen machte sich jetzt schon bemerkbar.

Dann endlich schien sich in der Reithalle etwas zu tun und die erste Truppe ritt herein. Weihnachtsmusik erklang und das Licht der festlich geschmückten Halle wurde bis auf wenige Lampen gelöscht. Hölzle zog seine dicke Daunenjacke an und schlug den Kragen hoch. Er verließ das gut geheizte Reiterstübchen und mischte sich unter das Publikum, das bereits an einem Ende der Halle stand. Die meisten Zuschauer hatten einen dampfenden Becher Glühwein in der Hand und traten von einem Bein auf das andere, um die durchdringende Kälte aus den Füßen zu vertreiben. Der Kriminalhauptkommissar nickte Hinnerk Brandstein zu, der einige Meter von ihm entfernt stand. Brandstein hob die Hand zum Gruß und wandte sich dann wieder dem Geschehen in der Halle zu. Ein paar Kinder auf Ponies zeigten, was sie gelernt hatten. Alle waren in Engelskostüme gehüllt, was sehr niedlich aussah. Nachdem die Kinder ihren wohlverdienten Applaus bekommen hatten, trugen Helfer Hindernisse in die Bahn und kurz darauf konnte das Publikum eine Springquadrille bestaunen. Hölzle bekam kalte Füße und blickte sehnsüchtig auf die Uhr. Endlich kamen Christiane und ihre Freundinnen hereingeritten. *›Schick sieht sie aus, meine Süße‹*, dachte er und war stolz auf seine Freundin, die über das ganze Gesicht strahlend auf ihrem Pferd saß.

Endlich war die ganze Show vorbei und Hölzle konnte sich wieder in die Wärme der Reiterstube begeben. Innerhalb weniger Minuten war kaum mehr ein Sitzplatz frei und der Kriminalhauptkommissar war froh, dass er noch einen bekommen hatte.

»Und hat's dir gefallen?«, wollte Christiane wissen, die sich neben ihn quetschte und ihm einen Kuss auf die Wange drückte.

»Ja, doch. Du hast toll ausgesehen und dein Cassino natürlich auch.« Er schlang den Arm um ihre Schultern und drückte sie an sich. »Wo ist denn der Rest deines Clubs?«

Christiane nippte dankbar an dem heißen Glühwein, den Hölzle ihr eingeschenkt hatte.

»Ach, die versorgen noch ihre Pferde und ziehen sich wieder um. Mir war das zu viel Aufwand mit dem Umziehen.«

»Dafür riechst du aber ordentlich nach Pferd«, sagte Hölzle naserümpfend. Christiane verzog genervt das Gesicht. »Jetzt stell dich nicht so an. Schenk mir lieber noch was ein«, forderte sie und hielt ihm den bereits geleerten Glühweinbecher hin.

Es dauerte nicht lange und die anderen Proseccoclubmitglieder kamen herein und waren froh, dass Christiane ihnen Plätze am Tisch frei gehalten hatte. Dann endlich wurde das Büffet gestürmt.

»So, Leute, ich bin pappsatt«, sagte Petra und schob den Teller von sich. »Jetzt möchte ich auch einen Prosecco.« Sie hielt ihr Glas Anne-Marie hin, die bereits den anderen die Gläser füllte.

»Petra, ich sollte dich daran erinnern, dass du dein Pferd noch umdecken wolltest«, rief Michaela quer über den Tisch.

Petra schlug sich mit der flachen Hand gegen die Stirn.

»Mensch, danke, das hätte ich glatt vergessen. Bin gleich wieder da.«

Hölzle konnte sich kaum mit Michaelas Mann Frank

unterhalten, denn in der gesamten Reiterstube hatte der Lärmpegel mit steigendem Alkoholkonsum der Leute seinen Höhepunkt erreicht. Der Rauch machte ihm zu schaffen und er beschloss für einen Augenblick nach draußen zu gehen, um frische Luft zu schnappen. Sich durch die Menschenmenge quetschend, stand er endlich draußen und sog die kalte Luft tief ein.

Petra von Bokeloh schloss die letzte Schnalle an der Winterdecke ihres Pferdes, strich Bellino noch einmal über die samtige Nase und schob ihm ein Leckerli ins Maul. Sie verließ die Box und schaltete das Licht in der Stallgasse aus. Auf dem Weg zurück zur Reiterstube sah sie einen Mann auf sich zukommen. »Hallo Konstantin«, grüßte sie als sie erkannt hatte, um wen es sich handelte. »Lange nicht gesehen.«

»Ach, grüß dich. Dachte, ich muss mich hier mal wieder blicken lassen. Und wie geht's so? Hast du schon das neue Pferd gesehen, das ich für Fabienne gekauft habe? Killerqueen, ein echter Kracher!«

»Nein, wo steht es denn?«, fragte Petra neugierig und dachte: *›Das ist die Gelegenheit, dir mal auf den Zahn zu fühlen.‹*

Sie folgte Konstantin Freese zu den Stallungen hinter der Reithalle, in denen das neu erworbene Pferd untergebracht war. Auf dem Weg über den dunklen Hof wagte sie einen Schuss ins Blaue und sagte leichthin: »Sag mal, die Kleine, die umgebracht wurde, die hat doch damals auf dem Geburtstagsfest deines Vaters bedient. So ein hübsches nettes junges Ding. Ist das nicht schrecklich, was mit ihr passiert ist? Wer hat denn Grund, so jemanden umzubringen?«

»Stimmt, die war bei uns. Und keine Ahnung, warum die tot ist. Du weißt doch, wie die Russen sind. Irgendwas wird sie schon ausgefressen haben«, gab Konstantin unwirsch zurück.

»Ist das nicht komisch, dass sie so viel Ähnlichkeit mit Fabienne hatte? Man könnte fast glauben, die beiden wären miteinander verwandt?«, plapperte Petra munter weiter. »Könnte doch durchaus sein«, warf sie Konstantin den Brocken hin, um ihn aus der Reserve zu locken.

Konstantin hielt inne. »Wie meinst du das?«

»Na ja, komm schon, dein Vater war doch bestimmt genauso wenig ein Kostverächter wie du es bist, was schöne Frauen angeht. Und hübsche Russinnen waren garantiert damals genug unter den Zwangsarbeiterinnen, die in eurer Firma beim Valentinbau geschuftet haben.«

Er packte sie am Arm. »Pass auf, was du da sagst«, zischte er.

## Sonja. Anfang November 2008

Sonja richtet sich im Bett auf und greift zu der Wasserflasche, die auf dem Nachttischchen steht. Ein paar kleine Schlucke vor dem Frühstück und ihre Morgenübelkeit kommt erst gar nicht auf. Um zehn Uhr öffnet die Kunsthalle, um elf hat sie sich mit Konstantin dort verabredet. Neutraler Boden erscheint Sonja sicherer. Sie hat sich Anfang Oktober die Ausstellung »Bremen – Moskau – Bremen« dort angeschaut und die ruhige, lautlose Atmosphäre in der Kunsthalle als genau richtig für dieses erste schwierige Gespräch empfunden.

Eine Tasse Tee und eine kleine Schale Früchtemüsli genügen zum Frühstück, mehr hätte Sonjas Magen heute nicht verkraftet. Sie wählt für das Treffen ein Outfit, das ihr das Aussehen einer Geschäftsfrau verleihen soll. Konstantin soll sie von Anfang an ernst nehmen. Das anthrazitfarbene Kostüm hat sie sich damals für die Beerdigung von Olga gekauft. Mit den schwarzen Pumps und der passenden Handtasche am Arm fühlt sie sich für das Gespräch gewappnet. Eine Kopie des DNA-Tests steckt in dem kleinen Geldbörsenfach in der Tasche.

Sonja ist eine Viertelstunde zu früh vor der Kunsthalle. Sie löst eine Eintrittskarte und schlendert gemächlich durch das Foyer. Nur fünf Minuten später erscheint Konstantin. Graue Hose, blaue Clubjacke, blütenweißes Hemd, rotweiß gestreifte Krawatte und ein beigefarbener Trenchcoat über dem Arm kennzeichnen ihn als typischen erfolgreichen Bremer Geschäftsmann. Die Anspannung ist ihm anzumerken. Sonja hat mit keinem Wort erwähnt, worum es bei dem Gespräch gehen würde, nur dass es ›etwas Ernstes‹ sei. ›*Wahrscheinlich befürchtet er, ich wäre von* ihm *schwanger*‹, Sonja muss innerlich grinsen.

»Hallo Sonja«, er mustert sie von Kopf bis Fuß. Nicht ›meine Schöne, ma belle Jardiniere‹ oder dergleichen. »Ich habe nicht viel Zeit. Gegen Mittag treffe ich mich mit dem Präses der Handelskammer zum Essen im ›Club zu Bremen‹.«

›*Alter Wichtigtuer*‹, denkt Sonja. Sie lächelt charmant. »Was ich dir zu sagen habe, dauert nicht sehr lange. Ich befürchte nur, dass dir dann der Appetit vergangen sein wird.« Konstantin wird kreidebleich. »Du bist doch nicht etwa schwanger?«

Sonja muss lachen. »Das habe ich mir gedacht, dass dies deine Befürchtung ist. Da kann ich dich beruhigen. Ich bin schwanger, aber nicht von *dir!* Aber mit einer Schwangerschaft hat die ganze Geschichte schon etwas zu tun. Wollen wir uns nicht vor dieses Bild hier setzen?«

Während ihres Gesprächs haben die beiden den Saal mit den Worpswede Künstlern erreicht. Sonja setzt sich auf den Polsterkubus vor dem Bild mit einer stillenden Frau.

»Ist das Bild nicht rührend, Konstantin? Es stammt von einem deiner Landsleute, Fritz Mackensen. Es heißt ›Der Säugling‹.«

Konstantin setzt sich neben sie. »Was soll das Ganze, raus mit der Sprache. Ich habe, wie bereits erwähnt, nicht ewig Zeit, also hör auf mit deinen Andeutungen und rede Klartext.« Es interessiert ihn nicht, von wem sie schwanger ist, Hauptsache nicht von ihm.

Sonja öffnet ihre Handtasche, entnimmt ihr ein Blatt Papier und entfaltet es. »Lies!«

Konstantin nimmt seine Lesebrille aus seinem Jackett und überfliegt den Zettel. »Ja und, deine Haare haben annähernd dasselbe DNA-Profil wie die Haare von sonst wem. Was habe ich damit zu tun?«, fragt er ungehalten.

Er reicht Sonja das Papier zurück, die es wieder sorgfältig in ihrer Tasche verstaut. Langsam zieht sie den Reißverschluss der Tasche zu. »Was das mit dir zu tun hat? Eine ganze Menge. Oder eher mit deinem Vater. Die Haarprobe, die mit meiner verglichen wurde, stammt nämlich von ihm.«

Konstantins Gesicht ist ein einziges Fragezeichen. »Wie kommst du dazu …«, sagt er laut. Als er bemerkt, dass sich einige Leute nach ihnen umschauen, zischt er leise: »Was soll das bedeuten? Wie kann die DNA meines Vaters mit deiner übereinstimmen? Das ist doch purer Unsinn. Ich bitte dich, da muss doch ein Versehen vorliegen.«

Sonja schüttelt den Kopf. »Kein Versehen. Diese Untersuchung ist absolut sicher. Dein Vater und ich sind miteinander verwandt, und wir beide auch. Konstantin, oder sollte ich lieber sagen, Onkel Konstantin. Freunde dich schon einmal mit dem Gedanken an, dass ich eigentlich ein Familienmitglied bin. Auf der anderen Seite, ob ich wirklich zu eurem Drecksladen gehören wollte, glaube ich eher nicht. Dein Vater hat meine Großmutter vergewaltigt und meine Mutter ist deine Halbschwester. Was sagst du nun?«

Konstantins Gedanken überschlagen sich und er braucht einen Moment, bis er seine Sprache wiedergefunden hat.

»Das ist doch absurd. Wann bitte soll denn das passiert sein? Wie kommt deine Russenoma nach Deutschland? So viel ich weiß, war mein Vater nie in Russland. Also, …« Noch ehe Konstantin den Satz beendet hat, dämmert es ihm.

»Du großer Gott, Valentin! Deine Großmutter war Zwangsarbeiterin. Natürlich, die meisten kamen ja aus Polen und Russland …« Er stöhnt so laut auf, dass sich ein Paar, das gebannt ein Gemälde betrachtet, sich umdreht. Konstantin versucht sich wieder zu beruhigen.

»Was willst du? Geht es dir um Gerechtigkeit? Oder nur um Geld?«

Sonjas Antwort gleicht einem bösartigen Zischen. »Gerechtigkeit«, sie spuckt das Wort förmlich aus, »dafür ist es wohl zu spät. Meine Großmutter ist tot. Sie hat ihr Leben lang geschwiegen. Niemand wusste von der Vergewaltigung, meine Mutter sicherlich auch nicht. Dein Vater hat das Leben meiner Großmutter zerstört. Und ich werde nicht so enden wie Olga. Arm wie eine Kirchenmaus, im Kopf die schlimmsten Erinnerungen. Wie oft hat er sie wohl vergewaltigt, dein feiner Vater? Das kann man nicht wiedergutmachen. Glaub' mir, es hat mich viel Zeit und Mühe gekostet, das alles herauszufinden. Und der Zufall kam mir auch etwas zu Hilfe, was ich zugeben muss.«

Konstantin antwortet nicht. Ihm ist übel, am liebsten würde er sich übergeben. Bis jetzt konnte alles, was sein Vater angerichtet hatte, unter dem Mantel des Schweigens verborgen gehalten werden. Niemand wäre auf die Idee gekommen, dass der alte Freese nicht der Gentleman ist, für den ihn ganz Bremen hält. Aber diese Geschichte hier ist eben im Begriff, sich zu einem handfesten Skandal zu entwickeln.

»Was willst du?«, ringt er sich durch zu fragen.

»Geld«, sagt sie schlicht, »zu eurer Sippe möchte ich nicht dazugehören. Und mein Kind auch nicht. Obwohl es noch mehr zur Familie gehört als ich. Weißt du wer der Vater ist? Dein feiner Herr Sohn!«

Konstantin stützt die Arme auf seine Oberschenkel und vergräbt sein Gesicht in den Händen. *›Das ist ein Albtraum, ein absoluter Albtraum!‹*

Sonja hat sich die Summe, die sie nennen will, lange überlegt. Eine zu große Geldmenge würde Konstantin nicht sofort flüssig machen können. Auch gäbe es sicherlich Probleme mehrere hunderttausend Euro auf einen Schlag nach Russland zu transferieren. Lieber zunächst eine kleinere Summe verlangen, Nachforderungen würde es dann in regelmäßigen Abständen geben.

»Nun, zunächst würden mir fünfzigtausend Euro reichen und dann monatlich zwanzigtausend. Bis zum Lebensende versteht sich. Allerdings gibt es dann noch den kleinen Freese hier drin«, sie zeigt auf ihren noch flachen Bauch, »und der muss ja auch ein Auskommen haben. Wir treffen uns übermorgen und du bringst mir das Geld in bar. Ich finde, das ist nicht allzu viel verlangt, gemessen an eurem Vermögen. Gehen deine monatlichen Zahlungen jedoch nicht pünktlich ein, werde ich mich einmal mit der Presse unterhalten.«

Sonja zupft Konstantin das weiße Taschentuch in seiner Brusttasche zurecht.

»Fass mich nicht an, du Schlampe, du kleine miese Erpresserin«, er weicht vor ihr zurück und erhebt sich. Auf unsicheren Beinen wankt er zum Ausgang. Die beiden sind nun allein im Ausstellungssaal. Bevor Konstantin den Saal verlässt, dreht er den Kopf zu Sonja. Fast tut er ihr ein wenig leid. Er ist in den wenigen Minuten um Jahre gealtert. Sonja hat diesen Satz immer für Blödsinn gehalten. Wer altert schon so schnell. Aber Konstantin hat den Beweis geliefert. Der selbstsichere, jugendlich wirkende Geschäftsmann hat sich vor Sonjas Augen in einen alten Mann verwandelt. Ohne Regung in der Stimme flüstert er gerade noch so laut, dass Sonja ihn deutlich verstehen kann: »Wir sprechen uns dann später.«

Mehr nicht, keine weitere Reaktion, aus der Sonja erkennen könnte, ob Konstantin sich auf ihre Forderungen einlässt.

Auf den Stufen zur Kunsthalle hält Konstantin inne. Er atmet tief durch. In den wenigen Minuten, die er zum Verlassen des Museums gebraucht hatte, hat er einen Entschluss gefasst. Er wählt eine Nummer auf seinem winzigen Handy.

»Ja, hier Freese. Herr Präses, ich unser Mittagessen leider wegen einer dringenden Familienangelegenheit ... Nein, nein nichts wirklich Ernstes, aber eben dringend ... Ja, wenn es Ihnen recht ist, halten wir den Dienstag in zwei Wochen fest. Vielen Dank für Ihr Verständnis. Bitte grüßen Sie Ihre Gemahlin ganz herzlich von mir.«

Nach der Wahl einer weiteren Nummer, muss Konstantin etwas warten.

Hallo, Frau Windenblom. Hier ist Konstantin. Bitte sagen Sie den Termin, den mein Vater heute Nachmittag bei Dr. Hausmann hat, ab. Richten Sie ihm aus, dass er mich in einer Stunde erwarten soll. Und, Frau Windenblom, wir möchten durch nichts und niemanden gestört werden ...«

Am späten Nachmittag ruft er Sonja an, und bittet sie um ein erneutes Treffen. In einem kleinen, ruhig gelegenen Café steckt er ihr einen Umschlag mit einer Anzahlung von zwanzigtausend Euro zu. Er hat sich beruhigt und seine Wut unter Kontrolle. Er hält Sonjas Hand und redet auf sie ein. Von seinem schon lang gehegten, geheimen Wunsch, seine Frau zu verlassen und mit ihr zusammen zu sein erzählt er. Er hätte vorhin überreagiert, wäre mit der Situation überfordert gewesen. Auch, dass das Kind nicht von ihm sei, würde ihn nicht stören. Hauptsache, sie wären vereint. Und er würde für alle Probleme eine Lösung finden. Konstantin ist überzeugend, ein hervorragender Redner. Sonja fühlt sich geschmeichelt. Natürlich wäre ihr Stefan lieber gewesen, allein des Altersunterschiedes wegen, aber die Aussicht, vielleicht doch in naher Zukunft die Frau an der Seite eines großen Unternehmers zu sein, ist mehr als reizvoll. Zum Abschied küsst Konstantin sie zärtlich.

Er möchte sich morgen Abend in dem kleinen abgeschiedenen Landhaus der Familie bei Fischerhude mit ihr treffen. Als Sonja um die Ecke verschwindet, wartet er noch einen Moment, dann folgt er ihr in sicherem Abstand. Im regen Gewühl der Passanten wird sie ihn nicht bemerken.

Sonja durchquert die Katharinenpassage, eilt über den Marktplatz und betritt die Bremer Bank. Sie tritt auf einen der Schalter zu. Konstantin wendet sich zu einem Kontoauszugdrucker, so dass er mit dem Rücken zu ihr steht. Kurz darauf begibt sich Sonja in Begleitung eines Mitarbeiters zu der Treppe, die zu den Bankschließfächern führt. Konstantin kennt die Räumlichkeiten, er selbst besitzt Konten bei dieser Bank. Er weiß genau, was Sonja in einem Schließfach unterbringen will. Den Schlüssel wird er sich besorgen müssen. Wie er dann später an das Schließfach kommen will, darüber macht er sich noch keine Gedanken. Es würde ihm schon etwas einfallen.

# November 2008

Petra hatte Blut geleckt, die harte Reaktion Konstantins bestätigte sie nur in ihren Annahmen. »Du tust mir weh, lass mich los«, sie stieß ihn von sich. »Wie man in der Zeitung gelesen hat, war das Mädchen schwanger. Bestimmt war es dein Kind und sie hat dich erpresst. Womöglich hast du deine eigene kleine Cousine gevö ...«

Weiter kam sie nicht, denn Konstantin hatte sie erneut gepackt, ihr den Arm auf den Rücken gedreht und hielt ihr mit einer Hand den Mund zu. Er drängte sie in die nahestehende Scheune, in der die großen Rundballen aus Heu und Stroh gelagert wurden.

Petra brach der Schweiß aus und ihre Schulter drohte auszukugeln, der Schmerz war nahezu unerträglich. Panik machte sich in ihr breit, denn sie wusste nun sicher, wozu Konstantin in der Lage war. Verzweifelt versuchte sie dem Griff zu entkommen, aber seine Hände waren wie Schraubzwingen.

Hölzle fror zwar, andererseits genoss er die kalte Luft nach der Stickigkeit in der Reiterstube. Er kramte in seiner Jackentasche nach seinem Handy, vielleicht hatte sich ja noch einer der Kollegen gemeldet. *›Mischt, jetzt han i mein Handy em Auto liege lasse‹*, dachte er als er aus seiner Jacke nichts weiter zu Tage förderte als ein Päckchen Papiertaschentücher und seinen Schlüsselbund. Er hatte ganz hinten auf dem Hof geparkt, weil vor der Reithalle schon alle Parkplätze belegt gewesen waren. Es war fast stockfinster, nur der Schein der beleuchteten Reithalle ließ ihn seinen Weg sehen.

Der Kriminalhauptkommissar schloss das Auto auf und

nahm sein Handy aus der Freisprechanlage. Zwei Anrufe in Abwesenheit und eine Mitteilung per sms, er solle seine Mailbox abhören. Er wählte die Nummer seiner Mailbox und hörte die erste Nachricht ab.

»Hallo, Heiner, hier ist Markus. Wir hatten Glück. Auf den Klamotten der Opfer aus den Siebzigern, fanden sich Spermaspuren und wir haben auch schon die Analysen fertig. Und weißt du was? Diese DNA weist ebenso einen hohen Grad an Übereinstimmung mit der Probe des Feten und des Kampfhandschuhs auf! Wow, da hast du echt was aufgedeckt!«

Hölzle stand ganz verdattert da, doch dann hörte er die Blechstimme der Mailbox sagen:

»Nächste Nachricht, empfangen um achtzehn Uhr dreißig.« Harrys Stimme.

»Hallo, Chef, wir sind's, Peter und Harry. Du wirst es nicht glauben, aber in dem Schließfach liegen interessante Papiere. Ruf Peter oder mich schnellstmöglich zurück!«

Konstantin hatte Petra zwischen die Rundballen gezwängt, ihr Heu in den Mund gestopft und suchte nach einer Möglichkeit, ihr die Hände zu fesseln. Da! An einem der Balken hing ein Führstrick.

Petra hatte mittlerweile den Kampf aufgegeben. In ihren verzweifelten Bemühungen sich zu befreien, hatte sie fieberhaft überlegt, wie sie eine Chance bekommen könnte, Konstantin zu entkommen. Das Heu in ihrem Mund raubte ihr sofort den Atem. Die erste Möglichkeit hatte sie schon verpasst. Es war so schnell gegangen, dass sie keine Chance gehabt hatte zu reagieren. Kaum war die linke Hand Konstantins von ihrem Mund verschwunden, hatte er ihr auch schon Heu hineingepresst. Der Staub und die dünnen Halme suchten den Weg in ihren Rachen und ein heftiger Würgereiz packte sie, der ihr die Tränen in die Augen trieb. Sie spürte wie der Mann den Griff an ihrem Arm etwas lockerte, offensichtlich versuchte er an den Strick zu gelangen, der an dem nahen Holzbalken hing. Das war ihre letzte Gelegenheit!

Petra nahm all ihre Kraft zusammen, krümmte sich nach vorne und drehte sich im selben Augenblick zur Seite und rammte ihrem Angreifer das Knie in die Weichteile.

Konstantin stieß einen erstickten Schmerzensschrei aus und sackte zusammen. Petra fuhr herum und rannte zum Scheunentor. Doch sie kam nicht weit. Konstantin hatte sich schon wieder gefangen, ihr ein Bein gestellt, so dass sie der Länge nach hinschlug. Benommen lag sie da, unfähig sich zu rühren. Dann war er über ihr, die Hände um ihren Hals gelegt.

Hölzle wählte Harrys Nummer, der gleich nach dem zweiten Mal abnahm.

»Endlich meldest du dich«, sagte Harry vorwurfsvoll und fuhr dann nahtlos fort, »hat etwas gedauert bis wir einen Banker aufgetrieben haben, der uns am späten Freitagnachmittag noch in die Bank lässt. Aber jetzt pass auf! Diese Sonja hat die Freeses erpresst. Offensichtlich ist sie verwandt mit denen, was ein DNA-Nachweis belegt, der sich im Schließfach befindet. Ebenso liegt dort auch eine kleine Plastiktüte mit weißen Haaren, beschriftet mit dem Namen Alfred Freese. Wie dieser Zusammenhang genau ist, kann ich dir auch noch nicht sagen. Tatsache ist, dass die Freeses ihre Finger im Spiel haben.«

»Sehr gut gemacht, ihr beiden. Aber ich habe auch Neuigkeiten …« Heiner schilderte seinem Kollegen die Ergebnisse der DNA-Analysen und sie verabredeten sich für Samstagmorgen um acht Uhr in seinem Büro. Jetzt musste alles schnell gehen. Dann klappte er das Handy zu und schob es in die Tasche. Hölzles Gehirn lief auf Hochtouren, um das soeben Gehörte zu verarbeiten. Plötzlich hörte er ein dumpfes Geräusch, das offensichtlich aus der nahen Scheune kam. ›*Komisch, a Pferd kann des net gwesa sei, denn do wird ja bloß Futt'r glagert*‹, erinnerte er sich an das, was Christiane ihm bei einer Kurzführung über die Anlage erzählt hatte. Leise schlich er hinüber. Erneut hörte er Geräusche! Kampfgeräusche, um genauer zu sein!

Petra drohte zu ersticken, doch ihr absoluter Überlebenswille gewann die Oberhand. Mit letzter Kraft zog sie die Beine an ihren Körper und schnellte sie dann nach oben. Volltreffer! Genau in die Magengrube. Konstantin keuchte und lockerte für einen Moment die Hände um Petras Hals. Die einströmende Atemluft verursachte Petra höllische Schmerzen in der Lunge, aber sie wand sich unter Konstantin hervor und versuchte die Heugabel, die neben ihr in einem der Ballen steckte, zu ergreifen. Konstantin schien sich bereits wieder erholt zu haben und trat ihr in den Rücken. Sie fiel hin und er riss sie an den Haaren hoch.

»Du musst ja immer deine Nase in die Angelegenheiten anderer stecken, aber damit ist nun ein für alle Mal Schluss«, fauchte er ihr bösartig ins Ohr. Petra war am Ende ihrer Kräfte, schreien konnte sie nicht, denn ihre Kehle brannte wie Feuer.

»Halt! Polizei! Lassen Sie die Frau los und nehmen Sie die Hände hinter den Kopf!«

Abrupt hielt Konstantin inne. Dann stieß er Petra von sich, die schwer atmend zu Boden sank.

»Sind Sie in Ordnung?«, fragte der Kriminalhauptkommissar in das diffuse Dunkel der Scheune.

»Ja«, krächzte Petra mit einer Stimme, die für jeden Gruselfilm ausgereicht hätte. Hölzle näherte sich vorsichtig dem Mann.

»Hinlegen! Los, Gesicht zum Boden!«, forderte er. Nur gut, dass es in der Scheune so dunkel war, und der Angreifer nicht erkennen konnte, dass Hölzle statt einer Waffe nur sein Handy in der Hand hielt und vorgab, es wäre eine Pistole.

Konstantin Freese tat wie ihm geheißen und legte sich auf den Boden. Just in dem Moment ertönte ein fröhlicher Klingelton, ein Hit der Flippers, und das Display des Handys leuchtete auf. Konstantin war in der nächsten Sekunde auf den Beinen, rammte Hölzle das Knie in den Magen und schlug ihm mit der Faust ins Gesicht. Hölzles Handy flog irgendwo ins Dunkel, die Flippers verstummten.

Doch mit Petra hatte Freese nicht gerechnet. Blitzschnell hatte sie die Heugabel ergriffen und stieß mit allerletzter Kraft zu. Konstantin schrie wie am Spieß und brach zusammen. Hölzle rappelte sich auf und trat zu dem am Boden liegenden Mann, aus dessen Gesäß die dreizinkige große Heugabel ragte.

»Schätze, jetzt sind wir quitt«, keuchte Petra von Bokeloh und sah ihn mit erschöpftem Lächeln an.

»Das kann man so sagen. Können Sie bitte zur Reiterstube laufen und einen Arzt verständigen? Ich schätze, den brauchen wir jetzt«, bat er Petra. »Mein Handy ist hier irgendwo im Dunkel.«

Die Frau nickte und wollte schon loslaufen, als erneut das Handy klingelte. In einer Ecke der Scheune konnten sie es leuchten sehen. Petra ging hin, hob es auf und reichte es dem Kriminalhauptkommissar.

»Sag mal, wo bist du denn?«, hörte er Christiane vorwurfsvoll fragen, als er das Gespräch entgegennahm. Bevor er noch antworten konnte, fuhr sie fort: »Und Petra fehlt auch schon die ganze Zeit, also wir fragen uns allmählich …«

»Jetzt halt mal die Luft an. Petra ist hier bei mir in der Scheune. Du rufst jetzt einen Notarzt und halt bloß den

Mund. Kein Wort zu niemandem!« Damit legte er auf. Im Anschluss wählte er die Nummer seines Präsidiums und beorderte einige Beamte zum Brandsteinhof, damit sie die Leute aus der Reiterstube, die mit Sicherheit bald hier auftauchen würden, zurückhalten könnten.

»Sagen Sie mal«, wandte er sich an Petra von Bokeloh, »gibt es in dieser vermaledeiten Scheune kein Licht?«

»Doch, ich glaube der Schalter ist außen neben dem Scheunentor.« Sie drehte sich um und verschwand. Einen Augenblick später flackerten die Neonröhren auf und tauchten die Szene in ein grelles Licht.

Freese lag am Boden, leise stöhnend und aus den Wunden floss etwas Blut. Hölzle hielt den langen Griff der Gabel aufrecht, um dem Verletzten zumindest etwas Entlastung zukommen zu lassen. Im Moment war der wohl gestraft genug. Dann schaute Hölzle zu Petra, die auch ziemlich mitgenommen aussah. An ihrem Hals konnte man schon die ersten Verfärbungen feststellen, Freese musste sie ordentlich gewürgt haben. Ihre Haare hingen ihr wirr ins Gesicht, vereinzelt klebten Heuhalme darin, das Make-up war total verschmiert und durch ihre weiße Reithose konnte man etwas Blut in Kniehöhe sickern sehen.

»Sie bluten«, machte er sie darauf aufmerksam und deutete auf das linke Knie. Petra sah an sich hinunter und winkte ab.

»Das muss passiert sein, als er mich in den Rücken getreten hat und ich hingefallen bin. Das ist nicht schlimm. Nur mein Hals brennt höllisch«, krächzte sie. »Sie sehen aber auch nicht viel besser aus, wenn ich das bemerken darf.«

Hölzle betastete vorsichtig sein Gesicht, eine schon leicht eingetrocknete Blutspur zog sich von der Nase bis zum Kinn und die Lippe war bereits ebenso wie die Nase angeschwollen, wie er schmerzhaft bemerkte. Plötzlich fing Petra hysterisch an zu lachen und bekam gleich im Anschluss einen

Heulkrampf. Er zog sie zu sich her und nahm sie in den Arm, ihr beruhigend auf die Schulter klopfend.

»Es ist vorbei, alles ist gut. Beruhigen Sie sich. Sie sind eine tapfere Frau«, sagte er leise. Allmählich ging ihr Weinen in einen leichtes Schluchzen über.

»Was um Himmels Willen ist denn passiert?« Auf einmal stand Christiane am Scheunentor und starrte auf den ungewöhnlichen Anblick. Ihr Freund hielt ihre Freundin mit dem linken Arm umfangen. Und in der rechten Hand hielt Heiner den Stiel einer Heugabel, die in einem am Boden liegenden Mann steckte.

»Erzähl ich dir später. Kommt der Notarzt?«, fragte Hölzle seine Freundin, die mit offenem Mund erschüttert vor ihm stand.

»Ja, ja«, stotterte sie, »d..der m..müsste gl..eich da sein.« Dann schien sie sich wieder zu fangen. »Wer ist denn das überhaupt mit der Gabel im Ar … Hintern?«

Freese hatte das Gesicht abgewandt und starrte in die Dunkelheit.

»Ich schätze, er heißt mit Nachnamen Freese. Den Vornamen kann ich dir nicht sagen, ich hab' mich noch nicht durch den Stammbaum gearbeitet. Aber Dreck am Stecken haben die vermutlich alle«, gab Heiner zurück und dachte an die Ergebnisse der DNA-Analyse der ungeklärten Fälle aus den Siebzigern.

Petra löste sich aus seinem Arm, fuhr sich undamenhaft mit dem Ärmel über die Nase und schniefte. »Das ist Konstantin«, klärte sie die beiden auf.

Christiane schüttelte ungläubig den Kopf. »Echt, ich fass es nicht. Konstantin? Aber, wieso? Und wer hat ihn so zugerichtet? Du etwa, Heiner?«

Heiner Hölzle lachte kurz auf. »Nein, da muss ich dich enttäuschen. Das war deine Freundin hier.«

Sie hörten die Sirene des Rettungswagens näher kommen und kurz darauf stand der Wagen mit sich drehendem Blaulicht vor der Scheune. Der Notarzt und zwei Sanitäter sprangen aus dem Krankenwagen und liefen herein, eine Bahre mit sich tragend.

Es bedurfte eigentlich keiner Worte, denn es war offensichtlich, wer in ein Krankenhaus gebracht werden musste.

Hölzle half den Sanitätern Konstantin festzuhalten, während der Notarzt gemeinsam mit einem Sanitäter die Heugabel mit einem kräftigen Ruck aus Freeses Hintern zog. Konstantin brüllte vor Schmerz auf, dann war er still und ließ sich widerstandslos auf die Bahre heben, wo ihm der Arzt noch eine Tetanusspritze in die andere Gesäßhälfte verpasste.

Inzwischen waren auch mehrere Polizeiwagen vorgefahren und sorgten dafür, dass die Leute, die natürlich durch den Notarztwagen neugierig geworden waren, nicht überall herumliefen. Diese Weihnachtsfeier würde wohl allen für ewig in Erinnerung bleiben.

Am Dienstag darauf traf sich der Proseccoclub wie gewohnt zum Frühstück, und Petra konnte die Geschehnisse des Freitagabends noch einmal in allen Einzelheiten zum Besten geben. Ihr Hals war mittlerweile schon etwas besser geworden und die Haut begann schon die Farbe zu wechseln. Nur gut, dass es Winter war und man sowieso Rollkragenpullover trug.

»Das ist echt der Hammer, Petra!«, rief Michaela, als Petra ihre Erzählung beendet hatte und sich großzügig ein weiteres Glas Prosecco einschenkte. Auch wenn der Hals noch weh tat, das hatte sie sich redlich verdient.

»Ich wäre bestimmt vor Angst gestorben!«, tönte Pauline.

»Also, gewehrt hätte ich mich auch, aber ob ich es fertig

gebracht hätte ihm 'ne Heugabel in den Arsch zu rammen, weiß ich nicht«, meinte Anne-Marie nachdenklich.

»Ha, du hättest das ganz sicher getan!«, rief Jasmin-Denise. »Du hättest die Gabel wahrscheinlich zuerst hingestoßen und dann auch noch umgedreht!«

Alle lachten, denn wahrscheinlich hatte die Tierärztin gar nicht so unrecht.

»Sag mal, wie bist du eigentlich darauf gekommen, dass Konstantin der Mörder Sonjas ist?«, fragte Dörte.

Petra trank einen Schluck und antwortete. »Im Grunde hat mich Christiane darauf gebracht, als sie mir von ihren Internetrecherchen erzählt hat.«

»Wie?« »Was für Internetrecherchen?« »Kapier ich nicht.« Nun quatschten mal wieder alle durcheinander.

»Jetzt seid doch mal still«, rief Christiane laut dazwischen. »Ich erklär es euch, Heiner hat mir grünes Licht gegeben, dass ich erzählen darf, was wir alles rausgefunden haben.«

So erzählte Christiane ihren Freundinnen vom Bau des U-Boot-Bunkers Valentin im Zweiten Weltkrieg. Viele Unternehmen waren daran beteiligt gewesen, unter anderem auch Alfred Freeses Firma. Christiane schilderte die Situation der Zwangsarbeiter, die unter grausamen Bedingungen in den Lagern untergebracht gewesen waren und sich zu Tode schufteten, wurden sie nicht vorher von den Nazis umgebracht. Dann berichtete sie von den seltsamen Aufzeichnungen Sonjas, die nun, nachdem Konstantin den Mord und den Einbruch in Sonjas Wohnung zugegeben hatte, einen Sinn ergaben. Sonja hatte offenbar herausgefunden, dass ihre Großmutter als Zwangsarbeiterin in Bremen gewesen war und dort von Alfred Freese wohl vielfach vergewaltigt worden war. Unter diesen grausamen Umständen war Sonjas Mutter gezeugt worden und Sonja war folglich eine

Enkelin Alfred Freeses. Die junge Russin hatte ihre Chance gesehen, die Verwandtschaft zu beweisen, als sie im Haus der Freeses Haare von Alfred hatte mitgehen lassen. Die Haare hatte sie in einem Labor in Holland mit den ihren vergleichen lassen.

Das Kind, das sie unter ihrem Herzen getragen hatte, war Stefan Freeses Kind gewesen, wie ja der Kampfhandschuh bewiesen hatte. Vermutlich hatte sie nach Erhalt des Laborergebnisses und dem Wissen um ihre Schwangerschaft, angefangen, Konstantin zu erpressen, mit dem sie wohl schon längere Zeit ein Verhältnis hatte. *›Sie war zu gierig geworden‹*, waren Konstantin Freeses Worte gewesen, als man ihn nach dem ›Warum‹ gefragt hatte.

»Und wie ist Sonja überhaupt darauf gekommen, dass sie mit den Freeses verwandt sein könnte?«, fragte Dörte, nachdem Christiane ihren Bericht beendet hatte.

Christiane schenkte sich Prosecco nach und bugsierte ein übrig gebliebenes Sahnetörtchen auf ihren Teller.

»Im Bankschließfach befand sich auch ein Schreiben über die Entschädigungszahlungen Deutschlands an ihre Großmutter. Vermutlich ist sie da aufmerksam geworden. Wie sie im Einzelnen herausgefunden hat, was sich damals alles zugetragen hat und wie sie auf die Familie Freese gestoßen ist, wird sich wohl nie aufklären. Ihre Mutter wird die Leiche nach Russland holen lassen, soweit ich weiß, und wir vermuten, dass sie nun an die Freeses Forderungen stellt. Schließlich ist sie Alfreds Tochter.«

Kurz herrschte Schweigen am Tisch und jede machte sich so ihre eigenen Gedanken.

»Das erklärt auch die Ähnlichkeit zwischen Fabienne und Sonja«, dachte Michaela laut.

»Genau! Hab ich's nicht gleich gesagt? Von wegen ich wäre keine gute Kommissarin geworden.« Petra lachte breit.

»Mir tun nur die Kinder und Marie-Louise leid. Die Familie ist zerstört.« Pauline ließ den Prosecco in ihrem Glas kreisen, als wenn sie einen Cognac vor sich hätte.

»Ja, einen Mörder zum Vater oder zum Mann, das ist schon nicht gerade das, was man sich wünscht. Und nicht nur die ganze Familie Freese wird darunter leiden, sondern auch die Firma wird mehr als einen Kratzer abbekommen«, überlegte Dörte.

Sie spekulierten darüber, ob die Familie Freese ihre Pferde nun zu einem anderen Stall bringen würde, nach allem was passiert war.

Anne-Marie stand auf, öffnete eine weitere Flasche, schenkte nach und brachte einen Toast aus. »So, Mädels, jetzt stoßen wir aber noch einmal richtig auf unsere Heldin Petra mit dem bunten Hals an! Auf dein Wohl Petra, wir sind froh, dass dir nicht mehr passiert ist. Und du weißt ja, der beste Freund der Frau ab vierzig ist der Rollkragenpullover, wie Coco Chanel schon sagte!«

Am Abend saßen Christiane, Marthe und Heiner noch gemütlich bei einer guten Flasche Rotwein zusammen. Weihnachten stand vor der Tür und alle waren froh, dass nun etwas Ruhe einkehren würde.

»Sag mal Heiner, was ich dich noch fragen wollte. Was ist eigentlich aus meinen Federboamorden geworden?« Tante Marthe blickte Hölzle erwartungsvoll an.

»Tja, der alte Freese hat die Federboamorde in den Siebzigern begangen, wie die DNA-Analysen eindeutig beweisen. Dafür wird er sich nun verantworten müssen. Besser spät als nie. Womöglich hat er noch mehr Frauen auf dem Gewissen, aber das werden wir wohl nie erfahren«, er hob sein Glas und sagte langsam, »Sonjas Mutter ist wohl die Einzige, die nun von der ganzen Geschichte profitiert.«

»Nicht ganz«, gab Christiane zu bedenken.

Heiner und Marthe schauten sie fragend an. »Wie meinst du das?«, fragte Marthe.

»Die Boulevardpresse wird sich mindestens genauso darüber freuen«, bemerkte Christiane trocken. »Endlich mal eine Wahnsinnsstory hier im beschaulichen Bremen. Schmink ist bestimmt völlig aus dem Häuschen!« Sie schenkte jedem noch einen kleinen Schluck nach und wandte sich dann an ihren Freund.

»Sag mal, kommst du jetzt öfter mit zum Stall, jetzt da du die Leute besser kennst?«

Heiner Hölzle schüttelte grinsend den Kopf. »Ich glaube mal eher nicht, das ist mir zu gefährlich bei euch im Stall.« Vorsichtig und mit einem verschmitzten Lächeln fügte er hinzu: »Und es stinkt einfach dermaßen nach Pferd ... Da reicht es mir ehrlich gesagt, wenn du allein schon nach Cassino stinkst ... Äh duftest wollte ich sagen ...«

# Epilog

Es war so einfach gewesen.

Sie wusste, dass Konstantin schon immer Affären gehabt hatte. Einmal hatte sie versucht, mit ihrer Mutter darüber zu reden. Ohne Erfolg. Dabei wäre es ihr so wichtig gewesen. Damals war sie gerade sechzehn geworden und hatte ihre Schulfreundin Saskia mit ihrem Vater Konstantin erwischt. Eigentlich hatte sie geglaubt, dass alle ihre Freundinnen nach der Geburtstagsfeier das Haus verlassen hatten. Ihr Vater hatte angeboten, Saskia nach Hause zu bringen. ›*Wir wollen doch nicht, dass dir noch etwas zustößt*‹, hatte er gesagt, als Saskia kichernd abgelehnt hatte mit den Worten: ›*Ach, es sind doch nur ein paar Meter zu Fuß.*‹ Und Fabienne hatte Saskia noch zugeredet.

In ihrem Schlafzimmer im zweiten Geschoss der Villa hatte sie gerade die Gardinen zuziehen wollen, als ihr der Lichtschein im Poolhaus aufgefallen war. Dort hatten die Mädchen gefeiert. Sie hatte vermutet, dass sie vergessen hatte, die letzten Kerzen auszupusten, hatte sich etwas übergezogen und war die breite Treppe hinunter geschlichen. Durch den hinteren Ausgang der Küche gelangte man am schnellsten in den Garten. Der alte Labrador, der in der Küche auf einem großen karierten Kissen seinen Platz hatte, hatte nur müde den Kopf gehoben und dann weiter geschlafen, als Fabienne die Tür aufgeschlossen hatte. Sie war an den Rosenrabatten vorbei gehuscht und zum Poolhaus gegangen, das sich hinter den üppigen Rhododendren verbarg. Schon vor der Tür zum Poolhaus hatte sie ein Stöhnen vernommen. Im ersten Moment war sie erschrocken gewesen und hatte Angst, es könnte ein Einbrecher am Werk sein.

Vorsichtig hatte sie in den Raum gespäht und im Lichtschein der Kerzen zwei Menschen, die in eindeutiger Pose auf einer der Teakholzliegen lagen, wahrgenommen. Saskia und ihr Vater! Würgend hatte sie sich abgewandt und sich in den Büschen übergeben. Saskia war nicht nur ihre beste Freundin gewesen, viele Leute hatten sie oft für Geschwister gehalten mit ihren blonden Pferdeschwänzen, den blauen Augen und den typischen norddeutschen Gesichtszügen.

Nachdem sie noch einmal angestrengt gelauscht hatte, ob die beiden sie vielleicht bemerkt hatten, war sie ins Haus zurückgekehrt. An Schlaf war nicht mehr zu denken gewesen. Am nächsten Morgen hatte sie ihrer Mutter von ihren

Beobachtungen erzählen wollen, doch diese hatte sich dem Gespräch verweigert. ›*Das geht dich nichts an, Fabienne. Versuche einfach zu vergessen, was du gesehen hast.*‹

Auch mit ihrem Bruder konnte sie darüber nicht reden. Der war viel zu beschäftigt gewesen mit den Vorbereitungen für seinen Aufenthalt in Amerika. Wahrscheinlich hätte er ihr sowieso nicht geglaubt. Fabienne hatte ihre Mutter nicht verstanden und sie tat es bis heute nicht. Warum trennte sie sich nicht von ihrem Mann, der sie so schlecht behandelte? Zog sie das angenehme Leben im goldenen Käfig der Villa vor? Ging es ihr allein um Geld? Nie würde sie, Fabienne, sich so von irgendjemand behandeln lassen.

Seit dieser Nacht im Poolhaus, war ihr kaum einer der Seitensprünge ihres Vaters verborgen geblieben. Natürlich versuchte er meist, diskret vorzugehen, aber Fabienne hatte im Laufe der Zeit ein feines Gespür dafür entwickelt, wann ihr Vater wieder eine Eroberung gemacht hatte. Geschworen hatte sie sich, dass sie ihm eines Tages alles heimzahlen würde, was er ihrer Mutter antat.

Den Höhepunkt seines Treibens jedoch hatte sie am Tag der großen Geburtstagsfeier ihres Großvaters erleben müssen. Sie war den Flur entlang gegangen, der am Köchinnenzimmer vorbeiführte und hatte Geräusche vernommen. Sie war stehen geblieben und hatte gelauscht. Eindeutig hatte sie das Stöhnen zuordnen können. Später hatte sie bemerkt, wie ihr Vater und diese Russin verstohlene Blicke getauscht hatten. Wie hatte sie ihn gehasst! Im eigenen Haus! Am Tag der Geburtstagsfeier ihres Großvaters! Fassungslos war sie gewesen.

Als alle Gäste aus dem Haus gewesen waren, hatte sie mit angehört, wie ihre Mutter Konstantin zur Rede gestellt hatte. Und dann war ihr endgültig klar geworden, dass sie nicht länger mit ansehen wollte, wie sehr ihre Mutter litt. Marie-

Louise war nur noch ein Schatten ihrer selbst. Diese Russenschlampe, die ihr, Fabienne, auch noch ausgerechnet so ähnlich sah! Dieses grauenvolle Gefühl, als wenn ihr Vater mit ihr selbst geschlafen hätte. Noch immer verursachte dieser Gedanke einen Würgereiz. Wann immer sie nach diesem Vorfall in den Stall gekommen war, hatte sie gehofft, dieser Blondine nicht über den Weg zu laufen. Gott sei Dank, war es tatsächlich nur zu wenigen Begegnungen gekommen.

Doch dann, am Abend des vierten November, hatte sich alles verändert. Spät war sie noch zum Brandsteinhof gefahren, weil Partout, der Wallach ihrer Mutter, wieder einmal eine Kolik hatte. Ihre Mutter war zu einer Vernissage eingeladen gewesen und Fabi hatte ihr angeboten, nach dem Wallach zu schauen und auf Dr. Wedekind, den Tierarzt, zu warten. Dr. Wedekind war spät gekommen, hatte noch einmal etwas gespritzt und sie dann beruhigt. Partout, der alte Haudegen, war mal wieder glimpflich davon gekommen.

Fabienne hatte sich auf den Heimweg gemacht. Sie hatte die Kette aufgeschlossen, mit der sie ihr Rennrad gesichert hatte, und sich auf ihren Drahtesel geschwungen. Das Scheißlicht war schon wieder kaputt gewesen. Kaum hatte sie den Hof verlassen gehabt, war ein dunkler Geländewagen dicht an ihr vorbei gerauscht und hatte sie fast in den Graben gedrängt. Der Fahrer hatte sie wohl nicht gesehen, dank ihrer nicht funktionieren Fahrradbeleuchtung.

Im ersten Moment hatte sie nur wütend hinterher gestarrt. Doch dann … Sie war vollkommen perplex gewesen. Sie hatte das Auto erkannt. Stefans Geländewagen. Doch ihr Bruder war überhaupt nicht in Deutschland gewesen zu dieser Zeit. Ihr war sekundenschnell klar geworden, dass nur ihr Vater den Wagen gefahren haben konnte. Der hatte ja nachmittags noch seine S-Klasse zur Werkstatt gebracht. Fabienne war in die Pedale getreten und dem Wagen gefolgt, der kurz nach ihrem Fastzusammenstoß in den kleinen Wirtschaftsweg, der den Springplatz vom Nachbargrundstück trennte, eingebogen war. Was hatte ihr Vater vor, hatte sie sich gefragt und sich im gleichen Augenblick selbst die Antwort gegeben. Ein Schäferstündchen im Auto! Wie ein Teenager! Doch dieses Mal würde sie ihm das gründlich vermiesen. Ihr Fahrrad hatte sie an einen der Silageballen, die an der Seite unter einem Unterstand gelagert wurden, gelehnt und war zum Springplatz geschlichen. Plötzlich hatte sie beim Wagen eine Bewegung wahrgenommen, hatte innegehalten und sich hinter einem Busch versteckt. Der Kofferraum war offen. Ihr Vater hatte ein großes Bündel herausgehoben, es sich über die Schulter gelegt und es angestrengt keuchend die wenigen Meter zum Springplatz geschleppt. Es hatte keiner Erklärung bedurft, was Konstantin da getragen hatte.

Stocksteif hatte sie hinter dem Busch gekauert und mit Entsetzen beobachtet, wie er den Inhalt des Bündels in den Wassergraben gleiten ließ. Völlig regungslos, unfähig sich zu bewegen, hatte sie in ihrer Deckung verharrt. Dann war Konstantin in aller Seelenruhe weggefahren, ohne sie zu bemerken.

Mit flauem Magen war sie dann selbst zum Wassergraben gegangen, hatte sehen wollen, wer da lag. Die Dunkelheit der Nacht war ein wenig erhellt gewesen durch die Straßenlampen, deren diffuses Licht bis zum Springplatz hin schimmerte. Sie hatte sie sofort erkannt. Die Russin! Ein seltsames Gefühl hatte sie überkommen. Sie hatte die Hand nach der Frau ausgestreckt, die regungslos bis zur Brust im Wasser gelegen hatte. Doch plötzlich hatte sich die vermeintlich Tote bewegt und ein Würgen war aus dem leicht geöffneten Mund zu hören gewesen. Fabienne war entsetzt gewesen und dann hatte die Frau die Augen aufgeschlagen, sie angestarrt. Um Hilfe hatten die Augen sie angefleht. Fabiennes Hände hatten sich selbstständig gemacht und den Kopf der Russin unter Wasser gedrückt. Das Letzte was Sonja Achmatova gesehen hatte, war ein Blick wie in den Spiegel gewesen.

Es war so einfach gewesen.

ENDE

# U-Boot-Bunker Valentin

Wohl mehr als 6.000 Menschen verloren ihr Leben beim Bau des zweitgrößten Bunkers in Europa. Seine Ruine liegt bei Bremen-Farge. 1943 begannen die Bauarbeiten für das größte Rüstungsprojekt an der Unterweser. Innerhalb von zwei Jahren sollte eine Werft entstehen, von der ab August 1945 monatlich 14 U-Boote vom Stapel laufen sollten. Die Planungen sahen vor, dass die einzelnen Bauteile eines jeden U-Bootes vorgefertigt werden sollten, der Zusammenbau sollte dann im ›Valentin‹ vorgenommen werden. Ein Tauchbecken mit einer Tiefe von 22 Metern ermöglichte die ersten Tests, über ein weiteres Becken mit einer Tiefe von 8 Metern sollten die U-Boote in die Weser gelangen können. Das Ausmaß des Bunkers war bzw. ist gigantisch. Er besitzt eine Grundfläche von mehr als 35.000 Quadratmetern, was einer Fläche von etwa 5 Fußballfeldern entspricht. Die 4,5 Meter dicken Wände und die 7,5 Meter dicke, stahlarmierte Decke, über der eine weitere Betondecke lag, sollten jedem Bombenangriff standhalten können. Das Monstrum besitzt eine Länge von fast 500 Metern, eine Breite zwischen 70 und 100 Metern, sowie eine Höhe von 25 Metern.

Es kam zu keinem einzigen Stapellauf, kein U-Boot verließ jemals die riesige Werft. Am 27.März 1945 trafen mehrfach Bomben der Royal Air Force die Anlage, die Bauarbeiten wurden danach eingestellt. Man schätzt, dass der gesamte Bau 120 Millionen Reichsmark verschlungen hat. In größter Eile sollte der Bunker gebaut werden, ein Unterfangen, das aufgrund der immer aussichtsloseren Lage des Deutschen Reiches, noch absurder anmutet.

Um etwa 13.000 Zwangsarbeiter unterzubringen, wurden

mehrere Barackenlager eingerichtet. Die Menschen schaffte man aus dem KZ Neuengamme, aus Polen, Russland oder Frankreich herbei. Mitte 1943 entstand u. a. auch ein Lager in Schwanewede mit mehr als 50 Baracken, von denen 26 als Unterkünfte für die Gefangenen dienten. Ca. 4.000 Zwangsarbeiter sowohl aus östlichen wie auch westlichen besetzten Ländern waren dort untergebracht. In diesem Lager könnte Olga die schlimmste Zeit ihres Lebens verbracht haben. Ihr furchtbares Schicksal hätte sie mit Tausenden unschuldiger und entwürdigter Menschen aus den unterjochten Ländern geteilt.

Heute ist der Bunker »Valentin« ein Zeugnis des nationalsozialistischen Wahns. Seit 1983 erinnert eine Gedenktafel an die Opfer des Bunkerbaus, die auf so furchtbare Weise ihr Leben lassen mussten. Im Jahr 2005 stellte man den Bunker unter Denkmalschutz. Aktuell ist eine Gedenkstätte geplant.

Wir danken dem Leiter des Kriminaldauerdienstes Bremen, Jean-Pierre Kryger, für seine Unterstützung hinsichtlich der polizeilichen Ermittlungsarbeit, sowie Prof. Dr. Michael Birkholz vom rechtsmedizinischen Institut Bremen für seine Beratung in forensischen Dingen. Arlena, Iris und Ralf danken wir für ihre kritischen Anmerkungen. Besonderer Dank gebührt Claudia Senghaas für das ausgezeichnete Lektorat.

Ferner danken wir Anja, Bettina, Charlotte, Claudia, Doris, Kati und Yvonne dafür, dass sie immer an dieses Projekt geglaubt haben.

*Weitere Krimis finden Sie auf den folgenden Seiten und im Internet: www.gmeiner-verlag.de*

## Alle Gmeiner-Autoren und ihre Romane auf einen Blick